湖南科技学院国学丛刊

张京华 著

中国文学散论

中国社会科学出版社

图书在版编目(CIP)数据

中国文学散论 / 张京华著. —北京：中国社会科学出版社，2021.1

ISBN 978-7-5203-7106-3

Ⅰ.①中… Ⅱ.①张… Ⅲ.①中国文学—文学史—文集 Ⅳ.①I209-53

中国版本图书馆 CIP 数据核字(2020)第 164095 号

出 版 人	赵剑英
责任编辑	杨　康
责任校对	张爱华
责任印制	张雪娇
出　　版	中国社会科学出版社
社　　址	北京鼓楼西大街甲 158 号
邮　　编	100720
网　　址	http://www.csspw.cn
发 行 部	010-84083685
门 市 部	010-84029450
经　　销	新华书店及其他书店
印刷装订	北京市十月印刷有限公司
版　　次	2021 年 1 月第 1 版
印　　次	2021 年 1 月第 1 次印刷
开　　本	710×1000　1/16
印　　张	24.5
插　　页	2
字　　数	400 千字
定　　价	148.00 元

凡购买中国社会科学出版社图书，如有质量问题请与本社营销中心联系调换
电话：010-84083683
版权所有　侵权必究

目　录

中国文学史的八个问题 …………………………………………（1）
说"诗" ……………………………………………………………（20）
《诗经》十五国风中与比、兴、赋相应的三种艺术思维形式 ……（30）
论《九歌·山鬼》祀主为九疑山神 ……………………………（40）
《垓下歌》与《大风歌》史解 ……………………………………（54）
读司马迁《报任安书》随笔——兼评许嘉璐《古代汉语》 ……（58）
《列女传·有虞二妃》文献源流考 ……………………………（74）
唐安南都护张舟诗考 ……………………………………………（92）
《全唐诗》牛丛《题朝阳岩》正误 ……………………………（103）
高适与岑参 ………………………………………………………（117）
《全宋诗》邢恕十首考误 ………………………………………（124）
朱子文学三书私议 ………………………………………………（139）
"三顾茅庐"故事与《李师师外传》 …………………………（152）
说"清和平远"——从古体诗到古琴歌 ……………………（169）
《繁星》《春水》与泛神 …………………………………………（173）
湖南浯溪所见越南朝贡使节诗刻 ……………………………（190）
丁愚潭四诗之儒贤意蕴 ………………………………………（209）
三"夷"相会——以越南汉文燕行文献为中心 ……………（234）
作诗的使臣——湛若水与安南君臣的酬唱 …………………（278）
鲁迅与盐谷温——《中国小说史略》与
　　《支那文学概论讲话》抄袭案 …………………………（336）
后记 ………………………………………………………………（384）

中国文学史的八个问题

中国文学藻丽典雅，絜静精微，清深文明。再用今日的流行语汇来说，可谓资源极富，体量极大。如果不嫌危言耸听，还可参考英帝国最早的英文系和最早的《英国文学史》著作，认为中国文学在国际政治层面当属重要的战略资源。而中国文学的面貌很大程度上依赖于中国文学史的描述。但关于中国文学的核心主线，它的基本特质，它的总体面貌，中国文学史作出了积极有效的描述吗？现代意义上的"中国文学史"学科，自晚清肇端，受到西洋学术体制的极大影响，至民初盛兴，又有政治因素的深重感染，最近三十余年以来，市场经济的气息更有"溥天之下，莫非王土"之势，在文学作品一面是市场化，在文学史学科一面是职业化。"中国文学史"要想作为独立的学科，维护其纯学术的地位，可以说处处都将遇到难题。首先，在中国文学史体系内部，就有文学史与文学批评史的认同差异，以及既认同断代又认同进化的双重倾向，反映出结构上的自相矛盾。其次，关于中国文学史起源的认识太过含混，一方面受到政治思潮的影响，一方面受到疑古思潮的影响，自身功力不能正常发挥，在经典文本的训诂考据上显得匆遽潦草、基石不牢。照说文学史的起源便关联到文学的性质与本国文学的特质，文学史起源的卑弱，遂直接导致了中国文学大气高明、端正庄严的主体风貌的黯淡。再次，反省现代中国文学史体系的构建，乃是处于清末民初的乱世，构建者往往一面从事文学史研究，一面从事新文学创作，特别是如胡适、周作人等人的著作，大抵是从自身位置向古代逆推，明显具有自己书写自己之史的嫌疑。以自我论证为始，以自相矛盾为终。故其所构建虽然颇有筚路蓝缕之功，但其缺陷也不容不议。最后，关于中国文学的性质与作用，由于上述因素的影响，因而失于积极的阐明，不免与世尘消长沉浮。拘禁于学科之内的文学，内不承担涵养性情之责，外不承担移易风俗之任。中国文学越是学科化、专业化，越是不得高张旗帜，倡行其道。

一　中国文学的起源

关于中国文学的起源有若干种说法：歌谣说、神话说、劳动说、游戏说、兴趣说、巫术说，等等。

歌谣说在文本上与《古诗源》《古谣谚》似乎相近，但如北京大学歌谣研究会更注意承接《山歌》，其所为完全有另外的用意。只要看近百年来民歌民谣并无文学性，新文学作品并无维系社会文明的作用，就可断定歌谣说存在问题。

游戏说、兴趣说在形式上比较接近古典的自然说，如《文镜秘府论》"自古文章起于无作，兴于自然，感激而成，都无饰练"[1]，但实质上传统的自然亦即天道，乃是一种整体的极高的境界，而游戏说、兴趣说则源于西洋的自由、民主观念。钱穆说："今日西方人竞称自由平等独立诸口号，其实在其知识领域内即属自由平等独立"，"不明大体，各趋小节"[2]。

巫术说、神话说的影响后来居上，因为可以为学者"辟出许多新园地"，甚至开发出新学科。文字之前先有语言，文学之前先有歌谣，这在古人恐怕已是常识。问题是，之前的语言、之前的歌谣有记载吗？没有记载，却将文字、文学的起源追提一格，就等于是空谈。民国以来建立起这种空谈的意义，其实只是瓦解传统的起源构建，只是要为民国以后的人们建构新起源，所以只是一种史观。

劳动说也有类似的效用，因为实际上所谓劳动者、劳动人民是看不到的，理论上遍地都是，实际上找不到一个。作为起源说，它可以被利用的乃是这种似有实无的效果。

文学起源的说法，究其来源，主要出于"文学概论"。"文学史"承用其说，具体主张虽在中华人民共和国成立前后倾重不同，但大体与

---

[1]　[日]遍照金刚著，周维德校点：《文镜秘府论》，人民文学出版社1975年版，第127页。
[2]　钱穆：《现代中国学术论衡》，生活·读书·新知三联书店2001年版，第94—95页。

"文学概论"相配合。"文学概论"作为一种通论，世界各国求其所同，但中国文学的起源及其衍变与欧洲状况差异极大。世界性的"文学概论"带有泛化的不可确指性，内容多为非历史的理论假设，其发展方向与历史研究逆反，至少是回避着历史。作为一种学理，"文学概论"的出现有其合理依据，并且兴起的时间不比"文学史"为晚，但传入我国亦有特殊背景，即20世纪20年代疑古思潮的盛行，使得各个古典研究领域在上古原始阶段的描述都异常困难，学者避重就轻，从而以"文学概论"的世界性代替中国文学史的特质。20世纪20年代以后，大学讲授"文学概论"的不比"文学史"为少，亦有学者两者兼论，其中疑古思潮的意味十分明显。疑古派不仅影响史学，而且影响中国哲学史与中国文学史，观冯友兰、郑振铎各家可知。

"发展史"打破"四部"，"概论"又打破"发展史"。

清末民初开始构建的"中国文学史"学科，最初沿袭日本的成果，日本学者论文学始于唐虞三代，中国学者也始于唐虞三代。观笹川临风《支那历朝文学史》、古城贞吉《支那文学史》、中根淑《支那文学史略》、儿岛献吉郎《支那大文学史·古代编》与《支那文学史纲》、藤田丰八《支那文学史稿·先秦文学》，及林传甲《中国文学史》、曾毅《中国文学史》、谢无量《中国大文学史》等可知。其后日本"尧舜禹抹杀论"占上风，中国学者也缩短时间，只笼统称为"先秦"。[①]

中国文学的起源不一定是不自觉地、散漫而不可确指地发展而来的，不一定没有某些人物的特殊努力和特殊贡献，并且它一出现也不一定不能达到一个高度。

中国文学的起源不是兴趣偶遇，不是不劳而获。它一定有一个人为的努力，并且达到了一个高度。

《尚书·舜典》载夔典乐，"诗言志，歌永言，声依永，律和声"。"诗"字古体与"言志"同音、同形、同义，此非偶然。这四句十二言实为中国文学起源的最早标志和最早定义。不仅诗、歌、声、律按照"发

---

① 学科分类与代码表仅有"周秦汉文学"750.2415。但自唐虞算起，"先秦"两千余年，其间完全应当并且可以分出更详细的衍变阶段，如变雅变风，"王者之迹熄而《诗》亡，《诗》亡然后《春秋》作"，乃至"失道而后德，失德而后仁，失仁而后义，失义而后礼"。

生学"和"起源学"的次第列出,并且"诗"与"志"二字同义互释,有其文字本身内在的律令限制,联结着文明体制的根系,不可视为普通的话语陈述。

"诗言志"这一界定,不仅有文字系统的内在依据,有诗、歌、乐、舞的综合形式,有夔乐典的天子王官制度背景,并且有向上向善、归于雅正的总体趋向,《诗三百》承之,《诗序》述之,《汉书》(《艺文志》《礼乐志》)言之,可谓奠定了后世诗学、文学的永恒基调。

古人已知歌谣的出现年代极早,孔颖达《毛诗正义》云:"讴歌自当久远。其名曰'诗',未知何代。虽于舜世始见诗名,其名必不初起舜时也。"在虞舜确认夔典乐之前,诗歌的发展应该已有一段时间,但或者未能进入记载,或者有记载而未能保存,进入文字的记载无疑是一个新的起点。所以《诗谱序》云:"诗之兴也,谅不于上皇之世。大庭、轩辕逮于高辛,其时有亡载籍,亦蔑云焉。《虞书》曰:'诗言志,歌永言,声依永,律和声',然则诗之道放于此乎!"①

中国文学在三代文明中开端。儒家之学,祖述尧舜,"讨论坟典,断自唐虞"。中国文学的起源不当以荒古歌谣为标志,也不当以《诗经》为标志。早在《诗经》之前,《尚书·舜典》"诗言志"业已标志了中国文学的起源。《尚书·益稷》载帝禹作歌,皋陶赓和,在《诗经》中最早的部分《商颂》《周颂》之前大约数百年至一千年。将中国文学起源上推到荒古歌谣,或者下抑到《诗经》时代,都有失偏颇。前者受"文学概论"影响,后者受疑古派影响。

古人称先河后海、考镜源流。开端不等于本质,但是更接近于本质。② 所以开端问题是中国文学的首要问题。

中国文学从一开始进入记载,就有一种高度,高标远引,为后世企望莫及。

中国文学从一开端就有一个非常辉煌的局面,是一个极其文明、极其典雅的事件。

中国文学是在一个高度上产生的,这是中国文学的特性,同时也是中

---

① "放"音"昉",朱彝尊《经义考》引作"昉于此乎"。
② 西洋物理学家论"初始条件",论"第一推动力",文学起源亦与之相似。

国文学对于世界文学的贡献。

二 中国文学史的整体结构及发展方向

中国文学原有的传统，是注重文体与流别。清末中国文学史学科的构建，主线是断代，大体以朝代更迭为据。民初以后，部分学者打破朝代断代，而代之以"进化"的大时代主题，同时"文学概论"盛行，则完全摆脱断代，以"理论"自身为主，部分学者兼顾文体，并很快由文学概论式的文体研究分化出诗歌、散文、小说各体的专门领域。

传统的文体与流别研究是以文体辨流别，二者本为一事，而宗旨归于明本。民国以后的"各体文学"则有各自独立的历史构成，如诗史、散文史、小说史，其趋向是独立。"自由""民主""独立"政治观念在文学构建中均得到相应的体现。

迄今中国文学史在结构上认同断代，在发展方向上认同进化。同时有两项认同，而二者是矛盾的。后者带来文学的革命，亦即新文学的合法性，前者则是学科操作的依据。后面的时代总是比前面的时代进步，汉代一定比先秦进步，魏晋一定比汉代进步，现代一定比古代进步，所以新文学一定比旧文学进步。

但在这个预设完成以后，学界认同《学科分类与代码表》。文学学科的代码是750。次一级的学科首先是文学理论、文艺美学、文学批评、比较文学，4项是平行的，代码分别是750.11、750.14、750.17、750.21。接着是中国古代文学史，代码是750.24。其中包括：750.2410 周秦汉文学、750.2415 魏晋文学、750.2420 南北朝文学、750.2425 隋唐五代文学、750.2430 宋代文学、750.2435 辽金文学，750.2440 元代文学、750.2445 明代文学、750.2450 清代文学。9个断代都是同一级别，各有一个代码。所以，只看小数点以后数字的位数，就可以得知其为二级学科还是三级学科。大而言之，只看小数点以前的数字，就可以得知文学与全部58个一级学科具有同等的级别。在近代传统的"文史哲"范围之内，共计是6个一级学科，84个二级学科，304个三级学科，全都由"XXX.XXXX"的代码结构体现着。只要代码的位数相同，学科配给的资源也都相同。在此既不存在传统所说"文史哲不分家""上知天文下知地理"问题,也不存在学科的合法性与进步性问题。

民国初年,有专门以"进化史""发达史""发展史"诠释中国文学的。近三十年来,学术研究学科化(实质是职业化),似乎重新注重断代,如此即与民初新文学之进化史发生矛盾。换言之,假使学科分类表早出现八十年,就不会有新文学的革命。

三 中国古代文学的内容、形式与境界

民国间学者撰写文学史,曾以"演进史"(陈钟凡、郭绍虞有单篇论文)、"进化史"(谭正璧有著作)、"发达史"(谭正璧有著作)、"发展史"(蔡慕陶、刘大杰有著作)题名。譬如"盛唐之音""盛唐气象"之概念,其中既有断代的含义,又有境界、形式的含义。中国古代文学的内容与形式如何进化?

形式上,《诗经》以四言为主,汉诗以五言为主,唐诗以五言、七言为主,而尤重七言。就格律而言,四言当然不比五言活跃,五言又不比七言活跃,乃至七言又不比长短句活跃,长短句又不比话本、杂剧活跃。林庚先生指出,七言律诗的平仄和节奏更富于变化,因之出现了"盛唐气象"。中国古代文学作品的形式,确实是从简单到复杂不断进步的。

《四库全书总目提要》云:"集部之目,楚辞最古,别集次之,总集次之,诗文评又晚出,词曲则其闰余也。""《三百篇》变而古诗,古诗变而近体,近体变而词,词变而曲,层累而降,莫知其然。"顾炎武《日知录》云:"《三百篇》之不能不降而《楚辞》,《楚辞》之不能不降而汉魏,汉魏之不能不降而六朝,六朝之不能不降而唐也,势也。"凡此皆为形式的变化。

但形式和境界可以无关。"王国维氏《录曲余谈》谓元曲之妙千古无比,而作曲者胸中之浅陋亦千古无比。"[①]《四库全书总目提要》言文学退化。进化在形式,退化在境界,分别为两个方向。"人惟求旧,器惟求新",亦两个方向。

---

① 刘咸炘:《文学述林·曲论》,载黄曙辉编校《刘咸炘学术论集·文学讲义编》,广西师范大学出版社2007年版,第61页。

有内容，有形式，有境界。内容是一个变量，与日俱新，变动不居，一代有一代之内容。形式是由简而繁，"其作始也简，其将毕也必巨"。境界上则由诗而词而曲，由尔雅而趋俚俗，正是退化。形式是持续进步，境界却是持续退步了。古人认为文学是退化的，明清不如两宋，两宋不如大唐，唐宋不如魏晋，魏晋不如两汉，两汉不如周秦。境界上、气象上、纯元贞素上面，文学是一代不如一代的。

盛唐之音不如魏三祖之风骨，魏三祖之风骨不如《十九首》之朴茂，《十九首》之朴茂不如《离骚》之深清，《离骚》之深清不如《诗经》之平淡。最高境界终属《诗经》。《诗经》十五国风其内容取材是最民间的，其感情意境是最平淡的，其音韵形式是最简单的，但它的境界却是最高的。白茅纯束，朱弦疏越。《诗经》是第一部作品，也是后世无法超越的作品，这一点不可用进化论的观念加以衡量。古人所谓"复情以归太一"，只有《诗经》当得起。

四　中国文学中的"文学自觉""文艺复兴"与"文以载道"

现代版中国文学史认为，在魏晋之际，有"人的自觉""文学自觉"与"文学独立"。这个话题的出现，一方面与学科构建有关；另一方面与欧洲"文艺复兴"有关。

中国传统的学术体系为经、史、子、集四部。经史最早，为三代之学。稍后为子部，盛兴于晚周。最后为集部，出现于东汉。四部不并列，经、史、子、集的产生既不同时，意义也各有高下。经史为学术大原，子部为经史之变体，集部仅可说是子部之变体。可知"四部"既是图书的分类，又是学术性质的标识。就此而言，集部的出现虽为东汉时代的"新生事物"，实际上乃是古代学术式微之下不得已的变局。"秦汉间为天地一大变局"，学术之变与宗法制、分封制、科举制之变同步，由官学变而为家学私学，再变而为一人一身之学，再变而为四年三年之学，相对于道术之纯粹、古人之大体而言，集部的出现是学术的退化。所以，子部虽为子部，集部虽为集部，但仍须以经史大原为祈向。实际上，上自屈宋、汉魏六朝百三家集，下至唐宋八家、晚明小品、桐城文派，即便"事出于深思，义归乎翰藻"，无不以经史为归依、义理为寄托，未有以山水为山水、以风月为风月，专以发泄嗜欲而可以吟诵传世的。

欧洲没有四部一体的官学体制，欧洲文学在神学与世俗的张力之间发展，从"文艺复兴"而起，"文艺复兴"的兴起背景是基督教神学，以往称之为"中世纪黑暗时代"。相对于神学，故而有世俗，有"人的觉醒""人的发现"。相对于黑暗，故而有"启蒙"，有希腊古典的"复兴"。

中国学术自肇兴以来，迄未中断，何来复兴？"复兴"一语的基本含义，犹之"中兴""再兴"，应当是往日曾经辉煌，中间一度中断，然后才可以发生。中国学术就其大体而言，显然并未曾有与欧洲"中世纪黑暗时代"类似的事实。

中国学术中往往有"古学""古文""古诗"的说法，乃是后人以往古为期许，作出一种仿古复古的学问，实际上却是以"复古"的方式，开创出传统学术在新时代的新形态。"保守"与"创新"乃是一种辩证的关系，这种"以复古为解放"（梁启超语）的模式，可谓中国学术新陈代谢自我更化的一大规律。

民国间，胡适称新文化运动为"中国文艺复兴运动"，《新潮》杂志的英文名是 Renaissance，郑振铎、李健吾主编《文艺复兴》杂志，胡适在芝加哥出版 The Chinese Renaissance，顾毓琇著《中国的文艺复兴》。而梁启超提出"以复古为解放"，也源于他为蒋方震《欧洲文艺复兴史》所作的序言。但梁启超的"以复古为解放""复先秦之古""以先秦学占学界第一之位置"，由复古而创新，是名副其实的学术复兴。胡适为古史辨派"三君"之一，倡导整理国故，对中国古代学术本持否定态度，他所说的"中国文艺复兴运动"实际上是一场西化运动。所谓"中国文艺复兴"，是将兴起—再兴的古今纵向，替换成欧美—中国的东西横向，其实是摧毁中国古典，嫁接西洋观念。

抗战间，李长之已经意识到"五四运动"在文化上的意义，并非文艺复兴，乃是一种启蒙运动（并且偏于功利主义、势利主义）。他说，"五四是一个移植的文化运动"（并且只是移植资本主义的一段），"像插在瓶里的花一样，是折来的"，"外国学者每把胡适誉为中国文艺复兴之父，我却不能不说是有点张冠李戴了"。[①]

[①] 李长之：《迎中国的文艺复兴》，载《李长之文集》第一卷，河北教育出版社2006年版，第23、24、19页。《迎中国的文艺复兴》于1946年由上海商务印书馆初版。

李长之指出："任何国家都应当以自己为本位。""我们要回到中国来！"① "中国本位"是正；"全盘西化"是反；"中体西用"是合。恰是因为有五四"全盘西化"之反，才不得已地逼迫出一个中国的文艺复兴的要求，故其书题为《迎中国的文艺复兴》。

与西洋"独立""民主""自由""文艺复兴"观念相匹配，中国文学学科急于求得自己的自觉和独立。认为魏晋时期，学者的著述与以往的经部、史部、子部著述不同，此后的文学与史学没有关系，与哲学没有关系。在此观念下，进而批驳"文以载道"。

文学的性质和作用，有直接性与间接性的辨证②，又有个体性与整体性的辨证。就其直接性而言，文学只是文学，当以遵循纯粹学术为第一义；就其间接性而言，文学必然影响社会、渗透人心。就其个体性而言，文学自有畛域；就其整体性而言，文学亦不外乎大道，不容只讲"分殊"，不讲"理一"。

"道"代表有序、有理、有关联。"道"是"无"，"无"并非空无所有，而是宇宙万物的一大关联。

"道"是整体性与关联性。"天地以合，日月以明，四时以序，星辰以行，江河以流，万物以昌。"文学应当是有秩序、有理学、有关联的存在。

"君子和而不同"，"和"与"不同"是一事之两面。在"不同"的基础上"和合"万物，"不同"只是前提，"和合"才是目的。

古学讲求"深通"。作品越是关联，越是精湛。假使失去关联，学科越是独立，越是不发达。

人文学科本质上皆是道学，又皆是心学。不仅文学需要载道，史学也需要载道，哲学也需要载道，艺术也需要载道，所有学术都须载道。岂可言化学、物理学不载道？岂可言医学、法学不载道？所有学科都须载道，万物皆须载道，道无所不在。

---

① 李长之：《迎中国的文艺复兴》，载《李长之文集》第一卷，河北教育出版社2006年版，第57、53页。

② 此处"辨证"系借用子部医家术语。

五 《诗经》与《楚辞》的关系

六经各有专名，又各有复合名，又各有别称。

专名则为《诗》《书》《礼》《乐》《易》《春秋》，犹之江水专名为"江"，河水专名为"河"，除《春秋》特例之外，皆仅一字。虽不加"经"名，亦皆知为经典。

复合名则为《诗经》《书经》《礼经》《乐经》《易经》《春秋经》，皆加"经"字，要之亦为正名。别名则如《毛诗》《尚书》《仪礼》《周易》《麟经》之类。①

民国以后，瓦解经学，群经称谓均改用别称、简称，凡所称道，率避"经"字。五经之中，唯有《诗经》名称未改，但也唯有《诗经》误会最深。可喜可怪，莫名其妙。

比较而言，群经中唯《诗经》所受质疑最少，如胡适以新法讲《中国哲学史》，尚能"用《诗经》作时代说明"，"从《诗三百篇》做起"。但民国学者界定《诗经》是一部"诗歌总集"，"经……是……集"之判断实含有严重的语义矛盾。

《楚辞》在四部中位居集部之首，"屈原赋"在《汉志》"七略"中位居辞赋略之首，而《楚辞》的主要作者屈原，实为晚周诸子之一，或列为儒家，或列为道家。姚永朴称："屈原遭谗，《离骚》是作。世无重华，方正焉托。曰予远逝，犹睠旧乡。怨而不乱，日月争光。考《楚辞略》第九。"见其《诸子考略》。

王逸《楚辞章句》："《离骚》之文，依《诗》取兴。"章学诚《文史通义》："《骚》与《史》，皆深于《诗》者也，言婉多风，皆不背于名教。"九流出于王官，故诸子宗经，群经与诸子犹如源与流、父与子，乃是创始与承接的关系。

但民国以来，《诗经》既由经部降格为文学之书，《楚辞》遂得与之

---

① 《诗》本有齐、鲁、韩、毛四家，而三家不传，仅存《毛诗》，故可代称《诗经》。汉以后以《周官经》为礼经，又别称《周礼》。《春秋经》又简称《春秋》。《乐经》失传，仅余《乐记》。

并列，并称"两部总集""先秦文学重镇"。① 学者又以区域地理瓦解中原核心，将《诗经》《楚辞》与地域相匹配，称《诗经》为黄河流域作品，《楚辞》为长江流域作品，或称《诗经》是北方文学，《楚辞》是南方文学。② 一南一北，平分秋色，纵向之史被横向之论所打破。③

以内容、形式而言，《诗经》确可称为"诗歌总集"。但《诗经》之所以为经，并非取决于内容与形式。"六经"之所以为经，取决于其特殊的性质与宗旨。

"六经皆先王之政典。"经学皆为天子王官之职守，其本质为官学，为国家学术。

古人揭示群经宗旨，要在《礼记·经解》一篇。其称《诗经》曰："温柔敦厚，《诗》教也。"又曰："其为人也温柔敦厚而不愚，则深于《诗》者也。"

综论《诗经》之特质，一曰温柔敦厚，移易风俗；二曰讽谏政治，以《三百篇》当谏书；三曰诗言志，发露心意之所郁结；四曰诵《诗三百》，使于四方，登高作赋，以为大夫。

六　中国文学史与中国文学批评史

现代各学科都有自己的历史，政治学有政治史，经济学有经济史，哲学有哲学史，文学有文学史，史学有史学史，各自追溯起源，大都上推到先秦阶段的最早状态。有五个学科，就有五个起源；有十个学科，就有十个起源。各科同时开始，同样的高度、同样的长度，平行并列、齐头并进。于此便有谷中细木成林、独无故国乔木之感。

甚至在中国文学学科之内，骈文、散文、诗歌、小说、纯文学、俗文学、文学批评，也都各有起源。④

---

① 如梁乙真《中国文学史话》、隋育楠《文学通论》、杨荫深《中国文学史大纲》。
② 如胡怀琛《中国文学史概要》、顾实《中国文学史大纲》。
③ 甚者又有贬《诗经》扬《离骚》之论，如容肇祖《中国文学史大纲》、谭正璧《中国文学进化史》、胡行之《中国文学史讲话》。
④ 甚者新文学也构建成史，如胡适《白话文学史》《国语文学史》，周作人《中国新文学的源流》之类。

但集部始于东汉，文学史却上推到先秦，"文学自觉"始于魏晋，文学批评史便只追溯到魏晋，显现出诸史中的一个断崖。

《尚书》《左传》，文学史称之为史传散文，文学批评史则不承认其为文学作品。《老子》《庄子》《论语》《孟子》，文学史称之为诸子散文，文学批评史亦不承认其为文学作品。

陈钟凡《中国文学批评史》论先秦儒家，"其时既无批评专家，更无批评专书，实无批评学之可言"①。

罗根泽《中国文学批评史》论先秦诸子，"是哲学家，而不是文学家"，"至真正谈到文学，在晚周的时代，并不认为是一种艺术，而是一种载道的工具"。论孔子，"不惟不是文学批评家，亦且不是文学作家。哲学家之于文，只是用以说明其学术思想"。论孟子，"后世的'文气说'渊源虽是出于孟子，而实则有别"②。

郭绍虞《中国文学批评史》论墨家，"思想极端尚质，所以论文亦主应用。……《墨子》书中所谓'文学'，其意义当然同于学术"③。

朱东润《中国文学批评史大纲》亦称，"大抵吾国先哲之论文学，不尚玄想，不重文采。文学中之所表现者，其事不出于国家身世，其归不出于兴观群怨。至若先哲之称道《诗》《书》，其旨亦不外于修身淑世而已"④。

文学史尽量挖掘资源，批评史则尽量严守门户，挖掘资源则不得不上溯至先秦，严守门户又不得不与经传隔绝。文学史与文学批评史体现为两种不同的体系，孰合理孰不合理，至少二者体现着文学学科内部的自相矛盾。

七　新文学与西洋文学

中国文学的主体是诗赋，唐诗宋词布在人口。英国文学的主体是诗歌、戏剧、小说，《坎特伯雷故事》尤为著名。

中国"小说""故事"不出于集部，而出于子部、史部。"小说"是

---

① 陈钟凡：《中国文学批评史》，上海中华书局1927年版，第14页。
② 罗根泽：《中国文学批评史》第Ⅰ册，北平人文书店1934年版，第25—31页。
③ 郭绍虞：《中国文学批评史》上册，上海商务印书馆1934年版，第28页。
④ 朱东润：《中国文学批评史大纲》，上海开明书店1944年版，第8页。

子部中的一部分，意为小道之说。"故事"是史部中的一部分，意为往日之事例。小说家，《汉志》称为"街谈巷语，道听涂说"，《唐志》称为"刍辞舆诵"。殷芸博洽群书，为国子博士、昭明太子侍读、直东宫学士省，撰《小说》十卷，一说三十卷，与邯郸淳《笑林》、刘义庆《世说》同属子部。小说的地位，《汉志》有"九流十家"之说，九流为正流，正流之外别有一家，位居最末，即小说家，仅可说是子部之外围。《汉志》云"虽小道必有可观者焉"，又云"其可观者九家而已"，可见小说介于可观与不可观之间。

而西洋以诗歌、戏剧、小说为"纯文学"，地位极高。

近代以来"小说"（novel）、"故事"（story）的译名，对应不够准确，然而中国文学与西洋文学在内容、范围上迅速混合而趋近。民国以来，文学史家接受西洋文学与日本汉学的影响，着意研究元明戏曲、小说，以至民间文学、俗文学，亦有婢作夫人、附庸为大国之势。

朱自清作创新的赞颂："西方文化的输入改变了我们的'史'的意念，也改变了我们的'文学'的意念。我们有了文学史，并且将小说、词曲都放进文学史里。"①

刘咸炘作守旧的抵斥："近者小说、词曲见重于时，考论渐多，于是为文学史者争掇取以为新异，乃至元有曲而无文，明有小说而无文，此岂足为文学史乎？""元人散曲……十之八九为黄冠、草堂、香奁。""明以来之剧曲，则十九皆说男女之情，并仙道、林泉亦少。谚称剧曲，不离二言：'男子落难，女儿嫁汉'，非苛讪也。"②

民国以降的新文学作品，小说已占据多数。当日的文学史家往往一面有新式文学史的构建，一面又有新文学的创作。稽考新文学兴起之因由，一方面是以新文学、俗文学作为职业化的"新园地"，一方面依托了鼎革之际的政治利益，而更加深切的内因，乃在于这些作品顺应着读者的性情。

中国古学关于人性与人情、逐时与顺俗，早有极多的分辨，因而有提撕人心、移易风俗的倡导。

---

① 朱自清：《诗言志辨·序》，上海开明书店1947年版，第1页。
② 刘咸炘：《文学述林·曲论》，载黄曙辉编校《刘咸炘学术论集·文学讲义编》，广西师范大学出版社2007年版，第62页。

民国新文学的推进，是以作品顺应人情，由人情带动市场，由市场获得名声，由名声推动创作，如此循环运转。

新文学的出现，伴随着一批新式的出版机构、杂志、报纸副刊的产生，如李小峰办北新书局之类，纯为市场化运作。

新文学作品以小说为主，又以白话文为主，不仅易读，也易于撰写，适合以字数计算稿酬的出版体制。虚构故事之外，自传、书信、日记等，体裁活跃，也都有易于撰写的因素。

小说及自传等的内容，以婚恋性爱为大宗，而读者群体则以青年学生为大宗，首先也与出版物的发行销售量相关，亦即与作家的版税相关。

新文学作品主张婚姻自由，这符合人的本能欲望，尤其符合青年人的生理需求。

由婚姻自由进而要求学生自治，进而参与政治与外交，最终形成学潮学运，而作家则当然成为学生运动的导师和青年领袖。

但作家成为青年领袖，其实并不能引领青年，而仍只是顺应青年人的本能和欲望，实际上是青年引领作家，甚至可谓青年引领社会，其根本动力仍为民众的本能欲望。

而学生运动最终崩盘失控，新文学与新文化未见成功，旧文学与旧文化却早已毁弃。

新文学作品中，更多的是消遣娱乐、感官享受、本能欲望。

作品、市场、本能欲望，三项要素循环作用。

而新文学作家也往往同时具有"作家、文学家"+"青年领袖、文化运动领袖、政治家"+"稿费、版税、自由职业者"的三重身份。

稿费、版税的著作版权体制，与出版社、杂志社、报社、书店的出版发行销售体制，这些源于西洋的体制在新文学兴起中起了重要作用。

钱穆先生说，西方文学是自然的、民间的、地方的，中国文学有不同的传统和特性，如《诗经》的篇章有出于民间的，但都"经过了官方的一番淘洗"，"先须经过一层雅化"。[①] 所以所谓自觉的、独立的"纯文学"其实也未尽属实。

---

① 钱穆：《中国散文》，载钱穆《中国文学讲演集》，巴蜀书社 1987 年版，第 39 页。该文先曾重刊于中国台湾《人生杂志》1962 年第 23 卷第 4 期。

八　文学情感与政治情感

　　李长之评价"五四运动"，"有破坏而无建设，有现实而无理想，有清浅的理智而无深厚的情感"，"这哪里是文艺复兴?"[①]

　　古人作品言男女之情多用寄托，今人作品言男女之情多为实际情感，又多自暴身世，遂使文学作用拘于一己私情，作品格调降为本能欲望。又因之以实际情感诠释古人作品，误解而失真，终使古人蒙冤、古书失真。

　　《楚辞·九歌》，今人解山鬼为巫山女神，又解河伯、山鬼为夫妻神，湘君、湘夫人亦为夫妻神。如苏雪林以为："它们所歌咏的是人与神的恋爱……看看《山鬼》中的情辞……它们表达了所求不得的相思之苦，可见《山鬼》是极为凄恻感人之情歌。"[②]追逐现代男女情爱以媚世俗，实则仅为现代人的心理写照。

　　王逸《楚辞章句》云："善鸟香草以配忠贞，恶禽臭物以比谗佞。灵修美人以媲于君，宓妃佚女以譬贤臣。虬龙鸾凤以托君子，飘风云霓以为小人。"称君王曰美人，自称亦曰美人，性别角色不仅可以寄托，而且可以转换。

　　朱子曰："《九歌》是托神以为君，言人间隔，不可企及，如己不得亲近于君之意。以此观之，他便不是怨君。至《山鬼》篇，不可以君为山鬼，又倒说山鬼欲亲人而不可得之意。"（《朱子语类》）

　　有了"寄托"之意，才有"不甚怨君"之说的提出。"看来屈原本是一个忠诚恻怛爱君底人。观他所作《离骚》数篇，尽是归依爱慕，不忍舍去怀王之意。所以拳拳反复，不能自已，何尝有一句是骂怀王?""《楚词》不甚怨君，今被诸家解得都成怨君，不成模样。"（《朱子语类》）

　　朱子坚持认为《楚辞》承接《诗经》而来，故而自应出乎"怨而

[①] 李长之：《迎中国的文艺复兴》，载《李长之文集》第一卷，河北教育出版社2006年版，第23页。

[②] 苏雪林：《〈楚辞·九歌〉与河神祭典的关系》，刊《现代评论》1928年第8卷第204—206期。该文后改题《九歌中人神恋爱问题》，收入《蠹鱼集》，上海商务印书馆1938年版，又收入《九歌中人神恋爱问题》，台北文星出版社1967年版。

不怨""哀而不伤"不远,最终归结仍为君臣忠孝大义,从而高张起古典文学的正大主题。

至清初,林云铭亦坚持无怨无愤之说,最终归结于"以宗国世卿之义",曰:"此灵均绝笔之文,最为郁勃,亦最为哀惨。其大意总自言守正竭忠。……非怨君,亦非孤愤也。"(《楚辞灯》)林氏此解,是真能明了古人诗文雅正向善的宗旨,只如此才当得起文学的称谓。

中国古典源于宗法制,家族为社会基本单位,与现代三口之家甚至单身个体为基本单位完全不同。三口之家的生存周期只限于一身,而家族的生存周期甚至超过朝代的更迭。官学为世官世畴,家学为世卿世禄,诗文欲其传之久远,故而往往超越一己之局限。笔端每每乌鸟私情,纸背则透视大化流行。

《周易·坤卦·文言传》:"阴虽有美,含之以从王事,弗敢成也。地道也,妻道也,臣道也。"

朱子说:"伊尹、孔明必待三聘三顾而起者,践坤顺也。"(《朱子语类》)"坤顺"之义对妻、对臣可以通用。

宗法制下,个体的得失没有意义,家族的荣辱才有意义。故国家情感即个人情感,政治情感即性别情感。处在国家、家族关系中的个人,仍须有其情感寄托。

孟子将一个人一生的情感归属,划分为四个阶段。《孟子·万章上》曰:"人少,则慕父母;知好色,则慕少艾;有妻子,则慕妻子;仕则慕君,不得于君则热中。"杨伯峻译为:"在幼小的时候,就怀恋父母;懂得喜欢女子,便想念年轻而漂亮的人;有了妻子,便迷恋妻室;做了官,便讨好君主,得不着君主的欢心,便内心焦急得发热。"①

现代西洋观念(精神分析心理学)了解到人有"恋母情结""恋父情结"较晚,而孟子将少年豆蔻与成家蓄室分作两个阶段,尤其带有"浪漫""开放"的意味。至于孟子所说情感归属的第四阶段"爱恋君主",则是西洋完全没有的观念了。

"热中"又称"内热",本是医家术语。焦循《孟子正义》引证《素问》云:"近时通解,以热中为躁急。……孟子借病之热中以形容失意于君者也。"

---

① 杨伯峻:《孟子译注》,中华书局 2008 年版,第 160 页。

"热中"是心理感受，同时又有生理表现，即如"颜色憔悴，形容枯槁"。可见其心理感受有客观验证而非主观虚幻。

政治上的情感依属会产生出与男女间情感依属相同的现象。臣下对君主表明心意称为"陈情"，臣下对君主的冷落不满称为"怨望"。妻子可称丈夫为君，女子有美色也可称为有才。政治上的情感依属和男女间的情感依属一样也有破裂的时候，即如孟子所说"不得于君"。臣下对于君主不可一日不忠，君主对于臣下则有时宠幸、有时失宠。屈原为楚怀王左徒，上官靳尚与之同列，"争宠，而心害其能"。屈原被谗流放，而"系心怀王，不忘欲反"，冀幸君之一悟，一篇之中三致意焉。至于江滨，披发行吟泽畔，"颜色憔悴，形容枯槁"。其经过与表现，与一女子被谗休弃而恋念不舍，毫无二致。

屈原最终怀石自沉而死，其后又有贾谊被谗被黜，哭泣岁余而死，及司马谈不得参与封禅典礼，滞留洛阳，发愤而死。究其原因，都不是简单的殉职，而是政治情感破裂所致的殉情，所谓"颜色憔悴，形容枯槁"，正是发于内心的失恋之态。

古典传统以文学、政治为一体，重要的文学家多是政治家，准确说多是未伸其志的政治家。而未伸其志所起的催化作用尤其明显，"此人皆意有所郁结，不得通其道也，故述往事，思来者"。上自孔孟、庄屈、司马迁父子，下至李杜、程朱、曹雪芹、蒲松龄，无不如此。

诸人所遇到的困阻多来自政治方面。所说"意有所郁结"，即由政治情感所生之情结。"屈原放逐，乃赋《离骚》。左丘失明，厥有《国语》。……《诗》三百篇，大抵贤圣发愤之所为作也。"所说发愤为作，犹之政治情结所引出的移情别恋。移情的一大倾向，厥为诗文。中国是一政治大国，同时又是一文学大国，情感的转移是形成中国古典文学特别发达的主要原因。

遭受政治排斥而又始终向往政治，千百回的吟咏起兴而始终寄托到政治。文学情感与政治情感犹如天王星、海王星、冥王星，虽然有着各自的轨道，但终究难免相互间的引力影响。

政治情感即个人情感，个人情感即男女情感。古人的政治是情感的政治，臣子忠君与女子守身并无二致，与现代社会职业中的上司下属关系迥然不同。恰如钱穆先生所说："故其文学每不远离于政治之外，而政治乃文学之最大舞台。文学必表演于政治意识中，斯为文学最高最后之意境所在。"①

唐朱庆余有诗云："洞房昨夜停红烛，待晓堂前拜舅姑。妆罢低声问夫婿，画眉深浅入时无。"诗题《近试上张籍水部》，又作《闺意献张水部》。钱穆先生有评："照这首诗二十八个字看，明明白白是写一个新嫁娘一段闺房中的韵事，实际上不是的，因为这首诗的题目是'近试上张水部'，'水部'是个官名，他的题目注明上呈张水部，就是唐朝的大诗人张籍，写诗的人是个考科举的举子朱庆余。唐朝人考试，举子在考以前要拿他平常的诗文送给朝廷上有名的大臣，请他看看这样的诗是否有资格录取。这个人看了以后，他可以同别人说，今年来的考生中间有某人诗作得好，主考官听见了，这人即可取上。这不是作弊，这叫'舆论'。张籍是韩愈的好朋友，诗名满天下。倘使这考生写封信给张籍说：'请你看看我的诗文，能不能帮我说两句好话。'这就一文不值了，这叫'白话文'，不能这样讲的。'不学《诗》，无以言。'那该怎么讲法呢？作首诗，自比为新娘，明天要考了，'问问'你，我的诗文行不行？其实不是'问'，而想要请他帮忙讲讲话。中国人的文化真高明，高明在中国人的做人要有修养的，讲句话也要有修养的。"②

"诗言志"，故文学言志。"不学《诗》，无以言"，即此可知，诗有诗的语言。诗或者文学，其最大的特点便是言志而又不直言其志。

"兴者，先言他物以引起所咏之词也。"（朱子语，见《诗集传》）"引起"是在毫无关联之处建立关联，既"无所有"，又"无所不有"，所以有着无限空间。

不论是诗、词、曲，还是小说，里面的个人情感非常饱满，简直可说是多愁善感。一花一木，四时风雨，点点滴滴，都可入怀。"引起"之后，情感又可以有一个过渡，达到一种升华，造出一重境界。

要有一定的空间距离才能够升华。感情如果直截了当地表达出来，那么语言本身以及主体的态度就会影响这感情。如果没有过渡、升华，也就

---

① 钱穆：《中国文学史概观》，载钱穆《中国文学论丛》，生活·读书·新知三联书店2002年版，第51页。该文原刊台湾《中华日报》1977年12月9—11日。

② 钱穆：《经学大要》，台北兰台出版社2000年版，第442—443页。

没有了感情抒发的那种蕴藉。甚至可以说，没有空间、没有想象，便就没有了文学。所以中国古人最忌讳的就是直截了当。文字上是回环婉转、千万变化，感情上却是处处相关、不离寸心。

于是乎在尔汝之间，君臣之际，遇情言情，遇志言志，夫然后可以人同此心，传颂千古。

说"诗"

一

今日治文学史者，大多认为"《诗经》是一部诗歌总集"，此语至少包含一个基本的语义矛盾，即"经……是……集"，此处即极成问题。故同一《诗经》，有文学之《诗经》，有经学之《诗经》。文学之《诗经》只承认《诗经》的诗歌内容，如以十五国风为民间情歌之类，进而又有文学独立、文学自觉、反对"文以载道"诸观念，削弱了《诗经》的丰富内涵。经学之《诗经》则有体有用，有文有义，有内容有寄托，在里巷歌谣背后又有整套的制度措施，所谓天子王官之守，太师乐府之职，由此而有诗教的隆盛，以及汉唐宋明两千年诗史的流衍。民国以来剥离《诗经》的经学含义，而使之等同于民谣俚语，终于导致现代社会的诗学不振、诗教扫地，以至妖声俗乐趁时而起。周子所叹"代变新声，妖淫愁怨，导欲增悲，不能自止"（《通书·乐上》），斯言足以儆世。

昔《魏武故事》载操"有不逊之志"，操作《让县自明本志令》，本志，本意也。现代汉语"志"字多用作褒义，而今人品评古人往往偏差。如称"'志'的含义侧重指思想、抱负、志向"，"暗示自己的某种政教怀抱"，"主要是指政治抱负"（百度百科），皆不确。其实"诗言志"之"志"只是心意。虽人人各有其心意，然心意只是心意，而士处当今之世，心意则以纯直、朴白、渊静为最高。予故作札记如次。

二

古人有图像之学，在《易经》；有心意之学，在《诗经》。

《易经》有八经卦，有辞有传。八卦，象也，经也，其余皆注解也。

古人创文字，而不专主于文字。图像之学、心意之学，皆有在语言文字之外者，"言不尽意""立象以尽意"也。

孔颖达解《书经·舜典》"诗言志"曰："作诗者自言己志，则《诗》是言志之书"，可知《诗经》是心意之学。

予少寡学，以为文学者，发扬外露，表象之学也，不似史学之深沉凝重。赋者，布也，铺也，如汉赋之铺陈辞藻，《文选》之不以立意为宗而以能文为本，是其最为典型者。今知文学乃是内学、心学，外露者是其末节。

理学家有心学，心性之学也。文学为心学，心之情也。情与性相对，又与理相对，道理者无所不在，而情感者亦不可片时无之也。

"六经"有体用。六者皆经，皆为天子王官之学，此其体也；六经各具功能，不相替代，此其用也。"诗言志"一语，亦可颠倒宾主，谓言志必以诗。言志必以诗，而不以其余"五经"，亦犹卜筮以求絜静精微必以《易》，其余"五经"亦无与也。百家众技时有所用，诸子如是也，群经亦如是也。《易经》非小儿所宜，亦非人人可学，惧入邪径也；《诗经》则自八岁入小学之前皆可诵习且人人必学，思无邪，无妨多识于鸟兽草木之名也。《诗经》其形式即今日之流行歌曲，而流行歌曲之心意乃远不及《诗经》之纯之雅。

《庄子·天下》："《诗》以道志。"（"道志"，诸书或引作"导志"。陆德明《释文》："'道志'，音'导'。"然不如径读为言道之道，即"道可道"第二"道"字。）

《春秋繁露·玉杯》："《诗》道志。"

《史记·太史公自序》《滑稽列传》《汉书·司马迁传》："《诗》以达意。"

《初学记》引刘歆《七略》："《诗》以言情。"（姚振宗辑《七略佚文》采之。）

朱子《论语集注》："《诗》以理情性。"

章实斋《文史通义》："《诗》以道性情也。"

三

《书经·舜典》："诗言志，歌永言。"(《国语·鲁语》承之曰："诗所以合意，歌所以咏诗。"《史记·五帝本纪》改易古字作"诗言意，歌长言"。裴骃集解引马融曰："歌所以长言诗之意也。")

孔安国传："谓诗言志以导之。"

孔颖达疏："作诗者自言己志，则《诗》是言志之书，习之可以生长志意，故教其诗言志以导胄子之志，使开悟也。"

其解语曰"志意"。

《诗经·诗谱序》："《虞书》曰：'诗言志。'"

孔颖达疏："彼《舜典》命乐，已道歌诗，经典言诗，无先此者，故言《诗》之道也。"

引郑玄《六艺论》："情志不通，始作诗。"

引《春秋说题辞》："在事为诗，未发为谋，恬澹为心，思虑为志。诗之为言，志也。"

其解语曰"情志"。

可知"诗言志"之"志"，与"意""情"字义相近。

四

《书经·舜典》："诗言志。"

《说文解字》："诗（𧥳），志也。从言，寺声。𧥳（𠱭），古文诗省。"

《周南关雎诂训传》曰："诗者，志之所之也，在心为志，发言为诗。"（"所之"之"之"解为"往"。）

三者所云，皆有文字构成之依据。

"诗言志"，"诗"即"言""志"二字之合文，"志"又"心""之"二字之合文。

"诗，志也"，"诗""志"二字同音。

"志之所之也"，"诗""志"二字皆从"之"。

有"之"而后有"志"，有"志"而后有"诗"。"之""志""诗"

三字，由简至繁，由独体而合文，其字形重叠，其字音与字义皆相近。

庄有可《春秋小学》曰："'之'亦古'志'字。诗以言志，故古文即合'言''志'为'诗'，会意也。"

由此可知：其一，三者所云，即"之""志""诗"三字之原始本义；其二，"之""志""诗"三字之出现极早；其三，只此即吾国诗学学术渊源之所在。

五

《说文解字》"訨（𢔀），古文诗省"，段玉裁注："左从古文'言'；右从'之'，省'寸'。"

古文"之""止""屮""出"四字义近，均与"艸"相关。

之，小篆作业。

止，小篆作业。

屮，《说文解字》："艸木初生也。象丨出形，有枝茎也，古文或以为艸字"。

出，《说文解字》："象艸木益滋，上出达也"。

艸，《说文解字》："百芔也，从二屮"。

之，《说文解字》："出也。象艸过屮，枝茎益大，有所之"。

止，《说文解字》："象艸木出有址"。

段玉裁注："止象艸木生有址，屮象艸木初生形，之象艸过屮枝茎益大，出象艸木益滋上出达也。"（"止"字注。）

今"诗"字、"寺"字均作"土"形，大误。按"寺"字小篆作𡬻，《说文解字》："寺，从寸，之声"，亦当作"之"也。

《说文解字》"从言，寺声"，段玉裁仅注"书之切，一部"，王筠《说文解字句读》则曰："当云从'屮'声"，朱骏声《说文通训定声》曰："古文从'言'，'之'声"，庄有可《春秋小学》亦曰"'之'声"，是也。

王筠又以为古文訨（𢔀）为本字，诗（𧥛）为后起，《说文解字句读》曰："安能豫知小篆而省之乎？"可知"诗"从"寸"而有"承""持"义，乃是后起假借。

《荀子·劝学》:"诗者,中声之所止也。"以"止"为训,亦由文字构成而言。

六

宋人邵雍《伊川击壤集·自序》曰:"子夏谓:'诗者,志之所之也。在心为志,发言为诗,情动于中而形于言,声成其文而谓之音。'是知怀其时则谓之志,感其物则谓之情,发其志则谓之言,扬其情则谓之声,言成章则谓之诗,声成文则谓之音。"

其所云怀其时、感其物、发其志、扬其情、言成章、声成文,即古人心意之学之大较。

又检清人所论,得桂馥、王念孙、俞正燮三家。

桂馥《说文解字义证》:"志也者,诗、志声相近。《释名》:'诗,之也,志之所之也。'《广雅》:'诗,志意也。'《书·舜典》:'诗言志',正义:'作诗者自言己志,则诗是言志之书。'襄二十七年《左传》:'请皆赋以卒君贶,武亦以观七子之志',注云:'诗以言志。'昭十六年《传》:'宣子曰:二三君子请皆赋,起亦以知郑志',注云:'诗言志也。'(《礼记》)《孔子闲居》:'志之所至,诗亦至焉',注云:'志,谓恩意也,言君恩意至于民,则其诗亦至也。诗谓好恶之情也。'《孟子》:'故说诗者不以文害辞,不以辞害志,以意逆志,是为得之',赵注:'志,诗人志所欲之事。'《春秋说题辞》:'在事为诗,未发为谋,恬淡为心,思虑为志。故诗之为言志也。'《吕氏春秋·权勋》:'若告我旷夏尽如诗',注云:'诗,志也。'贾谊书《道德说篇》:'诗者,此之志者也。'郑注《尚书大传》:'诗之言志也。'"其言"诗、志声相近",此语最切。

桂馥引《左传》"观七子之志""以知郑志"云云,即《汉志》"必称《诗》以谕其志"之"志"。《汉志》:"古者诸侯卿大夫交接邻国,以微言相感,当揖让之时,必称《诗》以谕其志,盖以别贤不肖而观盛衰焉。"

张揖《广雅·释言》:"诗,意也。"有本作"诗,志意也",与孔颖达《书经》正义同。王念孙《广雅疏证》改作"诗,意志也"。

王念孙《广雅疏证》曰："诗意志也。各本皆作'诗志意也'。案：诗、志声相近，故诸书皆训诗为志，无训为意者。《诗序》云：'诗者，志之所之也。在心为志，发言为诗。'《贾子·道德说》云：'诗者，此之志者也。'《诗谱》正义引《春秋说题辞》云：'在事为诗，未发为谋，恬澹为心，思虑为志。诗之为言志也。'《书大传》注云：'诗言之志也。'（当作'诗之言志也'）《说文解字》及《楚辞·九章注》并云：'诗，志也。'今据以订正。"

今按，《史记》明云"诗言意"，王氏谓"无训为意者"非。

王氏亦言"诗、志声相近"，承桂馥也。

俞正燮《癸巳存稿》卷一《诗》："《尚书》云'诗言志'，《史记》作'诗言意'。意，志也。《诗》正义引《春秋说题辞》云：'诗之言志也。'《吕氏春秋·慎大览》云：'汤谓伊尹曰：尽如诗。'注云：'诗，志也。'则古语可知。《诗序》云：'诗者，志之所之也。在心为志，发言为诗。'《乐记》释文：'一本云：诗其志也。'《意林》载《慎子》云：'诗，往志也。'《说文解字》《释名》皆云：'诗，志也。'案：'诗言志，歌永言，声依永，律和声'，舜以命夔。《礼》称夔为穷人，声音之外，盖所不知。（《礼记·仲尼燕居》：'敢问夔其穷与？'）然则舜与夔言诗，亦重声律而已。《书》言：'子欲闻六律五声八音，在治忽，以出纳五言。'谓诗之协于五声者，此工以纳言时而扬之者也。又《荀子·劝学篇》云：'诗者，中声之所止也。'《左传》襄二十九年注云：'工歌各依本国常用声曲。'又云：'依声以参时政，知其兴衰也。'正义云：'乐人采诗词为乐章，述其诗之本旨，为乐之定声。其声既定，其法可传。故季札所美，皆其音节。'《汉志》云：'行人以采诗，上之太师，比其音律，以闻于天子。'知诗以言志，当以和气感也。又《诗》正义引《诗纬》云：'诗者，持也。'郑《内则》注云：'诗之言承也。'皆古义。"

其云训"诗"为"志"出于古语可知，最切。又谓训"诗"为"持"、为"承"皆古义，则非。

古人所论"诗"为"志"，"志"为"意"，略备于此。由此可知诗为心意之学。

七

"志""心""意"三字同一部首，本义最相近。

"心"字本义为心脏，象形。甲骨文、小篆中间象心形，其外象心包络之形。

《说文解字》："心，人心，土藏，在身之中。象形。"

明张介宾《类经图翼·经络》："心者，君主之官，神明出焉。心居肺官之下，膈膜之上，附着脊之第五椎。……心象尖圆，形如莲蕊，其中有窍，多寡不同，以导引天真之气。下无透窍，上通乎舌，共有四系，以通四脏。心外有赤黄裹脂，是为心包络。"

"心"又称为"中"，以心脏大率在身之中也。《诗序》"情动于中"，孔颖达正义："中谓中心。"

古人以心脏为思之官，具有大脑之功能，故"心"字又有心意、心愿、心思之义。

《孟子·告子上》："心之官则思"，朱子集注："心则能思，而以思为职。"

《孟子·尽心上》："尽其心者知其性也"，朱子集注："心者，人之神明，所以具众理而应万事者也。"

《礼记·大学》："欲正其心者先诚其意"，朱子集注："心者，身之所主也。"

《荀子·解蔽》："心者，形之君也，而神明之主也。"

《书经·大禹谟》"人心惟危"，蔡沈《书集传》："心者，人之知觉，主于中而应于外者也。"

《说文解字》："凡心之属皆从心。"

心有所感为"情"，情与理相对，为一时所感，变动无常。

"意"字本义为"志之发也"。《说文解字》："意，志也，从心察言而知意也。"

魏校曰："从心从音。意不可见而象，因言以会意也。"（明魏校撰《音释》一卷、《六书精蕴》六卷。）

《礼记·大学》孔颖达疏："总包万虑谓之心，情所意念谓之意。"

八

《卜居》与《少仪》问卜筮，皆通于《易经》之道。

《楚辞·卜居》："用君之心，行君之意，龟策诚不能知此事。"

王逸注："用君之心，所念虑也。行君之意，遂本操也。龟策诚不能知事，不能决君之志也。"

胡文英《屈骚指掌》："用君之心，竭智尽忠也。行君之意，求不蔽障于谗也。"

陈第《屈宋古音义》："妙在'用君之心'二句，如人饮水，冷暖自知者也。"

《卜居》言"心"言"意"，二字含义相近。

《礼记·少仪》："问卜筮，曰：'义与？志与？义则可问，志则否。'"

郑玄注："义，正事也。志，私意也。"

孔颖达疏："谓大卜问来卜筮者，为是道理正义与？为是私意志与？若卜筮者是公义，则可为卜筮。若所问是私心志意，则不为之卜筮。"

"义"字本义训为"宜"，"义，正事也"即所谓"正义"。

"志与"之"志"字，即《卜居》之"心""意"。据孔颖达，其解语则有"意志""志意""私心"。

而"义"与"志"二者相对。义可问，志则否，"义"即《易经》之阃域，"志"则《诗经》之阃域也。（"诗言志"，亦可谓之"诗不言义"。）

顾炎武《日知录·卜筮》曰："故尽人之明而不能决，然后谋之鬼焉。……子之必孝，臣之必忠，此不待卜而可知也。其所当为，虽凶而不可避也。故曰：'欲从灵氛之吉占兮，心犹豫而狐疑。'（《楚辞·离骚》）又曰：'用君之心，行君之意，龟策诚不能知此事。'（《楚辞·卜居》）善哉屈子之言！其圣人之徒欤！"

《易经》之道，有不卜不占之说。《左传》曰"不卜常祀"，《春秋繁露》曰"百神之祭不卜"，《太平御览》引《尚书大传》曰："卜义不卜不义，故卜必吉"。

明李本固撰《古易汇编》有《不卜》之目，曰"德可胜妖，不卜可也"，曰"凡古之卜日者，将以辅道稽疑，示有所先而不敢专自也"；又曰"考之蓍有不占者五，而卜可效焉"，一曰污身不占，二曰不斋戒不占，三曰险事不占，四曰不疑不占，五曰占不三渎。

屈子固自知其所当为，自知虽凶而不可避，而太卜是之，赞成之，故曰"用君之心，行君之意"也。夫"谗人高张，贤士无名"，太卜非不知而不答，当义当仁，无须答也。

若不义而卜，无所谓吉凶也。若当义而卜，无不吉，生死忧患则不问可也。

严遵卜筮于成都市，"与人臣言依于忠，与人子言依于孝"，是知卜筮之道者。

子孝、臣忠，义也。违害、就利，志也，私心也。

"求仁得仁"，求仁，义也；得仁，志也，私心也。

至于屈子之自沉，舍生取义，求仁得仁，太卜不能决其志，而"用心""行意"可以决之。即此可知古人有心意之学，而诗学有易学所不得取而代之者。

九

以上仅从一个非常基本的层面，即《诗经》之"诗"字，加以具体考察。以文字学为范围的考察，亦可以视为一种经学研究的内在线索，即从文字本身透视其背后的制度，期望获得一种内在的可信性，从而在文献学、考古学的考证之外另辟一条蹊径。

"诗"不是简单的形声字。六书中形声字谓因声旁而得声，其义则另有所指，如"江""河"只是由"工""可"得声，其字义则不从"工""可"。但"诗"从"言志"，乃是既从其得声，又从其得义。

"诗"不是单纯的"右文"字。宋人、清人及近代以来文字学中有所谓"右文"之说，谓文字右面的部分既从其得声，又从其得义，如"璧""臂""僻"等皆有偏僻义。"诗"字与此相近但又不同，如"诗""时""侍"等并不构成一类。

"诗"训为"言志"并非单纯的同音通假。经学上有一种今文家的解诂，如说"义者，宜也""礼者，履也"，脱离字形而断其义。字形与字义之间并无关联，仅取其音同而已，近似一种同音通假。而"诗"乃是"言志"二字的合文，"诗""志"二字又同音，要之，"诗"与"言志"具有同音、同义、同形的特点。故将"诗"训为"言志"，乃是古文家的训诂与今文家的断义的融合，其训诂界定同时即是其义理界定。

由文字训诂加以引申，可知"诗"字绝非由大众在长期劳动中逐渐积累创造，而是出于专门执掌此职业的世家即世官世畴之手，世家而为"王官"，此即经学制度构成中的最核心的部分。

"言志"即"诗"字的本义，可知"诗"字是最早创造产生的文字之一，不同于其他具有引申义、衍生义、通假义、俗讹字之晚出。

由"诗言志"之定义，可知《书经·舜典》与《诗经》诸作品之间，具有内在关联。由此一点即可以肯定《书经·舜典》之部分可信性。

由"诗言志"之界定，即可以确立吾国诗学乃至文学的核心理念。

由此亦可推知吾国诗学、文学发生之早，以及三代文明之隆盛。

由此亦可揭示吾国经学与文学之关系，即经学为体、文学为用。

《诗经》十五国风中与比、兴、赋相应的三种艺术思维形式

一

艺术作为人与自然之间的一种和谐关系，源于物质上的美的结构，但是人类对于这种客观的美的因素的认识，永远要依赖于人类自身的感觉和思维水平的发展。现代派绘画以及后现代文学艺术的产生使人们认识到，现代社会的物质文明已经改变了人与自然在原有基础上的和谐关系，人类对美的认识因而表现出朝着超越原有自然感官而向抽象美感发展的趋势。这是一种美的认识的不同水平亦即不同的艺术思维形式的变化。历史上，在文明社会的初期，由于物质文明的水平低下，人与自然的关系便和现代社会有着极大的差异。那时，人类尚不容易满足自己最基本的生理需求，人们似乎更情愿至诚至敬地把自己祭献给自然而舍弃自身的人格。

《山海经·山经》中常见如下格式：

> 凡䧿山之首，自招摇之山以至箕尾之山，凡十山。……其祠之礼：毛用一璋玉瘗，糈用稌米，一璧，稻米、白菅为席。
>
> 自柜山至于漆吴之山，凡十七山。……其祠：毛用一璧瘗，糈用稌。

虽然自新石器时代起，人类已遗留下许多杰出的艺术品，而且一般美术史家也都认为艺术的起源是与文明的产生同时的，然而在文明起源的某个初期，反映在人们的意识中的人与自然的关系，毋宁说更接近"山如何其祠如何"的境况，而不是后来所理解的艺术。在人类的精神发展史

上，这一时代毋宁叫作"神主时代"。至于说和正统观念所理解的艺术、和"秉耒欢时务，解颜劝农人，平畴交远风，良苗亦怀新"的人文自主相去不远的时代，在中国应该是到殷商前后才开始的。然而即使如此，在从陶器和青铜器一直到宋词元曲明清小说的数千年间，人们对于艺术的理解仍然存在着三种不同水平的思维形式。

二

在新石器时代杀牲祀米的自然崇拜之后，人类的意识中出现了一种与之相反的情况，人们开始以物拟人，以客观事物比附于认识的主体。

《周南·螽斯》：螽斯羽，诜诜兮。宜尔子孙，振振兮。①

以人类家族和螽斯相比。

《鄘风·相鼠》：相鼠有皮，人而无仪。人而无仪，不死何为。

以长着皮毛的老鼠和没有礼仪修养的人相比。

《魏风·硕鼠》：硕鼠硕鼠，无食我黍。三岁贯女，莫我肯顾。

以硕鼠比喻失政。

在艺术以及文学作品中，比喻手法运用得很多，它的特点是以客观事物明喻、暗喻、影射或象征人类的行为，以表达人类自身的意愿、情感和道德伦常。这既是人类看待自然的一种态度，也是一种思维形式。这种思维形式类似于《诗经》中"比"的创作方法。朱熹说："比者，以彼物比此物也。"

以比喻的态度看待人与自然的关系，并且用来阐明美的原则和创作艺术作品，历代以来一直不绝。西周重宗法、行礼制，比德之风极盛。而后，自战国屈原的《橘颂》到北宋周敦颐的《爱莲说》，都通篇用比。在

---

① 本文因专论《诗经》，故引文标注中均省略《诗经》书名。

民谚及日常生活中的口头用语中,用比更为普遍。这种以事物的某一特征来比喻人或社会的某方面特征的思维形式,偏爱于人的主观意愿和道德观念,是把自然事物的某种外观表现引进人类的情感之中,借以建立一种自我陶醉式的讴歌与精神满足,以此表明人类情感与行为的崇高和正义性,而对于所比拟之物的理解就往往限于表层,因而常由于摄取了事物的某个片面特征而破坏了事物的整体形象。比喻这种思维形式更多地表现在个人和社会的早期阶段中,侧重理想和追求道德的作品中,或是缺乏文学性的口头与世俗作品中。因此,比的思维形式更接近于伦理教化的功效,而和艺术的本质相差较远。

三

《诗经》中有些杰出的篇章是用比的手法写成的,如《周南·广汉》:

南有乔木,不可休思;汉有游女,不可求思。
汉之广矣,不可泳思;江之永矣,不可方思。

又如《卫风·河广》:

谁谓河广,一苇杭之;谁谓宋远,跂予望之。
谁谓河广,曾不容刀;谁谓宋远,曾不崇朝。

但这时的诗句中实际上已经融进了一种美的直觉形象,而不仅仅是外在的牵强和分割,在喻体和主体之间渗入了更多的本质间的联系。

现代科技提高了人类的能力,也改变了人们的感官感觉。现代城市中几乎所有的活动都不同于中古社会。也许我们可以以此设想美的结构是一种变化中的相对过程,既不是老子所说的一种生生死死而又不增不减的稳定循环,也不是斯宾诺莎的天定和谐。总之,历史的真实状况是在中古时期前后,人们是以一个自然人的面貌生存着的,是以发自先天的生理机体的能力和自然感官感觉直接面对大自然的。人们曾经发明了一些工具,但人们的生产能力在数千年前后相差不逾百倍。在那数千年中,自然物之间、动物植物之间、自然环境与人类之间、人类社会内部各种关系之间，特别是生物的人与人的后天思维水平之间，获得了一种非同寻常的平衡与和谐。在这一时期，人们为了生存必须耕作，承受辛劳，然而又终可以收获；人们必须付出极大的努力才能建造出崇高的城池、殿堂、楼观、庙宇，然而这些建筑又确可以使人领略到它的雄浑和壮丽；读书人不得不经过不懈的努力、经受艰苦的生活和精神的磨难，然而又最终可以写出漂亮的字体、绘出美丽的画卷、奏出动人的乐曲、作出不朽的诗文。生活成为联结永无边涯的艰辛和难以企及的辉煌成就这两个端点的中间桥梁，时代使人们在生存需要与适应力创造力之间获得了和谐和均衡。对于人类的精神来说，有时人们虽经历了沧桑巨变也不改变自己的意志，有时却因点滴微小的变化而大幅度地改变自己的情感和习惯。生活在现代社会中的人们拥有便利的远程交通工具，具备优良的衣食住行条件，现代人面对着坚厚而残旧的古城时的情感与中古时期一个经过孤行远涉之后的人终于看到远处朦朦的一缕炊烟的感受，无须说是迥然相异的。

大自然的物质之间有一种统一的和谐关系，这种和谐包括日月星辰，包括所有的生物，也包括人的心和脑。"自然她环绕着我们，围绕着我们。""一切人都在她里面，她也在一切人里面。"① 实际上，生命物的产生就在于宇宙中和谐关系的存在，而艺术的起源则说明了人类的精神、人类的思维水平已经达到了与自然界的某种相应程度。当人们的感觉、情感、意识和思维水平发展到能够感受和认识宇宙中所客观存在的和谐关系，亦即客观存在的美的结构时，艺术就产生了。这种人与自然的和谐关系在人们的感觉、直觉上，表现为人与自然的同一，也就是天人合一。这是最高的艺术境界，在这里，人的自我人格、个性、情感和欢乐都融化和同一于宇宙的和谐本质之中了。柯勒律治说，艺术"取决于更高意义的自然与人类灵魂二者之间的结合……是自然事物和纯属人类事物之间的一致与和谐"②。

在《诗经》十五国风中，最主要的艺术思维形式就是把人和自然看作同一的、和谐的。人的情感和志操渗透在自然景物之中，对自然景物的描

---

① [德] 歌德：《自然》，载《一切的顶峰》，梁宗岱译，上海商务印书馆1937年版，第16页。
② [英] 柯勒律治：《论诗或艺术》，载伍蠡甫主编《西方文论选》下卷，上海译文出版社1979年版，第519—520页。

述则出于直觉,这是完整的有机的形象和情感的凝结,而不再是较低层次的比喻。这种艺术思维形式近似于"兴"的创作手法,朱熹说:"兴者,先言他物以引起所咏之词也。"朱熹把"兴"理解为一个先言景物后言主题的句型,但更重要的是,"兴"是人的情感在自然景物中的渗透混一。

  嘒彼小星,三五在东。肃肃宵征,夙夜在公。(《召南·小星》)
  林有朴樕,野有死鹿。白茅纯束,有女如玉。(《召南·野有死麕》)
  泛彼柏舟,亦泛其流。耿耿不寐,如有隐忧。(《邶风·柏舟》)
  燕燕于飞,差池其羽。之子于归,远送于野。(《邶风·燕燕》)
  毖彼泉水,亦流于淇。有怀于卫,靡日不思。(《邶风·泉水》)
  北风其凉,雨雪其雱。惠而好我,携手同行。(《邶风·北风》)

  在这些诗句中,很难把某一景物看作对自我情感的比喻。这是一种对自身环境中、潜意识中和感觉中的景象的直接描述。人与环境同一,其间没有中间环节,也没有逻辑的桥梁。在十五国风的诗句中,大多只是几个动植物名词、几个形容词和特指代词,但是这一组意象群,这一些建立在同一的本质基础上的景物却点染出了种种最为出色的意境。人的情感渗入其中,同时意境中的情调又感人至深,在那些自我置身于其中的意境中是至深至醇的情意和美感,自我和个性被升华和融化到了自然的和谐之中。即如柯勒律治所说:"当我思考之时,注视自然界的事物,我就像看到远处的月亮把暗淡的微光照进那结满露珠的玻璃窗扉。此时,与其说我是在观察什么新事物,毋宁说我像是在寻求,又似乎是要求一种象征语言,以表达那早已永恒地存在于我内心的某一事物。而且,即使我是在观察新事物,我也始终只有一种模糊的感觉,仿佛这新的现象朦胧地唤起那蕴藏于我内在的天性之中而已被忘却了的真理。"[1] 艺术的实质就是这样,往往在某一时刻某一瞬间唤起人的内在本性以及人与自然的那种更高层次的同一性,并使人从艺术中认识到真理的存在。或者,用古人的话说就是"凡音之

---

[1] [英]柯勒律治:《诗的精神》,载伍蠡甫主编《西方文论选》下卷,上海译文出版社1979年版,第520—521页。

起，由人心生也。人心之动，物使之然也"，"如物因风之动以有声，而其声又足以动物也"，最终达到升华了的"复情以归太一"的境界。

中国是一个诗的国度，中国古典诗的最主要特征就是自我情感与自然景物的融合，是意境和感受性。也许因为当代的艺术及文学作品并不都是抽象的现代派风格，或者更确切地说是因为古代那种和谐的历史环境今天仍有某种规模的延续，所以现在我们读《召南·采蘩》的时候：

> 于以采蘩，于沼于沚。于以用之，公侯之事。
> 于以采蘩，于涧之中。于以用之，公侯之宫。
> 被之僮僮，夙夜在公。被之祁祁，薄言还归。

仍然可以感觉到那些时明时息的处处远景，那几株大树，那座远远伸延下去的青山，那一片村落和祠堂，一片河湾和采蘩的少妇。我们还会想到那时代村落的生活，"日出而作，日入而息"，采蘩采藻，把白蒿野萍当作最美味最纯净的佳肴祭献在祠堂中。也许这些影像又渐渐模糊不清了，感觉最终留下的是混糅在诗境的布景中的清苦同时又淡雅、舒缓、和乐的风格韵味。而且，就在我们想到这些的时候，我们自己也同时置身于这种情意以及大自然所感染于我们的无限平远开阔的美感之中了。

四

艺术体现了自然与人的本质，因而在人的心灵感觉中常表现为同归于一的淡泊寂然。《礼记·乐记》说："人生而静，天之性也。"《老子》说："归根曰静，是谓复命。"《六祖坛经》说："一切万法不离自性""自性本自清净"。但同时，艺术也来自宇宙自然的演变，来自事物运动的过程和历史性，因而艺术又常常和那些"骤雨飘风、澹澹若海"的动态相伴随。

人的感觉、知觉和思维不仅仅依赖于生物上的进化，而且依赖于社会的现实状况和个人的阅历。一个人在沉浸于一种景象或一件艺术品或一首诗、一段音乐中时，他的感觉或者是异常的平静，达到一种寂然无我的境地，纯净恬淡至高至远；或者是原本宁静的心情变得异常振奋、激动不已。这两种心理状态反映出审美过程的两个端点。人类在与自然有着共同的物质本质的同时，还存在着一种本位和个性，所有的事物也都在以利己的本位来维护其自身的生存和发展，虽然事物间的关系并不总是冲突和对立的。柏格森说："我们必须生活，而生活是要求我们从自己的需要出发来把握的。"这种本位因素往往会阻碍人们去认识包括人们自身在内的整个大自然，而使"自然和我们自己之间，在我们自己和自己的意识之间，横隔着一层帷幕"。① 然而同时，也许因为这种本位对人类的伤害已经为人类所反省和察觉，也许因为人类的先天本性中还存在着另外一种追求永恒和绝对的普遍心理，所以人类又在不断努力超越现实归向永恒，归向宁静和与自然同一。这个超越现实的途径，不在于空间和时间上对社会的回避，而在于更深入地置身于现实的生活之中，从而达到思维水平、达到对自然与人的关系的认识水平的更高层次。人以及一切事物无不可以归终于最后的平静，而与美的和谐本质相对立的动态的现实生活在此时就成为直觉和美感的唯一的和合理的基础。这似乎是一个矛盾，而且也正是因为这种矛盾的存在，才使艺术有别于伦理。伦理和道德以大多数人的情感为依据，抑恶扬善、取舍分明，而艺术则既含有欢欣愉悦又含有艰辛痛苦，它是超于善与恶之外的。一个在现实生活中尝尽艰辛又始终保有纯朴正直的内心而最终倾心于艺术的人，毋宁更情愿采取正视现实、"乐而不淫，哀而不伤""贫而乐，富而好礼"的艺术型的人生观。在这个过程中，活泼的现实生活与那种和谐寂静的同一状态共同形成了艺术辩证的和历史的结构。

艺术要求人们对于现实环境有深刻的理解和感受。在《诗经》十五国风中，现实的因素表现为抒情诗中对人和社会生活的白描和勾勒，这有似于"赋"的创作手法。朱熹说："赋者，敷陈其事而直言之也。"

对现实生活和主观感受的白描式勾勒和直接陈述，作为人对于自身与自然关系的自我意识，偏重于对人们的活动和感情的叙述，作为一种思维形式，在本质上更接近于文学，所谓"诗言志"，主要是通过"赋"来直言其志。在《诗经》中，周南、风、小雅多是抒情诗，接近艺术性，颂与大雅则主要是作为叙事史诗的文学作品。周南、风中，"赋"的运用仅仅是适当的描述，它的作用在于给人以一个对现实的印象，而不是完整地

---

① ［法］柏格森：《笑之研究》，载伍蠡甫主编《西方文论选》下卷，上海译文出版社1979年版，第275页。

记录史实。历史学家曾经在这些对现实的白描中，如《豳风·七月》《卫风·氓》《魏风·伐檀》《魏风·硕鼠》等，找到一些资料，发现了一些涉及土地制度和贸易状况的诗句，以及一些政治诗、反战诗，但实际上，在"乐而不淫，哀而不伤"的思想背后，其中所显现出来的社会生活和个人生活所具有的意义要更为深刻、更为广泛得多。

  葛之覃兮，施于中谷。维叶莫莫，是刈是濩。为絺为绤，服之无斁。（《周南·葛覃》）
  陟彼南山，言采其蕨。……陟彼南山，言采其薇。（《召南·草虫》）
  于以采蘋，南涧之滨。于以采藻，于彼行潦。于以盛之，维筐及筥。于以湘之，维锜及釜。（《召南·采蘋》）

这是劳动中的妇女。

  彼茁者葭，壹发五豝。彼茁者蓬，壹发五豵。（《召南·驺虞》）
  子兴视夜，明星有烂。将翱将翔，弋凫与雁。（《郑风·女曰鸡鸣》）
  击鼓其镗，踊跃用兵。（《邶风·击鼓》）
  有力如虎，执辔如组。（《邶风·简兮》）
  岂曰无衣，与子同袍。王于兴师，修我戈矛，与子同仇。（《秦风·无衣》）
  叔于田，乘乘黄。两服上襄，两骖雁行。叔在薮，火烈具扬。（《郑风·大叔于田》）

这是男子，是战士驰猎在原野上。

  有女同行，颜如舜英。将翱将翔，佩玉将将。（《郑风·有女同车》）

这是爱情。

> 于以奠之，宗室牖下。谁其尸之，有齐季女。(《召南·采蘋》)
> 鸡栖于埘，日之夕矣，羊牛下来。(《王风·君子于役》)

这是农家村落的日日夜夜。

华兹华斯说，在田园生活中，"人们心中主要的热情找着了更好的土壤，能够达到成熟境地，少受一些拘束，并且说出一种更纯朴和有力的语言。因为在这种生活里，我们的各种基本情感共同处于一种更单纯的状态之下，因此能让我们更确切地对它们加以思考，更有力地把它们表达出来。因为田园生活的各种习俗是从这些基本情感萌芽的，并且由于田园工作的必要性，这些习俗更容易为人了解，更能持久。最后，因为在这种生活里，人们的热情是与自然的美而永久的形式合而为一的"①。柯勒律治说："保持儿时的感情，把它带进壮年才力中去，把儿童的惊喜感、新奇感和四十年来也许天天都惯见的事物：日、月、星辰，年年岁岁、男男女女……结合起来，这个就是天才的本质和特权。"② 惠特曼说："一般的男人和女人都很欣赏美，说不定和诗人一样能欣赏。打猎的人、伐木的人、早起的人、培栽花园果园的人和种田的人所表现的热烈的意志，健康的女人对于男子形体、航海者、骑马者的喜爱，对光明和户外空气的热爱，这一切历来都是多样地标志着无穷无尽的美感和户外劳动的人们所蕴藏的诗意。"③

十五国风中的诗人们，正是在歌颂着年年月月往复不已的日常生活，歌颂那些像天上的小星般平淡而又永远那么晶莹清澈的人之常情，描述那些比任何社会制度、政治制度都更加深刻久远的男女之爱和天伦之乐。生活中的悲凉艰辛、心灵上的磨难，以及质朴天真的感情、敦厚挚切的信念和对美与爱的欢欣，全都融在了诗句之中。初始时期的筚路蓝缕和上古的

---

① [英]华兹华斯：《抒情歌谣集·一八〇〇年版序言》，载伍蠡甫主编《西方文论选》下卷，上海译文出版社1979年版，第5页。

② [英]柯勒律治：《文学传记·第四章》，载伍蠡甫主编《西方文论选》下卷，上海译文出版社1979年版，第32页。"年年岁岁"原译"一年到头"。

③ [美]惠特曼：《草叶集·序言》，载伍蠡甫主编《西方文论选》下卷，上海译文出版社1979年版，第506页。

纯真感情融在了一起，苍凉辽迥的大地，近于洪荒状态的原野上，充满了勃勃生机的人类，一个多么难得的"我求懿德，肆于时夏"和"郁郁乎文哉"的时代啊！就是在这种自然环境与现实生活中，人们见到了人与自然的和谐与美，才有所谓"悦之，故言之；言之不足，故长言之；长言之不足，故嗟叹之；嗟叹之不足，故不知手之舞之足之蹈之"，并从而产生出众多杰出诗作。读《大戴礼记·礼三本》"天地以合，四海以洽，日月以明，星辰以行，江河以流，万物以倡"，《史记·礼书》"天者，高之极也；地者，下之极也；……圣人者，道之极也"，然后再读"爰采唐矣，沫之乡矣。云谁之思，美孟姜矣。期我乎桑中，要我乎上宫，送我乎淇之上矣"，再读"彼黍离离，彼稷之苗。行迈靡靡，中心摇摇。知我者，谓我心忧；不知我者，谓我何求。悠悠苍天，此何人哉"，我们也许就更加理解在那个以"可感事物的自发秩序与意识"[①]为极限的自然感官的感觉经验范围内，在那个"一动一静者天地之间也"的世界里，人们那种"朱弦而疏越，一唱而三叹，有遗音者矣"和"乐者天地之和也"的陶然得意；同时也更加明白，在那个遥远的时代中，现实生活是如何在与人们的灵魂剧烈抵触，又如何与艺术的境界只有咫尺之隔了。

五

从现代艺术观念上看，或许传统的诗歌诗艺并不是至上的和可以永远承传下去的。但即使在那时，在那个"和谐的时代"已经过去之后，人们也将记得，艺术，传统观念所理解的艺术，曾经给人类带来希望和欢乐，曾经发展了人类的情感和思维水平。人类将会记得在那数千年间人与自然所共同酿造出的这杯旨酒。

---

① [法]加埃唐·皮康：《论塞尚》，啸声译，《世界美术》1979年第3期。

论《九歌·山鬼》祀主为九疑山神

一

屈子《九歌》，传本实为十一篇，历朝学者核校其篇数，有摈《山鬼》而称其祀主为"小神"者。

明钱澄之《庄屈合诂》曰："《山鬼》涉于妖邪，不宜祀。"

清王夫之《楚辞通释》曰："《山鬼》……与日星山川同列祀典，而篇中道其乔媚依人之情，盖贱之也。"

近人闻一多《什么是九歌》曰："尤其《湘君》、《湘夫人》等章的猥亵性的内容（此其所以为淫辞）已充分暴露了这些神道的原始性和幼稚性。"①

张寿平《九歌研究》曰："《九歌·山鬼》一篇所奉祀者，为一般山神。……其在《九歌》所祀诸神中，地位最卑。"②

按《尚书·舜典》："肆类于上帝，禋于六宗，望于山川，遍于群神。"《礼记·曲礼下》："天子祭天地，祭四方，祭山川，祭五祀，岁遍。诸侯方祀，祭山川，祭五祀，岁遍。大夫祭五祀，岁遍。士祭其先。凡祭，有其废之莫敢举也，有其举之莫敢废也。非其所祭而祭之，名曰淫祀，淫祀无福。"屈子其时楚已称王，故《楚辞·九歌》所祀兼王者与诸侯之职。

宋洪兴祖《楚辞补注》引五臣云："每篇之目皆楚之神名。"此亦当谓楚国称王时而言。至汉高祖即位，置祠祀官，有秦、晋、梁、荆之巫。

---

① 闻一多：《什么是九歌》，载闻一多《神话与诗》，古籍出版社1956年版，第270页。
② 张寿平：《九歌研究》，台北广文书局1970年版，第67—68页。

《史记·封禅书》："荆巫，祠堂下、巫先、司命、施糜之属。"(《汉书·郊祀志》同) 此则纯为诸侯之小巫，杜佑《通典》卷五五《礼十五·沿革十五》列为"诸杂祠"，与《九歌》之世不同。

《九歌》篇章，自《东皇太一》至《山鬼》，凡九事，皆为物，诸神皆天地山川之物神。太一、大司命、少司命，星名。云中君，云名。湘、河，水名。东君，日名。山鬼，因山而名。

《国殇》非常祀，故与《礼魂》列于九篇之后，其为附属甚明。

楚俗虽好鬼，但观于《九歌》，无不与上古天地四方、五祀六宗、山川群神之祀典相合，尚不得谓为末世淫祀，亦不得视为"民间"之事。

游国恩《论九歌山川之神·论山鬼》已将山川之神四篇合为一类，得其仿佛，而曰"《九歌》之第九篇曰《山鬼》，亦楚人淫祠之一"[①]，是为断绝经典之臆解。按祀歌出于典礼，即所谓"淫祠"亦相对于不守典礼而言。

清林云铭《楚辞灯》曰："余考《九歌》诸神，悉天地云日山川正神，国家之所常祀。"

南朝时，采《山鬼》一篇入乐府相和曲，题为《楚词钞·今有人》，见沈约《宋书·乐志三》。《楚辞》入乐府者仅此一篇。按后世之乐府，其渊源即上古采诗之官。

故《九歌》皆渊源典礼，出入"五经"，虽为祀歌，而体制严整，《国语·楚语》观射父谓巫觋"是使制神之处位次主……而能知山川之号"，《汉书·高帝纪》颜师古注引文颖曰："巫，掌神之位次者也"，斯为得之。

二

惟九篇之中，湘、河均为专名，山则是类名，未知所指。

马茂元《楚辞注释》云："本篇以山鬼标名，山鬼犹言山神，是一种通称，与湘君、湘夫人、河伯等不同，并非专指。但是从'采三秀兮

[①] 游国恩：《论九歌山川之神·论山鬼》，载游国恩《楚辞论文集》，古典文学出版社1957年版，第140页。

於山间'一句中，我们可以弄清它究竟指的哪座山，从而对本篇的内容有较深入的理解。"[1] 金开诚、董洪利、高路明《屈原集校注》云："是某座名山的某个具体神灵，但因材料不足，难以确考。"[2] 其所设问颇是。

唐沈亚之《屈原外传》云："〔屈〕原因栖玉笥山，作《九歌》以风谏。至《山鬼》篇成，四山忽啾啾，若啼啸，声闻十里外，草木莫不萎死。"玉笥山在湘阴，见《水经注》卷三八汨水，《通典》卷一八三《州郡典十三·巴陵郡湘阴》，及《太平御览》卷六五汨水。

按《九歌·山鬼》洪兴祖补注引《庄子》曰："山有夔。"《庄子·达生》本解"然则有鬼乎"之问，是知山鬼有名夔之一说。清赵翼《陔馀丛考》卷一五"四夔"条引明冯智舒《质实》云："夔，兽名，又山鬼。"亦以山鬼名夔。

《国语·鲁语下》仲尼曰："木石之怪曰夔，水之怪曰龙、罔象。"韦昭注："木石，谓山也。"是知山怪有名夔之一说。

唐孔颖达《春秋左传正义》引贾逵《鲁语》注云："罔两，罔象，有夔龙之形，而无实体。"是知夔又称为夔龙。

夔似龙，故可称夔龙。其字小篆作"夔"。《说文解字·夂部》："夔，神魖也。如龙，一足，从夂；象有角、手、人面之形。"清段玉裁注引孟康曰："夔神如龙，有角，人面。"引薛综曰："木石之怪，如龙，有角。"段注曰："按从'夂'者，象其一足。云'如龙'，则有角可知。故'丱'象有角。又'止'、'巳'象其似人手，'页'象其似人面。"

《汉书·马融传》载《广成颂》："左挈夔龙，右提蛟鼍。"张衡《南都赋》："追水豹兮鞭魍魎，惮夔龙兮怖蛟螭。"已称夔为夔龙。

《尚书·舜典》：夔典乐，龙作纳言。孔安国传："夔、龙，二臣名。"后世并称"夔龙"，此为舜臣（亦为诸侯）之名，与鬼怪之夔龙不同。

三

而古人有以为夔龙在九疑者。

---

[1] 马茂元：《楚辞注释》，湖北人民出版社 1985 年版，第 181 页。
[2] 金开诚、董洪利、高路明：《屈原集校注》，中华书局 1996 年版，第 274 页。

《汉书·礼乐志》载《郊祀歌》十九章，第十五章《华烨烨》云："九疑宾，夔龙舞。"九疑当解为九疑山神，即夔龙。九疑、夔龙同义而重叠，反复言之。

颜师古注引如淳曰："九疑，舜所葬，言以舜为宾客也。夔典乐，龙管纳言，皆随舜而来，舞以乐神。"按，其说非是。《华烨烨》，王先谦《汉书补注》谓："此礼后土，祠毕，济汾阴作。"后土包山川，《白虎通义·封公侯》云："天虽至神，必因日月之光；地虽至灵，必有山川之化。"故此九疑当解为山神。虽然帝舜葬于九疑，而帝舜自是帝舜，九疑自是山神，此歌与帝舜君臣并无直接关联，必无祭祀后土而可以随时招来古帝之理。

《郊祀歌》其他各章：《练时日》，陆侃如《乐府古辞考》曰："此系迎神之词"；《帝临》，王先谦曰："此祀中央黄帝歌"；《青阳》《朱明》《西颢》《玄冥》，祀春夏秋冬四神；《惟泰元》《天地》，陆侃如曰："二篇均祀太一之词"；《日出入》，祀日；《天马》《景星》《齐房》《朝陇首》《象载瑜》，颂瑞；《天门》，祠蓬莱；《后皇》，亦祀后土；《五神》，祀太一之佐五常；《赤蛟》，陆侃如曰："盖送神之词。"[1] 可知，十九章均为天地山川，与古帝王无关。

唐杜佑《通典》卷五三《礼十三·沿革十三》所载，自两汉、魏、东晋、后魏、隋至大唐，皆有"祀先代帝王"之礼。又载西汉以春祠黄帝，东汉祠帝尧于济阴。又载后魏祀黄帝于桥山，祀帝尧于平阳，祀虞舜于广宁，祀夏禹于安邑，祀周文公于洛阳。又载隋制祀帝尧于平阳，帝舜于河东，夏禹于安邑，商汤于汾阴，文王、武王于沣渭之郊，汉帝于长陵。唐制，三皇置一庙，五帝置一庙，有司以时祭飨。明郎瑛《七修类稿》卷一二《国事类》载："帝王功臣庙：洪武初，建帝王庙于南京鸡鸣山之阳，以祀三皇五帝、三王、汉高祖、光武、唐太宗、宋太祖、元世祖。又诏以历代名臣从祀，风后、力牧、皋陶、夔、龙、伯夷、伯益……"其祀礼皆与天地山川不一类。

---

[1] 陆侃如：《乐府古辞考》，上海商务印书馆1927年版，第25页。

四

《梁书·张缵传》载《南征赋》:"延帝子于三后,降夔龙于九疑,腾河灵之水驾,下太一之灵旗。"

"延"当作"诞",与"降"同义。"三后",犹言三王、三代,包帝舜而言。《左传·昭公三十二年》:"三后之姓于今为庶。"杜预注:"三后,虞、夏、商。"

"延帝子于三后",用《二湘》之典;"腾河灵之水驾",用《河伯》典;"下太一之灵旗",用《东皇太一》典;而"降夔龙于九疑"一句,正用《山鬼》典故。若以《尚书·舜典》舜臣夔龙解之,则显然不符。张缵《南征赋》此四句皆出典于《九歌》,可知南朝有以《山鬼》为九疑山神、其名为夔龙者。

五

潇湘源出九疑,舜葬零陵与二妃死于江湘之间为同一事,故历朝诗家亦有以《二湘》与《山鬼》连言并论者。

唐杜甫《祠南夕望》诗:"山鬼迷春竹,湘娥倚暮花。"

唐李商隐《和郑愚赠汝阳王孙家筝妓二十韵》:"回首苍梧深,女萝闭山鬼。"

唐李商隐《赛舜庙文》:"使东皇太乙,兼预于灵游;俾山鬼江斐,无藏于沴气。"

唐宋之问《谒二妃庙》:"江皋啸风雨,山鬼泣朝昏。"

宋李纲《自蒲圻临湘趋岳阳道中作》十首之九:"山鬼含颦乘赤豹,湘灵解佩鼓云和。"

宋舒岳祥《阆风集》卷三《石莲花》:"不入江妃笑,只令山鬼怜。芙蓉生木末,可证楚人篇。"

元沈梦麟《花溪集》卷二《狼山》:"丹光山鬼护,眉黛江妃染。"

明杨慎《丹铅余录》卷一七:"予既得禹碑刻作禹碑歌,其辞曰:……湘娥遗佩冷班竹,山鬼结旗零翠衮。"

明李梦阳《奉送大司马刘公归东山草堂歌》:"湘娥含笑倚竹立,山鬼窈窕堂之侧。"

明万历《九疑山志》卷八载明邓云霄《谒舜祠》四首之四:"山鬼幽篁里,鹧鸪秋雨中。峰头帝子泪,又洒在丹枫。"

清陈邦彦等《御定历代题画诗类》卷七五载明王佐《画竹》诗:"潇湘绿玉昆仑石……曲终日暮山鬼啼。"

清王士禛《分甘余话》卷二:"门人殷彦来寄其亡友夏生任远遗诗……其《秋夜读九歌》云:湘皇泪雨滋丛竹,山鬼悲风带女萝。"

清光绪《宁远县志》卷三载李星沅《斑管》诗:"苍梧云惨蛾眉绿,湘灵夜傍秋阴哭。……青林风雨山鬼呼,昨梦逢君九疑麓。"

可知历朝文人多有视"二湘"与《山鬼》为一类者。

六

《九歌·湘夫人》"九嶷缤兮并迎,灵之来兮如云"一语,王逸注:"九嶷,山名,舜所葬也。言舜使九嶷之山神,缤然来迎二女。"

又《离骚》曰:"百神翳其备降兮,九嶷缤其并迎。"王逸注:"九嶷,舜所葬也。舜又使九嶷之神,纷然来迎,知己之志也。"《远游》亦曰:"吾将往乎南疑。"王逸注:"过衡山而观九嶷也。"

王逸解"九嶷"为"九嶷之山神",是也。九疑山之山神,犹帝舜之臣,故舜可遣之来迎。王氏惟未明言"九嶷之山神"即《山鬼》之祀主耳。

七

自王逸后,学者多以尧女舜妃解湘神。

王逸于《湘君》"帝子"下注云:"帝子,谓尧女也。言尧二女娥皇、女英,随舜不反,没于湘水之渚,因为湘夫人。"

洪兴祖补注引刘向《列女传》:"舜陟方死于苍梧,二妃死于江湘之间,俗谓之湘君。"引《史记·秦始皇本纪》:"上问博士曰:'湘君何神?'博士对曰:'闻之,尧女,舜之妻,而葬此。'"洪氏曰:"刘向、郑玄亦皆以二妃为湘君。"

但《离骚》《九歌》既有湘君，又有湘夫人，二神而涉三人，以致匹配不一，异说纷起。自唐司马贞《史记索隐》已谓："《楚辞·九歌》有湘君、湘夫人。夫人是尧女，则湘君当是舜。"洪兴祖又曰："王逸以为湘君者自其水神，而谓湘夫人乃二妃也。郭璞疑二女者帝舜之后，不当降小水为其夫人，因以二女为天帝之女。以余考之，璞与王逸俱失也。尧之长女娥皇，为舜正妃，故曰君。其二女女英，自宜降曰夫人也。故《九歌》词谓娥皇为君，谓女英帝子，各以其盛者，推言之也。礼有小君、君母，明其正，自得称君也。"

按古之"后妃"亦得称君，"后"解为"君"，洪说是也。

尤重要者，帝舜为古帝王，死后不得配为山川之神。

《礼记·祭法》："夫圣王之制祭祀也……皆有功烈于民者也。及夫日、月、星辰，民所瞻仰也，山林、川谷、丘陵，民所取财用也。非此族也，不在祀典。"郑玄注："此所谓大神也，《春秋传》曰：'封为上公，祀为大神。'"所载厉山氏之子曰农，即神农，与周弃皆为"后稷"。共工氏子孙世为后土之官，故始祖为社神。契为司徒之官，冥为玄冥之官，即水正，鲧亦为水官，亦同。

后土、水正等，古称"五行之官"，同属"物官"。《左传·昭公二十九年》蔡墨曰："故有五行之官，是谓五官。"又曰："夫物，物有其官。"而帝喾、帝尧、帝舜、帝禹、黄帝、帝颛顼、商汤王、周文王、周武王，皆古帝王，不在"物官"之列。古有专祀，见于诸史。

《祭法》载帝舜"勤众事而野死"，亦为大神，而未言帝舜为水神。

古礼最重名分，以古礼言之，帝舜绝不当为湘水之君，亦不当为九疑山神。

八

《湘夫人》"九嶷缤兮并迎，灵之来兮如云"，语谓来则如云，迎则缤然，句本无碍。

闻一多《九歌解诂》据《尚书·益稷》"虞宾在位"，《大传》"舜为宾客，而禹为主人"，及《郊祀歌》如淳注，认为"凡随舜自九疑而来者皆曰九疑宾",故解"缤兮并迎"之"缤"为宾客之"宾"。①

按,其说非是。"缤兮"解为"缤然"本通,即便将"缤"解为"宾",亦不当作宾客之义。《郊祀歌》"九疑宾"是宾迎之宾,故九疑为主人。如《舜典》"宾于四门,四门穆穆",孔安国传:"四方诸侯来朝者,舜宾迎之",即舜是主人。而《大传》"舜为宾客"则是"禹为主人",舜受其宾迎。"九嶷缤兮并迎"当是九疑为主人以迎湘夫人,而非九疑来为宾客。况且九疑由舜所遣,舜迎夫人不可称"宾"也。《后汉书》庞公"夫妻相敬如宾",《三国志》注引《魏略》常林与妻"相敬如宾",《晋书》庾衮与前妻、继妻"俱相敬如宾",明非常典也。

朱季海《楚辞解故》亦取《郊祀歌》"九疑宾,夔龙舞"互证,曰:"楚俗降神,盖有使巫饰为九疑之神,以宾迎尊神者。夔龙舞,所以娱神,亦巫饰之尔。"② 其说稍为近之。

九

《湘夫人》曰"缤兮并迎",曰"如云",王逸注:"则百神侍送,众多如云也"。金开诚等《屈原集校注》引清吴世尚《楚辞疏》亦云:"如云,言侍从者众。"今学者多解此篇为诸神、群神、众神。

按《史记·五帝本纪》舜"南巡狩,崩于苍梧之野,葬于江南九疑,是为零陵",裴骃集解引《皇览》曰:"舜冢在零陵营浦县,其山九溪皆相似,故曰九疑。"颇疑九疑山神其数有九,即《山鬼》祀主有九也。

十

古礼,事物有阴阳,鬼神有阴阳,巫觋有男女,而阳物为阳神,阴物为阴神。

《隋书·五行下》引刘向《洪范五行传》曰:"山者,君之象。水者,

---

① 闻一多:《九歌解诂·九章解诂》,上海古籍出版社1985年版,第24页。
② 朱季海:《楚辞解故》,《语言研究》1957年第2期。

阴之表。"

《公羊传·成公五年》："梁山崩，壅河，三日不流。"汉何休注："山者，阳精，德泽所由生，君之象。河者，四渎，所以通道中国。"清苏舆《翼教丛编》引作："山者阳精，河者阴精。"

《史记·封禅书》："名川四：水曰河，祠临晋；沔，祠汉中；湫渊，祠朝那；江水，祠蜀。"司马贞索隐引《龙鱼河图》云："河伯姓吕，名公子，夫人姓冯名夷。"引乐产云："汉女，汉神也。"引《广雅》云："江神谓之奇相。"又引《江记》云："帝女也，卒为江神。"

戴震《屈原赋注·九歌·湘君》云："《周官》：凡以神仕者，在男曰觋，在女曰巫。巫亦通称也。男巫事阳神，女巫事阴神。湘君、湘夫人亦阴神，用女巫明矣。"

山为阳，故山神当为男神；水为阴，故水神当为女神。今学者多以山鬼为女神，如游国恩《论九歌山川群神·论山鬼》云："山鬼似为女鬼而非男鬼，故有含睇宜笑，善窈窕，及怨公子、思公子之言。"姜亮夫《楚辞今绎讲录》云："河伯本应是阴性，山鬼本应是阳性，但自东汉以来，河伯一直为男性，山鬼一直为女性，这是个颠倒。"① 殊无此理。

按《山鬼》祀主为男神女神，屈子并无明文。《淮南子·氾论训》："山出枭阳，水生罔象。"枭阳，一作嗥阳，一作枭杨，一作枭羊。高诱注："枭阳，山精也。人形，长大，面黑色，身有毛，足反踵，见人而笑。"洪兴祖《山鬼》补注引之，曰："楚人所祠，岂此类乎？"

枭阳"见人而笑"，疑即《山鬼》"既含睇兮又宜笑"所本。今学者以为凡言笑者皆为女性，则未必也。②

"公子"，谓山神。胡文英《屈骚指掌》卷二《山鬼》："盖有德位之人，死而主此山之祀者。故一则称之曰'若有人'，再则曰'子'，三则曰'灵修'，四则曰'公子'。"又曰："皆借神以喻君也。"

---

① 姜亮夫：《楚辞今绎讲录》，北京出版社1981年版，第83页。
② （晋）葛洪《神仙传·王兴传》："昔汉武帝元封二年，上嵩山，登大愚石室，起道宫，使董奉君、东方朔等，斋洁思神。至夜，忽见仙人长二丈余，耳下垂至肩。武帝礼而问之，仙人曰：'吾九疑仙人也。'"（"九疑仙人"一作"九嶷仙人"。）亦不言其为女性。

十一

古语鬼、神不同，然亦通用。

古人以为万物之精则有神。"不测之谓神。"神即造化之妙。《说文解字》："神，天神，引出万物者也。从示、申。"申即引申、屈申之申，今作"伸"，俗字。

天阳而地阴，魂阳而魄阴，神阳而鬼阴。鬼与神同类，而专指人鬼。《说文解字》："人所归为鬼。从人，象鬼头。"而其魂魄，亦属不测。《礼运》："魂气归于天，形魄归于地。"《郊特牲》："魂气归于天，形魄归于地。"《韩诗外传》："人死曰鬼，鬼者归也。精气归于天，肉归于土。"

由此可知"山鬼"其正名本当称为"山神"。称"鬼"，用其泛称。

言"神"，谓其不可见。言"鬼"，则约略可见矣，《说文解字》所谓"象鬼头"也。屈子题为《山鬼》，欲其隐约可见，所谓"若有人"也。王夫之《楚辞通释》："以其疑有疑无，谓之鬼耳。"

十二

清顾成天《楚辞九歌解》解《山鬼》为巫山神女，曰："楚襄王游云梦，梦一妇人，名曰瑶姬。通篇辞意，似指此事。"《四库全书总目提要》斥其"穿凿附会"，曰："屈原本旨，岂其然乎！"

而孙作云《九歌山鬼考》发挥其说[1]，闻一多、马茂元、陈子展、姜亮夫等赞成之，郭沫若《屈原赋今译》且提出《山鬼》"采三秀兮於山间"，"於"古音读"巫"，"於山"即"巫山"。[2]

按，闻一多《怎样读九歌·九歌兮字代释略说》云："'兮'可代'于'字作用，'于'字可省。"此由语法而言诚是也，由辞章之学而言，则兮、于可连文。王逸《九思》："愍余命兮遭六极，委玉质兮于泥涂"，"虎兕争兮于廷中，豺狼斗兮我之隅"，"鸿鸹兮振翅，归雁兮于征"，皆

---

[1] 孙作云：《九歌山鬼考》，《清华学报》1936 年第 4 期。
[2] 郭沫若：《屈原赋今译》，人民文学出版社 1953 年版，第 32 页。

是其例。

且巫山之名，频见经史，无须假借。故郭氏所言，并无必然之根据。

今人解山鬼为巫山女神，又解河伯、山鬼为夫妻神，湘君、湘夫人亦为夫妻神。一则由于不信上古典礼；一则追逐现代男女情爱，以媚世俗，实皆别有处心之歧说。

游国恩《楚辞概论》将《九歌》言祭及言情的诗歌分作两组，"第一组为祭歌，即《东皇太一》《云中君》《东君》《国殇》《礼魂》五篇"，"第二组为情歌，即《湘君》《湘夫人》《大司命》《少司命》《河伯》和《山鬼》六篇"。①

苏雪林以为："它们所歌咏的是人与神的恋爱……看看《山鬼》中的情辞……它们表达了所求不得的相思之苦，可见《山鬼》是极为凄恻感人之情歌。"②

马茂元《楚辞注》说："山鬼即山中之神。称之为鬼，因为不是正神。楚人祭山鬼，当然是一种'淫祠'之风的表现。但寻绎文义，篇中所说的是一位缠绵多情的山中女神。"③

姜亮夫《楚辞今绎讲录》云："《九歌》里的《云中君》是月神，《东君》是日神，日月配对，配成夫妇神。《大司命》和《少司命》配成夫妇神，《湘君》和《湘夫人》配成夫妇神，《山鬼》和《河伯》配成夫妇神。"④

按"淫"字本义为久雨，引申为过度。《说文解字》："浸淫随理也。从水，㸒声。一曰久雨为淫。"《左传·庄公十一年》："秋，宋大水。公使吊焉，曰：'天作淫雨，害于粢盛。'"《礼记·月令》："季春……行秋令，则天多沉阴，淫雨蚤降，兵革并起。"郑玄注："淫，霖也。雨三日以上为霖。"情色之"淫"当从"女"，作"婬"。王夫之《说文广义》卷一曰："淫本训浸淫也，一曰久雨为淫。……'婬色'、'婬奔'，从女

---

① 游国恩：《楚辞概论》，上海商务印书馆 1933 年版，第 81、85 页。
② 苏雪林：《〈楚辞·九歌〉与河神祭典的关系》，《现代评论》1928 年第 204—206 期。后改题《九歌中人神恋爱问题》，收入《蠹鱼集》，商务印书馆 1938 年版；又收入《九歌中人神恋爱问题》，台北文星出版社 1967 年版。
③ 马茂元选注：《楚辞选》，人民文学出版社 1958 年版，第 104 页。
④ 姜亮夫：《楚辞今绎讲录》，北京出版社 1981 年版，第 103 页。

从淫省，唯佛书犹存此字。"今人责《九歌》为淫祠，而训解率归于淫色，可谓两失。抑之则曰淫祠，扬之则曰爱情，殆只是今世一种心理写照。终使古人歌篇丧失理性，屈子"楚辞"沦为不可信之学。

十三

《国语·吴语》载申胥（伍子胥）曰："昔楚灵王……筑台于章华之上，阙为石郭，陂汉，以象帝舜。"此之"帝舜"为地名，谓舜陵，即零陵。韦昭注："舜葬九疑，其山体水旋其丘，故壅汉水使旋石郭，以象之也。"可知春秋时，楚人颇知九疑舜陵之事。

1973年长沙马王堆三号汉墓出土帛绘古地图，其下限为汉文帝十二年（前168），自《发掘简报》公布以来命名为《地形图》与《驻军图》。今观其帝舜、九疑、深水原所处地图中心位置，可以推测《地形图》实当为指示舜陵祭祀的行程路线图，《驻军图》则当是舜陵祭祀的警跸图，二图可能都与春秋战国至汉初的九疑山舜陵祭祀有关。

近年九疑山玉管岩祭祀陵庙遗址的考古发掘，亦在宋、唐建筑基址之上，发现东汉与西汉的古建筑遗迹。

帝舜祀礼之重，可以推见。

十四

上古"山川群神"一语，本指山川诸侯，与社稷诸侯同为王公。

《国语·鲁语下》仲尼曰："山川之灵，足以纪纲天下者，其守为神；社稷之守者，为公侯。皆属于王者。"韦昭注："群神，谓主山川之君，为群神之主，故谓之神也。……足以纲纪天下，谓名山大川能兴云致雨，以利天下也。"仲尼曰又见《史记·孔子世家》，裴骃集解引王肃曰："守山川之祀者为神，谓诸侯也。"

上古已有"山出云"的知识，上古实行的"山川诸侯"制度实际上具有自然保护的功能。

《礼记·祭法》："山林、川谷、丘陵，能出云，为风雨，见怪物，皆曰神。"

《礼记·孔子闲居》："开降时雨，山川出云。"

《尚书大传》卷一："五岳皆触石而出云，扶寸而合，不崇朝而雨天下。"

《尚书大传》卷三："夫山，草木生焉，鸟兽蕃焉，财用殖焉，生财用而无私为焉，四方皆代焉，每无私予焉。出云风以通乎天地之间，阴阳和合，雨露之泽，万物以成，百姓以飨。"

《韩诗外传》卷三："夫山者，万民之所瞻仰也。草木生焉，万物植焉，飞鸟集焉，走兽休焉，四方益取与焉。出云道风，嵷乎天地之间。天地以成，国家以宁。"

《白虎通义·性情》："山亦有金石累积，亦有孔穴，出云布雨以润天下。"

自从山川诸侯瓦解，礼法制度宗教化，山川群神之幸存者多沦为淫祠，而山神、水神渐被视为小神，转成"民间信仰"，自然保护的功能亦荡然殆尽。

十五

《尧典》《舜典》居《尚书》之首，《曲礼》居《礼记》之首，《九歌》所言与之同始终。宋王铚《雪溪集》卷一《题洛神赋图诗并序》云："风雅颂为文章之正，至屈原离骚兼文章正变而言之，《湘君》《湘夫人》《山鬼》多及帝舜英皇，以系恨千古。"

自近代以来，贬经学而扬诸子，损《诗经》而张《楚辞》，薄中夏而尚地域，于是截断上古礼制而论说祀典，"山川群神"皆成"神话"。

昔章太炎主讲《国学概论》，在"国学的本体"题目中，共讲三个问题，其一曰"经史非神话"；其二曰"经典诸子非宗教"；其三曰"历史非小说传奇"。章太炎云："经史并非神话。"又云："经典诸子中有说及道德的，有说及哲学的，却没曾说及宗教。……中国自古即薄于宗教思想,此因中国人都重视政治。"又云:"古书原多可疑的地方,但并非像小说那样的虚构。"①

章氏之见在于今日,尤其具有警醒学人的价值。

---

① 章太炎:《国学概论》,上海古籍出版社1997年版,第3—6页。

《垓下歌》与《大风歌》史解

垓下之围，项羽作《垓下歌》：

> 力拔山兮气盖世，时不利兮骓不逝。
> 骓不逝兮可奈何，虞兮虞兮奈若何！

汉高帝十二年（前195），刘邦作《大风歌》：

> 大风起兮云飞扬，威加海内兮归故乡，
> 安得猛士兮守四方！

其中有楚歌的背景，有二人性格与文采的表现，同时也与当时一个具体历史条件密切相关。当时最重要的事情是战争，战争中的关键是骑兵。《垓下歌》和《大风歌》的创作受到了这一历史条件的影响。

楚汉相争，刘邦多次败于项羽，即如诸葛亮《后出师表》所说："高帝明并日月，谋臣渊深，然涉险被创，危然后安。"刘邦既有天下，置酒洛阳南宫，和群臣议论取天下事，得益于张良、萧何、韩信的帮助。这些史实是人们所熟知的，但是，楚汉相争数年苦战之中还有一些细节，尚未引起人们注意。

史载自赵武灵王胡服骑射，中国始有骑兵。但自赵武灵王到秦统一，战争中关于骑兵的记载并不多。骑兵的详细记载，始于楚汉战争。《资治通鉴》卷九《汉纪》高帝二年五月（《史记》《汉书》灌婴传略同）：

> 汉王至荥阳，诸败军皆会……楚起于彭城，乘胜逐北，与汉战荥

阳南京、索间。楚骑来众，汉王择军中可为骑将者，皆推故秦骑士重泉人李必、骆甲。汉王欲拜之，必、甲曰："臣故秦民，恐军不信臣，愿得大王左右善骑者傅之。"乃拜灌婴为中大夫令，李必、骆甲为左右校尉，将骑兵击楚骑于荥阳东，大破之。楚以故不能过荥阳而西。

《资治通鉴》卷一〇《汉纪》高帝四年八月（《汉书·高帝纪》同）：

> 北貉、燕人来致枭骑助汉。

《资治通鉴》卷一一《汉纪》高帝五年十二月：

> 项王至垓下……汉军及诸侯兵围之数重。……项王乘其骏马名骓，麾下壮士骑从者八百余人，直夜，溃围南出驰走。平明，汉军乃觉之，令骑将灌婴以五千骑追之。

楚汉之争中骑兵的重要，于此可见一斑。元代史学家胡三省曾明鉴其事。

《资治通鉴》卷八六《晋纪》惠帝永兴二年：

> （范阳王）琥领冀州，遣（刘）琨诣幽州乞师于王浚，浚以突骑资之。

胡三省注曰：

> 突骑，天下精兵。燕人致枭骑助汉高祖以破项羽，光武得渔阳、上谷突骑以平河北。

"枭骑"又称"突骑"，是北方燕国特有的军事力量。燕国早在春秋时期，已有"冀之北土，马之所生"的记载，唐人又称"马良而多，人习骑战"。东汉时汉光武帝刘秀据河北夺取天下，也是靠了上谷太守耿况所发的突骑。枭骑，应邵说："枭，健也。"张晏说："枭，勇也，若六博之枭也。"突骑，颜师古说："言其骁锐，可用冲突敌人也。"细斟史实，可以发现枭骑、突骑加入汉骑兵队列，实为刘邦、刘秀成功夺取天下的一大关键。

据《史记·灌婴传》，荥阳战胜之后，灌婴所部骑兵多次受命打败楚国骑兵，曾经迂回楚后绝其粮道，至齐追田横，渡淮击楚后方至广陵，攻克临淄、彭城诸重镇，杀楚大将司马龙且、薛公，掳柱国项佗、亚将周兰、车骑将军华毋伤，前后斩楚楼烦将十七人。在垓下决战中，追杀项羽于东城的也是这支骑兵，将帅五人共斩项羽，皆赐爵列侯。项羽死后，灌婴又渡江破吴，还定淮北。刘邦即位后，灌婴为车骑将军，曾击破燕王臧荼，擒楚王韩信，击韩王信于代，击陈豨于曲逆，破英布于淮北，北击匈奴于武泉，纵横南北，无所不在。

楼烦将是项羽楚军骑兵中勇武者的称号，原为北方游牧部落名。裴骃《史记集解》引李奇说："其人善骑射，故以名射士为楼烦，取其美称，未必楼烦人也。"可知在项羽楚军中，早有骑兵的建制，并且可与楼烦部落的骑射技术相媲美。楚汉战争中的重要一环，便是楚军楼烦将与汉军枭骑之间的战争。

《史记·项羽本纪》：

> 项王军壁垓下，……夜围汉军皆楚歌。……项王则夜起，饮帐中。有美人名虞，常幸从；骏马名骓，常骑之。于是项王乃悲歌忼慨，自为诗曰："力拔山兮气盖世，时不利兮骓不逝。骓不逝兮可奈何，虞兮虞兮奈若何！"

朱熹《楚辞集注》说："羽固楚人，而其词慷慨激烈，有千载不平之余愤。"但项羽引战马入歌中，想非偶然。

《汉书·高帝纪》：

> 上（击英布）还，过沛，留。置酒沛宫，悉召故人、父老、子弟佐酒。发沛中儿得百二十人，教之歌。酒酣，上击筑，自歌曰："大风起兮云飞扬，威加海内兮归故乡，安得猛士兮守四方！"令儿皆和习久。上乃起舞，慷慨伤怀，泣数行下。

此前，汉高帝七年（前200），刘邦曾被匈奴四十万骑兵包围在白登，七日后解围。这次击败英布，荣归故里，自然足以慷慨激昂，但忽而又念及匈奴之耻，无奈于匈奴的铁骑，以至于高歌"安得猛士兮"，不知如何守卫北方。细绎其意，仍然在为汉军骑兵忧虑。

读司马迁《报任安书》随笔

——兼评许嘉璐《古代汉语》

许嘉璐先生主编的《古代汉语》（以下简称"许书"[1]），为"高等师范学校教学用书"。偶检司马迁《报任安书》，绎绎其情致，撮述其大意，于许书间有涉及，爰条列数事，未安之处，祈方家匡正。

司马迁《报任安书》向被视为名篇，鲁迅《汉文学史纲要》全书篇幅极短，于第十篇《司马相如与司马迁》中，乃有大段引文，又称："况发愤著书，意旨自激，其与任安书有云：'仆之先人，非有剖符丹书之功，文史星历，近乎卜祝之间，固主上所戏弄，倡优畜之，流俗之所轻也。假令仆伏法受诛，若九牛亡一毛，与蝼蚁何异。'恨为弄臣，寄心楮墨，感身世之戮辱，传畸人于千秋，虽背《春秋》之义，固不失为史家之绝唱，无韵之《离骚》矣。"[2] 鲁迅评价《史记》的名句"史家之绝唱，无韵之《离骚》"，正是在引用了《报任安书》文后紧接着写出的。

《报任安书》中"此人皆意有所郁结，不得通其道，故述往事，思来者"一段，被视为解释文学创作的一种理论，向来多经学者称引。如李长之曾说："创作本是人类心灵至高的活动，在心理方面岂可以无因？所以现代的心理学界，有以压抑说和补偿说来解释文艺的创作的了，但我们在两千多年前，却也早已有了一个同调，这就是司马迁的'发愤著书说'。"[3]

---

[1] 许嘉璐：《古代汉语》，高等教育出版社1992年版。
[2] 鲁迅：《汉文学史纲要》，人民文学出版社1973年版，第58—59页。
[3] 李长之：《司马迁之人格与风格》，生活·读书·新知三联书店1984年版，第306页。此书上海开明书店1948年初版。

如果将古代散文中的书信划归一类，编为书信散文，乐毅《报燕惠王书》、邹阳《狱中上梁王书》、司马迁《报任安书》、杨恽《报孙会宗书》、曹丕《与吴质书》、曹植《与杨德祖书》、嵇康《与山巨源绝交书》、刘琨《答卢谌书》、丘迟《与陈伯之书》等，均为名篇，但《报任安书》则可以说居此之首，为千古压卷之作。刘勰《文心雕龙·书记》称："汉来笔札，辞气纷纭。观史迁之《报任安》，东方之《谒公孙》，杨恽之《酬会宗》，子云之《答刘歆》，志气盘桓，各含殊采；并杼轴乎尺素，抑扬乎寸心。"于两汉文章中，是首称司马迁的。

《报任安书》今始见于《汉书》，其后重要版本为南朝梁昭明太子萧统所编《文选》，二者文字略有不同。《汉书》虽早于《文选》，但因《文选》于篇首有"太史公牛马走司马迁再拜言"一句，于篇末有"谨再拜"一句，均不见于《汉书》，故知该篇在《史记》之外别有流传，《文选》所据亦别有传本。林纾说："此书愤懑极矣。幸任安得书后，秘之不出，迁死始传于世，不然如杨子幼矣。"① 犹信。

在版本选择上，王力先生主编《古代汉语》（以下简称王书②）是依照《文选》而参照《汉书》，凡文字不同之处多从《汉书》，同时给出说明。许书于文章版本未作说明，核校字句，似出《文选》。目前"古代汉语"课程多划归大学中文系，以《文选》为底本自属必然，但《汉书》文笔向以雅正著称，范晔《后汉书·班固传》谓："司马迁、班固……议者咸称二子有良史之才，迁文直而事核，固文赡而事详。"许书未加参照，于体例一面已不如王书。

该篇题名，《汉书·司马迁传》虽收录全文，但按史例未有定名，仅称"任安予迁书……迁报之曰"。《文选》据篇首"少卿足下"语，题名《报任少卿书》。姚鼐《古文辞类纂》及吴楚材、吴调侯《古文观止》题名《报任安书》。任安姓任名安，字少卿，王书按姓氏的正式称谓，亦题名《报任安书》。许书仍题《报任少卿书》，与《文选》同，则似以许书为长。

该篇加现代标点统计，约 2760 余字，于古代书信散文中属超长之作。

---

① 慕容真点校：《林纾选评古文辞类纂》，浙江古籍出版社 1986 年版，第 135 页。
② 王力：《古代汉语》，中华书局 1963 年版。

《汉书》《文选》《古文辞类纂》《古文观止》原文均不分段，中华书局点校本《汉书》分为7段，王书分为6段。许书最细，分为8段，首尾抬头、落款均不按书信体例左右对齐。分段及现代标点不属校勘之列，长文分段或多或少均可。唯断句或在某字前，或在某字后，于文义安或不安，古之学者多有考辨，故本文仍论及之。

吴楚材、吴调侯于《报任安书》篇后总评："此书反复曲折，首尾相续，叙事明白，豪气逼人。其感慨啸歌，大有燕赵烈士之风；忧愁幽思，则又直与《离骚》对垒。文情至此极矣！"[1] 林纾评：司马迁"咎恨愈深，则牢骚益甚。锋棱虽露，仍不尽露。行文之蓄缩变化，真不可扪捉也！"[2] "反复曲折"及"蓄缩变化"二语，实最得其真。[3]

兹据许书分八段札记如下。

第一段

自"太史公牛马走"至"阙然久不报，幸勿为过"为第一段。

太史公牛马走司马迁再拜言：少卿足下：曩者辱赐书，教以顺于接物、推贤进士为务。意气勤勤恳恳，若望仆不相师，而用流俗人之言。仆非敢如此也。仆虽罢驽，亦尝侧闻长者遗风矣。顾自以为身残处秽，动而见尤，欲益反损，是以独抑郁而与谁语。谚曰："谁为为之？孰令听之？"盖钟子期死，伯牙终身不复鼓琴。何则？士为知己者用，女为悦己者容。若仆大质已亏缺矣，虽才怀随和，行若由夷，终不可以为荣，适足以发笑而自点耳。书辞宜答，会东从上来，又迫贱事，相见日浅，卒卒无须臾之间，得竭至意。今少卿抱不测之罪，涉旬月，迫季冬，仆又薄从上雍，恐卒然不可为讳，是仆终已不得舒愤懑以晓左右，则长逝者魂魄私恨无穷。请略陈固陋。阙然久不报，

---

[1] （清）吴楚材、吴调侯编选：《古文观止》卷五，中华书局1959年版，第228页。
[2] 慕容真点校：《林纾选评古文辞类纂》，浙江古籍出版社1986年版，第137页。
[3] 楼昉亦有"反复曲折"评语，见于光华《评注昭明文选》，上海扫叶山房1920年石印本。

幸勿为过！

此段"少卿足下"前，《文选》较《汉书》多出"太史公牛马走司马迁再拜言"一句，"牛马走"为当时习语，故知《文选》所本当是司马迁原篇。全篇结尾，《文选》又多出"谨再拜"一句，仍是原篇。此为书仪格式，今称抬头落款，为《汉书》删落，故宜。然此句与"少卿足下"间当有句读，许书连写，似有不宜。

"顺于接物"一句，《文选》作"顺"，《汉书》作"慎"。古人择友必慎，《论语》子曰"道不同不相为谋"，司马迁《史记》中有两处引用（《伯夷列传》《老子列传》），故知宜以《汉书》为是。王书据《汉书》改为"慎于接物"。

"而用流俗人之言"一句，古注不同。《文选》李善注引苏林曰："《礼记》曰：不从流俗。郑玄曰：流俗，失俗也。"则是以流俗为名词，允诺相救为"俗"，不允为"失俗"。《汉书》颜师古注："谓随俗人之言，而流移其志。"则是以"流"为动词，"俗"为名词，不允相救为"俗"，允诺为不流俗。二解皆通。"用"字，《汉书》在"而"前，则当属上句，"不相师用"为一句。《文选》在"而"后，如"流俗"解为名词，则"用"解为实词；如"流"解为动词，则"用"当解为虚词，意为"因"。

"士为知己者用"一句，此为当时习语，《战国策·赵策》豫让曰："士为知己者死，女为悦己者容。"阮瑀《琴歌》诗："士为知己死，女为悦者玩。"

"不测之罪"一句，《汉书》颜师古注："不测，谓深也。"《文选》五臣注引吕向曰："不测，谓生死不可知。"许书注释为："不可预知的罪。指被处腰斩。"王书注释为："不测，指深。不测之罪，指被处腰斩。"据《史记·田叔列传》褚少孙补传，戾太子之变，任安为北军使者护军，太子立车北军南门外，召任安，与节令发兵。安拜受节，入，闭门不出。武帝闻之，以为任安为详邪，不傅事，曰："是老吏也，见兵事起，欲坐观成败，见胜者欲合从之，有两心。安有当死之罪甚众，吾常活之，今怀诈，有不忠之心。"下安吏，诛死。但任安被处以腰斩，是入狱以后事，由语言上说，"不测之罪"只是讳言死罪，并非专指腰斩，故此句注释当如颜师古所注为宜。

　　此篇《汉书》称"迁报之曰"，此段中说"阙然久不报"，则知此篇确为司马迁致任安的答书。任安所作致司马迁书早已不见，其中所言何事不得其详，此篇中说"教以顺于接物、推贤进士为务"，谨此而已。但据此段"今少卿抱不测之罪……则长逝者魂魄私恨无穷"，知任安已婴罹死罪，所说"推贤进士为务"，乃是讳言，其意专在令司马迁救助自己。但任安之所以得罪，实因汉武晚年昏聩，激发戾太子之变，而任安时任北军护军使者，不得已介入其事，此固非一己私情、寻常贪生畏死之可比。如李长之所说："（任安）他也是征和二年时戾太子之变的牺牲者……他死得更冤……任安其实是一个很有气节的人。"[①] 而司马迁未能救助任安，亦恐非如此段自称："谁为为之？孰令听之？"《汉书》载司马迁"既被刑之后，为中书令，尊宠任职"，则是确有机会面陈。而司马迁不肯见武帝，大约是对武帝已经灰心。

　　此段叙述得任安来书，自己如何答书，而言语极简。通篇之中，亦不见司马迁之答语，名为答书，其实皆是其自陈之言。按此当是古人一种文风。尝读陈寅恪先生所为书序，刘文典（叔雅）《庄子补正序》不言刘文典其人其书如何，而言"寅恪平生不能读先秦之书"[②]，杨树达（遇夫）《论语疏证序》不言杨树达其人其书如何，而言"寅恪平生颇读中华乙部之作"[③]，殆亦如此。

　　此段，包世臣评："史公讳言少卿求援……史公可为少卿死，而《史记》必不能为少卿废也。"[④] 林纾评："迁被刑后，为中书令，颇尊宠任职，似可进言之时，而任安适以事下狱。然虽以书劝其推贤进士，乃不知此书适足发迁之牢骚。"[⑤] 观司马迁所说"非敢如此"，又云"抑郁而与谁语"，此段以一言概括，即允诺相救而不能相救。

---

　　① 李长之：《司马迁之人格与风格》，生活·读书·新知三联书店1984年版，第106页。
　　② 陈寅恪：《金明馆丛稿二编》，上海古籍出版社1982年版，第229页。
　　③ 同上书，第232页。
　　④ （清）包世臣：《复石赣州书》，载《艺舟双楫》卷二，道光二十六年（1846）白门倦游阁印《安吴四种》本。
　　⑤ 慕容真点校：《林纾选评古文辞类纂》，浙江古籍出版社1986年版，第135—136页。

第二段

自"仆闻之,修身者智之符也"至"如仆尚何言哉!尚何言哉"为第二段。

　　仆闻之:修身者,智之符也;爱施者,仁之端也;取予者,义之表也;耻辱者,勇之决也;立名者,行之极也。士有此五者,然后可以托于世,而列于君子之林矣。故祸莫憯于欲利,悲莫痛于伤心,行莫丑于辱先,而诟莫大于宫刑。刑余之人,无所比数,非一世也,所从来远矣。昔卫灵公与雍渠同载,孔子适陈;商鞅因景监见,赵良寒心;同子骖乘,袁丝变色。自古而耻之。夫以中材之人,事有关于宦竖,莫不伤气,而况于慷慨之士乎?如今朝廷虽乏人,奈何令刀锯之余,荐天下之豪俊哉?仆赖先人绪业,得待罪辇毂下,二十余年矣。所以自惟:上之不能纳忠效信,有奇策才力之誉,自结明主;次之又不能拾遗补阙,招贤进能,显岩穴之士;外之又不能备行伍,攻城野战,有斩将搴旗之功,下之不能累日积劳,取尊官厚禄,以为宗族交游光宠。四者无一遂,苟合取容,无所短长之效,可见于此矣。乡者仆常厕下大夫之列,陪外廷末议,不以此时引维纲,尽思虑,今已亏形为扫除之隶,在阘茸之中,乃欲仰首伸眉,论列是非,不亦轻朝廷、羞当世之士邪?嗟乎!嗟乎!如仆尚何言哉!尚何言哉!

　　"祸莫憯于欲利"一句,"憯"同"惨"。① "欲利",《汉书》及王书无解。《文选》李善注解为"所可憯者,惟欲之与利,为祸之极也","欲"与"利"均为名词。许书解为"贪得私利","欲"为动词。然而"欲与利"或"贪得私利"又如何便可导致"惨祸"?况且司马迁所说"故祸莫憯于欲利,悲莫痛于伤心,行莫丑于辱先,而诟莫大于宫刑"四事,皆为与自身有关,如解为"贪得私利",司马迁何曾"贪得私利"?

---

① "憯""惨"通假,参见钱大昕《十驾斋养新录》卷一"憯惨"条,江苏古籍出版社2000年版,第18页。

检《古文观止》，解此句为："须利赎罪，而家贫，最憯也。"参下文"家贫，财赂不足以自赎。交游莫救，左右亲近不为一言"数语，则知此解近是。"欲"为动词，为需要、等待之意。"祸莫憯于欲利"，即俗语所谓"一文钱难倒英雄汉"之意。司马迁本以国士自期，故轻财，"亡室家之业"，而遇祸竟不能以财自赎，此所谓"最惨"也。《古文观止》于"左右亲近不为一言"句后注曰："观家贫货赂三句，则知史迁作《货殖》《游侠》二传，非无为也。"极有见地。

"刑余之人"，此语与下文"刀锯之余"，均有出典，此处专谓宦者，非仅指一般肉刑致残之意。《后汉书·宦者列传》传论称宦者为"刑余之丑"。《文选》李善注："《史记》履貂曰，臣刀锯之余，不敢二心。"按《史记·晋世家》，宦者履鞮谓晋文公曰："臣刀锯之余，不敢以二心事君倍主。……今刑余之人以事告而君不见，祸又且及矣。"履貂即履鞮，又称勃貂、勃鞮，字伯楚，《左传》称寺人披。①

"昔卫灵公与雍渠同载，孔子适陈；商鞅因景监见，赵良寒心"二句，上句"同载"与下句"见"失对，《汉书》无"同"字，当以《汉书》为是。"雍渠同载，孔子适陈"史事，《文选》李善注："适陈，未详。"按《史记·孔子世家》，孔子去卫，过曹，适宋，然后适陈。居陈三年，又适卫，然后去卫适楚，途中至有陈蔡之厄。故如王煦所论，孔子适陈"与雍渠参乘事无涉"。② 司马迁所述，盖以意为之，亦如其称"西伯拘而演《周易》，仲尼厄而作《春秋》"，其大指如此，因果先后则不必具论也。

"同子骖乘"，《文选》李善注引苏林曰："赵谈也，与迁父同讳，故曰同子。"按今本《史记》于"谈"字，有避有不避。《佞幸列传》"孝文时中宠臣，士人则邓通，宦者则赵同、北宫伯子"，司马贞《索隐》案："汉书作赵谈，此云同者，避太史公父名也。"则避讳。《晋世家》"襄子惧，乃夜使相张孟同私于韩、魏"，司马贞《索隐》按："《战国策》作张孟谈。谈者，史迁之父名，迁例改为同。"《平原君列传》"邯郸传舍吏子李同说平原君"，张守节《正义》曰："名谈，太史公讳改也。"

---

① 徐攀凤：《选注规李 选学纠何》，中州古籍出版社1998年版，第164页。
② 王煦：《昭明文选李善注拾遗》，中州古籍出版社1998年版，第74页。

则避讳。《晋世家》"桓叔生惠伯谈，谈生悼公周"，《太史公自序》"喜生谈，谈为太史公"，则不避。①

"阘茸"，《文选》李善注："猥贱也。"引吕忱《字林》曰："不肖也。"《汉书·外戚传》汉武帝李夫人传中有："嫉妒阘茸，将安程兮！方时隆盛，年夭伤兮！"颜师古注："阘茸，众贱之称。"②

林纾评："君子者，迁自况也。世岂有名为君子，而遭此屈辱，况宫刑又辱之最甚者也！因引雍渠、同子之事，……把宦者抑得愈卑，则见以君子之身屈为宦者。"③《左传》鲁桓十年："周谚有之：'匹夫无罪，怀璧其罪。'"雍渠、景监二人，史无秽迹，"自古而耻之"与"莫不伤气"者，惟因其为宦官，然宦官何罪？

此段以一言概括，即宦官本无罪而众人以为有罪。

第三段

自"且事本末未易明也"至"北向争死敌者"为第三段。

　　且事本末未易明也。仆少负不羁之才，长无乡曲之誉。主上幸以先人之故，使得奏薄伎，出入周卫之中。仆以为戴盆何以望天，故绝宾客之知，亡室家之业，日夜思竭其不肖之才力，务一心营职，以求亲媚于主上。而事乃有大谬不然者。夫仆与李陵俱居门下，素非能相善也。趣舍异路，未尝衔杯酒，接殷勤之余欢。然仆观其为人，自守奇士：事亲孝，与士信，临财廉，取予义，分别有让，恭俭下人，常思奋不顾身，以徇国家之急。其素所蓄积也，仆以为有国士之风。夫人臣出万死不顾一生之计，赴公家之难，斯以奇矣。今举事一不当，而全躯保妻子之臣，随而媒孽其短，仆诚私心痛之。且李陵提步卒不满五千，深践戎马之地，足历王庭，垂饵虎口，横挑强胡，仰亿万之师，与单于连战十有余日，所杀过当，虏救死扶伤不给。旃裘之君长

---

① 王煦：《昭明文选李善注拾遗》，中州古籍出版社1998年版，第91—92页。
② 同上书，第47页。
③ 慕容真点校：《林纾选评古文辞类纂》，浙江古籍出版社1986年版，第136页。

咸震怖，乃悉征其左右贤王，举引弓之民，一国共攻而围之。转斗千里，矢尽道穷，救兵不至，士卒死伤如积，然陵一呼劳军，士无不起，躬自流涕，沫血饮泣，更张空拳，冒白刃，北向争死敌者。

"仆少负不羁之才，长无乡曲之誉"二句，"才"，《文选》作"行"，王书据《汉书》改"行"为"才"，并作说明，许书径改而无说明。"负"，王书据王先谦说解为"恃"，许书注释为"抱，等于说怀有"。"不羁"，颜师古注："言其才质高远，不可羁系也。"《文选》李善注同。王书注释同。许书则解为："不受约束，如骏马之不可笼络。"又解二句为："汉代做官，要有从下至上的推荐，即所谓举贤良方正。司马迁自负其才，不由此进身，所以说无乡曲之誉。"但细绎二句，司马迁此处全为谦辞，如果是"自负其才"，又何以会"无乡曲之誉"？

"自负其才"与"无乡曲之誉"一句失对，故此处当别有解。检《汉书》颜师古注，"负"不作"恃""怀"解，而作"无"解，"负者，亦言无此事也"。则是"少负不羁之才"，为"少无不羁之才"之意，与"长无乡曲之誉"对言。又"不羁之才"解为"不器之才"，亦可通。"不羁"与"不器"均有褒贬二义，《论语》"君子不器"为褒义，俗语所说"不成器"则为贬义。此处司马迁自道"不器"，可谓一语双关。《文选》李善注谓"无乡曲之誉"典出《燕丹子》，夏扶曰："士无乡曲之誉，则未可与论行；马无服舆之伎，则未可与决良。"而荆轲答语正作："士有超世之行者，不必合于乡曲；马有千里之相者，何必出于服舆。"

"以求亲媚于主上"一句，学者多与下文"文史星历，近乎卜祝之间。固主上所戏弄，倡优畜之"合读，说明君臣之间一种感情依附的关系。"媚"，《说文解字》："说（悦）也。"用在君臣关系方面，有褒贬两种含义。用于褒义如《诗经·大雅·生民之什·假乐》有"百辟卿士，媚于天子"，《生民之什·卷阿》有"蔼蔼王多吉士，维君子使，媚于天子"，郑玄《毛诗笺》解为："媚，爱也。成王以恩意及群臣，群臣故皆爱之，不解（懈）于其职位，民之所以休息由此也。"朱熹《诗集传》解为："媚，顺爱也。""言人君能纲纪四方，而臣下赖之以安，则百辟卿士，媚而爱之，维（惟）欲其不解（懈）于位，而为民所安息也。"并引吕祖谦曰："君燕（宴）其臣，臣媚其君，此上下交泰之时也。"用于贬义如《尚书·冏命》："慎简乃僚，无以巧言令色，便辟侧媚，其惟吉士。"孔安国传与孔颖达疏都将"侧媚谄谀之人"与"吉良正士"或"吉良善士"作相对言，孔颖达说："近人主者，多以谄佞自容。……巧言者，巧为言语以顺从上意，无情实也；令色者，善为颜色以媚说（悦）人主，无本质也；便僻者，前却俯仰，以是为恭；侧媚者，为僻侧之事以求媚于君。此等皆是谄谀之人，不可用为近官也。"又解释"媚"与"侧媚"的褒贬分别说："媚，爱也。侧媚者，为侧行以求爱，非是爱前人也。若能爱在上，则忠臣也。"司马迁二语盖兼涉褒贬，一方面自明其顺爱忠正，一方面櫽栝汉武失位。

"然陵一呼劳军，士无不起，躬自流涕"，《文选》作"然陵一呼劳，军士无不起，躬自流涕"，较《汉书》标点为长。许书从《汉书》标点，又以"起躬"连读，解作"起身"，而疑"自"字为衍文。

司马迁《史记·太史公自叙》曾自道家世说："昔在颛顼，命南正重司天，北正黎司地。唐虞之际，绍重黎之后，使复典之，至于夏商，故重黎氏世序天地。……当周宣王时，失其守而为司马氏。司马氏世典周史。"自得之意可以想见。故此段以一言概括，上段名自谦而实自负，下段言李陵得罪之事，名为有罪而实无罪。

第四段

自"陵未没时"至"事未易一二为俗人言也"为第四段。

> 陵未没时，使有来报，汉公卿王侯皆奉觞上寿。后数日，陵败书闻，主上为之食不甘味，听朝不怡，大臣忧惧，不知所出。仆窃不自料其卑贱，见主上惨怆怛悼，诚欲效其款款之愚，以为李陵素与士大夫绝甘分少，能得人死力，虽古之名将，不能过也。身虽陷败，彼观其意，且欲得其当而报于汉。事已无可奈何，其所摧败，功亦足以暴于天下矣。仆怀欲陈之，而未有路，适会召问，即以此指，推言陵之功，欲以广主上之意，塞睚眦之辞。未能尽明，明主不晓，以为仆沮贰师，而为李陵游说，遂下于理。拳拳之忠，终不能自列，因为诬

上，卒从吏议。家贫，财赂不足以自赎。交游莫救，左右亲近不为一言。身非木石，独与法吏为伍，深幽囹圄之中，谁可告愬者！此真少卿所亲见，仆行事岂不然乎？李陵既生降，隤其家声，而仆又佴之蚕室，重为天下观笑。悲夫悲夫！事未易一二为俗人言也。

"绝甘分少"一句，其意易明，而语法难解。《汉书》颜师古注："自绝旨甘，而与众人分之，共同其少多也。"既云"自绝旨甘"，何以又"与众人分之"？并且"分少"一语，亦不能解为"共同其少多"。王书解为："自己不吃甘美的东西，把不多的东西分给大家。"许书解为："自己不吃甘美的食物，把不多的东西分给大家。"注释基本相同，而由语法皆不可解。如以"绝甘"主语是指李陵自己，则"分少"仍当是李陵自己；"绝甘"是"自己不吃甘美的东西（食物）"，则"分少"当是"自己所分独少"，而不是"分给大家"。检《古文观止》，解为："味之甘者自绝，食之少者分之。"意为在"甘"的情况下可以绝而不取，在"少"的情况下甘愿众人分之，"绝甘分少"一句的语法结构为"甘则绝，少则分"，则可以解释得通。但《古文观止》的解释尚不如《文选》的解释，《文选》李善注引纬书《孝经援神契》曰："母之于子，绝少分甘。"又引宋均注曰："少则自绝，甘则分之。"则是以"绝甘分少"为错简，当作"绝少分甘"为是。"绝甘分少"意为"甘则绝，少则分"，"绝少分甘"意为"少则绝，甘则分"，固是后者之义为长。

林纾评："心欲言也，不惟职分宜言，心志欲言，且果有言矣。……然处处提出难为俗人言者……又万万不能为俗人言之。"①

此段以一言概括，为司马迁自述怨曲，不能言而又言之。

第五段

自"仆之先人非有剖符丹书之功"至"安在其不辱也？"为第五段。

仆之先人非有剖符丹书之功，文史星历，近乎卜祝之间。固主上

---

① 慕容真点校：《林纾选评古文辞类纂》，浙江古籍出版社1986年版，第135—136页。

所戏弄，倡优畜之，流俗之所轻也。假令仆伏法受诛，若九牛亡一毛，与蝼蚁何以异？而世又不与能死节者比，特以为智穷罪极，不为自免，卒就死耳。何也？素所自树立使然也。人固有一死，或重于泰山，或轻于鸿毛，用之所趋异也。太上不辱先，其次不辱身，其次不辱理色，其次不辱辞令，其次诎体受辱，其次易服受辱，其次关木索、被箠楚受辱，其次剔毛发、婴金铁受辱，其次毁肌肤、断肢体受辱，最下腐刑极矣。传曰："刑不上大夫。"此言士节不可不勉励也。猛虎处深山，百兽震恐，及在槛阱之中，摇尾而求食，积威约之渐也。故士有画地为牢，势不可入，削木为吏，议不可对，定计于鲜也。今交手足，受木索，暴肌肤，受榜箠，幽于圜墙之中，当此之时，见狱吏则头枪地，视徒隶则心惕息。何者？积威约之势也。及以至是，言不辱者，所谓强颜耳，曷足贵乎？且西伯，伯也，拘于羑里；李斯，相也，具于五刑；淮阴，王也，受械于陈；彭越、张敖，南面称孤，系狱抵罪；绛侯诛诸吕，权倾五伯，囚于请室；魏其，大将也，衣赭衣，关三木；季布为朱家钳奴，灌夫受辱于居室。此人皆身至王侯将相，声闻邻国，及罪至罔加，不能引决自裁，在尘埃之中，古今一体，安在其不辱也？

"定计于鲜也"一句，《汉书》颜师古注解作"未遇刑自杀，为鲜明也"，《文选》注引文颖曰同。"鲜"字解为"鲜明"，读作平声。"定计于鲜"即"定计于鲜明之前"的省笔，而所定之计则暗指自裁。如此则与上文"刑不上大夫"、下文"早自裁绳墨之外"相应。"鲜"字古又有夭死义，《左传》昭公五年"葬鲜者自西门"，杜预集解："不以寿终为鲜。"然此义罕用。许书注释此句为："及早作出决断（不等耻辱加身就自杀）。鲜，夭死，短命。"则犹称"定计于夭死"，显然不通（"及早""不等"亦无从着落），且与所注自相矛盾。

"拘于羑里"一句，《汉书》作"拘牖里"，《文选》及《古文观止》作"拘于羑里"。《史记·殷本纪》张守节《正义》："牖，一作羑，音酉。"而许书作"囚于烟里"，不知所本。按"囚"字，与下文绛侯"囚于请室"雷同，当非原篇，下文"盖西伯拘而演《周易》"亦不用"囚"字。"烟"则显系笔误，其注释中犹作"羑里"。许书自1992年至2000

年业经11次印刷,而仍有此笔误,弥为不妥。

"罪至罔加"一句,"罔"解为"网","网加"意为法网加身,义犹"罪至"。此句《汉书》《文选》皆无注,《古文观止》注:"同网","罔,犹法也"。但"罔"字又有"无"义,《尔雅·释言》:"罔,无也。"故"罔加"亦可解为"无加",罪而至于无加,义犹上文所说李陵"抱不测之罪"之"不测"。"及罪至罔加,不能引决自裁",大抵人在罪而不测之地,引决自裁为犹难也。

此段以一言概括,为受辱当自裁而不自裁。

第六段

自"由此言之"至"鄙陋没世,而文采不表于后世也"为第六段。

由此言之,勇怯,势也;强弱,形也。审矣!何足怪乎?夫人不能早自裁绳墨之外,以稍陵迟,至于鞭棰之间,乃欲引节,斯不亦远乎?古人所以重施刑于大夫者,殆为此也。夫人情莫不贪生恶死,念父母,顾妻子,至激于义理者不然,乃有所不得已也。今仆不幸,早失父母,无兄弟之亲,独身孤立,少卿视仆于妻子何如哉?且勇者不必死节,怯夫慕义,何处不勉焉?仆虽怯懦,欲苟活,亦颇识去就之分矣,何至自沉溺缧绁之辱哉?且夫臧获婢妾由能引决,况仆之不得已乎?所以隐忍苟活,幽于粪土之中而不辞者,恨私心有所不尽,鄙陋没世,而文采不表于后世也。

"且夫臧获婢妾由能引决"一句,《汉书》作"犹能引决",《文选》作"由能引决"。王书据《汉书》改"由"作"犹",许书未改亦不出注。

《文选》与《汉书》互校,文字稍有不同,而多以《汉书》为长。如"慎于接物",《文选》作"顺于接物";"抑郁而与谁语",《文选》作"独郁悒而与谁语";"可见于此矣",《文选》作"可见如此矣";"少负不羁之才",《文选》为"少负不羁之行";"所杀过当",《文选》作"所杀半当";"又不与能死节者比",《文选》无"比"字;"视徒隶则心惕息",《文选》作"视徒隶则正惕息",等等。许书多从《汉书》,而无校注。

此段以一言概括,仍如上段,言受辱当自裁而不自裁,以表文采于后世。

第七段

自"古者富贵而名摩灭"至"难为俗人言也"为第七段。

　　古者富贵而名摩灭,不可胜记,唯倜傥非常之人称焉。盖西伯拘而演《周易》;仲尼厄而作《春秋》;屈原放逐,乃赋《离骚》;左丘失明,厥有《国语》;孙子膑脚,《兵法》修列;不韦迁蜀,世传《吕览》;韩非囚秦,《说难》《孤愤》;《诗》三百篇,大底圣贤发愤之所为作也。此人皆意有所郁结,不得通其道,故述往事,思来者。乃如左丘无目,孙子断足,终不可用,退而论书策,以舒其愤,思垂空文以自见。仆窃不逊,近自托于无能之辞,网罗天下放失旧闻,略考其行事,综其终始,稽其成败兴坏之纪,上计轩辕,下至于兹,为十表,本纪十二,书八章,世家三十,列传七十,凡百三十篇。亦欲以究天人之际,通古今之变,成一家之言。草创未就,会遭此祸。惜其不成,是以就极刑而无愠色。仆诚以著此书,藏之名山,传之其人,通邑大都,则仆偿前辱之责,虽万被戮,岂有悔哉?然此可为智者道,难为俗人言也。

"盖西伯拘而演《周易》;仲尼厄而作《春秋》"二句,许书未有书名号,殆为遗漏。

"《诗》三百篇,大底圣贤发愤之所为作也"二句,为历代传诵之名句,然版本亦各有异同。"圣贤",《汉书》作"贤圣",《史记·太史公自序》亦作"贤圣",《古文观止》从之。唯《文选》作"圣贤",王书、许书从之。

"网罗天下放失旧闻"一句,"失",王煦解为古佚字。《说文解字》"失,纵也",《周易》"王用三驱,失前禽"及《穀梁传》《国语·晋语》

《汉书·王莽传》《庄子·养生主》，"各以字读，亦皆音佚"为训[①]，可信。

"亦欲以究天人之际，通古今之变，成一家之言"三句，此纯为子家语。刘勰《文心雕龙·诸子》尝谓："诸子者，入道见志之书。"《史记》最初的书名是《太史公》或《太史公书》，"太史公"犹言"司马子"。故章学诚《文史通义》说："《太史》百三十篇，自名一子。"而刘知几《史通·辨职》所论尤详："昔丘明之修传也，以避时难；子长之立记也，藏于名山；班固之成书也，出自家庭；陈寿之为志也，创于私室。然则古来贤俊，立言垂后，何必身居廨宇，迹参僚属，而后成其事乎？是以深识之士，知其若斯，退居清静，杜门不出，成其一家，独断而已。"子家与史家多有关联，如邓实曾谓："周秦诸子为古今学术一大总归，而史又为周秦诸子学术一大总归。"[②] 司马迁居史官之位而欲以成一家之言，真可谓"史通子"也。(《汉书·司马迁传》："至王莽时，求封迁后，为史通子。"颜师古注引李奇曰："史通国，子爵也。")

"则仆偿前辱之责，虽万被戮，岂有悔哉"三句，"前辱""被戮"与上文"刑余""刀锯""扫除""阘茸""图圄""蚕室""圜墙""尘埃""绳墨""鞭棰""缧绁""粪土"诸语，皆代指刑狱。《古文观止》于"虽万被戮"句后注曰："史迁深以刑余为辱，故通篇不脱一'辱'字。"只一"辱"字，而有诸多词语，亦足见司马迁"反复曲折"之意。

此段以一言概括，司马迁实自比于圣人，而难与俗人言也。

第八段

自"且负下未易居"至"故略陈固陋，谨再拜"为第八段。

　　且负下未易居，下流多谤议。仆以口语遇此祸，重为乡党所笑，以污辱先人，亦何面目复上父母丘墓乎？虽累百世，垢弥甚耳。是以肠一日而九回。居则忽忽若有所亡，出则不知其所往。每念斯耻，汗

[①] 王煦：《昭明文选李善注拾遗》，中州古籍出版社1998年版，第47页。
[②] 邓实：《国学微论》，《国粹学报》1905年第2期。

未尝不发背沾衣也。身直为闺阁之臣，宁得自引深藏于岩穴邪？故且从俗浮沉，与时俯仰，以通其狂惑。今少卿乃教以推贤进士，无乃与仆私心剌谬乎？今虽欲自雕琢，曼辞以自饰，无益，于俗不信，适足取辱耳。要之，死日然后是非乃定。书不能悉意，故略陈固陋，谨再拜。

"故且从俗浮沉，与时俯仰，以通其狂惑"三句，意谓己有所不通，而以此言通之。然检"狂惑"一语源出《鹖子》，谓"知善不行者谓之诳，知恶不改者谓之惑"，则所谓"通其狂惑"者，果是通其不通乎？其以不通为通乎？余谓司马迁此语颇有"知恶不改"之意也。

"于俗不信"一句，许书作"于欲不信"，当是笔误。

此段既言"每念斯耻"，又言"知善不行""知恶不改"，则其大意以一言概括，即虽含耻而不改其善恶之衷也。

"要之，死日然后是非乃定"二句，此为绝笔口吻。观此，知之者以谓李陵有"涉旬月，迫季冬"之厄，不知者直以为是司马迁之绝笔也。大约司马迁虽未垂死，而对垂死之故旧作答书，其心情亦复如彼也。

总括全篇各段，其文意多委婉，言辞自相针对，确如吴楚材、吴调侯所谓"反复曲折"者。刘勰《文心雕龙》论书记之体有言："扬雄曰：'言，心声也；书，心画也。声画形，君子小人见矣。'故书者，舒也。舒布其言，陈之简牍，取象于夬，贵在明决而已。……详总书体，本在尽言，言所以散郁陶，托风采，故宜条畅以任气，优柔以怿怀；文明从容，亦心声之献酬也。"观此篇，司马迁可谓善舒其心声者也。

《列女传·有虞二妃》文献源流考

引　言

《列女传·有虞二妃》并非母子事迹而入卷一《母仪传》，且列居《列女传》全书之首。同时虞舜之"至孝""孝友"事迹亦列居《新序》之首，成为"百家传记，以类相从"之先导。影响至于后世，"孝感动天"事迹列居"二十四孝"之首，同时舜妹敤手"护兄"事迹亦列居"二十四悌"之首。作者当时寓意之深，其后世影响之广，可以概见。

虞舜二妃事迹，见于《尚书》《山海经》《孟子》《楚辞》《史记》《列女传》等典籍。[1] 其史学、文学、伦理学、社会学（女学）地位之重要不言而喻。如儿岛献吉郎分析虞舜、二妃、斑竹故事，即肯定其为"古今恋爱之祖"，[2] 有"中国之恋爱文学，发端于帝舜时代"的论断。[3]

《列女传》一书，《汉书·艺文志》著录题为《列女传颂图》。汉有曹大家班昭为之作注及增补。至宋，王回据有颂者删定为《古列女传》，无颂者为《续列女传》。《古列女传》部分共七卷，分别为《母仪》《贤明》《仁智》《贞顺》《节义》《辩通》《孽嬖》。

第一卷《母仪》十四篇为《有虞二妃》、《弃母姜嫄》、《契母简狄》、《启母涂山》、《汤妃有㜪》、《周室三母》（大姜、大任、大姒）、《卫姑定

---

[1] 张京华：《中国最早的爱情故事——湘妃传说之六大文献系统》，《衡阳师范学院学报》2007年第4期。

[2] [日] 儿岛献吉郎：《中国文学通论》下卷，孙俍工译，上海商务印书馆1935年版，第275—276、295—296页。

[3] [日] 儿岛献吉郎：《中国文学》，隋树森译，上海世界书局1931年版，第78页。

姜》、《齐女傅母》、《鲁季敬姜》（文伯之母）、《楚子发母》、《邹孟轲母》、《鲁之母师》（鲁九子之寡母）、《魏芒慈母》、《齐田稷母》。故虽题名"母仪"，实则有母（或姑、姆）有妻（或妃），计十二篇为母，二篇为妻。可见母重于妻，而妻之列传尤为难得。

但《有虞二妃》中"焚廪""掩井"诸情节，自古学者已叹其离奇。如南朝裴骃《史记集解》引东汉刘熙曰："舜以权谋自免，亦大圣有神人之助也。"而怀疑各书有伪者，亦代有其人。唐刘知几《史通·外篇·暗惑》曰："《史记》云重华入于井中，匿空而去，此则其意以舜是左慈、刘根之类，非姬伯、孔父之徒。苟识事如斯，难以语夫圣道矣。"《史通·内篇·鉴识》又曰："案迁所撰《五帝本纪》《七十列传》，称虞舜见陋陑，遂匿空而出；宣尼既殂，门人推奉有若。其言之鄙，又甚于兹。"明杨慎《升庵经说》卷一四亦曰："战国处士谓舜涂廪、浚井，遭坑焚而不死。《列女传》又言二女教之，是以舜为左慈、刘根，而二女为李全之妇、刘纲之妻也。"① 清梁玉绳《史记志疑》曰："焚廪、捐井之事，有无未可知，疑是战国人妄造也。"

现代疑古派代表人物顾颉刚也曾说道："这段故事真是突兀煞人。""这如果不是象的活见鬼，便是舜具有了《封神榜》上土行孙的本领。"②疑《孟子》"完廪、捐阶、焚廪、浚井"一段说："此段有意作得古奥。"③ 疑《列女传》其书说："此经学家之制作伪史也。"④ 又疑《列女传》作者说："刘向有《列女传》，又有《列仙传》，又有《孝子传》，何所作传之多也？"⑤

顾颉刚曾将虞舜二妃"焚廪""掩井"情节分析为七次故事演变，用以说明其七次"层累"过程，亦即七次造伪过程，最终否定今本《尚书》《尧典》《孟子》《史记》《列女传》等典籍相关记载以及虞舜、二妃作为

---

① 原书夹注："胡应麟曰：李全，宋大盗，其妻杨妙真者，杨安儿妹，有勇力，能用矛，与全同为宋患十数载，后全死新塘，杨集群下谓曰：三十年梨花枪，天下无敌手，今已矣。"
② 顾颉刚：《虞初小说回目考释》，载王煦华编《顾颉刚古史论文集》第 2 册，中华书局 1988 年版，第 24 页。
③ 《顾颉刚读书笔记》，台北联经出版事业公司 1990 年版，第 1363 页。
④ 同上书，第 5714 页。
⑤ 同上书，第 910 页。

历史人物的真实性。顾氏所作《虞初小说回目考释》第十七节"焚廪捃井，二女解重围"，具有以下七项要点：

1. 《孟子·万章上》记述"焚廪""浚井"二事，但"没有说明在焚廪时舜是怎样跳下来的，在捃井的时候他又是怎样钻出来的"。
2. 《史记·五帝本纪》："却说出了他逃出来的理由"，"替舜说明了脱险的经过"。
3. 《列女传》："有了二女和舜的呢呢私语了。"
4. 王充《论衡》：焚廪、掩井与二女无关，"把这件事归到舜未逢尧的时候"。
5. 梁武帝《通史》：二女替舜出主意，有了"舜怎样由廪上飞出，又怎样由井里潜出"的办法。
6. 沈约《宋书·符瑞志》：讲述了"鸟工""龙工"的究竟，是"舜服鸟工衣"和"舜服龙工衣"。
7. 《山海经》郭璞注："二女灵达，尚能以鸟工龙裳，救井廪之难。""龙衣"成了"龙裳"。①

首先，顾颉刚对七项文献的时间排序有误，沈约《宋书》当在梁武帝《通史》之前，郭璞又当在沈约、梁武帝之前，故其排定的"层累"关系至少有部分由后而前的颠倒。其次，所据《列女传》仅限王回所删定之一种，并非今存最完整版本。

本文搜讨南朝、唐、宋时期各种相关文本十一种，通过排比传世文献及比对核心词语，推测《孟子》《史记》《列女传》三书有关虞舜与二妃"焚廪""掩井"的内容出于各自独立引用的同一来源。这一更为原始的文献原貌究竟如何，目前尚不得知，只好存疑。如果勉强论其演变，判断其"层累"与造伪，以民俗故事之例律衡史官著作，是难以据信的。

---

① 顾颉刚：《虞初小说回目考释》，载王煦华编《顾颉刚古史论文集》第2册，中华书局1988年版，第24—26页。按《虞初小说回目考释》前后有三稿。第一稿刊1925年6月《语丝》第31期；第二稿刊1931年8月燕京大学《史学年报》第3期（署名韩叔信）；第三稿刊中华书局1988年版王煦华编《顾颉刚古史论文集》第2册。此处引文据第三稿。

一 "列女"系统历史文献的最早编定本

目前已知"列女"系统历史文献的最早编定本为刘向《列女传颂图》，最早批注为曹大家班昭注本，均已失传。

《汉书·艺文志》："刘向所序六十七篇。《新序》《说苑》《世说》《列女传颂图》也。"

《汉书·楚元王传》附《刘向传》："向睹俗弥奢淫，而赵、卫之属起微贱，逾礼制。向以为王教由内及外，自近者始。故采取《诗》《书》所载贤妃贞妇，兴国显家可法则，及孽嬖乱亡者，序次为《列女传》，凡八篇，以戒天子。"

王回《列女传·目录序》："盖凡以'列女'名书者，皆祖之刘氏。"

据其书名可知，刘向原本当包括传文、图画和颂三部分。颂为刘向所撰（又有《颂义》大序一篇，小序七章），今存，王回删定《古列女传》每篇末题"颂曰"者当即其旧。刘向又有《列仙传》，亦每篇作颂。但疑古时颂文乃是与图画相配，以其简明易览，而传文则单行以备周详。王回于江南人家见图，"其画为古佩服，而各题其颂像侧"。

原本有图，王回序曰："传如《太史公》记，颂如《诗》之四言，而图为屏风。"所谓"图为屏风"，指古人图画见于屏风者自成一类，其制规可称为"屏风体"，犹书有六体，幡信必用虫书之制。

《初学记》卷二五《屏风第三》引《七略别录》："臣向与黄门侍郎歆所校《烈〔列〕女传》，种类相从，为七篇，以著祸福荣辱之效，是非得失之分，画之于屏风四堵。"

《后汉纪》卷一八："阳嘉元年春正月乙丑立皇后梁氏……后生有光影之祥，及长，好史书，治《韩诗》，大义略举。以列女图常在左右。"

《后汉书·顺烈梁皇后纪》："后生有光景之祥，少善女工，好史书，九岁能诵《论语》，治《韩诗》，大义略举。常以列女图画置于左右，以自监戒。"

《艺文类聚》卷七四引曹植《画赞并序》："昔明德马后，美于色，厚于德，帝用喜之。尝从观画，过虞舜之像，见娥皇、女英。"

南朝宋江敩辞临汝公主《让婚表》："何瑀阙龙工之姿，而投躯于深井。"①

《资治通鉴》卷二四五："昔汉光武一顾列女屏风，宋弘犹正色抗言，光武即撤之。"

可知屏风画"列女传"图行于宫中，为中古所常有。

今所见王回删定本《列女传》出清《文选楼丛书》覆刻宋本，书题《新刊古列女传》，有图，题曰"晋大司马参军顾凯之图画"。《有虞二妃》图画为瞽瞍、舜母坐堂中，舜与娥皇、女英左右侍立。其作五人相对，殊少意义，不似原图。1965 年大同所出北魏司马金龙墓木板屏风漆画二妃传图，共三幅。首为虞帝舜与二妃娥皇、女英，次为舜父瞽瞍与象敦填井，又次为舜后母烧廪，三幅横排，情节连续，皆作动态如"定格"，甚合儆醒劝戒之意。②

按古书往往有图，如《山海经》又称《山海图》，而屈原《天问》亦似对图言之，观其文义，乃是图画在先，文字为解释图画者。凡如此制，其书往往传自邃古。《列女传》原图虽惜失传，然其渊源久远亦可推见。

二 文本的采集范围

关于《列女传》文本，最近的研究有何志华、朱国藩、樊善标编著的《〈古列女传〉与先秦两汉典籍重见资料汇编》。③ 该项研究以明万历间黄嘉育刊本为底本，《文选楼丛书》为校本，其中《有虞二妃》一篇，重见典籍仅举《孟子》《史记》《新序》三种，未举其他版本，故不足以说明文本之演变沿革。

本文的基本方法，是搜讨多种传世文本，截至唐宋，有关"焚廪"

---

① 见《宋书·后妃传》、《南史·王诞传》附《兄子偃传》、《初学记·帝戚部》、《艺文类聚·储宫部》、《太平御览·皇亲部》。
② 出土简报《山西大同石家寨北魏司马金龙墓》，《文物》1972 年第 3 期。
③ 何志华、朱国藩、樊善标编著：《〈古列女传〉与先秦两汉典籍重见资料汇编》，香港中文大学出版社 2004 年版。

"掩井"内容的文献共得十一种，连同《孟子》《史记》，共计十三种。依成书年代先后，排列如下，并附本文所据版本：

1. 《孟子》：涵芬楼景宋赵岐《孟子章句》本/清嘉庆重刊宋《孟子注疏》本/清阮元校刻《十三经注疏》本
2. 《史记》：泷川资言《史记汇注考证》本/中华书局顾颉刚标点本
3. 沈约《宋书》：中华书局王仲荦校点本
4. 沈约《竹书纪年附注》：《四部丛刊》景明天一阁刊刻本
5. 梁武帝《通史》（在《史记正义》中）：泷川资言《史记汇注考证》本/中华书局顾颉刚标点本
6. 梁元帝《金楼子》：《知不足斋丛书》刻本
7. 陆龟蒙《唐甫里先生文集》：《四部丛刊》景清黄丕烈校明抄本/文渊阁《四库全书》抄本《甫里集》
8. 王回删定《古列女传》：清《文选楼丛书》覆刻宋建安余氏刻本
9. 洪兴祖《楚辞补注》：中华书局白话文点校本
10. 曾慥《类说》：明天启六年岳钟秀刻本/文渊阁《四库全书》抄本
11. 叶廷珪《海录碎事》：文渊阁《四库全书》抄本
12. 魏仲举编《五百家注柳先生集》：南宋廖氏世彩堂刻本/文渊阁《四库全书》抄本
13. 魏仲举编《五百家注昌黎文集》：文渊阁《四库全书》抄本

《孟子》有关"焚廪""掩井"的内容，在《万章下》。《史记》在《五帝本纪》中。沈约《宋书》在《符瑞志》中。

沈约附注《竹书纪年》在卷上"帝舜有虞氏"条中，文字与《宋书·符瑞志》全同。明陈禹谟《骈志》卷二〇"使舜完廪，使其涂廪"条引之。明董斯张《广博物志》卷一〇并引《列女传》《竹书纪年》二书。清徐文靖《竹书统笺》卷首谓沈注"不知何据"，卷二引梁武帝《通史》为注。或以为沈注为明人转写之伪作。《四库全书总目提要·焦氏笔乘提要》已称之为"伪本沈约《竹书纪年注》",而仍谓"所载大舜龙工衣、鸟工衣,事出自刘向《列女传》"。

梁武帝(464—549)《通史》见于张守节《史记正义》所引,其书当在沈约(441—513)《宋书》之后。沈约奉诏编纂《宋书》共100卷,始纂于齐武帝永明五年(487),一年编成。梁武帝天监元年(502)始即位,而吴均(469—520)奉诏编纂《通史》共六百二十卷,未成而卒,可知《通史》成书在沈约死后。梁元帝(508—554)为武帝之子,《金楼子》有关"焚廪""掩井"内容在《后妃篇》,其书或成于湘东王时,或成于即位之后。

陆龟蒙《唐甫里先生文集》卷一九《杂说》,《四部丛刊》景清黄丕烈校明抄本与文渊阁《四库全书》本全同。又见陆龟蒙《笠泽藂书》卷一"杂说"条,宋佚名编《历代名贤确论》卷二"涂廪浚井"条,及《四部丛刊》景明嘉靖刻本《唐文粹》卷四七陆龟蒙《杂说》,诸书文字全同。

王回为宋熙宁六年(1073)进士,删定之《古列女传》最早为宋嘉祐八年(1063)建安余靖庵勤有堂刻本,洪兴祖为宋政和八年(1118)进士,《楚辞补注》引《列女传》在卷三《天问》中,自序亡佚,其书在王回之后。曾慥《类说》节抄《列女传》,其书成于绍兴六年(1136)。叶廷珪为政和五年(1115)进士,《海录碎事》载"浚井""涂廪"事见卷七上《圣贤人事部上·圣贤门》,其书成于绍兴十九年(1149)。

魏仲举编《五百家注柳先生集》注文引《列女传》见卷一四《天对》,所编《五百家注昌黎文集》注文亦引《列女传》,见卷三一《黄陵庙碑》,二书皆刊刻于庆元六年(1200),今存柳集善本,如姑苏郑定刊本题为《重校添注音辩唐柳先生文集》,刻于南宋宁宗嘉定间(1208—1224);廖莹中校正廖氏世彩堂本题为《河东先生集》,刻于南宋度宗咸淳间(1265—1274)。以柳氏先卒,故柳集次于韩集之前。

元、明、清以后,《列女传》各本多出王回删定本,内容或不及该本。清冯班《钝吟杂录》卷六云:"虞舜完廪、浚井,二妃教以龙工、鸟工，见于书传者非一处。宋儒以为无此事，今《列女传》刻本已刊去之，宋儒所芟也。"其实古本《列女传》文字残缺未必是宋儒有意删削，限于题目，暂不讨论。要之本文征引范围，即限于唐宋而止。

三　本文的研究方法

《列女传·有虞二妃》在"受凶免难"情节上①，较《孟子》《史记》等书更为详尽，除"完廪""浚井"二难以外，又有"速饮"一难，故其记述尤见珍贵。唯关于"速饮"一节诸书引用者少，未便比较，故本文仅择取前面"完廪""浚井"二事。

本文选取唐宋以前文献有关"焚廪""掩井"二事的记载，重点比对其核心词语。其中"焚廪"一节有"完廪""涂廪""涤廪""治廪""登廪""焚廪""烧廪"等词语，"掩井"一节有"浚井""穿井""填井"等词语，设为二级核心词。

除《孟子》《史记》以外，十一种直接或间接引用的《列女传》文本均载"鸟工""龙工"等词语，设为一级核心词。

宋罗泌《路史》卷三六云："自孟轲氏唱井、廪之事，而《列女传》首著鸟工、龙工之说。"是已注意到以"焚廪""掩井"对应《孟子》，而以"鸟工""龙工"对应《列女传》。

核心词（kernel words）虽为现代语言学概念，但在古典文献中亦本有其传统依据。如宋曾慥《类说》卷一节抄《列女传》已列出"鸟工往"条目，宋叶廷珪《海录碎事》卷七上《圣贤人事部上·圣贤门》列出"龙工往"条目。至清代，《御定骈字类编》卷二一〇有"鸟工"条目，《御制分类字锦》卷一八有"鸟工""龙工"二条目；《御定子史精华》卷一四六有"鸟工""龙工"二条目；《御定佩文韵府》卷一之四有"龙工""鸟工"二条目，卷五之三又有"鸟工衣""龙工衣"二条目；《御定韵府拾遗》卷五二有

---

① 明刻《新镌增补全像评林古今列女传》刻像旁有题辞曰："二妃：舜受诸凶能免难，二妃多可相之功。"

"鸟工往""龙工往"二条目。本文所说的"核心词"更加强调其古典语言的意义。

四 "焚廪""掩井"情节十三种文本列表

表1 "焚廪""掩井"情节十三种文本比较列表

1	2	3	4	5	6
《孟子》	《史记》	《宋书》	《竹书纪年附注》	《通史》	《金楼子》
父母使舜完廪捐阶瞽瞍焚廪使浚井出从而揜之	瞽叟尚复欲杀之使舜上涂廪瞽叟从下纵火焚廪舜乃以两笠自扞而下去得不死后瞽叟又使舜穿井舜穿井为匿空旁出舜既入深瞽叟与象共下土实井舜从匿空出去	舜父母憎舜使其涂廪自下焚之舜服鸟工衣服飞去又使浚井自上填之以石舜服龙工衣自傍而出	舜父毋憎舜使其涂廪自下焚之舜服鸟工衣服飞去又使浚井自上填之以石舜服龙工衣自傍而出	瞽叟使舜涤廪告尧二女女曰时其焚汝鹊汝衣裳鸟工往舜既登得免去也舜穿井又告二女二女曰去汝裳衣龙工往入井瞽叟与象下土实井舜从他井出去也	瞽叟使涂廪舜归告二女父母使我涂廪我其往二女曰衣鸟工往舜既治廪瞽叟焚廪舜飞去舜入朝瞽叟使舜浚井舜告二女二女曰往哉衣龙工往浚井石殒于上舜潜出其旁
20字	68字	40字	40字	65字	72字

《列女传·有虞二妃》文献源流考

续表

7	8	9	10	11	12	13
《唐甫里先生文集》	《古列女传》	《楚辞补注》	《类说》	《海录碎事》	《五百家注柳先生集》	《五百家注昌黎文集》
瞽瞍憎舜使涂廪浚井酖于觞酒欲从而杀之舜谋于二女二女教之以鸟工龙工药浴注豕而后免矣	瞽叟与象谋杀舜使涂廪舜归告父母使我涂廪二女曰往哉舜既治廪乃捐阶瞽叟焚廪舜往飞出 象复与父母谋使舜浚井舜乃告二女二女曰俞往哉舜往浚井格其出入从掩舜潜出	瞽叟与象谋杀舜使涂廪舜告二女二女曰时唯其戕汝时焚汝鹊如汝裳衣鸟工往舜既治廪戕旋焚廪舜往飞 复使浚井舜告二女二女曰时亦唯其戕汝时掩汝汝去裳衣龙工往舜往浚井格其入出从掩舜潜出	瞽叟使舜涂廪舜告二女曰我其往哉二女曰去汝裳龙衣鸟工往舜反使舜浚井告二女曰我其往哉二女曰去汝衣裳龙工往	瞽叟使舜浚井二女曰去汝衣裳龙工往又使舜涂廪二女曰鹊汝衣裳鸟工往	瞽叟与象谋杀舜使涂廪舜告二女二女曰时惟其戕汝时焚汝鹊如汝裳衣鸟工往舜既治廪旋焚廪舜往飞复使浚井舜告二女二女曰时亦惟其戕汝时掩汝汝去衣裳龙工往舜往浚井格其入出从掩舜舜潜出	瞽瞍使舜涂廪二妃曰往哉时惟其藏汝时其焚汝鹊汝衣裳鸟工往又使舜浚井二女曰往哉时亦惟其藏汝时其掩汝之往汝去汝衣裳龙工往
40字	79字	90字	51字	30字	90字	57字

五　文献比对与来源分析

(一)《孟子》本与《列女传》比对

《孟子》本与《列女传》比对，二书当为同一来源。《孟子》先引其事，而《列女传》文字多出，当是在《孟子》之外独立引用。

现存各书中，《孟子》言"焚廪""浚井"事最早，而篇幅则最少，仅20字。盖出于万章之口，本是节语。

《孟子》本与《列女传》比对，二者大同小异。"焚廪""浚井"二核心词与《列女传》各本同。《孟子》本"从而揜之"，《列女传》各本作"从掩"，与《孟子》同而有脱文。《孟子》本"完廪"，《列女传》各本作"涂廪"。赵岐《孟子》注："完，治"，《列女传》下文正作"舜既治廪"。《孟子》本"捐阶"，《列女传》王回删定本同，《楚辞补注》本作"旋阶"。赵岐《孟子》注："一说：捐阶，舜即旋从阶下，瞽瞍不知其已下，故焚廪也。"是则汉时本有"旋阶"之说。

但《列女传》多出"鸟工""龙工"数语，又多出"速饮"一章。《孟子》亦多出"忸怩"一章。《孟子》与《列女传》比对，二书当有同一来源，而取舍各有异同。

《孟子》所引，赵岐断为《舜典》佚文。《孟子·万章上》赵岐注："孟子时，《尚书》凡百二十篇，《逸书》有《舜典》之《叙》，亡失其文。孟子诸所言舜事，皆《舜典》《逸书》所载。"

阎若璩、俞正燮、宋翔凤、毛奇龄亦主此说。毛氏并作《舜典补亡》一篇。

阎若璩《尚书古文疏证》卷二第十八条曰："孟子时《尚书》凡百二十篇，《逸书》有《尧典》之《叙》，亡失其文。孟子诸所言舜事，皆《尧典》及《逸书》所载。……盖古文《舜典》别自有一篇，与今安国书析《尧典》而为二者不同。……余尝妄意'舜往于田''祗载见瞽瞍'与'不及贡，以政接于有庳'等语，安知非《舜典》之文乎！又父母使舜完廪一段，文辞古崛，不类《孟子》本文。……其为《舜典》之文无疑。"

俞正燮《癸巳类稿》"《舜典》逸文"条曰："《孟子》又云：父母使

舜完廪浚井。……按此即孔壁《尚书》,不在博士干禄数内者。《舜典》至魏晋时犹在,在郑康成书中。唐时孔颖达等似亦见之,但诬为张霸书耳。赵岐但见博士书,故以郑所传古文为亡失。"

清翟灏《四书考异·孟子考异》云:"父母使舜完廪……按史迁亦据《孟子》以意饰之,《列女传》之鸟工、龙工则又因其说而饰以神奇者。"宋翔凤《孟子赵注补正》驳之,曰:"按太史公书多古文说,未必尽据《孟子》。刘向见中古文,《列女传》自别有所本,亦非意饰。《七略》之书亡者多矣,当时岂独有《孟子》也?"

按其说合理。姑假定《孟子》出于《舜典》佚文,而先加引用,《列女传》有多出之文,当是在《孟子》之外独立引用,或即宋氏所说"自别有所本"之类。

宋罗泌以为《孟子》与《列女传》不同,《路史》卷三六云:"自孟轲氏唱井廪之事,而《列女传》首著鸟工、龙工之说。"此恐是因二书所引不同所致,原本未必如此。

清李锴以为各书皆出《孟子》,所著《尚史》卷二"父母使舜完廪捐阶瞽叟焚廪使浚井出从而掩之"一条,文出《孟子》,而下列《论衡》《宋书》《通史》《列女传》之说,皆系于《孟子》文下不另出条目。此亦系就后世所见文献而定,未必即是古本原貌。

(二)《史记》本与《列女传》比对

《史记》本与《列女传》比对,"焚廪"一节相同者多,"穿井"一节不同者多。《史记》本多出舜为预备之方,所谓"以两笠自扞""为匿空旁出"。《列女传》多出二女助舜之语。文本互有异同,而内容并不矛盾,推测二书当有同一来源而引用各有取舍。

《史记》曰"涂廪""焚廪",与《列女传》及《孟子》同。《史记》曰"穿井",与《列女传》及《孟子》作"浚井"不同。按"穿井"意为挖凿新井,"浚井"意为疏治旧井。《初学记》及《营造法式》引《周书》皆云:"黄帝穿井。"《续汉书·礼仪志》曰:"夏至日浚井改水,冬至日钻燧改火。"

《史记》曰"以两笠自扞而下",与其他各本均异。但《列女传》曰"鸟工""衣裳",萧道管集注引曹大家解"鸟工"为"习鸟飞之工",解

"鹊"为"错"。舜遭焚廪,自可先"错"其"衣裳",再"习鸟飞之工",而后"以两笠自扞而下"。故二者叙述并无矛盾。司马贞索隐云:"言以笠自扞己身,有似鸟张翅而轻下,得不损伤。"即合二事言之。

又《史记》与他本比对,《宋书》《通史》《金楼子》三书"焚廪"一节多同《列女传》,"穿井"一节则多同《史记》。

《史记》曰"穿井",唯《通史》本亦作"穿井"。

《史记》曰"下土实井",《列女传》作"从掩",惟《通史》本亦作"下土实井"。①

《史记》曰"匿空旁出",《列女传》作"潜出",而《宋书》本作"自傍而出",《金楼子》本作"潜出其旁"。②

(三) 四种南朝本比对

沈约《宋书·符瑞志》、沈约《竹书纪年附注》、梁武帝《通史》、梁武帝《金楼子·后妃篇》四书,均暗引《列女传》。

四书为前后同时之作,其中以《宋书》《竹书纪年附注》为最早,次《通史》、次《金楼子》。

比对文本可知,四书虽详略不同,传抄互异,而均源自刘向《列女传》。

《宋书》本曰"涂廪""鸟工""浚井""龙工",与《古列女传》全同,而与《孟子》《史记》不同。

《通史》本一级核心词"鸟工""龙工",与《古列女传》全同,其他二级核心词小异。"涂廪"作"涤廪","治廪"作"登廪",与各本均异。"浚井"作"穿井",与《史记》同。"下土实井"亦与《史记》同。"从他井出去"与《史记》"从匿空出去"相近。

---

① "实井",《史记》有本作"填井"。(司马贞索隐:"亦作填井。")《宋书》本作"填之以石"。按作"填井"是。填,古通寘、窴,《说文解字》:"窴,塞也。""实"字疑涉形近而误。《文选》卷一四班固《幽通赋》注引曹大家曰:"言上圣之人,舜有焚廪填井,汤囚夏台,文王拘羑里,孔子畏匡,在陈绝粮,皆触难艰,然后自拔。"屈原《天问》王逸注:"言象无道,肆其犬豕之心,烧廪、窴井,欲以杀舜。"司马金龙出土屏风亦作"烧廪""填井"。题字作"填井""后母烧廪",填井次序在前(在右),而烧廪者后母不作瞽瞍。

② 唐张守节正义:"言舜潜匿穿孔,旁从他井而出也。"宋王辟之《渑水燕谈录》卷八:"河中府舜泉坊,二井相通,所谓'匿空旁出'者也。"

按"涤廪"可能因"浚井"而误。廪不可曰"涤",而"浚井"亦称"涤井"。《风俗通义》佚文:"涤井曰浚井。"① "登廪"之"登"解为"成"。《尔雅·释诂》:"登,成也。"成廪与《孟子》"完廪"相近。

《金楼子》本核心词与《列女传》全同,唯"石殒于上"与各本均异,而与大同出土屏风图画所描述者相近。

四书中,《宋书》本不见舜与二女对答,显为节略。《通史》本虽比《金楼子》本少七字,但二女语"时其焚汝鹊汝衣裳"与"去汝裳衣"二句较《金楼子》本多出,故较完善,是四书中最佳者。

(四) 六种宋本比对

六种宋本比对,六者取舍详略不同,或有脱文,其中以《楚辞补注》与《五百家注柳先生集》保留文本最为完整,《古列女传》次之,《五百家注昌黎文集》与《类说》又次之,《海录碎事》最少。

六种宋本的年代先后,则《古列女传》在前,次《楚辞补注》,次《类说》,次《海录碎事》,《五百家注柳先生集》与《五百家注昌黎文集》最晚。

《古列女传》即校定古书原本,其余五种均为注文明引《列女传》。《五百家注柳先生集》注者为"蔡曰",先引"《史记·舜纪》",后引"刘向《列女传》"。"蔡曰"即蔡梦弼,书首姓氏云:"建安蔡氏:名梦弼,字傅卿,增注《韩柳文集》。"《五百家注昌黎文集》注者为"程曰",引"刘向《列女传》云",并及"鸟谓习飞鸟之巧,龙谓知水泉脉理"二句旧注。"程曰"当是程敦厚,书首姓氏云:"眉山程氏:名敦厚,字子山,著《韩柳意释》,余议论见《金华文集》。"

五种文本与《古列女传》互校,核心词"涂廪""治廪""焚廪""浚井""鸟工""龙工"全同。

各本比对,《楚辞补注》与《五百家注柳先生集》保留文本最为完整,均为90字。二者文字基本相同,仅个别处小异。《楚辞补注》三"唯"字,《五百家注柳先生集》均作"惟"。《楚辞补注》二"裳衣",

---

① 见《北堂书钞》卷一五九、《初学记》卷七、《太平御览》卷一八九、《营造法式·总释下》、《记纂渊海》卷八、《草堂诗笺》卷一六、《天中记》卷一〇引。

《五百家注柳先生集》均作"衣裳"。《楚辞补注》"戕旋阶",《五百家注柳先生集》无"戕"字。《楚辞补注》"从掩",《五百家注柳先生集》后有二"舜"字,作"从掩舜,舜潜出"。

特别是《楚辞补注》与《五百家注柳先生集》二书均存得"鸟工""龙工"两段话语,较之各书最为完整。《楚辞补注》引文云:

二女曰:"时唯其戕汝,时唯其焚汝。鹊如汝裳,衣鸟工往。"
二女曰:"时亦唯其戕汝,时其掩汝。汝去裳,衣龙工往。"

末二句,《五百家注柳先生集》引文云:"鹊如汝衣裳,鸟工往。""汝去衣裳,龙工往。"

"裳衣"或"衣裳"二字虽次序不同,而以"裳"属上读,"衣"属下读,于文义尚无大碍。

此段《宋书》作"服鸟工衣服""服龙工衣",《金楼子》本作一句"衣鸟工往""衣龙工往"。"二女曰"首二句,《通史》本亦仅多存得"时其焚汝"半句。

《五百家注昌黎文集》此段引文亦较完备,唯二"戕"字均作"藏",当是传写之误。

按此段载二女之语实为韵文,汝、汝叠韵,裳、往为韵,凡二章。推测二女之语最初当是唱出来的,其唱词曰鸟曰龙,言语含有暗示的意义。《史记·五帝本纪》司马贞索隐批注"焚廪""掩井"事迹云:"《列女传》云二女教舜'鸟工'上廪是也";"《列女传》所谓'龙工'入井是也"。专举此二词语为注,亦已见其文义特殊。清石玉昆《小五义》第二十二回讲述洞庭君山故事演绎此文,即理解为"忽闻二女在廪下作歌道""因抚井作歌道",颇合情理。

如果二女之语确为有韵的歌词,则其文献更加古奥,尤堪重视。

比对之下,《古列女传》于"二女曰往哉"之后,便曰"舜往飞出""舜潜出",而不言其究竟,故其删定成书虽略早,而遗落实大。

《类说》与《海录碎事》虽篇幅省略,但能存得"鹊汝裳衣鸟工往""去汝衣裳龙工往"二句,最称古崛,故仍有胜于《古列女传》之处。

但《楚辞补注》与《五百家注柳先生集》亦非无病。二书"从掩"

一语，《孟子》作"从而掩之"①王照圆补注云："《孟子》作'从而掩之'，此脱。"《楚辞补注》"戕旋阶"一语难解，"戕"恐涉上而误，《五百家注柳先生集》"旋阶"上无此字，《古列女传》作"乃捐阶"，与《孟子》同。

尤其是《类说》引文有舜告二女曰"我其往哉"二句，《古列女传》存一句，《楚辞补注》与《五百家注柳先生集》均省略或脱去，使其对话颇不完整。而且《古列女传》尚存得二女曰"俞，往哉"一句答语。按"俞"字古作叹词，《尚书·尧典》："帝曰：'俞，予闻。'"孔安国传："俞，然也。"李学勤先生在最近一篇文章中指出："'俞'这个叹词，只见于《尚书》的《虞夏书》内《尧典》（包括《舜典》）、《皋陶谟》（包括《益稷》）"；"'俞'作为叹词，仅见于《虞夏书》这两篇，其他先秦文献都是没有的"；"'俞'作为叹词这一点，能进一步使大家看到《尧典》确有古远的渊源"。②本文所引十三种文献中，叹词"俞"字仅见于《古列女传》一种。

结　论

自经注以外，汉唐间有关"焚廪""掩井"引文大抵不出《孟子》《史记》《列女传》三书范围，大抵古本已尽于此。

略举数例如下。

《新序》卷一《杂事第一》："瞽瞍与象，为浚井、涂廪之谋，欲以杀舜。"③

王充《论衡》卷二《吉验篇》："舜未逢尧，鲧在侧陋。瞽瞍与象谋欲杀之。使之完廪，火燔其下；令之浚井，土掩其上。舜得下廪，不被火灾；穿井旁出，不触土害。尧闻征用，试之于职。"又卷二六《知实篇》："瞽叟与象，使舜治廪、浚井，意欲杀舜。"所言"完廪"，与《孟子》

---

① 掩、揜通，《说文解字》："揜，自关以东谓取曰揜。一曰覆也。"《集韵》："掩，覆取也。与揜同。"

② 李学勤：《尧典与甲骨卜辞的叹词"俞"》，《湖南大学学报》（社会科学版）2008 年第 3 期。

③ 四部丛刊景明嘉靖翻宋本作"浚井涂廪"。石光瑛校释、陈新整理《新序校释》（中华书局 2001 年版）作"浚廪涂井"，校释并云："按：完廪，此作浚廪。"不知何据。

同。所言"穿井旁出",与《史记》同。所言"治廪",与《列女传》同。

王逸《山海经注》引《列女传》论曰:"二女灵达,鉴通无方,尚能以鸟工、龙裳,救井廪之难。""鸟工"与《列女传》各本同,"龙裳"显系涉上"去衣裳"而误。

《后汉书·邓寇列传》:"故大舜不避涂廪、浚井之难,甲生不辞姬氏谗邪之谤。"

《艺文类聚》卷二六载晋曹摅《述志赋》:"舜拘忡于焚廪,孔怵惕于陈匡。"

《旧唐书·高祖二十二子列传》:"向使舜浚井不出,自同鱼鳖之毙,焉得为孝子乎?涂廪不下,便成煴烬之余,焉得为圣君乎?"

《宋史·黄裳传》:"爱子如此,则焚廪、浚井之心,臣有以知其必无也,陛下何疑焉?"

《欧阳修集》卷一八《经旨十首》:"舜之涂廪、浚井,不载于六经,不道于孔子之徒,盖俚巷人之语也。及其传也久,孟子之徒道之。"又卷九《留题齐州舜泉》诗:"耕田浚井虽鄙事,至今遗迹存依然。"

宋洪适《盘洲文集》卷六《答景卢和篇》诗:"转头麦垄龙工往,缓步花蹊蚁磨旋。"

宋张孝祥《于湖居士文集》卷九《送谢梦得归昭武》诗:"秋不须鸟工,往且作贾胡留。"

宋谢邁《竹友集》卷二《闻彦光田舍遇火几焚其廪》诗:"百神救廪鸟工往,不待绠缶浇焚如。"

宋郑刚中《北山集》卷一九《用立春韵和卖药周道人》诗:"万金家信隔秋冬,欲往谁能化鸟工。"

宋僧惠洪(觉范)《石门文字禅》卷七:"腊月十六夜读阁资钦提举诗一巨轴:一往归心如鸟工,十分风味似相同。"又卷二四《记福严言禅师语》:"于是口占曰:'大舜鸟工往,卢能渔父归。'"

宋朱翌《猗觉寮杂记》卷上引秦观诗:"少游云:梦魂思汝鸟工往,世故著人羊负来。"[①]

[①] 文渊阁《四库全书》本。"世故",《全宋诗》卷一〇六八秦观残句作"事故",恐误。

宋黄彦平撰《三余集》卷一《二妃庙》诗："风急真成鹤羽飞，波寒不隔龙工往。"

清厉鹗《樊榭山房续集》卷一〇《上虞百官江口舜庙》诗："无复百官趋早朝，话渔樵，一半儿龙工一半儿鸟。"

以上史传文集所言"焚廪"，与《孟子》《史记》《列女传》三书均同。所言"浚井"与《孟子》《列女传》同。所言"涂廪"与《史记》《列女传》同。

以上所引，益可旁证本文的初步结论：

1. 《孟子》《史记》《列女传》三书文献推测为同一来源，其来源可能是上古《佚书》。三书取舍不同，各自独立引用。

2. 《列女传》各本文字均有遗失，王回删定《古列女传》亦不如《楚辞补注》及《五百家注柳先生集》所引。而《楚辞补注》本亦有脱文，唯相对较为完备，其所存的文字内容特别是二女的韵文歌词弥足宝贵。

3. 《孟子》《史记》《列女传》《宋书》《通史》《金楼子》各书之间不存在"层累"关系，亦不存在造伪问题。

唐安南都护张舟诗考

湖南永州零陵朝阳岩摩崖石刻新见张舟《题朝阳岩伤故元中丞》诗一首，见于南宋赵明诚《金石录》，有目录，无诗文，后世依循著录而不见内容，《全唐诗》等均无记载。本论文依据石刻真迹，释读并首次发布全诗内容；追溯《金石录》之目录，并厘正其讹误；推考诗文作者，当与唐宪宗元和间安南都护张舟为同一人。此诗伤悼元结，以世家咏名臣，依名胜题名句，深合古诗人之旨。诗刻于唐大历十三年（778），距元结之卒仅六年，自赵明诚而后，孤悬洞壁，迄无著录。其原石手迹，甚可宝贵。

一 《金石录》与《零陵总记》著录之误

南宋赵明诚《金石录》卷八《目录八》第一千五百三十七："唐题朝阳岩诗：李舟撰并正书，大历十三年九月。李当、牛丛诗附。"

此据宋淳熙龙舒郡斋刊本，此条各本皆同。新版金文明《金石录校证》此条照录无校。①

按赵氏此条有二误，首先"附"字不确，以致"李当、牛丛诗附"的记载引发了陆增祥的困惑。唐李当之诗，清道光以前历代文献均无著录，《全唐诗》不载，陆增祥首次详录其诗刻拓本，见《八琼室金石补正》卷六〇"朝阳岩石刻三种"。陆氏按语曰："李当诗石，在朝阳洞西豀绝壁上。自来金石家未见论及，隐晦之迹，久而一彰，良足重矣！"其欣喜之情可以概见。然陆氏又云："按《金石录》目，李舟《朝阳岩诗》'大历十三年九月李当、牛丛诗附'。自大历十三年之咸通十四年，相距九十余载，此题诗

---

① 金文明：《金石录校证》，广西师范大学出版社2005年版，第146页。

之李当盖别一人也。"今按，同一朝阳岩而有二唐人均名李当且皆有刻石，此事殊无可能，是陆增祥信赵氏之误而反致自己生误。

李当诗刻实为二首，李当一首题为《题朝阳洞》，魏深一首题为《奉和左丞八舅题朝阳洞》，魏深诗有跋文甚长，陆增祥总题为《李当等诗并魏深书事》。孙望《全唐诗补逸》卷一三据《八琼室金石补正》补录二诗，陆心源《唐文续拾》卷六据以补录一文，题为《书李当事》。魏深诗署款又有"从甥"云云，知二人为甥舅，二诗为同时之作，故就此二诗而言，乃可谓魏深之奉和附于李当，《金石录》当作"牛樅、李当诗，魏深附"为是。如以三刻为一类，又当录作"唐题朝阳岩诗三段，又某又某"，较可使人无惑。

但陆增祥所录亦有小误。作者"魏深"实当作"魏淙"。魏淙署款有二，一在诗题后，作"从甥前高州军事推官乡贡进士魏淙"；一在跋后，作"魏淙题"。其字右半部上方有点，字迹清楚可辨，均作"淙"，不作"深"。该刻迄今尚存于朝阳岩，状态基本完好。经与北京大学图书馆古籍特藏库所藏清拓核对[1]，亦同。

牛樅诗，《金石录》有目无文，《全唐诗》卷五四二收录，名《题朝阳岩》，但作者姓氏录作"牛丛"。[2] 按《全唐诗》此诗原出明胡震亨《唐音统签》卷八五〇《己签》中，作者名及小传全同。《唐音统签》于诗题《朝阳岩》下引《零陵总记》为注，云："朝阳岩在永州城西南一里余，元结以其东向日先照名之。"[3]《零陵总记》十五卷，北宋陶岳撰，《宋史·艺文志》有著录。宋晁公武《郡斋读书志》卷八著录为《零陵记》，云："《零陵记》十五卷。右皇朝陶岳撰，永州地里志也。"陶岳为永州祁阳人，《零陵总记》为记载旧零陵境内名胜最早的专书，宋明解唐人诗句多援引为据，今其书已佚，清陈运溶有辑佚，收入《麓山精舍丛书》，然其所辑多有未尽。[4] 宋阮阅《诗话总龟前集》卷一六连引《零陵总记》七条，其中"朝阳岩"一条云："朝

---

① 北京大学图书馆馆藏著录题为《李当魏深朝阳洞诗并记》，典藏号21214。
② 《全唐诗》，据上海古籍出版社1986年缩印清康熙扬州诗局本，第1386页。中华书局编辑部点校《全唐诗》（中华书局1999年版，第6315—6316页）文字全同，唯作者姓名简化为"牛丛"。
③ 据《四库全书存目丛书补编》影印北京故宫博物院藏清康熙刻本配抄本，齐鲁书社2001年版。
④ 张京华：《宋陶岳〈零陵总记〉辑补》，《云梦学刊》2010年第3期。

阳岩,在永州城西南一里余,元结所名也,以其东向,日先照,故名。杜陵有歌云:'朝阳岩下潇水深,朝阳洞中寒泉清。零陵城郭夹潇岸,岩洞幽奇当郡城。荒芜自古人不见,零陵徒有《先贤传》。水石为娱焉可忘,长歌一曲留相劝。'又有牛丛诗云:'蹑石攀萝路不迷,晓天风好浪花低。洞名独占朝阳号,应有梧桐待凤栖。'"① 牛惎一诗全赖此文得以保存。

但《零陵总记》亦有误,牛惎传写为"牛丛"亦始于此。"丛""惎"字形明显不同,当是音同而误。陶岳虽家零陵,而所记或出耳闻,未能亲见原石,详辨拓本。其书先导致胡震亨《唐音统签》及阮阅《诗话总龟前集》之误,进而导致《全唐诗》之误。牛惎不知何人,但牛丛为唐代名相牛僧孺之子,文宗朝进士,宣宗、懿宗、僖宗朝在位,屡见于史册。("牛丛"之名亦误,当作"牛藂"。)《全唐诗》作者及小传当改。②

二 李舟来永题刻之疑

李舟字公受,一作公度,陇西成纪人。与独孤及、梁肃、李白、杜甫、岑参、颜真卿、怀素等人交往。杜甫有《送李校书二十六韵》诗,岑参有《送弘文李校书往汉南拜亲》诗。李白有《同王昌龄崔国辅送李舟归郴州》(一作《同王昌龄送族弟襄归桂阳》)二首,且云:"尔家何在潇湘川,青莎白石长沙边。"梁肃有《处州刺史李公墓志铭》及《祭李处州文》。③ 唐李肇《国史补》卷下"李舟著笛记"条载:"李舟好事,尝得村舍烟竹,截以为笛,坚如铁石,以遗李牟。牟吹笛天下第一,月夜泛江,维舟吹之,寥亮逸发,上彻云表。"其才情俊逸,可见一斑。

李舟曾著《切韵》,其书为便写诗捡韵而作。但李舟之诗无一存者。《全唐文》仅录文七篇,内有《唐明州刺史王公德政碑》,李舟撰文,颜

---

① 据四部丛刊初编影印明月窗道人《增修诗话总龟》本、文渊阁《四库全书》本。周本淳校点《诗话总龟前集》,人民文学出版社1987年版,第188—189页,文字均同。

② 清代方志多于"金石"卷沿袭赵明诚之目,著录"牛惎"一刻;"山川"卷沿袭《零陵总记》《全唐诗》,著录"牛丛"一诗,不知二者实为一事。参见张京华〈《全唐诗》牛丛〈题朝阳岩〉诗正误〉,《中国历史文物》2012年第2期。

③ 处州均当作"虔州",参见潘吕棋昌《萧颖士研究》,台北文史哲出版社1983年版。

真卿书,又有《常州刺史独孤公文集序》等。

李舟生年,学者考订为唐玄宗开元二十八年(740),柳宗元《先君石表阴先友记》载其事迹曰:"李舟,陇西人。有文学,俊辨,高志气。以尚书郎使危疑反侧者再,不辱命,其道大显。被谗妒,出为刺史,废痼卒。"如其在世及作朝阳岩纪咏诗皆当先于柳宗元,大略与元结同时。

《全唐文》卷五二一载梁肃《处州刺史李公墓志铭》云:"二十余,以金吾掾假法冠为孟侯湖南从事。"又曰:"其后……辟宣歙浙东二府。"陈冠明、严寅春均以李舟年二十余当大历初,而以大历十三年(778)作《题朝阳岩诗》在浙东幕府任上,时年三十九岁。[1] 然则李舟何以任职浙东,忽而便至永州题诗,题诗之后又回浙东?前后事迹不相联属,殊不可解。

怀素为永州人,与李舟有交往。永州城内东山有怀素绿天庵旧址,其《自叙帖》有云:"李御史舟云:昔张旭之作也,时人谓之张颠,今怀素之为也。"末题:"时大历丁巳冬十月廿有八日。"清嘉庆《湖南通志》迻录《金石录》"李舟"诗刻一条云,"按怀素《自叙帖》有李御史舟,想即其人也。"[2] 大历丁巳为十二年,其时怀素年四十余,在长安。何以次年李舟便到朝阳岩,亦无明文。

三　新见张舟诗的辨认释读

赵明诚"唐题朝阳岩诗"目录的另一讹误是,"李舟"本作"张舟"。

朝阳岩是潇水西岸的石灰岩溶洞,与永州旧城隔水相望,颇便游赏,自唐元结、柳宗元、宋周敦颐、黄庭坚以来,名宦过往游赏,品题刻石,历代不绝。2009 年 10 月,笔者为湖南科技学院中文系 2007 级讲授古代汉语专题课程,以朝阳岩纪咏诗为题,选修诸生实地考察,勘得现存历代石刻 153 通,其中唐代张舟、牛徽、李当、魏淙题诗四首,内容完好,弥足珍贵,见图一。

---

[1]　陈冠明:《李舟行年考》,《杜甫研究学刊》1995 年第 3 期;严寅春《李舟年谱考略》,《西藏民族学院学报》(哲学社会科学版)2006 年第 5 期。

[2]　道光《永州府志》卷一八《金石略》(道光刊本及同治重校本),光绪同德斋主人编《广湖南考古略》卷二六均同。

牛惷、李当、魏淙诗刻位于朝阳岩下洞北面石壁上，李当、魏淙为一方，牛惷在其左侧为一方，张舟诗刻则在洞口上近4米高处，相距较远。

张舟诗刻为楷书，十五行，字幅高23厘米，宽40厘米，字体径寸约2厘米，笔画较细，书法风格清整俊秀。

图一　《题朝阳岩伤故元中丞》照片

图二　《题朝阳岩伤故元中丞》拓片照

石刻前面部分六行，包括两行诗题，一行姓氏里籍署款，被黄褐色水垢覆盖，有磨泐，但大部文字清晰可见，特别是诗题，站在洞下肉眼可辨，在全刻中保存最好。中间五行有三行被黑色水垢覆盖，特别是被"周门寄名石山保"两行大字打破，残损严重。后面四行，包括三行年月署款，虽较平整，但磨泐较重，肉眼难见，但制成拓本后，尚可辨认，见图二。

石刻经辨认整理，为五言古诗一首，内容如下：

题朝阳岩伤故元中丞
吴郡张舟兼聪
岩口对初日，夕高丹洞明。
澄潭反相映，秀色涵江城。
中有漱玉泉，安可但濯缨。
上耸凌霜松，千春中自贞。
拯溺在斯人，时命困征并。
我来览遗囗，仿佛见平生。
迹在人已殁，空伤今古情。
时大历敦牂岁 无 射之月菊始黄华

"秀色"之"色"字残半，推测是"色"。"安可但"三字磨泐严重，推测是此三字。"上耸"之"耸"，"千春中自贞"之"千""春""自"，残损不清，推测是此四字。"困征并"三字残损严重，推测是此三字。"我来览遗"以下一字完全残损，暂空。"敦牂岁"以下一字残损，据推测补"无"字。

诗为下平声，用庚韵（依平水韵）。

元中丞，谓元结。颜真卿元结墓碑铭署衔"故容州都督兼御使中丞本管经略使"。拯溺，用元结典。元结《七不如七篇·第六》："元子以为人之溺也，溺于声、溺于色、溺于圆曲、溺于妖妄，不如溺于仁、溺于让、溺于方直、溺于忠信者尔。于戏！溺可颂也乎哉？溺有甚焉，何如？"时命，仍用元结典。元结《自述三篇·述居》："上顺时命，乘道御和；下守虚澹，修己推分。"

前后署款均低一格。年月署款，"敦牂"为岁阴纪年，《尔雅·释天》："在午曰敦牂"，《史记·天官书》："敦牂岁，岁阴在午。"大历有戊午，为十三年（778）。"无射之月"，以律吕纪月，无射在戌位，阳气灭尽无余，当九月。《礼记·月令》：季秋之月，"其音商，律中无射"。《吕氏春秋·音律》："夹钟生无射，无射，九月律。"又曰："季秋生无射。"菊始黄华，亦谓九月。《礼记·月令》：季秋之月"鞠有黄华"。（陆德明释文："'鞠'，本又作'菊'。"）《逸周书·周月解》："寒露之日，鸿雁来宾。又五日，爵入大水，化为蛤。又五日，菊有黄华。"

姓氏署款，"吴郡张"三字，清晰可辨。"舟"字磨泐不清，但由拓本和照片仔细分辨，字体结构完整，可确认。"兼聪"二字残损，"兼"字不见下面四点；"聪"字残缺下半部分，今推测为"兼聪"。扬雄《连珠》："兼聪独断，圣王之法也。"《群书治要》卷四八引杜恕《体论》："兼聪齐明，则天下归之。"

石刻文字与《金石录》所著录比较，诗题同、年同、月同、诗人之名同。可以判断此刻即赵明诚所见无疑。所不同者，唯诗人之姓。赵氏所著录当出于石刻拓本，不容有失，推测当是传写中涉下"李当"之姓而讹。

按元结命名朝阳岩在唐永泰二年（大历元年，766），而卒于大历七年（772），此后六年张舟来游，所为诗刻遂成为迄今所知第一首纪咏元结与朝阳岩景观的诗作，迄今永州境内自元次山、颜鲁公身后遂以此诗为最早，其原石手迹真为国宝也。此诗自赵明诚而后，孤悬洞壁，无人著录，今则一旦得见全文原刻，千载机缘实不可问也已。

四 《题朝阳岩伤故元中丞》诗作者考

此诗作者张舟，考其身份，当即元和元年（806）任安南都护、元和四年（809）击破环王国（即林邑，今越南）、斩杀三万余人、建立奇功的张舟。

以下试提出四项理由。

第一，张舟的任命见《旧唐书·宪宗本纪上》：元和元年（806）四月："戊戌，以安南经略副使张舟为安南都护、本管经略使。"①

张舟击破环王国见《新唐书·宪宗本纪》：元和四年（809），"八月丙申，环王寇安南，都护张舟败之"。《资治通鉴》卷二三八亦载：元和四年八月，"丙申，安南都护张舟奏破环王三万众"。

《新唐书·南蛮传下》详记其事："环王，本林邑也，一曰占不劳，亦曰占婆。直交州南，海行三千里。……永徽至天宝，凡三入献。至德后，更号环王。元和初不朝献，安南都护张舟执其伪骠、爱州都统，斩三万级，虏王子五十九，获战象、舠、铠。"《唐会要》卷七三《安南都护府》亦载："元和四年八月，安南都护奏破环王伪国号爱州都统三十万余人，及获王子五十九人，器械、战船、战象等称之。"（《唐会要》卷九八"林邑国"同。）

《唐会要》卷七三还记载了张舟在安南的其他政绩，"举本管经略招讨处置等使兼安南都护张舟到任已来政绩事"，包括重整安南罗城、骧州城、爱州城，四年造器械四十余万，又造艨艟战船四百余艘等。此文陆心源收入《唐文拾遗》卷二七，题为《举张舟政迹状》。

张舟的事迹也见于《占婆史》等现代著作。②

可惜在击破环王国之后刚过一年，张舟便"薨于位"（柳宗元语）。《旧唐书·宪宗本纪上》载，元和五年（810）七月，"庚申，以虔州刺史马总为安南都护、本管经略使"。如前人所说："五年七月，马总继之，则死及葬当在元和四、五年。"③ 大概此时张舟年事已高，击破环王国已是他一生业绩的最后高潮。

据柳宗元《柳河东集》卷一○《唐故中散大夫检校国子祭酒兼安南都护御史中丞充安南本管经略招讨处置等使上柱国武城县开国男食邑三百户张公墓志铭并序》，张舟到安南以后，"优诏累旌其忠良，太史嗣书其功烈，就加国子祭酒，封武城男，食邑三百户，凡再策勋，至上柱国，三增秩至中散大夫"。这应当是他最后的官阶。在此之前他的历

---

① 黎崱《安南志略》卷八云："张舟始为安南经略判官，宪宗元和三年迁为都护。"（文渊阁《四库全书》本）其说有误。
② ［法］Georges Maspero：《占婆史》，冯承钧译，上海商务印书馆1933年版，第48页。
③ 世彩堂本《河东先生集》旧注。

官有：

（1）始命蕲州蕲春主簿。

（2）以左领军卫兵曹〔参军〕为安南经略巡官。

（3）金吾卫判官，三历御史。（"三历御史"可能是：监察御史，正八品下；殿中侍御史，从七品下；侍御史，从六品下。）

（4）检校尚书礼部员外郎（从五品），换山南东道节度判官。

（5）〔礼部〕郎中（正五品），安南副都护，赐紫金鱼袋，充经略副使。

（6）检校太子右庶子（正五品），兼安南都护，御史中丞，充本管经略招讨处置等使。

唐樊绰《蛮书》卷九又记载：前任安南都护赵昌"以寄客张舟为经略判官，已后举张舟为都护"。"寄客"一语颇可注意。按，安南经略判官与山南东道节度判官品阶相同，山南东道称"换"，安南称"寄"，二者可能正好对应。即张舟的任命本为山南东道节度判官，但是他"换"到了他处；他原本没有安南的任命，但他却"寄"在此地。①

如此说来，张舟自始命蕲春主簿以后，始终都在安南任职，官职从巡官、判官、副都护（经略副使），直到都护。

湘江水路为内地往来安南的必经之路（清代越南使者朝觐往来，沿湘水至永州祁阳浯溪题诗，至今石刻多有存者）。题诗之大历十三年（778），下距张舟之卒为三十二年。那么题诗之时正当其初仕安南，往来路经朝阳岩，在时间上是可能的。

第二，张舟之名，又见《新唐书·宰相世系表二下》，小传谓"安南都护，武城县男"，属"吴郡张氏"。族中有张后胤，字嗣宗，隋末曾为秦王讲授经书，入唐授国子祭酒，迁散骑常侍，致仕加金紫光禄大夫，卒赠礼部尚书，谥曰康，陪葬昭陵。李义府为撰《大唐故礼部尚书张府君之碑》，《昭陵碑录》卷中载之，收入《唐文续拾》卷二。其族由此贵显。张后胤之孙张齐丘，历官监察御史、朔方节度使。张齐丘之子张镒，德宗初为宰相，充集贤殿学士，修国史。两《唐书》有传，盛称其"交游不

---

① "寄客"并非没有品阶出身，参看王定保《唐摭言》卷一"公卿百僚子弟及京畿内士人寄客外州府举士人等"一条。

杂""为政清净""招经术之士，讲训生徒"。(《旧唐书》本传。《新唐书》作："以孝闻，不妄交游"，"政条清简，延经术士讲教生徒"。)《新唐书·艺文志》著录其《三礼图》九卷，《孟子音义》三卷。《集异记》《酉阳杂俎》《太平广记》等载其轶事。

《宰相世系表》载张舟与张齐丘同辈，则是为张镒之叔伯辈。按，此有误。据柳宗元墓志铭，张舟"曾祖彦师，祖瑾，考清"，而《宰相世系表》误以彦师与瑾为同辈。清沈炳震《唐书宰相世系表订讹》卷六［嘉庆十八年（1813）海宁查世倓刻本］未改，赵超《新唐书宰相世系表集校》据柳集校正曰："据志，瑾乃彦师子，《表》误作彦师弟。"①

清陈景云《柳河东集点勘》卷一云："按《世系表》，舟，吴郡人。德宗朝名相张镒之族。"中华书局本《柳宗元集》卷一〇张舟墓志铭"某郡人也"下校勘记引陈氏曰："按，陈说是。"②

两《唐书》又称张后胤"苏州昆山人也"，《旧唐书·张镒传》称张镒"苏州人"。张说撰《恒州长史张府君（张承休）墓志铭》。③张承休为张后胤之孙，墓志铭载为"吴郡吴人"。

佚名撰《唐故绵州涪城县丞吴郡张府君（张承祚）墓志铭并序》④，张承祚亦为张后胤之孙，墓志铭载为"吴郡嘉兴人"。

宋范成大《吴郡志》卷二四张后胤、张承休、张镒传，载张后胤为"昆山人"。

清雍正《广西通志》卷五〇《秩官》亦载："安南都护本管经略招讨等使……张舟：吴郡人，元和中任。"

按唐武德四年（621）平江南，改吴郡为苏州，辖七县，吴县、嘉兴、昆山皆七县之一⑤，故诸书记载并无矛盾。

据上，安南都护张舟一族郡望皆称"吴郡"，与朝阳岩题刻正合。

第三，《柳宗元集》中除张舟墓志铭外，卷四〇又有《为安南杨侍御

---

① 赵超：《新唐书宰相世系表集校》，中华书局1998年版，第321页。
② 《柳宗元集》，中华书局1979年版，第243页。
③ （唐）张说：《恒州长史张府君墓志铭》，载《文苑英华》卷九五五。
④ （唐）佚名：《唐故绵州涪城县丞吴郡张府君墓志铭并序》，载《唐代墓志汇编》及《全唐文补遗》。
⑤ 见（唐）杜佑《通典》卷一八二《州郡十二》。

祭张都护文》一篇，二文当为前后之作。文称"卜宅于潭州某原""卜葬长沙""魄降炎州"，按唐改长沙郡为潭州，仍以长沙县为治所，设潭州都督府，辖潭、衡、永、郴、连、邵、道七州。故潭州、长沙为一地，而与永州亦为同一区划所属。

墓志铭又载张舟有叔父为延唐令，延唐在道州江华郡，宋改宁远，今属永州。

柳集旧注又称："志铭在永州作。"[①] 可知张舟卒后，卜葬于此，又求志铭及祭文于此，表明张舟与潭、长、永地域具有较为亲密的关联，间接可证此人即朝阳岩题诗之人。

惜柳集于张舟之字、里籍、年寿等皆空缺，今本唯云"讳某，字某，某郡人""某年月薨于位，年若干"。其是否字"兼聪"，无可核对。

第四，今存《琅琊王氏宗谱》卷一有《石鼓山王右军祠堂碑文》，载银青光禄大夫散骑常侍上柱国襄阳公平路应撰文，中散大夫国子祭酒御史中丞上武城男张舟篆盖，可知其工于书法，与朝阳岩题刻亦相对应。柳宗元墓志铭称张舟"公以忠肃循其中，以文术昭于外"，史称其造艨艟舟，能"自创新意"，"回船向背，皆疾如飞"。按，吴郡张氏自张后胤、张镒，皆以经术著闻。张舟以诗人而从军入幕，殆高适、岑参之流亚；以文臣而经营武略，与此前之元结、此后之陶弼皆相类似。要之，《题朝阳岩伤故元中丞》一诗以世家咏名臣，依名胜题名句，所谓附骥尾而名益彰者乎！

[①] 世彩堂本《河东先生集》及中华书局点校本《柳宗元集》。中华书局本作"童曰"（童宗说曰）。

《全唐诗》牛丛《题朝阳岩》正误

赵明诚《金石录》目录记有牛蔚题朝阳岩诗刻一通，历代方志因袭著录，自赵氏以下迄未有人得见真拓。《全唐诗》卷五四二录牛丛《题朝阳岩》一首，诗云："蹑石攀萝路不迷，晓天风好浪花低。洞名独占朝阳号，应有梧桐待凤栖。"学者或误解为题咏晋祠之作。今经笔者亲临勘查，见其诗刻真迹仍在，文字内容大致完好。以拓本校诸书，诗题、诗句、作者均有讹误。兹略梳理其致误之由，以就教于学界。

朝阳岩本是潇水西岸的石灰岩溶洞，与永州旧城隔水相望，颇便游赏，自唐元结、柳宗元以来，名宦过往游赏，品题刻石，历代不绝。2009年10月，笔者为湖南科技学院中文系2007级讲授古代汉语专题课程，以朝阳岩纪咏诗为题，选修诸生实地考察，往返数十次，勘得历代石刻153通，其中见存唐代张舟（旧误李舟）、牛蔚（旧误牛丛）、李当、魏淙（旧作魏深）题诗四首，内容完好，弥足珍贵。

朝阳岩为元结所命名。唐代宗永泰二年（大历元年，766），元结为道州刺史，经水路过永州城下，始来游之。其《朝阳岩铭》序云："永泰丙午中，自舂陵诣都使计兵。至零陵，爱其郭中有水石之异，泊舟寻之，得岩与洞，此邦之形胜也。自古荒之，而无名称。以其东向，遂以朝阳命之焉。"

元结又作有《朝阳岩下歌》，与《朝阳岩铭》并见今本《元次山集》中，当时均有石刻，南宋尚见著录，今所存者为明代重刻。此为朝阳岩纪咏诗及摩崖石刻之始。

唐顺宗永贞元年（805），柳宗元贬为永州司马，朝阳岩为其游赏之地。其《袁家渴记》云："由朝阳岩东南水行至芜江，可取者三，莫若袁家渴。"北宋汪藻《永州柳先生祠堂记》亦云："其谓之南涧、朝阳岩、袁家渴、芜江、百家濑者，溯潇水而上也，皆在愚溪数里间，为先生杖屦徜徉之地。"

柳宗元作《渔翁》诗云："渔翁夜傍西岩宿，晓汲清湘燃楚竹。"朝阳岩由此又有"西岩"之别称，今洞壁有榜书曰"朝阳岩""西岩"等刻。（见图一）

图一　朝阳岩下洞照片

朝阳岩景致之佳，宋黄庭坚《游愚溪》诗序云："三月辛丑，同徐靖国到愚溪，过罗氏修竹园，入朝阳洞。……余于朝阳岩徘徊水滨，久之，有白云出洞中，散漫洞口，咫尺欲不〔相〕见。"明《徐霞客游记·楚游日记》云："余从桥西，仍过愚溪桥，溯潇西崖南行。……逾其上，俯而东入石关，其内飞石浮空，下瞰潇水，即朝阳岩矣。其岩后通前豁，上覆重崖，下临绝壑，中可憩可倚，云帆远近，纵送其前。"清道光《永州府志》卷二《名胜志》云："朝阳岩者，在城外西南二里潇江之浒，岩口东向。当朝暾初升，烟光石气，激射成采，郁为奇观。……岩中有洞名流香，有石淙源出群玉山，伏流出岩腹，色如雪，声如琴，气若兰蕙，从石上奔泻入绿潭。"（《大明一统志》《大清一统志》略同）近人孙望1938年冬来游，仍云："洞口临潇水，不旁通，买舟游岩下，始见巨崖壁立江浒，岩石作丹紫黄白色，藤萝缘之，与碧流相映，回荡生声，信大观也。"① 后人之叹美如此。

按唐宋永州摩崖石刻多出于谪宦，旧称"寓贤"，文字以纪咏诗为主，与他处墓碑或造像或书帖为主者颇不相同，其文学价值尤为突出。近人柯昌泗《语石异同评》卷二云："北宋迁谪名流，大半途出湖南。""宋人题名，最先著录，莫先于湖南一省。"故自清王昶、瞿中溶、陆增祥以来，永州石刻已颇为学者所重。然柯昌泗又云："湖湘间唐碑，宋人著录本不为少，惜皆湮逸。"张舟、牛徙两通唐人诗刻，即王、瞿、陆等人亦未之见，故颇可考论。兹将零陵朝阳岩摩崖石刻牛徙纪咏诗一首与《全唐诗》牛丛诗比堪，寔正其讹误。古昔贤哲流寓之意，山川胜境兴废之由，亦稍借以表出之。

一 由摩崖石刻以正作者、题名、诗句之误

零陵朝阳岩摩崖石刻牛徙题咏一首，诗存，石刻存，有署款，无年代。除署款被后世"石山保"打破外，文字保存完好。

牛徙诗刻位于朝阳岩下洞北面石壁上，字幅高32厘米，宽29厘米，正书，六行（题一行，诗四行，署款一行），在李当、魏淙奉和诗南侧，举目可望、举手可及。旧日游朝阳岩须经水上登岸，故陆增祥《八琼室金石补正》云："李当诗石，在朝阳洞西龛绝壁上。"今则搭建有平台，易于观览。唯石刻表面字迹较浅，不制拓片则颇难细辨而已。（见图二）

此刻王昶《金石萃编》、陆增祥《八琼室金石补正》未收，清吴式芬《金石汇目分编》、近人杨殿珣编《石刻题跋索引》等金石目录未著录，道光《永州府志·金石略》、光绪《零陵县志·艺文志·金石》、光绪《湖南通志·艺文志·金石》不载，国家图书馆善本金石组、北京大学图书馆金石拓片特藏组未见藏拓。陆增祥对永州境内石刻最为关注，《八琼室金石补正》所收永州浯溪、澹山岩、朝阳岩、阳华岩、寒亭、寒岩、暖谷、狮子岩、华严岩石刻，各数十百通，大抵皆遍。朝阳岩唐李当诗刻为其首次著录，陆氏曾盛称："自来金石家未见论及，隐晦之迹，久而一

---

① 孙望：《元次山年谱》，古典文学出版社1957年版，第79—80页。

图二　牛㞳《题朝阳洞》摩崖石刻照片

彰，良足重矣！"今牛㞳诗刻之珍稀宝贵应不在李当之下。

《全唐诗》卷五四二录牛丛《题朝阳岩》一首，诗云："蹑石攀萝路不迷，晓天风好浪花低。洞名独占朝阳号，应有梧桐待凤栖。"作者小传云："牛丛，字表龄，僧孺之子。开成初登第，历践台省方镇，终吏部尚书。诗一首。"[1]《全唐诗》牛丛仅此一首。

今以石刻真迹及拓片核校，当作"牛㞳《题朝阳洞》"为是。（见下页图三）

按牛丛为名相牛僧孺之子，唐文宗朝进士，唐宣宗、唐懿宗、唐僖宗朝在世，见于史册。《旧唐书·懿宗本纪》载：咸通五年（864）二月："以兵部尚书牛丛检校兵部尚书，兼成都尹、剑南西川节度副大使、知节度事。"《新唐书·牛僧孺传》载："丛，字表龄，第进士，由藩帅幕府任补阙，数言事。会宰相请广谏员，宣宗曰：'谏臣惟能举职为可，奚用众耶？今张符、赵璘、牛丛，使朕闻所未闻，三人足矣。'……咸通末，拜剑南西川节度使。……僖宗幸蜀，授太常卿。还京，为吏部尚书。"《资治通鉴》卷二四九亦载其事，且云："久之，丛自司勋员外郎出为睦州刺

---

[1]　中华书局编辑部点校：《全唐诗》（增订本），中华书局1999年版，第6315—6316页。

图三　牛慫《题朝阳洞》石刻拓本

史，入谢，上赐之紫。丛谢，前言曰：'臣所服绯，刺史所借也。'上遽曰：'且赐绯。'上重惜服章，有司常具绯紫衣数袭从行，以备赏赐，或半岁不用其一，故当时以绯紫为荣。"

牛丛有著述。《新唐书·艺文志》载《文宗实录》四十卷："卢耽、蒋偕、王沨、卢告、牛丛撰，魏暮监修。"宋王应麟《玉海》、王尧臣《崇文总目》、晁公武《郡斋读书志》均同。

然按原刻，作者署款亦不作"牛丛"，而作"牛慫"。诗题不作"题朝阳岩"，而作"题朝阳洞"。诗文"晓天"当作"晓江"。

又此诗字体多用古字。《全唐诗》"浪花低"，石刻"低"作"伍"，"低""伍"古今字。石刻"占"不作"佔"，"号"不作"號"，"栖"不作"棲"，皆用古字。清康熙扬州诗局刻本《全唐诗》作"號""棲"，乾隆刻本《诗话总龟》作"佔"，笔画增多，乃是俗体。

"丛（繁体作叢）""慫"字形明显不同，当是音同而误。南宋赵明诚《金石录》卷八《目录八》第一千五百三十七："唐题朝阳岩诗：李舟撰并正书，大历十三年九月。李当、牛慫诗附。"（宋淳熙龙舒郡斋刊本。按此条各本皆同。）今本字尚作"慫"，是也。

按牛丛（繁体作牛叢）之名亦非，当作"牛藂"。《旧唐书·牛僧孺传》（中华书局1975年标点本）、《唐会要》卷八六（江苏书局光绪甲申刻本）、裴庭裕《东观奏记》卷中（中华书局1994年田廷柱校点本）、《文献通考》卷九三（中华书局1986年重印商务印书馆《万有文库》本），并作"牛藂"。王谠《唐语林》卷一："牛叢任拾遗、补阙五年"，周勋初校证："牛叢：原书作'牛藂'，二者乃异体字。"①

《旧唐书·牛僧孺传》："二子：蔚、藂"，字皆从"艹"。牛蔚二子循、徽，字皆从"彳"。牛藂之子牛峤（《旧唐书》作"牛蟜"，误），一字延峰，名、字皆从"山"。若以牛嵸、牛丛为同名异写，则是父子名字皆从"山"，不通。

零陵朝阳岩石刻署款"牛嵸"上又有"杜陵樵人"四字。"牛嵸"与"杜陵樵人"不知为谁，按牛丛为名门贵宦，其别号不宜称"樵人"，（韩偓官至兵部侍郎、翰林承旨，晚年入闽依威武军节度使王审知，乃自号"玉山樵人"）此诗作者牛嵸当别有其人，后世误归《题朝阳洞》作者为牛丛，《全唐诗》作者小传当改。

石刻未署年月，此刻陶岳、赵明诚先后有著录，陶氏为五代宋初人，赵氏为北宋、南宋之间人，《金石录》次第在咸通十四年（873）李当诗刻之后，未必有据，推测当在唐末以前也。

二　《唐音统签》与《零陵总记》为《全唐诗》致误缘由

《全唐诗》牛丛《题朝阳岩》一诗原出明胡震亨《唐音统签》卷八五〇《己签》，作者名及小传全同，唯"攀萝"《唐音统签》误作"扳萝"②，增讹一字。

《唐音统签》又于诗题《题朝阳岩》下引《零陵总记》为注，云："朝阳岩在永州城西南一里余，元结以其东向日先照名之。"

《零陵总记》十五卷，宋陶岳撰，《宋史·艺文志》有著录。宋晁公

---

① 周勋初：《唐语林校证》，中华书局1987年版，第84—85页。
② （明）胡震亨：《唐音统签》，《四库全书存目丛书补编》影印北京故宫博物院藏清康熙刻本配抄本，齐鲁书社2001年版，第482页。

武《郡斋读书志》卷八著录为《零陵记》，云："《零陵记》十五卷。右皇朝陶岳撰。永州地理志也。今永州所部才三县，其所录多连及数郡。自序云：以其皆零陵旧地，故收之。"嘉庆《永州府志》卷九《艺文志》著录云："《零陵总记》十五卷，宋祁阳陶岳撰"，并引晁氏之说。

陶岳为永州祁阳人。明《寰宇通志》卷五八《永州府》"人物"云："陶岳，字介丘，祁阳人，登雍熙二年乙科，累官太常博士，知端州。余靖过端，访诸父老，言前后刺史不求砚者惟包孝肃及公二人。历官四十余年，五为郡守。有文集行于世。""科甲"又云："陶岳，祁阳人，宋雍熙二年梁颢榜进士。"诸书所载传记，以此最为详确。

陶岳之字，诸书多误作"介立"，按当作"介丘"。陶岳之子陶弼，官至顺州知州。据今永州文庙所藏《大宋故东上阁门使康州团练使知顺州天水郡侯陶公（陶弼）墓志铭并序》碑刻云："父讳岳，字介丘。"由其名、字对应而言，当以宋碑字介丘为是。

《零陵总记》为记载旧零陵境内名胜最早的专书，宋明解唐人诗句多援引为据。其书已佚，辑本先有清陈运溶自宋任渊《山谷诗注》录出七条，收入《麓山精舍丛书》；近有王晓天先生补辑一条，共八条[①]（按其辑佚多有未尽，编次亦误，八条实为四条[②]）；继有李清良先生自宋阮阅《诗话总龟》中辑出《零陵总记》有诗话性质者二十二条，与《五代史补》《湖湘故事》二书共三十五条，题为《陶岳诗话》。[③]

文渊阁《四库全书》本《说郛》又有唐陆龟蒙《零陵总记》一种，共十八条。绅绎其内容，其中一条采自陶岳，十七条为误收，故不可信。[④]

《诗话总龟前集》卷一六连引《零陵总记》七条，以"怀素台"为第一条，注明出《零陵总记》，此下依次为"白沙驿""法华寺""朝阳岩""潇水湘水""浯溪""淡塘"六条，"淡塘"下注明"并同前"。其"浯溪"一条与陈运溶《麓山精舍丛书》所辑对照，文字大致相同。

其"朝阳岩"一条云："朝阳岩，在永州城西南一里余，元结所名

---

① 晓天：《北宋史学家陶岳其人其书考略》，《求索》1988年第6期。（晓天即王晓天。）
② 张京华：《宋陶岳〈零陵总记〉辑补》，《云梦学刊》2010年第3期。
③ 吴文治主编：《宋诗话全编》第十册，江苏古籍出版社1998年版，第10433—10442页。
④ 张京华：《〈说郛〉本唐陆龟蒙〈零陵总记〉辨伪》，《中国典籍与文化》2010年第4期。

也,以其东向,日先照,故名。杜陵有歌云:'朝阳岩下潇水深,朝阳洞中寒泉清。零陵城郭夹潇岸,岩洞幽奇当郡城。荒芜自古人不见,零陵徒有《先贤传》。水石为娱焉可忘,长歌一曲留相劝。'又有牛丛诗云:'蹑石攀萝路不迷,晓天风好浪花低。洞名独占朝阳号,应有梧桐待凤栖。'"(《四部丛刊初编》影印明月窗道人《增修诗话总龟》本、文渊阁《四库全书》本、周本淳校点《诗话总龟前集》本①均同。)

所记元结诗,文字与《唐音统签》、《全唐诗》、《四部丛刊》影印明正德郭勋刊本《唐元次山文集》与《文集补》及中华书局孙望校本《元次山集》稍有不同。

"朝阳岩"云云,与《唐音统签》题注对照,文字大致相同,推测胡震亨与阮阅所引有共同来源。

按此为今所见"牛丛"一名的最早出处,以"丛"误"樅"亦当始此。初步判断作者姓氏等误始于陶岳《零陵总记》,先导致胡震亨《唐音统签》及阮阅《诗话总龟前集》之误,进而导致《全唐诗》之误。

"朝阳岩下潇水深"一诗作者为元结,而《零陵总记》以为"杜陵"所作,亦误。(《永乐大典》卷九七六三引洪武《永州府志》因之,题作"杜陵歌"。)然亦有所本,乃是将"杜陵樵人牛樅"署款割裂为二所致。

三 金石志与艺文志之两种著录系统

赵明诚《金石录》"唐题朝阳岩诗"一条多误,李舟当作张舟,赵氏所著录当出于石刻拓本,推测由于涉下"李当"姓氏而传写生误。唯此刻自赵明诚以后,历代学者皆未得见,诗句亦不见于文献记载,故迄无辨正。②

"李当、牛樅诗附","附"字不确。按李舟(张舟)诗刻在大历十三年(778),李当诗刻在咸通十四年(873),牛丛(牛樅)不署年月,其间并无附属关系。故而导致陆增祥之疑惑,《八琼室金石补正》卷六

---

① (宋)阮阅编著,周本淳校点:《诗话总龟》,人民文学出版社1987年版,第188—189页。
② 张京华:《新见唐张舟诗考》,载《唐研究》第十六卷,北京大学出版社2010年版。

○《朝阳岩石刻三种》按语曰："按《金石录》目，李舟《朝阳岩诗》'大历十三年九月李当、牛丛诗附'。自大历十三年至咸通十四年，相距九十余载，此题诗之李当盖别一人也。"按同一朝阳岩而有唐二李当，此事殊无可能，是陆增祥信赵氏之误而反生自己之误。

李当朝阳岩诗，《全唐诗》无，自陆增祥始为著录，孙望《全唐诗补逸》卷一三据《八琼室金石补正》补录。其刻实为二首，一为李当《题朝阳洞》；一为魏深《奉和左丞八舅题朝阳洞》。魏深诗有跋文甚长，陆增祥题为《李当等诗并魏深书事》，陆心源《唐文续拾》卷六据以补录一篇，题为《书李当事》。据魏深诗题，知二人为甥舅，二诗为同时之作，故就此二诗而言，乃可谓魏深之奉和附于李当，《金石录》当作"张舟、牛丛、李当诗，魏深附"为是。

《金石录校证》（2005年新版）此条照录无校。①

然陆增祥著录李当、魏深二诗亦有误。今石刻尚存，文字大体完好，以原刻核校，陆氏所录精准无误，唯作者"魏深"实当作"魏淙"。魏淙署款有二，一在诗题后，作"从甥前高州军事推官乡贡进士魏淙"；一在跋后，作"魏淙题"。其字右半部上方有点，字迹清楚可辨，均作"淙"，不作"深"。经与北京大学图书馆古籍特藏库所藏清拓本核对，亦同。②

自赵明诚之后，学者所著录，凡金石系统皆从《金石录》，作"牛丛"，有目无文，而艺文系统则皆与《零陵总记》《唐音统签》《全唐诗》同，误作"牛丛"。

南宋陈思《宝刻丛编》卷二〇引赵明诚《金石录》"题朝阳岩诗"一条作"牛丛"。

明胡震亨《唐音统签》卷三三《集录四》述唐诗之在金石者，"题朝阳岩诗"一条引赵明诚《金石录》作"牛丛"。

清吴式芬《金石汇目分编》卷一五《待访》有"唐李舟等朝阳

---

① （宋）赵明诚撰，金文明校证：《金石录校证》，广西师范大学出版社2005年版，第146页。

② （唐）崔鹏：《李当魏深朝阳洞诗并记》，清拓本，北京大学图书馆古籍特藏库，典藏号21214。参见张京华《朝阳岩的几首唐代纪咏诗笺释》，《湖南第一师范学报》2010年第2期。

诗", 引《金石录》(写作《金石录目》) 作"牛嶽"。

清宗绩辰（又名宗稷臣）道光《永州府志》卷一八《金石略》"唐题朝阳岩诗"引《金石录》（写作《金石目录》）作"牛嶽"。（抽印单行本题为《永州金石略》一卷亦同。）

清刘沛《零陵县志》卷一四《艺文志·金石》引《金石录》（写作《金石目录》）作"牛嶽"。（抽印单行本题为《零陵金石志》一卷亦同。）

清王先谦编《湖南全省掌故备考》卷一七《金石一》引《金石录》作"牛嶽"。

清同德斋主人编《广湖南考古略》卷二六《金石》"唐李舟等朝阳岩诗"条及"唐李当朝阳洞诗"条均作"牛嶽"。

以上金石系统并遵赵氏《金石录》，惜皆空列条目。推测赵明诚当是迄今以前唯一见到牛嶽诗刻拓本的学者。

清嘉庆《湖南通志》卷二五〇《金石六》（瞿中溶撰，抽印单行本题为《湖南金石志》二十卷）引《金石录》（写作《金石录目》）作"牛嶽"。

清光绪《湖南通志》卷二六四《艺文志·金石》（陆增祥撰，抽印单行本题为《湖南金石志》三十卷）亦引《金石录》（写作《金石录目》）作"牛嶽"。而该书卷一八《地理志·山川》"朝阳岩"引纪咏诗则作"牛丛"，诗题及文字与《全唐诗》全同。是为金石志与艺文志两种著录系统不同而各自单行之显例。

近人杨殿珣编《石刻题跋索引》诗词部分于唐大历著录《题朝阳岩诗》等三刻（云大历十三年九月，不云李舟等），于咸通著录《朝阳岩李当等诗并魏深书事》一刻，亦未察知二者之关联而分别为两条。[①]

四 "杜陵樵人"署款及身份推测

今石刻署款上有"□陵樵人"四字，□字被"易长命石山保"之"命"字打破，辨其字形似"杜"字。（见图四）

---

① 杨殿珣编：《石刻题跋索引》，商务印书馆 1990 年增订版，第 447、451 页。此书长沙商务印书馆 1940 年初版。

图四　牛偬《题朝阳洞》拓本署款细部

明洪武《永州府志》卷七《山岩》题为"杜陵樵人牛松"。弘治《永州府志》卷六《永州府题咏》题为"杜陵牛松"。《永乐大典》卷九七六三引洪武《永州府志》题作"牛崧诗"。① 三书文字与《全唐诗》②全同。按"偬""崧""松"三字当是形近而误,"杜陵"二字不误,唯漏"樵人"二字。可证今石刻中被打破之字确为"杜"字。

又前文阮阅《诗话总龟前集》引《零陵总记》"杜陵有歌"云云之误,推测系由石刻署款"杜陵樵人"而起,亦间接证实石刻中被打破之字为"杜"字。

此"杜陵樵人牛偬"生平事迹不详。唐德宗时有"杜陵山人",不知是此人否?戎昱《听杜山人弹胡笳》诗云:"绿琴胡笳谁妙弹,山人杜陵名庭兰。杜君少与山人友,山人没来今已久。"又曰"杜陵攻琴四十年",

---

① （明）解缙等:《永乐大典》,中华书局1986年版,第4196页。
② （清）曹寅、彭定求等:《全唐诗》,上海古籍出版社1986年版,第1386页。

又曰"杜陵先生证此道"。按杜陵为地名，本汉宣帝陵，在京兆，不宜作人名，只可作别号。（南宋有杜汝霖，其孙名杜陵，当时已失关中，不在版图，故有别。）诗文"山人杜陵"当是"杜陵山人"称号之倒写。诗中弹胡笳者，可称"杜陵先生""杜陵山人""杜山人""山人""杜君"，或径称"杜陵"。所云"名庭兰"，实为字，所谓"以字行"者。戎昱曾至湖南，今存《湖南春日二首》《湖南雪中留别》《衡阳春日游僧院》《宿湘江》《湘南曲》诸诗，又有《送零陵妓》（又题《送妓赴于公召》）一首，诗中自称"使君"。唐范摅《云溪友议》卷上"襄阳杰"条（《太平广记》卷一七七《器量二》"于頔"条引之）、宋王谠《唐语林》卷四《豪爽》、宋李颀《古今诗话》二一八条"戎昱送歌妓诗"、宋阮阅《诗话总龟前集》卷二三、明蒋一葵《尧山堂外纪》卷二八"戎昱"条，皆载其本事，称戎昱为"零陵之守""零陵守"，又称"唐戎昱守零陵"。假使"杜陵樵人""杜陵山人"为别称，牛鞁有字名"庭兰"，则当贞元间其人随戎昱在零陵，亦有可能。

又《旧唐书·杜甫传》载杜甫卒于湖南耒阳，元和中始归葬河南偃师。耒阳旧有杜甫祠、杜陵书院，始建于唐代。康熙《耒阳县志》卷二《学校·书院》："杜陵书院，即县志北杜甫祠，唐建。"光绪《湖南通志》卷六九《学校志·书院》："杜陵书院在耒阳县北，祀唐杜甫，唐建。""杜陵樵人"或者为耒阳杜陵书院中人，与零陵相近而来游。

然此谨为推测，存疑待考。

五　当代学人之误解

杜甫自号"杜陵野客""杜陵布衣""杜陵野老""杜陵诸生"，有学者遂以为"朝阳岩下潇水深"为杜甫佚诗。

按元结自宋以来有集而散，今本以明刻为最早，而《朝阳岩下歌》载于宋陶岳《零陵总记》中，谓"杜陵"所作，此诗作者遂有疑而难辨。

陈尚君先生《杜诗早期流传考》云："《增修诗话总龟前集》卷一六引陶岳《零陵总记》录杜陵《朝阳岩歌》，仇兆鳌因杜甫游迹未尝至永州而疑为后人所托。今按，余嘉锡先生《四库提要辨证》卷五《五代史补》考证，陶岳为祁阳人，雍熙二年进士，约仁宗初年卒。岳时代较王洙为早,所录当别有所据,尚难遽断为伪。杜甫是否到过永州,其诗是否一定作于永州,均有待考证。宋初杜诗抄本较多,必有秘而不宣以至亡佚的。"①

陈尚君所论源于仇兆鳌。仇氏《杜诗详注·补注》卷上云:"《朝阳岩歌》:此歌出《零陵总记》,谓'杜陵'所作,今见《诗话总龟》。……朝阳岩,在永州城西南一里余,唐元结所名也。以东向,日先照,故名。今按杜公游迹未尝至此,且诗义浅薄,恐亦后人所托者。"

按元结《朝阳岩下歌》"朝阳岩下湘水深"数句千古名篇,自南宋王象之《舆地纪胜》已见记载,明言"元结朝阳岩下歌",向无争议,非"杜陵"之作无疑。元结永泰元年(765)春游道州无为洞,作《无为洞口作》云:"无为洞口春水满,无为洞傍春云白",句式与此全同。元结此诗题咏山水,而归旨圣贤,"零陵徒有《先贤传》""水石为娱安可羡"二句,皆有命义,不可谓"诗义浅薄"。陶氏为祁阳名族,陶岳之子陶弼《宋史》有传,又有文集传世,陶氏是否祁阳人不必待余嘉锡先生考证而后定。《零陵总记》诗句大多出于石刻,杜甫既未来此,自然难以上石。陶岳虽家零陵,而所记或出耳闻,未能亲见原石,详辨拓本。陈氏言"别有所据""尚难遽断""有待考证""必有亡佚",辩语虽多,皆因不知陶岳误载诗刻。今由"杜陵樵人牛崇"石刻真迹,一旦辨明陶氏之误,亦一快事。

杜甫于大历二年(767),即元结觅得岩洞且命名之次年,作《同元使君舂陵行》,诗云:"呼儿具纸笔""墨淡字欹倾""感彼危苦词,庶几知者听",其序云:"览作二首""简知我者,不必寄元",明为信札往返,未尝相见。不可由陶岳"杜陵"一误,遂夺元诗为杜诗也。

山西晋祠亦有朝阳洞,又称朝阳岩。姚奠中先生主编之《咏晋诗选》收录牛丛《题朝阳岩》一首,谓:"牛丛,字表龄,唐朝宰相牛僧孺的儿子,文宗开成二年进士。官至吏部尚书。襄王之乱,他避难来到太原。这首诗当是他避居太原时所作。"② 此未注明出处。(姚先生曾到永州并赋朝阳岩诗,见《永州五首》之三。③) 师海貌《太原诗文集萃》"朝阳洞"

---

① 陈尚君:《杜诗早期流传考》,载《中国古典文学丛考》第一辑,复旦大学出版社1985年版,第172页。又见陈尚君《唐代文学丛考》,中国社会科学出版社1997年版,第326页。
② 姚奠中主编:《咏晋诗选》,山西古籍出版社2001年版,第40—41页。
③ 《姚奠中讲习文集》,研究出版社2006年版,第1221页。

条、张德一等《晋祠揽胜》"牛丛"条略同。

按牛徕诗中"朝阳""凤栖",典出《诗经·大雅·卷阿》:"凤凰鸣矣,于彼高冈。梧桐生矣,于彼朝阳。""应有梧桐待凤栖"意谓零陵乏才士,与元结诗"荒芜自古人不见,零陵徒有《先贤传》"蝉联相接,命义相近,确是纪咏零陵朝阳岩之作。况以原刻真迹而论,此诗非晋祠景物无疑。

晋祠之有朝阳洞,为时甚晚,至明代邑人高一麟,及清代太原人傅山、邑进士李从龙等,始见诸歌咏。高一麟有《游朝阳洞》,傅山有《朝阳洞》,李从龙有《登朝阳洞》,见道光六年(1826)《太原县志》卷一四《艺文》,而《咏晋诗选》无一选入。

检《全唐文》卷八二七录牛丛《报坦绰书》《责南诏蛮书》二篇,作者小传云:"丛字表龄,宰相僧孺子。第进士,累官睦州刺史。咸通末拜剑南西川节度使。僖宗幸蜀,授太常卿,还授吏部尚书。嗣襄王乱,客死太原。"《咏晋诗选》谓"当是避居太原所作",似据《全唐文》作者小传,实为误上加误。然则"蹑石攀萝路不迷"一诗实非作于晋祠,作者亦非牛丛,今原刻具在,斯为确证。

高适与岑参

高适和岑参是唐朝发展到极盛时期最著名的两位边塞诗人。二人时代相当，家数相近，并称"高岑"。同时二人的为人性格与诗歌风格又有差异，形成对比。其仕宦经历与创作过程，在盛唐诗人群体中尤其具有代表性。

高适（704—765）的郡望是渤海蓨县，其地唐属德州，今属河北景县。他的祖父是唐高宗时期的名将高侃，父亲高崇文官终韶州长史，韶州即今广东曲江。高适早年便随父亲旅居岭南。高崇文后来死在任上，高适就又回到中原，客居梁宋之间。高适在诗中多称自己住在"宋中""淇上""濮上"。宋中是当时的宋州睢阳郡，其地为今河南商丘。淇上是当时的卫州，今河北卫县；濮上是当时的濮州，今河南濮阳，两个地方当时都在黄河以北。位于淇上、濮上与宋中之间的就是梁，当时为汴州，即今河南开封。高适自己在淇上有一所别业，但收入很有限。父亲死后，高适贫苦无依，靠着向亲朋好友索求借贷维持生计，这就难怪他的行迹会遍及梁、宋、卫这样一片广大的地区了。

高适的性格，拓落不拘小节，务功名，尚节义，喜言王霸大略，衮衮不厌，属于心胸豁达、擅长纵横论辩的一类。他不愿意耕作，不屑于料理他那份田产，也就是"不治生事"。历史上像他那样不治生事的有两个人，一个是汉高祖刘邦，一个是东汉光武帝刘秀的哥哥刘演。刘邦和他的二哥"刘仲"比，刘演和刘秀比，都是出名的"不治生事"。当然，高适所生逢的年代天下太平，李唐的运脉正隆，他不可能有什么非分之想。然而自宰辅以下还是可以做的，这个志向也已经不小。偏偏他又耻预常料，不愿参加普通的进士考试。耻预常料，那就是想要考取特科，即皇帝亲自主持的制科。这却要等待机会，因为它不是年年都有。谁知时光飞逝，一等就是三十年。三十年光阴，即使是从九品的小官做起，熬年头也该熬到郡太守一级了。可是，高适等到两鬓染霜，依旧是两眼空空。万般无奈之下，他就只有效仿他的同乡、汴州雍丘高阳乡的郦食其，做不成儒者，便做酒徒。

《新唐书》说高适"少落魄"，应邵解释"落魄"之义，是"志行衰恶之貌也"。元代辛文房《唐才子传》说高适"隐迹博徒"。那么高适当时的志行之状，就可想而知了。酒之意在于狂，博之意在于赌，高适就在以他的全部生活作赌注，宁愿成为酒徒，宁愿生活一贫如洗，也要赌。凡赌只有两种可能，要么一朝成名，要么一落千丈。这期间高适的诗中常露出两种口风：一是胸怀大略，显出随时可以身干青云、青紫俯拾的气象；一是甘愿做一个草莽野人，隐迹田园而不求闻达。这就是进则兼济天下、退则独善其身之意了。放出这样两种口风有个好处：一是有了功名，足以显示出自己胜人一等，我本不愿为官，但朝廷圣明，贤才必用，天命下达，我怎忍违之？即使终生不被任用，那也是我性情所好，不是我一心想做官而遭别人嫌弃，不能因此怀疑我的品行才智。

唐风豁达开放，士人求取功名都直言不讳，上书阙下，往往自报家门。李白有《上韩荆州书》，杜甫有《三大礼赋》，高适有《古乐府飞龙曲留上陈左相》与《留上李右相》二诗。李白文中说："请日试万言，倚马可待，今天下以君侯为文章之司命，人物之权衡，一经品题，便作佳士，而君侯何惜阶前盈尺之地，不使白扬眉吐气，激昂青云耶？"杜甫说："臣之述作虽不足鼓吹《六经》，先鸣数子，至沉郁顿挫，随时敏捷，扬雄、枚皋之流，庶企及也。有臣如此，陛下其舍诸？"他们言语之大，情意之急切，已到了直接伸手要官做的地步。这在后世是不多见的，在唐代却很常见。从这点来看高适当时的工于心计，就不难理解了。

但是心计归心计，嘴上说归隐，外人看不出，而在高适自己心中却不能不焦急。而且，随着岁月蹉跎，他是越来越急，简直称得上心急如焚了。古往今来赌输了，徒具英雄气概而老死于妻儿之侧的人，不计其数，高适很有可能成为他们中的一员。

然而，高适赢了。他这一出入博徒，果然才名便远。贾谊说："吾闻古之圣人，不居朝廷，必在卜医之中。"后世的英雄豪杰，又何尝不是如此？高渐离、朱亥隐于市屠，侯生、张耳抱关守门，后来都名扬天下，令有志之士击节扼腕。天宝八载（749），宋州刺史张九皋荐举高适应制举有道科，高适终于诗名半天下，黄绶翻在身，一举跃登龙门。不过到天宝那个时候，制科已经很平常了，实际上仍是常科。高适也只当上一名县尉，一县之中，居于县令、县丞、主簿三人之下，所以三年后他就辞官了。直到天宝十二载（753），高适才盼到了他一生进退的第二次契机，就是由田梁丘推荐，到边塞武威（今甘肃武威），在河西陇右节度使哥舒翰幕府中任掌书记。美中不足的是，这时高适已到了知天命的年纪，整整五十岁了。为这人生的一大搏，高适付出了沉重的代价。

历史上年过五十才出头的有两个人，一个是赵人荀卿，年五十始游学于齐，后独霸稷下，三任祭酒，最为老师；一个是西汉的主父偃，一岁四迁，别人担心他太盛，他就说了那句名言："臣结发游学四十余年，身不得遂，亲不以为子，昆弟不收，宾客弃我，我厄日久矣！且大夫生不五鼎食，死即五鼎烹耳。吾日暮途远，故倒行暴施之。"到武威后不久，安史之乱爆发，正应了高适自己的一句话："时平位下，世乱节高。"天下昏乱，忠臣乃见，高适以天下安危为己任，以功名自许，一年之中，连迁左拾遗、监察御史、侍御史、谏议大夫、御史大夫数职，转眼之间，就做到了淮南节度使。有唐以来，诗人显达至节度使者，唯高适一人而已。

历代诗人之中，数唐朝诗人的成就最大，但他们的身世地位也最为卑下。王昌龄、王之涣、李颀、常建，做官都是做到县尉即止。论其诗则光焰万丈，论其官则不过八品九品，在当时是极其微不足道的。无怪乎唐代殷璠在《河岳英灵集》中要感叹"才高无贵仕"了。其中的原因有两个，一个是当时承平日久，员位已满，官吏滞壅；再一个就是士人自己这方面有了缺陷。唐前期的士人，虽然也参加科举考试，但仅把它看作一种形式，一种智力标志。考的虽是诗赋，选出来的却都是深明吏治的人物，这些人出将入相，具有很高的政治才能。到后来就不同了，世风浮华不实，口上说有青云之志，实际上缺乏才干，眼高手低。即以李白、杜甫二人而论，其诗歌上的成就固然举世瞩目，但论其政治才能，像李白终日沉饮傲放，引足令大臣脱靴，实乖大体，自然要遭斥退；杜甫性情褊躁傲诞，清狂龌龊无器度，自以为纯儒，而妻子不保，儿女至饿死，正应了司马迁那句话："无岩处奇士之行而长贫贱，好语仁义，亦足羞也。"

南宋葛立方《韵语阳秋》即从此一方面批评高适说："意在退处者，

虽饥寒而不辞；意在进为者，虽沓贪而不顾，皆一曲之士也。高适尝云：'吾谋适可用，天路岂寥廓，不然买山田，一身与耕凿。'可仕则仕，可止则止，何常之有哉？适有《赠别李少府》云：'余亦惬所从，渔樵十二年，种瓜漆园里，凿井卢门边。'《赠韦参军》云：'布衣不得干明主，东过梁宋无寸土，兔苑为农岁不登，雁池垂钓心长苦。'其生理可谓窄矣。及宋州刺史张九皋奇其人，举有道科中第，调封丘尉，曰：'此时也得辞渔樵，青袍裹身荷圣朝，牛犁钓竿不复见，县人邑吏来相邀。'则是不堪渔樵之艰窘，而喜末官之微禄也。一不得志，则舍之而去，何邪？《封丘诗》云：'我本渔樵孟潴野，一生自是悠悠者，乍可狂歌草泽中，宁堪作吏风尘下？'其末句云：'乃知梅福徒为尔，转忆陶潜归去来。'则不堪作吏之卑辱，而复思孟潴之渔樵也。韩退之云：'居闲食不足，从仕力难任。'其此之谓乎！"那意思就是说，既然要退隐就不要再有怀怨，既然要求功名就不能耐不住烦嚣，为什么没能做官便牢骚满腹？既已做了县尉，为什么开始那么高兴，后来又轻易舍弃？引韩愈的诗来论说，像高适这种人，隐居要挨饿，因为不愿躬耕务农；做官又拿不起来，因为缺乏才干，结果就是怎么都不行，怎么都要有怨言。孔子曾说："唯女子与小人为难养也，近之则不逊，远之则怨"，这样一联系起来，葛立方的批评实在是非常苛刻。

不过，葛立方这样批评高适，也不太属实。高适其实是一个十分切于实际、不务虚名、精明能干、不肯妄自菲薄的人。他借助安史之乱的契机，"义而知变"，扶摇直上，就说明了这一点。叔孙通说鲁诸生是"鄙儒，不知时变"。"变"这一个字，不是轻易能通达的。所以明代胡震亨《唐音癸签》又评价说："高适，诗人之达者也，其人故不同。甫善房琯，适议独与琯左。白误受永王璘辟，适独察璘反萌，豫为备。二子穷而适达，又何疑也？"为什么高适做到了节度使，而李白、杜甫未能？这个评价是有道理的。

岑参（715—769）的郡望是南阳棘阳县，自南朝梁时迁居荆州江陵，即今湖北江陵。岑参的曾祖岑文本是唐太宗时的名相，伯祖岑长倩为武则天时宰相，从伯父岑羲为唐中宗、唐睿宗时宰相。后因岑长倩、岑羲得罪被杀，家道中衰。岑参的父亲岑植，官终仙、晋二州刺史。岑参自己在京畿鄠县（今陕西户县）终南山下的高冠谷，有一所别业，但境况不佳。

岑参虽也有功名之心，曾献书长安，但他的性情，却是近于道家清逸的一类。他曾一度在嵩山和终南山过着近乎隐居的生活，山水诗写得极好。后来高中进士，不久被征调到唐朝最远的边塞安西（今新疆库车）和北庭（今新疆吉木萨尔），是真正的投笔从戎。

岑参一生中五次入戎幕，两次出塞，仅此而言，唐以来的诗人再也找不出第二个。"往来鞍马烽尘间十余载，极征行离别之情，城障塞堡，无不经行。"这对于清逸俊秀的岑参来说，实在是难为他了。

唐代的边塞诗人可以分为几类。一类是未曾到过边塞而写边塞题材的，如李昂、崔国辅；一类是曾经游历过边塞的，如崔颢。再一类就是曾在边塞居住和任职的。从这个意义上来说，高适和岑参都称得上是真正的边塞诗人，两人年轻时都曾游历过河朔的燕赵，壮年时又双双到边塞从军。

就唐代的边塞诗来说，高、岑齐名，风格也相近。南宋严羽《沧浪诗话》说："高岑之诗悲壮，读之使人感慨。"但是高适的诗，悲壮之中透着雄浑；岑参的诗，悲壮之中带着峭拔。高诗"尚质主理"，岑诗"尚巧主景"。岑参去边塞，多少有些被动不得已的因素，到边塞后，才开始写边塞题材的作品，诗篇越来越多；高适去边塞是积极主动的，他写边塞诗，始于早年的河朔之游，到他任封丘县尉以及河西陇右节度幕府掌书记时，诗作慢慢减少了，而到他任淮南节度使后，诗作就几乎没有了。史称高适年五十始为诗，其实恰好相反。因为高适写诗，是想借此沽名钓誉，到他五十岁入幕以后，诗的作用已经不大了。相比之下，岑参的诗中融进了更多的心血和真情。

高适的诗颇有古风，句中有许多的人生感慨，表面看来似乎更具有可读性。而岑参的诗则更多地包蕴了六朝以来近体诗的成就，想象丰富、格律多变，具有更多的创造性和诗学诗艺的特色。高适近之于儒，岑参近之于道。高适注重人生实践，岑参则在诗歌艺术史上占据极高的地位。他们二人，既有阅历和诗风上的相同之处，又存在着性情和具体诗歌特色上的差异。就其差异而言，二者又恰恰形成了鲜明的对比。

高、岑二人，高适享年六十二岁，岑参享年五十五岁。高适长岑参十一岁，而比他早四年辞世，二人基本上是同时之人。

高适游历河朔的蓟门、卢龙，是在开元十九年（731）他二十八岁的时候。岑参游历河朔的冀州、定州，则稍迟至开元二十七年（739），当时他二十五岁。稍后至开元二十九年（741），高适则有好友李颀的辞官及走访。天宝三载（744），岑参进士及第任右内率府参军，同年，高适有与李白、杜甫的梁宋之游。天宝八载（749），岑参赴安西边塞，同年高适制举中第任封丘县尉。岑参于天宝十载（751）返回长安，次年，高适辞官。到天宝十一载（752）秋，二人一同参加了长安慈恩寺的诗会。之后，天宝十二载（753）、天宝十三载（754），高、岑分别奔赴河西的威武和关外的北庭。唐肃宗至德元年（756）、至德二年（757），长安收复，唐玄宗退位，高适升至淮南节度使，岑参也从北庭回到长安任右补阙。大乱之后，两人的生活又有了新的开始，但盛唐时期边塞诗的创作已告一段落。

高适与岑参相互认识，但是来往不多。天宝十一载秋，八位诗人汇聚长安，同赋慈恩寺浮图诗，岑参所赋的一首就是《与高适薛据同登慈恩寺浮图》。他们二人还有一些共同的朋友，如王昌龄、杜甫等人。王昌龄与高适的交往，有著名的旗亭画壁的故事流传；与岑参的交往，有王作《留别岑参兄弟》、岑作《送王大昌龄赴江宁》诗并存。杜甫与高适早年在汶上既已相识，其后于梁宋再次相聚，晚年又相逢于蜀中；杜甫与岑参也早在天宝八载（749）岑参出塞前已相识，有《九日寄岑参》诗为证。杜甫晚年还有《寄彭州高三十五使君适、虢州岑二十七长史参三十韵》一诗，同时写给高、岑二人。高适受前辈诗人李颀的影响比较大，岑参受王昌龄的影响也比较大，李颀与王昌龄二人复有来往。

由高、岑二人的交往，可以引出当时的许多著名诗人，透视出一个诗人群落。其中，李颀、王昌龄、王之涣、崔颢在开元年间就已成名，都写边塞诗，是盛唐边塞诗人的前辈。常建、薛据、孟云卿均有为人骨鲠、词气伤怨的特点。储光羲、綦毋潜属于恬淡清远的一派。李白的风格迥异于众人，杜甫则在众人中成名最晚，作品大都写于安史之乱以后。这些人都有一个共同点，就是"流落不偶"。李颀"惜其伟材，只到黄绶"。王昌龄"两窜遐荒，使知音者喟然长叹"。常建"沦于一尉"，"仕颇不如意，遂放浪琴酒"。薛据"尝自伤不得早达"，"晚岁置别业终南山下"。孟云卿"天宝间不第，气颇难平"，"栖栖南北，若无所遇，何生之不辰"。李白、杜甫虽有忠孝之心、济世之志，但他们的人生际遇，简直可以用终生未得归宿来概括。所以《唐才子传》评其二人："能言者未必能行，能行者未必能言。观李杜二公，语语王霸，惜乎奇才并屈，徒列空言。"现在读李白至德二年（757）在浔阳狱中写给高适的《送张秀才谒高中丞》诗，其中说"高公镇淮海"，"临歧竟何云"，分明有向高适求助之意。杜甫居蜀落魄，也曾依靠高适，所作《因崔五侍御寄高彭州一绝》诗中，有"何时救急难"之句。此等情形，与三人早年同游梁宋、裘马轻狂、慷慨赋诗，简直难以并提。李杜晚年之困顿，于此可窥见一斑。

《全宋诗》邢恕十首考误

　　邢恕是北宋重要的政治人物和理学人物，《全宋诗》收录其诗作共十首，其中六首作于湖南永州，部分石刻真迹亦保留至今。文章以所见石刻及拓本为主，参以方志，对《全宋诗》所收邢恕诗略作考校，冀补史阙。

　　邢恕，字和叔，郑州原武（今河南原阳西）人。二程弟子，官至吏部尚书。邢恕尝以诗名，《宋史》本传称"神宗见其《送文彦博诗》，称于确，乃进职方员外郎"，又称其"博贯经籍，能文章"。元祐年间贬永州，其诗文书法真迹至今仍有存者，诗雅致多文人气，书法亦秀丽可喜。1993年出版的《全宋诗》[1] 收录邢恕诗十首，其第五首《酬魏少府侍直史馆》为误收北朝邢邵之作，第九首《朝阳岩绝句》实为二首，四韵残句误漏一句，五句亦不宜合为一首，而编次亦多误。新近出版的《全宋诗订补》[2] 无订补。这些诗作考其出处，只有一首附载邵雍《伊川击壤集》，其余均出金石志与地方志，而金石志与地方志的来源皆为石刻。如四韵残句暂不论，邢恕诗十首中的六首均作于今湖南永州，三首至今保存完好。以下将邢恕诗略加考校，为便阅读，仍以《全宋诗》为序，题名亦仍其旧。

（一）《将还河北留别尧夫先生》

　　先生抱道隐墙东，心迹兼忘出处通。

---

[1] 北京大学古文献研究所编：《全宋诗》，北京大学出版社1993年版。邢恕诗见第15册卷八七四，顾永新整理。

[2] 陈新等：《全宋诗订补》，大象出版社2005年版。

圯下每惭知孺子，床前曾忆拜庞公。
已将目击存微妙，直把神交寄始终。
此日离违限南北，萧萧班马正依风。

《全宋诗》注云出《伊川击壤集》卷八《和邢和叔学士见别》诗附。诗云"还河北"事不详，然《全宋诗》将其编次为第一首是对的。

邵雍原诗云："世路如何若大东，相逢不待语言通。观君自比诸葛亮，顾我殊非黄石公。讲道污隆无巨细，语时兴替有初终。出人才业尤须惜，慎勿轻为西晋风。"

《宋元学案·百源学案》引邢恕诗作"圯下每惭呼孺子，床前时得拜庞公"，引邵雍诗作"出人才业犹须惜，慎弗轻为西晋风"，李贽《藏书》卷三二《德业儒臣·邵雍传》引亦同。

"圯下每惭知孺子"用张良、黄石公典故，事见《史记·留侯世家》。"床前曾忆拜庞公"用诸葛亮、庞德公典故，事见《三国志·蜀书·庞统法正传》裴松之注引《襄阳记》："德公，襄阳人。孔明每至其家，独拜床下，德公初不令止。"

邵雍又有《先天吟示邢和叔》一首，诗云："一片先天号太虚，当其无事见真腴。胸中美物肯自炫，天下英才敢厚诬？理顺是言皆可放，义安何地不能居。直从宇泰收功后，始信人间有丈夫。"

邢恕此诗，一方面，记载他与邵雍坐谈心迹、兼忘、出处之微妙，表明了邢恕对邵雍之学的敬服，及对于道学精微的谙熟和见识；另一方面，纵论乱世奇谋策士，而以张良、诸葛亮自比，正印证了《宋史》本传所载"博贯经籍，能文章，喜功名，论古今成败事，有战国纵横气习，蚤致声名，一时贤士争与之交"的评价，盖亦率直抒心意之作也。

邢恕为程颢弟子，程颢与邵雍同居洛阳，邢恕访邵雍最可能的是在废罢问学于程颢之时。

《宋史》本传云：邢恕"从程颢学，因出入司马光、吕公著门。登进士第，补永安主簿。公著荐于朝，得崇文院校书。王安石亦爱之，因宾客谕意，使养晦以待用，恕不能从，而对其子雱语新法不便。安石怒，谏官亦言新进士未历官而即处馆阁，开奔竞路，出知延陵县。县废不复调，浮湛陕洛间者七年，复为校书。"熙宁二年（1069），王安石执政，以程颢为条例司属官。又以吕公著荐，授太子中允权监察御史里行。熙宁三年（1070），上书论新法之害，改京西路提刑，又改签书镇宁军节度判官。熙宁五年（1072），罢归洛阳，居洛讲学。考延陵县废在熙宁五年，邢恕为崇文院校书在熙宁二年（1069），出知延陵县在熙宁三年，复为校书在熙宁十年（1077）（即元丰元年，邵雍卒于此年）。计贬二年，废五年，共七年。他有充分的时间结交师友，徐图再起。

值得注意的是，这段时间里司马光也在洛阳。熙宁三年司马光因与王安石政见不合，出知永兴军，改判西京留司御史台。熙宁六年（1073），以端明殿学士兼翰林侍读学士居洛阳，主编《资治通鉴》。《宋史·道学一·邵雍传》载："富弼、司马光、吕公著诸贤退居洛中，雅敬雍，恒相从游"，"司马光兄事雍，而二人纯德尤乡里所慕向"，"雍高明英迈，迥出千古，而坦夷浑厚，不见圭角，是以清而不激，和而不流，人与交久，益尊信之。河南程颢初侍其父识雍，论议终日，退而叹曰：'尧夫，内圣外王之学也。'"

司马光所作《无为赞》一篇，《迂书》注"元丰八年正月十九日作"，《司马温公文集》《传家集》题为《无为赞》，有本题为《无为赞贻邢和叔》。其文曰："学黄老者以心如死灰、形如槁木为无为，迂叟以为不然，作《无为赞》：治心以正，保躬以静。进退有义，得失有命。守道在己，成功在天。夫复何为，莫非自然。"其得失进退诸语，亦当针对邢恕之锐意功名而发。

陈傅良《止斋题跋》有《跋温公与邢和叔贴》一条，亦称邢恕与司马光交厚，文曰："熙宁间温公居洛，公（指邢恕）从崇德县再入崇文。元丰四年兼史事，以所藏温公贴，知是时相与甚厚也。"

这期间陈师道亦有《寄邢和叔》长诗一首，其中"昔作梁宋游"当即洛阳问学之事，"又见东南奔"则指其宦游汴京。陈诗于出处进退反复致意，亦可谓有所专指。

又黄庭坚有《病起荆江亭即事十首》，其十云："鲁中狂士邢尚书，本意扶日上天衢。敦夫若在镌此老，不令平地生崎岖。""本意扶日"，邵博《邵氏闻见后录》卷二引作"自言挟日"。敦夫为邢恕之子邢居实，字敦夫，有《呻吟集》。《宋元学案·安定学案》载其为孙觉（字莘老）弟子，文曰："受学于莘老。……所宗师者，司马温文正公、吕申正献公；

所从游者，坡公、涪翁、无咎兄弟。"《宋元学案·涑水学案》亦有名录。其交友甚广当与邢恕有关。"鲁中狂士"典出李白《庐山谣寄卢侍御虚舟》"我本楚狂人，凤歌笑孔丘"，其中亦含纵横捭阖、"行险冒进"之意。

在熙宁三年（1070）至熙宁十年（1077）这段时间里，邢恕有幸目睹名公风范、亲聆大儒说教，处身于鼎盛一时的核心圈内，虽则从仕宦上说来有"浮湛陕洛间者七年"的坎坷，然而在学养上却获得了"一时贤士争与之交"的阅历。这当是邢恕作《将还河北留别尧夫先生》诗的具体背景。

（二）《送程给事知越州》

> 稽山鉴水正宜秋，笑邻铜符下鹢舟。
> 青琐夕郎传故事，鸿都仙客足风流。
> 锦衣著去经乡国，茧纸翻成赋郡楼。
> 只恐汉廷须雅望，寇公难得隔年留。

《全宋诗》注云出《续会稽掇英集》卷五。

程给事即程师孟，熙宁九年（1076）为给事中，判都水监，出知越州、青州。程师孟历知大郡，有政声。能诗，有《文集》《奏议》等。《宋史》卷三三一有列传，卷四二六《循吏》亦有传，文字全同。

按熙宁九年王安石罢相，熙宁十年改元元丰，元丰二年（1079）邢恕复为校书，元丰二年为馆阁校勘，累迁职方员外郎。吴充用为馆阁校勘，历史馆检讨、著作佐郎。宋神宗见其《送文彦博诗》，乃进职方员外郎。邢恕此诗当作于回京新任之时。

此诗为唱和之作，因程师孟有名当时，赴越州前，公卿如王安石、王仲修、上官均、毕仲衍、范育、黄默数人皆有同题送行酬唱之作。当是作于汴京，携稿刻于会稽。

《续会稽掇英集》作者为宋黄康弼，其书亦出石刻。《四库全书总目提要》谓其书："旁及碑版石刻，自汉迄宋，凡得铭志歌诗等八百五篇。……所录诗文，大都由搜岩剔薮而得之，故多出名人集本之外，为世所罕见。"

（三）《随州》

> 荆楚西南地，清明咫尺天。
> 远山犹带雪，高柳已藏烟。

《全宋诗》注云出《舆地纪胜》卷八三《京西南路·随州》。

按，王象之《舆地纪胜》卷八三《京西南路·随州·诗》，知此诗原本无题，编者据卷名后加。

宋哲宗即位，邢恕"自谓有定策功"，迁右司员外郎、起居舍人。以得罪宣仁太后，黜知随州，改汝、襄、河阳。随州之行以子居实随侍，故父子唱和尤多，详见下文。

此诗当作于元祐初年。

（四）《酬魏少府侍直史馆》

> 丽藻高郑卫，专学美齐韩。
> 容揄难有属，笔削少能干。

《全宋诗》注云出宋祝穆《古今事文类聚新集》卷二二。

按《四库全书总目提要》子部类书一，《古今事文类聚》共七编，《前集》《后集》《续集》《别集》作者为宋人祝穆，《新集》《外集》作者为元人富大用，《遗集》作者为元人祝渊。此诗所出《古今事文类聚新集》卷二二《诸院部·国史院》附《总史官》，作者实为富大用。又《四库全书》本《古今事文类聚新集》卷二二题作"酬魏少侍直史馆"，无"府"字。

然此诗实为北朝邢邵之作，全诗十五韵三十句，见《初学记》卷三，题为《北齐邢子才酬魏收冬夜直史馆诗》。后载《文苑英华》卷一九〇及《诗纪》卷一一〇，改题《冬夜酬魏少傅直史馆诗》。魏少傅即魏收，曾任太子少傅。《全宋诗》因富大用之讹，误邢邵为邢恕，又因"少侍"之讹，误为"少府侍"，少府则为唐人县尉之别称矣。

(五)《华严岩》

一簇僧房路屈盘，不逾城郭到林峦。
何人为假丹青手，写入轻绡挂壁看。

《全宋诗》题下有注"元祐八年"。注云出王昶《金石萃编》卷一三二。"一"字下《全宋诗》注："原缺，据《金石补正》卷八八补"。

按"华严岩"非题，陆增祥《八琼室金石补正》卷八八《华严岩题刻十七段》作"邢恕诗《题华严岩》"。"邢恕诗"三字下陆氏原注："元祐八年，《萃编》录、《萃编》已载。""题华严岩"四字下陆氏原注："此行在诗前，低一格，王氏失载。"

永州华严岩，《湖广通志》卷一一《永州府·零陵县》云："华严岩在府儒学后，唐为石门精室，柳宗元有诗。"1959年东门岭居委会在岩侧办石灰厂，炸山取石，全岩轰毁，荡然无存。所幸邢恕诗旧拓尚在。（见图一）

图一　邢恕《题花严嵓》诗刻拓本

以北京大学图书馆所藏拓本与诸书互校，诗题拓本作《题华严岩》。"华严岩"三字，《全宋诗》作"华严岩"，拓本原作"花严嵓"。《通志》《永志》俱缺诗题一行。清吴式芬《攈古录》卷一二作"邢恕题华严岩诗"。

"一簇"，拓本实从"艹"作"一蔟"，各本"蔟"俱作"簇"。

"屈盘"，拓本如此，《全宋诗》不误。康熙三十三年（1694）《永州府志》卷三《山川》、嘉庆《零陵县志》卷一二及民国《零陵县志》，"盘"作"蟠"。

"挂壁看"，拓本如此，《全宋诗》不误。康熙三十三年《永州府志》卷三《山川》、嘉庆《零陵县志》卷一二及民国《零陵县志》，"看"作"间"。

拓本有署款"元祐八年邢恕和叔"。按此篇款式，王昶《金石萃编》卷一三二《零陵县华严岩诗刻四段》注："横广二尺三寸五分，高一尺四寸，八行，行五字，行书。"所述与拓本同。此篇书法，陆增祥《八琼室金石补正》卷八八引《留云盦金石审》称："较他刻恕书稍大，结构懒散，不如其小者。"

邢恕贬永州的时间，《宋会要辑稿》职官六七之二云："元祐四年，蔡确败，邢恕贬永州监仓。"考邢恕因救蔡确被贬永州，在元祐四年（1089）五月。《续资治通鉴》卷八一元祐四年五月载："诏直龙图阁邢恕，候服阕日落职，授承议郎、监永州盐酒税。先是，恕自襄州移河阳，间道抵邓州，见蔡确，相与谋所造定策事。及司马康赴阙，恕特招康道河阳，因劝康作书称确，为它日全身保家计。康以恕同年，又出父门下，信之，作书如恕言。恕本意必得康书者，以康为司马光之子，言确有定策功，可取信于世。既而梁焘自潞州以左谏议召，恕亦要焘出河阳，既至，恕日夜论确定策功不休，且以康与确书为证。焘不悦，诣阙奏之。会吴处厚訐确诗，焘因与刘安世等请诛确。确既贬窜，恕亦坐谪。……康初欲从恕招，邵雍子伯温谓康曰：'公休除丧，未见君，不宜先见朋友。'康曰：'已诺之矣。'伯温曰：'恕倾巧，或以事要公休，从之则必为异日悔。'公休，康字也。及焘等论确、恕罪，亦指康书，诏令康分析，康乃悔之。"

方志所载邢恕任官在宋元祐七年（1092）。清康熙三十三年《永州府志·职官表》："元祐七年邢恕以参军监酒税。"征诸石刻，邢恕在永州的题刻已知有十七处，最早纪年为元祐七年九月；其次为元祐八年（1093）三月、四月；最后为元祐九年（绍圣元年，1094）正月。恰是三年服阕也。

邢恕贬永州与蔡确有关。按弹劾蔡确的直接起因是吴处厚公报私怨。在如何处置蔡确问题上，朝中大臣议论不一，吴处厚、吴安诗、梁焘、范祖禹、王岩叟、刘安世、傅尧俞、朱光庭等人主张远流，彭汝砺、范纯仁、王存、刘挚、吕大防、苏轼、邢恕等人主张近贬，理由是忧虑党争再起。但就在处置蔡确的争议中，党争实际上已经再度发生了。《续资治通鉴》卷八一元祐四年（1089）载："先是，知汉阳军吴处厚言：'蔡确昨谪安州，不自循省，包蓄怨心，尝游车盖亭，赋诗十章，内二章讥讪尤甚。'奏至，左司谏吴安诗首闻其事，即弹论之；梁焘、范祖禹、王岩叟、刘安世等，交章乞正确罪。壬子，诏令确具析闻奏，仍委知安州钱景阳缴进确元题诗本。始，确尝从处厚学赋，及作相，与处厚有隙。王珪欲除处厚馆职，为确所沮，处厚由是恨确，故笺释其诗上之。士大夫固多疾确，然亦由此畏恶处厚云。"

据方志所载华严岩题名，元祐九年（1094）正月邢恕曾再度与知州刘蒙同游华严岩。

（六）《题愚溪》

溪流贯清江，湍濑亘百里。
龙蛇几盘纡，雷雨忽奔驶。
石横渠状穿凿，怪力祖谁氏。
突如见头角，虎豹或蹲峙。
横杠互枝柱，小艇俄纷委。
苹藻翳泓澄，松竹荫厓涘。
两山束鸟道，侧岸数鱼尾。
缭然闶深幽，梵宇叠危址。
钟呗杂滩声，亭台森水底。
凭栏几游目，杖策时临履。
酒杓间茶铛，棋枰延昼晷。
放怀得天倪，清啸谢尘滓。
忽忘儿女缚，似接嬴秦子。
顾予拙谋身，霜鬓飒垂耳。
雅意在延龄，丹砂凤充饵。
焉得兹结庐，怅念远桑梓。

《全宋诗》注云出陆增祥《八琼室金石补正》卷八五。"怪"字下《全宋诗》注:"下原衍物字,据《湖南通志》卷一六四删。"

此诗摩崖石刻尚存,在永州朝阳岩,字迹清晰,完好如新(见图二)。诗之内容为咏愚溪,有序三十六字:"右题愚溪,寄刻朝阳岩石之左,元祐八年癸酉十二月丙辰,时谪零陵将去矣,原武邢恕和叔。"既已明言在朝阳岩者为"寄刻",故诗题应为"愚溪诗寄刻朝阳岩并序"。《全宋诗》既见《湖南通志》及《八琼室金石补正》,则已见邢恕诗序而删之。

陆增祥《八琼室金石补正》卷八五《朝阳岩题刻廿四段·邢恕题愚溪诗》:"右邢恕《愚溪诗》,寄刻朝阳岩,《通志》失采,《永志》未录。其诗云,见《名胜志》,检以校之,清啸作清肃,或刊刻之讹也。……又《通志·山川》内载此作《朝阳洞诗》,盖已寄刻而误也。状作伏,枝作栋,深幽作深山,啸作肃,儿女作女儿,均误。"

陆氏所校,《全宋诗》已据改。据《湖南通志》校一字亦是。但"石横渠状穿凿"一句原文无"横"字,是《全宋诗》又误衍。而

图二 邢恕《题愚溪寄刻朝阳岩》诗刻拓本

"枝柱""梵字""帐念"等处《八琼室金石补正》亦误,《全宋诗》皆因袭其误。

以石刻校诸书,康熙九年(1670)《永州府志》卷二三《艺文六》:标题误作《朝阳洞》。状误伏。枝拄误栋柱。深幽误深出。清啸误清肃。霜鬓误霜髯。充饫误克饫。文中并缺十七字。

康熙三十三年(1694)《永州府志》卷三《山川》:标题径称邢恕诗。状误伏。枝拄误栋柱。两山误两出。数鱼尾误瞰鱼尾。钟呗误钟阻。凭栏误凭槛。间茶铛误开茶铛。幽误出。清啸误清肃。霜鬓误霜髯。

嘉庆《零陵县志》卷一二《名胜》:状误仗,枝拄误栋柱,纷委误纠委,深幽误深出,清啸误清肃,霜鬓误霜髯。

光绪《湖南通志》卷二七二:标题作宋邢恕题愚溪诗。状字不误,横杠不误,枝柱误枝拄,鱼尾误作鱼尾,梵宇不误,清啸不误,霜鬓不误。有邢恕诗序,并引《八琼室金石补正》谓邢恕别有"濯足临澄碧"诗。

按永州愚溪,初名冉溪,柳宗元更名愚溪,为"八愚"之一。柳宗元《愚溪诗序》:"予以愚触罪,谪潇水上。爱是溪……故更之为愚溪。……宁武子'邦无道则愚',智而为愚者也;颜子'终日不违如愚',睿而为愚者也。皆不得为真愚。今予遭有道,而违于理,悖于事,故凡为愚者莫我若也。"《湖广通志》卷一一《永州府·零陵县》云:"愚溪在城西一里。"康熙《永州府志》云:"在城西河,愚丘、愚泉、愚沟、愚池、愚堂、愚亭、愚岛,并愚溪而为八,是为八愚。"

朝阳岩,宋王象之《舆地纪胜》云:"朝阳岩在零陵县南二里,下临湘江。旧云道州刺史元结以地高而东其门,故以朝阳名之,今所刻记犹在岩下。有洞石,洞自中出,流入湘江。亭台凡十六所,自唐迄今,名贤留题,皆镌于石。"

邢恕此诗为仄韵五古格律,其才情可以概见。又其书法,《八琼室金石补正》引《留云盦金石审》称:"行书十四行,字参子瞻(苏轼)、君谟(蔡襄)之体。"

"嬴秦子"一语,典出刘向《列仙传》所载箫史、弄玉吹箫作凤鸣事。"雅意在延龄"及"怅念远桑梓",措辞属意出处进退之际,亦士大夫所常言。而"时谪零陵将去矣"一语,当是临行寄刻时所加,其踌躇满志之态，亦足见性情云。按元祐八年（1093）十二月丙辰为十四日。此时哲宗亲政，章惇重新回京秉政，次年改元绍圣，邢恕被招即由于此。《续资治通鉴长编纪事本末》卷八三元祐八年十二月载："帝深纳之，遂复章惇资政殿学士，吕惠卿为中大夫，王中正复遥郡团练使。给事中吴安诗不书惇录黄，中书舍人姚勔不草惠卿、中正诰词，乞追回除命，皆不听。"

（七）《独游偶题》

颓然一睡足，岩溜尚潺湲。
面几郎山郭，寂无人世喧。

《全宋诗》注云出陆增祥《八琼室金石补正》卷八五。此诗石刻尚存朝阳岩，完好如新（见图三）。

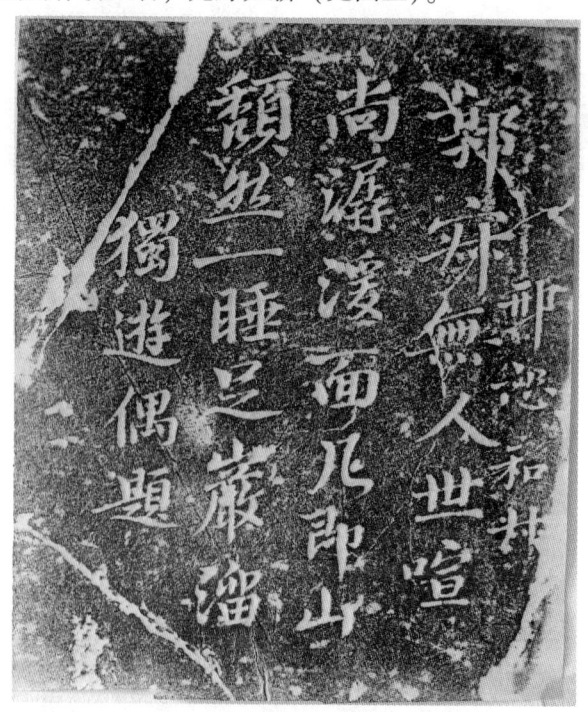

图三　邢恕《独游偶题》诗刻拓本

石刻与诸书互校，石刻原有诗题作《独游偶题》。康熙三十三年（1694）《永州府志》卷二三《艺文》题为《独游朝阳岩偶题》，吴式芬《攟古录》卷一二题为《朝阳岩邢恕独游偶题诗》，诗题均为编者后加。

"郎山郭"，陆氏原书作"即山郭"。康熙九年（1670）、康熙三十三年（1694）《永州府志》、民国《零陵县志》均作"即"，《全宋诗》误。"人世喧"，民国《零陵县志》据《潜揅堂金石文跋尾》作"世人喧"，误。

《八琼室金石补正》卷八五《朝阳岩题刻廿四段·邢恕独游诗》云："右刻在流香洞，右当与《愚溪诗》同时所刻。"按二诗并不同时。邢恕朝阳岩题刻凡十见，其中七处有年月，最早为元祐七年（1092）九月二十日，最晚即《题愚溪》诗为元祐九年（1094）正月十四日，此诗既题独游，当别具月日。

此诗文意在以山水自遣，知山崖能慰己也。其书法较《题愚溪》稍粗放，《留云盦金石审》谓"行书五行，极似苏书"。

（八）《游浯溪》

归舟一夜泊浯溪，晓雨丝丝不作泥。
□石苍崖访遗刻，更磨苔藓为留题。

《全宋诗》注云出《八琼室金石补正》卷九〇。"□石"下《全宋诗》注："《宋诗纪事》卷二六作指点。""更磨"下《全宋诗》注："二字原缺，据《宋诗纪事》补。"

按《八琼室金石补正》卷九〇无题，有署款"元祐九年正月原武邢恕和叔"。

此诗石刻尚存永州祁阳浯溪。（见图四）无题，每句一行，稍磨泐，第一句缺"一夜"之"夜"字；第二句"丝丝"作"丝々"；第三句缺"指点"二字；第四句缺"更磨"二字。《浯溪志》及《祁阳县志》题作《游浯溪》，《县志》"晓雨"误作"晚雨"，"原武"误作"阳武"。按邢恕里籍，《宋史》本传作郑州阳武，摩崖石刻皆自署原武。考《宋史·地理志》阳武在开封府境内，原武在郑州荥阳郡境内，熙宁五年（1072）以原武县为镇而并入阳武。《县志》之误当由此而起。

图四 邢恕浯溪诗刻拓本

浯溪在今永州祁阳县。康熙九年（1670）《永州府志》卷八《山川志》祁阳县："浯溪在县治南五里，水自双井发源，绕漫郎宅书院前，过渡香桥，下入于湘江。异石特出，悬崖十仞。"

王昶《金石萃编》卷一三二《华严岩诗刻四段》："邢恕元祐八年所题，时恕方责监永州酒，考《浯溪集》有恕《游浯溪》一绝，其留题华严当即同此游也。"按《浯溪志》最早为宋代浯溪中宫寺僧景万所编《浯溪集》。景万为浯溪诗僧，北宋末南宋初人，字致一，生卒年、俗姓籍贯及生平履历均不详。其后有明陈斗编《订补浯溪集》二卷，陈斗字民仰，祁阳人，曾官永宁县主簿。知邢恕此诗曾收录集中，但王氏谓此诗与留题华严岩者同时，非是。

《八琼室金石补正》卷九〇引《留云盦金石审》："案元祐八年九月，宣仁皇后崩，是年四月即改元绍圣。恕于改元之前已被召命得归，女虞舜亡而共骧窃喜，消长治乱之机已见于此。观乎此诗所谓'晓雨丝丝不作泥'者，其希恩冒宠之心毕著矣。"

此诗书法,《祁阳志》谓为"黄山谷体,清秀可喜"。言其体似黄庭坚则非,言其清秀则是。

(九)《朝阳岩绝句》

濯足临澄碧,和云卧石室。
浙沥天风生,披襟当呼吸。

岩巅风雨落泉声,岩下江流见底清。
夹岸松筠倒流影,炊烟渔父近寒城。

《全宋诗》注云出清卞宝第光绪《湖南通志》卷九。

按此当作二首。"濯足临澄碧"一首,嘉庆《零陵县志》卷一五《艺文》题为《再游朝阳岩》。"岩巅风雨落泉声"一首,嘉庆《零陵县志》题为《朝阳岩》。

二诗石刻今朝阳岩均不见。前诗又见陆增祥《八琼室金石补正》卷八五《朝阳岩题刻廿四段·邢恕独游诗》注:"《通志·山川》内载此尚有一首云:'濯足临澄碧,和云卧石室。浙沥天风生,披襟当呼吸。'石本无之,或别有一刻也。"知清代诗已不存,或如土著所言崩落江水中矣。

前诗嘉庆《零陵县志》卷一五《艺文》"和云"作"和雪","浙沥天风生"作"浙浙大风生"。

后诗明弘治《永州府志》卷六、康熙三十三年(1694)《永州府志》卷二三《艺文》及嘉庆《零陵县志》卷一五《艺文》"岩巅""岩下"俱作"崖巅""崖下","流影"俱作"疎影"。康熙三十三年《永州府志》及嘉庆《零陵县志》"炊烟渔父"俱作"炊灯渔火"。

黄焯《朝阳岩集》作"疎影""渔火"。

潇湘渔火为古来奇致,而亦实有所指。明钱邦芑《潇湘赋》"或夜渔之方出,又火照而网张",自注:"湘中渔人每夜中用火照捕鱼。"观此亦可见邢恕寂寞贬所、流连至晚之意。

（十）《句》

云容山色争奇□，远水遥天共落晖。
城隅楼榭与云平，城下溪流见底清。
涢水带西城，城高敞郡亭。
随为楚西南，郡颇富山水。

《全宋诗》注云："以上《舆地纪胜》卷八三《京西南路·随州》。"

今检王象之《舆地纪胜》卷八三《京西南路·随州·诗》："争奇□"作"两争奇"。

同书卷八三《京西南路·随州·景物下》"白云楼"条有邢居实《白云楼赋》云："洞庭之北兮，汉水之东，郁高楼之特起兮，群山环崎曾不知其几重。"知邢恕"城隅楼榭与云平，城下溪流见底清"诗亦咏《白云楼》，父子同题而作。《宋史》载邢居实："有异材，八岁为《明妃引》，黄庭坚、晁补之、张耒、秦观、陈师道皆见而爱之。从恕守随，作《南征赋》，苏轼读之，叹曰：'此足以藉手见古人矣。'卒时年十九，有遗文曰《呻吟集》。"

又同书卷八三《京西南路·随州·诗》"涢水带西城，城高敞郡亭""随为楚西南，郡颇富山水"句下均注"邢恕"。检此下又有"登楼楚甸穷"一句，亦注"邢恕"，《全宋诗》误漏。

按此五句残诗均出随州石刻，《全宋诗》总谓一首（其书作者小传称"今录诗十首"），不宜。总邢恕诗作，前所录九首，误收一首，析出一首，仍为九首。五残句当作残诗五首。

邢恕诗作的编年次第，应以陕洛间之作《将还河北留别尧夫先生》为最早；其次为汴京唱和之作《送程给事知越州》，再次为外任随州之作绝句一首并残诗五首；再次为永州六首，而以《题愚溪》《游浯溪》为最晚也。

朱子文学三书私议

在《宋史》中，朱熹列在《道学传》，位为圣人，上承尧舜禹汤文武周孔孟，超于一般政统之上，为东亚所共尊。在现代学科中，朱熹研究一般设在中国哲学的学科之内，《中国图书馆分类法》设定"朱熹及考亭学派"为B244.7。朱熹一生的学术著述，大约有25种，包括《诗集传》《楚辞集注》和《昌黎先生集考异》（简称《韩集考异》）。《诗经》的研究在现代学科中归于中国文学学科，《中国图书馆分类法》设定为I222.2。《楚辞》和《韩文公集》的研究也归于文学，由此可称《诗集传》《楚辞集注》和《韩集考异》为朱熹的"文学三书"。那么，朱熹作为道学人物或者哲学学者，何以会有"文学三书"的撰著？本文试从古今学术分类角度，窥视朱熹"文学三书"的著述旨意；尝试以类似"目的论"的思路，假设朱熹一生著述都有精密安排，取舍之际都有清醒的用意，即"文学三书"在其全部著述中的地位，亦就是朱熹理解中的文学在全部学问中的意义。

《诗集传》——以经兼诗

"经史子集"四部之分在中古以下影响巨大，但四部分类有其历史过程，并非一成不变。《汉志》的"七略"分类实际上为六分法，而先秦只有"六艺"，晚周衍生出"百家""百氏"，最多只是"经子"二分。

"六艺"为孔子所定，实际科目未必限定为六种。"六艺"后世称为经学，先秦只有"六艺"，故无须"经学"名称。事物之理，先有其实，后有其名，故经学在先秦，有实而无名。有实而无名是真经学，汉代以后之经学为先王陈迹，有名而无实，太学之设、章句之兴均为不得已。

四部、六艺既是图书分类，也是学术内容、性质分类。《礼记·经解》称："温柔敦厚，《诗》教也。疏通知远，《书》教也。广博易良，《乐》教也。絜静精微，《易》教也。恭俭庄敬，《礼》教也。属辞比事，《春秋》教也。"其功能、意义不能用现代学科划分如"文学""史学""哲学"取代。

"经"的实质为官学，为天子王官之职守，以现代语称之，可谓"国家学术"。现代史学研究肯定国家统一，哲学研究强调"太极""无极""一""无"概念，学术亦然，当以统一为正题，以分裂为反题。"文明""文化"不是自然过程（不能自动直线进化），而是人为努力的结果，人之性一日暴之即一日坠于地，而"国家学术"则是引领人性、提撕人心的主要动力。"国家学术"可以批评其水平低下，但不可取消其目标定位。故"经学"不可简单以"专制""神圣""贵族"等理由打破。清亡以后，学者打破"六经"，以《易经》归于哲学，《诗经》归于文学，《书经》、三《礼》及《春秋》归于史学，实质为取消国家学术。经史、子集是以国家学术与私家学术分类，而不以文史哲分类。故古典之经学与现代之文学，内容范围界定并不冲突。"经学"言其性质，"文学"言其内容；以国家学术而言称之为"经学"，以内容而言称之为"文学"。

朱子《诗集传·诗传纲领》引《大序》云："诗者，志之所之也。在心为志，发言为诗。"此从训诂其字本义而言，"诗"为形声字，从"言"得义，从"寺"得声；"寺"则从"寸"，"之"声，故"诗"古文又省作"訨"。《书经·尧典》："诗言志，歌永言。"亦训诂其字。"歌永"古文作"謌永"，解为"长言"。（现代汉语"唱歌"，古文本义为"唱和"。）可知"诗经"得名最为切实。

朱子《诗集传·诗传纲领》引《小序》云："风，风也，教也。风以动之，教以化之。"上句训诂"风"字本义，下句强调王官之职守。上"风"字为《国风》之"风"，下"风"为风云之"风"，而"教育"之"教"本义为"效"，谓上行下效。经典常言"四方风动""风以散之""风行水上""风行草偃"，《书经·君陈》云："尔惟风，下民惟草"，可知以"风"称谓十五国之诗，最为形象生动。要之，"诗"与"风"之得名甚有理性，或即与王官之学有关；近人误解《诗经》为将"诗"垄断为神圣经典，是乱世之浅见。

朱子《诗集传序》（朱杰人谓即早年《诗集解》旧序）云："凡《诗》之所谓《风》者，多出于里巷歌谣之作，所谓男女相与咏歌，各言其情者也。"《诗传纲领》引上蔡谢氏（谢良佐）又云："古诗即今之歌曲。今之歌曲往往能使人感动。至学《诗》却无感动兴起处，只为泥章句故也。明道先生善言《诗》，未尝章解句释，但优游玩味，吟哦上下，便使人有得处。如曰'瞻彼日月，悠悠我思。道之云远，曷云能来'，思之切矣。'百尔君子，不知德行。不忮不求，何用不臧'，归于正也。又曰：明道先生谈《诗》，并不曾下一字训诂，只转却一两字，点掇地念过，便教人省悟。"可知程朱一派本不主张以玄言或艰深之言解读《诗经》，作为道学家的朱熹，完全不否认《诗经》的部分内容（主要是十五国风）本为里巷男女的歌曲。

朱子《诗集传》卷一解"国风"云："国者，诸侯所封之域。而风者，民俗歌谣之诗也。谓之风者，以其被上之化，以有言而其言又足以感人，如物因风之动，以有声而其声又足以动物也。是以诸侯采之，以贡于天子，天子受之，而列于乐官，于以考其俗尚之美恶，而知其政治之得失焉。"

《楚辞集注》又云："《风》则闾巷、风土、男女情思之词；《雅》则朝会燕享公卿大人之作；《颂》则鬼神宗庙祭祀歌舞之乐。"

《尔雅·释乐》："徒歌谓之谣。"出于里巷男女之口称为"歌谣"，行于四方诸侯称为"国风"，在天子王官称为"诗经"。《诗经》之所以为"经"，乃是指从民间而来，经由天子乐府的雅化，再回归于四方的整个过程。

由此可知，古人不否认《诗经》的内容出于里巷男女之情，不否认"诗"与"歌"本于人情而具有长于委婉表达的作用，但重在国家引导，而对于人心、民情的指导不可以行政法律决定，故《诗经》、乐府的作用不可替代。

"经"是一个整体的人文过程。"诗"训为"志"，训为"之"，但并非人人可以任意所之，而必当以志趋高雅、归于雅正为目标。《诗经》由此而成为人类文明的一个佳例，而移易风俗则为《诗经》的第一要义。

民国初，学者以否定经书为目的，直指《诗经》为民歌、情诗，百般申说，正在于看不到《诗经》的"整体过程"。

孟子论《春秋》称："其事则齐桓、晋文，其文则史。孔子曰：'其义则丘窃取之矣。'"准此亦可以称《诗经·国风》："其事则里巷歌谣，其歌其言则诗，其义则丘窃取之矣。"诗歌之"义"，即"风教"之谓也。

今人往往称"《诗经》是我国第一部诗歌总集"，此即有语病。总集仍是"集"，不得代表国家学术，不得与"经"并称。

《楚辞集注》——以子兼诗

《楚辞》一体，出于楚国楚地，后世虽有仿作，毕竟前无古人，后无来者。而以源流论之，《楚辞》上承《诗经》，下开辞赋。在《汉志》六分法中，《楚辞》居"辞赋略"之首；在四部分类法中居集部之首。《四库全书总目提要·集部总序》云："集部之目《楚辞》最古，别集次之，总集次之"，可知东汉定名"楚辞"之时，尚无"集"之名称。即使在集部出现以后，《楚辞》一体其处境仍很特殊，"《隋志》以《楚辞》别为一门，历代因之，盖汉魏以下，赋体既变，无全集皆作此体者，他集不与《楚辞》类，《楚辞》亦不与他集类"（《四库全书总目提要·楚辞类小序》），"《汉志》均为之赋，迨立名曰《楚辞》，《楚辞》遂亦为一家"（《四库全书总目提要·四书类小叙》）。

《四库全书总目提要·总集类小叙》又云："《三百篇》既列为经，王逸所裒又仅《楚辞》一家。"可知汉代《楚辞》分类的尴尬，恰如未有史部，《史记》附于《春秋》，次于《左传》之下。但这一处境其实也正留下了诗文各体不得平行并列、经史子集四部不得平行并列、子集皆渊源于经史的原始痕迹。

屈原其人亦兼有子家性质。姚永朴《诸子考略》列于庄子、荀子之间，目录云："屈原遭谗，《离骚》是作；世无重华，方正焉托；曰予远逝，犹睨旧乡；怨而不乱，日月争光。考《楚辞略》第九。"

朱子称屈原所作非"词人之赋"，非词人之赋即子家之赋矣。《楚辞集注·目录》云："窃尝论之：原之为人，其志行虽或过于中庸而不可以为法，然皆出于忠君爱国之诚心。原之为书，其辞旨虽或流于跌宕怪神、怨怼激发而不可以为训，然皆生于缱绻恻怛、不能自已之至意。虽其不知学于北方，以求周公、仲尼之道，而独驰骋于变风、变雅之末流，以故醇儒庄士或羞称之。然使世之放臣、屏子、怨妻、去妇抆泪讴吟于下，而所天者幸而听之，则于彼此之间，天性民彝之善，岂不足以交有所发，而增夫三纲五典之重！此予之所以每有味于其言，而不敢直以'词人之赋'视之也。"

故屈原所作，与天子王官之书不同。不为王官，只可为子家；然又非集部，盖《楚辞》自成一体。王官衰然后百家起，故诸子皆出于王官而变于王官，皆所以承经而辅经。朱子《楚辞集注》卷一论《诗经》《楚辞》关系云："不特《诗》也，楚人之词，亦以是而求之。则其寓情草木、托意男女，以极游观之适者，变《风》之流也；其叙事陈情，感今怀古，不忘乎君臣之义者，变《雅》之类也；至于语冥婚而越礼，摅怨愤而失中，则又《风》《雅》之再变矣；其语祀神歌舞之盛，则几乎《颂》，而其变也，又有甚焉。"

《楚辞集注》乃朱子晚年作于潭州（今长沙）荆湖南路安抚使任上，而成于庆元初。其兴作缘由有二：一则身临楚地；二则亲历贬谪。此意明清学者多已言之，因与长沙、湖南关系密切，不惮其烦稍引数条如下：

明顾应祥明嘉靖十七年杨上林刊本《叙》云："夷考朱子此注，实在庆元退居之后，时禁方严，所遭不辰，亦与屈子大率相类。《序》所谓'放臣弃子、怨妻屏妇'有感而托焉者，殆是也。而其乐天知命，讲学不辍，较之制行过于中庸而不可为法者，又有间矣。朱子于《六经》皆有训传，而于是书复惓惓焉，盖将以昭君臣之大义，而激发夫忠臣烈士之心于千载之下云尔。然则《楚辞》固不当以词人之赋视之，而朱子为之注，又岂训诂文义者可例观哉？学者欲留心游艺，则是书宜不可少，而司风教者固当知所务矣。"

明何乔新明成化十一年吴原明刊本《序》云："朱子以豪杰之才，圣贤之学，当宋中叶，厄于权奸，迄不得施，不啻屈子之在楚也。而当时士大夫希世媒进者，从而沮之排之，目为伪学，视子兰、上官之徒殆有甚焉。然朱子方且与二三门弟子讲道武夷，容与乎溪云山月之间，所以自处者盖非屈子所能及。"

明叶向高明万历朱崇沐重刻楚辞全集《序》云："夫朱子躬遭宋季，为王淮、陈贾所排，宜其有感于屈子。其讲业建溪，自托于遁晦，视汨罗之愤为其中正。"

明来逢春崇祯刻本《楚辞述注·后序》云:"朱晦翁生当宋之中叶,困于大奸,亦有大可用之才,而不得盛其发施,其事亦差与原类,故合诸贤之注而统集其成。"

清贺瑞麟清光绪十八年传经堂刊本《序》云:"赵忠定汝愚以韩侂胄用事遭贬暴薨,朱子盖伤忠定宗臣忠不见容,不胜忧愤,有感于三闾之事,因注《楚辞》,并刊定《后语》,是在庆元己未,而朱子年已七十矣。当是时,朱子亦以伪学落职去国,侂胄之势益张,国事愈不可问,因以义命自安,祸福死生久已置之度外。"

《四库全书总目提要》引周密《齐东野语》记绍熙内禅事曰:"赵汝愚永州安置,至衡州而卒,朱熹为之注《离骚》以寄意焉。"云:"然则是书大旨在以灵均放逐寓宗臣之贬,以宋玉《招魂》抒故旧之悲耳?固不必于笺释音叶之间,规规争其得失矣。"

《四库全书总目提要·朱子年谱》亦云:"《楚辞集注》本为赵汝愚放逐而作,乃不著其名。"

但深论朱子著述之因,窃谓亦有二端:一则自早年喜好《楚辞》,有此慧缘;二则意欲以经学包辞赋,或者说还辞赋于道统。

《诗集传》之宋杨楫宋嘉定四年同安郡斋刊本《跋》云:"庆元乙卯(元年),楫自长溪往侍先生于考亭之精舍,时朝廷治党人方急,丞相赵公谪死于道,先生忧时之意屡形于色。忽一日,出示学者以所释《楚辞》一编。楫退而思之,先生平居教学者,首以《大学》、《语》、《孟》、《中庸》四书,次而六经,又次而史传,至于秦汉以后词章特余论及之耳,乃独为《楚辞》解释,其义何也?然先生终不言,楫辈亦不敢窃有请焉。"

《楚辞集注》八卷,又有《楚辞辨证》二卷、《楚辞后语》六卷,所收辞赋至北宋吕大临止,可知朱子本意实不拘于一人一朝。一则曰非"词人之赋",再则曰不在"笺释音叶之间",其寓意有在于《楚辞》之外、文学之外者。

宋黎靖德编《朱子语类》,卷一三九、一四〇"论文",自《楚辞》始,《诗经》是经非文,故此处不论。卷首一条云:"有治世之文,有衰世之文,有乱世之文。《六经》,治世之文也。……至于乱世之文,则战国是也。"《楚辞》即战国之文,即乱世之文,故《诗经》《楚辞》一为源,一为流,犹之父子,不可同席而语。今人往往称先秦文学以《诗经》《楚辞》分为两派,一代表黄河流域,一代表长江流域,或一代表北方,一代表南方。此语即有平行并列不别源流之嫌。

《韩集考异》——以集兼诗文

集部之"集"意为"杂"。"集"字本作"雧","杂"字又写作"雥"。四部中集部最后起,距学术本原亦最为疏远。

韩愈无他著述,专以文章名家,以集传世,世称《韩文公集》《韩昌黎集》。《顺宗实录》出于韩愈之手,旧署"史臣韩愈撰"。按此为官书,不当署名,不当入集。韩愈旧有《论语笔解》二卷,韩愈、李翱同注,《四库全书总目提要》以为后人所编,《书目答问》以为伪书。

朱子自少喜读韩文,其《韩集考异》十卷(一本作四十卷),包括《外集》(《顺宗实录》等)、《遗文》、《新书本传》。

《韩集考异》书名本题"韩文",见《宋史·艺文志》及本传。今通作"韩集"。按《旧唐书》本传:"常以为自魏、晋已还,为文者多拘偶对,而经诰之指归,迁、雄之气格,不复振起矣。故愈所为文,务反近体;抒意立言,自成一家新语。后学之士,取为师法。当时作者甚众,无以过之,故世称'韩文'焉。"可知"韩文"为一专名,非与"诗"相对者。然文与诗皆为集,称"韩文"为"韩集",亦是。

"考异"一语,本指版本校勘、文字训诂。其书只校勘异文,不录正文,但朱子亦"以文势、义理及他书之可验证者决之"(《韩集考异》卷首小引),又云:"韩子之为文,虽以力去陈言为务,而又必以文从字顺、各识其职为贵。读者或未得此权度,则其文理意义正自有未易言者。"(《韩集考异序》)可知即"考异"一事,朱子亦兼用汉学、宋学两种方法。

关于"文从字顺",清初北方大儒王余祐《五公山人集》曾有专门条目,加以阐释,云:"韩昌黎评樊宗师文曰:'文从字顺。'乃宗师文极奇,不可句读。钱牧斋《答杜苍略书》专以此四字为文家秘诀,始知'文从字顺'不指平易近人言也。虽最古奥之篇,文未有不从,字未有不顺者。彼不从不顺之文字,直非文字耳。识此意者,可与言文矣。"如若朱子亦果然认同此说，则《韩集考异》一书于版本异文之外别有深旨，其寄托可谓深远矣。

《四库全书总目提要》评《原本韩文考异》，只云："其书因韩集诸本互有异同……是以覆加考订，勒为十卷。……其体例本但摘正文一二字大书，而所考夹注于下，如陆德明《经典释文》之例。于全集之外别行。"其实《韩集考异》至卷一〇，抄录《新书本传》，反而是全文照录，而《新唐书》之流通本极普遍，此中即看深味。

如《新书本传》云："每言文章自汉司马相如、太史公、刘向、扬雄后，作者不世出，故愈深探本元，卓然树立，成一家言。其《原道》《原性》《师说》等数十篇，皆奥衍闳深，与孟轲、扬雄相表里而佐佑'六经'云。"

又欧阳修传赞曰："唐兴，承五代剖分，王政不纲，文弊质穷，崿俚混并。天下已定，治荒剔蠹，讨究儒术，以兴典宪，薰酣涵浸，殆百余年，其后文章稍稍可述。至贞元、元和间，愈遂以《六经》之文为诸儒倡，障堤末流，反刓以朴，划伪以真。然愈之才，自视司马迁、扬雄，至班固以下不论也。当其所得，粹然一出于正，刊落陈言，横骛别驱，汪洋大肆，要之无抵牾圣人者。其道盖自比孟轲，以荀况、扬雄为未淳，宁不信然？至进谏陈谋，排难恤孤，矫拂偷末，皇皇于仁义，可谓笃道君子矣。自晋汔隋，老佛显行，圣道不断如带。诸儒倚天下正议，助为怪神。愈独喟然引圣，争四海之惑，虽蒙讪笑，跲而复奋，始若未之信，卒大显于时。昔孟轲拒杨、墨，去孔子才二百年。愈排二家，乃去千余岁，拨衰反正，功与齐而力倍之，所以过况、雄为不少矣。自愈没，其言大行，学者仰之如泰山、北斗云。"

朱子皆通录全文，似可知其真正用心乃在一传上面。

朱子于传文下据方氏《附录》引程子曰："韩愈亦近世豪杰之士，如《原道》之言，虽不能无病，然自孟子以来，能知此者，独愈而已。其曰'孟氏醇乎醇'，又曰'荀与扬也择焉而不精，语焉而不详'。若无所见，安能由千载之后，判其得失若是之明也？"又曰："退之晚年之文，所见甚高，不可易而读也。古之学者，修德而已。有德则言可不学而能，此必然之理也。退之乃以学文之故，日求其所未至，故其所见及此。其于为学之序，虽若有所戾者，然其言曰：轲之死不得其传，此非有所袭于前人之语，又非凿空信口，率然而言之，是必有所见矣。若无所见，则其所谓以是而传者，果何事邪？"

程子语后，朱子随之加以按语，云："今按：诸贤之论，唯此二条，为能极其深处。……盖韩公于道，知其用之周于万事，而未知其体之具于吾之一心；知其可行于天下，而未知其本之当先于吾之一身也。是以其言常详于外，而略于内；其志常极于远大，而其行未必能谨于细微。虽知文与道有内外浅深之殊，而终未能审其缓急轻重之序，以决取舍；虽知汲汲以行道济时，抑邪与正为事，而或未免杂乎贪位慕禄之私。此其见于文字之中，信有如王氏所讥者矣。"

程子、朱子之意，均是对韩愈有所批评，但其批评不在其文，而在其义；换言之，乃是在文章之外。其轻之在此，其重之亦在此。

其实就文章而言，韩愈之文不及柳宗元，朱子于此屡有明言，如《朱子语类》卷一三九《论文上》云："韩退之议论正，规模阔大，然不如柳子厚较精密。……韩文大纲好，柳文论事却较精核。"然而考异韩集，不考柳集，此必有其特别用意。

韩愈《进学解》自云："抵排异端，攘斥佛老……先生之于儒，可谓有劳矣。"《旧唐书》本传云："大历、贞元之间，文字多尚古学，效杨雄、董仲舒之述作。"推揣朱子之意，仍在于韩愈能归本于儒家也。

按中古之际，为诗文者多有而业儒术者罕觏，朱子晚年以不多之余力而矻矻为此，实欲以韩文通中古之变，而以儒术兼统集部之诗文，以完成其"文所以载道也"（周子《通书》语）之道学完整体系。

余论：《朱文公文集》——此文与彼文

朱子卒后九年，嘉定二年（1209），赐谥曰"文"，世称朱文公。有《文集》一百卷，又《续集》《别集》若干卷，世称《朱文公文集》。按《逸周书·谥法解》："道德博闻曰文。学勤好问曰文。"又《论语》"文王既没，文不在兹乎？"朱子《集注》云："道之显者谓之文。""文"之一谥盖出于此。

"朱文公"之"文"与"文集"之"文"，字义有别。"道"与"文"不同，"道之文"与"文之道"不同，然而亦未尝不可以相通。

朱子"少喜作诗",其一生所作诗总数,或曰二千首,或曰一千二三百首。较为独到、为学者所常论者有《感兴》二十首、《训蒙绝句》九十八首(又题《性理吟》,一百首)。

虽称"斋居无事,偶书所见","兴随感而生,诗随兴而作",亦有学者倍加称道。

宋蔡模《文公朱先生感兴诗注跋》云:"古今之书,惟诗入人最易、学人最深,《三百篇》之后,非无能诗者,不过咏物陶情,舒其萧散闲雅之趣而已。独朱子奋然千有余载之后,不徒以诗为诗,而以理为诗,斋居之《感兴》是也。"

明吴讷《晦庵先生五言诗钞序》选五言诗二百首,评价云:"朱子……上继圣贤之学,文词虽其余事,间尝读《大全集》,观其五言古体,冲远古澹,实宗《风》《雅》,而出入汉魏、陶韦之间。"

明毛晋《晦庵题跋识语》云:"至若癖耽山水,跌宕诗文,一往情深,几为理学所掩。"

清吴日慎(一作吴曰慎)《感兴诗翼序》云:"古者诗教最重,其见于经传所称者历历可征,微言要义多寓其间。后世为诗者,徒尚浮辞,无与道此,邵子所以谓'删后更无诗'也。"

清吴日慎《感兴诗翼总论》又引云峰胡氏(元代胡炳文,字仲虎,号云峰)云:"子朱子《感兴》诗……明道统,斥异端,正人心,黜末学,六百三十字中,凡天地万物之理,圣贤万古之心,古今万事之变关焉。"引余氏云:"《感兴》诗幽探无极太极生化之原,明述人心道心危微之辨,粗及夫晚周汉唐治乱之迹,精言夫阴阳星辰动静之机。"引王氏云:"兴致高远,音节铿锵,足以追儷《风》《雅》。学者优游讽咏,良心善性油然而生。"

清杜宗岳《朱子古文节选序》云:"文章与道德分途久矣,自秦汉下逮唐宋,古文家率同风气为转移。其近正者原本经术,如匡、刘、董、贾以及昌黎、南丰、欧阳数人而已。自朱子出,而道德文章复合为一。……惟朱子生平所为文,自奏疏以至序记,无一语虚衍,无一句落空,即随笔酬答亦无不语语踏实,而风神超异,绝无一毫头巾气,即此一端,已独开汉唐以来未开之境界。而况其深造自得,左右逢源,条理自然,精密蕴蓄,自然宏深,以自在之趣,遇物而成。是岂以文章为事业者所敢拟哉?"

故当南宋以后,已有《濂洛风雅》(一说宋金履祥编,一说清张伯行编)等"理学诗"传世,当代学者钱穆亦编选《理学六家诗钞》行世。以上评论虽不免偏于儒家者言,但就诗学诗艺而言,亦不可谓其全无依据。

朱子于诗,推崇一个"淡"字,此虽与理学家之"诚"不无关联,然亦不可不谓窥得诗人之旨趣。《朱子语类》卷一〇七记朱子晚年弟子吴寿昌云:"先生每观一水一石,一草一木,稍清阴处,竟日目不瞬。饮酒不过两三行,又移一处。大醉,则跌坐高拱。经史子集之余,虽记录杂记,举辄成诵。微醺,则吟哦古文,气调清壮。某所闻见,则先生每爱诵屈原《楚骚》、孔明《出师表》、渊明《归去来》并诗、并杜子美数诗而已。"清陈訏《宋十五家诗选朱熹传》引之。

朱子有文论,甚精到。如《朱子语类》卷一三九《论文上》云:"有治世之文,有衰世之文,有乱世之文。《六经》,治世之文也。如《国语》委靡繁絮,真衰世之文耳。是时语言议论如此,宜乎周之不能振起也。至于乱世之文,则战国是也。然有英伟气,非衰世《国语》之文之比也。"又云:"韩文力量不如汉文,汉文不如先秦战国。"又云:"大率文章盛,则国家却衰。如唐贞观开元都无文章,及韩昌黎柳河东以文显,而唐之治已不如前矣。"

朱子又有诗论,对于历代诗史有纲要式的看法。

清洪力行《朱子可闻诗集序》云:"先生尝欲分古今诗作三等,自书传所记虞夏以来及魏晋为一等,附《三百篇》《楚辞》后,为诗之根本准则;颜谢以下及唐初为一等;自沈宋定著律诗下及今日又为一等。"

其事见《朱子文集》卷六四《答巩仲至》第四书,云:"亦尝间考诗之原委,因知古今之诗,凡有三变。盖自书传所记,虞夏以来,下及魏晋,自为一等;自晋宋间颜、谢以后,下及唐初,自为一等;自沈、宋以后,定著律诗,下及今日,又为一等。然自唐初以前,其为诗者,固有高下,而法犹未变。至律诗出,而后诗之与法,始皆大变,以至今日,益巧益密,而无复古人之风矣。故尝妄欲抄取经史诸书所载韵语,下及《文选》、汉魏古词,以尽乎郭景纯、陶渊明之所作,自为一编,而附于《三百篇》《楚辞》之后,以为诗之根本准则。又于其下二等之中,择其近于古者，各为一编，以为之羽翼舆卫。（原注：且以李、杜言之，则如李之古风五十首，杜之《秦蜀纪行》《遣兴》《出塞》《潼关》《石濠》《夏日》《夏夜》诸篇。律诗则如王维、韦应物辈，亦自有萧散之趣，未至如今日之细碎卑冗，无余味也。）其不合者，则悉去之，不使其接于吾之耳目，而入于吾之胸次。要使方寸之中无一字世俗言语意思，则其为诗，不期于高远而自高远矣。"

仅以诗文而论，朱子完全可以称为"诗人"，但朱子本人却反对"诗人"之称，盖因天地之事莫大于道，舍此而外，凡加以专门称谓，莫不限于一偏，长于此则短于彼。

清吴之振《宋诗钞初集·朱熹传》云："孝宗时，侍郎胡铨以诗人荐，同王庭珪内召。故朱子自注诗云：'仆不能诗，平生侥幸多类此。'然虽不役志于诗，而中和条贯，浑涵万有，无事模镌，自然声振，非浅学之所能窥。"诗注见《朱子文集》卷九《寄江文卿刘叔通》。

清洪力行《朱子可闻诗集序》云："昔胡澹庵（胡铨）爱先生之莳，与王民瞻同荐于朝，先生叹为不知己，益不欲以诗名也。……故必有真理学而后有真风雅，以其有存乎诗之先者，而不徒为诗人之诗而已也。"

《朱子语类》卷一三九《论文上》云："道者，文之根本；文者，道之枝叶。惟其根本乎道，所以发之于文，皆道也。三代圣贤文章，皆从此心写出，文便是道。今东坡之言曰：'吾所谓文，必与道俱。'则是文自文而道自道，待作文时，旋去讨个道来入放里面，此是它大病处。……如《唐·礼乐志》云：'三代而上，治出于一；三代而下，治出于二。'此等议论极好，盖犹知得只是一本。"此与周子《通书·文辞第二十八》所言"文所以载道也"主张一致。

近代以来，学者接受西洋"文艺复兴""人文启蒙"思想，及西洋学科观念，注意于"文学独立""文学自觉"，从而对"文以载道"提出质疑。但以我国传统而言，一方面，不仅文以载道，任何事物均须载道，不载道即无以成立；另一方面，道遍在于万物之中，不遍在亦不足以为道。故道器不离，道与文不离。未有离道之文，亦未有离文之道。天地万物为一大关联而存在，所谓"道"即万物关联之体现。故一物能体道，即一物能成就其本性；若一物务于独立，脱离万物关联而存在，适不足以成就其本性。"惟虫能虫，惟虫能天"，朱子之论诗论文亦同此理。

从诗的影响而言，朱子之诗学诗艺，未臻极致，上不足以媲美李杜，下不足以媲美苏黄，但其主张、旨趣，却代表着诗文创作的正确方向。三代不可复，王官不可复，《诗经》时代已矣，《楚辞》时代已矣，然而其精神境界必不失为后世之一大祈向。文章之道、文学之科不以时代远近论，不以文体新旧论，唯以境界祈向论。

"三顾茅庐"故事与《李师师外传》

在中国古代传统中，作为政治权势中的上下级，与作为自然人的男女双方，其主动与被动，或说第一性与第二性的关系，是完全相同的。臣道即妻道，国家情感即个人情感，政治情感即性别情感。处在政治关系中的个人，仍需有其情感寄托，此可称为"政治性征"。在此意义上，《三国演义》[1]"三顾茅庐"的求贤经历与《李师师外传》[2]中道君皇帝和李师师的感情纠葛，在深层观念与故事结构上都极具相似性。

引　言

"三顾茅庐"故事的最早来源，见于《三国志·蜀书五》的《诸葛亮传》："时先主屯新野。徐庶见先主，先主器之，谓先主曰：'诸葛孔明者，卧龙也，将军岂愿见之乎？'先主曰：'君与俱来。'庶曰：'此人可就见，不可屈致也。将军宜枉驾顾之。'由是先主遂诣亮，凡三往，乃见。"又见于同书所收录的诸葛亮《草庐对》："臣本布衣，躬耕于南阳，苟全性命于乱世，不求闻达于诸侯。先帝不以臣卑鄙，猥自枉屈，三顾臣于草庐之中，咨臣以当世之事，由是感激，遂许先帝以驱驰。"《草庐对》又名《隆中对》，收入后人整理的各种诸葛亮文集。历经宋元，至于明代，罗贯中撰章回小说《三国演义》，"三顾茅庐"故事被写进第三十七回"司马徽再荐名士　刘玄德三顾草庐"和第三十八回"定三分隆中决

---

[1]　（明）罗贯中：《三国演义》，人民文学出版社2005年版。
[2]　（宋）佚名：《李师师外传》，《香艳丛书》本，人民文学出版社1992年版。

策 战长江孙氏报仇"两回，广为人知，嗣后"三顾茅庐"故事遂成为"求贤范式"，甚至成了汉语成语。①

一般认为《三国演义》为明代作品，也有学者认为其底本是宋代或元代作品。总之在明代以前，"三顾"故事已广泛流传，如东晋佚名《荆州图副》："邓城旧县西南一里，隔沔有诸葛亮宅，是刘备三顾处。"东晋庾阐《吊贾生文》："夷吾相桓，汉登萧张；草庐三顾，臭若兰芳。"李白《读诸葛武侯传书怀赠长安崔少府叔封昆季》诗："汉道昔云季，群雄方战争。霸图各未立，割据资豪英。赤伏起颓运，卧龙得孔明。当其南阳时，陇亩躬自耕。鱼水三顾合，风云四海生。"杜甫《蜀相》诗："三顾频烦天下计，两朝开济老臣心。出师未捷身先死，长使英雄泪满襟。"沈佺期《陪幸韦嗣立山庄》诗："台阶好赤松，别业对青峰。茆室承三顾，花源接九重。"在《三国演义》成书之前，元代已有《全相三国志平话》，其书扉页即刊刻有"三顾茅庐"图画。明人另有传奇《草庐记》。清及近代的众多戏剧表演，如京剧、徽剧、青阳腔、川剧、汉剧、滇剧、秦腔、豫剧、河北梆子、同州梆子、陕西皮影等，都有"三顾茅庐"（或称"三请诸葛""三请贤"等）故事。②

李师师确有其人是可以肯定的，《三朝北盟会编》及历代文人笔记如宋张端义《贵耳录》、张邦基《墨庄漫录》、孟元老《东京梦华录》、刘子翚《汴京纪事》、佚名《宣和遗事》、元童天甕《甕天脞语》等多种著作中都有记载，特别以《李师师外传》记载尤详。该书作者佚名，清钱曾《读书敏求记》称当时流传有一种《李师师小传》，"文殊雅洁，不类小说家言"，所说特点与《李师师外传》相近。该书未必出于史官之手，

---

① 商代商汤与伊尹、武丁与傅说，周代文王与吕尚，都有近似"三顾"的故事。如东汉桓麟（又作桓骥）《太尉刘宽碑》："伫傅岩之下，怀滋水之上，慨深版荡，念在濡足。霸君亦虑属一匡，情隆三顾，卜匪熊黑，唯人是与。"傅岩为武丁傅说之事，匪熊匪黑（《史记》作"非虎非罴"）为文王吕尚之事。《孟子·告子下》："五就汤、五就桀者，伊尹也。"《朱子语类》卷五八朱熹引杨氏曰："伊尹之就汤，以三聘之勤也。"

② 清洪颐煊《诸史考异》考证徐庶举荐诸葛亮而刘备访之在建安十三年（208），陆侃如《中古文学系年》定为建安十二年（207）。相关辨疑文章参见王大良《"三顾茅庐"和〈草庐对〉献疑——诸葛亮早年思想和生活考察》，《南都学刊》1995年第5期；史式《刘备并未"三顾茅庐"》，《今日中国》（中文版）2000年第3期；孙文礼《"三顾茅庐"相关问题考辨》，《华中科技大学学报》（社会科学版）2003年第2期。

而内容则近于实录。

要之,《三国演义》"三顾茅庐"故事与《李师师外传》二者均有若干史实的成分,包含若干历史真实性。另外,二者作为流传时间约千年之久的文学故事,其"阐释"过程同时即是作者"观念"的反映过程。《三国演义》"三顾茅庐"故事其性质是由史部转入说部,《李师师外传》其性质是由说部转入史部。无论从历史还是从阐释史角度,二者均有分析研究的价值。

"三顾茅庐"描述君主(刘备)向臣下(诸葛亮)求忠的故事,《李师师外传》描述男人(道君皇帝,即宋徽宗)向女人(李师师)求爱的故事。二者人物角色不同,但都注重描写其追求过程,特别是强调其过程中的曲折一面。在"三顾茅庐"故事中,君主一方受到臣下一方的吸引,但臣下一方却屡屡设难,以此考验君主的真诚程度,最后君主通过了考验,臣下则以全部生命包括内心情感作为回报。在《李师师外传》中,男人受到女人的吸引,而女人则屡屡设难,以此考验男人的真诚程度,最后男人通过考验,女人也以全部生命与情感作为回报。前者接受后者考验的过程,同时也就是后者对于前者情感的归属过程。考验的过程结束,情感的归属亦期于完成。

所谓"三顾",即"考验"的过程共有三次,合乎习语"事不过三"。每次出场前,君主一方都有一番准备,本文称之为"情景",象征君主的主观行为。每一过程之中,君主都会遇到若干事件作为烘托,本文称之为"境遇",象征君主的外部压力。每一过程之中,君主都会面临一些障碍,本文称之为"难题",它实际上代表着来自被追求一方的"主动"挑战。《李师师外传》的过程与此相同,只是"考验"的次数不是三次而是四次。

出场前

"三顾茅庐"故事中,刘备安排礼物准备去隆中,忽然门外有人通报,有一先生来访,刘备以为是诸葛亮,却是诸葛亮的朋友司马徽。司马徽的服饰举止是"峨冠博带,道貌非常"。借司马徽之口,刘备得知诸葛亮之才是"独观大略","自比管仲、乐毅,其才不可量"。司马徽言罢即

"飘然而去"。这些都起着烘托身份的作用,诸葛亮不必出场,身价已在提高。在《李师师外传》中,也说到李师师幼小时从来不哭,后来舍身佛寺,忽啼,一老僧摩其顶,啼乃止。其父说:此女真佛弟子。又说李师师长成以后,"色艺绝伦,名冠诸坊曲"。借张迪之口,称道她"色艺双绝"。而宋徽宗准备带给她的财礼也有"内府紫茸二匹,霞氎二端,瑟瑟珠二颗,白金廿镒"。这些外在环境描写与旁观者的评语,同样起着提高李师师本人身价的作用。

二者这一过程与形式的相似,略见表1、表2。

表1　"三顾茅庐"故事

情　景	境　遇	难　题
刘备安排礼物	司马徽来访,峨冠博带,道貌非常,称诸葛亮……出门仰天大笑,言罢飘然而去	
	诸葛亮与崔州平、石广元、孟公威、徐元直为密友。四人为刺史、郡守之才,诸葛亮独观大略,自比管仲、乐毅,司马徽比之姜尚、张良	关羽在侧曰:"某闻管仲、乐毅乃春秋、战国名人,功盖寰宇;孔明自比此二人,毋乃太过?"

表2　《李师师外传》

情　景	境　遇	难　题
大观三年八月,张迪言李氏色艺双绝		
翌日	出内府紫茸二匹,霞氎二端,瑟瑟珠二颗,白金廿镒	

第一次出场

"三顾茅庐"故事中,刘备一行前往隆中,尚未走到诸葛亮家门,首先遥望山畔数人荷锄耕田作歌,歌中有"南阳有隐居,高眠卧不足"等句。走近诸葛茅庐,遥望卧龙冈,又见其"清景异常"。来到茅庐,只有一名童子应门。刘备通报:"汉左将军宜城亭侯领豫州牧皇叔刘备,特来拜见先生。"童子回答:"记不得许多名字。"刘备说:"只说刘备来访。"童子回答:"先生今早已经出门。"刘备问:"何处去了?"童子回答:"踪迹不定,不知何处去了。"刘备又问:"几时归?"童子回答:"归期亦不定,或三五日,或十数日。"面对一名没有地位的未成年人,谦恭道来,连问四次都全无着落,正所谓"视之而不见,听之而不闻,搏之而不得"。虽然没有一丝一毫的讨价还价,结果却只是一个"空无",烘托出的效果则是"无价"。在这一过程中,张飞说:"既不见,自归去罢了。"关羽说:"不如且归,再使人来探听。"无形中给刘备设下难题。归途中,细看隆中景致,"山不高而秀雅,水不深而澄清,地不广而平坦,林不大而茂盛",非寻常可比。又忽然遇见诸葛亮的朋友崔州平,其服饰举止是"容貌轩昂,丰姿俊爽,头戴逍遥巾,身穿皂布袍,杖藜而来",其言论是:自古以来,治乱无常。自高祖起义,由乱入治,至哀平之世二百年,太平日久。而王莽篡逆,又由治而入乱。光武中兴,重整基业,复由乱而入治。至今二百年,干戈又四起,此正由治入乱之时。但天下未可猝定,斡旋天地,补缀乾坤,恐不易为。顺天者逸,逆天者劳,命之所在,人不得而强之。短短数语便已纵论古今。但崔州平又说"愚性颇乐闲散,无意功名久矣",明言"此货不卖"。张飞在旁说:"孔明又访不着,却遇此腐儒,闲谈许久!"更增添了一重难题。

《李师师外传》中,宋徽宗第一次走访李师师,于暮夜时分,易服,随带内侍四十余人,步行。首先坐在堂户,"延伫以待"。又来到一座小轩,等候"少顷"。而后来到后堂,款语"移时"。一句"儿性好洁,勿忤",便被强迫领到一间低矮的、仅供客人使用的浴室洗了浴。而后重又来到后堂,等候"良久"。在堂户时,见堂户十分狭促。李姥请坐,却是"分庭抗礼"。请用的时鲜水果香雪梨、小晶苹婆等,都是皇宫中所无。李姥虽然"慰问周至",却是所予非所求。临轩而望,新篁参差弄影,也是一片空寂。这时宋徽宗仍能保持"意兴闲适"的姿态,李姥则反复请用鹿炙、鸡酢、鱼鲙、羊签、香子稻米饭、水陆肴核。等候再三,"独未见师师出拜","独未见师师出侍","而师师终未出见","而师师终未一见"。宋徽宗开始心生"疑异",李姥这才领他来到卧室。然而只见一灯荧然,"亦绝无师师在"。又过了"良久",才见李姥拥一姬姗姗而来。视其才貌，"新浴方罢，娇艳如出水芙蓉"，"幽姿逸韵，闪烁惊眸"；视其服饰，"不施脂粉，衣绢素，无艳服"。完全与寻常女人不同。可惜李师师见到宋徽宗，"意似不屑，貌殊倨，不为礼"，宋徽宗问其年龄，李师师不答，勉强问之，李师师便迁坐于他处，居然一个"卖方市场"。而李姥则先期对宋徽宗耳语"儿性颇愎，勿怪"，"儿性好静坐，唐突勿罪"，宋徽宗的皇家优势便完全凸显不出来。最后，李姥回避，但李师师所为，也只不过是"解玄绢褐衩，衣轻绡，卷右袂，援壁间琴，隐几端坐"，弹了一曲《平沙落雁》。曲罢，鸡唱天明，宋徽宗竟至无缘向李师师触摸一指。

诸葛亮、李师师究竟"何为者"？若论社会地位，诸葛亮不过是一"躬耕"农夫。李师师更不过是一妓女，本没有讨价还价的资格。但是事后她却对李姥说："彼贾奴耳，我何为者？"正所谓"子与我游于形骸之内，而索我于形骸之外"，俨然一千年生此一个"尤物"了。

二者过程与形式的相似，略见表3、表4。

表3 "三顾茅庐"故事

情 景	境 遇	难 题
次日，同关、张并从人等来隆中	遇农夫作歌："南阳有隐居，高眠卧不足。"	
刘备来到庄前，下马亲叩柴门	童子回答刘备：记不得许多名字……踪迹不定，不知何处去了……归期亦不定，或三五日，或十数日	张飞说："既不见，自归去罢了。" 关羽说："不如且归，再使人来探听。"
	崔州平容貌轩昂，丰姿俊爽，头戴逍遥巾，身穿皂布袍，杖藜而来。对刘备说：自古以来，治乱无常，……顺天者逸，逆天者劳……山野之夫，不足与论天下事……性颇乐闲散，无意功名久矣	张飞说："孔明又访不着，却遇此腐儒，闲谈许久！"

表4　《李师师外传》

情　景	境　遇	难　题
暮夜，帝易服，杂内侍四十余人中，出东华门，至镇安坊	堂户卑庳	李姥出迎，分庭抗礼
	进以时果数种，中有香雪梨、小晶苹婆，鲜枣大如卵，皆大官所未供	独未见师师出拜
小轩，少顷	帝翛然兀坐	独未见师师出侍
到后堂，款语移时	陈列鹿炙、鸡酢、鱼鲙、羊签等肴，饭以香子稻米	而师师终未出见
	请浴，至小楼下湢室	李姥曰："儿性好洁，勿忤。"
坐后堂，良久	肴核水陆，杯盏新洁	而师师终未一见
引帝至房，又良久	一灯荧然	亦绝无师师在
李师师姗姗而来	不施脂粉，衣绢素，无艳服，新浴方罢，娇艳如出水芙蓉	见帝，意似不屑，貌殊倨，不为礼。李姥曰："儿性颇愎，勿怪。"
	问其年	不答
	复强之	乃迁至于他所。李姥曰："儿性好静坐，唐突勿罪。"
	幽姿逸韵，闪烁惊眸。解玄绢褐袄，衣轻绨，卷右袂，援壁间琴，隐几端坐，而鼓《平沙落雁》之曲，流韵淡远	
比曲三终，鸡唱矣	帝急披帷出	
	进杏酥饮、枣糕、饽饦诸点品，旋起去，内侍从行者拥卫还宫	

续表

情　景	境　遇	难　题
		李姥曰："赵人礼意不薄，汝何落落乃尔？"师师怒曰："彼贾奴耳，我何为者？"姥笑曰："儿强项，可令御史里行也。"
人言籍籍，皆知驾幸	师师曰："无恐。"	
次年正月	赐大内珍宝蛇蚹琴，又赐白金五十两	

第二次出场

　　刘备第二次走访诸葛亮，时值隆冬，天气严寒，下起大雪，本是不宜出门的天气。难题出现了，张飞说诸葛亮只是一名"村夫"，何必亲自前去，派人唤来就是。这时，刘备回答，欲见贤人必须遵循贤人之道，诸葛亮是当世大贤，"岂可召乎！"行不数里，雪下得更猛，难题再次出现，张飞说：天寒地冻，不如回去避风雪。刘备回答，正想让诸葛亮知道自己的"殷勤之意"。将近诸葛茅庐，听到路旁酒店中有诸葛亮的朋友石广元和孟公威二人作歌，歌中既有"壮士功名尚未成，……至今谁肯论英雄"的感愤，又有"闷来村店饮村酒，独善其身尽日安"的闲适，正所谓"识其货者分文不取，不识货者千金不卖"。刘备请同行，二人却又回答"不省治国安民之事"。进入茅庐，首先见到的是诸葛亮的一副楹联："淡泊以明志，宁静而致远。"未见诸葛亮，见到的是诸葛亮之弟诸葛均。诸葛均读书作歌，歌词中说凤非梧不栖，士非主不依，躬耕陇亩，以待天时，又完全是"待价而沽"之意。刘备询问诸葛亮于何处闲游，诸葛均说"往来莫测，不知去所"；又问是否读兵书，诸葛均回答"不知"。难题出现，张飞说："问他则甚！风雪甚紧，不如早归。"出门却见黄承彦

"暖帽遮头,狐裘蔽体,骑着一驴,后随一青衣小童,携一葫芦酒,踏雪而来"。大抵距离凡俗越远,价值品类越高了。黄承彦口中吟诵诸葛亮《梁父吟》诗:"长空雪乱飘,改尽江山旧。……纷纷鳞甲飞,顷刻遍宇宙",表明了自己的才能与气概;"骑驴过小桥,独叹梅花瘦",表明"此货可卖可不卖"。

宋徽宗第二次走访李师师,虽然"微行",但皇帝身份已经暴露。而李师师却仍然"淡妆素服"。李姥自知前次失礼,惧有灭族之罪,李师师说:"无恐。上肯顾我,岂忍杀我?且畴昔之夜,幸不见逼,上意必怜我。"一方面仍然保持自身本色,一方面开始感激宋徽宗的敬意。而楼前置酒,李师师侍侧鼓琴,仍只是弄一曲《梅花三迭》而已,不终席而驾返,宛如一场"精神之恋"。皇帝所赐宫中珍玩,蛇蚹琴、名画、藕丝灯、暖雪灯、芳苡灯、大凤衔珠灯、鸬鹚杯、琥珀杯、琉璃杯、镂金偏提、茶叶、饽饦、寒具、银馅饼及金银等,珍宝越多,越显出李师师的无赀身价。

二者过程与形式的相似,略见表5、表6。

表5 "三顾茅庐"故事

情 景	境 遇	难 题
过了数日,时值隆冬,天气严寒,忽然朔风凛凛,瑞雪霏霏		
刘备叱曰:"汝岂不闻孟子云:欲见贤而不以其道,犹欲其人而闭之门也。孔明当世大贤,岂可召乎!"		张飞曰:"量一村夫,何必哥哥自去,可使人唤来便了。"
刘备曰:"吾正欲使孔明知我殷勤之意。"		张飞曰:"天寒地冻,尚不用兵,岂宜远见无益之人乎!不如回新野以避风雪。"

续表

情 景	境 遇	难 题
	路旁酒店石广元作歌:"壮士功名尚未成,呜呼久不遇阳春!君不见东海老叟辞荆榛……又不见高阳酒徒起草中……二人功迹尚如此,至今谁肯论英雄?"孟公威作歌:"吾皇提剑清寰海,创业垂基四百载;桓灵季业火德衰,奸臣贼子调鼎鼐。……群盗四方如蚁聚,奸雄百辈皆鹰扬。吾侪长啸空拍手,闷来村店饮村酒;独善其身尽日安,何须千古名不朽!"刘备请同行,二人答曰:"山野慵懒之徒,不省治国安民之事,不劳下问。"	
	门上大书一联云:"淡泊以明志,宁静而致远。"	
	诸葛均拥炉抱膝歌曰:"凤翱翔于千仞兮,非梧不栖;士伏处于一方兮,非主不依。乐躬耕于陇亩兮,吾爱吾庐;聊寄傲于琴书兮,以待天时。"	
	诸葛均称诸葛亮相约出外闲游,"或驾小舟游于江湖之中,或访僧道于山岭之上,或寻朋友于村落之间,或乐琴棋于洞府之内,往来莫测,不知去所"	张飞曰:"那先生既不在,请哥哥上马。"
	刘备问诸葛均:"闻令兄卧龙先生熟谙韬略,日看兵书,可得闻乎?"诸葛均回答:"不知。"	张飞曰:"问他则甚!风雪甚紧,不如早归。"
	黄承彦:暖帽遮头,狐裘蔽体,骑着一驴,后随一青衣小童,携一葫芦酒,踏雪而来	

表6 《李师师外传》

情 景	境 遇	难 题
三月，帝复微行李氏	师师仍淡妆素服，俯伏门阶迎驾，帝执其手令起	
	堂户勿华敞，小轩改造杰阁，画栋朱栏，大楼初成	
	前所御处，皆以蟠龙锦绣覆其上。肴馔皆镂绘龙凤形，悉如宫中式	
	师师伏地，叩帝赐额"醉杏楼"三字	
	置酒，师师侍侧	
不终席而驾返	赐师师隅坐，命鼓所赐蛇蚹琴，为弄《梅花三迭》	
九月	赐"金勒马嘶芳草地，玉楼人醉杏花天"名画一幅。又赐藕丝灯、暖雪灯、芳苡灯、大凤衔珠灯各十盏，鸬鹚杯、琥珀杯、琉璃杯、镂金偏提各十事，月团、凤团、蒙顶等茶百斤，饽饦、寒具、银馅饼数盒。又赐黄白金各千两	
郑后谏，阅岁不复出	然通问赏赐未尝绝	

第三次出场

刘备第三次走访诸葛亮，选择新春季节，又占卜了吉日，做了斋戒。难题出现，张飞、关羽一起进谏，张飞说："我只用一条麻绳缚将来！"途中遇到诸葛均，并不带路，"飘然自去"。离草庐半里，刘备便下马步行。到了茅庐，见诸葛亮仰卧草堂之上，刘备徐步而入，拱立阶下。"半晌"，诸葛亮未醒。诸葛亮翻身又睡，刘备又站立一个时辰。难题出现，张飞说:"等我去屋后放一把火,看他起不起!"诸葛亮醒来,转入后堂整衣冠,又过了"半响"方出。

宋徽宗第三次见李师师,即日赐予辟寒金钿、映月珠环、舞鸾青镜、金虬香鼎,又赐予端溪凤咮砚、李廷珪墨、玉管宣毫笔、剡溪绫纹纸等物品。大概此次相见,宋徽宗始得"罗襦襟解,微闻芗泽"。据《李师师外传》,宋徽宗与李师师初次相见为大观三年(1109),第三次相见为宣和二年(1120),两次相距竟也有十余年之久。

二者过程与形式的相似,略见表7、表8。

表7 "三顾茅庐"故事

情 景	境 遇	难 题
次年新春,令卜者揲蓍,选择吉期,斋戒三日,薰沐更衣,再往卧龙冈		关、张闻之不悦,遂一齐入谏。关羽曰:"兄长两次亲往拜谒,其礼太过矣。想诸葛亮有虚名而无实学,故避而不敢见。兄何惑于斯人之甚也!" 张飞曰:"哥哥差矣。量此村夫,何足为大贤;今番不须哥哥去;他如不来,我只用一条麻绳缚将来!"
	诸葛均言罢,飘然自去	张飞曰:"此人无礼!便引我等到庄也不妨,何故竟自去了!"
	离草庐半里之外,刘备便下马步行	
	诸葛亮仰卧草堂几席之上。刘备徐步而入,拱立阶下,半响,诸葛亮未醒	张飞大怒,谓关羽曰:"这先生如何傲慢!见我哥哥侍立阶下,他竟高卧,推睡不起!等我去屋后放一把火,看他起不起!"
	诸葛亮翻身将起,忽又朝里壁睡着。刘备又立了一个时辰	
	诸葛亮转入后堂,又半响,方整衣冠出迎	

续表

情 景	境 遇	难 题
	诸葛亮曰："愿闻将军之志。"刘备屏人促席而告	
	诸葛亮献隆中对策：跨有荆益，西和诸戎，南抚彝越，东结孙权，北拒曹操	
	献西川五十四州地图	
	诸葛亮曰："亮久乐耕锄，懒于应世，不能奉命。"刘备泪沾袍袖，衣襟尽湿	
	刘备拜献金帛礼物	
	刘备与诸葛亮同归新野	

表8 《李师师外传》

情 景	境 遇	难 题
宣和二年，帝复幸李氏	于醉杏楼观玩所赐画，忽回头见师师，戏语曰："画中人乃呼之即出？"	
	即日赐师师辟寒金钿、映月珠环、舞鸾青镜、金虬香鼎	
次日	又赐师师端溪凤咮砚、李廷珪墨、玉管宣毫笔、剡溪绫纹纸。又赐李姥钱百千缗	
张迪奏于艮岳离宫东偏营室数百楹，筑潜道，羽林巡军布列至镇安坊，行人屏迹		

第四次出场

宣和四年（1122）以后，宋徽宗修建了潜道前往李师师住处。直到宣和七年（1125）内禅退位，大概是二人情好专笃的一段时期。一日，韦妃私问："何物李家儿，陛下悦之如此？"宋徽宗回答说："无他，但令尔等百人改艳装，服玄素，令此娃杂处其中，迥然自别。其一种幽姿逸韵，要在色容之外耳。"表明宋徽宗之"识货"，而"识货"即所谓"知己"，李师师的人身"价值"得以实现，而此"价值"并非钱物"价格"所能衡量。

过程与形式略见表9。

表9 《李师师外传》

情景	境遇	难题
宣和四年三月，始从潜道幸李氏	赐藏阄、双陆等具，又赐片玉棋盘、碧白二色玉棋子、画院宫扇、九折五花之簟、鳞文蓐叶之席、湘竹绮帘、五彩珊瑚钩	
是日	帝与师师双陆不胜，围棋又不胜，赐白金二千两	
嗣后，师师生辰	赐珠钿、金条脱各二事，玑琲一箧，毳锦数端、鹭毛缯、翠羽缎百匹、白金千两	
灭辽庆贺	赐师师紫绡绢幕、五彩流苏、冰蚕神锦被、却尘锦褥、麸金千两，桂露、流霞、香蜜良酿，又赐李姥大府钱万缗。计前后赐金银、钱、缯帛、器用、食物等，不下十万	
宫中宫眷宴坐	韦妃私问曰："何物李家儿，陛下悦之如此？"帝曰："无他，但令尔等百人改艳装，服玄素，令此娃杂处其中，迥然自别。其一种幽姿逸韵，要在色容之外耳。"	
帝禅位，自号为"道君教主"，退处太乙宫	佚游之兴，于是衰矣	

结　　局

诸葛亮与李师师向对方的设难与回避过程，同时也就是二人向对方的情感归依的过程。设难结束之日，也就是情定于一之日。而以往所获得的理解、尊敬与钱物，此后便都有加倍的回报，正所谓"士为知己者死，女为悦己者容"。设难总有结束的时候，而回报则没有了期，尽力尽心，有死而已。诸葛亮的"鞠躬尽瘁，死而后已"以及李师师的守节殉难，早已是潜在的必然。

二者过程与形式的相似，略见表10、表11。

表10　"三顾茅庐"故事

情　景	回　报
章武三年春，先主于永安病笃，召亮于成都，属以后事，谓亮曰："君才十倍曹丕，必能安邦定国，终定大事。若嗣子可辅，辅之；如其不才，君可自为成都之主。"	亮涕泣曰：臣安敢不竭股肱之力，效忠贞之节，继之以死
建兴三年春	亮率众南征，其秋悉平
建兴五年	率诸军北驻汉中，临发，上疏曰：先帝创业未半而中道崩殂，今天下三分，益州疲弊，此诚危急存亡之秋也。然侍卫之臣不懈于内，忠志之士忘身于外者，盖追先帝之殊遇，欲报之于陛下也
建兴六年春	亮身率诸军攻祁山，戎陈整齐，赏罚肃而号令长明，南安、天水、永安三郡叛魏应亮，关中响震
建兴六年冬	亮复出散关，围陈仓，曹真拒之，亮粮尽而还。魏将军王双率骑追亮，亮与战，破之，斩双
建兴七年	亮遣陈式攻武都、阴平。魏雍州刺史郭淮率众欲击式，亮自出至建威，淮退还，遂平二郡

情 景	回 报
建兴九年	亮复出祁山,以木牛运,粮尽退军,与魏将张郃交战,射杀郃
建兴十二年春	亮悉大众由斜谷出,以流马运,据武功五丈原,与司马宣王对于渭南
建兴十二年八月	亮疾病,卒于军,时年五十四

表 11 《李师师外传》

情 景	回 报
金人启衅,河北告急	师师乃集前后所赐金钱,呈牒开封尹,愿入官助河北饷
	复请于上皇,愿弃家为女冠,上皇许之,赐北郭慈云观居之
金人破汴,主帅挞懒为金主索师师,张邦昌献李师师于金营	师师骂曰:"吾以贱妓,蒙皇帝眷,宁一死,无他志。若辈高爵厚禄,朝廷何负于汝,乃事事为斩灭宗社计?今又北面事丑虏,冀得一当,为呈身之地。吾岂作若辈羔雁赘耶?"乃脱金簪自刺其喉,不死,折而吞之,乃死
道君帝在五国城	知师师死状,不禁涕泣
二人死后	北国有《李师师小传》,与道君谢表传写同行于时

余 论

"三顾茅庐"的故事与《李师师外传》二者不仅存在着形式上的相似,更有观念上的相通。《易经·坤卦·文言传》:"阴虽有美,含之以从王事,弗敢成也。地道也,妻道也,臣道也。"《朱子语类》卷五八载朱熹说:"伊尹、孔明必待三聘三顾而起者,践坤顺也。"由中国传统观念而论,臣道即妻道,国家情感即个人情感,政治情感即性别情感,所以"坤顺"之义均可适用。

但坤卦除了阴柔之义以外，还有"方直"之义。《易经·坤卦·文言传》又说："君子敬以直内，义以方外……"即坤道虽有柔顺的一面，但也具有自己的人格"底线"，可称之为"臣节"。杨万里《诚斋易传》说："有臣道，有臣节。臣道一于顺，故欲柔、欲静，不顺则为莽、卓。臣节病于顺，故欲刚、欲方，顺则为张禹、胡广。"

由此反观《三国演义》"三顾茅庐"的故事与《李师师外传》所载事迹，无论是诸葛亮还是李师师，都既具有臣下、女人"坤顺"的一面，同时也具有"方直""臣节"的一面。《李师师外传》佚名作者论曰："观其晚节，烈烈有侠士风。"又钱曾《读书敏求记》说："观其后慷慨捐生一节，饶有烈丈夫概。"

中国传统宇宙生成模式，是以阴阳、天地、男女作为一个整体，阴阳可以互为消长，但不可以互相取代，双方的地位是平行并列的，并且都以对方的存在作为自身存在的依据，不是互相对立，而是互相映照，和而不同、不同而和。然而，如果以第一性、第二性术语加以描述，以凸显其主动、被动性质，也未尝不可。不过，在中国传统中此类第一性、第二性的"性征"不仅体现在男女方面，而且体现在政治关系与社会关系之中，阴阳既代表天地，又代表君臣和男女。其中第二性的"性征"也不仅局限于被动、服从，而是具有相当大的弹性空间，辗转升华出一番别样的精彩。由此，诸葛亮与李师师竟是同因"情结"的阻隔而升华而灿烂了。

说"清和平远"

——从古体诗到古琴歌

中国古代美学向以中和平淡为最高境界，华彩雕琢尚在其次。大味必淡，大道低回，以至于无声胜有声。诸葛亮说："非澹泊无以明志，非宁静无以致远"，表明了平淡和高远之间的微妙关系。古体诗中的三平调句式，正是古代文艺中平淡高远的一例典型，这早已为后人所道出。然而古体诗中的三平调还与古琴歌中的曲调有十分切近的联系，这一点就不甚为广大读者所熟知了。

古体诗是中国古代文学宝库中的重要遗产。从古代诗歌的历史看，律诗和绝句是对古体诗的进一步发展。但是从诗歌鉴赏看，对古体诗的鉴赏却要求有比鉴赏律诗和绝句更高的水平。能读出律诗和绝句的诗中三昧，未必能读出古体诗的诗中三昧。能读得好古体诗和古乐府，才更能见出读诗人的诗学水平。

五言诗的创立，据南北朝时人钟嵘的《诗品》，最早开始于汉代李陵所作的《与苏武诗》。这一说法已不可信。但是自汉末以来，社会上已经流传着许多佚名诗人所作的五言诗，确是事实。所以在钟嵘之后不久，又有梁武帝昭明太子萧统，遴选出了汉末五言诗中写得最好的十九首，收入他编定的《文选》一书之中，题名为"古诗"。从此以后就有了"古诗"这样一个称谓，以专指汉魏以来佚名诗人的诗作。此外，汉代自西汉初开始，官府中一直设有乐府的官署和乐府令的官职，职掌编采民间的诗歌和乐曲，因之收集保存了大量的民间诗作，后人统称为"乐府诗"或"古乐府诗"。乐府诗中四言、五言、六言、七言都有，但仍以五言居多。和汉魏古诗一样，乐府诗在对仗、平仄、用韵上都比较自由。有了古诗、乐府诗，中国诗歌历史上不同于早先《诗经》《楚辞》的一个崭新诗体就产生了。

在南北朝时期逐渐兴起的近体诗，到唐代臻于成熟。近体诗又称今体诗，包括律诗和绝句，形式上的要求十分严格，对句数、字数、平仄和用韵都很讲究，这一点与古诗有很大不同。有了近体诗以后，汉魏时期的古诗从诗体上加以区分，就被称为古体诗，或古风。乐府诗就被称为乐府体。不是汉魏时期的人也可以依照其诗体作拟古体诗和拟乐府诗。古体诗比较自由，质朴自然，情真意切。近体诗讲究格律，顿挫变化，工巧华丽。但古体诗并不是完全不讲格律的。从形式上看，古体诗较之近体诗的最大特点，就是有所谓"三平调"等四种专用的句式。

三平调是说一句诗的最后三个字都是平声，也就是平平平。除了三平调以外，另外三种句式是最后三个字分别为平仄平、仄仄仄和仄平仄。比如古诗十九首中第一首《行行重行行》，开首四句为："行行重行行，与君生别离。相去万余里，各在天一涯。"（涯读作 yí）其各句收尾三字的句式为："平平平、平平平、仄平仄、平仄平"，三字尾的特点十分明显。后人评价古体诗，南北朝的刘勰说它"直而不野"，清沈德潜说它"清和平远"。继古诗十九首和古乐府之后，以曹氏父子为首的建安诗人继承古体诗和古乐府诗的优秀传统，其作品慷慨任气，以风骨著称。建安之后，魏晋诗人阮籍、左思、陶渊明又继承建安文学的优秀传统，其作品刚健、自然。所有这些，平远也好，风骨也好，都得力于三平调等古体诗的独特句式。比如曹操的诗主要是乐府歌辞，素称"慷慨悲凉"。所作《苦寒行》中"行行日已远，人马同时饥"的三字尾是仄仄仄、平平平，《塘上行》中"边地多悲风，树木何修修"的三字尾是平平平、平平平。

与古体诗的这一句式特点极为相似的是，在古琴歌的旋律创作中也存在着一种三平调式的尾音处理。由于有了这一形式，就使得古琴歌具有了与古体诗相同的"清和平远"的美学风格。

比如明代嘉靖年间所作《西麓堂琴统》中所收《伯牙吊子期》一歌，其词曲中有一段为：

说"清和平远" 171

[曲谱：别来各处天一方 清江月夜情难忘]

[曲谱：重来访君君物故 令人 郁抑心傍徨]

四句词中每一句末尾三字的曲调都是666。

又如明代万历年间所作《琴书大全》中所收《诗》一歌中：

[曲谱：烟花三月下扬州]

及《二妃思舜》一歌中：

[曲谱：我有一片心 无人对君说]

三句句尾三字的曲调分别为666、222。

再如清代康熙年间所作《东皋琴谱》所收《竹枝词》一歌中：

[曲谱：道是无情却有情]

及《子夜吴歌》中：

$$|\ 5\ \ \widehat{6.\ \dot 1}\ \ \dot 1.\ \dot 1\ |\ \dot 1\ -\ -\ |$$
　　　总　是　　玉 关　情

两句句尾三字的曲调分别为666、$\dot 1\dot 1\dot 1$。

　　古琴歌中的这一旋律,和古体诗中三平调的平仄句式具有同样的美学意义。它们与三叠、三弄、三叹的手法正相反,是要取其直、朴,于"清和平远"处见出真情。

　　诗、文、琴、剑,同是古代读书人的必修科目,古琴曲、琴歌与古体诗同样有着深厚的传统。现在我们说民族歌曲,往往专指少数民族的歌曲。举办"民族歌曲演唱会",常常并没有汉族的歌曲。历史剧中所作的插曲,也总是汲取少数民族歌曲的曲调或昆曲等戏剧曲调而成。其实汉族这个以农耕生产方式为基础的民族,自古以来在器乐和声乐上就很有造诣。在中国古代,诗和词都是有曲调可以相配的,尤其是《诗经》中的诗和汉魏乐府诗。后来诗和曲逐渐分离,诗单独成为一种文体,而曲则因不便于记载而多有失传。但是脱离了诗的曲,其风格、旋律却在另一种文艺形式中得到了继承,这就是古琴歌。古琴曲、古琴歌由于形式高雅,技艺艰深,所以在继承中就十分严谨,很少失真。宋明以来,流传下来的大量古琴曲、古琴歌往往都保留了比其被记录的年代早得多的艺术风格,因此宋明琴谱中的古琴歌曲调,才能与汉魏之际古体诗中三平调的专有句式如此相近。

《繁星》《春水》与泛神

一

《老子·道经》（王弼本）：

> 俗人昭昭，我独昏昏；
> 俗人察察，我独闷闷。
> 澹兮其若海，飂兮若无止。

《繁星集》三：

> 万顷的颤动——
> 　深黑的岛边，
> 　　月儿上来了。
> 生之源，
> 　死之所！

二

贝克莱说，存在就是被感知。

夏夜，夜风徐徐而来，坐在草坪上，头上星辰满天，清秀、灿烂、安宁、遥远。不问宇宙为什么是如此，不问此生从什么地方来，也忘记了白日里的奔波，悄然凝望着，心里只觉得欣慰，觉得惊讶，"我不由得看着满天的小星，高兴极了，忽然间有了一个想法，我觉得即使是为了看一眼这些美丽的星星，我也值得在世上走这一遭"（《冰心日记》）。

　　黄昏将临，登上湖畔的山脊，傍依着橡树的雄姿，眺望落日。破碎的流光犹洒在四野，殷红的残阳缓缓地沉落在浅山之下。风住了，"我觉得心中的爱如夕阳一样静静地流过了远处的山梁"（《冰心日记》）。

　　从感觉，到经验，到概念，到定律，就主体和客体的联系而言，还有什么比感觉更切近更真实呢！

　　在善之外，还有美。在美之外，还有真。

　　冰心说："我写《繁星》和《春水》的时候，并不是在写诗。""这是什么？""这是小杂感一类的东西。"

三

　　叶芝有一首《茵纳斯弗利岛》（袁可嘉译）：

　　　　我就要动身走了，去茵纳斯弗利岛，
　　　　搭起一个小屋子，筑起泥笆房；
　　　　支起九行芸豆架，一排蜜蜂巢，
　　　　独个住着，荫阴下蜂群嗡嗡唱。

　　　　我就会得到安宁，它徐徐下降，
　　　　从早晨的面纱落到蟋蟀歌唱的地方；
　　　　午夜是一片闪亮，正午是一片紫光，
　　　　傍晚到处飞舞着红雀的翅膀。

　　　　我就要动身走了，因为我听到
　　　　那水声日日夜夜拍打着湖滨；
　　　　不管我站在车行道或灰暗的人行道，
　　　　都在我心灵的深处听见这声音。

　　诗作于1890年，写的是爱尔兰传说中的湖岛。叶芝描述了一幅很好的自然图景，他说"在我心灵的深处""那水声日日夜夜拍打着湖滨"，但诗中的茵纳斯弗利岛总让人感到是叶芝对身外环境的一种期盼。

来看看冰心的诗吧。

阶边，
　花底，
　　微风吹着发儿，
　　　是冷也何曾冷！
这古院——
　这黄昏——
　　这丝丝诗意——
　　　绕住了斜阳和我。

（《繁星》一四四）

昨日游湖，
今夜听雨，
　这雨点已落到我心中的湖上，
　　滴出无数的叠纹了！

（《春水》七五）

还有：

山头独立，
　宇宙只一人占有了么？

（《春水》二十）

只是一颗孤星罢了！
　在无边的黑暗里
　已写尽了宇宙的寂寞。

（《春水》六五）

还有：

晚霞边的孤帆，
　　在不自觉里
　　完成了"自然"的图画。

(《春水》四二)

只这一枝笔儿：
拿得起，
　　放得下，
　　　便是无限的自然！

(《繁星》一四八)

这自然，这诗，是感觉，也是神悟，是天人合一，是梵我一如，"我就是你，你就是我，你我就是万物，万物就是太空，是不可分析、不容分析的"(《"无限之生"的界线》)。

这又是一种什么样的感觉呢？

四

冰心的学生时代（包括大学预科、本科和研究生）是她努力探求人生的岁月，也是她以《繁星》《春水》和《寄小读者》奠定自己现代文学史上的地位的岁月。

1919年，冰心在北京协和女子大学理预科就读，那时正是"五四"高潮，冰心写了《斯人独憔悴》等问题小说。

1921年至1923年，冰心在燕京大学文学系就读，时值"五四"落潮，"北京虽然是五四运动的策源地，但自从支持着《新青年》和《新潮》的人们风流云散以来，1920年至1922年这三年间，倒显着寂寞荒凉的古战场的情景"(《中国新文学大系·小说二集序》)。这时期冰心继续写了《超人》等小说，这些小说更为直接地记录了冰心自己的人生感受和思想变化：

> 青年人一步步的走进社会，他逐渐的看破社会之谜。青年人当初太看得起社会，自己想象的兴味也太浓厚。原来一切都只是这般如此，说破不值一钱。这时他无有了礼敬的标准，无有了希望的目的，视一切友谊若有若无，可有可无。（《烦闷》）

青年一代对于社会的这种心理上的普遍冲突，在历史上，是从什么时候开始产生和变得如此尖锐了呢？

在冰心的青年时期，她曾苦苦地挣扎于寂寞、惆怅和烦闷之中：

> 我们评论一件事或是一个人的时候，常常要提到"是"或"非"这两个字，谈惯了觉得很自然——然而我自己心中有时却觉得不自然，有时却起了疑问，有时这两个字竟在我意念中反复到千万遍。我所以为"是"的，是否就是"是"？我所以为"非"的，是否就是"非"？不但在个人方面没有绝对的"是非"，就是在世界上恐怕也没有绝对的"是非"。我竭力的要思索它了解它，结果是只生了无数的新的"是非"问题。这问题水涡般只是圆的运动，找不出一个源头来。我还是烦闷……安于烦闷的，终久是烦闷；不肯安于烦闷的，便要升天入地般的想法子来解决它。青年人呵！我们要解决古往今来、开天辟地、人所不能解决、未曾解决的问题。求真理——求绝对真理。（《是非》）

萌生和追索"绝对"的观念，是一个人在精神上达到成熟的重要标志。冰心已在要求有一个绝对真理了。

1920年，冰心写了《遥寄印度哲人太戈尔》，说：你的"宇宙和个人的灵中间有一大调和"的信仰，渗入我的脑海中，和我原来的"不能言说"的思想一缕缕地合成琴弦，奏出缥缈神奇无调无声的音乐。这时，冰心找到了泛神。

冰心受泛神的影响很深，然而她并没有完全接受、完全相信泛神，但从此以后，冰心至少在文体上改变了现实主义的态度，她越来越内向了。

1923年至1926年，冰心就读于美国威尔斯利女子大学研究院，这期间的《寄小读者》通讯，少了思想上的疑惑，比《繁星》《春水》更成熟了。

  别了！
  春水，
  感谢你一春潺潺的细流。

（《春水》一八二）

五

  贝克莱肯定了主观的知觉，但他在认识论上是不可知论者。既然一切知觉、经验都是主体内部的，我们就永远不能确实知道现实事物的性质。然而贝克莱又不能不承认现实世界中的对象有一定程度的独立性、一致性和稳定性。于是贝克莱主教把这些归因于上帝：上帝是俯视世界万物的永恒知觉者——至于上帝怎样把他的知觉告诉众生，他没有说。

  人的心灵所理解、感受和想象的深度和广度，尤当其近于绝对之时，是逻辑思维永远也达不到的。欧洲理性主义的传统在"无限"和"统一"的概念上，不能不依靠假设或宗教情感来弥补这一段空白：贝克莱、康德、黑格尔、费希特、牛顿、爱因斯坦，等等。

  只有斯宾诺莎认为（他在逻辑上的论证非常幼稚）：具体事物之间渗透着的是永恒不变的神明，具体事物是存在着的，不必从中去窥取抽象和普遍的因果概念。

  罗曼·罗兰对此欢欣鼓舞："它解决了从童年就攫紧我的、令我丧胆的、使我屈辱和窒息的矛盾和宇宙之谜；我的内心世界如此广大而我的躯壳如此窄小！"被不可知论、怀疑论和虚无主义所笼罩是十分痛苦的，而这时罗曼·罗兰懂了："人类虽将永远不能以人的形态达到那些新世界，它毕竟能把那令人心醉的消息传递给我们，使我们确信那些世界是存在着的。这不仅仅是理解的问题，而且是息息相通的天地与我并生的观念……我着手建立我的生活，我的热情和我的作品，人们会了解所有这一切都是那主宰万有的存在的直接反映，它弥漫在我的身心中和一切有生之物中。"（《罗曼·罗兰自传》）

  冰心在认识上的进程和罗曼·罗兰是很相近的。

六

先秦最重要的两家学说——道家和儒家，在寻求根本的依据和绝对的真理上，刚好走了两个极端。道家找到了自然，儒家找到了社会。

老子、庄子认为，自然之道是终极的、绝对的。道是抽象的，但道并不离开万物，不离开人类。"天地与我并生，而万物与我为一。"（《庄子·齐物论》）"岂曾设对独遘而游谈乎方外哉！"（郭象《庄子序》）但是，老庄虽然认同了社会文明、语言情感与是非伦理等现象，却并没有肯定它们存在的意义。老子说："天地不仁，以万物为刍狗。"（《老子·道经》）庄子说："天与人不相胜也。"（《庄子·大宗师》）所以，"至人极乎无亲，孝慈终于兼忘，礼乐复乎已能，忠信发乎天光"（郭象《庄子序》）。道家是否定人本思想的，在那里它是一片空白。

儒家则立足于人文，立足于社会、伦常和政治秩序。如《大戴礼记》所说："天地者，性之本也；先祖者，类之本也；君师者，治之本也。……故礼，上事天，下事地，宗事先祖而宠君师，是礼之三本也。""本"就是根本，就是绝对，就是万世不易的法则。儒家径直将人类文明中几种稳定的关系当作终极的原则，为两千年间的农耕社会作出了重要的贡献。而相比之下，庄子等人确实是"蔽于天而不知人"（《荀子·解蔽》）了。

七

庄子虽然认为天人同一，但他所讲的"道"似乎更侧重在"天"这方面。"道"的特性是无为、自然，按照"人法天道"的原则，人生的终极目的当然就是顺从自然终其天年，是"缘督以为经，可以保身，可以全生，可以养亲，可以尽年"（《庄子·养生主》），是"知其不可奈何而安之若命"（《庄子·人间世》）。庄子理想中的人是："古之真人，不知说生，不知恶死，其出不欣，其入不距，翛然而往，翛然而来而已矣。不忘其所始，不求其所终，受而喜之，忘而复之。是之谓不以心捐道，不以人助天，是之谓真人。"（《庄子·大宗师》）天人同一，是人与天同一，所以人生宜静、宜安，因而庄子的思想是排斥文学的，不像儒家的"文质彬彬，然后君子"（《论语·雍也》）。庄子指责惠施说："道与之貌，天与之形……无以好恶内伤其身。今子外乎子之神，劳乎子之精，倚树而吟，据槁梧而瞑。"（《庄子·德充符》）他反对惠施那种倚树拥琴、浪漫而有文采的行为。

因此，后世和庄子感情相近的人，往往仅是接受庄子泛神的思想，倾心自然，同时又像儒家那样正视现实的人间风貌。

庄子说："予恶乎知说生之非惑邪！予恶乎知恶死之非弱丧而不知归者邪！……予恶乎知夫死者不悔其始之蕲生乎！"（《庄子·齐物论》）而王羲之则说："夫人之相与，俯仰一世，或取诸怀抱，晤言一室之内，或因寄所托，放浪形骸之外。虽取舍万殊，静躁不同，当其欣于所遇，暂得于己，快然自足，曾不知老之将至。及其所之既倦，情随事迁，感慨系之矣，向之所欣，俯仰之间，已为陈迹，犹不能不以之兴怀。况修短随化，终期于尽，古人云：死生亦大矣，岂不痛哉！每览昔人兴感之由，若合一契，未尝不临文嗟悼，不能喻之于怀。固知一死生为虚诞，齐彭殇为妄作。"（《兰亭集序》）

庄子借名孔子之语："自其异者视之，肝胆楚越也；自其同者视之，万物皆一也。"（《庄子·德充符》）而苏东坡便发挥这一思想，说："客亦知夫水与月乎？逝者如斯，而未尝往也；盈虚者如彼，而卒莫消长也。盖将自其变者而观之，则天地曾不能以一瞬；自其不变者而观之，则物与我皆无尽也，而又何羡乎？且夫天地之间，物各有主，苟非吾之所有，虽一毫而莫取。惟江上之清风，与山间之明月，耳得之而为声，目遇之而成色，取之无禁，用之不竭，是造物者之无尽藏也，而吾与子之所共适。"（《前赤壁赋》）

八

冰心相信泰戈尔的思想：宇宙和个人的灵中有一大调和。

我们都是自然的婴儿，
　卧在宇宙的摇篮里。

(《繁星》十四)

流星，
　飞走天空，
　　可能有一秒时的凝望？
然而这一瞥的光明，
　已长久遗留在人的心怀里。

(《繁星》一二七)

冰心没有谈起过庄子，庄子太超然物表了。冰心受到泰戈尔的启发，但最主要的还在于她自己的心灵感受。她说："谈到我平生宗教的思想，完全从自然之美感中得来。不但山水，看见美人也不是例外！看见了全美的血肉之躯，往往使我肃然的赞叹造物。"(《寄小读者·通讯》二十五)因而冰心认为："所以世上一物有一物长处，一人有一人的价值，我不能偏爱，也不肯偏憎。悟到万物相衬托的理，我只愿我心如水，处处相平。"(《寄小读者·通讯》十七)冰心和王羲之、苏东坡一样，有泛神的思想但又没有把泛神在抽象思维中推演，如庄子的真人、至人，印度教的虚无、科幻，而是普遍地肯定了感官现象世界中的具体事物。

泛神伸展开来，则为泛爱。"我爱听碎雪和微雨，我爱看明月和星辰。"(《寄小读者·通讯》十四)

山上的楼窗不见了
　灯花烬也！
天风里，
　危岩独倚，
　　便小草也是伴侣了！

(《春水》一一六)

而且，汗漫无涯地神驰的思想也回归于世俗——冰心希望找到一个可靠的根据，一个终极的原则，一个可以和绝对真理遥遥对应的、能使自己不朽地立于人世的原则。冰心已经找到了自然，黄昏里，"山头独立，宇宙只一人占有"的自然，但是，冰心同时也感到了泛神"蔽于天而不知人"，将导人以浮浅空泛的严重缺陷。庄子缺少那种"暮春者，春服既成，冠者五六人，童子六七人，浴乎沂，风乎舞雩，咏而归"的慷慨和潇洒。仅仅一个泛神，对于人生，对于文学，都还太贫乏太空泛。

1921年，冰心发表的题名《人格》的诗中说：

主义救不了世界，
　学说救不了世界，
要参与那造化的妙功呵，
　只有你那纯洁高尚的人格。
万能的上帝！
求你默默的藉着无瑕疵的自然，
　造成了我们高尚独立的人格。

但是，这条道德上自我完善的道路，冰心也自觉很难走通："这只是闭着眼儿想着，低着头儿写着，自己证实，自己怀疑，开了眼儿，抬起头儿，幻想便走了！乐园在哪里？天国在哪里？依旧是社会污浊，人生烦闷！自然只永远是无意识的，不必说了。小孩子似乎很完满，只为他无知无识。然而难道他便永久是无知无识？便永久是无知无识，人生又岂能满足？世俗无可说，因此我便逞玄想，撇下人生，来颂美自然，讴歌孩子。一般是自欺，自慰，世界上哪里是快乐光明？"（《问答词》）这一时期，冰心的内心充满了苦恼和矛盾，她感受、探索，又自己证实，自己怀疑，以至自诘自驳，又自慰自信。一部《繁星》，一部《春水》，是杰出的诗作，但更多的成分正是"一步一远兮足难移"（蔡琰《胡笳十八拍》）那样的艰难而又零乱的展痕。

现实世界与冰心崇高的幻想差距实在太遥远了，有时几乎是正好相反的：

希望那无希望的事实，
　解答那难解答的问题。

（《繁星》一三〇）

而社会帮不了她：

> 我的心呵！
> 你昨天告诉我，
> 　世界是欢乐的；
> 今天又告诉我，
> 　世界是失望的；
> 明天的言语，
> 　又是什么？
> 教我如何相信你！

（《繁星》一三二）

也没有人能够帮助她：

> 我的朋友！
> 真理是什么，
> 　感谢你指示我，
> 然而我的问题，
> 　不容人来解答。

（《繁星》一二二）

相比之下，倒是自我的内心幻境，以及和那幻境同样清丽的自然景象更近人情，更有根据，更为深沉，也更为洁净。然而这一切，上帝、道德、自然，和那个像巨大旋涡一样旋转着的社会相比，又竟是这般的单纯软弱！况复，世界就一个整体来说，怎样解释它的完满无缺呢？自然偏又是无意识的！有谁可以来证明人的心灵和自然的这一层关系？自己。我心可以为自然代答：

> 我的心开始颤动了——
> 　当我默默的
> 　　敞着楼窗，

对着大海，
自然无声的谢我说：
"我承认我们是被爱的了。"

(《春水》一四五)

然而，我又何以能自明呵！

自然呵！
请你容我只问一句话，
　一句郑重的话：
　　"我不曾错解了你么？"

(《繁星》四四)

这样的思索，真使冰心觉得太辛苦！"寥廓的黄昏，何处着一个彷徨的我？"(《春水》九七)

在模糊的世界中——
　我忘记了最初的一句话，
　也不知道最后的一句话。

(《春水》七四)

黄昏了——
　湖波欲睡了——
走不尽的长廊呵！

(《春水》一二四)

冰心只感到孤独……孤独，辽远……辽远，"澹澹其若海，飂兮若无止"，唯愿——

风呵！
不要吹灭我手中的蜡烛，
　我的家远在这黑暗长途的尽处。

(《繁星》六一)

她两眼望得发酸了，终于，热泪温温地淌下来，她喃喃而语：

倘若我能以达到，
　上帝呵！
何处是你心的尽头，
　可能容我知道？
远了！
　远了！
我真是太微小了呵！

(《春水》九)

"浓浓的树影，做成帐幕，绒绒的草坡，便是祭坛"，四无人声，冰心肃然跪地，"深深叩拜万能的上帝！"（《晚祷》一）冰心开始感到要把自己祭献给上帝，要任自己微小的个体漂游、淹没在浩渺的夜空。冰心的心里，升起了一绪沉毅，一绪耿烈的自我牺牲的决心：她要在无尽的黑夜，无尽的烦闷和凄凉中继续追求永恒，要对着渺茫无际的海天"看守灯塔"。"佛说：'我不入地狱，谁入地狱？'"（《往事二》八）。最初的美感体验，最初的追求，经过矛盾，经过"注定的烦闷"（《青年的烦闷》），现在又经过悲剧色彩的临照，不但没有终止，而且带上更多的创造性了。

九

一部文学史，让人们知道了千百年来究竟人类的哪些思想、哪些感情和哪些生活方式能够历时而不衰，能够始终让人们萦回咏叹。

泛神使冰心认识到人的心灵与自然息息相通，也为冰心的泛爱找到了理论上的根据，然而，使《繁星》和《春水》得以不朽的并非泛神一端，除此之外，冰心还和王羲之一样找到了"犹不能不以之兴怀"，和苏东坡一样找到了"清风明月"。而且不只这些，冰心还有自己的母爱：

母亲呵!
这零碎的篇儿,
　　你能看一看么?
这些字,
　　在没有我以前,
　　　已隐藏在你的心怀里。

　　　　　　　　　　　(《繁星》一二〇)

　　还有自己的故乡:"痛定思痛,我觉悟了明月为何千万年来,伤了无数的客心!"(《往事二》六)

她是翩翩的乳燕,
　　横海漂游,
月明风紧,
　　不敢停留——
在她频频回顾的飞翔里
　　总带着乡愁!

　　　　　　　　　　　(《往事二》)

　　实际上,即使是在最孤独最内向的时候,冰心也仍然是"入世"的,她把民族的那些悠然以往的古老生活、古老题材,用自己纤婉的语句复写下来。在冰心的心灵中,大自然之外,是一个天伦、童年、乡愁三位一体的"现实主义"画面。

躲开相思,
披上裘儿
　　走出灯明人静的屋子。

小径里明月相窥,
枯枝——

在雪地上
　　又纵横的写遍了相思。

(《相思》)

没有了相思，等于说就没有了人的情感，没有了文学。而天伦：

"家"是什么，
　　我不知道；
但烦闷——忧愁，
　　都在此中融化消灭。

(《繁星》一一四)

即使是在"五四"那样思潮纷杂的时代，选择一个平和之家而安于眷眷拳拳的温情，也并不失为"健康的一生"吧——虽则不是"好男儿志在四方"，不是"匈奴不灭无以家为"。

　　轻轻的推开门，屋里很黑暗，却有暖香扑面。母亲坐在温榻上，对着炉火，正想什么呢。弟弟头枕在母亲的膝上，脚儿放在一边，已经睡着了。跳荡的火光，映着弟弟雪白的脸儿，和母亲扶在他头上的手，都幻作微红的颜色。
　　这屋里一切都笼盖在寂静里，钟摆和木炭爆发的声音，也可以清清楚楚的听见。光影以外，看不分明；光影以内，只有母亲的温暖的爱，和孩子天真极乐的睡眠。
　　他站住了，凝望着，"人生只要他一辈子是如此！"(《烦闷》)

而童年，就更是——

　　童年呵！
　　是梦中的真，
　　　是真中的梦，
　　　是回忆时含泪的微笑。

  幢幢的人影，
   沉沉的烛光——
  都将永别的悲哀，
   和人生之谜语，
    刻在我最初的回忆里了。
（《春水》一三八）

  走完了童年，是少年了，站在小山脊上，第一次意识到自我的存在，第一次开始了举头四望，最先看到的还是童年。雨露在山畔聚拢，合成一条小溪，蜿蜿蜒蜒地投向原野，直来到自己的脚边。是真，也是梦；是梦，也是真。青青的蔓草，本是一脉相连，"异乡的苦竹林，湖畔的橡树和黄昏，然后是海岸上无限的徘徊，直到今日"（《诗·题记》）。

  海波呵，
   山影呵，
    灿烂的晚霞呵，
     悲壮的喇叭呵……
（《繁星》四七）

  或许童年是迷茫不清了，像一首诗里说的："那时候我们还小，母亲还年轻。"但迷茫和惆怅、和希望、和遗恨一样，同样可以是充实的内容，只要看刻向心的刀痕是不是足够的深：

  在别人只是模糊记着的事情，
   然而在心灵脆弱者，
    已经反复而深深地
     镂刻在回忆的心版上了！
（《往事一》）

  而且，岂止在诗里才有童年有幻想，岂止是心上带伤的人才沉湎于往昔,"正常的人"又何须回避童年呢?"请别以为我是在思乡伤怀,我只是觉得那荫护我长大起来的青山黑壤,已经不能为我所忘却了。"(《书简》一)况复,那最初的一星星烛火,也许直要熠熠地照出整个天路历程的黑暗!

童年呵!"屋前燃着的一束艾蒿,长长的如绳索……童年埋下了我此生归宿的第一个迷,天国里有多少惬然心醉的梦。"(《书简》二)

十

《老子·德经》:

> 道生一,一生二,二生三,三生万物。

冰心的晚年,她喜欢说"仁者见仁,智者见智"。
庄子说:

> "然则夫子何方之依?"……故曰:"鱼相忘乎江湖,人相忘乎道术。"(《庄子·大宗师》)

又说:

> 昔者十日并出,万物皆照……(《庄子·齐物论》)

湖南浯溪所见越南朝贡使节诗刻

最近两年新出《湖湘碑刻（二）浯溪卷》及《越南汉文燕行文献集成（越南所藏编）》二书，均公布有清代越南使者在湖南永州浯溪的纪咏诗。燕行文献中保留有关浯溪、永州、潇湘等纪咏诗甚多，对于永州本地学者近年所作专题诗的整理有极好的补充作用。永州浯溪所见越南使者诗刻共五首，其中三首可与燕行文献对应。燕行文献之稿本、刻本固已十分珍贵，而诗刻真迹的存留则亦具有非常突出的文物与文化价值。

湖南永州位于潇湘二水交汇处，旧城沿革超过千年，自秦至清，一向为岭南与北方水路交通要道所经，诸多名胜自南宋以来已载在书册，以浯溪为首的二十余处摩崖石刻景地，其规模数量实为海内罕匹。由中越文化交流史来看，永州为南北往返的捷径，永州浯溪诸景地可以视为越南使者直接接触到的最初一段中华人文典范。

今所见越南汉文燕行文献中，有阮辉僅《燕轺日程》、裴櫕《如清图》、佚名《燕台婴语》及裴文禩等《燕轺万里集》四种，均为整套水陆图绘，详载自越南至北京途程。其中江南为水路，自南而北，由宁明州（今广西宁明县）登舟，使船可以一路抵达长沙。出广西梧州、全州，沿湘水进入湖南，永州为必经之地。四种地图内均有永州府图、祁阳县图和三浯图（见图一至图四），永州府图标注出"潇湘八景"[1]，恰是永州浯溪在中越文化交流中所处特殊地位的形象写照。

---

[1] 复旦大学文史研究院、越南汉喃研究院编：《越南汉文燕行文献集成（越南所藏编）》第25册，复旦大学出版社2010年版，第63—65、195—197页。

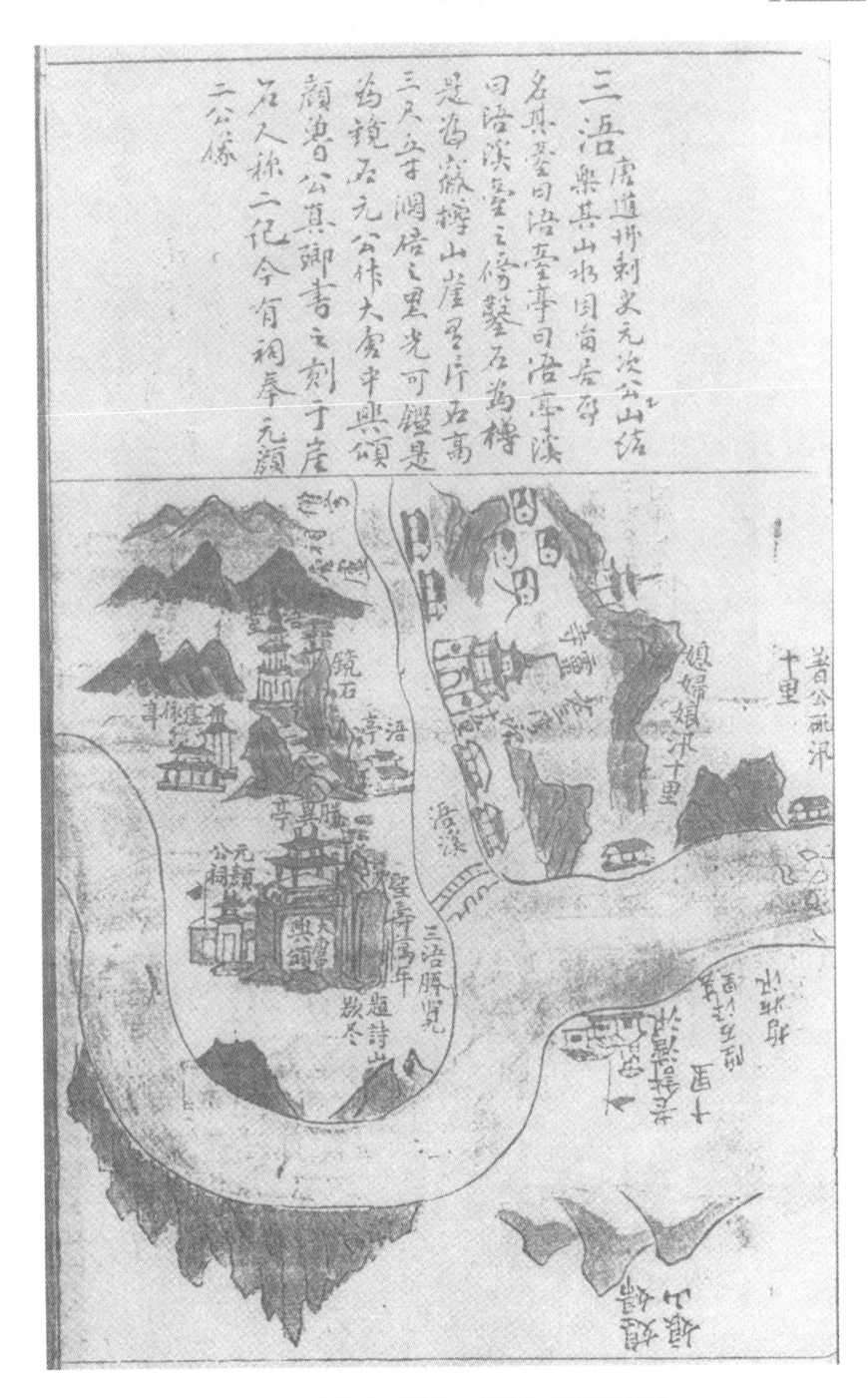

三浯唐道州刺史元次公山结
名其墨台曰浯台右存
可浯溪窑之修築石为樽
是為歳搾山崖景片石高
三尺五寸湖倍之里光可鉴是
為鏡石元公僞大唐中興頌
顏魯公其卿書之刻于崖
石人稱二絶今有祠奉元顏
二公僚

图一　越南使者《燕轺万里集》所绘三浯图

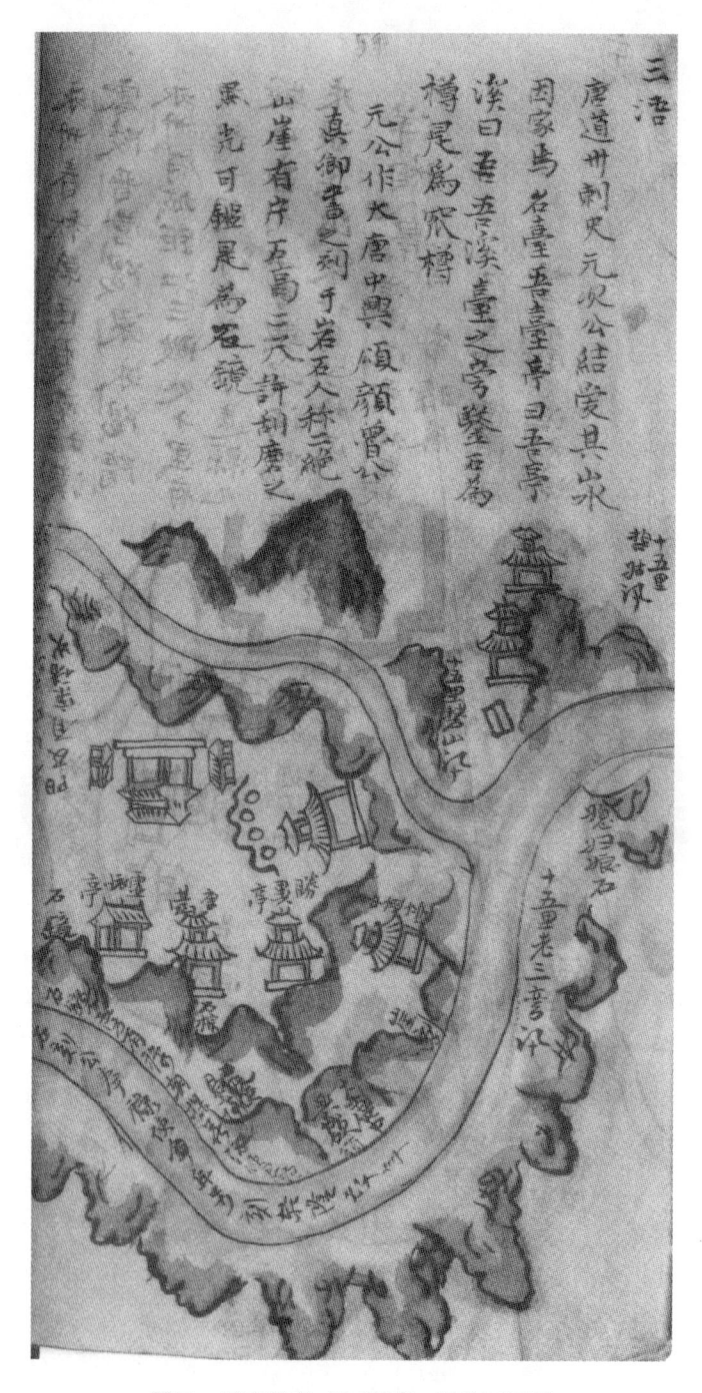

图二　越南使者《如清图》所绘三浯图

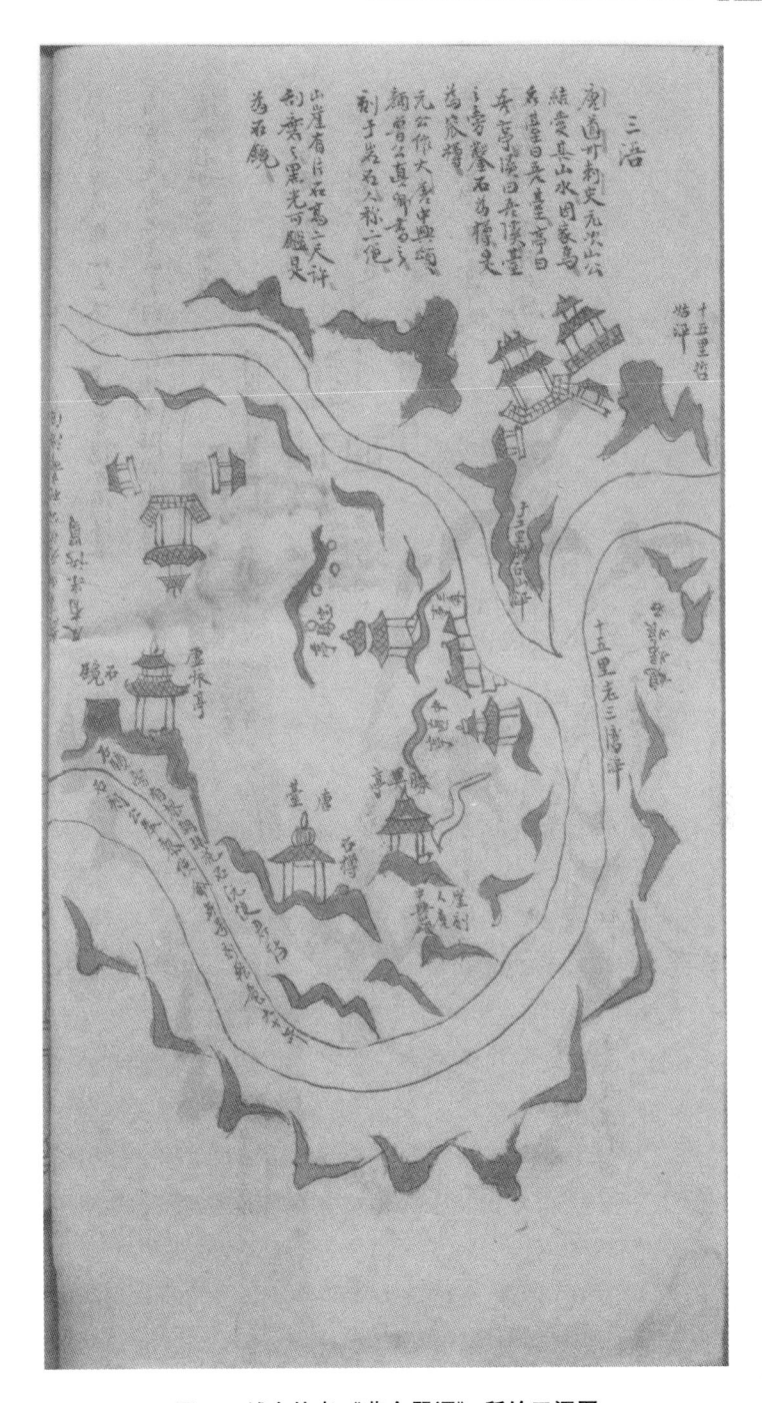

图三　越南使者《燕台婴语》所绘三浯图

图四　越南使者《燕轺日程》所绘三浯图

湖南浯溪所见越南朝贡使节诗刻　195

今所见湖南浯溪碑林中越南朝贡使节诗刻，共五人五首，依年代先后为：阮辉㔖《题石镜诗》，乾隆三十一年（1766）；郑怀德无题诗，嘉庆八年（1803）；阮登第无题诗，嘉庆九年（1804）；王有光无题诗，道光二十五年（1845）；裴文禩无题诗，光绪二年（1876）。

五首诗刻迄今保存完好，一方面保留了作者的书法真迹，可与越南所藏文献相互照应；另一方面与浯溪碑林的其他摩崖石刻相融汇，反映出清代潇湘水路交通的发达与人文生活的繁盛。

一　阮辉㔖《题石镜诗》

石刻在右堂区 4 号，楷书，68cm×88cm。

文字著录见桂多荪《浯溪志》。① 拓本著录见浯溪文物管理处编《湖湘碑刻（二）浯溪卷》（见图五）。②

其诗云：

> 补天渡海寔多端，争似山头作大观。
> 洞借馀辉光可鉴，苍揩胜彩秀堪餐。
> 月将地影装春轴，水引银章摆素纨。
> 莫谓无心偏徇客，也曾经照古人还。

署款："乾隆丙戌安南阮辉㔖。"

诗为七言律，对仗整齐。主题咏浯溪镜石，而恰当月明之望日，末句"也曾经照古人还"似平淡而实出新，句首"也"字似轻易而实安稳。其书法厚润，楷中带行，多用异体，足见作者的文字涵养。

诗作者阮辉㔖，二书撰者皆云："生平不详。"

新出阮辉㔖《奉使燕京总歌并日记》（以下简称《日记》）抄本中，载有此诗（见图六）③，云：

---

① 桂多荪：《浯溪志》，湖南人民出版社 2004 年版，第 513 页。
② 浯溪文物管理处编：《湖湘碑刻（二）浯溪卷》，湖南美术出版社 2009 年版，第 250 页。
③ 复旦大学文史研究院、越南汉喃研究院编：《越南汉文燕行文献集成（越南所藏编）》第 5 册，复旦大学出版社 2010 年版，第 73 页。

补天架海总多端,争似山头作大观。
崖倩馀辉光可鉴,花楷胜馥香堪餐。
云章引出浮青带,地影移来妒玉盘。
莫谓无心偏徇客,也曾经照古人还。

图五 《题石镜诗》诗刻拓本

对比可知,诗句有多处修改,特别是颈联二句全改。但"倩""楷"二字疑为形近讹误。作"倩"字亦通。"揩"则读为"偕",意同"携",作"楷"则不通矣,故当以石刻为准。

作者之名,石刻作"阮辉僅","僅"字当是俗写,但作者自己已用此体。《日记》首页作"僅"[1],《北舆辑览·小引》首页署名为"僅"[2]。《日记》虽为珍贵稿本,但属书吏誊抄,非作者手迹。石刻为作者本人手

---

[1] 复旦大学文史研究院、越南汉喃研究院编:《越南汉文燕行文献集成(越南所藏编)》第5册,复旦大学出版社2010年版,第7页。
[2] 同上书,第167页。

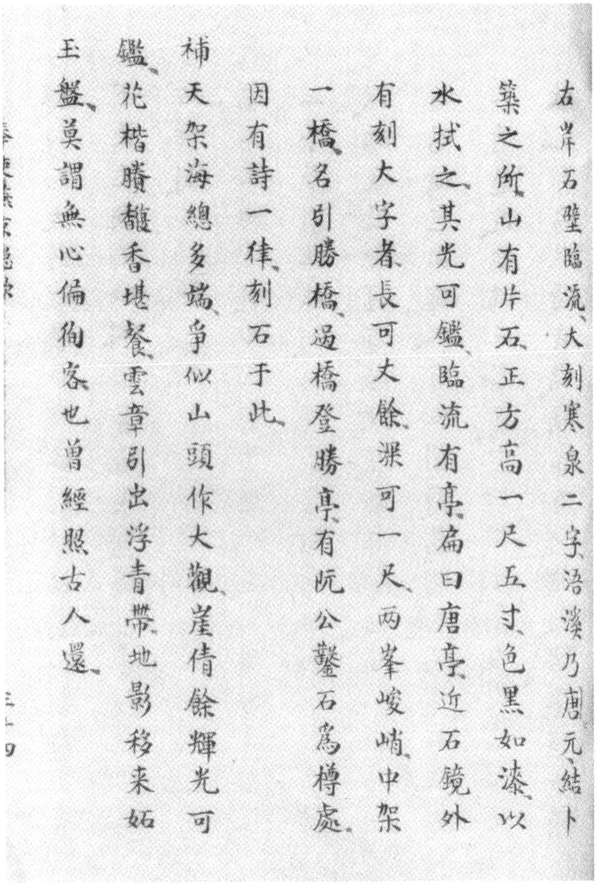

湖南浯溪所见越南朝贡使节诗刻　　197

> 右岸石壁临流，大刻寒泉二字，浯溪乃周元结卜築之所。山有片石正方，高一尺五寸，色黑如漆，以水拭之，其光可鑑，临流有亭，曰唐亭，近石镜外有刻大字者，长可大餘，溪可一尺，两峯峻峭中架一橋，名引胜橋，过橋登胜亭，有阮公鑿石為樽處，因有詩一律刻石于此。
> 袖天架海總多端，爭似山頭作大觀，倩餘輝光可鑑，花楷隥醲香堪餐，雲章引出浮青帶地影移來妍，玉盤莫謂無心偏狗客也曾經照古人還。

图六　《题石镜诗》抄本

书真迹，最可依据。

作者《奉使燕京总歌》（以下简称《总歌》）又云：

> 永州奉赞崇祠进香，双流水合潇湘。
> 布帆风健花墙云低，波心翠影参差。
> 寒泉认是浯溪三亭，家樽石径留名。[①]

---

① 复旦大学文史研究院、越南汉喃研究院编：《越南汉文燕行文献集成（越南所藏编）》第5册，复旦大学出版社2010年版，第14页。

《总歌》为歌行体，每句前八字，后六字，转韵，全篇共四百七十句，颇罕见。又其《日记》于行程月日下，皆记当时所作律诗。后世学者每为古诗编年，此则当时即编日成书，极罕见。

按《日记》云："（六月）十六日，湾船到阜头塘，望见永州城。"① 此前《日记》载："五月十八日到桂林，至六月初五日开船。"② "六月三十日到全州城。"③此后《日记》载："二十九日经地仙台至湘潭县城……七月初一日经包爷庙，扁一笑河清，过牛头册，左边有岳麓书院。"④ "自正月二十九日开关，至七月初二日到长沙。"⑤ 可知"六月三十日到全州城"，"六月"为"五月"之误。而《题石镜诗》一诗为当年六月十六日所作。

阮辉僅，河静罗山人，官至吏部左侍郎，其受命出使在乾隆三十年（1765）。裴櫕《如清图》三浯图标注："石镜旁有黎朝探花阮使君诗石刻，公奉黎使命，年号刻乾隆六十年。"⑥ 佚名《燕台婴语》三浯图标注："石镜旁有黎朝探花石阮使君诗石刻，公奉黎使命，年号刻乾竜六十年。"⑦ 裴文禩等《燕轺万里集》三浯图标注无此句。所载"阮使君"即阮辉僅。阮辉僅《日记》署衔"部正使探花郎"，《北舆辑览·小引》署衔"钦奉正使探花"，正与图注吻合。《燕台婴语》"石"字衍。"竜"当作"隆"，同音而误。"六十年"当为"三十年"之讹。裴櫕《如清图》无"石"字，但另外标注了石刻的位置，云："石阮使君诗。""石"当指石刻。其所记"六十年"亦误。另外，阮思僩《燕轺笔录》中有文字记载云：宝篆亭"东有一石，刻乾隆年间前贡使来石探花阮辉僅《石镜诗》。"⑧ 亦与图注对应。

---

① 复旦大学文史研究院、越南汉喃研究院编：《越南汉文燕行文献集成（越南所藏编）》第5册，复旦大学出版社2010年版，第71页。
② 同上书，第65页。
③ 同上书，第69页。
④ 同上书，第78页。
⑤ 同上书，第80页。
⑥ 复旦大学文史研究院、越南汉喃研究院编：《越南汉文燕行文献集成（越南所藏编）》第24册，复旦大学出版社2010年版，第232页。
⑦ 复旦大学文史研究院、越南汉喃研究院编：《越南汉文燕行文献集成（越南所藏编）》第25册，复旦大学出版社2010年版，第64页。
⑧ 复旦大学文史研究院、越南汉喃研究院编：《越南汉文燕行文献集成（越南所藏编）》第19册，复旦大学出版社2010年版，第274页。

二 郑怀德无题诗

石刻在峿台东崖区33号，楷书，25cm×45cm，字径5—6cm。

文字著录见桂多荪《浯溪志》。① 拓本著录见浯溪文物管理处编《湖湘碑刻（二）浯溪卷》（见图七、图八）。②

其诗云：

> 地毓浯溪秀，山开镜石名。
> 莫教尘藓污，留照往来情。

署款："越南国谢恩使郑怀德癸亥端阳后题。"

此诗纪咏浯溪镜石，绝句精炼，"往来情"一语兼括越南使臣观光上国之意。其书体楷法精整，端庄厚润。

《湖湘碑刻（二）浯溪卷》无题，不著年号。《浯溪志》编者加题《镜石》，误断癸亥为同治二年（1863）。二书均未言作者生平。

郑怀德《艮斋观光集》刻本有此诗，字句全同，有题《题刻浯溪镜石》。③

图七 《题刻浯溪镜石》拓本

---

① 桂多荪：《浯溪志》，湖南人民出版社2004年版，第576页。
② 浯溪文物管理处编：《湖湘碑刻（二）浯溪卷》，湖南美术出版社2009年版，第270页。
③ 复旦大学文史研究院、越南汉喃研究院编：《越南汉文燕行文献集成（越南所藏编）》第8册，复旦大学出版社2010年版，第311页。

图八　《题刻浯溪镜石》照片

郑怀德，一名郑安，字止山，号艮斋。其祖先福建人，世为宦族，应举授翰林院制诰，官至吏礼二部尚书，《艮斋观光集》署衔"吏部尚书钦差嘉定城协总镇安全侯"。燕行著作有《艮斋诗集》之《观光集》。《大南实录·大南正编列传初集·诸臣列传八》有传。

《大南实录》载郑怀德于"辛酉"之"明年"，即嘉庆七年（1802），"充如清使"。行到永州祁阳之癸亥为嘉庆八年（1803）。

三　阮登第无题诗

石刻在东崖区38号，楷书，45cm×50cm。稍有磨泐。

其诗《浯溪志》未见著录。拓本著录见《湖湘碑刻（二）浯溪卷》（见图九、图十）[①]，未言作者生平。

其诗云：

出自他山挂碧垠，莹然可鉴一奇珍。
明分月魄崖边影，艳对花颜峒里春。
洗去藓尘澄有水，照来妍丑隐无人。

[①] 浯溪文物管理处编：《湖湘碑刻（二）浯溪卷》，湖南美术出版社2009年版，第293页。

华程姑借观光处，阅尽三浯景色新。

图九 阮登第无题诗刻拓本

图十 阮登第无题诗刻照片

诗前署款："嘉庆九年甲子孟秋。"诗后署款："越南国贡使阮登第题。"诗为七言律，纪咏浯溪镜石，对仗工整，风格清奇。楷书亦娴熟端正。此诗《越南汉文燕行文献集成（越南所藏编）》未见记载。

阮登第，香茶县安和社人，先世姓郑，赐姓阮，官至正营记录，赠金紫荣禄大夫，与子阮居贞、侄阮登盛具为重臣，三人均能诗。《大南实录·大南前编列传·诸臣三》有传。

四　王有光无题诗

石刻在石屏区13号，行楷，65cm×38cm。

文字著录见《浯溪志》。① 拓本著录见浯溪文物管理处编《湖湘碑刻（二）浯溪卷》（见图十一）。②

其诗云：

> 三吾何事老元君，到处湖山独尔闻。
> 近水亭台千古月，横林花草一溪云。
> 崖悬石镜留唐颂，雨洗苔碑起梵文。
> 题咏曷穷今昔概，满江烟景又斜曛。

署款："道光二十五年乙巳孟冬月上浣越南使王有光题。"

此诗为七言律，纪咏浯溪、元结，"横林花草一溪云"句颇清丽，而末句"满江烟景又斜曛"为潇湘景物写实，亦精妙。其行楷方正刚健而不失隽秀流畅。

二书均未言作者生平。

王有光，《越南汉文燕行文献集成（越南所藏编）》未见单行著作，但此诗在阮思僩《燕轺笔录》中有记载，云："浯溪寺三关内，前贡使王有光诗石刻在焉。"③

---

① 桂多荪：《浯溪志》，湖南人民出版社2004年版，第559页。
② 浯溪文物管理处编：《湖湘碑刻（二）浯溪卷》，湖南美术出版社2009年版，第267页。
③ 复旦大学文史研究院、越南汉喃研究院编：《越南汉文燕行文献集成（越南所藏编）》第19册，复旦大学出版社2010年版，第116页。

图十一　王有光无题诗刻拓本

王有光，道光二十五年（1845）前后任越南国副使。

清龙启瑞《汉南春柳词》有《庆清朝》一词，序云："今年冬，越南贡使道出武昌，其副使王有光以彼国大臣诗集来献，且求删订。余以试事有期，未之暇，略展阅数卷而封还之。其中有越国公绵审及潘并，诗笔之妙，不减唐人。如'茶江春水印山云''画屏围枕看春山'，皆两人集中佳句也。乃录其数十首，并制此词，以寓𬨎轩采风之意，因见我朝文教之遐敷焉。"[①] 所言"副使王有光"即此人。

[①] （清）龙启瑞：《汉南春柳词》，咸丰四年（1854）刻本。

龙氏词序所云"今年冬",未言何年,按此下一首词牌《绿意》序云:"戊巳之春,余两以试事泛舟汉沔。"所言"试事"与《庆清朝》词序同,而干支纪年无"戊巳",当为"乙巳"之讹,即道光二十五年(1845),年月与王有光使清正前后相接。龙启瑞,道光二十一年(1841)状元及第,授翰林院修撰。道光二十三年(1843)充顺天乡试同考官,二十四年(1844)充广东乡试副考官,见缪荃孙《龙启瑞传》,载《碑传集补》卷四一。陈乃乾辑《清名家词》仍作"戊巳"[①],吕斌《龙启瑞诗文集校笺》同[②]。黄红娟《岭西五家词校注》疑之,谓当作"己酉"[③],未必。

五 裴文禩无题诗

文字著录见《浯溪志》。[④] 拓本著录见《湖湘碑刻(二)浯溪卷》(见图十二)。[⑤]

《湖湘碑刻(二)浯溪卷》云石刻在东崖区石门旁。行草,70cm×145cm。《浯溪志》云系活碑,原在石门。又云:"'文化大革命'中,此碑被盗至三十里外之茅竹,涂以水泥作洗衣台,1984年寻回。"

其诗云:

> 道州心事满江湖,借此岩泉漫自娱。
> 颂有颜书传二绝,亭连溪水记三吾。
> 废兴镜石云光变,醒醉窊尊月影孤。
> 篆壁题诗山欲尽,当年曾识隐忧无。

署款:"光绪二年丙子立春后三日过浯溪有怀元次山感赋。越南裴文禩作,上谷杨翰书。"

---

① 陈乃乾辑:《清名家词》,上海开明书店1937年版。
② 吕斌:《龙启瑞诗文集校笺》,岳麓书社2008年版。
③ 黄红娟:《岭西五家词校注》,广西大学,硕士学位论文,2005年。
④ 桂多荪:《浯溪志》,湖南人民出版社2004年版,第589—590页。
⑤ 浯溪文物管理处编:《湖湘碑刻(二)浯溪卷》,湖南美术出版社2009年版,第275页。

此诗为七言律,纪咏浯溪、元结、颜真卿。对仗整齐,而风格宏放。首句"道州心事满江湖"劈头切入穷达进退之意,末句"当年曾识隐忧无"论《大唐中兴颂》寓意,而指陈国家兴亡。

二书均未言作者生平。

裴文禩《万里行吟》有此诗,字句全同,有题《祁阳游浯溪有怀元次山先生感题》(见图十三)。

诗后又有长跋,云:"近县城一里,有溪名浯溪,唐道州刺史元次山爱其山水,因家焉。名台曰吾台,亭曰吾亭,溪曰吾溪,有石刻'三吾纪胜'。凿石为尊,曰㝛尊。山腰有片石,高尺余,广可二尺,磨之黑光可鉴,刻'镜石'二字。次山当国家中否之秋,作《大唐中兴颂》,微寓其意,颜鲁公书之,勒于崖石,人称其二绝。山之前后左右古今诗刻几多于石。"[①]

图十二 裴文禩诗拓本

跋语与题为裴文禩等《燕轺万里集》三浯图[②],及佚名《燕台婴语》三浯图[③]的标注文字大致相同,唯多出"国家中否之秋""诗刻几多于石"二句。推测跋语为作者归国后依图增补。

又按《燕轺万里集》封面背后有"嗣德式拾玖年秋柒月贡部正使裴

---

① 复旦大学文史研究院、越南汉喃研究院编:《越南汉文燕行文献集成(越南所藏编)》第21册,复旦大学出版社2010年版,第236—237页。

② 复旦大学文史研究院、越南汉喃研究院编:《越南汉文燕行文献集成(越南所藏编)》第25册,复旦大学出版社2010年版,第196页。

③ 同上书,第64页。

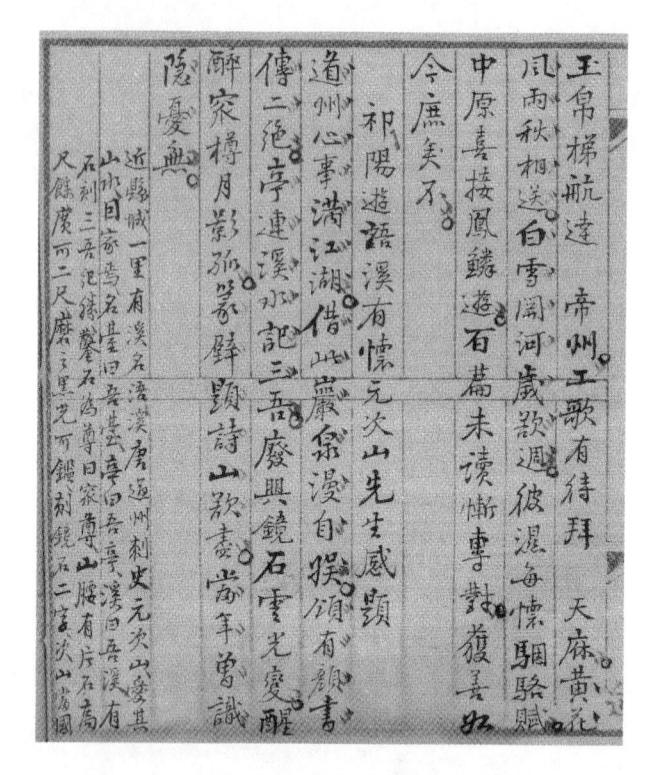

图十三　裴文禩诗抄本

文禩奉命"等字，整理者定为裴文禩等编绘。其图晚于《燕台婴语》，可能为裴文禩描摹并使用，未必为其首创。

裴文禩另有《永州偶题二绝》和《和湖南短送盛锡吾观察浯溪观磨崖碑次黄山谷韵之作依元韵》等诗。《永州偶题二绝》包括《潇湘合流处》一首、《怀柳子厚先生》一首。盛庆绂，字锡吾，江西永新人，时任湖南护贡官。

《万里行吟》一书为抄本，行书，内容与目录不符，偶有他人所作评语（此诗抄本首联、颔联、尾联句皆加密圈）。正文卷首署"珠江逊庵裴文禩殷年草"，是否作者亲笔整理不确定，由其为行书而笔法娴熟、气度沉稳而言，当非抄胥所为，似是作者稿本。而作者娴于书法亦与杨翰书石有关。杨翰字海琴，别号息柯居士，咸丰八年（1858）至同治三年（1864）任永州知府，后任湖南辰沅永靖道，罢官后定居浯溪，筑息柯别墅。光绪二年（1876）杨翰年六十五，在浯溪。杨翰为清代著名书家，风格与何绍基相近。

裴文禩生平，见其与清人杨恩寿合刻《雉舟酬唱集》书首小传，云："裴文禩：字殷年，号珠江，越南河内里仁府金榜县人，乙卯科举人，乙丑科进士副榜，礼部右侍郎，办内阁事务，充丁丑贡部正使。"[①] 燕行著作有《万里行吟》《燕槎吟草》《中州酬应集》《雉舟酬唱集》和《燕轺万里集》。

诗为裴文禩去程途中所作，时当光绪二年（1876）岁末之十二月。浯溪二首均有盛锡吾唱和见存，见《中州酬应集》[②]。裴文禩光绪三年（1877）冬回程至永州，又有《重游浯溪》一首，惜《万里行吟》非完本，有目无文。

余 论

以上五首之外，桂多荪《浯溪志》又载遗失活碑诗刻一首，并云："此诗系活碑，原置石门，不知何年遗失，作者系咸丰间野鸟使者，名已佚。1982 年 11 月 30 日，纂者陪老友刘克游浯溪，谈及此诗，我已忘却，他犹能记诵，当即录出，以实此志。"[③]

其诗云：

> 信步闲游浅水边，江山如画景悠然。
> 两三野鸟烟波外，六七人家柳岸前。
> 红日落残钩挂月，白云行尽镜磨天。
> 安南万里朝中国，暂借唐亭一夜眠。

此外，《越南汉文燕行文献集成（越南所藏编）》中保留有关浯溪、永州、潇湘、九疑山、濂溪祠、柳子厚遗迹等纪咏诗甚多，如第 3 册黎贵

---

① 复旦大学文史研究院、越南汉喃研究院编：《越南汉文燕行文献集成（越南所藏编）》第 22 册，复旦大学出版社 2010 年版，第 201 页。
② 同上书，第 22、14、8 页。
③ 桂多荪：《浯溪志》，湖南人民出版社 2004 年版，第 567 页。

惇《桂堂诗汇选》有《潇湘百咏》绝句一百首,第10册潘辉注《华轺吟录》有《永州沵泛绝句》十首并序、《潇湘八景咏》十六首并序,等等,均为湖湘本土文学研究之最珍贵者。其中如佚名《使程诗集》记载于永州所作《别赠》诗有句:"远介梯航恪奉珍,北南还是一家亲。"[①] 揭示当日中越文化交流主旨,尤为点睛之笔。

---

① 复旦大学文史研究院、越南汉喃研究院编:《越南汉文燕行文献集成(越南所藏编)》第8册,第39页。

丁愚潭四诗之儒贤意蕴

愚潭先生于理学，以《四七辨证》贡献最大，由此知名。其诗咏作品，传世甚少。学者迄今鲜有论述。那么愚潭之于诗学，其才情如何，即成疑问。自宋周濂溪至朱晦庵以来，理学诸儒多能吟咏，故有"濂洛风雅"一派。愚潭之诗与其理学著作，究竟具有何种关联，亦成疑问。愚潭终身不仕，儒书之外，又谙熟佛典与仙道，又性好游观，凡此种种，就外表而言，则似介于儒学与佛、道之间，那么愚潭先生之立身，究竟为儒家抑为佛道，亦颇有探讨价值。其一生学养所归，是否醇儒，仍须辨明。

缘　起

笔者目前任职的学院，位于湖南永州，地处潇湘之会。唐代中期，柳宗元贬官此地，为永州司马，卜居古城外湘水西岸一条支流冉溪的山畔。柳氏将冉溪更名为"愚溪"，又将愚溪沿途的幽邃景致分别命名为愚丘、愚泉、愚沟、愚池、愚堂、愚亭、愚岛，总称"八愚"。柳氏所作《八愚诗》久佚，但《诗序》保留至今。序云：

> 余以愚触罪，谪潇水上，爱是溪，入二三里，得其尤绝者家焉……故更之为愚溪。愚溪之上，买小丘为愚丘。自愚丘东北行六十步，得泉焉，又买居之，为愚泉。愚泉凡六穴，皆出山下平地，盖上出也。合流屈曲而南，为愚沟。遂负土累石，塞其隘为愚池。愚池之东为愚堂。其南为愚亭。池之中为愚岛。嘉木异石错置，皆山水之奇者，以余故，咸以愚辱焉。

"愚"字解为戆也,暗也,蒙也,昧也,蠢也,钝也,悫也,滞也,固也,蔽也,冥也。《荀子·修身篇》曰:"非是是非之谓愚。""愚"字既为贬义,古人名号,未有乐于以"愚"为称者,有之,皆自嘲之意。

柳宗元在《八愚诗序》中,引用了孔子的话,宁武子"邦无道则愚",颜子"终日不违如愚"。他还引用了愚公的故事。

子曰:"宁武子,邦有道则知,邦无道则愚。其知可及也,其愚不可及也。"(《论语·公冶长》)

子曰:"吾与回言终日,不违,如愚。退而省其私,亦足以发,回也不愚。"(《论语·为政》)

刘向:齐桓公出猎,逐鹿而走,入山谷之中,见一老公,而问之曰:"是为何谷?"对曰:"为愚公之谷。"桓公曰:"何故?"曰:"以臣名之。"(《说苑·政理》)

丁时翰先生卒后,门人私谥为"愚潭先生"。其《年谱》[①]云:"丁亥,先生八十三岁。考终于法泉草堂。门人相谓曰:昔张横渠卒,门人议欲私谥,而伯程子、司马公以为不可,遂以所居横渠为号。又若程叔子之称伊川,亦门人语也。今愚潭精舍,即先生所尝宴息之地也,以此称先生可乎!"因为先生生前,喜在愚潭居住,这一处潭水何以会称为"愚潭"?猜想大概不是自古以来当地百姓的称谓,应该是丁时翰将它命名为"愚潭"的。在唐代,柳宗元是一位非常聪颖的文人,"古文运动"的领袖人物,有"唐宋八大家"的称号,与韩愈齐名,二人并称"韩柳"。他所说的"八愚",实际上不是愚,只是不合世俗而已。

在韩国,丁时翰先生以理学精粹而自信,然而却以其世禄之家的身份,格于凡俗,终身不仕。门人赵沇的《叙述》中云:"先生尝言:'吾少也志意狂愚,作人直欲学孔子,作字直欲如羲之,而下此则皆不愿。至老勤苦,不敢懈弛。而实行实见,不及于凡人。大字小字,不适于日用。'"他的不仕,更加成就了他学问的精湛,那么他喜爱愚潭,世人因

[①] 丁愚潭之《年谱》,有刻本与抄本之别,若文中仅称《年谱》,则指刻本与抄本内容一致,不作区分;若内容不同,则会注明刻本《年谱》或抄本《年谱》。

之尊称为"愚潭先生",是否和唐代永州的柳宗元有着相同的意趣呢!

另外,现在永州的行政区划,包括了宋代的道州在内,目前称为道县。道州是濂溪先生周敦颐的故里。那里有一条濂溪,从楼田村发源,流入潇水,再汇入湘水。愚潭先生学承程朱,在他的文章中,多次提及《太极图说》,特别是反复说到《近思录》。《近思录》是朱子汇编的"北宋五子"语录,卷一《道体》开篇即收录了濂溪先生《太极图说》的全文。那么此次,不才从濂溪故里而来,借助学术会议的机会,得以瞻拜韩国先贤的故里,览读他的遗文,确有不同寻常的感觉。

一 传记

丁时翰(1625—1707),学者尊称愚潭先生,朝鲜中期著名学者,实为孔教中之醇儒、贤人。著作以《四七辨证》《六条万言疏》《壬午锋》《管窥录》《谩录》等,闻名于时。

愚潭先生为罗州押海丁氏族裔。始祖丁允宗,仕至检校大将军。曾祖丁胤福,仕至大司宪,赠领议政。祖丁好宽,仕至司成,赠吏曹参判。父丁彦璜,字仲徽,历官同副承旨,兵刑曹参议等,终江原道观察使。愚潭先生《先考通政大夫江原道观察使府君墓碑》自称:"世以孝义睦姻训于家,清名厚德,著闻当世。"

愚潭先生以世家子弟,遭时多艰,终身不仕,侍奉双亲,且耕且读,偶作儒者山水之游。较之程朱诸贤,周子以荫举出身,二程皆绝科举,朱子在朝中前后不足数十日,愚潭先生殆亦重在理学与躬行,所谓儒家贤人之流。

此由《年谱》可见梗概。《年谱》略云:

乙丑年(明章宗天启五年、朝鲜仁祖大王三年,1625),愚潭先生出生于汉城之会贤洞外第。

五岁,随父在龙仁墓,已知敬谨。

十岁,从父受《韩诗》。

十四岁结婚,而颇折节读书,慎择交游。

十五岁,读小学,早夜攻苦,始有专心学问之志。

二十岁,随父在仁川任所,读《中庸》。独处一室,闭户苦读,殆忘寝食。

二十四岁，随父在淮阳任所，游金刚山，徜徉吟弄而归，自此便有历览域内山川之意。

二十五岁，虽父在安东任所。冬，其父罢归，寓居原州法泉村，愚潭先生侍奉其父，终身不仕。

二十六岁，中生员试二等。笃志圣贤之书。将《论语》一部，往来山寺，不限遍数，读至十余年。又以《近思录》《心经》《朱子书节要》等，诵读再三，沈潜反复。盖有日新又新，不能自已者。而专务韬晦，惟恐人知，故世之称之者，特以至孝目之，而不知其皆自学问中出来。

三十二岁，随父在江原道。秋，父罢归，寓法泉。

三十三岁，从父命赴谒圣试。后即禀父命废举，不欲暂离亲侧，昼夜侍侧，起居扶护，药饵供进，皆身亲为之，衣不解带者十五年如一日。

三十五岁，营新谷别业。每检农之暇，赏玩泉石，穷源而返，若有豁然自得者。

三十六岁，长子道元、仲子道谦连中进士，声誉藉甚。不幸至三十八岁，长子道元丧。三十九岁，又遭仲子道谦之丧。

四十岁，荫补义禁府都事，不就。秋，筑愚潭精舍，以为藏修之所。

四十三岁，随父居原州府内。次年还法泉第。

四十四岁，除典设司别检，不就。

四十七岁，筑养真堂。

四十八岁，父卒。愚潭先生哭擗之中，躬执殡敛。朔望展谒，风雨不废。朝夕上山，哀号不辍。

五十岁，侍母益谨，凡百使令，皆身亲为之。余力读书，昼夜不辍。

五十一岁，肃宗大王元年七月，除贞陵参奉，不就。

五十三岁，正月，除司瓮院主簿，不就。四月，拜工曹佐郎。不就。六月，除真宝县监，不赴。

五十四岁，新构别舍于清时野，奉母移居。

五十八岁，十二月，拜工曹佐郎，不就。以世禄之裔，不失荫仕之名。自是凡辞疏具衔，只以"前工曹佐郎"书之。

五十九岁，构法泉别舍，奉母便养。寝处书"敬义斋"三大字。六月，母卒。愚潭先生逐日上山号哭，风雨寒暑，未尝或废。

六十一岁，八月服阕，有周览山川之意。

六十二岁，拜司宪府持平，不就。游俗离山，转游智异山。

六十五岁，十一月，承召命，上疏辞。

六十六岁，五月，拜世子侍讲院进善，上疏辞。六月，有旨促召，上疏辞。七月，又上疏辞。十月，上《六条万言疏》。

六十七岁，有诏削夺官职。

六十八岁，十月，复拜世子侍讲院进善，上疏辞。

七十岁，正月，移拜司宪府执义，上疏辞。十二月，拜成均馆司业，上疏辞。

七十一岁，十二月，复拜司宪府执义，上疏辞。不允。

七十二岁，七月，著《四七辨证》。先生一生学问，以朱子、退溪为准的。其于理气之辨性情之原，盖有真知实得者。故常以为朱子后承嫡传而见道体者，惟退溪先生一人而已。不幸甲乙互争，有似是而惑其真者。遂取栗谷长书，逐条论辨，名曰《四七辨证》。

七十八岁，闰六月，论著平日所见，得凡六条，以遗子孙，谓之《壬午录》。

七十九岁，修易安斋，整理书册。

八十岁，正月，进资通政大夫，送西拜折冲将军龙骧卫副护军。此为朝廷优老升资通例。此后先生手书自称"通政大夫丁公"。十月，拜佥知中枢府事，兵曹例送禄牌，辞不受。

八十二岁，作《自警文》。理与李栻往复书札及《壬午录》等，书之一册，名曰《管窥录》。

八十三岁，正月己未，终于法泉草堂。门人私谥"愚潭先生"。

二　四诗

《愚潭先生文集》，刻本十二卷，抄本十三卷。其中刻本卷一，收录诗作四篇，拜读之后，觉得情致充盈，古韵朴茂，清雅可喜。能于率意言咏之中，寄寓儒者之心。

《愚潭先生文集》卷一《诗》：

新谷松林口占

天即是心心即道，道无微显一天人。
知尊这个身心的，镜里天光自在新。

法泉精舍偶吟

茅斋睡觉整冠裾，风度疏松月荫阶。
三十七年和醉梦，惺惺今夜闻晨鸡。

俗离山道中

一入云山世念空，拟将笙鹤御泠风。
尘缘未了寻归路，石室回看万迭中。

挽韩仲澄埊

荣辱人间一梦虚，暮年身世寄江居。
名传丘壑谁争右，道叶幽贞独保初。
已识诸郎同谢玉，伫看余庆在于间。
新阡未得攀行绋，欲写哀词泪湿裾。

抄本《愚潭先生文集》无第四首《挽韩仲澄埊》，刻本有之。推测当在刊刻之前自韩氏原函中搜集补入。

愚潭先生生平所作诗，特别是往来酬酢，可能尚多，但保留下来的只此四首，所以弥足珍贵。

另外，在《愚潭先生文集》卷九《漫录》中，记载有梦中所得的诗句："昨梦月夜间曰：'我心照月，月照我心。'心欤？月欤？"虽然不算正式篇章，但文字更见性情，性质更为特殊。

刻本《年谱》注云："辛丑，先生三十七岁，有偶吟一绝……先生平生不喜作诗，而因有所省觉，发于言志者如此。先生常言，其诗虽似有所见，而后来思之，皆流于空眇虚荡之域。惟能知其如此，而反求圣贤之书，体验于人伦日用，故不至大段走作，渐就平实。"

抄本《年谱》注亦云："先生平生不喜作诗，而因有所觉，再次形之于诗上，此即子厚'闻骡鸣'之一般意思。"

抄本附录赵宇鸣《行状》云："先生未尝留意于诗律，而或因其自得，发之吟咏，襟怀气象可见。而后来先生乃言，其时偶吟，虽似有见处，未免流入于空妙虚荡之域，故反求于日用事物之间，不至于大段走作，渐就平实。"

抄本李家源《行状》亦云："先生……平日不喜作诗，而体验于人伦日用，渐就平实，不流于空眇虚荡之域也。"

今观四诗，意境、韵律俱佳，可知愚潭先生不喜作诗，不是因为不能作，而是因为不愿作，不愿以诗文知名。据《年谱》，愚潭先生十岁已从父受读韩文公（韩愈）诗。《年谱》中又称道愚潭先生之孝，有"专务韬晦"之语，谓先生"笃志圣贤之书……而专务韬晦，惟恐人知。故世之称之者，特以至孝目之，而不知其皆自学问中出来也。"愚潭先生之于诗艺，殆亦如此。

三 解题

第一首《新谷松林口占》

新谷：地名。

松林：实际所有的树林。

口占：谓当时行步，随口作出，不凭笔墨。

刻本《年谱》注云："己亥，先生三十五岁。营新谷别业。新谷在郡北，距法泉七十里。山野闲旷，林壑幽邃。先生每检农之暇，赏玩泉石，穷源而返，若有豁然自得者。仍赋一绝，见《文集》。"

抄本《年谱》注并有"其风雩咏归气象可见矣"之语。

"郡北"，郡谓原州。

第二首《法泉精舍偶吟》

法泉：地名，在原州。法泉住所由愚潭先生之父丁彦璜（仲徽）先生始建于己丑年，当时愚潭先生二十五岁。此后即成为愚潭先生新的乡籍。

愚潭先生《先考通政大夫江原道观察使府君墓碑》云："己丑冬，罢归。府君早有退休之志，至是卜居于原州法泉里，教子孙诗书，俾婢仆治农，以为终老计。……壬子五月二十七日，考终于法泉精舍，享年七十六。"

门人赵宇鸣《言行闻见录》云："当先公退休。先生奉两亲居于法泉。即是先生外乡也。"

门人赵沆《叙述》云:"先生生长京华,惟事书册,而及来法泉,务兹稼穑。"

刻本《年谱》:"己丑,先生二十五岁。陪往观察公安东任所。……冬。寓居原州之法泉村。"注云:"先生先世世居汉城之□洞。观察公自安东罢归,寓居法泉,先生奉侍而往。"

抄本《年谱》且云:"先生生于世禄之家,长于京洛之中,而性不喜纷华之习,早有意山泽之间。家内僮仆,至以'渔'、'樵'命名。……营构幽居,极其精致。京第花石排列,庭除穿开一亩方塘,盛植芙蕖。手结网罟,躬检稼穑……花朝月夕,弹琴吹箫。"

此后,愚潭先生偶有外出,但至晚年,仍终老于法泉。

壬午七月二十九日,愚潭先生有《书李敬叔论辨后》一篇,自署"法泉老人"。

刻本《年谱》又曰:

> 丙申,先生三十二岁。春。寓春川府。……秋。观察公罢归,撤寓还法泉。
>
> 甲辰,先生四十岁。秋,筑愚潭精舍。距家数里许有愚潭,潭上山麓陡起,宅旷而势绝。先生爱其胜,始构精舍,以为藏修之所。
>
> 戊申,先生四十四岁。春,除典设司别检,不就。七月,奉观察公还法泉第。
>
> 戊午,先生五十四岁。新构别舍于清时野,奉母夫人移居,距法泉数里。
>
> 癸亥,先生五十九岁。……构法泉别舍。自清时野还,构别舍。为母夫人便养之所。

李栻《墓志铭》曰:"至丁亥春正月乙未,考终于原州之法泉庄,享年八十有三。墓在州之贤溪山善道洞枕甲之原,学者称愚潭先生。潭距庄数里而近,即先生所尝宴息之地也。"

精舍:谓读书、幽居之所。《后汉书·党锢传》:"刘淑少学明《五经》,遂隐居,立精舍,讲授,诸生常数百人。"宋吴曾《能改斋漫录》:

"古之儒者，教授生徒，其所居皆谓之精舍。"

愚潭先生在法泉所居，始建于己丑年。至甲辰年，筑"愚潭精舍"。癸亥年，新建"法泉别舍"。其后又有"易安斋""法泉草堂"之称。而诗题所云"法泉精舍"，当指法泉始建之旧居。

抄本附录赵宇鸣《行状》云："营新谷别业……山野闲旷，林壑幽邃。先生每往检农事，即赏玩泉石，徜徉于松林间，尝吟成'天即是心心即道，道无微显一天人。知尊这个身心的，镜里天光自在新'之语。"又云："先生益致力于格致上，俯读仰思，或至达夜，尝因困倦，倚枕少睡，睡罢开户，月到天心，松影在庭，赋一绝'茅斋睡觉整冠裾，风度疏松月荫阶。三十七年和醉梦，惺惺今夜闻晨鸡'。"

其所论甚好，惟举二诗似倒。徜徉于松林间，所吟当是第二首"茅斋睡觉整冠裾，风度疏松月荫阶"之诗。睡罢开户，月到天心，所吟当是第一首"天即是心心即道，道无微显一天人"。

抄本李家源《行状》亦云："辛丑有偶吟一绝曰：'茅斋睡觉整冠裾，风度疏松月荫阶。三十七年和醉梦，惺惺今夜闻晨鸡。'盖惺惺悟道语也。先是，先生将《论语》读至十余年，又以《心经》、《近思录》、《朱子书节要》沈潜反复，能至此境也。"

第三首《俗离山道中》

俗离山：山名。今为俗离山国立公园。由俗离山和华阳、仙游、双谷三个溪谷组成。位于从太白山脉向西南方延伸的小白山脉中部，系忠清北道报恩郡、槐山郡、庆尚北道尚州郡的界山，海拔1057米。九座山峰逶迤相连。俗离山为韩国八景之一，古刹法住寺倚山而建。俗离山国立公园是韩国秋色最浓的著名观光景点之一，景色脱俗犹若远离凡世，故名"俗离"。

愚潭先生后曾到俗离山重游。《年谱》又云："丙寅，先生六十二岁。三月，游俗离山。四月，到尚州谒道南书院，转游智异山。冬，复入俗离山，留上狮子庵过岁。"

第四首《挽韩仲澄埏》

韩仲澄名埏，又名漫埏，字仲澄。曾任户曹参判，又任执义。执义，司宪府官名，《愚潭先生文集》中有《辞执义疏》四通。

《清州韩氏文靖公派谱·孝行录》记载："韩埏，执义，以孝登大臣荐。"

《韩氏世谱·学行篇（朝鲜朝）》又载：韩埏敦勉于学，有志操，性恬退,侍丧事尽孝,晚年隐居,题居处为"退忧堂"。

其兄韩墅,曾任金正。

洪宇远《南坡先生文集》有寄答韩仲澄诗、书共十八封。洪宇远,字君征,号南坡,有《南坡先生文集》。其兄洪宇定,有《杜谷先生文集》。

四 编次

第一首:《新谷松林口占》作于己亥年,愚潭先生三十五岁。

第一首,刻本《年谱》注云:"己亥,先生三十五岁。营新谷别业……仍赋一绝,见《文集》。"

抄本《年谱》则注:"先生往来检农之暇,每赏玩泉石,穷源而返,以至数年一日。松林中独来独去,心中若有豁然自得者,仍赋诗曰:'天即是心心即道,道无微显一天人。知尊这个身心的,镜里天光自在新。'"书眉有批语云:"'曰'字以下删无妨。"

"曰"字以下,谓原诗。今刻本《年谱》注果不见原诗,可知抄本在前,刻本在后,刻本据抄本改定。

第二首:《法泉精舍偶吟》作于辛丑年,愚潭先生三十七岁。

诗文称"三十七年和醉梦",可知当时愚潭先生三十七岁,是为辛丑年。

刻本、抄本《年谱》并云:"辛丑,先生三十七岁。有偶吟一绝,曰:'茅斋睡觉整冠裾,风度疏松月荫阶。三十七年和醉梦,惺惺今夜闻晨鸡。'"

第三首:《俗离山道中》作于丙辰年,愚潭先生五十二岁。

刻本《年谱》云:"丙辰,先生五十二岁。四月,浴延丰温井,转游俗离山。"注:"出山有诗。"

抄本《年谱》云:"转入俗离山中梨花窟,玩赏而还。"注:"出山有诗曰……"眉批:"'曰'字下删。"

可知此诗作于此年。

第四首:《挽韩仲澄埀》作于戊辰年,愚潭先生六十四岁。

挽韩埀,当作于挽韩埀卒时。韩埀生于1619年,卒于1688年。《年谱》戊辰年不载韩仲澄事,由韩氏卒年推算,当是戊辰年,愚潭先生时年六十四岁。愚潭先生比韩垕小六岁,享年比韩垕多近二十岁。

可知《愚潭先生文集》原编,已依照时间早晚先后编年。而愚潭先生一生心迹,亦可由此概见大体。

五　释义

《新谷松林口占》第一:承接程朱义理与濂洛风雅的理学诗

这首理学诗,义理、情致俱佳,步程朱之后尘,可谓极好的作品。

在中国宋代,有金履祥编辑周子以下至王柏、王侣共四十八人之诗,为《濂洛风雅》六卷。至清初,又有张伯行编辑周子等十七人之诗,为《濂洛风雅》九卷。清胡凤丹重刊序盛赞金氏所编诗篇曰:"仁山先生所辑濂洛诸子诗,率皆天籁自鸣,出入风雅,无一不根于仁义,发于道德。"清戴锜重刊序亦盛赞其作用优长云:"每读遗篇,见其中有韵语,可以正人心,可以敦风俗,可以考古论世者,撮而录之,使人洗心涤虑。非劝则惩,扶道之功力大也。"

古人曰,《诗经》有六义:风、雅、颂、赋、比、兴。又曰:"诗言志,歌永言。"(《尚书·尧典》)此言能用比兴,咏其心志,发而为诗。

愚潭先生此诗,以明镜为比,以天光为兴,而歌咏身心之自在。又以道心、显微、天人为一体,以此义理,发为文思。朱子云:"大意主乎学问以明理,则自然发为好文章,诗亦然。"(《朱子全书》卷六五)愚潭先生此首,足以当之。

首二句:"天即是心心即道,道无微显一天人。"道心、显微、天人,皆为理学家常语,但愚潭先生言之,自有深蕴,所谓"四七辨证"是也。

"四端"之说源于《孟子》,指仁、义、礼、智。"七情"之说源于《乐记》,指喜、怒、哀、惧、爱、恶、欲。朱子云:"四端是理之发,七情是气之发。"四端七情关系论曾在朝鲜儒学史上引起很大的争论,愚潭先生撰写了《四七辨证》,依据朱子之说,支持李退溪,批评李栗谷。

愚潭《四七辨证》曰:"夫人之性,有仁义礼智信五者而已。五者之外,无他性。情有喜怒哀惧爱恶欲七者而已。七者之外,无他情。……今栗谷乃以为四端就七情中择其善一边而言,固不如人心道心之相对说下云云。夫人心之于七情，道心之于四端，虽其命名之义有些不同，而道心固无别为流行于形气之外者。……天地之化，吾心之用，本无二致。"

刻本《年谱》："丙子，先生七十二岁。七月，《四七辨证》成。先生一生学问，以朱子、退溪为准的。其于理气之辨性情之原，盖有真知实得者。故常以为朱子后承嫡传而见道体者，惟退溪先生一人而已。不幸甲乙互争，有似是而惑其真者。遂取栗谷长书，逐条论辨，名曰《四七辨证》。其一字一义之未安者，不住修改，以至终身。"

道心、显微、天人，皆相对。虽相对，而其理则一。其理一，而其义只可相对而解喻。此所谓"理一万殊""万殊一理"。

故愚潭先生为"四七之辨"，往往以道心、显微、天人相对为解喻。其《答李翼升别纸》云："以人心、道心对举分言之时，则人心自是人心，道心自是道心，不可夹杂为言。……人心、道心、七情、四端命名之义，有些不同云者……四端道心，七情人心。"

微显：谓理与象，即道与器。其《答李敬叔》云："程子曰：'体用一源，显微无间。'"程子语见《程氏易传序》："至微者，理也；至著者，象也。体用一原，显微无间。"

愚潭又言"隐显"。《愚潭先生文集》卷五《答李敬叔》："所谓大小隐显体用之语。命意措辞，广大深奥。"《年谱》亦载："庚辰，先生七十六岁。答李栻书，论大小隐显体用之非。"

《易经·系辞下传》："夫《易》彰往而察来，而微显阐幽。开而当名，辨物正言，断辞则备矣。"《礼记·中庸》："莫见乎隐，莫显乎微，故君子慎其独也。"

一天人：谓天人一体。《愚潭先生文集》卷四《答李敬叔》："朱子曰：'天地万物，本吾一体。'又曰：'人者天地之心。'"卷三《与李翼升玄逸（辛巳）》："其分殊而其理则一，此所以天地万物本吾一体，而万物之理，莫不毕具于一人之心者也。"

知尊这个：谓循理。尊，同"遵"，循也。"这个"，谓理一万殊之义。

身心的："的"，谓充实、浃洽。《说文解字》："的，明也。从日从勺。"《玉篇》："的，明见也。"

《愚潭先生文集》卷五《与李敬叔》云："天地变化，其心孔仁。成之在人，人者天地之心也。"

愚潭先生既引朱子"人者天地之心"一语，又引张子诸人之言。《答李敬叔》曰："横渠曰：'心统性情。'西山曰：'心者性情之统名，而朱子以为旨言。'康节曰：'心为太极。'明道曰：'天地之常以其心普万物而无心。'"

儒家仁者其心如此，故有身心之浃洽，犹之孟子所谓"充实"也。

李栻《墓志铭》曰："（先生）又自言曰：'近日渐觉正理了然于心目之间，终日端坐，则天心有所承载而此心安焉。'又曰：'有时左右逢原，中心自然悦豫。'不知独处之为孤痛痒之为苦也。"

故愚潭先生尝论邵子之诗不能充实浃洽，《愚潭先生文集》卷九《谩录》云："邵子诗云：'弄丸余暇，闲往闲来。'其下自注：'丸谓太极。'夫太极岂可弄之物！而所谓太极，人当体之身心，无时不在，又岂有弄之之余暇！惟其不能据为己物，故在旁玩弄，而未免有余暇。此邵子之不及程、张处。"

又愚潭先生所居之室，名为"易安"。愚潭先生《自警》一篇，署款云"书于原州法泉之易安斋"。门人赵宇鸣《后录》又曰："所居易安斋，草屋数间也。房壁两隅，设册架，积千余卷书籍。恒兀坐其中，案上开数卷性理书，披玩咀嚼，有时高声读，间或以水笔写黑册百余字，日以为常。"门下生金台润《挽词》云："山高高而水长兮，一茅斋之易安。"李泰龟《挽词》云："一铢轩冕知难进，三亩田园审易安。"

"易安"亦即"身心的"也。

镜里天光：镜喻圣人之心。《愚潭先生文集》卷四《答李翼升》曰："盖先儒比心于镜。格物，犹磨镜而求照于物也。物格，犹磨镜之至，物来自照于镜也。"卷九《谩录》又曰："圣人无所知，无所不知。无所知时，则与赤子之心同。无所不知时，则以其有感必应。譬如明镜，只澹然炯然，初无一物之留著其中。及其外物来触，则各随其妍媸善恶而照之，无毫发之遁形。"

按"先儒"谓程子。《河南程氏遗书》卷一八："圣人之心，如镜，如止水。"又曰："圣人之心本无怒也。譬如明镜，好物来时，便见是好，恶物来时，便见是恶，镜何尝有好恶也？"（又见《近思录》卷五《克己》第二十七条所引）

愚潭又称人心虚明，亦以镜为喻。《谩录》云："敬中自然有虚明之体，可以应物不差。不然，只是死底敬。虽然，非敬，又无缘得个虚明气象。""虚明"一语亦承自程朱。《河南程氏遗书》卷一八："譬如悬镜于此，有物必照，非镜往照物，亦非物来入镜也。大抵人心虚明，善则必先知之，不善必先知之。有所感必有所应，自然之理也。"《朱子语类》卷五："心之全体湛然虚明，万理具足，无一毫私欲之间；其流行该遍，贯乎动静，而妙用又无不在焉。"

自在：释教有此语。此处为儒家之言，谓心性本然而从容贴切。程朱尝言之。《河南程氏遗书》卷一八："且如性，何须待有物方指为性？性自在也。"《朱子语类》卷五："性不是卓然一物可见者，只是穷理、格物，性自在其中。"

卷五《答李敬叔》论《退溪先生文集》四十卷十板《答乔侄问目》，曰："则物物之中，莫不有天然自在之性者。"

"自在新"之"新"，非普通新旧之新，乃《大学》"苟日新，日日新，又日新"之新。

《愚潭先生文集》卷九《谩录》曰："圣贤莫有苟且做工夫，工夫只在其日其时当刻之内。学者须于当刻内体念用工，俾无一毫差失于其间，过了当刻，以至过了其时过了其日，然后又于明日当刻用工。无刻不然，则日知其所亡，月无忘其所能，而有日新之效。"《愚潭先生文集》卷五《答族弟子雨时润》曰："苟日新，日日新，又日新。……终始惟一，时乃日新。又曰：'苟日新'一句，是为学入头处。而今为学，且要理会苟字。苟能日新如此，则下面两句工夫，方能接续做去。而今学者只管要日新，却不去'苟'字上面著工夫。'苟日新'，苟者，诚也。要紧在此一字。"

按朱子亦有如是之语。《朱子语类》卷一六："'苟日新'一句是为学入头处。而今为学，且要理会'苟'字。苟能日新如此，则下面两句工夫方能接续做去。而今学者只管要日新，却不去'苟'字上面著工夫。'苟日新'，苟者，诚也。"

李栻《墓志铭》谓愚潭先生一生工夫，正在"日新不已"。其言曰："用力于《中庸》《论语》《近思录》《朱子节要》等书，读之积有年所。沈潜反复，深造自得，有日新不已者。"门人金道远《祭文》亦称愚潭：

"日新又新，八十三化。"

《法泉精舍偶吟》第二：闻鸡警醒与惺惺健进的出仕之心

此诗言儒家工夫，在躬行实践，精进不已，坐而可论，起而可行。惺惺、晨鸡二语，尤见儒家"修身、齐家、治国、平天下"之道，故可视为愚潭先生明志之作。

茅斋：谓清贫。按清贫为儒家所有事，《礼记·儒行》："儒有一亩之宫，环堵之室，筚门圭窬，蓬户瓮牖，易衣而出，并日而食。"

睡觉："觉"读为"觉醒""觉悟"之觉。

惺惺：又作"常惺惺"，释教有此语，此处为儒家之言，谓学者之修养工夫，内心当常警省也。《朱子语类》卷一七曰："或问：'谢氏常惺惺之说，佛氏亦有此语。'曰：'其唤醒此心则同，而其为道则异。吾儒唤醒此心，欲他照管许多道理；佛氏则空唤醒在此，无所作为，其异处在此。'"

前言"睡觉"，故此言"惺惺"。《朱子语类》卷一二："但常常提警，教身入规矩内，则此心不放逸，而炯然在矣。心既常惺惺，又以规矩绳检之，此内外交相养之道也。"卷一七又曰："惺惺，乃心不昏昧之谓，只此便是敬。"卷五九解《孟子》"求放心"又曰："'求放心'，非是心放出去，又讨一个心去求他。如人睡着觉来，睡是他自睡，觉是他自觉，只是要常惺惺。"

《愚潭先生文集》卷二《辞进善兼陈所怀六条疏》："心者一身之主宰，敬者一心之主宰。然则正心之工，不外于敬者，于此亦可见矣。其用力之方，程颐尝以'整齐严肃，主一无适'言之矣，谢良佐尝以'惺惺法'言之矣，朱熹尝以'惟畏近之'为言矣。"

《愚潭先生文集》卷四《答李敬叔》："愚意以为，性中只有个'仁义礼智'四者而已。敬而惺惺，则性之体段了然湛然，寂然不动。当此之时，不可以一毫名义参入其中，故直曰'敬以直内'。及其感通，泛应曲当，曰'义以方外'。"

刻本《年谱》亦云："辛丑，先生三十七岁。先生平生不喜作诗，而因有所省觉，发于言志者如此。先生常言其时虽似有所见，而后来思之，皆流于空眇虚荡之域。惟能知其如此，而反求圣贤之书，体验于人伦日用，故不至大段走作，渐就平实。盖人之无所见已矣，稍有一斑之见，鲜不误入。有所见而不误入，然后可以言学矣。"

整冠裾：整，谓整齐、庄肃。冠裾，谓容貌，亦谓仪态，言当庄肃也。古人在祭、在朝，皆整冠裾。唐韩愈《从潮州量移袁州，张韶州端公以诗相贺，因酬之》诗："暂欲系船韶石下，上宾虞舜整冠裾。"

茅斋、疏松云云，明是乡里村居，躬耕在野，所谓无政事、无言责也。不在朝而日日整齐其冠裾，惟儒者能之。《礼记·儒行》："儒有衣冠中，动作慎。其大让如慢，小让如伪；大则如威，小则如愧。其难进而易退也。粥粥若无能也。其容貌有如此者。"

衣冠容貌不失诚敬，则其学问政事亦在身不废。愚潭先生《自警》云："余自年十六七时，似有慕古向学之意。而赋性柔懦昏弱，未能决志著力。且身有奇疾，中间连遭丧惨，全然放倒。尚赖家庭提诲之力，一念时或醒觉，则未尝不怅然嗟悼。"

按冠裾亦指仪容而言，所谓"风概"也。门人每言愚潭先生风概"气岸"，刻本《年谱》："十一年戊寅，先生十四岁。……先生儿时，气岸卓荦不群。"门人赵沆《叙述》："先生气岸豪放，襟怀旷远。"此由先天，亦缘读书，义理充沛使然。

晨鸡：古人称鸡，有知时、司晨之说。《说文解字》："鸡，知时畜也。"《汉书·五行志》："鸡者，小兽，主司时起居人。"《春秋说题辞》："鸡为积阳，南方之象，火阳精物炎上，故阳出鸡鸣，以类感也。"

《诗经》尝言鸡鸣，以喻君子不改其度。《郑风·风雨》："风雨凄凄，鸡鸣喈喈。……风雨潇潇，鸡鸣胶胶。……风雨如晦，鸡鸣不已。"《诗序》云："《风雨》，思君子也。乱世则思君子，不改其度焉。"郑笺云："喻君子虽居乱世，不变改其节度。"

孟子尝言鸡鸣，以喻君子勤于王事。《孟子·尽心上》："鸡鸣而起，孳孳为善者，舜之徒也。"《孟子·离娄下》又曰："周公思兼三王，以施四事；其有不合者，仰而思之，夜以继日；幸而得之，坐以待旦。"宋孙奭疏合解之曰："鸡鸣而起，坐以守待其旦明而施行之耳。是其急于有行，如恐失之谓也。"朱子集注亦曰："孳孳，勤勉之意。""坐以待旦，急于行也。"

是后学者每以鸡鸣比喻用事。晋孙盛《晋阳秋》曰："（祖）逖与司空刘琨俱以雄豪著名。年二十四，与琨同辟司州主簿，情好绸缪，共被而寝。中夜闻鸡鸣，俱起，曰：'此非恶声也。'每语世事，则中宵起坐，相谓曰：'若四海鼎沸，豪杰共起，吾与足下相避中原耳。'"（又见《晋书·祖逖传》）

故愚潭先生此诗所谓"晨鸡"，实为出仕用事之意。虽其一生未仕，而未尝无拯溺之心也。

愚潭先生一生行迹，以屡辞朝命著称，已见前引《年谱》。先生自署官爵，前后有二。一曰"生员，工曹佐郎"，见《先考通政大夫江原道观察使府君墓碑》；一曰"通政大夫丁公"，见刻本《年谱》。然此均为荫赠资格，非实任，先生一生实未尝仕。故门人赵沆《叙述》曰："沆尝戏言：'先生自是山泽之癯，非富贵之相也。'"

但愚潭先生虽未尝仕，而未尝无出仕之心。

孟子曰："非其君不事，非其民不使，治则进，乱则退，伯夷也。何事非君，何使非民，治亦进，乱亦进，伊尹也。可以仕则仕，可以止则止，可以久则久，可以速则速，孔子也。"（《孟子·公孙丑上》）又曰："得志，泽加于民；不得志，修身见于世。穷则独善其身，达则兼善天下。"（《孟子·尽心上》）

当其可仕则仕，是儒家之时中也；当其不可仕则不仕，亦儒家之时中也。愚潭先生殆即孔子"可以止则止"之俦也。

愚潭先生又精史学及朝廷典故，此皆致用之学。门人赵沆《叙述》："先生于《左传》、《资治纲目》等史，凡帝王之谱系，人物之出处，国祚之修短，灾祥之休咎，莫不贯通而诵说，如指诸掌。""尝言：'《宋朝名臣录》，于学者向上之蹊径，需世之事务，大有所开益，不可不熟看。'"可知愚潭实存积学待用之心。

愚潭先生又曾上万言书及遭削夺官职。《愚潭先生文集》卷二《辞进善兼陈所怀六条疏》曰："殿下临御十六年之间，时事三变，而每于变革之际，必专用一边之人，使屏退者含恨次骨，使得意者恣行报复。夫如是，故朝廷礼让所在，而作一战场，缙绅风化所先，而徒事倾轧。"门人赵沆《叙述》亦载："（先生）尝言：'孔孟之时，姑舍不论。程朱亦大贤也，窜逐禁锢。'"此即愚潭先生身逢之时势。

然愚潭先生虽坚辞不仕，而实未尝忘心于政事。故能上《辞进善兼陈所怀六条疏》，其一曰：正君心；其二曰：严家政；其三曰：养国本；其四曰：正朝廷；其五曰：慎用舍；其六曰：开言路。凡一万余言，后又再三申论。

愚潭自言所上六条疏，取法于李彦迪（晦斋）五条疏，及李滉（退溪、陶翁）所陈十六事。但大程子明道先生亦曾作《论十事札子》，一曰师傅，二曰六官，三曰经界，四曰乡党，五曰贡士，六曰兵役，七曰民食，八曰四民，九曰山泽，十曰分数。其文载在《近思录》卷九《治法》中。孟子所谓"先圣后圣，其揆一也"（《孟子·离娄下》）。

又愚潭先生虽未亲理政务，而能作《四七辨证》，是亦儒家之有为，鸡鸣、待旦之当然。

《愚潭先生文集》卷四《与许太休曙、金士重》曰："昔朱子与陆象山论无极太极之旨，其于鹅湖之会及往复书札无不罄竭底蕴，而象山终未透得此关，与朱子角立，其祸滔天，误人误俗，至今未已。"又曰："朱子论荆公曰：'初岂有邪心？只是不知道而自以为是。'愚亦谓斯人也初亦岂遽有邪心哉？只是禀性偏执，学术颇僻，以至生出无限病痛，自误而误人也。况其推尊扶植之人，承望意旨，挤逐异己，流窜禁锢，不许更立于朝端，而又一任所为。助成党习，使世道大坏，人心波荡。"今观愚潭辞气，殆亦孟子"予岂好辩哉？予不得已也"（《孟子·滕文公下》）之俦也。

《俗离山道中》第三：由泠然御风的道家之游转为吟风弄月的儒家之游

山川游观，古人之常。大略言之，有儒家之游，有道家之游，有释教之游。《论语·雍也》："子曰：知者乐水，仁者乐山。"《论语·先进》："莫春者，春服既成，冠者五六人，童子六七人，浴乎沂，风乎舞雩，咏而归。"《河南程氏遗书》卷三："某自再见茂叔后，吟风弄月以归，有'吾与点也'之意。"此儒家之游。愚潭先生此诗，承古圣贤遗意，亦儒家之游也。

愚潭先生之游，始于金刚山。刻本《年谱》曰："戊子，先生二十四岁。陪往观察公淮阳任所，游金刚山。时观察公移淮阳，先生禀告游金刚，徜徉吟弄而归，自此便有历览域内山川之意。"门人赵沇《叙述》曰："先生再游金刚，鹤发藜杖，飘然世外。而使文生元健载琴携箫，仍遵海而东，遇景淹留，可谓绝世奇游。"

六十一岁以后，父母服阕，愚潭先生更有"优游二十年"之奇举。李栻《墓志铭》曰："又其襟怀清远，气韵豪逸。雅好山水，常有超然独往之意。及居丧三年毕，乃曰：'吾永辞二人，年逾六十，无宁携书游山，求志于寂寞之滨乎？'于是优游二十年，足迹殆遍于湖岭畿关之间。"

门人所载，于"龟潭"尤多。龟潭虽先生所居，然亦意在游观。门人赵宇鸣《言行闻见录》曰："先生雅好山水，遍游诸名山。晚好龟潭奇胜，构一茅屋，以为往来栖息之所。而所居法泉，亦山水乡也。每值风和景明，或一筇逍遥，轻舠容与，可见自得之真乐，而亦非偷闲玩景放浪烟霞之比也。"门人赵沆《叙述》："先生爱龟潭形胜，筑窝往来而逍遥，水石与鱼鸟相狎。士友闻风，亦多从游。"

愚潭先生《寄思慎孙（己未）》自称："今日风气和畅，与冠童十余人泛舟沧潭。岸柳初青，山花欲吐，春水方生，禽鸟飞鸣。沿洄数巡，神气稍爽。"此与孔子、程子遗意，未远也。

世念空：本佛教语，此谓不入凡俗之流。门人李栻《叙述》谓愚潭先生："虽雅好山水，荡涤胸襟，而非有乐乎苦空。虽以时节宣，扶养衰病，而非有慕乎玄虚。不欲上人，而亦不媚世。不欲役礼，而亦不徇俗。"此言得之。

笙鹤：仙家语。汉刘向《列仙传》曰："王子乔者，周灵王太子晋也，好吹笙，作凤鸣。游伊洛之间，道人浮丘公接以上嵩高山。三十余年后，求之于山上，见桓良曰：'告我家，七月七日待我于缑氏山头。'至时，果乘白鹤驻山头，望之不得到，举手谢时人，数日而去。'"

御泠风：典出道家。《庄子·逍遥游》："夫列子御风而行，泠然善也。"唐成玄英疏："姓列，名御寇，郑人也。与郑缪公同时，师于壶丘子林，著书八卷。得风仙之道，乘风游行，泠然轻举，所以称善也。"

愚潭先生谙熟道家典籍。《愚潭先生文集》卷五《答族侄道敏》："谷神不死，是谓玄牝。玄牝之门，是谓天地之根。绵绵若存，用之不勤。"语出《老子》六章。《愚潭先生文集》卷一《辞掌令疏（第二疏，己巳十一月）》："臣闻君臣之义，无所逃于天地之间。"（又见《年谱》己巳先生六十五岁条。）语出《庄子·人间世》。

愚潭先生又谙熟佛典，然其学术归止乃在儒家。《愚潭先生文集》卷九《谩录》又曰："近观仙经，渐觉儒道之至大也。……问：'读《心经》与《论语》孰先?'曰:'《心经》之有力于学,可谓至矣,不可不熟读,而终不若《论语》之尤切。……丹书以先天真一之气……炼丹之道,惟《参同契》最近正,此朱子所以讲解之也。……吾儒之开阔,非如释氏之空见也。'"

门人又载愚潭读书事。

赵宇鸣《言行闻见录》:"先生于书,必期于精通博览。而如《论语》《心经》、朱子书,及吾东《退溪集》等书,积功尤多。"

李栻《叙述》:"经书史传之外,尤从事于《朱书节要》、《心经》、《退溪集》诸书。"

赵沆《叙述》:"又取《心经》、《近思录》读之,如《论语》,而参之以《朱子书节要》及《退溪集》。屈首虚心,耐久理会。……先生少时于日课外,俯读仰思,沈潜玩索者,《论语》、《庸》、《学》,皆二千余遍,《心经》千余遍,《孟子》、《近思录》虽不及此数,而亦口诵而授儿辈。""尝言:'吾少时读《启蒙》、《周易》等书,而未及咀嚼,义理先晓解。于阴阳之消长,象数之乘除,苟加以终始之工,庶几有见得之效。而但恐无益于身心,外驰于术家。故专意于《四书》,而未能卒业于《易》学。是可慨恨也。'""尝言:'吾少时得《朱子书节要》及《退溪集》,熟读耽看,而究得一理,行得一事,必考证于此书,谨守成说。故到今垂死之年,不至于大段外驰。凡诸向学之士,不可不慎于初头所入之路也。'"

朱子尝作《参同契考异》,愚潭引之,以见儒与仙道及释教之别,非是不读其书,乃在宗旨所归也。

尘缘:谓人世。儒家固以人世为重,张采田《史微·原史篇》:"间尝论之,道家明天者也,儒家明人者也。"

未了寻归路:谓必不弃人世也。《论语·微子》:"夫子怃然曰:'鸟兽不可与同群,吾非斯人之徒与而谁与?天下有道,丘不与易也。'"孔安国注:"隐于山林是同群。吾自当与此天下人同群,安能去人从鸟兽居乎?"朱子集注:"言所当与同群者,斯人而已,岂可绝人逃世以为洁哉?"又引范氏曰:"隐者为高,故往而不反。仕者为通,故溺而不止。……此二者皆惑也,是以依乎中庸者为难。惟圣人不废君臣之义,而必以其正,所以或出或处而终不离于道也。"由此而知愚潭先生之游是儒家之游也。

崔道鸣《遗事》曰："(先生)雅有高趣,好佳山水,遍游域中形胜。遇适意处,或徜徉终日,飘然有出尘之想。味淡泊守穷约,若无意当世。而惟其爱君忧国之忧,根于秉彝,屡进封章,时触忌讳而不自止也。"凡此可知愚潭先生乃是儒家贤者登山临水之志,与仙道迥然不同,而前言所谓"笙鹤""御泠风",不过文辞假借而已。门侍生权斗经《挽词》曰:"欺世纷纷几假名,云林真隐有先生。"是真知先生者。

石室:实有其所。又称梨花窟。抄本《年谱》丙辰年注曰:"由温井转往,闻庆阳山寺历见华山龙游洞泉石,遂自俗离山王妃庵,与一僧步寻天王峰下石室,得之,即古相传梨花窟,而僧辈之所未能至焉者也。行无蹊之地二十余里,折木标识。留石室四日,以涧泉淋洗,疮瘢尽消。"

昔陶潜作《桃花源记》,言"桃花源记"及"问津",愚潭先生此诗则言梨花窟及"行无蹊之地"。

《桃花源记》实为渊明寄寓羲皇、三代之心而作。明刘士鏻《文致》引袁宏道曰:"要之,作记者必不至见其事便述一番。或当于心,合于意,借此发挥胸襟,或胸襟忽不觉于此逗漏也。大抵渔人俱不近俗,故托言渔人。'缘溪'一段,行止不拘不碍,懒懒散散,须看他是何等品。'开朗'一段,是说萧野气象即在人间,故悉如外人。独言避秦者,秦之先三代也,明明自负与三代以上人品相接,是即所谓'羲皇上人'之意。不然,汉之后未必尽如暴秦,何云'后无问津者'?若真正有此津,则渔郎棹安能必其无再往之?渔人,明是渔人感激世情日下,而悲悯之也。读其文,想见其人,超超世外,不可一世。"

清冯辰《李塨年谱》载李塨选《陶渊明集》而题辞曰:"渊明生六朝异端盛行之日,士皆放诞成习,无复有留意圣道者矣。渊明诗曰:'羲农去我久,举世少复真。汲汲鲁中叟,弥缝使其淳。'又曰:'耕种有时息,行者无问津。'再曰:'终日驰车走,不见所问津。'全集无一言及于佛老,可不谓志道者与?"

故抄本附录赵宇鸣《行状》亦云:"先生始欲遂游览山川之雅意……数年之间,周行远迩。……杖屦所至,如遇绝胜会心处,必留住数月,尘氛既远,静工益专,沈潜体究,勉循动静之间,自有独觉其进者,故其善好山水出于真乐。"

故知愚潭虽言仙言佛，其心固未尝出于人世，此诗宗旨归于醇儒，殆与陶渊明有同趣也。

回看万迭：愚潭先生喜登高。《愚潭先生文集》卷五《答道晋、道恒儿（丁卯）》曰："十三日霁后，早上最高峰。左右顾瞻，始知造化之无穷，一生奇观，无过于此者。"

"回看万迭"，亦言由高视下之所见，犹之义理充沛，自然有此自信也。

门人赵沆《叙述》载愚潭先生自言："吾于游山，如履户庭之间，无促行之意，故能致远。吾于读书，如闻圣贤之教，无贪多之意，故能持久。"崔道鸣《遗事》曰："先生登台（河赵台）周览，坐语移晷。是日也，天朗气清，俯瞰沧海，浩无际涯。先生喟然叹曰：'海于天地间，为物最巨，旱涝不能为之盈缩者，以其大也。吾心之体，本与天地同其大。'"

《挽韩仲澄迏》第四：以挽悼亡者而明善继善述慈孝之道

这首诗由挽悼同辈而作，而所言为儒家忠正慈孝之义。

按韩氏卒年前后，三四年间，愚潭先生多逢丧祭之事。刻本《年谱》云：丁卯，先生六十三岁。五月……燔观察公志石，先生自制志文。戊辰，先生六十四岁。四月……至陶山焚香展谒，入岩栖轩，玩乐斋，瞻仰遗躅，仍拜先生墓。（陶山谓李滉，创陶山书院。）八月，至青松风树亭，闻庄烈王后丧，哭临于本府客舍。九月……至荣川苦浦，谒先祖大司宪公祠庙。己巳，先生六十五岁。九月……因南向小白山，遍观上下伽佗，缅怀退溪先生遗躅，至草庵留住。庚午，先生六十六岁。正月……夫人柳氏卒。

今见《愚潭先生文集》中，又"祭文"七首，又有墓碑、遗事、行录等文，"慎终追远"之意，可以概见。

又朝鲜孝宗大王，其父仁祖大王曾因拒绝承认清朝，而遭攻陷王京、伏地求和之辱。孝宗为世子，在"丙子虏乱"中，被清军掳到沈阳为质近十年。即位后，延用崇祯年号，筹划北伐。能继父志，故其庙号为"孝宗"，亦见当时风气，以慈孝为致治之本。孝宗大王于己丑年即位，正为愚潭寓居原州侍父之年。

一梦：道家、儒家皆言梦。道家者如《庄子·齐物论》有"梦蝶"。儒家则如《尚经·说命上》所载商汤梦得傅说，"恭默思道，梦帝赉予良弼"，《论语·述而》所载"子曰：'甚矣吾衰也！久矣吾不复梦见周公！'"文人亦言梦，唐沈既济《枕中记》有"黄粱一梦"。

身世：三代本于宗法，儒家主于亲亲，故最重身世。韩垤为愚潭先生同辈中人，此诗名为"挽韩"，而未尝不自伤自咏，诗家之通义也。

愚潭先生虽不仕，而朝廷有"世禄"之称。如刻本《年谱》"庚午年先生六十六岁"条，载肃宗大王批曰："尔以穷经世禄之臣，本非洁身高蹈之士。"又批曰："如非洁身高蹈之士，宁有甘心自废。……是岂平日所望于世禄之臣者耶？""癸酉年先生六十九岁"条载校理朴万鼎榻前陈启曰："世禄之臣安敢迈迈而不来乎？"按"世禄"一语，即韩仲澄之身世，亦愚潭先生之身世。

古者公卿大夫，世官世臣，世职世禄，故尊尊亲亲之道存。《孟子·梁惠王下》："昔者文王之治岐也，耕者九一，仕者世禄。"又曰："所谓故国者，非谓有乔木之谓也，有世臣之谓也。"《滕文公上》"夫世禄，滕固行之矣"句，赵岐注："古者诸侯、卿、大夫、士有功德，则世禄赐族者也。官有世功也，其子虽未任居官，得世食其父禄。"愚潭感伤于"身世"，盖忧叹于尊尊亲亲之道也。

门人赵宇鸣《言行闻见录》："先生初以门荫筮仕，而为其亲老不就。及后旌招屡下，进途方辟，深惧虚名误恩，似若无所自容。陈情据义，沥血控恳，而以圣眷愈隆，欲效以言事君之义。"

丘壑：言在野不在朝。宋谢灵运《斋中读书》诗："昔余游京华，未尝废丘壑。"金王若虚《茅先生道院记》："虽寄迹市朝，而丘壑之念未尝一日忘。"殆亦耿耿于仕君也。

门人赵宇鸣《言行闻见录》："（先生）上《六条万言疏》，后又封章以毕其说，而其要不过曰格君心，陈治道，祛朋党，明学术也。一篇之中，不翅（啻）三致意。而忠言莫施，众怒喧诽，终以此见废于时，岂非世道之不幸而生民之无禄耶？亦何足加损于先生哉！"其言愤激如此，可解"丘壑"之意矣。

道叶幽贞：道即儒家圣贤之道。叶，读作"协"，同"谐"，言不忤也。贞，正也。幽贞，言虽在幽隐之中，而能恪守忠正也。《易经·履卦》九二爻辞："履道坦坦，幽人贞吉。"孔颖达正义："在幽隐之人，守正得吉。"又《易经·归妹卦》九二爻辞："眇能视，利幽人之贞。"孔颖达正义："居内处中，能守其常，施之于人，是处幽而不失其贞正也。"

愚潭称韩氏为"江居"，为"丘壑"，为"幽贞"，按韩氏之身世即愚潭之身世，韩氏之际遇即愚潭之际遇也。

保初：谓保其初心，即保其正人从善之心也。

谢玉：谓谢家玉树，用谢安、谢玄典。《世说新语·言语》："谢太傅问诸子侄：'子弟亦何预人事，而正欲使其佳？'诸人莫有言者，车骑答曰：'譬如芝兰玉树，欲使其生于阶庭耳。'"

此句由"挽韩"，而转言其弟子。

余庆：《易经·坤卦·文言传》："积善之家，必有余庆。"伊川先生《程氏易传》解曰："家之所积者善，则福庆及于子孙。"

于闾：谓孝道在闾里间也。《北史·孝行列传序》："《孝经》云：'夫孝，天之经也，地之义也，人之行也。'《论语》云：'君子务本，本立而道生，孝悌也者，其为仁之本欤！'《吕览》云：'夫孝，三皇五帝之本务，万事之纲纪也。执一术而百善至，百邪去，天下顺者，其唯孝乎！'然则孝之为德至矣！其为道远矣！其化人深矣！故圣帝明王行之于四海，则与天地合其德，与日月齐其明；诸侯卿大夫行之于国家，则永保其宗社，长守其禄位；匹夫匹妇行之于闾阎，则播徽烈于当年，扬休名于千载。"（又见《隋书·孝义列传序》）此言韩氏弟子，虽为匹夫匹妇，而能尽其庶人之孝。

《孝经》论孝，有天子之孝，有诸侯之孝，有卿大夫之孝，有庶人之孝。《庶人章》云："用天之道，分地之利。谨身节用，以养父母。此庶人之孝也。"唐玄宗注："春生、夏长、秋敛、冬藏，举事顺时，此用天道也。分别五土，视其高下，各尽所宜，此分地利也。身恭谨则远耻辱，用节省则免饥寒，公赋既充则私养不阙。"

盖既不在官，则当尽庶人之孝，而以侍奉双亲、教训弟子为本。韩氏父子殆以慈孝著闻，而愚潭先生尤有"至孝"之名。

《愚潭先生文集》卷九《谩录》载愚潭先生曰："'对越上帝'之说最好。"

崔道鸣《遗事》载愚潭先生之语："又曰：'孔门之教，不越乎入则孝、出则悌、居处恭、执事敬、与人忠数者之间。下学人事，便是上达天理也。'"

门人赵宇鸣《言行闻见录》载愚潭先生五岁事曰:"先生天性至孝。才五岁,在松楸下,一日踞坐门阈,大夫人戒之曰:'先墓见,不宜踞。'自是向墓不复踞,若有瞻敬状,人皆异之。及长,尽承事之节,致爱敬之道,晨夕定省侍侧出入之际,必趋而拜,应对进退一于礼。"(又见《年谱》)

又记其"埋冠"事曰:"尝见先生昧爽乃兴,盥栉衣冠,先拜家庙。又上墓省谒,虽风雨不废。又尝见先生依君臣图像,造伯叔程子冠,以示小子曰:'制度孰胜?'对曰:'两冠俱好。'先生乃言先人平日,欲得冠之好制,而终不果焉,吾以此冠埋于墓前。"

李栻《墓志铭》记"丧二子"事曰:"及丧长子,恐亲之忧伤,吊者至而不哭。次子继没,讣自外至,而袖书不出,侍食如常。食下,谕以死生昼夜之理,而告之讣。慰安既定,退屏处一哭而止。金尚书徽闻之曰:'如此至孝,古未闻也。'"(又见《年谱》壬寅、癸卯年条)

又曰:"及观察公宿疾渐笃,扶持在侧,不解衣带而寝者,盖十年如一日焉。观察公既没,年至始衰,而其事大夫人,犹鸡鸣盥栉温清,侍坐终日。凡百承奉,皆身亲为之。大夫人尝语人曰:'子之纯孝,实感余心。'其居丧,哀戚甚而事之,如生存。每日谒庙及墓,至老不废。"

刻本《年谱》曰:"己卯,先生十五岁。先生自幼性至孝……凡定省温清,左右就养之方,一遵于礼,严敬如朝廷,服劳同婢仆。"

按"孝"解为"事父母",又解为"善继""善述"其先人。

《尔雅·释训》:"善父母为孝。"《说文解字·老部》:"孝,善事父母者。"

《礼记·中庸》又曰:"子曰:'夫孝者,善继人之志,善述人之事者也。'"孔颖达正义曰:"'夫孝者,善继人之志'者,人,谓先人。若文王有志伐纣,武王能继而承之。《尚书·武成》曰:'予小子,其承厥志',是'善继人之志'也。'善述人之事者也',言文王有文德为王基,而周公制礼以赞述之。故《洛诰》云:'考朕昭子刑,乃单文祖德',是善述人之事也。此是武王、周公继孝之事。"

古人言"孝",非止"能养"之义,更有"善继""善述"之一义。继言接续其事,述言循守其职。愚潭先生此诗,虽悼亡者,而谆谆以后人子弟为念,可谓能得孝道之本也。

三 "夷" 相会
——以越南汉文燕行文献为中心

2010年5月新出《越南汉文燕行文献集成（越南所藏编）》公布了越南"如清使"共计53人79种著作，多数为抄本。本着"不学《诗》，无以言""诵《诗》三百，使于四方"的古训，当日的外交文献满载诗文作品。外交以汉字诗文为媒介，穿透风俗、地理差异的表面，切入传统经典，在一系列拜谒、酬唱、笔谈中，不仅表现出对于东亚礼乐文明的深切认同，甚至隐然含有争以纲常正统自任的意识。在18—19世纪传统"天下"观、"夷夏"观遭到废止之时，一度也有"夷夏"观的新发展。

一　秦黎笔谈

2010年5月新出《越南汉文燕行文献集成（越南所藏编）》中有《北使通录》（以下简称《通录》）一书，内载黎贵惇在清乾隆二十六年（1761）与秦朝釪的六次笔谈，具体而连贯，清代早期中越文臣的诗文酬唱与文化体认从中可见一斑。

黎贵惇，越南后黎朝高级官员，儒而近法。官宦世家子，其父黎仲庶，进士，官至刑部尚书。贵惇字允厚，号桂堂。二十七岁第一甲第二名榜眼及第，以博学著闻。能诗，著有《桂堂诗集》，又名《桂堂诗汇选》，存诗五百余首。后黎景兴二十一年至二十三年（清乾隆二十五年至乾隆二十七年，1760—1762），以翰林院侍读充越南国如清使，任甲副使。

秦朝釪，清朝中级京官，儒而近道。字大樽，号岵斋，常州金匮（今属无锡）人，乾隆十三年（1748）进士，授工部主事，迁礼部员外郎，后任云南楚雄知府，辞官归乡。至乾隆四十九年（1784），江西巡抚郝硕奏为豫章书院掌教。能诗，与张问陶友善，著有《消寒诗话》，柯愈春《清人诗文集总目提要》载其《岵斋诗稿》，存佚不详。乾隆二十六年（1761）秦朝釪的正式官衔是"奉直大夫礼部员外郎钦命办理伴送事务"，《通录》中简称"钦差官"或"伴送官"。

　　《通录》为史官实录笔法，出于随行文官的现场记录，其中包括许多外交文件的底稿。今存抄本两种，一藏河内汉喃研究院，一藏巴黎，均四卷，但河内藏本缺二、三两卷，巴黎藏本不详。其中卷四记回程，始于乾隆二十六年六月使船行至安徽和州。另据《桂堂诗汇选》可知此程走的仍是多数使者的路线，经灵渠过南岭，沿湘江水路入长江，在扬州转运河，到济宁上岸陆行前往燕京，完成使命后由原路返程。黎贵惇与秦朝釪相伴应当是自出京始，而《桂堂诗汇选》中的首次记载则是在济宁乘船之时，见诗题《端午日次万年闸，伴送官礼部员外郎岵斋秦朝釪送轻扇一把，内题小诗二律，次韵答之》，万年闸在济宁之峄县（今枣庄）。到《通录》中的第二次记载便已经到了长江之上了。

（一）

　　《通录》载，乾隆二十六年八月初五日，使船到江西九江。"午时，伊邀甲副使官到船，以笔谈诗谈文。""伊"指钦差官即秦朝釪，"甲副使官"即黎贵惇（以下简称秦、黎）。笔谈内容整理如下。[①]

　　秦："贵国制何如？"黎："亦仿中朝开科。"

　　秦："何如？"黎："一样。"

　　秦："官员有几？"黎："内外四五百员。"

　　秦："何少？"黎："官任得人，不在员多。"

　　秦："行仪何如？"黎："尊卑大小，各有等级。仆等来此，旧例只有二十五名，从便简略，到国则依本国。大凡傔从节眷，皆有官者分内常事，非高雅之所屑道也。"（《通录》载："伊笑。"）

　　黎："通事如何？"秦："伊（曰）等传导言语，有劳例酬，杂流小职耳。"

　　《通录》载："伊设酒饭、盐、荔枝。"

[①] 误字、衍字、俗字用圆括号（）标识，改正字、补字用六角括号〔〕标识。

秦："南方有否?"黎："最多。"

秦："贵国产物如何?"黎："传记不曰'称奇草木,皆在南方'乎?不敢过说,《西游记》有云:'中华虽是中华,虽是大邦,其穷无此。'此非仆等捏言也。"(《通录》载:"伊笑。")

秦："可数贵邦有甚佳异?"黎："沉(抸)〔檀〕速桂,从来共传。金银铜铁,在处亦足。食物则清华之燕窝,海阳之瓦龙,乂安之干鱼,京北之鱼胶,唐豪之荔枝,嘉林之波罗蜜。药物则高平之仙茅,太原之砂仁,乂安之人参,京北之山药,山西之何首乌、三七,是各上品。其它山海杂物,何可胜数!"

秦："贵国王常驾出巡幸否?"黎："'一游一豫',固不能不循古典,但非无事而出耳。十年之前,本国多寇孽,国王自将亲征经理,宇内一皆平定。"

秦："何至如此?贵国有何寇贼?不过溪峒苗蛮!"黎："如此天朝亦有之,云贵最多。"

《通录》载:"又泛语片刻告回。"①

此为秦、黎第一次笔谈。这一年,黎贵惇三十五岁,秦朝钎年四十余。

黎贵惇所言"不在员多""各有等级",既可见其与中华体制之差,又隐有自高之意。"一游一豫"典出《孟子》。"称奇草木,皆在南方"典出《南方草木状》②。叙述物产一节不唯出口成章,如数家珍,有司马相如作赋之势,而且温婉自重,不辱国体。所言"亦仿中朝""一样",表示出对中华体制的不回避、不自卑。所说寇贼"天朝亦有之"之类,终是不服不让。而所言"官任得人,不在员多",国王巡幸"非无事而出",实为中国自古共认的治道极境,黎贵惇皆能在答辞中随口顺带而出。二人的笔谈,秦虽主问却居守势,黎虽主答却居攻势,秦以不知越南国情而自高,黎以善于应对而自重。

---

① 复旦大学文史研究院、越南汉喃研究院编:《越南汉文燕行文献集成(越南所藏编)》第4册,复旦大学出版社2010年版,第202—204页。后文出自《越南汉文燕行文献集成(越南所藏编)》的引文将随文标出该丛书首字和册数、页数,如:(《越》8:165),不再另注。

② 《南方草木状》今本三卷,晋广州太守嵇含撰,卷前小序称:"南越交趾植物,有四裔最为奇。"

使臣一职，较之其他职守尤难，所谓"将在外君命有所不受"，使臣亦然，即古人所谓"专对"。其他职守在位只代表自己，各有其长官而不得越位，使臣在外则不代表自己而代表国君，春秋大夫出使，不称"寡人"则称"寡君"，因而异常艰巨，庄子极言之，竟谓"事若不成则必有人道之患，事若成则必有阴阳之患"。而越南使臣亦云："国之大任有三，相也，将也，使也。治乱在于相，胜负在于将，荣辱在于使。……若夫驰一两只柬，当万里之变，一言以为重，一言以为轻，'使乎使乎'，岂易云乎哉！"（《越》8：165）使职必不少于接谈，不少于接谈而又必不及于实际利害，不及于实际利害而又必不失于信实，既有信实而又必不少于文采修辞，所以不易。

黎贵惇的笔谈中旁征博引，居然引用《西游记》来做"考证"材料，可谓擅长"以华制华"。特别是他自己的使职经验，有"以文学则须博洽多闻，以词命则须婉正得体，然气自不可不善"（《越》4：12）之说，竟而与孟子"善养吾浩然之气"之说相通，亦可谓臻于极境了。

在秦、黎这第一次笔谈之前，二人曾咏诗唱和。除了万年闸题扇之外，尚有在黄河渡及在和州西梁山的唱和，见《桂堂诗汇选》中《驻和州之西梁山，岵斋以前黄河渡守风诗见示，仍次韵》。舟泊西梁山，亦载《通录》。

不过，这次笔谈前，二人实际上曾有一段不甚愉快的遭遇。事因船到和州，越南使臣急于回国，而船户沿途贩私盐牟利，使臣派通事请秦朝釪开船，船户托词风小或风向不顺。秦朝釪听任其耽搁，回复说："长江一路，安危所系，不得不问之船户。'耕问奴，织问婢'，乃所当然，非是故为迟滞。"越南使臣又质疑秦"要地方官送礼物"，秦朝釪说："船途经过，地方拜客，天朝自有定例，亦不得省简也。"《通录》载，越南使臣与清朝另外两名伴送官合力请求开船，终归无效："罗伴送呼官船骂其欺诳"，"今以三贡使、二委官与诸船户合辞共言，而不能胜一号管船之说，仆等从此不敢言矣！"就在秦黎第一次笔谈当日，"风大顺"，使臣又请开船，秦说："舟人言：只得三十里此风便逆"，不听。《通录》载，船行至黄梅县，曾被驿站巡司查出，"捉船户二人、盐百斤余送县"，而秦朝釪"尚使解说"。船到嘉鱼，使臣仍旧见到停船贩盐，"一斤得二十八钱"（《越》4：196、197、202、205、22）。

按越南使臣船行甚迟及秦朝钎听任船户是实,但秦朝钎是做过地方长官的,有记载称他"为楚雄知府,胸无柴棘,呐于口而丰裁峻厉,人不可干以私"①,"由部郎出守楚雄,以古循吏自期,后丁内艰,遂不复出山"②。秦朝钎为黎贵惇《圣谟贤范录》所作序文中有解《尚书》"明征定保"一段,亦云:"夫定者,定其命者也;保者,保其身者也。……嗜欲攻取万端承之,则因其命之不定而不保其身者有矣。"(《越》4:232)由此推测,秦朝钎对船户贩盐的听任或许与清代盐政的弊病有关。而黎贵惇后来执掌工部、吏部,锐意政事,屡有更革,被称为"越南的王安石"③。则他对秦朝钎的责怨又或与二人近法、近道的性格差异相关。由于《通录》没有给秦朝钎留下辩解的机会,这一推测已无法征验了。

(二)

八月十四日,在湖北武穴广济。

《通录》载:钦差官帖送甲副使云:"闻贵使有新制《史辨》,何不携来一观?倘称惜之至,看过仍又携去可也。""巳刻,甲副使官往,伊迎入,以笔问答。欲邀正使官来,因感冒辞。"

秦、黎开始第二次笔谈。

秦:"舟中无事,勿惜一顾。"黎:"常来相念,甚慰之。"

《通录》载:秦朝钎"取《群书考辨》(即《史辨》)看之,(忻)〔欣〕赏击节,逐条之下颇加评品,意有不合,亦即席论订,往复数十则。览内论东汉黄巾、宋元白莲会等事曰:'妙识高才,愚所倾倒。但议物直截而果决,异日临政,尚其慎之!'"

黎:"幸承相勉,敢不拜教!窃观信笔拈出,总是名言,谅胸中成竹,自具经纶。他日照邻余润,介使有光多矣。如仆庸疏,何敢当子荡知政之语?"

---

① 光绪《无锡金匮县志·文苑传》,清光绪间刻本。
② (清)秦朝钎:《消寒诗话》,载(清)王夫之等撰,丁福保编《清诗话》,上海古籍出版社1978年版,第1025页。
③ 参见刘玉珺《"越南王安石"——黎贵惇》,《古典文学知识》2010年第2期;阮才东:《黎贵惇的儒学研究》第四章第二节《王道、霸道与儒、法之间的关系》,台湾辅仁大学,博士学位论文,2008年。

秦："仆性本迂疏，于时事不甚通晓。窃观古人旧事，平心论之，有不能默者，故率笔而言，遂致哓哓，若试之实用，无一当也。'书生无实用'，正为吾说耳。若贵使明通之才，何所不可乎？中外之民，俱是上天赤子，偶及不胜拳拳耳！"

《通录》载：秦朝钎"又取所著读书记与看，其中大要取毛序与朱子集注诸家注释《诗经》，参以己意。以出京之日起课，每日读某诗（共）〔若〕干章，下附评论，亦多可观"。

秦："阅《史辨》，可见读书有眼。鄙意所言未识有当否？此书有当言者，亦愿赐批驳，是非天下之公，何伤乎！"

黎："敬阅高作，不胜踊跃。中州士大夫学问渊邃，今于此见。夫五经（夫）出于汉，汉儒寻绎考论之，不可诬也。自宋时大儒辈出，经学讲明最（折）〔析〕，后人始不读旧注疏，然无注疏何以知古学渊源？此亦是偏处。如《诗经》，朱子《集（驻）〔注〕》尽辟旧说之谬，无容喙矣，要之毛公时犹为近古，其小序或有传，未可必其尽不然也。《将仲子》《遵大路》《子衿》《风雨》，朱子皆断为淫诗，此从小序亦可。盖就诗中文义情细加吟玩，以温柔敦厚意读之便见。"

秦："朱子集大成，固非后学所敢议，但于小序多不之敢〔苟同〕，毛公未必一一心服。如此等诗，不以淫奔说，亦岂不平易明白？"黎："朱子只据《论语》中'郑声淫'一语定案，亦是卓绝，当（辰）〔时〕吕东莱曾相辨说，马端临《文献通考》中一段论小序亦好，足为考亭功臣。"

秦："朱子好处自多，马氏持论太过，无复余地，便非中道。"黎："天色已晚，暂且告回。偶接燕谈，遂成往复，有劳台候，踧踖良深。"

秦："若贵使稍倦，不敢强留。如尚可盘桓，再烦一茶。愚明目不给鉴赏，不知疲也。"黎："文字之中，殊无厌倦，况聆高明讲论，喜也何如！但行日甚长，（辰辰）〔时时〕刻刻，俱可承颜接辞，请改日再候。"于是别回。（《越》4：206—210）

笔谈中，秦朝钎刚刚说到"临政"，黎贵惇马上接过说"子荡知政"。"临政""知政"均为《左传》中语，"子荡知政"谓预言而验。此后不出十年，至景兴后期靖都王执政时期，黎贵惇果然大受重用，所以秦朝钎的预见是应验了的。

秦朝釪坦率自道"性本迂疏""时事不甚通晓""书生无实用",意指世俗趋近名利,可见其性情清简近道,所说"中外之民,俱是上天赤子"亦合老庄之旨。

《群书考辨》又称《史辨》,共四卷,考论夏商周至宋代史事。秦朝釪对书中东汉黄巾、宋元白莲会等处论断最为称道,而黎贵惇对于秦的这一反响也最为留意,可见二人于历代治乱兴衰之际,多有同感。

但二人的笔谈很快又从论史转为论经。黎贵惇首先质疑朱子不信毛公《小序》而以《郑风》《卫风》为淫诗的问题,立即得到秦朝釪的认同。秦说"但于小序多不之敢",下有缺文,推测为"不敢苟同"之意。黎说极其婉转,但批评朱子的意思不难明白,秦则直言"是非天下之公",此与《四库全书总目提要·经部总叙》"盖经者非他,即天下之公理而已"的认识相同,可谓经学正解。关于毛公《小序》问题,历代学者纷纭莫定,其实《诗经》就其来源而言,自然是四方采集而来,但由天子设乐府之官而言,亦必然寓教化之义,此为一事之两面。故经学的意义不重在事实,而重在作用,总之以移易风俗为是。文明出于教化,顺俗从欲放情则必然流于禽兽,二者性质全然有别,这一点古人所见与现代进化论将人类进步与动物本能直线相连的思想不同。故秦、黎二人虽都以诗学著闻,却都意识明确地谨守"温柔敦厚之意",不肯直论"淫诗",以防"诲淫"。

此后大约十余年,秦朝釪任楚雄知府,著成《消寒诗话》,其中一条说道:"'温柔敦厚,《诗》教也。'《国风》《小雅》皆是时君子忧衰乱,无可如何,而托词以讽,冀其万一有益焉,所谓'闻之者足以戒',是亦冀幸万一之词也。义山《马嵬》等篇尚有戒意,至云'未免被他褒女笑,只教天子暂蒙尘。'直不啻幸灾乐祸矣,成何语耶?杜牧之'东风不与周郎便,铜雀春深锁二乔',亦如吴门市上恶少年语,此等诗不作可也。"[1]该书沈楸惠《跋》亦称:"所著《消寒诗话》一卷,笔力简括,性情腴挚,至于酌古准今,间有不涉于诗,而议论一归于正,不失维持人心、崇奖风化之旨。"又说:"愚谓凡作诗而仅吟风弄月,自诩才华,绝无关于

---

[1] (清)秦朝釪:《消寒诗话》,载(清)王夫之等撰,丁福保编《清诗话》,上海古籍出版社1978年版,第1015页。

人心风化者，皆不必作。"①

冀万一，防微渐，可见其忧在千古之深，故所评述连唐代大诗人李商隐、杜牧都责备了。此处又可见其先后见解一致，是夙有见地，并非舟中的偶然遣兴。

（三）

八月十六日，申时，在湖北通城蟠塘。

《通录》载：钦差官再邀甲副使官往，并看《史辨》。此为秦、黎第三次笔谈。

黎："连日惠看（敝）〔敝〕编，窥〔大人〕才学言论，并极敏赡，令人心醉。所拈数十则，将重写此书一一登载，以光青德。请每条细认，一一赐教。"秦："载问答语不妨，正可见一时推敲不苟。尚有数条，须稍见鄙意者，容续入。若逐条评注，自可不必。古人亦无〔此〕法也。"

秦："欲另誊一本，此间无书（史）〔吏〕，不能也。或遣人一写，予我一本可乎？"黎："此不难。更乞为一弁卷耳！"

秦："另有新书几种？乞一见示。"黎："仆窃有编来《圣范贤谟录》（当作《圣谟贤范录》），容改日递候。此书辑古嘉言，元不着一文半语，尚希细阅，为作一序。"秦："依命。"

《通录》载：秦朝钎："设酒饭，从容问通事士材忠曰：'三位贡使，想系贵国选择而来？'"黎贵惇："仍教他代对曰：'奉使天朝，岂敢不重其选！但三贡使亦以位次当行，非极选也。'"

秦又问："国中想如三位者甚少？"士材忠："然。"《通录》载："甲副〔使〕官语他改对曰：'国中才学名臣极多，如大贡使上，尚书、侍郎十数人；二贡使、三贡使之列，在翰林、东阁有名望者亦众。'"

《通录》载：秦朝钎笑曰："虽然，亦为罕得之才。"

秦又问："士子几岁应试？"黎："不泥年齿，任人就考。本国常有十三、十四岁已中举人者。"

---

① （清）秦朝钎：《消寒诗话》，载（清）王夫之等撰，丁福保编《清诗话》，上海古籍出版社1978年版，第1025页。

《通录》载："伊似信不信。""夜深始别。"(《越》4：210—212)

《圣谟贤范录》抄本四册十二卷，为摘自经传史籍的名言集，分为成忠、立孝、修道、闲邪、达理、卫生、官守、从政、谦慎、酬接、尊谊、阃训共十二章。

秦、黎第三次笔谈，二人"并看"《群书考辨》，黎顺便请秦朝釪作序。秦提出再看《圣谟贤范录》，黎再顺便请秦作序，秦都一一答应。

中间秦问越南通事的几句，黎都教他改答，这种外交辞令颇与《左传》《国语》风格近似。

（四）

八月二十七日，在黄州赤壁。

这一天，黎贵惇重登赤壁山游览，晚归，秦、黎有第四次笔谈。《通录》载："夕时，钦差官送正〔使〕官酒曲，邀二副使官饮酒，乙副〔使〕官以疾辞，独甲副〔使〕官往。伊甚殷勤。"

越南贡使此行共二十五人：正使陈辉淧，甲副使黎贵惇，乙副使郑春澍，其他行人官七人，随员十一人，预差前路四人。回程途中就属秦、黎二人往来最密，乙副使官"因感冒辞""以疾辞"也可能是外交托辞，但秦、黎二人各出著作，言语投合，似非全出有意安排。

秦："《圣谟贤范录》甚得古人集书之意，用心如此，不愧古人矣！"黎："昔日本国王子与唐人（奕）〔弈〕，称服曰：'小国之一，不敌大国之三。'今仆所量，未足当本国之三，而窃视大人才学，则寔大国之一也。景慕之情，曷维其已。"

秦："中朝人物，愚最居下，不敢当过奖。即贵使选择于国中而出，自是一国之望。然切须韬晦。大抵才高者，众忌之招也。幸勿以交浅言深见怪。"黎："本国公卿推让，士大夫和辑，固不忧参商矛盾。然大人规勉，自是古今处己正法，敢不佩服！"

此时秦朝釪已经写出一篇序文的草稿，《通录》载：秦"取所作《群书考辨序》与看"，说道："草稿甫完，幸勿见哂。"黎："宋朱弁有言：'良工不示人以朴，恐人见其斧凿痕迹也。'① 仆谓轮扁斫轮，何妨指示？

---

① 见宋朱弁《曲洧旧闻》，典出《后汉书·马援传》。

公输削墨，谁敢批驳！蒙以元稿赐观，愈见相待真情。文理平顺，无烦改正矣。"

秦："末附相勉一段，欲见鄙意，古人亦多如此，勿嫌粗率也。"黎："不敢请耳，固所愿也！"

笔谈至此，"更深别回"（《越》4：214—217）。

黎贵惇所说日本王子事，颇具传奇色彩，最早见于五代孙光宪《北梦琐言》："唐宣宗朝，日本国王子入贡，善围棋。帝令待诏顾师言与之对手。王子出本国楸玉局、冷暖玉棋子。盖玉之苍者如楸玉色，其冷暖者言冬暖夏凉。人或过说，非也。王子至三十三下，师言惧辱君命，汗手死心始敢落指。王子亦凝目缩臂数四，竟伏不胜，回谓礼宾曰：'此第几手？'答曰：'其第三手也。'王子愿见第一手，礼宾曰：'胜第三可见第二，胜第二可见第一。'王子抚局叹曰：'小国之一，不及大国之三。'"此前笔谈中黎贵惇自称三位贡使"非极选"，与此故事寓意相似。

其后秦送了《群书考辨》《圣谟贤范录》二序的清正稿给黎，见九月二十五日舟次岳州的记载。

黎贵惇在现代越南，被称为"是唯一掌握了18世纪越南社会可能有的各种知识的学者"①。此一评语的前提条件是当时越南所具有的汉籍有限，这一点由黎贵惇使清之行所携购的书目亦可见证。实际上清代所存的典籍，正经正史之外，又有杂史、诸子、杂集、类抄，总量极大，越南学者不可能博览。但主要的经史典籍黎贵惇都非常了解，确是事实。②《群书考辨》与《圣谟贤范录》二书尤其偏重史部，广西学政朱佩莲评语称"天朝顾炎武（林亭）〔亭林〕《日知录》庶几近之"（《越》4：342）。而秦朝钎的《消寒诗话》其实也是多为史论，这是二人笔谈欢洽的学问基础。

秦朝钎在《群书考辨·序》中说道："《尚书》，史之祖也；《春秋》，史之宗也；《左》《国》《班》《马》以下，史之云仍也。读之者以考得失，定是非，内以修其身，外以施于政，是故君子急焉。"此语简明道出

---

① 参见刘玉珺《"越南王安石"——黎贵惇》，《古典文学知识》2010年第2期；于向东：《黎贵惇的著述及其学术思想》，《东南亚研究》1991年第3期。

② 黎贵惇著作极富，有学者称共约50部。据台湾"中研院"文哲研究所"越南汉喃文献目录资料库系统"检索，有34种之多，见http：//www. litphil. sinica. edu. tw/hannan。

了传统史学的要领。

秦《序》又说："秦汉而下，历代诸儒多所论次，然宋元以后，即多无可观。又其甚者，束书不观，游谈无根。或且窃其字句，以为绣绘雕琢之用。盖史学之不讲久矣！夫昧于古而明于今，无其本欲善其用，未之有也。则史学之所关于人也，岂小小哉！"此语所云为清代当时的学术背景。"束书不观，游谈无根"语出苏轼《李氏山房藏书记》，为清人习语，常以批评晚明之弊，而"具有根柢"则为清人论衡学术的一大标准。

秦《序》又说："夫不学者欲其能学也，能学者欲其忘乎学也。昔晏子身相齐国，名显诸侯，其智识见闻，齐之士当无有出于其右，然其志念常抑然自下①，何哉？知天下之理无穷，而众之不可（概）〔盖〕② 也。夫人之不学者多而学者少，欲以一人之长盖之，非所以为容也。世事日新，人情日异，而欲执古说以格之，非所以通变也。"此语乃是作者的治学、治政方策，是序文的重点，即笔谈中所说"相勉一段，欲见鄙意"。

秦朝釪在第二次笔谈中即已指出黎贵惇性情"直截果决"，劝其戒慎，与《金人铭》"人性不可盖"的思想相近。可知秦的思想确乎倾向于道家，而此道家实为鬻子、太公、管、晏之道家，长于治术，与老庄之偏重隐逸有所不同。

大约二十年后，后黎景兴四十一年（1780），黎贵惇在《通录·题辞》中追忆说："钦差秦岵斋与仆相好……其寔所谓'益友'者乎！"称道秦《序》足以自警，"每想此文，不觉三叹，谨佩之以当韦弦③也"（《越》4：13）。

这一天，秦、黎二人尚有诗唱和。《桂堂诗汇选》载有黎贵惇《重登赤壁亭还，岵斋邀饮舟中，诗以谢之》并附秦的和诗。黎诗说道："使君爱风致，才高情亦深，良夕切追欢，数杯成断金"，又云"一时真知音"，似颇引为同道，早先船户贩盐的小小抵牾似已随风而散了。

---

① "自下"典出《晏子春秋》："晏子长不满六尺，相齐国，名显诸侯，今者妾观其出，志念深矣，常有以自下。"

② "不可盖"为道家习语，典出《说苑》所引《金人铭》："君子知天下之不可盖也，故后之下之。"又《国语》云："夫人性，陵上者也，不可盖也。"韦昭注："盖，掩也。"

③ "佩韦"典出《韩非子》。

（五）

九月初八日，使船到武昌，秦有诗赠黎，黎有《驻武昌城次韵答岵斋重九前一日登黄鹤楼》，无笔谈，但《通录》中却载有一段黎贵惇与湖广总督爱必达的问答，亦有旨趣。

越南使臣及门，总督遣问："（使贡）〔贡使〕来此有何事说话？"答："无别事，奉贡事竣，归国经过贵省，特候谒大人耳。"

复遣问："相见当用何礼？"答："府县用宾礼，若大人，系上司官，请行递参。"

《通录》载，总督令引入，"才下跪，手扶退，请坐左边交椅"。

总督问贡使："能官话否？"答："不能。"

问通事："贵国多书籍否？"答："经史子集，亦略备观览，安敢比中国之富！"

问："都城广几里？"答："周回七十余里。"

问："衣冠制度遵前朝否？"答："是。"

问："何故散发？"答："本国从土俗，使民宜之，系平居亦束发，惟见尊长官僚则以齿发为敬。"

《通录》载："伊笑曰：'终是披发。'"（《越》4：221—222）

爱必达，镶黄旗钮祜禄氏人，女为乾隆帝顺贵人，乾隆二十六年（1761）四月任湖广总督，其后著有《黔南识略》三十二卷。

"礼从宜，使从俗"典出《礼记》，"使民宜之"典出《易传》。礼俗本为外交中最敏感之事，而薙发令曾是清初满汉间的最大冲突事件，此刻使臣援引经典为越南遵行前朝即明代的衣冠制度作辩解，而面对越南人的散发异俗，满洲人爱必达却以一笑便化解了。

九月二十五日，在岳州。秦朝釪送来《群书考辨》《圣谟贤范录》二序，署款"天朝赐进士出身""书于洞庭舟次"。其间二人唱和甚多，《桂堂诗汇选》载有黎的《登岳阳楼诵范文正公记有感，次韵答岵斋》《守风岳州闷甚，戏为五七言抒怀之作，次岵斋元韵》《君山僧以柚果来赠，欣然赋之，答岵斋元韵》，均附秦朝釪和诗。

十月初一日，到长沙。使臣忙于赘见官员，秦、黎二人未能从容笔谈。但《通录》载有一段黎贵惇与湖南巡抚冯（鉁）〔钤〕属官的对答。

对答是从黎贵惇所佩戴的衣带开始的。

《通录》载:"坐客次有标下武将五六人,共叙寒暄。伊见银带,俱称好。"

郭参将问:"有名义否?"答:"此红鞓,乃是嗜噜,名玳瑁。前三台,两边六斗,次左辅右弼,次日月,后面北斗七星。"

郭参将:"贵国好服饰!好人物!"黎贵惇:"安敢仰比中国!"

郭参将:"闻贡使两榜文官,有一对请教。"随即写道:"安南贡使安南,使乎使乎!"

黎贵惇应道:"天朝圣皇天朝,皇哉皇哉!"郭参将评:"好!说得大了!"

《通录》小字夹注补记:"还舟后,再有小船寄周百总,报云更有数对:'中朝阁臣中朝,臣哉臣哉!''天下大老天下,老者老者!'"(《越》4:237—238)

黎贵惇是会试、廷试两榜状元,故称"两榜"。"使乎使乎"典出《论语》,"皇哉皇哉"典出司马相如《封禅文》,又"唐哉皇哉,皇哉唐哉"典出《后汉书》。"伯夷辟纣居北海之滨","太公辟纣居东海之滨","二老者,天下之大老也"典出《孟子》。"臣哉邻哉,邻哉臣哉"典出《尚书》。这样精致而有趣的对联,出于清朝一位低级武官"百总"之手,而越南使臣又竟然以三副对联作对且派船追寄,此种"作对",情景难得。

(六)

越南使船离长沙,十月初九日到衡山,十一日到衡州,十七日到祁阳,二十日到永州老埠塘,走过了最顺畅同时也最秀丽的一段路程。其间黎贵惇作有《湖南早发呈岾斋》《泝湘江柬岾斋》《过衡阳呈岾斋》《驻永州送岾斋》,秦朝釪也有诗唱和,二人反复吟咏着"潇湘见底一痕青,夹水峰峦纵复横"的胜景。

潇湘自古以"清深"著闻,刘禹锡《海阳湖别浩初师》云:"潇湘间无土山,无浊水。"罗含《湘中记》云:"湘水至清,虽深五六丈,见底了了,石子如樗蒲矢,五色鲜明。白沙如霜雪,赤岸如朝霞。"黎贵惇在此专门写了绝句一百首,题为《潇湘百咏》,而在纪事体裁的《通录》中也破例抒写了一段风景，说道："自湖以南，地丰和暖，草木繁茂，野花山竹，隆冬不凋，风土景物，宛如我国。上游湘潭而上，两边峰峦连亘，江路之玄，水势犹稍平。自管山塘以上多滩碛，如登峻阪，水流湍迅，青蓝彻底。"

就在这一段水程中，秦、黎有第五次笔谈。

十月二十一日，巳时，在永州。

《通录》载："钦差官简甲副使曰：'篷窗无事，何不相过一叙也！'巳时往见，以笔问答。"

秦："久而不面会，相念殊深！"黎："多谢隆情！"

秦："莺啼燕语，柳媚花明，正贵使等进国之时也。于锦绣丛中，笙歌筵畔，想沧江夜雨，正尔清绝有致，颇少宽客怀。"黎："丈夫志四海，昔人作豪语，然看古诗中，其不涉乡关情者罕矣。仆等从役日久，未免耿耿怀思，但到家之日，回想沿途与大人周旋笑语，更觉怅然相忆也。"

秦："贵国外府县官怕朝官否？"黎："这个自然。"

秦："曾跪白事否？"黎："常例耳。"

秦："然则通事见贵使如何不跪？"黎："在国则有之，此间途中概从简便，不用边幅。"

秦："贵国想亦重进士科？唐人宋人最重。"黎："本国制度多仿宋明，但立贤一事，不论何资序，一体并重，惟进士高科稍隆礼遇，乃循累朝旧套耳。"

秦："想贵使三元及第，故作谦语耶？然叙官之道，诚当论贤否，不当论出身也。"黎："非敢空说，今本国有举人位至宰相者，现当执政，德望才智，亦不易得。"

秦（笑曰）："如此方得用人之法。"

黎："大人所作《诗经论注》完否？"

秦（出与看）："率笔为之，有纰缪处，愿指摘也。"黎："经旨宏深，虽先儒注解已详，后人有发明，正自不妨成一家言。今蒙看过高作，备见宦学。"

秦："《史辨》书已为写成否？"黎："草草写完。"

秦："何人写？"黎："中书吏费廷瑱。"

秦："字体亦好！"

《通录》载：黎贵惇"因取书相送，伊甚喜，设酒饮至晚而别"。（《越》4：246—248）

秦朝釪《诗经论注》一书未见，但其《消寒诗话》中记载：云南杨林海"湖泊数千顷""孤岫映带，竹树萧森"，"余以为似楚南之浯溪。得一绝云：'君怜千顷澄湖面，我忆双旌使粤西。八面望衡湘水曲，停桡三日为浯溪。'余辛巳使粤西过浯溪也。（浯溪在湖南祁阳县，有颜鲁公所书《中兴颂》，山川清美无比。）"①辛巳即乾隆二十六年（1761），所述"使粤西"正是伴送越南使臣一事。

浯溪是越南使臣游历吟咏最多之处，《桂堂诗汇选》有黎贵惇《经（梧）〔浯〕溪谒元颜祠留题》二绝句，其第一首与秦朝釪绝句同韵，可知二人曾经同游。

（七）

秦、黎的第六次笔谈，已过了湘漓分水的灵渠。

十一月初五日，在兴安大榕江塘。《通录》载："钦差官招二位贡使官饮酒，甲副官先到，叙寒暄。"

秦："恭喜贵国不远，三位贡使复命，国王必定重用。"黎："无才德，不敢望高位。"

秦："使臣应有叙劳升转。"黎："本国六年一贡，只以位次资途抡差。万里驰驱，人臣常分，安敢言劳，旧例亦无有叙功升职，日后或有拔（权）〔擢〕，乃是时命，非缘奉使。"（《通录》载："伊笑。"）

秦："贵国想是□国？"（空缺一字）黎："地兼山海，利尽水陆，人民从来安集，亦仰圣朝洪福。"

秦："水土平善〔否〕？"黎："关内四镇及清乂二处，都善地。其外镇如谅山、高平、宣光、兴华之类，皆恶水毒溪，每有差行，常担京水供用。如谅山水皆茵花流下，最热，令人声哑，不敢饮。"

秦："明江水如何？"黎："亦有毒，常汲太子井。"

秦："此江发在何处？"黎："明江源出本国禄（洲）〔州〕，左江源

---

① （清）秦朝釪：《消寒诗话》，载（清）王夫之等撰，丁福保编《清诗话》，上海古籍出版社1978年版，第1008页。

出本国广源州。"

秦："贡（国）〔使〕（夹）〔家〕何省？"黎："本国宣兴镇，近云南。高平近云广之交，谅山近广西，安广近广东，清义、顺广等镇夹哀牢、占城诸国，前面大海。"

秦："有苗（峦）〔蛮〕否？"黎："最多。沿边外镇皆高山大林，苗民居此，时出寇掠，非有兵威，不能镇服。"

秦："今能制服他否？"黎："本国若不能制服，他已侵入天朝内地了。此等不知礼义，乃是（他）〔化〕外。"

秦："今贵州亦多有之。"

秦："贵国多奇异古迹。"黎："书传所载仙释人物，何可胜道！"

秦："贵使怕水行否？"黎："本国山海之乡，俗惯乘舟，珥河亦不减黄河，自王京到本贯亦水行三日程，到大贵使贯八九日程，更越大海，那有怯怕？"

秦："吾亦怕了。想来长江甚险。"黎："何处无险？但古云：'忠信涉波涛。'"

秦："此回或遇钦使，有请见否？"黎："前届道遇钦使大人，投手本请安，免见。"

此下是黎贵惇的几句反问。

黎："此间草木隆冬不凋，亦如本国，若北京此时已无一叶了。"秦："然。"

黎："他日大人已曾入盛京否？"秦："不曾，此中惟有满洲大人得入。"

黎："贵贯夙繁华，俗语曰：'上有天堂，下有苏（囗）〔杭〕'，是如何？"秦："（敞）〔敝〕邦甚无繁华，但四时和气，不寒不热，人物多文学，常登科第耳！"

秦："《群书考辨》甚佳。内'奉旨伴送'，'旨'字应两抬，此系大体所在。后日此书成刻，流传中国，须如此才得体。"黎："书吏每每奉写未点检，谨依尊教。"

此时正使陈辉淧到来，《通录》载："寝夜，正使官到，伊设酒饭，意甚殷勤。"三人继续笔谈。

秦："大贡使酒量大。"秦朝钎"令换大杯"，陈辉淧"辞不能"。

秦:"有诗才,不可无酒量。诗如太白,酒何以不如太白!"秦朝钎"从话别,举王维'阳关'句相勉"。

秦:"少寓微情,毋惜醉也!"又对正使官曰:"李太白,请满酒此杯!"陈辉泌"逊谢久之"。

秦:"此间水土颇重。"陈辉泌答:"古人游宦,以五岭为第一瘴地。"

秦:"今两(越)〔粤〕已尽开通,亦不甚多岚瘴。"黎:"圣朝德教四敷,海内皆为和气。"

秦:"二位贡使博古通今。"

问陈辉泌"几岁","具答之"。

问黎贵惇:"太翁尊年?"黎:"家亲今七十岁。"

秦:"尊居何职?"黎:"现奉致仕回复内阁办事。"

秦:"老亦多事否?"黎:"从容随朝,亦无甚事。"

秦:"二位贡使行役日久,家中想念,当为言于抚台大人,使得早早进行回国也。"黎:"多谢盛情。到省无甚公务,一者例有赘见,二者略勘硝磺军器,四五日内得退身,是所望也。"(《越》4:252—257)

笔谈至此结束,二位贡使因辞回船。

最后两次笔谈,秦朝钎与黎贵惇论著述、论政道,越来越趋近;而论风土礼俗,如提出"怕朝官否""怕水行否"一类问题来,却越来越显得外行了。

(八)

黎贵惇一行于乾隆二十五年(1760)十二月初八日到京,乾隆二十六年(1761)三月初一日出京,十二月到达太平府(今广西崇左),回国已是二十七年(1762)正月。

秦、黎二人的辞别是在当时的广西省府桂林。《桂堂诗汇选》所记与秦朝钎最后唱和的两首诗是黎贵惇《驻灵(州)〔川〕,岵斋以诞日邀饮,即席赋诗赠之》和秦朝钎的《桂林饯别》。秦朝钎《消寒诗话》亦载:"余于辛巳年使粤西,十一月自桂林起程,腊月过中州,遇薄雪,黄河有冰,打凌而渡。"[①] 所述正是伴送一事。"起程"当指"回程",伴送至桂

[①] (清)秦朝钎:《消寒诗话》,载(清)王夫之等撰,丁福保编《清诗话》,上海古籍出版社1978年版,第1011页。

林北返与《桂堂诗汇选》所记正合。

此刻秦、黎二人的友情已十分深挚。秦诗中说："如水相逢意有余，交深交浅竟何如。"黎诗则说："湘水烟波阔里余，汪伦送我意何如。"黎还有诗说："风雨夜船频话古，江湖樽酒屡论文。如今已觉难为别，闲倚篷窗怅夕曛。"又说："尘心久向客中收，静亦山僧淡亦鸥。独有怀君情不已，绵绵却似此江流。"

在《桂堂诗汇选》中，也有注出的秦朝钎小传："秦公，江苏苏人，戊辰黄甲，年四十余，多文学，五品，高简，不轻许可。曾索观《使途诗集》，仍示之。"（《越》3：70）评价不低且语非泛泛。

按，上古、先秦时期，虽然诗的来源必为个人、闾巷，诗的制度则为王官、乐府，而诗的作用则正是长于外交礼聘。《诗经》在外交上的表现见于《左传》等书记载，又见新出清华所藏战国竹简中周武王致毕公的乐诗。《论语》称："不学《诗》，无以言。""诵《诗》三百，授之以政不达，使于四方不能专对，虽多亦奚以为？"屈原以创作"楚辞"著称，而其官职"左徒"，中原称为"行人"，职掌礼聘四方邦国。越南"使程诗""华程诗"的性质，实际上与《诗经》时代的情景正相对应，因此可以认为这些汉文燕行文献既是富含古意的诗文作品，又是极具东方传统的外交文献。外交并不外于诗文创作，诗文也不是外交的副产品，燕行是体，诗文是用，故而也可以说这些文献是更接近于《诗经》《离骚》传统的作品。这一特点在秦汉一统后很难见到，由于国力强盛，万邦来朝，士人少有以使者立功殊域者，尤少以使程诗文著称者。而当明清近世，越南使者却能承袭三代、春秋的王官传统，不辱使命并且颇存诗文遗墨，其燕行酬唱即"诗"之正解，亦即"经"之正解。古今上下时势不同，而其精神意气之相同有如此者。

秦朝钎作为清朝中级官员，身逢康乾奖崇经史之学的盛世，为人为学文雅清正。他对越南的了解甚少，一些问话甚至浅白好笑。黎贵惇固然是越南文士中的佼佼者，但匆匆而来，急切而去。然而秦、黎二人却能于经史、诗文有很深的沟通，甚至于治道、人心有很深的契合。道光十八年（1838）越南使臣范世忠所著《使清文录》中，有《奉北帝旨问安南风景》代答一首说道："客问安南景若何？安南风景异中华。锱（缁）尘不染山河莹，八节皆春草木花。食少〔麦〕麻多菽（粟）〔稻？〕，衣轻毛革重绫罗。虽然亦有相同处，礼乐文章自一家。"（《越》14：144—145）按清道光前，天下有同文之国五，大清、安南、朝鲜、日本、琉球。景物不同而文教同，风俗不同而礼乐同。礼乐、文教是体，风俗、景物是用。风俗、景物乃至地理、种族之不同，并不妨碍礼乐、道体之相同。江湘舟中的秦、黎笔谈亦当作如是观。

越南使臣在北京"演礼鸿胪"之时，适逢朝鲜正使文科状元洪启禧一行，黎贵惇赋诗赠答，有"瀛海东涯各一方，齐趋象阙拜天王"（《越》4：65）等句。近年学者讨论东西文化的影响及国家意识的转变，有"从周边看中国""多面镜子看中国"诸说①，所发掘的话题十分鲜活，不过即使拿到同一面"镜子"，观察者所得到的形象也未必相同。清人在乾隆二十年（1755）已经自知其经史学术超越前朝，江永说道："我朝经学远轶前明，数十年前〔间？〕淹通之才辈出，专家之业皆可传远。"② 这一判断大体可以成立。而清朝周边的越南、朝鲜等国亦处处以礼乐教化自我标榜，甚至极力作夷夏之辨。越南当然了解清人的种族渊源，即在燕行文献中就能找到使臣关于"清朝入帝中国，薙发变服二百年"（潘辉注《䶨轩丛笔》，《越》11：161）的简史式叙述，实际上，单从种族上说，越南、朝鲜使臣入清而在北京相见，追想其礼部酬答唱和，赫然竟是三家夷狄的会晤，而维系这三夷相会的纽带则是华夏民族所缔造的礼乐文明。

归国后，黎贵惇追忆说："沿途见中州官僚士大夫问难谈辨，殆如遇敌。又有朝鲜贡使、钦差伴送官，皆一时文豪，不以海外见鄙，累相结语。……酬答之间，幸免轻哂，更见称扬。……乃至人心不异，以诚正相待，以文字相知，即四海皆兄弟也。"（《越》4：12）透过当时外交争胜、文辞口角的表面，却是三夷争当礼义之邦的一场"友谊赛"。这一情景不仅会让前明的守护者始料不及，亦且应使民国的革命者深有感触。

二 崔阮酬唱

越南阮朝嗣德二十一年（清同治七年，1868），阮思僩以鸿胪寺少卿

---

① 参见复旦大学文史研究院编《从周边看中国》，中华书局2009年版；葛兆光：《多面镜子看中国》，《中华读书报》2010年7月5日。
② （清）江永：《乡党图考·自序》，清乾隆刻本。

衔充任如清甲副使。此行自镇南关至燕京 181 日，内行程 117 日，驻留 64 日。这一年阮思僩四十六岁。

这正是陈寅恪所追论"思想囿于咸丰、同治之世"的一个时期。

阮思僩，字洵叔，号石农，越南北宁东岸榆林人。进士，曾任吏部尚书，官至宁太总督。阮思僩谙熟中国历史，曾著《史论》一册，评论中国历代帝业，包括辽代三帝、金代九帝、明代十帝等。他也谙熟中国典籍，有组诗《神仙册八十题》，专门题咏中国《列仙传》所载神仙事迹。阮思僩的全部作品编为《石农全集》，共 6 册 12 卷，今存抄本 2494 页。内有《观河集》《云林诗草》《云麓诗草》《燕轺诗草》《燕轺集》《燕轺笔录》《雪樵吟草》《南行诗草》《小雪诗类》《东征集》《小雪山房诗集》《对联集》《石农文集》等。也有单行的《石农诗集》《阮洵叔诗集》和《石农文集》传世。他的诗文作品还被收进嗣德《御制诗》、嗣德《词苑春花》及《探花文集》《香迹诗集》《武略隐逸神仙烈女赏览诗律》《国朝名人诗采》《文选杂编诗启》《翰阁杂录》《集美诗文》《翠山诗录》等多种诗文选，以及科举范本《诗课集》《诗文类》《杂文抄》等内。

《燕轺诗草》又题《燕轺诗集》《燕轺诗文集》（下文皆称《燕轺诗文集》），专门收载阮思僩出使中国的诗作；《燕轺集》收录出使中国所作的文章；而《燕轺笔录》则是出使中国的行程日记。

（一）

同治七年（1868）八月初一，阮思僩一行入关，首先看到的是战乱后的凋残景象。在凭祥州，"自关抵州，一路荒山乱坡……兵火之后，处处残破……殊觉满目荒凉"（《燕轺笔录》，《越》19：68）。在太平府，"民间房店，处处废毁……灌莽载道，盖比旧十只一二耳"（《越》19：72）。在南宁府，"昔称小南京，今承兵火余烈，访之十仅四五云"（《越》19：76）。过汉阳，"自孝感以后，居民皆筑城为固，盖累经天德（稔）〔捻〕匪蹂躏，故因为壁垒自相守望"（《燕轺诗文集》，《越》20：97）。直到河南郾城县，都有"捻匪于咸丰年间起于汝宁、南阳二府地，延蔓直隶、湖北、河南、江苏、安徽、山东诸省，今年夏平"（《越》19：147）。此前太平军已于同治三年（1864）被扑灭，这时在岭南生乱的是黑旗军（首领吴亚终），在中原腹地生乱的是捻军。实际上，阮思僴一行没有目睹的还有陕甘及云南的回乱。但这些均不是阮思僴进入中国所关注的重点。

在凭祥，宁明州举人黎申产（号松山）到使者舟中相访，阮思僴"问以广东洋夷事"（《越》19：69）。二人笔谈问答，并无障碍。临别，黎申产写了长诗送行，其中说道："问（辰）〔时〕以字为口舌，答（辰）〔时〕以笔为咽喉，旁人不解作何语，相视莫逆惟我汝。"（《越》20：239）

十二月初三日，使者到达湖北汉阳府。先借住汉阳书院，后居汉阳贡使公馆，而年前公馆设在汉口镇。询其原因，一则"自经兵燹，残毁未复"，"府城年前为贼兵蹂躏已四次，至今城内外屋宇萧疏，残垣毁瓦塞满街巷"；二则"以西洋俄罗斯、法兰西、英吉利通商汉口，湖北督抚列宪不欲部与洋人居止相近，故令于汉阳设馆"（《越》19：137—138）。

在汉阳书院，使者先是探听洋人消息，从汉阳县（下）〔办〕差吴增处听到洋人"现驻汉口下街三百余家，洋人居此约一千余，火船自西南来者，在此常有六七艘。每国各设领事一，以中国之广东、上海人为通事"（《越》19：138）。

随后，十一日，在从汉阳公馆出发途中，使者亲眼见到了洋行的景象："到下街西，洋行屋皆二三重楼，下通瓮门，下开玻璃窗，四面玲珑如一，外周以缭墙。虽一初开行，而屋宇之高广，街路之平直，无不井然，视汉民居止，其整洁殆过之。道边现竖石碣为界。留空地尚多，皆已开渠筑道，将来聚（辟）〔辟〕日广，规模日大，不知此地又何如也？"（《越》19：143）

同治八年（1869）正月二十九日，越南使者到达北京。

在城外，阮思僴记下了骡子和骆驼的特征。"骡大于马，耳尾似驴。骆驼大如水牛，而高过之。"（《越》19：174）看来越南使者对骡子和骆驼的陌生，大体也类似清朝士大夫对于越南土物的了解。但同时，使者也注意到了北京城门的匾额。自广安门进入外城，"门额上书满字，下书汉字"（《越》19：173）。

二月十三日，李文田到馆拜会越南使者，阮思僴乘此重提洋务。

李文田，字芍农，广东顺德人，咸丰九年（1859）一甲三名进士

（探花）。此时任南书房侍读、起居注日讲，"学识淹通，述作有体，尤谙究西北舆地"①。

阮思僩先问："大皇帝已未亲政？"李文田答："两宫垂帘听之，枢（庭）〔廷〕则恭亲王也。……以列圣故事考之，可望康乾两朝升平矣。"

次问剿匪御洋近事。李文田答："江浙乱离，为《纪略》者亦多，然流传京中甚少也。湘乡曾国公捕获伪王李秀成，《供词》一卷，自始至末皆了了。（须）已有旨，命（缉）〔辑〕《平定逆匪方略》，初开馆，约六七年方成书。"

三问洋事。李文田答："洋夷通商口岸非一，现当无事。然各省大吏已刻刻有振作之意，闽中已设奇器局，江苏亦有之，皆欲习其法以制之。大局则二三年后今上亲政始能定也。大约内地无患，则外患又不作，频年美政，史不胜书，以天意人事计之，似可有转机。"

实际上，洋务也正是李文田颇为关心的问题，他趁便也问了越南使者："前数年曾与洋夷更战，年来局面何若？"阮思僩答："丁巳、戊午之间，洋夷曾来下国滋扰，相持日久，互有胜负。后来洋夷约和，我皇上重念兵民久苦，许他于南边诸（他）〔郡〕地方口岸通商，八年于今矣。然此亦权宜，自治自强之策方日讲求之，大约事势略与中国同也。"

李文田因之有如下议论："洋夷自为计则亦左。年年口岸愈多则生计薄，人多则兵力寡，一旦有事，则起而歼之。独不见'齐人歼于遂'故事耶？昨丁卯之战，该夷大为朝鲜所惩创，夷攻之，该国只以一弩十矢法破之。其国命军士人各负一囊沙，战垒如山，夷炮亦无如之何，及力倦还师，则答弩起而乘其后，夷人死者数千人云。"（《越》19：193—195）

丁巳、戊午为咸丰五年（1855）、咸丰六年（1856），所说洋夷滋扰，即第一次法越战争。

丁卯为同治六年（1867），丁卯之战指朝鲜李容熙在江华岛打败法国舰队一事，又称"丙寅洋扰"。

此番议论，"事势略与中国同"是双方共同的现实基础。交谈之后，个人友谊也由此产生，李文田随即为阮思僩《燕轺诗草》写了序文。

在京期间，阮思僩还拜会了潘祖荫、翁同龢、林天龄，有诗赠答。

---

① （清）赵尔巽等：《清史稿·李文田传》，中华书局1977年版，第12417页。

四月十七日，越南使者一行回国，途经保定，在直隶总督署拜谒曾国藩。双方笔谈，曾国藩问越南"皇上安好及年谷好否"，问越南"试法、经学、诗、文学如何"。又问："西洋人每往来否？"阮思僩答："现通商南陲海口。"（《越》19：236）

阮思僩《燕轺笔录》中记有曾国藩小传，及总督署花厅中曾国藩的一副自书楹联："虽贤哲未免过差，愿诸公侃论忠言，常攻吾短；凡堂属亦同师弟，使僚友行修名立，方尽我心。"此下有评论道："谦恭雅量如此，宜其能用人以成大功也。"（《越》19：238）

回馆，总督署主事陈兰彬、萧世本，同知薛福成、吴汝纶同来拜会，双方笔谈。陈兰彬等问越南"试法、兵制"，又问："从天主教否"？阮思僩答："愚民间有从之者。"阮思僩又问陈兰彬等："广东西洋现情如何？"陈兰彬等答："他现虽往来省城，亦安静无事。日下中国经改定和约，他等已寄回呈诸西国王，尚未有来信也。"（《越》19：237）笔谈后，阮思僩评论道："陈、萧、薛、吴诸人，类皆通达政事，笔话叠叠可观。曾中堂称为贤相，观其所取门客盖可知也。"

陈兰彬等曾门弟子及幕僚均为同光名臣，学识广博，致力于经世实学，娴熟洋务。陈兰彬为首任中国驻美公使，并出使西班牙、秘鲁等国。萧世本曾在天津教案发生之际调任天津知县，《清史稿·循吏列传》有传，史官论赞称"刘秉琳及陈崇砥、夏子龄、萧世本诸人，治行皆卓著，当时风气为之一振"[1]。薛福成曾出使英国、法国、意大利、比利时四国。吴汝纶曾任京师大学堂总教习，并赴日本考察学制，推行"中学为体，西学为用"。

自同治三年湘军击败太平军，重臣在朝，清流在位，史称"同治中兴"。阮思僩一行此时出使，可谓躬逢其盛。

六月二十九日，越南使者一行回到武汉，谒见湖广总督李鸿章。李鸿章询问越南"年谷、幅员、兵马"、问候越南"皇上安好"（《越》19：261），赠送三使臣对联各一副。

七月一日，使者一行登赏黄鹤楼，恰又看到李鸿章书写在黄鹤楼的一副对联："数千里奔湍激浪到此楼前，公暇一凭阑，江汉双流相映照；十

---

[1] （清）赵尔巽等：《清史稿·循吏列传》，中华书局1977年版，第13073页。

余年人物英雄恍如梦幻，我来重访鹤，沧桑三度记曾经。"(《越》19：263)这副长联足以令人联想起清代军政的一部要籍——《湘军志》。

但也就在黄鹤楼上，使者一行见到了挣脱不去的西洋景象。"是日也，天晴日朗，风物和美，夏秋之交，众水泛溢，凭栏四顾，江汉二水弥漫千里，几乎不辨涯岸。……汉口百万列肆如在海岛中，连滩接渚，帆樯林立。(辰)〔时〕见西洋火轮船出没其际。"(《越》19：263)

(二)

同治八年（1869）七月十六日，越南使者抵达湖南省城长沙。

使者一行在去程中，已经拜谒了湖南巡抚刘崐、布政使李榕。回程中，又拜谒了刘崐和布政使王文韶。此下州府官员士大夫则频有交接，诗文酬唱甚夥。

到衡阳，知府张士宽送所著《知悔斋诗草》《香小隐遗稿》《补轩诗文》各三部。到永州，知府黄文琛送所著《思贻堂诗集》三部。其他以诗文相酬唱的湖南籍或任职湖南的士大夫，去程有麻维绪（字竹诗）、陈晰金（号丹阶）、苏完成瑞（字书云，满洲人）、向万铄（字子振），回程有吴嗣仲（号春谷）、何绍基（字子贞）、彭锡昌（号渔陔）、徐文炳（号虚竹）、陈钺（字左卿）、谭溥（号荔仙）、饶琳（号月樵）、李元度（字次青）、张自牧（字力臣）、曹叔衡（字岳森）、李桢（字介生）、黄瑜（字子寿）、王先谦（字益吾）、吕世田（号燮唐）、杨恩寿（号蓬海）、田海筹（字明山）、廷桂（满洲人）、常枚（号石舲）、徐光绶（号俸间）等，交往异常活跃。

阮思僴还参加了湖南士大夫在长沙苏家巷黄冕（黄瑜之父）故宅"宛园"的雅集，以及碧浪湖的同游，诸人闻使者至，各赋一律。

张自牧对西洋铁路舟车机器之利持论保守，严复曾驳其谬，但他谙熟洋务，曾著《瀛海论》《蠡测厄言》。其父张学尹，嘉庆间为台湾同知，颇留佳话。张自牧题诗云："突兀地球须踏遍，苍茫人海许深藏。"自注："嘉庆时，先君子官台湾，赋诗赠琉球吴君。四十年后，从子在京师遇高丽金君，录前诗于扇头，盖流传已遍海东矣。"父子可谓清朝与台湾地区及琉球、朝鲜、越南各国交往的见证。

陈晰金是来去两度相见的老友，阮思僴有诗称："来往除诗外，经旬未面谋，长沙忽返棹，夕照共维舟。"（《越》20：87）苏完成瑞是满洲人，前浙江富阳知县，二人相见则谈洋务，阮思僴有诗注："书云剧谈洋事及星学，夜深屡欲去复止。"（《越》20：95）曹叔衡相见谈湘军及清朝中兴，阮思僴有诗注："来诗中述诸贤战功，及天朝中兴之美。"（《越》20：164）王先谦抄录了同治五年（1866）在金陵赠曾国藩的诗句："皇朝贞宝命，鸿箑永悬衡。"（《越》20：290）饶琳喜爱珍藏笔墨，"登舟，一小童负筠笼相随，凡问答片文只字一一投其中"（《越》20：156）。何绍基以书家著闻，遂题字相赠。"二十二日早，何子贞太史登舟相访，笔墨坐谈数刻，以病固辞。将去，作篆书'江山秀气，文字良缘'八字，苍筠古柏，老气横逸。湘士皆以子贞为楚中领袖，书笔特其一事耳。"（《越》20：270）

吴嗣仲为《燕轺诗文集》作了第二篇序，对阮思僴颇多称许："与余友善者遇，辄询越南之俗，故得闻其国山川、疆域、城郭、官制、军政、人民，以及珠玉、丝枲、鱼盐之利，而人才之贤俊，文教之蔚兴，尤心慕之，每以不见其人、不读其文为恨。……舟中接见，互以笔谈，乃益悉其土地人民政事之大，物产之蕃。观其容貌之秀伟，听其言论之鸿崇，然后信曩所闻之不虚也。投以诗，依韵酬答，气清而律严，词丽而旨显。余深韪其诗……夫以边徼绝域而文字声律乃如此！"（《越》20：11）

《燕轺诗文集》抄本总计315页，内有湖南所作诗约86首，接近全书280首的三分之一。阮思僴自己说："自十六日舟次长沙，湘士日来舟中，或投赠诗章楹联，或惠诗文集，或求题扇、求观途中近作，四五日间应接略无虚晷。……既解缆，如释重负，然朋友之雅，笑语之乐，中流回首，耿耿未（常）〔尝〕去心也。"（《越》19：270—271）

湖南在湘军获胜后，士大夫即一度崛起，文人咸以国事自任。阮思僴得以在此与文人名宦频繁交往，受到热情礼遇，这也与湖南的特殊气氛有关。对此，越南使者也十分清楚。阮思僴在京所作《燕台十二纪》之三云："百万（周庐）〔舳舻〕宿阵云，椎牛酾酒日相闻。八旗子弟俱熊虎，南下金陵独楚军。"自注："满（州）〔洲〕、蒙古、汉军八旗连营，九门环卫，时居国初，最称劲兵。承平日久，寝游惰不可用。金陵克复，楚勇湘勇之力居多。"（《越》20：122）可以看出，阮思僴与湖南士大夫惺惺相惜，引为同调，其中他与崔暕的交往尤其寓含深意。

在湖南，阮思僴找到了他燕京所未得见的"击筑人"，就是崔暕。

（三）

崔暕字晦贞，一字启晦，号贞史，一作贞始，湘人称之为"崔五子"，长沙宁乡人。初为县学诸生，从胡云翼及广西提督张玉良击太平军，以功候补县学训导。后随张之洞入甘陕击回乱，积功至运同。光绪元年（1875）中举，任贵州省永宁知州。光绪七年（1881），以"干练端方"任贵州省黄平知州、署仁怀知县。① 光绪十二年（1886）连任，至光绪十三年（1887）革职。后曾客居秦陇，又客居武陵。光绪二十八年（1902）卒。

民国《宁乡县志·故事编·先民传》有传，首曰"崔暕，四都乔头人，仁怀知县，被吏议归，卒，石门阎镇珩表其墓"，以下录阎镇珩《崔晦贞墓表》，原文见《北岳山房诗文集》卷一二，略云：

> 初，咸同间，予为童子，闻湘人有以攘斥夷教为书者，大府怒甚，将置之极法。按察使者仓公景田持不可，且抗辩于大府前曰："某为正言以卫道，而公杀之，天下必有惊而慕之者，适所以成其名也。"大府色不怿，然意浸解。予时叩其主名，则所云"天下第一伤心人"者，即先生也。

> 当是时，先生起诸生，团集乡兵，从诸将讨贼，益阳胡文忠公首聘致幕府，自大江南北，营帅林立，无不知有先生者。及难作，先生适归觐在家，神色怡然不变，方大书榜其门，以为孔孟之道待我而阐明，吾虽死，而直道正气伸于天下，吾复何恨哉？久之，语浸传，诸公闻言者，往往阴为之地，故事遂寝，而先生得无恙，由此名闻天下。②

崔暕所学根柢于经学、理学，著作有《论语参注》二十卷、《禹贡

---

① 台北故宫博物院所藏军机处档折件原件，文献编号120360。按整理者将次件标题为《奏报以崔暕调署黔省思南知府》有误，"思南知府"当作"黄平知州"。档折载崔暕此任起因是"署仁怀县事黄平州知州罗铮城丁忧遗缺"，故知其官职为以黄平知州署仁怀知县。任思南知府为前一项。

② （清）阎镇珩：《北岳山房诗文集》，光绪三十一年（1905）刻本，今本由陶新华校点，岳麓书社2009年出版。按刻本、校点本及民国《宁乡县志》互有讹误，兹择善而从，不一一出校。

诗》九卷,已刊,其他多种未刊。又能诗,工书,擅画,有《守正庵画谱》四卷,而其诗文书画亦以儒术为归依。今怀阳洞石壁有其诗刻:"大道中行一洞穿,两头空阔见青天,居仁由义分明是,多少迷途亦可怜。"①吴恭亨《对联话》卷一一云:"宁乡崔晦贞睞工分书,予见其一联云:'静几明窗参太极,孤灯夜雨读《离骚》。'闻系崔自作,然却佳。崔为人孤耿傲岸,以举人官贵州知县,不谐于上官。坐事论戍,至武陵病发,疆吏为请,留寓沅上,卖书画以自活。……崔最不喜西学,舶来物品,概屏不御。盛暑见客,犹曳大布,真所谓狂狷之伦也。"②

阎镇珩,石门(清属澧州,今属常德)人,著《六典通考》二百卷,为清末大儒,主讲天门书院、渔浦书院,屡征不仕。学本程朱,博通古今,而孤介绝俗,故与崔睞同声气。《北岳山房诗文集》中有《崔晦贞州牧出武陵秋感》四首、《赠崔晦贞》二首、《过崔晦贞旧邸》一首,吴恭亨《对联话》谓阎"狷狭强记""惟好骂新学""与宁乡周汉、崔睞辈同一眼孔"③。

崔睞《论语参注》,亦由阎镇珩作序,略云:

  其于身世抑郁之感,因事而寄宣者,往往愤发,过为激切,多恒情所不能道。读者想见其用心所在,而知其有大不得已之故焉。昔王安石当熙丰间,倡新法以行所学,其门人长乐陈氏(陈旸)实为《论语解》,至哲宗时奉诏颁行,场屋悉遵用之。今陈氏书久佚矣,而好事者更立"新学"之名,几与绍圣、大观之事无以异。崔君素不阿时好,吾知其书之所言与长乐必多不合。士之希世取荣闻者,得无病其违众而立异耶?然君尝以力诋夷教,触怒大府,几致不测。卒守直道,折而不挠,可谓笃信君子矣。

然而崔睞最能引起轰动的著作则是《辟邪纪实》。有学者称,"'辟邪纪实'为晚清反教书文中流传时间最长地区最广的一部书"④。各国驻京公使曾认为,"'辟邪纪实'一书在同治九年天津教案之时,便曾经起过

---

① 贵州省地方志编纂委员会编:《贵州省志·文物志》,贵州人民出版社2003年版,第270页。
② 吴恭亨:《对联话》,岳麓书社1984年版,第284页。
③ 同上书,第200页。
④ 吕实强:《周汉反教案》,台湾"中研院"《近代史研究所集刊》1971年第2期。

很大的作用"①。受崔暕、周汉影响，长沙、澧州等地反教激烈，致使湖南巡抚张煦批示"无论何国洋人，勿令再来澧州"②。其书署名"天下第一伤心人"，咸丰十一年（1861）刊刻，同治元年（1862）增补，同治十年（1871）重刻。后遭毁版禁止，但各地多有翻印③。书共四卷，首列《圣谕广训·黜异端以崇正学》，上卷为《天主邪教集说》《天主邪教入中国考略》以及《辟邪轮》上、下篇，中卷《杂引》《批驳邪说》二篇，下卷《案证》，附卷《辟邪歌》《团防法》《哥老会说》三篇。书末有《考证书目》201种，如《天学正辨新编》《天教正源》等书，多为洋人艾正心、艾儒述、艾儒略、高一志、利玛窦、南怀仁等著，征引可谓详备。

有学者称，崔暕其书"虽曰'纪实'，今日看来，《辟邪纪实》中的许多记载，多属道听途说，以讹传讹"，但这只是就"天主教以淫邪、幻术迷惑百姓"层面而言。④ 至于关键性的基督教起源问题，其实稍后朱一新亦有详考⑤，可见清末士大夫对于洋教并不隔膜。

《辟邪纪实》还与陈宝箴被革职有间接关系。陈宝箴于光绪二十一年（1895）七月任湖南巡抚，光绪二十四年（1898）三月，"照疯病例"监禁周汉"以曲全"之，但遭湘人误解，"竟用此事争齮龁府君矣"⑥。周汉与崔暕为宁乡同乡，尊称崔为"同里崔五子先生"。而陈宝箴、陈三立、陈寅恪祖孙三世迄未见有对周汉、崔暕加以斥责，似能保守中道，对

---

① 吕实强：《周汉反教案》，台湾"中研院"《近代史研究所集刊》1971年第2期。
② 王树枏编：《张文襄公全集》，北平文华斋1928年刻本，卷一三七《电牍》十六，光绪十八年（1892）闰六月。按吴大澂本月接任，张煦离任，离任亦与此条批示有关。又见吕实强：《周汉反教案》，第427页，引文漏"再"字。
③ 翻印本有题作《辟邪实录》。
④ 郑安德：《明末清初耶稣会思想文献汇编》第60册，北京大学宗教研究所2002年印本，第465页。
⑤ 详见（清）朱一新《无邪堂答问》卷二，清光绪二十一年（1895）广雅书局刻本，中华书局2000年版，吕鸿儒、张长法点校本多误不可用。
⑥ （清）陈三立：《湖南巡抚先府君行状》，《散原精舍诗文集》，上海古籍出版社2003年版，第854页。

反洋教予以同情。①

实际上,《辟邪纪实》所针对的并非洋教之于洋人问题,而是中国政教与中国人问题。其书反洋教而以《哥老会说》为结束,大略与叶德辉《觉迷要录》反康有为而诋斥哥老会同一宗旨。二书今人往往视为"愚昧""落后",但无论如何,国家政权很快就被哥老会、同盟会推翻了。太平天国与辛亥革命都以洋教先行,以推翻政权、进而推翻政体、进而推翻政教为必至,这一事实足以说明崔暕、周汉、叶德辉、王先谦、朱一新诸人的呼吁绝非杞人忧天。

(四)

同治八年(1869)与阮思僩相见时,崔暕的身份是候选训导。这年七月,越南使者舟次湖南省城,崔暕接连三天与阮思僩相见。

"十八日,崔贞史登舟雅话,因知京中所见《辟邪纪实》一书乃贞史所作而匿其名者。然彼终以此忌之,遂毁其本,他处有翻刻者,湖南则不存矣。""十九日、二十日,贞史登舟闲话,因言今春有洋船到岳阳楼,将欲占楼边地,立(道)〔教〕堂,为土民呵逐,(随)〔遂〕扬帆去。"(《越》19:268—269)谈话均与反洋教有关。这时阮思僩方才知道《辟邪纪实》的真实作者,而此书他在燕京时曾加以留意。

但这并不是阮思僩与崔暕的初次相遇。他们初遇是在去程,时当同治七年(1868)的十月。《燕轺诗文集》中有《和答崔贞史投赠元韵因为题扇》一首,诗云:"明都南宅自黄虞,玉帛朝周鲁本儒。萍水相逢谈半日,江山胜迹举三隅。"自注:"崔名暕,字启晦,湖南宁乡人。以诸生从军有功,候补训导。著有《禹舆诗卷》,原本《禹贡》,考详订核。一日来舟中,手携二卷见赠。"(《越》20:78)此次初见,二人谈的是诗学、经学、史地,并曾追述越南历史,引证《尚书·尧典》"羲叔宅南交",话题从黄帝、唐、虞说起。崔暕原诗有云:"圣朝声教迈唐虞,万里梯航尽硕(攸)〔儒〕。早识文章雄外服,何曾气类隔偏隅。"(《越》20:

---

① (清)陈宝箴:《密陈湘省教案办理极形竭蹶折(稿)(光绪二十四年四月)》云:"办理不严,既难杜其后来之患;办理过严,反致激其坚强之风。"载《陈宝箴集》,中华书局2003年版,第747页。

241—242）大意为中国与越南气类相通，当以文章声教论，而不以地理偏隅论。

去程中，崔暕尚且隐瞒着自己《辟邪纪实》作者的身份，但阮思僩并非不担心洋教，有关话题在他与湖南布政使李榕交往中已有涉及。其《楚城感怀》诗云："不知濯锦坊边庙，更向西溟涕泪无？"自注："初六日谒见藩台李榕，谈次谆谆以天主邪教为忧。"（《越》20：79—80）"西溟"是"西洋"的别称，濯锦坊之庙即贾谊祠，贾谊《治安策》有"可为痛哭者一，可为流涕者二，可为长太息者六"，诗意之沉痛不言自明。

到回程时重逢，二人又有诗作酬和。崔暕《重登岳阳楼步壁间元韵请云麓先生贡使大人指示》可能作于此时，诗云："波光红处半帆停，览胜登楼此再经。"（《越》20：290）崔暕又赠以自画像《采药图》，阮思僩则回赠以长诗《寄题崔贞史〈采药图〉十二韵》。诗云："粲粲博陵子，幽居肆坟典。中原昔治兵，出山事戎鞭。驰驱十余载，志大更偃蹇。"又云："我来过衡湘，见子恨识晚"，"世方忧痪瘫，庸医误匪浅"（《越》20：159—160）。崔暕《采药图》看似琐屑，实寓"小试救民，终期济世"之意，如徐鋐所说，"疮痍世局期除患，惑易人心赖辟邪"[①]。而博陵为崔氏郡望，故以"博陵子"代称，"粲粲"借用杜甫称道元结的名句，可谓称许备至。

离别之际，阮思僩作《和崔贞史投赠原韵即以留别》，仍旧感慨于"西风"。诗云："湘浦秋来月色新，重逢更觉笑谈亲。气如古剑登丰宝，心有灵犀照水神。禹迹山川资博雅，云游瓢笠订来因。挂帆明日西风意，难别长沙涕息人。"诗下又有自注："贞史（常）〔尝〕著《辟邪纪实》一书，以攻天主邪教。又著《禹舆诗》一部，于《禹贡》山川风物多所发挥。观其著述，考其趋向，盖有意之也。"（《越》20：152）"古剑登丰宝"用张华得龙泉、太阿于豫章丰城典故，"灵犀照水神"用温峤燃犀角照怪物典故，均暗指反洋教。重逢的欢乐，来自"考其趋向"；"趋向"之"有意"，在于"攻天主邪教"而存纲常名教。面对毁版禁书的作者，阮思僩作为外国使节非但没有回避，反而引为同道，"更觉笑谈亲"了。

但阮思僩的感念仍有未尽。同治八年（1869）八月初一日，在衡山

[①]（清）崔暕：《禹贡山水诗》卷首《采药图》及题诗，同治三年刻本。

舟中，阮思僩为崔暕的《禹舆诗》写了序①。《禹舆诗》又称《禹贡山水诗》，共九卷。依《尚书·禹贡》九州山川地名设为目录，下系以诗，共110首，诗下有注。其诗与注自为纲目，正如严咸《叙》所说，"文能举要，注能繁征"。就体例而言，《禹舆诗》是"以诗释经"（《禹舆诗·凡例》），或说是以文学会归经学。就宗旨而言，此书重在山川险隘、古今形势，严咸《叙》列举诸葛亮、顾炎武、孙承宗、魏禧数人，业已点明作者意图在于军事地理的实用性质，非一般考据之学可比。

阮思僩序中说道："兵刑礼乐食货皆有用之学，在所当讲求，而要莫急于地舆之学。""戊辰冬，僩因贡事道经长沙，崔子启晦登舟相访，出所著《禹舆诗》二卷相示。僩受而读之，既反复讽咏，知未足以尽启晦之志也。启晦之以诗释《禹贡》也，充其类固将推广胡氏《锥指》之意，以求所谓山川之险易，道里之厄塞者，而得体国经野之道焉，得设险制敌之要焉。诗云乎哉？岂徒步武《山经》《水经》，资谈噱而矜博雅乎哉？方今风会大开，江河日下，西海诸岛国日以船炮绝技虎视诸海外，每入一国，至一都，必绘其山川道里以去。彼之深心祸人，不问而知。""启晦既从诸贤治兵中原十余年，竟偃蹇以归，闭户著书，若无所复营，乃独于四海隐忧有不能一日忘怀者——而先以是书为问途也。启晦，启晦！他日乘风横楼船，临江曲之潮，观崖门之涛，其必思有以借箸金汤以成吾有为之志，而证吾有用之学乎！""僩既南归，获与启晦再晤，终日舟中笔谈，有言不能尽而意已相喻者，益信吾言之庶足以知启晦也。"（《越》20：225—229）

照说邻国来使，双方最敏感的话题就是边界了，然而检索阮思僩《燕轺笔录》及《燕轺诗文集》，对于中越边界却并不回避，古是古，今是今，厘然判然，完全可以讨论②，与民国初期学者建立"边疆学"实则承接西洋与日本之殖民成果，显然不同。而在当日黑旗军尚且转战于中越两国边境之时，阮思僩甚至提出设险制敌仍属次要，最重要的乃是"西海诸岛国"的动向，话题由此一转，仍旧回到洋务上来。在当日同文同

---

① 实际上当时《禹舆诗》已经刊刻了，阮思僩的序文可谓难得的佚篇。
② 《燕轺诗文集》中有专门讨论黑旗军的《回复李道台编问剿匪事宜转达抚宪书》，和专门讨论越南疆域及受封沿革的《答马龙坊书》。

伦"语境"下，真正可谓高识妙笔。

但阮思僩的感怀还有未尽。使者舟次桂林，已经出了湖南，他写出《泊舟阳朔山水佳绝有怀长沙崔贞史》一诗："连江风色秋犹热，带月溪声夜似春。坐忆长沙崔十九，好山不共曳吟筇。"（《越》20：178—179）此诗已无可酬答，乃是无端兴感。何以"山水佳绝"便要"有怀崔贞史"？推揣此处"崔十九"仍为崔暕的代称，用的仍是杜诗典故，杜甫《白水县崔少府十九翁高斋三十韵》作于安禄山之乱时，故有"人生半哀乐，天地有顺逆。慨彼万国夫，休明备征狄"等句。可知此处阮思僩明吟山水，却暗寓驱虏杀敌之意。

三　李阮辨夷

（一）

同治八年（1869），在到达北京的当日，阮思僩一行自正阳门进入内城，走在街上，忽然巧遇朝鲜使者。阮思僩仔细记下了他们的衣冠："其人冠纱帽，衣交领蓝衣，亦有衣白绫衣领。衣外披长半臂蓝或（酱）〔绛〕色衣，腰间均用丝带垂至脚。状貌温雅可喜。"又特别详细描述其纱帽是："内用单巾子包头，外（载）〔戴〕平顶纱帽，左右各三棱，中括发结，珠顶，分官品高下。随人外戴广簷圆顶帽。"（《越》19：174）

甫到公馆，阮思僩便写诗记述了他的兴奋："却喜朝鲜门馆近，相逢略识古衣冠。"（《越》20：113）清朝服制与越南不同，越南服制与明朝相同，而大明已为胜国，而今忽然目睹朝鲜服制相近，正所谓空谷足音，跫然而喜，诗句表达了毫不掩饰的认同感。

次日，正当阮思僩想要登门拜访之时，朝鲜使者金有渊、南廷顺、赵秉镐三人先来投帖请见，并有诗相赠。阮思僩当日便作诗酬答，诗中说"邈尔东南海，相逢燕蓟中，候门未半面，问俗本三同"，又说"衣裳见古风"，信束中又说："仆昨日进馆，于红尘陌上邂逅相遇，车驰马骤，不及通捴，而衣裳古制，金玉盛仪，获我心矣。……未能投帖请见，不谓先施之雅，红帖忽来。"（《越》20：114）

可惜朝鲜使者不数日就先期归国了。阮思僩作诗送行，说道："倾盖燕台乐未终，泥鸿去影已匆匆。归心鸭绿花开外，清梦龙池柳色中。万里关山难送客，四洲人物几同风。别君更忆《虬髯传》，西海如今渐向东。"又说："萍踪偶合，藉翰墨通殷勤，喜可知也。顾此旬日间，才得霎时晤对，今又永言别矣。客中送客，情何可喻！"（《越》20：116—117）而朝鲜使者也以同样的感慨作答。金有渊云："海滨各有国，但识舆图中。证契奇缘合，论诗逸格同。"南廷顺云："山河应有异，翰墨自相同。"赵秉镐云："交契三生重，车书四海同。"（《越》20：253）

诗中所谓"三同"，即《中庸》之"天下车同轨，书同文，行同伦"。所谓"四洲""四海"，指今日的东亚，而非今日的五洲。当时东亚有同文之国五，故"四洲"当指清朝以外的越南、朝鲜、琉球和日本。二月初一日，阮思僴曾向四译馆大使陈熷询问"琉球使部何日到京"（《越》19：177），而他赠朝鲜使者诗中"《虬髯传》"一语显然援用了前蜀杜光庭的典故，杜所作《虬髯客传》结局处写虬髯客自"东南数千里外"，以"海船千艘，甲兵十万，入扶余国，杀其主自立"，暗指日本与朝鲜，颇具豪杰霸王气概。诗中"西海如今渐向东"一句显然为"今典"，则当代之"虬髯"针对者为谁已不言而喻。

在与朝鲜使者声气应和一番之后，阮思僴更不忘直接询问有关洋人在北京的情况。

二月初一当日，阮思僴再向陈熷询问"西洋事"，陈熷回复："洋人现居宣武门内，习气不比同文诸国。"（《越》19：177）又向满洲人苏完书之子、时任户部八品笔帖式苏文悌询问，苏文悌回复："洋人近事，闻粤东有《纪新录》一部可考。"（《越》19：178）又向朝鲜使者询问，回告说："使馆之东，隔数店，有洋人屋，屋上作十字架形，不知洋人驻此多少。中国自与洋约和以后，气挫势屈，虽京师根本重地，他亦杂处不能禁。"（《越》19：184）

在京期间，阮思僴写下组诗《燕台十二纪》，第十一首写天主教堂，诗中用典，称西洋为"西戎"。"天主堂开译馆东，当年历法召西戎。近闻和好删新约，要见王师不战功。"诗后自注："内务府四译馆东数十步，有天主堂，或云自康熙年间用洋人南怀仁、汤若望等参订历法，遂敕于京师建天主堂，凡数处。咸丰末年和约，近闻中国已向他删改，诸领事等方寄回西方诸国阅定，所约何款，事秘不得知，亦未知将来如何究竟也。"（《越》20：125）

第十二首写西洋使馆,用的竟是荆轲、高渐离刺秦的典故:"易水风高九陌尘,荆卿去后几经秦,只今宣武门前路,燕市谁为击筑人?"诗后自注:"洋人在燕京者惟宣武门为多。"(《越》20:125—126)这首字面上看全然像是燕京怀古的七绝,只有见到自注,方知作者寄托于"燕赵感慨悲歌之士",意欲刺杀的原来不是西秦,而是西洋。

但阮思僴对于洋人不仅是关注其动向,而且更留心于对策。

二月初七日,越南使者以"密书"方式,向朝鲜使臣探询了两件要事。一,问洋船曾否来扰?朝鲜使者答:"丙寅(同治五年)秋,洋船来侵,随机捍御,渠不能肆毒。自此以后,渠反畏缩。"二,问捍御之道。朝鲜使者答:"制敌之道,以其国之伎俩临(辰)〔时〕处变,要在当场用(几)〔机〕何如耳。"

阮思僴总结道:"大抵洋人之于朝鲜是初来,彼相(几)〔机〕未可大得志,故暂退耳。我国未与洋约和之前,他亦屡来屡退,其情盖亦类此。所谓'他反畏缩',不无张大其辞。狃小安而忽远图,他日之患正未可逆睹也。"(《越》19:188—189)他认为朝鲜对洋人过于乐观轻敌了。

当时越南使者驻四译馆,朝鲜使者驻会同馆,两处"相去只四五十步"(《越》19:P184)。本来使者到馆,虽规定"严禁闲杂人不得擅自出入",而"若朝鲜人诸君贡务完,每可以相见"(《越》19:178),但越南使者"初请来馆拜会"时,朝鲜使者仍"辞以中国法严,不敢来"(《越》19:184)。此刻,阮思僴便不惜以"密书"方式与朝鲜使者交往。他负有国家使命,为此而不得不权宜冒险。

按,越南阮朝于清乾隆五十二年(1787)与法国签订《越法凡尔赛条约》,为东亚最早的殖民条约,时间尚在法国大革命之前,美国独立战争也结束不久。阮思僴出使前,越南已然经历了第一次法越战争和《西贡条约》的签订。稍后至同治十一年(1872),法国堵布益远征队攻占越南河内、海阳、宁平、南定四省,是为第二次法越战争,续有第二次《西贡条约》(同治十三年,1874)的签订,越南完全沦为法国的保护国。所以,此时阮思僴一行的隐忧可说完全出于家国命运的预感,而且不幸言中了。

（二）

到同治八年（1869），阮思僩一行原路经广西回国，其间发生的一件事颇值得注意。

同治年间，原在广西境内的民军逃遁越南，同治七年（1868），越南国王请求广西巡抚苏凤文代奏请兵援剿，清帝命冯子材讨之。同治八年，民军陆续败降，清军将收复的高平郡归还越南，事见《清史稿·越南传》。现据燕行文献可知，请苏凤文代奏出兵的咨文是阮思僩一行出国时顺路办理的，而归还高平郡的致谢咨文恰又是阮思僩一行回国时办理的。这一来一往，颇为巧合。而与两度咨文相伴随的，还有阮思僩撰写的一篇文稿《辨夷说》。

据阮思僩所述，同治七年秋，越南使者入境，十月道经广西，见书肆新刻《粤西地舆图说》一书，凡粤省西南境与越南接壤诸州县都标有"某国某夷州夷县界"字样。他"阅未终幅"，喟然叹曰："噫，是何言欤！是何言欤！"（《越》20：230）因此写下《辨夷说》一文。此文在《燕轺诗文集》中，编在湖南酬答诸文之后、致谢咨文之前，推测是在来使途中酝酿而在回国途中完成的。除了广西新编舆图之外，在燕京、湖南等地的见闻可能也会成为阮思僩最终写出此文的部分动因。

《辨夷说》提到的《粤西地舆图说》，准确书名应当是《广西全省地舆图说》。该书于同治六年（1867）刊刻，同治七年阮思僩一行到广西时，正是"新刻"。按在同治三年（1864）（亦即崔暕《禹舆诗》在长沙开雕之年），清朝总理各国事务衙门鉴于边疆问题的紧迫，敕令各省绘编舆图。广西由于边疆较长及民军活跃，直到同治六年，经过张凯嵩、苏凤文两任巡抚的努力才完成。书首有全省总图，以下各府厅州县均有图，共计83幅，都有文字说明。总图在广西南部周围标有如下图注："安南保乐夷州界""安南上琅夷州界""安南七源夷州界""安南文渊夷州界""安南下禄夷州界""安南万宁夷州界"，共六条，十分醒目。其他图注及文字也多有"安南夷界""安南高平夷府""安南石林夷州""安南上禄夷州""安南黎禄夷峒"等字样。

(三)

说到版图和边境，比阮思僩稍晚，裴文禩（字殷年，号珠江）光绪二年（1876）为如清正使，途经湖南，拜访过李星沅之孙李幼梅和陈宝箴之子陈三立，交游甚广，而陪同他任短送官的盛庆绂在光绪九年（1883）编纂了《越南地舆图说》六卷，书首《越南全图》中有嘉定城"今为法人所踞"、建安府"今为洋夷法人所踞"等图注。该书《义例》云："是图之作，因本年春夏间阅海上报，见法夷用兵越南，大有灭此朝食之意。剪我藩篱，唇齿滋忧。某请缨无路，聊成是图，详为之说，以俟当代采而用之者。"①

实际上，清朝与越南之间完全不存在版图兼并与边防对抗。如果清朝对于越南的举动有所关注，那就只有一个目的，即忧虑法国人在越南的殖民。就在阮思僩归国的同治八年（1869），"法人割取越南国安江、河曲、永隆三省，自是下交趾六省悉隶法版"②。由此背景可知，《广西全省地舆图说》的"夷州"表面上看是针对越南，实际上却是针对法国在东南亚的殖民扩张。

而面临洋夷的入侵，越南看待清朝的视角也发生了变化。

《辨夷说》似乎使我们的思维方式发生了错乱。以往我们总是习惯于强调汉族的自我本位，申明"华夏"本是"华夏"，此刻却有越南使臣著文，申明"夷狄"不是"夷狄"。"夷夏之辨"的旧题出现了新解。

当年，惯于求真的庄周曾经问道："世之人以为养形足以存生，而养形果不足以存生，则世奚足为哉！"（《庄子·达生》）"世人以形色名声为足以得彼之情！夫形色名声果不足以得彼之情，则知者不言，言者不知，而世岂识之哉！"（《庄子·天道》）。循此是否也可以追问：华夏本不是华夏，夷狄真不是夷狄，"则世奚足为哉"？

(四)

无独有偶，越南使臣讲论"夷夏之辨"的不只阮思僩一人。阮思僩

---

① （清）盛庆绂：《越南地舆图说》，光绪十年（1884）刻本。
② （清）赵尔巽等：《清史稿·越南传》，中华书局1977年版，第14646页。

可能不知道，在他之前，道光十一年（1831），李文馥已经写过一篇《夷辨》了。李文馥，字邻芝，号克斋，越南河内永顺人，历官户部右侍郎、兵部主事、工部右侍郎、礼部右参知，《大南实录》有传。李文馥曾任如清正使，诗文编为《周原杂咏》。

这一年，一批清朝水军官兵及家眷在海上失风，漂泊到越南，李文馥奉命护送这批官兵回福建。

八月二十日，李文馥抵达省城福州，入驻使者公馆，看到公馆门额题的是"粤南夷使公馆"。公馆在闽县县衙一侧，题额的是县令黄宅中。李文馥立即表示："我非夷，不入此夷馆。"伴送官揭去题额，然后李文馥才入驻。而黄宅中也闻迅谢过，改题公馆为"粤南国使官公馆"（《闽行杂咏》，《越》12：258）。

李文馥当下写了一首律诗《抵公馆见门题"夷"字作》，诗云："自古冠裳别介鳞，兼以天地判偏纯。尼山大笔严人楚，东海高风耻帝秦。斗次辉华文献国，星槎忝窃诵诗人。不怜一字无情笔，衔命南来愧此身。"（《越》12：257）

八句短诗，满是典故。首联"介鳞""偏纯"讲儒家的人与动物关系论，代表儒家的人类观。儒家不轻视其他动物，但认为人类最得天地之灵秀，禀气最纯正，所以应当帮助动物，"赞天地之化育"。因之虽有介鳞之分、偏纯之别，但最终目的是"兼利万物""道济天下"。颔联"人楚""帝秦"代表儒家的地域观。"楚王失弓，楚人得之"与"人遗弓，人得之"两种观念的区别在于，后者消弭了中原与楚蛮的地域界线，典出《孔子家语》与《孔丛子》。鲁仲连义不帝秦，宁蹈东海而死，表明义利之辨大于华夷之辨，典出《战国策》与《史记》。颈联代表儒家的夷夏观，典出《论语》。"文献国"固然是指大清，而有时也会"文献不足征"；"星槎"旧谓"岛夷"，此处指越南，但有时也会"天子失官，学在四夷"，因而有"君子居九夷"。"道不行"，是说即便是孔子，不得已也将"乘桴浮于海"。尾联二句，"一字无情笔"指公馆门额所题"夷"字。"不怜"恐是"可怜"之误，"可怜"表示委曲，如是"不怜"，却是表示辩争到底的决心了。诗中口吻，或者出于圣人，或者出于义士。李文馥的方法，是"用少林武功打倒少林"，故而令人无可争辩。概括其诗的宗旨，全在于"地域"服从"文教"。而说到越南的文教，只看此诗的出典就已不言自明了。

　　来福建的前一年，李文馥曾出使英属新加坡观看海军演习，所著《西行见闻纪略》中有《西洋语》一篇，乃是用汉字记录的英语。而这一次，李文馥将汉文酬唱诗编成了《闽行杂咏》（又称《闽行诗话》）。最特别的是李文馥原籍福建龙溪，"累世为明显官，明末南徙"（《越》12：288），其先人李克廉为云南总督，因不臣服清朝，避难迁居，传六世至李文馥。在福建，李文馥瞻拜了"接洙泗之正统"的朱子建阳书院，还核实了《李氏家谱》。而李氏先避清而徙夷，后如清而辨夷，这一往一返，颇能显出儒家观念的"时义"。

　　而就在这八句诗下，李文馥竟又"附"了一篇近千言的《夷辨》①。文章写就，李文馥拿给清朝官员，闽浙总督孙尔准当堂宣示："贵使来此，本省自以侯臣之礼待之，不敢以外夷祝也。"（《越》12：262）士大夫"抄者相继"且"多有评阅"。因此《夷辨》之下又附有十三家评赞，且都具署姓名。评赞如下：

　　　　议论正大，佩服之至。黄宅中。
　　　　议论明正，平素根深。福州拔贡徐家政。
　　　　是是。周芸皋观察。
　　　　即文更是。许少鄂司马。
　　　　不激不随，非富乎学者不能。杭州举人叶培芳。
　　　　持论高明，笔气遒劲。侯官秀才陈蒻林。
　　　　余欲以一辞赞之，更弗就。西江知事陈春荣以竹。
　　　　论议阔大，非深于学者不能。翁叔裴芥丹。
　　　　笔如生龙活虎，不可羁缚。来锡义番子庚。
　　　　一笔纵横，□②咻静听。梅峰先生。
　　　　可多录三五通，（今）〔令〕人神悟。儒学训导季振仁。
　　　　夷也，戎也，蛮也，狄也，自就五方言之，非意之也。顾亦观乎道学之显晦、习尚之微急何如耳。此辨直参得透。〔王〕秀斌香雪。

---

① 抄本原题"夷辨附"。
② 空缺一字，疑为"群"字。

称其可令行价增色也，宜哉！思台。

季振仁评赞之后，李文馥还有按语："振仁为人极慷慨，（赌）〔睹〕我衣冠，乃自掷其帽曰：'即我是夷，而反夷人乎！'"（《越》12：262—264）

黄宅中，字惺斋，又字心斋，号图南，山西河曲人。自清高祖以下世为县学生，家有田百亩，以耕读为业。承庭训授"六经""四书"，皆成诵，并学诗文。道光初中进士，授翰林院庶吉士，外改知闽县。其后历任福州海防同知、湖南永顺知府、贵州大定知府，终浙江杭嘉湖道。任内廉勤，有令名。晚年病归乡里，专事著述，撰有《李纲年谱》等。

大约从公馆改换门额之后，李文馥与黄宅中反而变成了最好的朋友，"自《夷辨》既出，遂成契洽"，用李文馥的解释就是"相逢馆驿正凶凶，气谊翻从笔墨通"（《越》12：266、269）。《闽行杂咏》载有二人不少酬唱，在《次韵酬黄心斋见赠》及《附元韵》中，李文馥说"品望今科甲，文章古大家。挥毫惊白雪，顾影愧皇华"，称道清人的文章更好，黄宅中则说"使吏来瀛海，官风看一家。衣冠存古制，文字本中华"，强调中越文章本是同源（《越》12：267）。李、黄二人成了最本质意义上的"文友"。其实单从二人的自命来看，一字"克斋"，一字"心斋""惺斋"，业已表明二人的精神所归了。

到此年九月初一日，李文馥归国前一夕，黄宅中到船送别，二人笔谈、赋诗。《闽行杂咏》有如下记载："黄心斋学问素宏富，才又英敏，灯话间笔翰如飞，神情流动。其言曰：'自仙槎到此，缱绻殊深。此后如海上神仙，可望而不可即。情志所钟，正在吾辈。'即吟：'归槎龙肚远，驻泊鹭江深，泛泛浮槎影，遥遥送客心。'余应之曰：'笔墨情（逾）〔愈〕密，云山望转深。汪（沦）〔伦〕多一送，秋水一般心。'心斋复曰：'踪迹如萍聚，离情似海深。今宵文字会，他日故人心。'余闻而恻然，慰之曰：'两叶浮萍归大海，人生何处不相逢。或者天相吾辈，以共谐所愿，当未可知。'"

此刻忽闻钟声响起，"心斋曰：'愈言愈不能尽，徒令人呜咽耳！'遂投笔立楫而去。余步送出门，徘徊如有所失。"（《越》12：276—277）

继秦、黎与崔、阮之后，文教乃至情感认同，在黄、李二人身上再次呈现。

(五)

李文馥《夷辨》与阮思僩《辨夷说》都是反问辩难，故二文可得综合而言。其辩难可以分析为数项。

第一，不以地域分夷夏。

"夫天盖地球，丽而处者亿万国，为中为外，从何辨之？"

"若必执土地之中以求之，则四海大州，唯末利亚之西红海，乃为地中，从未见彼方之能夏也。"

第二，不以种族分夷夏。

"有华而不为夷、不夷而乃夷之者，此则不容以不辨。"

"夷夏之辨莫严于《春秋》，而予夺亦莫严乎《春秋》。故卫伐凡伯，虽诸姬也，而戎之；季札来（侵）〔观〕，虽借国也，而进之。安在与我同域者必为夏，而与我异宜者必为夷哉？"

"或为高论者曰：'舜，东夷之人也；文王，西夷之人也。'《传》有之，于夷乎何损？不知此盖就生之地言之耳。舜、文之所以为舜、文，自去籍以来有称〔舜〕为夷帝者乎？有称文为夷王者乎？"①

第三，不以古今分夷夏。

"若谓从其本初立国而名之，则在上国之云、贵二省，与东三省之吉林、黑龙江、宁古塔，固皆秦汉以前夜郎、昆明、鬼方、肃慎、沃沮诸国地也。今将从其朔，一例以夷之乎？"

"且就目前言之，如福建一省，考亭朱夫子之遗教也，而所居泉漳人往往以巾代帽，岂非夷服？今公将从而夷之乎？又如十八省言语各又不同，而土语与官语又各不同，此岂非夷言？亦将胥而夷之乎？"

第四，不以强弱分夷夏。

"夫土地有大小，国势有强弱，天之所为，苟德义之（不）〔无〕瑕，则虽弱必强，虽小必大矣。是故临人以德，而天下归之，古之道也。"

第五，当以礼乐文教分夷夏。

---

① 此节内容越南潘叔直《国史遗编》收录，文字改写为："世人不敢以夷视舜文，况敢以夷视我乎！"参见陈益源《清代越南北使诗文蠡探——以李文馥和他的作品为例》，2008年4月28日"中研院"历史语言研究所"东亚文化意象之形塑"系列演讲，http://proj3.sinica.edu.tw。

"夫夷之为夷,圣经之贤传鄙之,而周公之所必膺之也何者？或专于道暴横,而不知有道礼居分,如古之荆楚是也。"

"古来必夷夏之辨者,则亦视乎礼义之存亡、文行之同异焉耳。"

"通乎华夷之后,但当于文章礼义中求之。"

第六,满清非夷。

"东三省为天朝圣神开基之地,'夷'之一字,不惟本朝臣子所不敢形诸笔墨,亦断不敢心言而意话者。"

第七,越南为文教之国,故越南不为夷。

"我粤非他,古中国圣人炎帝神农氏之后也。方其遐僻自画,颛蒙未开,此(辰)〔时〕而夷之,犹(子)〔可〕也。而于周为越裳,则氏之;于历代为交趾,则郡之;未有称为夷者。"

"且吾越自汉以后,常与西粤并隶上国版图,其《诗》《书》六艺之学,衣冠礼乐之化,沈浸浓郁几二千年,中间虽乍合乍分,而道义之一,风俗之同,今犹古也。况累世职贡,不失事大之礼,天朝盖常许为同文国之一矣,而奚其夷之？"

"况自陈安南以还,土地日辟,至于今而倍蓰焉。北接中州广东、广西、云南三省;西控诸蛮,接于南掌、缅甸诸国;东临大海,包诸岛屿;南亦抵(亦)〔至〕于海绕,而西南邻于暹罗。其余屋、余国、附蛮不一而足,真袤然为天地间一大国矣。氏之且不可,郡之且不可,而可以夷之乎？"

"以言乎治法,则本之二帝三王;以言乎道统,则本之六经四子。家孔孟而户朱程也。其学也,源《左》《国》而溯班马;其文也,诗赋则《昭明文选》,而以李杜为归依。字画则《周礼》六书,而以钟王为楷式。宾贤取士,汉唐之科目也;博带峨冠,宋明之衣服也。推而举之,其大也如是,而谓之'夷',则正不知其何如为'华'也？"

第八,夷狄之国自有人在。

"或又举之国而□端之,而于吾人之纲常道义一(顾)〔弃〕而不顾,如今之东西洋黠夷是也。称之曰'夷',固其所也。"(《越》12：257—262；20：230—234①)

---

① 以上均见清李文馥《闽行杂咏·夷辨》、越南阮思僩《燕轺诗文集·辨夷说》。

（六）

二位使臣的辩难很容易让人联想到清朝雍正帝《大义觉迷录》中论证"华夷之辨"的部分。其中所说如"《诗》言'戎狄是膺，荆舒是惩'者，以其僭王猾夏，不知君臣之大义，故声其罪而惩艾之，非以其为戎狄而外之也"，意即以礼乐文教分辨夷夏；"若以戎狄而言，则孔子周游，不当至楚应昭王之聘，而秦穆之霸西戎，孔子删定之时，不应以其《誓》列于《周书》之后矣"，意即不以种族分夷夏；而"本朝之为满洲，犹中国之有籍贯。舜为东夷之人，文王为西夷之人，曾何损于圣德乎"一段，正是李文馥所本，《夷辨》中的"高论者"便是雍正帝。《大义觉迷录》先颁后禁，缘由很明了，雍正之时无可回避，乾隆以下则无须讨论。不意在清代后期，仍为越南使者所引述。

雍正帝及越南使者所陈述的纲常、道统，可以确指为礼乐、仁义，或表述为文教、名教，乾嘉盛时曾被称为"公理"[①]，清帝逊位之后落空，转而成为"理想"[②]。要想对纲常、道统作一系统论证比较复杂，但至少可以说，它们都不以物质需求为第一要义。"文化"归根结底是一种生存方式，纲常、道统讲求"生生"，但重在恒久的整体生存，而拒绝短暂的个体物欲。生存但强调不依赖于物欲，此之谓文明，此之谓人文。在此意义上，不仅地理、种族的意义要小于文化，甚至国体、政体也要小于文化。所以当洪宪称帝之日，陈寅恪认为"国体之为君主抑或民主则尚为其次"，而"廉耻道尽"才更关乎根本[③]。

在东亚，"天下"是一个有核心的层级外延的概念。从核心到边缘可能会递减递弱，但可以有很多逐渐过渡的层级，直到被忽略和不能描述。它没有边界。有边界的区域是有限的，而没有边界的区域是无限的。"天下"有多层的过渡，所以有空间，有想象，有美，有诗意。先民的"天下观"如此，文学、文化观如此，民族与政治观也都如此。

[①] 见前引《四库全书总目提要》。此前《管子》已云："行天道，出公理。"
[②] 陈寅恪《王观堂先生挽词并序》："吾中国文化之定义，具于《白虎通》'三纲六纪'之说，其意义为抽象理想最高之境。"载《陈寅恪诗集》，清华大学出版社1993年版，第10页。
[③] 陈寅恪：《读吴其昌撰梁启超传书后》，《寒柳堂集》，上海古籍出版社1980年版，第148页。

只有近代西洋的国家概念，才总是与利益分割相关。

人类的"历史遗产"有两种。一种为先民留传的固有遗产，"故国旧都"，则不离不弃，必此理也；一种为他人遗产而一旦据为己有，则当先一件事项便是分配，因此更注重"分配规则"，盗跖所谓"分均，仁也"，正是指的得来之物。

西洋"进化论"由生物学而来，故而将人类与动物连接为一线，人类社会文明进步的原动力与动物的生存本能无别。而中国人的观念则认为动物可以依照其本性平衡自己，唯独人类没有这种能力，其本能将恶性膨胀，故而强调人类与动物的差别，所谓"夷夏之辨"未尝不是"人禽之别"，本质上则是"义利之辨"。东亚文明明人禽之分、明义利之分而遵循天道，故称"天人之际"①，而西洋近代文明以进化论为基础，只好说是"动物之道"。

照说，越南来自南荒，清统治者出于北漠，而朝鲜向属东夷，三者各以种姓延绵，以地理与血缘论，都是不折不扣的夷狄，而越南、朝鲜与清朝之间的朝聘，无非三家夷狄之会晤。然而在有清之际，三家却可以坐镇京师，出入中华，以纲常、道统自居，甚至不顾平日之谦谨，不惜露才扬己，争为正统，使得春秋、孔孟时代"四夷"的地理范围缩小到几乎无存。与此同时，随着西洋各国的介入，新的"洋夷"概念却产生出来。

早先，"四夷"概念当然与地理有关，毫无疑问。到清代，仍有学者强调中国地理的"得天地中和之气，故昼夜适均，寒燠得中"②、"地居北极温带之内，气候中和，得天独厚"③。考虑到汉语"时"字本义解为"四时"，即四季，及上古少皞之际已设"司分""司至"之官，则先民对于地理环境的中纬度位置早有了解，张之洞、叶德辉所见不无道理。然而，夷夏之辨虽由地理而起，纲常、道统却可以四海同之，地理最终遵循天理。地理、种族是相对的，而天不变道亦不变。

上古名物原则有取其"自呼""自叫"之说。古文"夷""尸""仁"

---

① 见《韩诗外传》《春秋繁露》《史记》《汉书》等。
② （清）张之洞：《劝学篇·内篇·知类》，载苏舆编《翼教丛编》卷三，上海书店出版社2002年版，第47页。
③ （清）叶德辉：《叶吏部〈非幼学通议〉》，载苏舆编《翼教丛编》卷四，上海书店出版社2002年版，第136页。

诸字相通,"夷"字解为"仁",《说文解字》段玉裁注曰"夷俗仁",足见命名绝无贬义。"夷狄戎蛮"就其名称本身而言,与"佛郎机""英吉利"诸称谓并无大异。

上古华夏民族的构成,以父系血缘为主干,并融会以母系血缘。考虑到"取妻不取同姓"(《礼记·曲礼上》)的规则,"男女同姓,其生不蕃""内官不及同姓,其生不殖"的告诫,实际上是通过异姓相婚最终将整个民族团结在一起,"打破民族出于一元的观念"与"中华民族是一个"[①] 的口号都片面而过于简单化了。

要之,纠缠于以地理、种族因素界定"四夷",正如古人所谓的"刻舟求剑",势必会因地理与种族因素的淡化而最终导致对纲常的淡漠,直至消弭文教于无形。近代清朝与洋人"夷"字称谓之争正是如此,表面上是名称和褒贬问题,实质上是取消纲常文教。清末以来,国人反清而恰未能反夷,保种而恰未能保文,实亦职此之由。由此而论,"三夷"关于"夷夏"观念的文化取径,套用一句习语,可以说是一个"历史的进步"。在北京,当朝廷面临来自洋人的压力而取消"夷"字称谓与"天下之中"理念的时候[②],南方的"夷夏之辨"却有了一度的新发展。

---

① 均为顾颉刚语。参见顾颉刚《答刘胡两先生书》,《古史辨》第一册,朴社,1926年,第99页;顾颉刚:《中华民族是一个》,昆明《益世报·边疆周刊》第9期,1939年2月13日。
② 咸丰八年(1858)中英《天津条约》第51款规定:"嗣后各式公文……不得提书'夷'字"。参见刘禾《帝国的话语政治》,杨立华等译,生活·读书·新知三联书店2009年版,第39页。

作诗的使臣

——湛若水与安南君臣的酬唱

明代名儒湛若水出使安南，册封安南国王，其间正副使与安南国王唱和诗八首，安南大臣送行诗十首，翰林院同僚等唱和三十九首，在安南史籍或记录全文，在明朝文献则隐约不显。此事既关乎个人境遇，亦关乎国情国势，同时也关乎文学源流与文化命运。诗赋唱答是古代东亚各国外交中的重要表象，诗意是模糊的，但格律技巧仍可以分别高下，明朝使臣的"唐律"不如安南君臣，表明当日两国间汉字文化的状态并非简单的传播与接受。古代安南与古代朝鲜也不是单纯地理上的周边国家，而是自古有中原华裔的直接介入，因之与明朝也不是单纯的"夷夏"关系。湛若水《三妇辞》云："大妇厌糟糠，中妇足粳粱。小妇何绰约，装金调玉浆。愁乐各未终，微日落阴冈。"[①] 明朝与安南乃至朝鲜都各自面临着自己的内忧外患，因之无论双方如何博弈，宏观上看，仍属汉字文化圈内的竞技，并且面对着同样的存亡荣辱、休戚与共的命运归宿。

一　唱和诗

湛若水在明武宗正德七年（1512）出使安南，与安南国王黎晭有八首唱和诗。此事曾被清代安南使臣抄载，这一版本学者大多尚未注意。学者引用八首诗，包括 2015 年 12 月新出版的标点校勘本《大越史

[①] 《湛甘泉先生文集》卷二六，清康熙二十年（1681）黄楷刻本。此诗写于出使安南途中，寓意极其隐秘。

记全书》在内，字句多有出入。八首唱和诗中，安南国王主动的唱诗，以唐律为标准，水平高于明朝正使、副使的四首和诗。副使潘希曾可能是因为擅长律诗而被派遣的，但正使湛若水显然不擅长律诗，作品多为古体、五言、歌行、变体。

安南使臣阮公沆于清朝康熙五十七年（1718）北使燕京，其《往北使诗》[①]的最后部分在记载了他与朝鲜国正使俞集一、副使李世瑾的"唐律"唱和[②]之后，又抄录了明朝正德八年（1513）湛若水、潘希曾抵达安南，国王黎䆮与二人的八首唱和诗。

现在考察这八首唱和诗的学术价值，除了文献版本与诗文字句的异同可资考证之外，更在于它反映着当日两种不同的判断视角。阮公沆是将八首唱和诗作为文学佳话甚至辞令典范加以记载的，但湛若水却绝没有将之视为"流芳千古"[③]的机会。

湛若水是明代大儒，为陈献章（世称陈白沙）弟子，与王守仁（世称王阳明）为好友。字符明，号甘泉，谥文简，广东增城人。《明史·儒林传》有传，称"若水以随处体验天理为宗"。明弘治十八年（1505）会试，学士张元祯、杨廷和为考官，抚其卷曰："非白沙之徒不能为此"，置第二。赐进士，选庶吉士，授翰林院编修。官至南京国子监祭酒，南京吏部、礼部、兵部尚书。平生以著作宏富著称，《明史》著录有《修复古易经传训测》十卷，《诗厘正》二十卷，《仪礼补逸经传测》一卷，《二礼经传测》六十八卷，《古乐经传全书》二卷，《春秋正传》三十七卷，《中庸测》一卷，《古今小学》六卷，《甘泉明论》十卷，《遵道录》十卷，《问辨录》六卷，《甘泉前后集》一百卷，《圣学格物通》一百卷。

---

① 阮公沆（1679—1732），字太清，号静斋。进士，清康熙五十七年（1718）以兵部右侍郎官衔北使燕京，著《往北使诗》，载其题诗赠苍梧县正堂、灵川县公、祁阳县公、衡山县正堂及中国人"临船求诗"等情形。阮公沆后升兵部尚书、都御史、吏部尚书、太子太傅，加太保。

② 清徐世昌《晚晴簃诗汇》卷二百收录，四首选二，题为《简朝鲜国使俞集一、李世瑾》。

③ 刘玉珺说："正是由于越南的这种重视和关注，将其载入正史，才使得湛若水和潘希曾的八首被中国史家尘封遗忘了的南使之作得以流芳千古。"参见刘玉珺《越南汉喃古籍的文献学研究》，中华书局2007年版，第343页。

《往北使诗》写道："初黎朝洪顺五年正月,明遣正使翰林院编修湛若水、副使刑部给事中潘希曾,来封洪顺帝为安南国王,并赠皮弁一副、常服一套。及还,帝赐湛若水诗一首……湛若水次韵奉和……帝赐潘希曾诗一首……希曾次韵奉和……帝又饯湛若水诗……湛若水次韵奉和……帝又饯潘希曾诗……希曾次韵奉和……"①

八首诗及唱和经过又见《大越史记全书》本纪实录卷一五《黎皇朝纪·襄翼帝》,又分散记载于明李文凤《越峤书》卷一九和卷二〇。兹将八首唱和诗重新整理,随文校诠。

1. 《黎䎫饯湛若水》

凤诏祗承出九重,皇华到处总春风。
恩覃越甸山川外,人仰尧天日月中。
文轨车书归混一,威仪礼乐蔼昭融。
使星耿耿光辉遍,预喜三台瑞色同。②

2. 《湛若水次韵奉和》

山城水郭度重重,初诵新诗见国风。
南服莫言分土远,北辰长在普天中。
春风浩荡花同舞,化日昭回海共融。
记得传宣天语意,永期中外太平同。

---

① 阮公沆《往北使诗》,今存抄本一册不分卷,见复旦大学文史研究院、越南汉喃研究院编《越南汉文燕行文献集成(越南所藏编)》第2册,复旦大学出版社2010年版,第34—38页。"五年"误作"四年","皮弁"误作"皮笺","常服"下脱"一套"二字,据《大越史记全书》补正。见孙晓主编《大越史记全书》标点校勘本,西南师范大学出版社、人民出版社2015年版,第773—774页。

② 《越峤书》有《四库存目丛书》影印北京大学馆藏明代平厓书屋抄本、民国油印本二种版本,"三台"均误作"三合"。陈尚胜《五千年中外文化交流史》第一卷"出九重"误作"了九重","日月中"误作"日水中"(世界知识出版社2002年版,第500页)。李未醉《中越文化交流论》(光明日报出版社2009年版,第43页)、《中外文化交流与华侨华人研究》(电子科技大学出版社2014年版,第113页)同误。于在照《越南文学与中国文学之比较研究》"日月中"误作"日水中"(世界图书出版广东有限公司2014年版,第259页)。

第一首诗《越峤书》的记载最为详细，比《往北使诗》和《大越史记全书》多了小引，题为《送天使湛内翰还朝并引》。引曰："圣天子明德以照四方，显比以建万国，以安南文献之邦，待之尤厚，特命内相湛大人捧诏持节，贲临南国，风度凝远，礼乐雍容。接见之间，不胜歆羡，遂赋近体诗以表厚意。"翰林编修雅称"内翰""内相"。小引典雅得体，除了铺陈缘由，这里特别点到其诗体裁为"近体诗"，安南人又称之为"唐律"，此为中国与安南相互认同的标准体裁。

黎睭的诗句，"春风"言时令，当下为正月，已入春。"耿耿"言湛若水的表情容貌，与小引中"风度凝远"对应，可知湛若水当时的情绪较为严毅。

湛若水的诗句，"花同舞"既言时令，也言地理，因为在中国北方正月里并无花开的景象，唯在安南才有这种观感，如湛若水《晓发仆山驿至丕礼驿四首》所云"烟火数椽茅栋，荒篱一树桃花""一番佳人拾翠，满城桃李争春"。"记得"，嘱托语，于此可见湛若水的高傲、湛若水的尽责和湛若水的不解风流雅意。

3.《黎睭饯潘希曾》

> 一自红云赫案前，使星光彩照南天。
> 礼规义矩周旋际，和气春风笑语边。
> 恩诏普施新雨露，炎封永奠旧山川。
> 情知远大摅贤业，勉辅皇家亿万年。[1]

4.《潘希曾次韵奉和》

> 皇家声教古无前，此日春风动海天。
> 龙节远辉南斗外，鸟星长拱北辰边。
> 藩垣义在思分土，献纳才疏愧济川。

---

[1] 《往北使诗》《大越史记全书》"赫案前"均误作"赭案前"。刘玉珺《越南汉喃古籍的文献学研究》"永奠"误作"未奠"。于在照《越南文学与中国文学之比较研究》"义矩"误作"羑矩"。

临别何须分重币，赠言深意忆他年。①

黎暭的诗句，仍然雍容、贞顺、得体。

副使潘希曾，字仲鲁，号竹涧，浙江金华人。潘希曾之为人，"仪状秀伟，言辞辨正，性孝友质直，简默惇悫。平生言动，未尝少越法度。接人和夷，而不喜谐谑。无亢无比，无贤愚大小，见必称长者"。并且，他还"少颖异，七年能诗文"②，曾得李东阳赏识③。《四库全书总目提要》称道"其平时虽不以文章著，而直抒胸臆，沛然有余"。他不仅学宗唐律，而且崇敬杜甫。④ 所著《竹涧集》中有古今诗四百余首。这真是生就的使才。

潘希曾次韵诗又见《竹涧集》卷二，题为《次韵答安南国王兼辞其贶》。

潘希曾的诗句，得体，精整。但是颈联、尾联就弱了。"济川才"为唐诗中习语。张说《送任御史江南发粮以赈河北百姓》"将兴泛舟役，必仗济川才"，李白《自溧水道哭王炎三首》"未成霖雨用，先失济川材"⑤，元稹《遭风二十韵》"在昔讵惭横海志，此时甘乏济川才"，项斯《黄州暮愁》"岂无登陆计，宜弃济川材"。黎暭的八句诗都是赞扬，并无令人"纳诲"之意，潘希曾称"才疏愧济川"虽是自谦，却只顾念着一己之

---

① 《往北使诗》"远辉"误作"远挥"，"鸟星"误作"鸣"里"，"里"字左上角有两点，疑为衍字。《大越史记全书》"鸟星"误作"乌星"，刘玉珺《越南汉喃古籍的文献学研究》同误。于在照《越南文学与中国文学之比较研究》"鸟星"误作"鸣星"。《汉书·五行志》"天文南方喙为鸟星"，《汉书·天文志》"南宫朱鸟"，故第八首诗又言"朱鸟"。《竹涧集》作"鸟星"。《往北使诗》《大越史记全书》"藩垣"均误作"维垣"，刘玉珺《越南汉喃古籍的文献学研究》、于在照《越南文学与中国文学之比较研究》同误。《竹涧集》作"藩垣"。于在照《越南文学与中国文学之比较研究》"义在"误作"羡在"。《往北使诗》《大越史记全书》"献纳"均误作"纳诲"，刘玉珺《越南汉喃古籍的文献学研究》、于在照《越南文学与中国文学之比较研究》同误。《竹涧集》作"献纳"。

② 明程文德《大司马竹涧潘公传》，见明程文德《程文恭公遗稿》卷二一、明潘希曾《竹涧集》附录和其《竹涧奏议》附录。程文德为潘希曾女婿。

③ 明潘希曾《竹涧集》卷六《东园看月诗序》："至于片言可采，历十余年之久，尚挂齿颊。"

④ 明潘希曾《竹涧集》卷六《秋日写怀诗序》："自楚骚一变为汉魏古诗，再变以极于唐律。"参见刘慧敏《潘希曾诗集校注》第二章《潘希曾的诗学思想》，湘潭大学，硕士学位论文，2014年，第15—17页。

⑤ 唐李白"未成霖雨用，先失济川材"一句，《全唐诗》《唐诗类苑》《唐音统签》作"失"，《李太白全集》《十八家诗钞》作"夭"。

私。"临别何须分重币",指辞赆,刻意指出,反而太露。"赠言深意忆他年"一句,似讖非讖,无聊之极,笔力最弱。

5.《黎晭饯湛若水》

　　圣朝治化正文明,内相祗承使节行。
　　盛礼雍容昭度数,至仁广荡焕恩荣。
　　眷留欲叙殷勤意,临饯难胜缱绻情。
　　此后鳌坡承顾问,南邦民物囿升平。①

6.《湛若水次韵奉和》

　　富良江头春日明,我歌听罢我将行。
　　自天三锡元殊数,薄海诸邦孰与荣。
　　更谨职方酬圣德,每将人鉴察群情。
　　临歧不用重分付,万里明威道荡平。②

第五首诗《越峤书》题为《饯湛内翰并引》,引曰:"春光骀荡,天色晴明,序属三阳,时当嘉会。恭遇圣天子临御家邦,恩沾遐迩,涣颁凤诏,特命内相湛大人持节来封。度数昭明,礼文详备。方深爱助,遽见言还,缱绻之情,曷维其已。因写一律以饯之云。"③

黎晭的诗句及小引仍然精整严密,礼意情意,彼此两造,堪称得体。

---

① 《往北使诗》《大越史记全书》作"广荡",《越峤书》作"旷荡"。按"旷"字更加古雅,《尚书·尧典》"光被四表","光"字本作"横",读音"古旷反",解为充盛。参见清戴震《戴东原集》卷三《与王内翰凤喈书》。《往北使诗》作"眷留",《大越史记全书》作"留时",《越峤书》作"特留"。《往北使诗》《越峤书》作"临饯",《大越史记全书》作"饯日"。《往北使诗》《大越史记全书》作"此后",《越峤书》误作"比后"。

② 《越峤书》作"富良江头"。明潘希曾《竹涧集》卷二《回渡富良江二首》亦有"富良江头风日晴"句。《往北使诗》"富良江头"误作"民富从头"。《大越史记全书》"富良江头"误作"良富从头"。《越峤书》作"薄海","薄"读作"迫"。《往北使诗》《大越史记全书》误作"薄物"。刘玉珺《越南汉喃古籍的文献学研究》同误。

③ (明)李文凤:《越峤书》卷一九,《四库存目丛书》影印北京大学馆藏明代平厓书屋抄本,及民国油印本。

湛若水的诗句却颇有问题。

颔联很好。"自天三锡",经典语。《易经·师卦》象传:"王三锡命,怀万邦也。""薄海"一句,双关语,既颂其功,复求其报。

颈联便弱。"更谨",仍用嘱托语,觉直硬。

尾联无聊。"临歧不用重分付"一句,当与潘希曾"临别何须分重币"一句对读,仍指辞赆。湛若水《泉翁大全集》卷三三有《辞安南国赠物对》,"我天子全御覆载"云云,即"万里明威道荡平"意。

较为严重的是首联。"富良江头"一语并非律诗不能用,但究竟显得散漫,绝无庙廷气象。而"我歌听罢我将行"乃是行歌的竹枝体,放在律诗当中,可谓不合法度。

湛若水有《回渡富良江二绝句》"富良江头春日晴,王子乘春送客行",也是歌行体。①

幸亏有后面潘希曾的次韵,帮湛若水补台圆场。②

7.《黎䥫饯潘希曾》

乾坤清泰属三春,使节光临喜色新。
炳焕十行颁汉诏,汪洋四海溢尧仁。
胸中冰玉尘无点,笔下珠玑句有神。
今日星轺回北阙,饯筵杯酒莫辞频。

8.《潘希曾次韵奉和》

万里观风百越春,瘴烟消尽物华新。
车书不异成周制,飞跃原同大造仁。
稍似沧溟输海错③,永怀朱鸟莫炎神。

---

① 见明李文凤《越峤书》卷一九。
② 明湛若水《泉翁大全集》卷四七《次潘黄门人日韵二首》:"地幻乎天设,奇观纵此行。也须潘仲鲁,消得湛元明。"似亦承认这种帮助。
③ 《往北使诗》"输海错"误作"邻海蜡"。《大越史记全书》"输海错"误作"潾海蜡",刘玉珺《越南汉喃古籍的文献学研究》同误,又"永怀"误作"水怀"。《竹涧集》作"输海错"。"海错"犹言海货,南朝宋沈怀远《南越志》:"土人采曝货为海错,以水洗醋拌,则涨起如新。"

畏天事大无穷意，才入新诗寄语频。

黎暊诗颔联、颈联对仗精整，尾联有力，故有余韵。

潘希曾亦然。"畏天事大无穷意"一句仍是嘱托，却不用嘱托语，便觉亲切。"才入新诗寄语频"，必如此方成一句告别语。

《竹涧集》卷六《南封录序》："予不得以浅俚自嫌。"看来潘希曾的诗艺要比湛若水高出一筹，也许这是他被选择为副使的主要原因。

湛若水擅长文辞，他出使安南的正式身份不是一代大儒，而是"词臣"①。"词臣持节使炎方"（刘龙赠诗），"词臣持节向南荒"（潘辰赠诗），"命使遥烦讲读臣"（李廷相赠诗）。② 按照明朝南使惯例，湛若水是以词臣充任使臣。

"沾醉不辞光禄酒，赠行多是禁林诗。"③ 两国君臣酬唱，不仅需要律诗，而且当是大唐之音的"唐律"；不仅需要馆阁体，而且当是朝廷体、皇国体。但是湛若水较少作律诗。他擅长作五言古诗、歌行，以及四言诗、六言诗的"变体"。《泉翁大全集》卷三九有四言诗一卷；卷四〇至卷四五有五言古诗六卷；卷四六有五言绝句一卷；卷四七有五言律诗一卷；卷四八有五言排律、六言诗一卷；卷四九有七言古诗一卷；卷五〇有七言绝句一卷；卷五一有七言律诗一卷；卷五二有七言律诗、七言排律一卷。真正符合"唐律"的七言律诗只占一卷半。看来精整的对仗是他的短项。④

历代安南国王中不乏擅长作诗的先例。国王陈光昺（三世陈圣王）、陈日烜（四世陈仁王）、安南国公善乐老人（安南国王陈益稷）、陈日燇（五世陈英王）、陈日㷃（六世陈太子虚）以及老国叔昭明王乐道先生，

---

① 明湛若水《用韵奉答学士毛东川先生》"逢人只说苌公学"，即毛苌的诗经学。见明李文凤《越峤书》卷一九。
② 三人赠诗均见明李文凤《越峤书》卷一九。
③ 毛澄赠诗见明李文凤《越峤书》卷一九。
④ 湛若水年三十，拜陈白沙为师，陈白沙谓之曰："子何不学夫诗，用以应世？"湛若水对曰："唐宋以降人作近体律诗，非惟虚费精神，工作对偶，又去三百篇愈远矣。水其作古选体乎！""自兹以来必作古体，古淡之心存于中而发于外，一去对偶绮丽之习。"见明湛若水《甘泉先生续编大全》卷二《精选古体诗自序》。

均有诗,安南王黎灏甚至有《律诗十首送天使钱学士归朝》。①

七言律诗首先要求严格的平仄声韵和词句对仗,"作诗如律令";并且一定要有典故,化用经典语,丰富词汇内涵;并且要身份得体,宾主成礼,两不伤害;然后从中言情言志,委婉暗示,褒贬双关。而安南人作律诗还另有一个特殊的前提条件,即相同的汉字、不同的读音,其难度更大。

八首唱和诗两两相接,其情形应该是当庭笔书,而不可能预作准备。依照《平水韵》,黎暭的四首诗分别选用了上平声东字、下平声先字、下平声庚字、上平声真字。黎暭原唱,居于主动;湛若水、潘希曾二人依韵和答,居于被动。这位安南国王的才思可谓异乎寻常的高超娴雅,而明朝使节的酬唱却气虚力弱、消极散漫。显然,就这八首唱和诗而言,明人的诗艺不如安南人。

二 《樵风》

有学者称,安南史书的记载使得湛若水流芳千古。但是湛若水著作极富,诗文刊本不少,却对这八首唱和不予收录。《樵风》恰恰专门抽去了湛若水在安南期间的酬唱作品,而这八首唱和当然都曾录出副本带回中国。对湛若水师承渊源的精彩赞语"白沙门下更何人",自明代至今盛传为安南国王的诗句,其实出自翰林侍讲学士吴一鹏的送行诗。于此可见明人的取舍倾向。

湛若水的诗文集保存至今的,有《甘泉先生文录类选》二十一卷,嘉靖九年(1530)刻本,日本内阁文库收藏;《甘泉先生文集》四十卷,嘉靖十五年(1536)刻本,国家图书馆、上海图书馆、北京大学图书馆收藏;《湛甘泉先生文集》三十五卷,万历七年(1579)刻本,国家图书馆收藏;《湛甘泉先生文集》三十二卷,万历九年(1581)刻本,康熙二十年(1681)、同治五年(1866)翻刻本。此外则有《泉翁大全集》八十

---

① 详见明李文凤《越峤书》卷二〇"安南君臣诗"、元黎崱《安南志略》卷一九"安南名人诗"。

五卷，嘉靖十九年（1540）刻本，万历二十一年（1593）修补，以及《甘泉先生续编大全》三十三卷，嘉靖三十四年（1555）刻，万历二十三年（1595）修补，均由台湾"国家图书馆"收藏，两种大全合计128卷，是目前最全的版本。但在这两种大全中，没有见到湛若水与安南国王黎㫤的唱和诗。

湛若水有《湛子使南集》十二卷，"或许是收录了他在1512年出使安南期间所写的文章，但这本书似乎已不存世"①。该书或许又称为《安南录》，"先生著作，除以上所述者外，尚有《安南录》（据《增城沙堤湛氏族谱》第26卷《文简公传》）等，有关情况有待考证"②。

湛若水另有《樵风》十卷，与南使有关。此书《自序》云："惟岁丁丑秋八月，甘泉子偕尹公返自江门，入翳门，登西樵。甘泉子乃出矢言曰：予惟昔在丁巳，爰来及兹，亦既有卜言，徂兹癸酉，予惟衔命返自于交。"

集中有诗《自龙州至凭祥道中》云："癸酉王正月，望舒忽已圆。"③集中有《龙州诗》，歌行体。《樵风》列为四言诗，《泉翁大全集》列为古辞。诗云："龙之山，不兴雨云。山中之人，不可以论。乌用如城矻高旻，只可以，障南氛。""龙之水，亦流束荆。水阳之氓，不可以情。乌用如埕流南溟，惟可以，洗甲兵。"④诗集以"风"命名出于《诗经·国风》，诗句化用《春秋经》，诗序仿《尚书》，四言体仿《诗经》，"兮"字句式仿《楚辞》。由此可见湛若水的诗风，是倾向复古而借屈的风格。

任建敏指出"《樵风》所收诗辞，以文体之别分卷"，是对的。但又

---

① ［美］富路特、房兆楹原主编，李小林、冯金朋主编：《哥伦比亚大学明代名人传》（壹），北京时代华文书局2015年版，第63页。书名又见广州图书馆编《广东历代著者要录（广州府部）》，广州出版社2012年版，第412页。

② 黎业明：《湛若水年谱》，上海古籍出版社2009年版，第376页。

③ 《春秋》："春王正月"，《公羊传》："何言乎王正月？大一统也。"

④ 见《樵风》卷三"诗·四言"，据国家图书馆藏明刻本影印本，广西师范大学出版社2016年版，第83页。又见明嘉靖十九年（1540）刻本《泉翁大全集》卷五五"辞"、清康熙二十年（1681）黄楷刻本《湛甘泉先生文集》卷二六"辞"，"南溟"均作"深溟"。马积高、曹大中主编，常书智副主编《历代辞赋总汇》作："龙之山不兴雨云，山中之人不可以论。乌用如城矻，高旻只可以障南氛。""龙之水，亦流束，荆水阳之氓不可以情。乌用如埕流，深溟惟可以洗甲兵。"见《历代辞赋总汇·明代卷》第6册，湖南文艺出版社2013年版，第5551页。断句有误，又"束"误作"東"。

提出"卷四至卷七：湛若水出使安南前后诗作"，"卷八至卷一〇：正德末、嘉靖初年的诗作"①，这容易让人误解。虽然各卷内"大体上是以时间为序"，"地点都是湛若水从北京经广东到安南的必经之路"，然而，在这些出使安南"前后"的诗作中，唯独缺少了在安南"期间"的作品。

临近安南，《樵风》卷六有《自龙州至凭祥道中》《仆山驿道中》《丕礼驿夜坐》三首五言，之后便是《回宿丕礼……》。卷一〇有《晓发仆山驿至丕礼驿》《市桥道中四首》二首六言，当与上三首同为去程所作。

《樵风》的内容大半已被《泉翁大全集》涵盖。卷三在《泉翁大全集》卷三九《四言诗》中，卷四末《诗·五言》以下在《泉翁大全集》卷四〇《五言古诗》中，卷七《将如江门系舟海珠寺》以下在《泉翁大全集》卷四一《五言古诗》中，卷一〇《诗·六言》三首在《泉翁大全集》卷四八《六言诗》中。

《樵风》唯有卷一首篇的《富良歌》，注明"壬申正月二十六日安南作"，收在《泉翁大全集》卷五四"歌"中，乃是因为《樵风》卷一、卷二为"辞赋"，没有单独分出"歌"类。

《樵风》卷一编年，题下有"壬申"字，与《富良歌》"壬申"均误。壬申为正德七年（1512），湛若水至安南为正德八年（1513），即癸酉。二处"壬申"均当更正为"癸酉"，而癸酉正月二十六日正是他主持册封安南国王黎𣈗的当日。册封当日作歌，说明他不紧张；"癸酉"误写"壬申"，说明他马虎。②

《樵风》之"樵"指西樵，为地名，由题名而论，《樵风》似与湛若水的故乡有关，但又保留了《富良歌》和《交南赋》，不知何故。

无论如何，《樵风》这部看似与安南有关的诗文集，实际上却恰恰专门抽去了湛若水在安南期间的酬唱作品。

---

① 任建敏：《评介》，载明湛若水《樵风》，广西师范大学出版社2016年版，第2、4、7页。

② 明湛若水《交南赋》序云："正德七年二月七日出京，明年正月十七日始达其国。"黎业明据此定《富良歌》作于正德八年癸酉。"案：此诗题下标明之时间为'壬申正月二十六日，安南作'。其时甘泉尚未到安南，故改系于此。"见黎业明《湛若水年谱》，上海古籍出版社2009年版，第48页。

虽然湛若水在安南期间的作品不见于《樵风》和《泉翁大全集》，但显然都记录了副本。除了上交礼部之外，《增城沙堤湛氏族谱》和《越峤书》均有抄录。

《增城沙堤湛氏族谱》卷二八《艺文·杂著》收录安南国皇帝晭《上天使湛太史》一首"凤诏祇承出九重"，湛若水《和安南皇晭》一首"山城水郭度重重"。《越峤书》收录了湛若水安南期间的大部分作品。

明人郭棐《湛文简公传》是最早的湛若水传记，其中写道："黎晭赠诗有'白沙门下更何人'之句。"[1] 既称道湛若水为陈白沙最好的传人，又出自安南国王之口，因此学者引用极多。

如说："安南国王写信称赞湛若水拒收礼品的高贵品质，并把湛若水的优秀品质归结为陈白沙先生教育的结果。安南王的诗句'白沙门下更何人'一句就表达了这层意思。"[2]

又说："安南国王对湛若水廉洁自爱的高尚品德称赞不已，亲自题诗赠予湛若水，诗中有'白沙门下更何人'一句，赞美湛若水淡泊名利，不愧为岭南名儒陈献章的高足。"[3]

但此诗全文无可查证。有学者说其诗为王阳明所作，亦无据。如吴晗引道光《广东通志》误称："寻出使册封安南，安南国王馈金，却不受，阳明赠以诗有'白沙门下更何人？'之句。（黄志）"[4]

检道光《广东通志》卷二七四引《黄志》原文作："寻出使册封安南，阳明赠以文。安南国王馈金，却不受，赠以诗，有'白沙门下更何人'之句。""阳明赠以文"指王阳明《别湛甘泉序》，与安南国王赠以诗是两回事，吴晗之说可谓以讹传讹。

"黄志"即黄佐纂修嘉靖《广东通志》。但检嘉靖《广东通志初稿》卷一四《人物·儒林》，明代有陈献章、林光、陈猷、张诩四人，无湛若水。万历《广东通志》即郭棐纂修，卷二五《郡县制·广州府·人物三》有湛若水传，但仅言"奉使册封安南，却馈金"，并无其他记载。

---

[1] 见《明文海》卷三九七，又见明万历《粤大记》卷一四。
[2] 刘兴邦、江敏丹：《岭南心学传人湛若水》，广东人民出版社2006年版，第93—94页。
[3] 黄明同：《南粤先贤：湛若水》，广东人民出版社2010年版，第71页。
[4] 吴晗：《明嘉靖本〈甘泉先生文集〉考证》，《清华周刊》1931年第7期。又见《吴晗史学论著选集》，人民出版社1984年版，第67页。

这句诗实际上出自《越峤书》。

《越峤书》又称《粤峤书》《越峤集》，对湛若水有特殊的记述。其书卷一四收录湛若水的长文《治权论》，卷一七收录湛若水的长赋《交南赋》，卷一九《国朝诗》收录李东阳《送湛编修若水使安南》以下翰林院同僚送行诗作共计三十首，《宁藩辅国将军赠行诗》一首，湛若水、潘希曾与张诩唱和诗八首，接着收录湛若水自己在安南期间的诗作四十七首，附录《开府广州同登海珠寺用半洲韵饯别》三首，然后本卷结束《越峤书》。卷二〇《安南诗》收录安南国王黎晭《送天使湛内翰还朝并引》《饯湛内翰并引》二首，以及大头目黎念《送湛内翰还朝》以下五人十首赠诗，然后本卷结束。这些总计一百余首的唱和诗，应当便是已佚《湛子使南集》或《安南录》的主体，现在只有大约十五首收录在《泉翁大全集》内。

李文凤是嘉靖时人，而正德八年（1513）以后至嘉靖间，明朝对安南只有朝议，没有使节，所以湛若水的使交诗乃成为《越峤书》诗咏部分的压卷之作，也可以说是《越峤书》得以成书的重要文献支撑。

《越峤书》为明代人记明代事，故奏疏、诗文均保持敬语提行格式不变，这同时也说明李文凤根据的是这些奏疏、诗文的原始誊本。所载《交南赋》无标题，小序"予奉命往封"，"予"字写作"翰林院编修湛若水"，与其他版本不同。《往仆山驿道中奉次》一诗署名"湛元明高韵四绝句"，似对湛若水独加推重。

《越峤书》所载明廷士大夫送别诗，侍讲学士长洲吴一鹏赠诗云："几年清誉动朝绅，经学平生授受贞。铜柱望中仍故壤，白沙门下更何人。归装岂有千金橐，赐锦新裁一角麟。莫为山川掩使节，内廷供奉待词臣。"[1]

此诗湛若水有和韵，题为《用韵奉答吴白楼学士先生》。诗云："衮衮名公起缙绅，云间学士特清真。敢言君命曾无辱，须信朝廷更有人。会见南来驯白雉，空嗟西狩系祥麟。何时竣事朝天去，乞与巢由作外臣。"[2]

二诗中，"白沙门下更何人""须信朝廷更有人"二句对应，可知诗

---

[1] （明）李文凤：《越峤书》卷一九。《四库存目丛书》影印北京大学馆藏明代平厓书屋抄本、民国油印本二种版本文字全同，诗句与明郭棐《湛文简公传》有一字之异。"门人"涉下"何人"而讹，当作"门下"，与上句"望中"相对。

[2] （明）李文凤：《越峤书》卷一九。两种版本"白楼"误作"月楼"，"衮衮"误作"滚滚"，民国抄本"名公"误作"明公"。

句与安南国事无关。

吴一鹏,字南夫,号白楼居士,江苏长洲人,弘治六年(1493)进士,历任南京侍讲学士、国子祭酒、太常卿。

陈献章号石斋,又号白沙子,著《白沙子》八卷。与王阳明齐名,《明史·儒林传》称:"原夫明初诸儒,皆朱子门人之支流余裔,师承有自,矩矱秩然","学术之分,则自陈献章、王守仁始。宗献章者曰江门之学……宗守仁者曰姚江之学"。

"白沙门下更何人"一句,谓陈白沙弟子除湛若水外无何人。但检《明史·儒林传二·陈献章传》序录白沙门人,首列李承箕,其次张诩也。黄宗羲《明儒学案·白沙学案》首列张诩,其次贺钦也。①

湛若水初仕即借陈白沙之名。《明史》本传载,湛若水"弘治十八年会试,学士张元祯、杨廷和为考官,抚其卷曰:'非白沙之徒不能为此。'置第二,赐进士,选庶吉士,授翰林院编修"。罗洪先《甘泉湛先生墓表》又称湛若水"其洒落似濂溪,其温雅似明道,其气魄似紫阳,其自得似白沙"。师生二人的密切关系当时可谓世人尽知。但"白沙门下更何人"诗句本出吴一鹏,称黎暘赠诗则是误传,明人却信以为真了。

三 《交南赋》

被湛若水收入诗文集而流传比较广的是《交南赋》,对安南政教多有讥讽,乃是专给明朝君臣自家看的作品。而文学史家对《交南赋》的误读特甚。湛若水流传在国内的文章还强调"辞赆",但赆礼本为外交常规,并且渊源出自孟子,而陆贾早在汉代就有了"橐中装"的暴富典故。

有学者说,出使安南是湛若水施展、显示才能的好机会。"湛若水作为朝廷正使出使明王朝的附属国安南国,他代表正德皇帝行使国家的外交政治权力,这是朝廷对他的信任和重视,也是湛若水施展自己政治才能的

---

① 陈白沙卒,行状、墓表、像赞皆张诩所作,行状末云:"先生没后,门人聚议,以湛雨为行状……湛之为行状也仓卒,事多未备。"参见(明)张诩撰,黄娇凤、黎业明编校:《张诩集》,上海古籍出版社2015年版,第296页。湛雨即湛若水。

"①"湛若水得到了朝廷的重用,被任命为出使安南国的正使,代表皇帝册封安南国王。此次南行,是一次外交活动,这不仅表现了朝廷对他的信任,也是他显示才能的机会,更是他一生政绩最为辉煌的一页。"②现在看来,湛若水大概认为自己显示才能的机会不在与安南君臣的唱和上,而在他的一篇《交南赋》。

《交南赋》包括标题、正文、自序、自注四部分,全文近4000字。霍松林称之为"描述明朝海南及藩属异域文化的大赋",甚确,但又说湛若水"今存《交南赋》1篇"③,则有误。湛若水又有《西苑赋》《瑞应白鹊赋》《瑞鹿赋》《铁柯赋》,见《泉翁大全集》卷五三《赋颂》。④

《交南赋》今所见有不少于十二个版本:湛若水《泉翁大全集》卷五三、湛若水《樵风》卷二、明李文凤《越峤书》、清陈元龙《历代赋汇正本》卷四〇《都邑》、清陆葇评《历朝赋格》卷之中二、清黄宗羲《明文海》卷一五《赋十五》、清屈大均《广东文选》卷二四《赋》、《古今图书集成·边裔典》卷九五《安南部·艺文一》、明嘉靖《增城县志》卷一六《艺文内编》、清嘉庆《增城县志》卷一八《艺文》、民国《增城县志》卷二八《艺文三》、马积高等主编《历代辞赋总汇》。

《泉翁大全集》、《樵风》、《越峤书》、明嘉靖《增城县志》四种所载有作者自注,其他版本无注。《樵风》《越峤书》敬语"皇""天""帝"提行,犹存当日笔帖格式。《越峤书》的编者自序作于嘉靖十九年(1540)庚子,时间与湛若水出使最为接近,故其内容亦几乎全录湛若水与安南人的唱和诗以为全书殿最。

《交南赋》题下有作者自序,陈述简明:"予奉命往封安南国王晭,正德七年二月七日出京,明年正月十七日始达其国。睹民物风俗黠陋,无足异者,怪往时相传过实。托三神参订,而卒归之于常,作《交南赋》。"

其正文虽然铺陈繁富,但颇有次序。赋中多以第一人称"予""余"作铺叙,故可与现实照应。

---

① 刘兴邦、江敏丹:《岭南心学传人湛若水》,广东人民出版社2006年版,第92页。
② 黄明同:《南粤先贤:湛若水》,广东人民出版社2010年版,第70页。
③ 霍松林:《辞赋大辞典》,江苏古籍出版社1996年版,第264页。
④ 明湛若水《泉翁大全集》,八十五卷本,嘉靖十九年(1540)岭南朱明书院刊刻,万历二十一年(1593)修补,台湾"国家图书馆"馆藏。

如"帝曰:畴咨若时余其以兮,畴专对而学诗?谬曰:予之颛蒙兮,之四方其以宜",为作者自述朝廷问对时语。当时湛若水与明武宗有直接或间接的问对,如毛澄所云:"正德六年安南遣陪来请封,诏慎选命使,于是翰林编修湛君元明持节往赐之册。"①

又如"曰余中华之子族兮,家增城之九重""初离郡之豫章兮,嘉厥名曰清源;派炎汉之司农兮,居余都兮甘泉"二句,亦为作者自述。湛若水为广州府增城县甘泉都沙贝村人,民国间刊印《增城沙堤湛氏族谱》即湛若水创修。湛氏原出豫章湛重,《永乐大典》卷一万九千四百二十六载:"湛氏:豫章。《元和姓纂》:后汉大司农湛重。"

又如"岁摄提之癸酉兮,斗杓忽其东揆","癸酉"即正德八年(1513),"东揆"谓春时,二句自述出使年月。

但近年学者论《交南赋》,鲜有分疏,多生误解。

《交南赋》之题名,原出《尚书·尧典》"申命羲叔,宅南交"。赋云:"昔陶唐之咨命兮,羲叔南宅乎交趾",已表明题名本于经典。不曰"南交"而曰"交南",乃是变换修辞。湛若水出使中作《寿昌小憩二绝》云:"四表光尧德,南交亦屡过。欲寻羲叔宅,何处秩南讹",又《次韵潘黄门寿昌河之作》"遥想唐虞化,南交羲暨和",全用《尚书·尧典》典故,作品折中于六艺的倾向非常明显。任建敏认为湛若水乃因安南不开化而作赋,"这一小序把该赋的宗旨说得很清楚,湛若水认为他在国内听到的安南的传闻都是言过于实的,他亲眼所见,则是'黠陋无足异者',所以他要把他印象中的交南(不用安南,而用中国传统王朝命名的交南)记录下来"②。此处恰恰说错,明朝正式命名的是安南,自古别称交南,而"交南"比"安南"更加古雅。

《交南赋》之性质,有学者将董越《朝鲜赋》、湛若水《交南赋》二者并提,归属"明代都邑赋"。叶晔称《交南赋》"与董越《朝鲜赋》一

---

① (明)毛澄:《送湛编修若水使安南序》,载(明)李文凤《越峤书》卷一七。
② 任建敏:《评介》,载(明)湛若水《樵风》,广西师范大学出版社2016年版,第3—4页。

骚一散，一南一北，可称明人域外赋之双璧"①。按，朝鲜两汉为县名，属乐浪郡，交趾两汉为郡，属交州，朝鲜与交趾均可视为都邑。但《朝鲜赋》与《交南赋》是将二者作为属国看待的。《朝鲜赋》与《交南赋》相提并论，始于清陈元龙《御定历代赋汇》，其书《凡例》"首天象，次岁时，次地理，次都邑"，自卷三一至卷四〇为《都邑》。陈氏将两篇赋文骈联，编纂在卷四〇《都邑》之末，乃是作为附录，出于贬义。《朝鲜赋》开篇云："眷彼东国，朝家外藩。西限鸭江，东接桑暾。天池殆其南户，靺鞨为其北门。八道星分，京畿独尊。"其描述显然为一国家。② 叶晔认为"域外赋是一种特殊的都邑赋"，意欲"域外""都邑"两存之，逻辑上颇牵强，未明《赋汇》附录之体也。

《交南赋》之笔法，据作者自序云："托三神参订，而卒归之于常，作《交南赋》。"③ 马积高认为："后半篇托参证于'三神'（朱鸟、祝融、伏羲），多引神奇怪异的传说，颇有恢奇之想，然故作波澜，反失自然。"④ 孙康宜沿袭其说，认为："作为一代大儒，湛若水对安南的神秘历史非常感兴趣。他将中国对安南的影响一直追溯到朱鸟、祝融以及伏羲。"⑤ 但朱鸟为南方星宿名，赋中凡两见，称之为神，较为勉强。而伏

---

① 叶晔：《明人域外赋双璧：董越〈朝鲜赋〉与湛若水〈交南赋〉》，《文史知识》2009年第6期。又参见李芬兰《从董越〈朝鲜赋〉看明代都邑赋的文化内涵》，《青海师范大学民族师范学院学报》2014年第2期。

② 甚至有学者将交南视为本国地名。明清贵州安南卫、安南县，民国更名晴隆县。饶宗颐《选堂赋话》说："湛若水以正德八年正月奉命往封安南王，至其地因撰《交南赋》，以存故实。"（见何沛雄编著《赋话六种（增订本）》，生活·读书·新知三联书店1982年版，第121页。）叶幼明评《选堂赋话》，夹注误云："湛若水之《交南赋》（赋安南，今属贵州晴隆县）。"（见叶幼明《辞赋通论》，湖南教育出版社1991年版，第266—267页。）似竟未读赋序"予奉命往封安南国王瞷"。

③ 此句刘玉珺断句作"托三神参订而卒。归之，于常作《交南赋》"，"卒"解为动词，"常"解为地名，皆误。见刘玉珺《越南汉喃古籍的文献学研究》，中华书局2007年版，第343页。

④ 马积高：《读〈历代赋汇〉明代都邑赋》，《中国文学研究》1999年第1期；又载南京大学中文系主编《辞赋文学论集》，江苏教育出版社1999年版，第636—637页。

⑤ [美]孙康宜主编：《剑桥中国文学史·下卷·1375—1949》，刘倩等译，生活·读书·新知三联书店2013年版，第40页。（英文版由剑桥大学出版社于2010年出版。）又见[美]孙康宜《孙康宜自选集：古典文学的现代观》，张健等译，上海译文出版社2013年版，第91页。

羲为古代圣人，《易经·系辞传》云"古者包牺氏之王天下"①，儒家学者多不称之为神，如湛若水尝云："自伏羲、神农、黄帝、尧、舜以来，至于孔、孟，千圣千贤，万言万语，只是同归'天理'二字。"② 况且赋中只言羲和、羲叔、羲氏，并未提及伏羲。《尚书·尧典》言"乃命羲和，钦若昊天"，又言"分命羲仲""申命羲叔""分命和仲""申命和叔"，羲仲、羲叔、和仲、和叔皆羲和之族，古称"羲和四子"，执掌观测天文，制定历法，与伏羲微有区别。《交南赋》首言"昔陶唐之咨命兮，羲叔南宅乎交趾""昔羲氏之宅交兮，化为神于日驭"，"昔陶唐"与"昔羲氏"即《尚书·尧典》所载治历明时之羲和。又言"昔炎氏之方殷兮，泛海外之楼船"，"炎氏"指刘汉，汉武帝、光武帝曾遣伏波将军、楼船将军征讨南越。又言"昔少皞之方衰兮，九黎扰而乱德"，指颛顼绝地天通一事，见《尚书·吕刑》及《国语·楚语》。可知陶唐之羲氏、炎汉、少皞三者即赋文所托"三神"。《交南赋》之"三神"，犹《离骚》之"三后"。所谓"托三神参订"，其实托言于古之圣王。"托三神"是赋体的需要，而最终归之于常，"常"即历史人物之常态。③

《交南赋》之宗旨，在于责备安南未能继承上古文明传统。"羲叔南宅乎交趾"句下，作者随即说道："季德凉而莫遐兮，荒忽以之自异"，指责其季世德衰，文明中断。下文又云："曰而重黎其苗裔兮，实乃祖之司农也。曷不返乎初服兮？乃祝发而脱蹠也"，认同安南为重黎、神农的后裔，不当数典忘祖，坠于陋俗。

叶晔认为，湛若水"将安南人视作不服礼邦王化的蛮族"，"很有可能是一种先入为主的累世成见"④。叶晔大概没注意到湛若水临行前，李东阳写给他的赠诗"圣朝荒服尽冠缨，岭外安南旧有名……""旧有名"是事实，不过湛若水所注意的不是古而是今。他据亲眼所见，认为当日安南民物风俗无足异者，比之往古相传言过其实，所以赋序之说云

---

① 《白虎通义》引作"伏羲氏之王天下"。
② （明）湛若水：《泉翁大全集》卷七五《问疑录》。
③ （明）湛若水赠王阳明之《九章赠别》其七："皇天常无私，日月常盈亏，圣人常无为，万物常往来。"是为"常道"。
④ 叶晔：《明人域外赋双璧：董越〈朝鲜赋〉与湛若水〈交南赋〉》，《文史知识》2009年第6期。

云，乃是针对李东阳等朝中一大批士大夫赠言的委婉回复。在中国经典的记载中，安南是如此之早的开化之地，与古代朝鲜几乎同其悠久。后世只能指责安南为贼人所据，绝没有人可以指责它是"蛮族"。明朝人不会具有以安南为"蛮族"的"累世成见"，恰恰相反，湛若水《交南赋》的宗旨乃是要破除明朝以安南为文明之邦的旧闻，而揭露其已为篡贼所据的现状。

《交南赋》之文本，作者自注"为间道于乱山中，屈曲示远，故数日盘旋"，叶晔引用并标点作"为间。于乱道山中屈曲示远次数，日盘桅度"，倒字一，讹字二，遂不可读。正文"曰国君之称富也，又曷数以为对"，意谓既称国富，有何物类可以列举，叶晔误解为"却为何屡屡与明皇朝对立"。"国无马之千乘兮，又何择乎骥与骀"，意谓既然安南无马，更何况良马，叶晔又误解为湛若水纸上谈兵，"竟将骑兵理念应用于东南亚地区"。又认为"《交南赋》就是一篇诗化的实用文字，很多文字都牵涉军事信息，为对越用兵做万一的准备"，湛若水顺带作了"情报收集"①。叶晔大概又没注意到湛若水临行前，何瑭写给他的赠诗"尉陀既已加冠冕，陆贾宁须耀甲兵……"。按湛若水、潘希曾还朝后，其奏报中绝无任何军事消息，结论只是称道安南人接待明使之周到，"其敬事天朝，以及使臣之礼，则靡所不至。如各站遣人迎接，每日三次馆待，所过地方刊木修路，临回远送，不敢或替"。湛若水不可能一面履行封王的任务，一面暗中盘算未来的血腥征战。他是一个儒家，不久后还写了反战的《治权论》。和湛若水出使时间最为接近的《越峤书》，对安南的府州县设置、山川、古迹、物产、风俗，均历历详叙。卷一专设"入交路道"一目，对安南地理有详细的记载："入交有三道，一由广西，一由广东，一由云南"，"广西之道亦分为三"，"云南亦有二路"，有近千字的篇幅详细记载了每日行程。现存大量的安南文献、使交文献足以说明，安南的政区与人口完全在宗主国明朝的掌握之中，无须使者暗中勘察。并且，观永乐间对安南的用兵可知，当时明朝步军、战船、马军八十万齐头并进，何来安南作战不能用骑兵？

---

① 叶晔：《明人域外赋双璧：董越〈朝鲜赋〉与湛若水〈交南赋〉》，《文史知识》2009年第6期。

湛若水、潘希曾与安南国王的八首唱和诗，不见于湛若水的诗文集。但《泉翁大全集》卷三三，却有一篇《辞安南国赠物对》。

"湛子奉命往封安南国王晭，已成礼。王赋诗为贶，湛子既赓酬之。滨行，王以金币诸物为赠。湛子对曰：……行人之来，知有一事而已，又以货还，是二事也，敢辞。且闻古之赠人以金者，不若赠人以言。今君已有赠言矣，又焉用金？夫言一也，金二也……"

此文文理不佳。既然行礼与财货是两回事，故不接受；而行礼与赠诗同样是两回事，却接受了。并且，湛若水对安南国王的赠诗，内心并不措意。由此推知此文的目的只是要留下一个辞却赠物的记录。

实际上，在上述八首唱和诗之外，湛若水另有奉和黎晭原韵一首，题为《将发再用韵辞安南国王所赠金币诸贶》，不见于《往北使诗》和《大越史记全书》。黎晭的东字韵湛若水先前已经奉和过了，这首"再用韵"可能是湛若水写给本国人的作品，"为人"而非"为己"，因此亦不见于湛若水诗文集。诗云："海隅日出彩云重，龙节回时更御风。恭敬直须筐筐外，襟怀都见咏歌中。挥金一笑辞连子，执玉千年奠祝融。踏断虹桥天际路，此生难此再相同。"①"挥金一笑"仍就辞贶特别交代，不免做作。"连子"当指鲁仲连，为天下人排患、释难、解纷乱而无所取，平原君欲封鲁仲连，以千金为鲁仲连寿，皆辞却。"此生难此再相同"一句费解，读来觉有恶意。②

有学者说，安南国王赠送给湛若水"大批珍贵礼物"。"为了表示对湛若水的感谢，安南国王在湛若水圆满完成这次册封任务准备离开安南国时，赠给湛若水很贵重的礼品。对于安南王赠送的贵重礼品，湛若水既表示深深的感谢，同时又全部予以谢绝。湛若水谢绝礼品的行为深深地打动

---

① （明）李文凤：《越峤书》卷一九。明潘希曾《竹涧集》卷二也有《回至吕瑰再次王韵辞其贶》，奉和黎晭原韵，但亦不见于《往北使诗》和《大越史记全书》。

② 句意当是"相逢"，但句尾必须用"同"字，遂作"相同"。也许此处湛若水用的不是《易经》同人卦"君子以类族辨物"之"同"，也不是《礼记》"车同轨，书同文，行同伦"之"同"，而是《周礼》"时见曰会，殷见曰同"之"同"，即"合会"，与"相逢"含义相近。这是"同"字不常用的古义。湛若水还有送别黎念的诗《入关示诸头目黎念等》，"冥雨闭山馆，行云滞不徂"，"永当从此别，且复小踟蹰"（见明李文凤《越峤书》卷一九），情绪僵硬，可能也是湛若水写给本国人的。

了安南国王。"① "湛若水受命于朝廷,顺利地完成了这次册封的使命。临别时,安南国王赠送了大批珍贵的礼物,其中赠给朝廷的,湛若水代为接受了,但赠送给他个人的,他一概拒绝。"② 如此描述,读来似写"表扬信"。

这些贶礼,据潘希曾《求封疏》的准确记载,共计包括:"正使金四十两,银六十两。副使金三十五两,银五十两。生金各二十两,相金犀带各一条,相银香带各一条,牙笏各二件,沉香各五斤,线香各五百枝,生绢各一十疋,牙梳各五副,竹扇各五十把。家人银各五两,生绢各一疋。"③

"贶"是出行之礼,进而有一个正式的礼仪名词"馈贶"。特别重要的是,"馈贶"出典于大儒孟子,孟子并且自己就有于齐受馈兼金一百、于宋受馈七十镒、于薛受馈五十镒的记录。

《孟子·公孙丑下》:"行者必以贶,辞曰'馈贶'。"赵岐注:"贶,送行者赠贿之礼也。时人谓之'贶'。"孟子时称之为"贶",三代时则称之为"贽"。焦循《孟子正义》引《文选·魏都赋》注:"贶,礼贽也。""贽"或"挚"均为执物相见之礼。

自古以来的礼仪,"馈仪""贶礼"与藩国的"职贡"本为一体。《周礼》大行人规定:侯服贡祀物,甸服贡嫔物,男服贡器物,采服贡服物,卫服贡材物,要服贡货物,"九州之外,谓之蕃国,世壹见,各以其所贵宝为挚"。

"行者以贶""行必有贶",自孟子以来,已是礼仪之常情;被馈贶的人,可受可不受,也一如孟子之故事。正如陈诚致安南国王的送还馈贶书所说:"尝闻行者以贶,礼或宜然,辞受不同,人各有志。"④ 当然,受与不受的效果有别。如果接受贶礼,在恩义上是打平了,彼此两不相欠;如果却馈辞贶,则表明是高姿态和有颜面。实际上,安南使节北至燕京,明朝自安南国王、使臣、家丁,也都各有馈贶。问题是,大明不愿意自己的使节接受安南的馈贶,朝廷的选择是赢得姿态和颜面。

---

① 刘兴邦、江敏丹:《岭南心学传人湛若水》,广东人民出版社2006年版,第93页。
② 黄明同:《南粤先贤:湛若水》,广东人民出版社2010年版,第71页。
③ (明)潘希曾:《竹涧奏议》卷一。
④ (明)陈诚:《再送还安南馈贶书》,载《陈竹山先生文集》内篇卷一。

明英宗天顺六年（1462），翰林院侍讲学士钱溥、礼科给事中王豫封黎灏为国王，钱溥却馈辞赆，不料安南国王派人将赆礼一直送到了燕京，明英宗便令钱溥收下。天顺七年（1463）六月，"礼部奏：'翰林院侍讲学士钱溥、礼科给事中王豫使安南国，安南国王黎灏馈溥金银各四十两，金银厢带各一条，馈豫金三十两、银四十两、金银厢带各一条，溥等固辞不受。王命陪臣程盘顺赍诣京，溥等犹未敢受。'上曰：'既已赍至，令溥等受之'"①。钱溥"作七书以谕之，安南国王令陪臣赍至京，白于礼部，为请于上，得旨，令溥受之。溥乃拜受，颁于同列"②。

诸多记载表明，大明使节却馈辞赆，收获着外交的声誉。

吴伯宗，洪武四年（1371）廷试第一。任亨泰，洪武二十一年（1388）进士第一。二人先后出使安南，有名，并称"吴任"。任亨泰"尝奉使交趾，其国王曰：'状元不可得也，当异其礼。'待之加重。公介不受赆，王益重之"③，"由礼部尚书奉使交趾，介不受赆，清名感动国主"④。

明宣宗宣德五年（1430），礼部右侍郎章敞出使安南，封安南国王黎利。"比还，致厚赆，复不受。则以付贡使。及关，悉阅贡物，封其赆付关吏。后利死，子麟嗣，敞复奉诏往。关吏见之曰：'此前天使不受赆者耶！'比还，却赆如初，麟亦不敢更进。"⑤

明代宗景泰三年（1452），陈金、郭仲南出使安南，"俱不受赆"。明孝宗弘治元年（1488），刘戬、吕献出使安南，"俱不受赆"。⑥

然而在中国与安南的外交史上，其实早有陆贾"橐中装"的豪放典故。陆贾成功说服南越王赵佗归汉，赵佗赐陆贾"橐中装值千金，它送亦千金"，遂有从歌鼓瑟侍者十人，酒食极欲。事见《史记》《汉书》本传。洪武三十年（1397），陈诚、吕让出使安南，国王陈日焜"出黄金二

---

① 见《明英宗实录》卷三五三、明张元忭《馆阁漫录》，又略见明余继登《典故纪闻》卷一三。
② （明）李文凤：《越峤书》卷六。
③ （明）万历《襄阳府志》卷三四、（明）李贤《大明一统志》卷六〇、（明）张弘道《皇明三元考》卷一。
④ （明）万历《襄阳府志》卷五〇载明顾英《刻〈任状元遗稿〉序》。
⑤ （明）万斯同：《明史》卷二〇七。
⑥ （明）李文凤：《越峤书》卷六。

锭、白金四锭及沉檀等香以贿，诚却之"（《明史·广西土司传二》）。陈日焜不仅引据孟子，还引据陆贾，劝道："赆者，礼也，自陆贾时有之，不必多逊。"①

明太祖洪武二年（1369），张以宁出使安南，往封安南国王，归途卒于道。张以宁"清洁自守，所居萧然。其奉使也，蹼被而往。临终有诗云：'覆身惟有黔娄被，垂橐都无陆贾金'"②。张以宁《自挽》诗，见门人石光霁所编《翠屏集》卷二，按语云："按先生生于元〔大德〕辛丑，终于安南，洪武三年五月四日也。临终自作此诗，是日而逝。"张以宁是明朝第一个出使安南的使者，为礼部留下了"使臣矜式"，"空囊而返"乃成为大明朝的外交典范。

张以宁临终以陆贾囊金为念，甚至改变了双方的外交规则，安南方面从此只馈赆使者，却不写进国书。"先是，张以宁却馈之后，其国书不言赆，有受不受也。"③但到正德二年（1507），翰林编修鲁铎、工科给事中张弘至出使安南，还是发生了接受馈赆并被记录的事。"铎与弘至俱受其馈赆，与六贾同污青史。"④

湛若水、潘希曾与鲁铎为同僚。湛若水有《送少司成鲁振之先生谢病携其子侄归竟陵十六韵》，潘希曾有《送鲁内翰振之使安南》，鲁铎有《送潘仲鲁给事使安南二十韵》。鲁铎、张弘至俱受馈赆之事一定引起了湛若水、潘希曾的极大戒备。李文凤《越峤书》的编年事迹将这两次出使骈联记载，前者"俱受其馈赆"，后者"俱不受赆"；当日史官耿耿于此，可以想见。如果将湛若水的"挥金一笑"称为"廉洁自爱"，不如说，他是在为大明朝洗刷前任受赆之耻。

故此，湛若水、潘希曾没有接受赆礼，却带回了礼单。

---

① 见（明）李文凤《越峤书》卷六，原文"三十年"误作"二十年"。又见（明）严从简《殊域周咨录》卷五。

② 明李文凤《越峤书》卷六、明严从简《殊域周咨录》卷五，又见明张萱《西园闻见录》卷一三、明朱瞻基《五伦书》卷五二、明雷礼《国朝列卿纪》卷一九、明佚名《秘阁元龟政要》卷七、明李绍文《皇明世说新语》卷五、明焦竑《玉堂丛语》卷五、明吕纯如《学古适用编》卷三〇、明敖文祯《薛荔山房藏稿》卷八、明末谈迁《国榷》卷六，皆有相关记载。

③ （明）李文凤：《越峤书》卷六。

④ （明）李文凤：《越峤书》卷六。此事《明史》与《越峤书》记载有异，《明史·鲁铎传》载"武宗立，使安南，却其馈"。

四 "蛮人"

湛若水新册封的安南国王襄翼帝不久被弑，明朝这次外交又前功尽弃。孙康宜在近年出版的《剑桥中国文学史》中认为明朝视安南为蛮夷，但历史事实是安南自尧舜时至唐代均在中国版图中，直到宋代方才自立，并且入明以后，安南是第一个纳贡的国家。

黎睭只是安南二百年篡夺频仍中的一个短暂过渡，正德五年（1510）即位，正德七年（1512）受封，正德十一年（1516）被弑。《明史·安南传》是这样记载黎睭的："睭一名㵾，七年受封，多行不义。十一年，社堂烧香官陈暠与二子昺、升作乱，杀睭而自立。……睭在位七年，改元洪顺。"后人对黎睭评价不佳。譬如王世贞《安南志》："多行不义，疑忌同姓大臣，国人恶之。"苏浚《安南志》："睭懦弱，群下专权，虐政暴征，国人怨之。"叶向高《安南考》："睭屡甚，政在群下，盗起国乱。"《越峤书》卷一四载嘉靖十八年（1539）八月兵部尚书张瓒上疏："黎睭荒纵在位，致为陈暠、陈升所图。"同书同卷载钦州知州林希元上疏："黎睭不道，国人嗟怨。"不过这些贬词或许有追加的成分。

安南史官似乎也曾对明朝使节到来一事，加以利用。《大越史记全书》在记录湛若水、潘希曾出使的过程中，插入了如是一节："希曾见帝，谓若水曰：'安南国王貌美而身倾，性好淫，乃猪王也，乱亡不久矣。'"及黎睭被弑，安南史臣论曰：黎睭"穷奢极欲，烦刑重敛"，"干戈四起，时称猪王"。两处文字前后呼应。[①] 但"猪王"一语不见于湛若水、潘希曾的诗文集，也不符合二人的学养，明朝正副使节的对话何以会让安南人听到，也很可疑，恐怕是后来修史所添加。

透过个人品行的褒贬，可以看到的是安南国王靠拢明朝的不懈努力。当然外交也只是一种形式，透过使臣来往的礼仪，更可以看到历史理性与文化理想乃是隐含在一切表象之后的巨大动力。

---

① 孙晓主编：《大越史记全书》标点校勘本，西南师范大学出版社、人民出版社2015年版，第773、780页。

安南臣民黎广庆等上为黎�求封表,是在正德五年(1510)二月二十日,表称黎�"夙秉仁孝,众望攸归,堪任本国社稷人民之寄"。"惟迪孝恭,夙勤学问。以年以德,亶符众志之乐推;有庆有民,惟愿皇恩之宠赐。"① 同年十一月,黎�岁贡方物,又向皇太后岁贡方物。

湛若水出使安南,册封典礼的次日,黎�遣使赴明谢册封、谢赐衣冠。② 同年,上谢封安南国王表和安南臣民谢赐封黎�表,表云:"命臣黎�为安南国王,臣等一国之人莫不欢忻感戴。"又岁贡方物、向皇太后、皇后岁贡方物。③

正德十年(1515),黎�遣使阮仲逵进贡。次年黎�被弑,莫登庸自立为安南国王,外交中断。

孙康宜评论《交南赋》,认为"表达了明代中叶人们发现新世界的愿望",并说"在这篇赋里,中国对教化安南(今越南)的'蛮人'责无旁贷"。④ 此说亦可谓大错。

永乐四年(1406)八月初一日,明成祖敕总兵官征夷将军成国公朱能等:"今安南虽在海陬,自昔为中国郡县。"

永乐五年(1407)三月初一日,平安南,昭告天下:"安南本古交州,为中国郡县,沦污夷习,及兹有年。……愿立郡县,与民更新,庶再睹华夏之淳风,复见礼乐之盛治。"⑤

嘉靖十五年(1536),礼部尚书夏言、兵部尚书张瓒领衔廷议,奏称:安南国古称交阯,秦为象郡,汉为九真、日南、象三郡,五代为刘隐所并,至宋初始封为郡王,然犹授中国官爵,"未始以国称也"。后封南平王,奏章犹称安南道。宋孝宗始封以王称国,而天下因以高丽、真腊视

---

① (明)李文凤:《越峤书》卷一六。
② 孙晓主编:《大越史记全书》标点校勘本,西南师范大学出版社、人民出版社2015年版,第774页。
③ (明)李文凤:《越峤书》卷一六。
④ [美]孙康宜主编:《剑桥中国文学史·下卷·1375—1949》,刘倩等译,生活·读书·新知三联书店2013年版,第40—41页。又见[美]孙康宜《孙康宜自选集:古典文学的现代观》,张健等译,上海译文出版社2013年版,第91页。
⑤ (明)李文凤:《越峤书》卷二。

之,"不复知为中国之郡县矣"①。

嘉靖十七年(1538)钦州知州林希元上疏:"我太宗皇帝收复故物,至宣庙复失之,乃中国之陷于夷狄,非夷狄也";"安南本中国故地,自分国以来,驱我衣冠之民,断发跣足,而为夷狄之俗"。②

《明史·安南传》是这样总结的:安南"土膏腴,气候热,谷岁二稔。人性犷悍。驩、演二州多文学,交、爱二州多倜傥士,较他方为异"。

《越峤书》卷一总叙亦云:"古交州在九服之内,颛顼时北至幽陵,南至交阯,尧命羲和宅南交,舜命禹南抚交阯。是后沦于蛮夷。"

湛若水《治权论》写道:"若朝鲜、安南则礼义之国也,彼则来有朝贡,我则往有封诏",文中三次将朝鲜、安南与北虏、西羌对比以示区别。

实际上,在整部《泉翁大全集》150余万字的文本中,都没有出现过"蛮人""蛮族"的字眼。③《交南赋》的铺叙,恰恰说明湛若水对于安南历史的谙熟,中国人不会迟至明代还需在安南"发现新世界"。

五 胡一元·莫登庸

安南篡弑频仍,但这并不意味安南对抗明朝。明朝自己也同样有篡弑以及帝王荒淫、宦官专权种种乱象。湛若水、王阳明都不赞同嘉靖征讨安南,但湛若水的奏疏《治权论》显然无法解释清楚"治权"与《春秋》讨贼大义的关系。安南国王追尊其汉人祖先,更改为汉式姓名,年号景仰虞舜,文诰模仿《尚书》,以唐虞之治为其政治理想,与王明阳"想见虞廷新气象"的恢宏寄托并无二致,但明朝则视之为僭越。其后明朝被清朝取代,而安南犹奉大明衣冠。

---

① (明)夏言:《夏桂洲先生文集》卷一三《会兵部议征安南国疏》,又见《越峤书》卷一二。

② (明)林希元:《陈愚见赞庙谟以讨安南疏》,载《同安林次崖先生文集》卷四;又见(明)李文凤《越峤书》卷一三,"断发"误作"短发"。

③ 湛若水经常引用的是孔子"言忠信,行笃敬,虽蛮貊之邦,行矣"一语。

明成祖永乐五年（1407），张辅平交阯，"自唐之亡，交阯沦于蛮服者四百余年，至是复入版图"（《明史·张辅传》）。

对于明朝的这次收获，史书有具体的量化记载。

明丘浚《平定交南录》："去夷俗以复华风，使秦汉以来之土宇陷于夷狄者四百四十六年，一旦复入中国版图。"①

《大越史记全书》："所获府州四十八，县一百六十八，户三百一十二万九千五百，象一百一十二，马四百二十，牛三万五千七百五十，船八千八百六十五。"②

然而，永乐六年（1408）夏，张辅振旅还朝，明成祖亲赋《平安南歌》，其年冬，安南陈氏故臣简定复叛。（《明史·张辅传》）嘉靖间，田汝成曾著《安南论》《安南发难》。③ 安南确实给大明朝廷出了一个难题：

"安南自五代至元，更曲、刘、绍、吴、丁、黎、李、陈八姓，迭兴迭废。"（《明史·唐胄传》）

"自宋以来，丁移于李，李夺于陈，陈篡于黎，今黎又转于莫。"（《明史·余光传》）

"读赵、丁、李、陈之事，则知天命人心之去留。"④

安南国内的这些篡逆是连贯的，历朝都出不由正，后者对于前者是僭位，但是对于前者的前者却是复仇和讨贼。这一状况使得明朝无法确定谁是正统，无法判断谁为正义、谁为篡逆，因此也难以决定册封还是征讨。

嘉靖十五年（1536）冬，皇子生，朝廷必须颁诏给安南，但安南国王已不是正德八年（1513）册封的黎䙆了，承之者乃是篡逆者，诏书当颁给谁？

---

① 又见明张萱《西园闻见录》卷六八，《越峤书》卷六"土宇"误作"土守"。
② 孙晓主编：《大越史记全书》标点校勘本，西南师范大学出版社、人民出版社2015年版，第437页。这组数据又见朱睦㮮《英国公赠定兴王张辅传》、明丘浚《定兴王平定安南录》、明张萱《西园闻见录》、明李文凤《越峤书》、万历《云南通志》、天启《滇志》，但都不如《大越史记全书》详细。
③ 《越峤书》卷一四。田汝成字叔禾，钱塘人，嘉靖五年（1526）进士，曾任广西右参议。《明史·文苑传》有传。
④ 孙晓主编：《大越史记全书》标点校勘本，黎嵩《越鉴通考总论》，西南师范大学出版社、人民出版社2015年版，第28页。《越鉴通考总论》作于黎朝襄翼帝洪顺六年（明正德九年，1514）。襄翼帝即黎䙆。

嘉靖十八年（1539），册立皇太子，当颁诏安南，对已经实际控制安南的莫登庸，或者册封，或者征讨，无可回避。

正统与篡逆不能两立，出于义理，明朝应当出兵。明世宗以为安南叛逆昭然，命礼部、兵部会议。礼部尚书夏言上奏："安南不贡已二十年，莫登庸、陈暠俱彼国篡逆之臣，宜遣官按问，求罪人主名。"（《明史·安南传》）兵部尚书张瓒力言，逆臣篡主夺国，决宜致讨。于是两广提督府出榜告谕安南，声言大兵云集："调集广东、广西、湖广、浙江、福建、江西、云南、贵州诸省，汉兵、达兵、狼兵、畲兵、快兵、海兵，四集屯布，无虑百万。"①

但余光上奏反对出兵，认为安南国内的篡逆并不就是对大明朝的叛乱。他说："夫夷狄篡夺，实其常事。"②"莫之篡黎，犹黎之篡陈，不足深较。但当罪其不庭，责以称臣修贡。"（《明史·安南传》）

李文凤也将篡逆归结为安南人的习性，而与对明朝的态度无关，认为安南"其地褊小，其俗矜夸凌犯，弑君贼主篡夺之辙，相寻为帝"③。

稍后，广西巡抚陈大科甚至直接提出，不以安南篡臣对其君主的态度作为是否正义的标准，而只看实际上的国王对待明朝的态度如何。言外之意，只要纳贡的都予以承认。万历二十一年（1593），陈大科等上言："蛮邦易姓如弈棋，不当以彼之叛服为顺逆，止当以彼之叛我服我为顺逆。"（《明史·安南传》）这其实有违《春秋》讨逆之大义。

然而唐胄又说了，莫登庸其实不是不想纳贡，而是纳不进来。"户部侍郎唐胄上疏，力陈用兵七不可。末言：'安南虽乱，犹频奉表笺，具方物，款关求入，守臣以其姓名不符拒之。是彼欲贡不得，非负固不贡也。'章下兵部，亦以为然。"（《明史·安南传》）唐胄还进一步指出，安南纳贡实际上对明朝的好处尚小，对安南自己的好处实多。就安南国王而言，他又何尝不想向明朝纳贡呢！

唐胄"七不可伐"之五曰："况贡乃彼之利，一则以奉正朔而威其邻；一则以贸易厚往以津其国。如今争乱之时，昨尚奉表笺方物求贡，为

---

① （明）李文凤：《越峤书》卷一三。
② 同上。
③ （明）李文凤：《越峤书》卷一"风俗"。

抚按以该封姓名未的而遏之。是盖欲贡而不得，非负固而不贡。以此罪之，亦将何以为辞乎？"①

李文凤甚至认为，莫登庸在安南为罪人，对明朝却是有功之人。为罪人是因为自立为王，有功是因为他替明朝讨平了篡弑黎晭之贼。"故登庸父子，在黎氏虽有篡国之罪，在中国则有讨贼之功。"② 然则究竟应当怎样对待安南呢？

然后唐冑再进而上言，指出安南的篡逆，其实是对明朝的益处。相反，主持正义而征讨安南，乃是对于明朝的伤害。"自古夷狄分争，中国之福。""吾民，赤子也；夷狄，犬羊也。殃赤子以事犬羊，汉人所谓割心腹以补四肢者，是知所重者乎？"③

事态明朗，莫登庸并不与明朝作对，他只是篡位自立。

嘉靖七年（1528）十二月二十八日，安南臣民范嘉谟等上为莫登庸求封表，告知"臣莫登庸谨守天朝钦赐印信，权摄国事"，同时上贡方物。④ 但"遣使来贡，至谅山城，被攻而还"（《明史·安南传》）。

其后明廷议征，莫登庸立即表示欲降，却屡为安南黎氏余裔黎宁、旧臣武文渊所阻。如两广总督潘旦所说："朝廷将兴问罪师，登庸即有求贡之使，何尝不畏天威？"（《明史·潘旦传》）

安南"八姓继王，而吾中国皆漠然视之。弟弑其兄者宠之以名，部弑其主者授之以爵"⑤。这是中国历代王朝对待安南的实际态度，明朝也不例外。

在明廷议征最激烈的时候，嘉靖十八年（1539）九月或十一月，湛若水进上《治权论》，主张对安南"讨而不伐"。这篇近五千言的论辩，细细推敲了"讨"与"伐"的异同。

《管子·揆度》："治权则势重，治道则势赢"，权与道相对，湛若水却引申为"权也者，道也"，降道义为治权。孔子曰："天下有道，则礼乐征伐自天子出"，湛若水却引申为"讨而不伐"，想以不征讨的方式获得征伐的名义。

---

① （明）李文凤：《越峤书》卷一二；（明）严从简：《殊域周咨录》卷六。
② （明）李文凤：《越峤书·序》。
③ （明）李文凤：《越峤书》卷一二；（明）严从简：《殊域周咨录》卷六。
④ （明）李文凤：《越峤书》卷一六。
⑤ （明）李文凤：《越峤书》卷一二。

湛若水说，若从人民的利益出发，篡逆也可以认可，而既经认可，便是正统。"或曰：'黎氏其先亦篡其主陈氏而有其国，先朝恤人民糜烂，而因以封之。今莫氏篡黎氏，一间耳，以逆篡逆，可不必伐也。'则应之者曰：'黎氏篡陈氏，已经先朝一时权宜，恩宥之矣，累封之矣，累封之则名义正矣。'"①

论辩从"礼乐征伐自天子出"开始，以"聪明睿智神武不杀"作结。言外之意，明朝理当出兵，而实际上不必出兵。

湛若水的诠释是违反文献原义的阐发，听来又似文字游戏。"讨而不伐"，这一逻辑上的牵强，反映着明朝政治的尴尬。

嘉靖议征的结果是不征，明廷最终还是接受了莫登庸。莫登庸"率从子文明及部目四十二人，入镇南关，囚首徒跣，匍匐叩头坛上，进降表"，"复诣军门，匍匐再拜，上土地军民籍，请奉正朔，永为藩臣"。"疏闻，帝大喜，命削安南国为安南都统使司，授登庸都统使"，"改其十三道为十三宣抚司。"（《明史·安南传》）

嘉靖十八年（1539），莫登庸、莫方瀛父子"遣使上表降，并籍其土地、户口，听天朝处分，凡为府五十有三，州四十有九，县一百七十有六，帝纳之"（《明史·安南传》）。明朝表示，"如登庸父子束手归命，无异心，则待以不死"，"登庸闻，大喜"（《明史·安南传》）。

嘉靖十九年（1540）夏六月，大兵驻梧州，期以九月会师南宁，观衅进取。七月，莫登庸来表乞降，"词极卑恳"②。"莫登庸归四峒，献代身金人"③，"囚首面缚"④。

但问题未必便因此结束。

早先，明成祖出兵，也曾指责安南抗拒明朝之罪。但是实际上安南可能只是依循其"交人故好乱"（《明史·安南传》）的命运，轮番篡弑而

---

① （明）湛若水：《泉翁大全集》卷三四。《越峤书》卷一四，"累封之矣"，两种版本均误作"累讨之矣"。
② （明）李文凤：《越峤书》卷六。
③ （明）沈德符：《万历野获编》卷一七。
④ （元）脱脱：《明史·安南传》。《万历野获编》卷一七："元时献代身金人，以精金为全躯，以大珠为两目。"《明史·安南传》："黎利及登庸进代身金人，皆囚首面缚。"万历间黎维潭降，改乃为俯伏状，镌其背曰："安南黎氏世孙，臣黎维潭，不得蒲伏天门，恭进代身金人，悔罪乞恩。"

已,与大明并无关系。黎季犛被擒,解送到南京,明成祖问:"中国如此,何不畏服,而敢凭凌抗拒?"具以"不知"对①,表明黎季犛并不认可抗拒之罪。

早先,洪武元年(1368),明太祖颁即位诏于安南,说"朕本布衣,目天下乱,起兵",于今"克平元都,已承正统"。于是"海外诸国入贡者,安南最先,高丽次之,占城又次之"。当此之时,安南国并没有声言说,明太祖本是起兵篡位。

当永乐出兵,明成祖痛责黎季犛篡弑,"父子悖逆""一国皆罪人"之时②,安南国也并没有声言说,明成祖刚刚篡位在先。

《越峤书》卷七"立国僭窃始末"一篇所记载的第一个僭窃者,乃是赵佗,冀州真定人,秦末自立为王。

秦汉以后,安南的僭窃者仍然混杂着中原的奸人罪臣。《越峤书·序》称:"隋唐以前,被中国人文之化,姜氏兄弟出焉;自后没于群蛮,而中国之逋逃者投止焉,是故蛮而为狙狯狡诈,君子羞道也。"③

史载,黎季犛篡陈自立,易姓名为"胡一元",僭号"大虞",改元"元圣"。④胡姓源出陈国的始封国君胡公满,乃是虞舜的后裔,"元圣"之"圣"即指舜帝。

儒家文献认为,"昔虞舜以天德嗣尧,南抚交趾"(《大戴礼记·少间》)。虞舜一朝不唯在中国被追溯为隆盛之极的黄金时代,有"尧舜之道""唐虞之道""三代四代"之说,并且也被安南追溯为文明建国之始。《大越史记全书》称:"黄帝时建万国,以交趾界于西南,远在百粤之表。尧命羲氏宅南交,定南方交趾之地。……越之名肇于此云。"⑤

---

① 孙晓主编:《大越史记全书》标点校勘本,西南师范大学出版社、人民出版社2015年版,第438页。

② 《明史·安南传》:"父子悖逆,鬼神所不容。而国中臣民共为欺蔽,一国皆罪人也。朕乌能容!"

③ 张秀民:《安南王朝多为华裔创建考》,《印度"支那"》1989年第3期。

④ 《明史·安南传》:黎季犛"更姓名为'胡一元',名其子苍曰胡奁,谓出帝舜裔胡公后,僭国号'大虞',年号'元圣'。寻自称太上皇,传位奁,朝廷不知也"。黎季犛确姓胡,参见阮先羽《越南胡季犛祖籍考略》,《东南亚纵横》1990年第4期。

⑤ 孙晓主编:《大越史记全书》标点校勘本,西南师范大学出版社、人民出版社2015年版,第39页。

只看名号，黎季犛所为，乃是极高理想的汉化，而安南实则即因汉化过于深入而致罪。

史称莫登庸"欲更立新政"①。

嘉靖中，明朝历数莫登庸十大罪，"改元'明德''大正'，其罪六"②。

莫登庸不仅改元、建年号，并且还撰写了《大诰》五十九章。③"自撰《大诰》"，"妄以尧、舜、禹、汤、武王自比"。④"乃作《大诰》五十九章，命之曰《皇明大诰》，'法天抚运皇上大诰天下'。其为篡逆类如此。"⑤

"登庸"这一名字，出自《古文尚书·舜典》"舜生三十登庸"⑥。"莫登庸"名字与"胡一元"相似，皆有政治寓意。

《大诰》本为《尚书》之一篇，史载周公相成王，作《大诰》。明太祖曾作《大诰》七十四条，又作《大诰续编》八十七条，《大诰三编》四十三条。莫登庸的复古毋宁说也受到了明太祖的影响，然而，"匹夫无罪，怀璧其罪"，莫登庸效法虞舜、周公，模仿明太祖，即成为他不可宽恕的罪责。

嘉靖十六年（1537）八月，"云南巡抚汪文盛以获登庸间谍及所撰伪《大诰》上闻，帝震怒"（《明史·安南传》）。

所以余光提出主张，明朝对待安南的最佳策略，不是设为郡县使其提升到中国的水准，而是限制其文明进程而迫使它降为夷狄。嘉靖十六年余光上言："愚以为，郡县其地不便，不如责其朝贡，以夷蓄之。"⑦

湛若水亦有此意："以夷狄征夷狄，须是自有其道，不是疲中国以事之"，"来则封之，去则不问"。⑧"在夷狄而中国则中国之，在中国而夷

---

① 孙晓主编：《大越史记全书》标点校勘本，西南师范大学出版社、人民出版社2015年版，第811页。
② （明）李文凤：《越峤书》卷一二。
③ 《明史·安南传》："作《大诰》五十九条，颁之国中。"
④ （明）李文凤：《越峤书》卷一二。
⑤ （明）瞿九思：《万历武功录》卷四，又见明应槚《苍梧总督军门志》卷三四。
⑥ 《今文尚书》作"舜生三十徵庸"。
⑦ （明）李文凤：《越峤书》卷一三。
⑧ 《泉翁大全集》卷一三《天关精舍语录·洪峻之侍御论安南事》，写于嘉靖十九年（1540）。

狄则夷狄之，况夷狄而夷狄者乎？"①

安南国其实认同明朝的讨逆。

安南史臣吴世连说道："昔夏征舒弑陈灵公，中国不能讨，楚子入陈，杀而辕诸栗门，《春秋》与其讨也。胡氏弑陈顺宗而篡其国，陈沆、陈渴真诸人谋诛之而不能克，身死之，后七八年间无有能再举者，自谓国人无敢谁何。然乱臣贼子人人得而诛之，而天讨之，在天下不容一日舍也。国人诛之不克，邻国人诛之可也，邻国人诛之不克，夷狄诛之可也，故夫明人得以诛之也。……天理昭昭如是。"②他说春秋之际陈国有乱，中原不能征讨，楚蛮乃能讨之。现在安南有乱，不仅明朝可以征讨，人人都可以征讨。③

可惜到了嘉靖时，明朝即便想要主持天讨，起兵诛贼，也诛不动了。

明沈德符《万历野获编》卷一七"征安南"条记载了夏言与林希元对待安南的不同态度："闽人林希元者，为钦州知州，林故名士，从卿寺外谪，负才不得志，乃上言安南可取状，凡六疏犹不止。时夏文愍新登首揆，林同年也，以保境息民为言，林说遂不行，仅勒莫登庸归四峒，献代身金人，遂罢兵。林乡人李默移书戏之曰：'钦州非用武之地，而君亦非封拜之相。'盖议林貌寝也。夏贵溪不欲用兵，亦谋国远虑。迨其后议复河套，又力主其事。"④

这则讥讽林希元的杂记其实透露了夏言的一个深谋远虑。类似王阳明的粤东主征、粤西主抚⑤，夏言的主张是北方用兵、南方息兵。

正统十四年（1449），明英宗亲征瓦剌被俘，景泰八年（1457）由"夺门之变"而复辟，改元天顺，可谓内忧外患交困。此时下距嘉靖议征大约九十年。

正德间湛若水出使安南，而明武宗则年三十有一崩于豹房，史称

---

① 《泉翁大全集》卷二五《贺督府大司马中丞半洲公蔡先生平安南序》，写于嘉靖十九年（1540）。
② 孙晓主编：《大越史记全书》标点校勘本，西南师范大学出版社、人民出版社2015年版，第440页。
③ 其说并无言外之意，但如据理例推，假使明朝有乱，岂非清政府亦有理由征讨？
④ 夏言谥文愍，江西贵溪人，明嘉靖十七年（1538）任内阁首辅。
⑤ 见清檀萃《楚庭稗珠录》"阳明三世有功于粤人"条。

"明自正统以来，国势浸弱。毅皇手除逆瑾，躬御边寇，奋然欲以武功自雄，然耽乐嬉游，昵近群小，至自署官号，冠履之分荡然"（《明史·武宗本纪》）。

而嘉靖间"大礼议"给士大夫的打击也足以撼伤元气。史称明世宗"迭议大礼，舆论沸腾，幸臣假托，寻兴大狱"，"其时纷纭多故，将疲于边，贼讧于内，而崇尚道教，享祀弗经，营建繁兴，府藏告匮，百余年富庶治平之业，因以渐替"（《明史·世宗本纪》）。

最终大明亡于北狄，其后安南人出使满清，每每以其旧日的明式衣冠舆服，夸耀燕京。[1] 不过这乃是后话了。

六　铜柱

明成祖永乐四年明军以步军、战船、马军八十万大举攻入安南，获得全胜，但不幸当年岁末安南复叛，征讨前功尽弃。明成祖敕命军队，入安南后毁灭一切文字，"片纸只字，悉皆毁之"，又敕命破碎马援铜柱。可见明朝的方略是不准安南过度汉化。铜柱本是中国人确定的分界标志，此时则成为安南立国的保佑，受到安南百姓的尊奉。

明成祖永乐四年（1406）七月十六日，出兵安南。将士号称八十万，马步并进，并有舟师、战船。明军使用了用于夜晚登城的内府所造夜明光燃，专门针对象阵的内府所绘狮像，以及神机铳、碗口铳、大将军铳，结果大获全胜。安南兵号称七百万，被彻底打败，安南大虞国上皇黎季犛父子被生擒。

明成祖亲自指挥前线的明军，敕命频频。

永乐四年七月二十九日，敕命总兵官征夷将军朱能："入安南之境，须禁伐人坟墓、园林，焚人庐舍，虏人妻女，且宜抚绥其民，其国中老者待之以礼。"[2] 首先是以通常的行军纪律告诫官兵。

闰七月初四日，敕命朱能："兵入安南，凡其府库仓廪所储，及户口

---

[1] 如阮思僩《燕轺诗文集》载《晓回驿馆》诗云："却喜朝鲜门馆近，相逢略识古衣冠。"《越南汉文燕行文献集成（越南所藏编）》，第 20 册，第 113 页。参见张京华《三"夷"相会——以越南汉文燕行文献为中心》，《外国文学评论》2012 年第 1 期。

[2] （明）李文凤：《越峤书》卷二。

田赋甲兵籍册，郡邑图志，并令尚书刘儁掌之。"① 接着便用萧何入咸阳"独先入收秦丞相御史律令图书藏之"之法。

同时敕命："国中遍行访问，有精细通达、长于谋略，及奸诈诡谲之徒，悉以怀才抱道名色，尽数举保送来。国中诸色匠人及乐工，连家属尽数起送赴京。"这却是汉高祖迁徙六国豪右充实京师之术。

又敕命："兵入，除释道经板经文不毁外，一切书板文字，以至俚俗、童蒙所习，如《上大人》《丘乙己》之类，片纸只字，悉皆毁之。其境内凡有古昔中国所立碑刻则存之，但是安南所立者，悉毁坏之，一字勿存。访问古时铜柱所在，亦便碎之，委之于道，以示国人。"② 此处竟是东平王求书、汉成帝不予之策。

八月初一日，明成祖再敕朱能："平定安南之后，但有各色官吏、僧道、医巫卜筮、阴阳术数之人，尽数遣发来朝，此最要紧。诸色技艺人匠，尽数搜索，连家小尽数起赴来京。"③

明军已得胜，永乐五年（1407）正月初九日，敕命总兵官征夷右副将军张辅："做香匠、砖匠，不问高手低手，尽数连家小先发赴京。其余一应技艺人匠，陆续连家小先发将来。"④

五月十九日，敕命张辅："交阯但有巫医、卜筮、乐工、行院，及香匠、砖匠，诸色工匠技艺人等，尽数连家小起送赴京。有身材长大者，能使铳者，能修合铳药者，善驾船谙晓海道者，及诸色捕户，连家小送来。"⑤

两天后，五月二十一日，再敕张辅："屡尝谕尔，凡安南所有一切书板文字，以至俚俗、童蒙所习，如《上大人》《丘乙己》之类，片纸只字，及彼处自立碑刻，见者即便毁坏勿存。今闻军中所得文字不即令军人焚毁，必检视然后焚之。且军人多不识字，若一一令其如此，必致传递遗失者多。尔今宜一如前敕，号令军中，但遇彼处所有一应文字，即便焚毁，毋得存留。"⑥

---

① （明）李文凤：《越峤书》卷二。刘儁误作李儁。刘儁字子士，江陵人，洪武十八年（1385）进士。永乐四年（1406）大征安南，任兵部尚书，参赞军务。为人缜密勤敏，在军佐画筹策有功，还，受厚赉。永乐六年（1408）死于安南。《明史》有传。
② （明）李文凤：《越峤书》卷二"计事十件"。"俚俗"误作"礼俗"。
③ （明）李文凤：《越峤书》卷二"计事十八件"。
④ （明）李文凤：《越峤书》卷二。
⑤ 同上。
⑥ 同上。

幸而明成祖的一连串敕命实际上并未执行。永乐五年（1407）五月二十一日敕："前者屡敕将彼处有秀才、智谋及香匠、砖匠、瓦匠诸色技艺、乐工，陆续起送赴京，至今并无一人来者。"① 九月二十九日，敕命总兵官征夷右副将军张辅、右参将陈旭、兵部尚书刘儁，及交阯都司布政司按察司："前者命尔等用心访求，但有怀才抱德、山林隐逸、明经能文、博学有才、贤良方正、孝悌力田、聪明正直、廉能干济、练达吏事、精通书算、明习兵法、武艺智谋、容貌魁伟、语言利便、膂力勇敢、阴阳术数、医药方脉、诵经僧道，及挺身自拔者，以礼起送赴京，以备擢用。至今未见一人来者。"② 但就明成祖的严厉敕命而言，假使得以实施，安南的文明水准势必降低到非常原始的状态。

出使安南，不能不说到一个话题——马援铜柱。

"安南版图数千里，少是居民多山水……广开汉界极天南，铜柱高标传汉史"，元人黎崱《图志歌》如是写道。"往返南交道，东风浃二旬……汉将标铜地，尧官致日辰"，潘希曾《南交纪事》如是写道。

马援铜柱是南方汉界的标志。《后汉书·马援传》注引《广州记》："援到交趾，立铜柱，为汉之极界。"

马援铜柱隋唐时仍在。《旧唐书·地理志》："后汉遣马援讨林邑蛮……日南郡又行四百余里至林邑国，又南行二千余里有西屠夷国，铸二铜柱于象林南界，与西屠夷分境，以纪汉德之盛。其时以不能还者数十人留于其铜柱之下，至隋乃有三百余家，南蛮呼为'马留人'。其水路自安南府南海行三千余里至林邑，计交趾至铜柱五千里。"③

到明清时，马援铜柱所在不明。郎瑛《七修类稿》卷二三"铜柱考"云："铜柱，汉马援所立，在交趾，闻今石培其下。……今柱没海中，赖此民以识故处。……又尝闻有谶云：'铜柱折，交人灭。'此必指伏波所立之地耳。"屈大均《广东新语》卷二"铜柱界"云："钦州之西三百里，有分茅岭。岭半有铜柱，大二尺许。《水经注》称：马文渊建金标，

---

① （明）李文凤：《越峤书》卷二。
② （明）李文凤：《越峤书》卷二。
③ 相关记载又见唐杜佑《通典·边防典》、唐樊绰《蛮书》。"马留人"又作"马流人"。

为南极之界。金标者，铜柱也。《林邑记》云：建武十九年，马援植两铜柱于象林南界，与西屠国分疆。铭之曰：'铜柱折，交趾灭。'交趾人至今怖畏。有守铜柱户数家，岁时以土培之，仅露五六尺许。"

有汉代马援铜柱，有唐代马总铜柱，有五代马希范铜柱。明清时人已不明确马援铜柱在何处。① 而马援铜柱的作用，最早的记载是标明边界，即所谓"金标"。其次又有"镇蛮"之说，如屈大均所说"以为镇蛮大器"②。"铜柱折，交人灭""铜柱折，交趾灭"的铭文或谶语，听来也似一种厌蛊之术。

《明史·安南传》载，洪武二十九年（1396），思明土官黄广成言："自元设思明总管府，所辖左江州县，东上思州，南铜柱为界。元征交，去铜柱百里立永平寨万户府，遣兵戍守，令交人给其军。元季丧乱，交人攻破永平，越铜柱二百余里，侵夺思明所属丘温、如嶅、庆远、渊、脱等五县地。近又告任尚书置驿思明洞登地，臣尝具奏，蒙遣杨尚书勘实。乞敕安南以五县地还臣，仍画铜柱为界。"③ 其言谓元明两代中国与安南争夺疆壤，均引铜柱为据，可惜铜柱的所在却是越来越模糊的。洪武三十年（1397），陈程、吕让出使安南争地，提出大抵以铜柱为限。安南王陈日焜答复："立铜柱时至今一千三百余岁，千载之下，陵谷变迁，谁复能辨？"④

洪武三年（1370）四月，明太祖"以汉马援立铜柱镇南蛮，厥功甚伟"，命编修王廉就祀之。⑤ 可知明初马援铜柱作为边界的标志仍为中国认可。但到永乐四年（1406），明成祖却要寻找铜柱而破碎之。究其原因，无非汉人所立的汉界已不适用明朝的疆域。与汉代恰恰相反，此时铜柱反而成了安南的国土保障。

正因如此，马援铜柱受到了安南人的保护。"伏波故有神灵，为徼外

---

① 参见清赵翼《陔余丛考》卷一九"马氏铜柱有三"条。
② （清）屈大均：《广东新语》卷二。
③ 另详《明史·广西土司传》"思明"条。黄广成奏疏原文见明李文凤《越峤书》卷一〇。黄广成当为马援将士后裔，《广东新语》卷七："马人今已零落，而钦州之峒长皆黄姓，其祖曰黄万定者，青州人，初从马援征交趾，有功留守边境，后子孙分守七峒。"
④ （明）李文凤：《越峤书》卷一〇。
⑤ （元）脱脱等：《明史·安南传》。详见明王祎《书代祀马援颂后》，载《王忠文公集》卷一七、《越峤书》卷一九、《皇明文征》卷五一、《皇明文衡》卷四五。

蛮酋所畏，自汉至今，恪遵约束，岁时滕腊，或祭铜柱于西屠，或祠铜船于合浦。……今虽山川移易，铜柱湮沉，而蠢尔跂夷，犹惴惴然以遗谶为忧，不敢埋没故迹，盖震慑将军之威灵若此。"①

"畏惧""忧惧""震慑"乃是一面之词，马援铜柱对安南的实际作用是福佑和保护。同样的，汉文化也是安南的福佑和保护。

七　安南大臣

明朝使臣到达安南，安南君臣必须赠诗送行，这其实是明英宗天顺间使臣钱溥订立的规则。除了安南国王黎暭，安南大臣也有五人十首一组送行诗，幸而被参加过嘉靖备征安南的李文凤的《越峤书》所记载，但当时湛若水对此完全没有回应。

明人出使安南，双方赋诗酬唱，是钱溥确定的。

明英宗天顺六年（1462），翰林院侍读学士钱溥出使安南。② 九月初九日，钱溥作《与摄安南国王第二书并仪注》。③ 据《大明集礼》《洪武礼制》，开具仪注六条：一，奉诏敕于入界首关，一路迎接；二，前期结彩、斋宿，望诏敕五拜三叩首；三，迎诏敕宣读，一用汉音，一用国音；四，宴享之礼，东西相对而坐；五，王与国之贤而有学者，各赋诗为文送朝使还京；六，濒行之日送使者。

有学者指出，安南重视诗赋外交，帝王亲自参与，是对于以汉语为交流工具的外交的重视和对汉文化的认同④，这是只知其一、不知其二。赋诗首先不是安南的重视，而是明朝的制度规定。

---

① （清）屈大均：《广东新语》卷二。
② （明）钱溥：《使交录》，《明史·艺文志》著录一卷，《四库全书总目提要》著录十八卷，且言"多载赠答诗文，而其山川形势、土俗人情乃略而不详"。
③ （明）李文凤：《越峤书》卷一一。
④ 刘玉珺认为："《大越史记全书》对历史事件的记述相对都比较简略。但是史家却不惜笔墨，以大篇幅完整地记录下这次诗赋外交。虽然在某种程度上是因为有帝王参与的缘故，但是也从一个侧面反映了越南对于以汉语为交流工具的外交往来的高度重视，而这种重视的实质就是对汉文化的认同和推崇。"参见刘玉珺《越南汉喃古籍的文献学研究》，中华书局2007年版，第343页。

按照这一规定，从钱溥自己这次出使开始，两国君臣互相酬答唱和。回国以后，钱溥写了《复命题本》向朝廷报告："十月十一日作诗，臣亦作诗。……今将录过书七通，律诗十首，及安南国回书三通，随本封进。"①

明朝出使，以翰林院人员作为正使，也自钱溥开其端。李贤《赠钱学士溥出使安南序》载："天顺辛巳，安南国谨遣陪臣奉表请封国王。上曰：'安南乃诗书文物之邦，封王使非儒者不可。'及礼部列文臣数人以闻，遂定翰林侍读学士钱先生为正使，盖以学行老成独出其右故也。命下之日，士类皆悦，且曰：'我朝自洪武以来，遣使安南者不过高官大职耳，未有学士为使者。今皇上特遣学士为使，所以重安南者，奚翅九鼎、黄钟、大吕也！'"②

翰林院属官赋诗送行，也始于钱溥。李贤《赠钱学士溥出使安南序》又云："合院僚友咸谓先生是行，不惟有光于儒林，各赋诗歌为卷以赠，所以赞而美之也。"

并且，钱溥路经南京，南京翰林院属官亦有诗。路经浙江，浙江臣僚亦有诗。路经两广，两广臣僚亦有诗。③

到湛若水出使安南，安南大臣五人赋诗，每人二首，一首七律，一首七绝，共计十首，为之送行，题目均为《送湛内翰还朝》。

谭慎简的七律诗"归来若道观风事，俗美民安政治淳"，谨遵"观风"的古训，又不失自信。史载黎暭"帝即位之初，敷教慎罚，亦足以有为也"④，诗句与当时安南政治情形吻合。梁德明的七绝诗"耿耿帝京红日照，依依亲舍白云飞。忠孝一念深图报，万里星轺早从归"，似乎已经了解到湛若水有母随行回乡，故言孝亲。二人的诗一咏国事，一咏私情，情理各备，可谓得体。⑤

大头目黎念的律诗和阮泽民的绝句，又见于清张豫章《御选宋金元明四朝诗》、朱彝尊《明诗综》、朱彝尊《静志居诗话》。朱彝尊说："安南曾为郡县，渐文治者深，而其国人诗，选家多置不录。予从李文凤

---

① （明）李文凤：《越峤书》卷一一。
② （明）李文凤：《越峤书》卷一七。
③ 同上。
④ 孙晓主编：《大越史记全书》标点校勘本，西南师范大学出版社、人民出版社2015年版，第761页。
⑤ 黎广庆等上为黎暭求封表中有此二人姓名，唯"梁德明"写作"梁得朋"。

《越峤集》择其词旨驯雅者著于篇。"

此外尹茂魁亦有诗。①

但是，双方赋诗唱和的规定在实际举行中发生了逆转，即只见安南大臣的赠诗，不见明朝使臣的酬答。湛若水和潘希曾都没有诗作，否则每人五首律诗、五首绝句，才真是显露才华的大好机会。

赋诗好比是对双方汉文化程度的一次检验，但是只抽查了安南一方。

早先，元人陈孚出使安南，倡言"官事未了绝不作诗"，待使命结束，则写出《安南即事》五言长篇，痛诋安南政俗，譬如"祭祀宗祊绝，婚姻族属污""笙箫围丑妓，牢醴祀淫巫"等。② 湛若水也是一样。他可以详细谈论辞却安南国王所赠"金币诸物"的事，却绝不记载八首唱和诗；可以作《交南赋》，宁可假托与先王之灵对话，也不主动和安南君臣酬唱。其情形与陈孚如出一辙。

而此情此景，早已在毛澄的预料之中。

湛若水临行，毛澄作《送湛编修若水使安南序》，说有人认为湛若水可以一展才华夸示外国，这种想法乃是出于无知。"君潜心正学，所养深厚，在官夙夜匪懈。今兹出使，人或曰：是将一吐其胸中之奇以夸示绝域而益大其声乎？予以为：此非独知君浅，抑亦未究于行人之体。"

毛澄说，假使不是国家强大，那么使臣的言语再多，也只是"无用之辩""得已之言"，可言可不言而无关轻重。"尝观古之使于四方、不辱君命者，固由乎人品之高，亦惟其一时所值，有大关系于国家而不容以默，于是致其志心③，行其所学，夫然④后其名赫然显于世。否则无用之辩，得已之言，虽多亦奚以为？"

所以，就明朝与安南的关系而言，使臣"欲炫一长，矜一能"是完全不必要的，反而显得不自重。"自宣庙来，安南奉正朔，朝廷礼数与朝鲜等，视

---

① 均见《越峤书》卷二〇，系于安南国王诗后。《越峤书》尹茂魁诗误题为送翰林院侍读学士钱溥。

② 陈孚诗标题较长，作《入安南，以官事未了，绝不作诗。清明日，感事，因集句成十绝，奉呈贡父尚书，并示世子及诸大夫，篇篇见寒食》，见元陈孚《陈刚中诗集》卷二《交州稿》。

③ 《越峤书》原文"志心"误作"志必"，两种版本同误。

④ 《越峤书》原文"夫然"误作"天然"，两种版本同误。

他国独优。故君以国之使臣，赐一品之服，入其疆，王当衮冕出迎道左，礼成而返，不出三日。……当此时，将事之使乃欲炫一长，矜一能，以与雕题交趾之蛮琐琐相较量，弗思自重。此少①知国体者所不为，而谓君为之乎？"②

观此可知，湛若水只会接受赠诗而不会作诗酬答，乃是明朝早有的预算。

李文凤，字廷仪，号月峰，又号月山子。明湖广桃源人，广西庆远卫官籍。嘉靖四年（1525）解元，嘉靖十一年（1532）进士，历官大理评事，历大理少卿、正卿，广东按察司佥事，备兵广、南、韶三郡。笃学博识，著有《越峤书》《月山丛谭》《越峤方域志》。《越峤书》自序作于嘉靖十九年（1540）六月。嘉靖十八年（1539）闰七月明世宗复命毛伯温征安南，嘉靖十九年秋毛伯温等进驻南宁，《越峤书》即编纂于朝廷反复议征、已出兵而尚未知结果之时。当时李文凤身在云南，亲参戎旅。③故《越峤书》不仅收录了《治权论》全文，并且还加了赞同性的按语。"凤按：甘泉此论，谆谆然，出老成语，以为裔夷告，真若耳提面命者，可以为文矣。"④湛若水取法西汉贾谊《治安策》，"众建诸侯而少其力"，李文凤也主张割地分授，"务使犬牙相制，大小适均"⑤。对待安南态度的一致，应当是李文凤编纂《越峤书》着重收录湛若水使交诗文的重要原因。这些诗文已成孤本，一线单传，亦云幸矣。

八　翰林院

湛若水出京，翰林院属官大半饯行赋诗，这一传统出自明太祖。这些包括李东阳、杨廷和、梁储、费宏四位首辅大学士在内的纸札，共计三十九首的唱和，本可以专门装裱永久珍藏，但是湛若水没有，可能是由与他同出陈白沙之门的张诩的赠诗对他多含讥讽导致。

---

① "少"读作"稍"。
② （明）李文凤：《越峤书》卷一七。
③ 详见明张萱《西园闻见录》卷六八、明张鸣凤《月山丛谈序》，及光绪《清远县志》所载李文凤《九日登演武堂出师征安南》诗。
④ （明）李文凤：《越峤书》卷一四。
⑤ 明张燮《东西洋考》、清顾炎武《天下郡国利病书》引明李文凤《月山丛谈》。

明朝同僚的送行诗，虽然只是本朝人的唱和，仍具有一部分外交性质，并且最终会流传到国外。①

洪武三年（1370），翰林侍读学士张以宁为赐封安南国王使者，授安南君臣以古礼，北面稽首顿首，明太祖闻之喜，御制律诗七章赐张以宁。②《越峤书》卷一九《国朝诗》收录明太祖诗七首，且有长序。此时明朝刚刚从蒙元手中夺得江山。

湛若水出使，与大明同僚有很多酬唱。与在安南的情形不同，湛若水作了酬答。

首唱是即将致仕的前辈、阁老"大学士李东阳西涯"，诗云："圣朝荒服尽冠缨，岭外交南旧有名。文字不随言语别，道途长共海波平。一家两被周封命，六载三回汉使旌。天上玉堂非远别，故乡重慰倚门情。"③

李东阳，字宾之，号西涯，湖南茶陵人，内阁首辅。刘瑾乱政，多赖李东阳保全，立朝五十年，清节不渝。《明史》称"自明兴以来，宰臣以文章领袖缙绅者，杨士奇后，东阳而已"。

这首《送湛编修若水使安南》，不仅被李东阳自己的《怀麓堂集》收录、被《石仓历代诗选》收录，还被《越峤书》和《殊域周咨录》收录。诗句写两国使节往来频繁，写湛若水思乡心切，还写两国的衣冠政教典章文字，三重含义为诸多酬唱确定了基调。

第二首署名为"大学士杨廷和石斋"。杨廷和，字介夫，号石斋，江西新都人。"为人美风姿，性沉静详审，为文简畅有法。好考究掌故、民瘼、边事及一切法家言，郁然负公辅望。"任户部尚书、文渊阁大学士，迁改吏部尚书、武英殿大学士。参预机务，继李东阳为首辅。

第三首署名为"大学士梁储厚斋"。梁储，字叔厚，号厚斋，广东顺德人。受业陈献章，与湛若水同门。成化十四年（1478）会试第一，授

---

① 法人鄂卢梭曾经以为，"《越峤书》，据我所知，只有远东法国学校图书馆独有一本抄本"。参见［法］鄂卢梭《占城史料补遗》，冯承钧译，载《东蒙古辽代旧城探考记》《秦代初平南越考·占婆史》《西域南海史地考证译丛》各书附录。原刊河内《远东法国学校校刊》第十四卷第九分。

② （明）李文凤：《越峤书》卷六。

③ 《越峤书》卷一九"国朝诗"，题为《送湛编修若水使安南》。

编修，进侍讲，擢翰林学士，拜吏部尚书、文渊阁大学士，入参机务，正德十年（1515）杨廷和丁忧，梁储为首辅。弘治间，梁储曾出使册封安南，却其馈赆。

第四首署名为"大学士费宏东湖"。费宏，字子允，号东湖，江西铅山人。成化二十三年（1487）进士第一，授修撰，侍讲读，进礼部尚书、户部尚书，参预机务。嘉靖初，继杨廷和为首辅。"持重识大体，明习国家故事。""为人和易，好推毂后进。"

以上四人均为内阁元老，在正德七年（1512）湛若水出使之前或之后，都曾出任首辅。《越峤书》列于唱和之首，大约李文凤所依据的原本即已如此。

四首之下，是湛若水的和韵《敬依严韵奉呈诸阁老先生》，诗云："迂儒贤馆滥簪缨，元老华夷并擅名。天使借光南斗避，台衡高照泰阶平。梦魂宵宵双悬阙，心绪摇摇一去旌。四牡已劳歌靡盬，拜诗无复北山情。"

再下为翰林院学士、编修、检讨等二十三人的送行诗，以及湛若水的二首和韵《用韵奉答学士毛东川先生》《用韵奉答吴白楼学士先生》。除了陈霁、陆深、易书诰三首是五言古诗，其他都是七言律诗。

表1　送行诗作者署名表

1. 大学士李东阳西涯	2. 修撰建安滕霄
3. 大学士杨廷和石斋	4. 修撰新都杨慎
5. 大学士梁储厚斋	6. 编修临淮赵永
7. 大学士费宏东湖	8. 编修北海翟銮
9. 翰林院编修湛若水	10. 编修会稽董玘
11. 学士东吴毛澄	12. 编修上海陆深
13. 侍讲学士长洲吴一鹏	14. 编修千乘崔铣
15. 太子中允颍川贾咏	16. 编修洞庭徐缙
17. 赞善大夫上党刘龙	18. 编修建业景旸
19. 太子中允濮阳李廷相	20. 编修古括潘辰
21. 赞善大夫吴门陈霁	22. 编修四明余本
23. 翰林编修河间李时	24. 检讨长沙易书诰
25. 翰林修撰河内何瑭	26. 检讨晋代孙绍先
27. 编修华阳温仁和	28. 检讨海阳盛端明

贾咏署名"太子中允",是显示官阶,而省略了官职。贾咏在正德六年(1511)为左春坊左中允,兼翰林院修撰,掌詹事府事,正德七年(1512)七月为南京翰林院侍讲学士,掌南京翰林院事,实际上仍是翰林院的人。刘龙为左春坊左中允,兼翰林院修撰,侍讲读学士。李廷相为右春坊右中允,兼编修,仍充经筵讲官。陈霁历官翰林院授编修,进侍讲,升侍讲学士,掌南京翰林院事,升国子祭酒。因此这二十三人不啻均为翰林院属官。包括大学士四人及湛若水在内,参与送行唱和的共计二十八人,恰为翰林院属官总数的一半。

正德四年(1509)四月,《孝宗实录》纂成,李东阳上《进孝宗皇帝实录表》,明张元忭《馆阁漫录》卷九列有奖赏名单。谢贵安据此补充综合,制成修纂人员表,总裁五人,副总裁五人,纂修三十五人,稽考参对十二人,共计五十七人。① 胡吉勋也认为:正德六年以后,"朝廷清除刘瑾影响,恢复翰林院官员选任、教养制度,补充翰林缺员","其数目应当在四五十人左右"。② 虽然任职时间不完全重合,但仍可以看出当日送行赋诗之隆重。

按,明代进士大量留任翰林院,在明宪宗成化年间达到极盛。③ 而湛若水等人或为状元,或为榜眼,大多出于明孝宗弘治年间,即"弘治中兴"的产物。然而在明武宗正德初,却忽然遭逢宦官刘瑾一派的嫉恨和迫害,翰林院属官很多都有被发遣到南京的经历。正德元年(1506)十月,武宗命刘瑾掌司礼监,马永成掌东厂,谷大用掌西厂,酿成"刘瑾之祸"。《明史·宦官传》:"《通鉴纂要》成,瑾诬诸翰林纂修官誊写不谨,皆被谴。""《孝宗实录》成,翰林预纂修者当迁秩,瑾恶翰林官素不下己,调侍讲吴一鹏等十六人南京六部。"直到正德五年(1510)八月,刘瑾伏诛,这些人才重新恢复原职。由此而言,正德七年(1512)湛若水出使这次大规模的送行赋诗,即堪称翰林院属官具有喜庆气氛的一次盛举。

这些送行诗都冠以一个总标题《送湛编修若水使安南》。其当日的形

---

① 谢贵安:《明实录研究》,上海古籍出版社2013年版,第198—201页。
② 胡吉勋:《"大礼议"与明廷人事变局》,社会科学文献出版社2007年版,第462页。
③ 明黄佐《翰林记》卷三"庶吉士铨注"条云:成化十四年(1478)"庶吉士之留官在翰林者至是盛矣"。

态应该是手书的彩笺散页,按照往日士大夫的习惯,往往会在事后装潢成精致的册页,纪念珍藏。

湛若水应当是携带着这些手札,一路南行。待他到达南昌时,又收到了"宁藩辅国将军"的赠行诗。

湛若水继续南行,到达广州。在这里,湛若水、潘希曾与张诩有八首唱和诗。

湛若水与张诩为同乡且同门。张诩,字廷实,号东所。广州府南海人,一作番禺人。[①] 湛若水是增城人,增城在广州府东,而湛若水所居的甘泉都实则在广州与增城之间,今为广州市增城区新塘镇。湛若水又移居西樵,西樵在三水南,江门北,今为佛山市南海区西樵镇。

张诩购晚唐仁王寺旧址,建"看竹亭"。黄佐《东所文集序》:"辟所居为小西湖,筑看竹亭,闭户天游终日,默然自得。"道光《广东通志》卷二一八:"看竹亭在郡城诗书街,明左通政参议张诩所居。"诗书街今在广州市中心。湛若水提到与张诩在三水告别,三水县在明代广州府北,今为佛山市三水区。以西江、北江、绥江三水合流,故名。湛若水有诗《舟过三水,至西南,将还甘泉,先如西樵,观云谷》。要之甘泉都、西樵、看竹亭、三水皆不甚远。

湛若水在这里,遇见了退隐多年的张诩。

张诩为陈白沙弟子,《明史·儒林传》附载陈献章传后。张诩为举人、进士出身,却是出名的不求仕进的人。据黄佐《南京通政司左参议张公诩传》、郭棐《粤大记》,张诩有两次科举经历、三次仕宦经历:成化十年(1464)举人,成化十年(1464)至成化二十年(1484)间"为孝廉十年,止一诣春官"。成化二十年(1484)进士,观政吏部稽勋司,三年,乞养病归广州,"高养林泉者六年"。弘治二年(1489)授户部陕西清吏司主事,寻丁艰归,"隐居二十余年"。正德九年(1514)拜南京通政司左参议,"抱疾赴南畿,一谒孝陵即告归"。抵家不阅旬而卒,总计"登第三十年,仅三载主政"。

但在弘治五年(1492)至正德九年(1514)之间,张诩却有五

[①] 道光《广东通志》称张诩为"南海籍番禺人"。《明史》、《明儒学案》、明焦竑《国朝献征录》、明过庭训《本朝分省人物考》、明何乔远《名山藏》等有传。

次辞荐：弘治十四年（1501）巡按御史费铠疏讽"学问优长，操履端慎，杜门高尚，不干时事"，部书下有司速驾，讽以疾辞不起。正德初御史程材、王旻前后疏讽"少从陈献章讲学，祖濂洛正派，岭南学者所宗"，"师友渊源，践履纯笃，闭门养疴，读书求志，可大用"，部书再下，讽复辞如前。继而吏部荐讽"敦庞博雅，绰有古风，恬静清修，欲忘世累"。正德七年（1512）巡按御史周谟疏讽"议论明正，事体疏通，言不忘道，志不忘君"。正德八年（1513）御史高公韶疏讽"学有体用，不为一偏之行"以闻，有旨起用之。均不报。

退隐状态的张讽一见面就给湛若水出了难题。

1. 户部主事张讽东所《黄公覆持西涯阁老送湛元明内翰使交诗，过读，因次韵奉赠元明》

> 约向沧溟共濯缨，当时决意谢浮名。
> 功名自会寻温峤，婚嫁何曾累向平。
> 书校藜光余旧阁，使行独影在新旌。
> 星轺咫尺无由见，落日湖波空复情。①

张讽由他称为"黄公覆"之"客"，看到李东阳写给湛若水的诗，于是也和韵送行。他认为湛若水出使是衣锦还乡，与功名有关，诗句一开始就提及他和湛若水早先有山林之约。

第一句出典《孟子》所载孺子歌："沧浪之水清兮，可以濯我缨；沧浪之水浊兮，可以濯我足。"后世引为隐逸的象征。句前一个"约"字，似谓昔年二人有约。而湛若水确实也有早年不求仕进的名声，《明史》称其"不乐仕进，母命之出，乃入南京国子监"。

2. 湛若水《次韵答东所张先生》

> 共将蓑笠谢冠缨，中岁犹污一第名。

---

① （明）李文凤：《越峤书》卷一九。明张讽《东所先生集》题为《客携使交诗，过读，次韵赠湛民泽》，载黄娇凤、黎业明编校《张讽集》，上海古籍出版社2015年版，第250页。以下八首唱和诗均没有完整收入湛若水、潘希曾、张讽三人各自的诗文集。

> 金马有官藏曼倩，成都无地隐君平。
> 邯郸我了人间梦，声誉君归使者旄。
> 亦恐乖崖久闲散，时方救火得无情？①

二人当时虽未见面，但已相距不远。

"蓑笠谢冠缨"，犹言释褐。第一句意谓，当年二人是共同参加了科举的，出处原本相同。"犹污一第名"，谓自己得中高第，较之张诩为优。"污"字为自谦语，其实有自傲之意，观《明史》本传"考官抚其卷曰'非白沙之徒不能为此'"可知。"邯郸我了人间梦"，谓自己已得功名。"声誉君归使者旄"，言张诩拒绝举荐，亦得名声。末二句，"亦恐乖崖久闲散，时方救火得无情"解释出使安南之必要。

不意张诩又回复了一首，依标题是写给副使潘希曾的，但湛若水当然也会看到。

3. 张诩东所《再用西涯翁赠湛内翰韵奉赠潘黄门》

> 君行不是请长缨，旧制藩封事有名。
> 此地先朝曾版籍，于今王土共升平。
> 九天雨露来恩命，万里江山拥使旄。
> 年少允宜投笔早，休教临祖动离情。②

"长缨"是西汉终军的典故。终军出使南越，自言："愿受长缨，必羁南越王而致之阙下。""旧制藩封事有名""此地先朝曾版籍"，指出安南问题没有多么严重，出使安南也不会遭遇艰难，不似终军之时，故言"君行不是请长缨"。

4. 潘希曾《次韵奉答东所》

> 出尘心迹了无缨，三十年来四海名。

---

① （明）李文凤：《越峤书》卷一九。又见《泉翁大全集》卷五一、《湛甘泉先生文集》卷二六、嘉庆《增城县志》卷一八、民国《增城县志》卷二九。

② （明）李文凤：《越峤书》卷一九。又见《张诩集》，题为《送潘仲鲁黄门使交南》。

诗酒对时聊尔尔，行藏于世亦平平。
春风偶下贤人榻，南国空惭使者旌。
牡蛎门墙菊花径，白云深锁不胜情。①

潘希曾的回复充满谦谨，有似湛若水回复阁老李东阳。他称张诩是有出尘之心的贤人，而自己受命出使其实平平尔尔，无足称道。

5. 张诩东所《次韵谢潘黄门》

林居久矣不簪缨，谢绝人间利更名。
何处还来青琐客，高轩应与碧山平。
殷勤羊酒翻劳馈，磊落诗章叠见旌。
天地投桃君自厚，缺然报李独驰情。②

潘希曾的谦谨，引出了张诩的率直。他随即回复说，自己正是"谢绝人间利更名"，同时盛赞湛、潘二人的使节仪仗盛大。

"高轩"谓车驾，此处用李贺典故。韩愈、皇甫湜连骑造门请见，李贺赋诗，操觚染翰，旁若无人，题曰《高轩过》。但张诩说湛、潘二人的车驾高得"与碧山平"，夸张之中便含讥讽。

湛若水与张诩同为白沙弟子，主张却有不同。湛若水曾说张诩之学与自己有异："东所之学主乎静，甘泉之学兼乎动。东所之学主乎内，甘泉之学兼乎外。"③《四库全书总目提要·白沙遗言纂要》称："诩溺禅尤深，即献章亦颇訾之。略见于罗钦顺、湛若水问答书中云。"民国刘成禹《世载堂杂忆·岭南学派述略》称："东所之学，以自然为宗，忘己为大，无欲为至。甘泉疾之，以其学近禅，又憾其以禅意作白沙墓表。"这种学术差异似乎在二人生前已经流露出来。

6. 湛若水《张东所与潘黄门用西涯翁韵往复，予因用韵，言别三水》

---

① （明）李文凤：《越峤书》卷一九。又见明潘希曾《竹涧集》卷二。
② （明）李文凤：《越峤书》卷一九。但编次与上一首颠倒，又"青琐"误作"责琐"。潘希曾为给事中，汉称黄门郎。应劭《汉官仪》："故事，黄门郎每日暮向青琐门拜，谓之夕郎。"《张诩集》无此首。
③ （明）湛若水：《泉翁大全集》卷一六《送黄孟善归省诗序》。

> 从容已了皇华事，兼与江山询胜名。
> 海岛或因逢葛老，金华方许访初平。
> 联翩双舫酬诸作，出没千峰见一旌。
> 暂且分携应不易，相亲难割别离情。①

于是湛若水再接续潘希曾，回复张诩一首。语句和缓，说待他出使归来，也许会与张诩一同归隐，就像葛洪、皇初平那样。

湛若水出使很快回来，即将北上，又值送行，张诩再次和韵。

7. 张诩东所《星轺初返，佳章即至，喜可知矣。不日还朝，临祖行囊赠处，奉和一章，或可备故事也耶》②

> 顿令卉服化冠缨，此日刚中甚著名。
> 沧海扬帆来柁稳，碧霄翘首泰阶平。
> 斯文我射聊城箭，外道谁降赵壁旌。
> 回路与君敦古谊，临风赠处不胜情。

张诩将湛若水比作元代著名使臣陈孚（字刚中）。"行囊赠""临风赠"，此处并非指陆贾的千金囊橐，而是赠诗。

湛若水也再次和韵回复。

8. 湛若水《用韵留别东所张先生》

> 种种元非为请缨，弄丸来往只无名。
> 杞人徒自忧天坠，禹域空闻说地平。
> 天上风云劳梦寐，世间贤哲几弓旌。
> 多君赠处临歧意，我欲酬君岂世情。③

---

① （明）李文凤：《越峤书》卷一九，又见明湛若水《泉翁大全集》卷五一。
② （明）李文凤：《越峤书》卷一九，标题误倒作"奉和一章，或可备。不日还朝，临祖行囊赠处。故事也耶"。民国抄本"耶"误作"耳"。《张诩集》无此首。
③ （明）李文凤：《越峤书》卷一九，又见明湛若水《泉翁大全集》卷五一。

诗句温婉平和，不再斗嘴。

但是湛若水当然没有与张诩偕隐，而张诩也在次年去世。

九　册封

作为册封使，湛若水、潘希曾去程一路游历山水兼回乡探亲，走了十一个月，但在安南首都升龙府只停留了三天，使命相当闲适。只驻三天两晚，并且不主动作诗。"授封行礼，信宿而返"①，"礼成而返，不出三日"②，"入安南，以官事未了，绝不作诗"，这是元代以来出使安南的不成文规则。湛若水到安南，并不需要施展、显示他个人的文学才能，双方的酬唱其实只是对安南一方的要求。学者所常言的，中国文学对东亚各国的影响、传播，或东亚各国对中国文学的接受、受容，其实尚有复杂的一面。

《明史》载，崇祯十七年（1644），福王立，"时大清兵连破李自成，朝议遣使通好，而难其人"。但大明出使安南，通常是个安闲的美差。

安南君臣的求封疏作于正德五年（1510）。湛若水、潘希曾于正德七年（1512）二月初六领节，七日出京；正德八年（1513）正月十七进入安南，二十六日渡过富良江，在升龙府（今河内）举行册封礼仪。二十八日返程，二月初八出境。至此整整在外一年，不能说不辛苦。但是湛若水顺道送母还乡，回程再奉母入京，并且游历江南，沿途拜谒故旧，潘希曾也顺道回家小住，在当时是相对轻松的。

如学者所指出的，正德三年（1508），"湛若水接受任命，去给一个藩王授予封号。此类任务可以让官员利用政府驿站旅行，因此深受下级官员的垂涎。完成了这项任务之后，湛若水又继续南行，回到了广东老家，并偕同母亲，一起返回北京。正德六年（1511）末，湛若水代表明朝出使安南册封安南王，他的母亲陪同他行至广州，直到正德九年（1514）

---

① （明）潘希曾：《竹涧集》卷六《南封录序》。
② （明）毛澄：《送湛编修若水使安南序》，载明李文凤《越峤书》卷一七。

他归还，二人一起回到北京"①。

潘希曾自己也说，"仰仗王灵，不烦专对，从容指授，而使事毕矣"②。

嘉靖十一年（1532），潘希曾卒，湛若水为他撰墓志铭，追述了二人相偕而行的经过，说道："於乎！昔在壬癸之岁，偕公奉节诰封于安南。历齐鲁徐扬之墟，乱于江淮，达于吴越，惟予与公偕。惟时公则先趋而归，予独登越王台，观会稽，窥禹穴，访阳明之洞；然后返钱塘，过严濑，以会公于金华；抚赤松，观皇初平化羊石，然后浩然偕南。溯浔横之江，以出凭祥。两涯之山，夹江插天，奇怪百出，目眩心悸。笑歌相答，忘乎其为行旅矣。"③

"先声藜阁上，取道梓乡东。"④ 湛若水与潘希曾先到达太湖，之后潘希曾南行回到家乡金华，湛若水先到会稽，向东到达余姚，再折回西北方向的杭州，再向西到达富春江，再向南到金华与潘希曾会合。之后二人进入江西，由饶州、抚州、赣州进入广东，经韶州到达广州。向东回到家乡增城，向南到江门陈白沙故里。由广州向西，经藤州、浔州、横州、邕州、龙州到达凭祥，进入安南。

这真是一段特殊的行程。

湛若水泛太湖，访顾鼎臣聚坞别业，赋《太湖二章》。又游西湖，自天竺寺过灵隐寺，"已辞鄂王宫，迢递入天竺"，并在钱塘观潮。又到会稽山，访阳明洞天。经富春，访严濑。至金华，访双龙洞黄初平羽化之地。入江西，访徐孺子旧居，瞻拜徐高士墓。入广东，访曲江张九龄旧居、武溪余靖故居。甚至夜宿漕溪，憩南华方丈。又到江门新会，拜谒其师陈白沙墓。

"词臣持节使炎方，喜送慈闱过故乡。"（刘龙赠诗）"节拥风云经故里，舟行江汉奉慈亲。"（李时赠诗）"宝带衣锦光照日，奉亲归去故

---

① ［美］富路特、房兆楹原主编，李小林、冯金朋主编：《哥伦比亚大学明代名人传（壹）》，北京时代华文书局2015年版，第58页。
② （明）潘希曾：《竹涧集》卷六《南封录序》。
③ （明）湛若水：《明故正议大夫资治尹兵部左侍郎赠兵部尚书竹涧潘公墓志铭》，载明湛若水《泉翁大全集》卷五九、明潘希曾《竹涧集》八卷附录、明潘希曾《竹涧奏议》四卷附录。
④ 陆深赠诗，见（明）李文凤《越峤书》卷一九。

荣。"（何瑭赠诗）"度岭争迎册礼使，还乡喜奉太夫人。"（翟銮赠诗）"交南持节重君行，使道娱亲无限情。"（盛端明赠诗）① 湛若水出使往返，其母均随行。"太孺人以三女在故乡，五年不相见，思以一归。……以太孺人素谓京师风土甚适，重违其意，复奉以北上。"其母时年七十六岁②。

甚至在使命完成以后，湛若水仍不急于回京，而是继续边行边游。"正德八年这一年间，湛若水都在两广、江西一带活动，尚未回京报到。"③ 而这一切都在礼部的许可之内。

正德八年（1513）二月十日，湛若水、潘希曾与龙州知州赵良弼同游仙岩，作《龙州修复观音堂记》。又游三州岩，宿凤凰山栖凤窝。九月二十二日，游广州六榕寺，又到清远游飞来寺，游吴廷举处远亭。直到正德九年（1514）正月，湛若水还与潘希曾一起，再次同游金华双龙洞、赤松洞。这年春季，湛若水到达安徽滁州与王阳明相见。直到"春夏间"才回到北京。④

向朝廷复命的奏疏是潘希曾写的，其中说到安南对大明使节的礼敬。"臣等看得安南国地方僻小，风俗鄙陋，虽习尚诡谲，而其敬事天朝，以及使臣之礼，则靡所不至。如各站遣人迎接，每日三次馆待，所过地方刊木修路，临回远送，不敢或替。此皆皇上德威远布之所致也。"⑤《竹涧奏议》中的这封奏疏没有署款，所幸奏疏的原件尚存于藏家之手。乾隆年间陆绍曾所著《古今名扇录》称之为"潘竹涧真迹"，首题"翰林院等衙门编修等官臣湛若水等谨题"，尾题"正德九年四月二十日翰林院编修臣湛若水，刑科右给事中臣潘希曾"，并且还有"潘希曾印""仲鲁""竹涧"三枚钤印。⑥ 由此可知，湛若水、潘希曾二人准确的回京日期为正德九年（1514）四月二十日。

湛若水在安南境内的时间是二十天，其中在升龙府停驻的时间是三天

---

① 均见（明）李文凤《越峤书》卷一九。
② （明）蒋冕：《湘皋集》卷二六《明封太孺人陈氏墓志铭》。
③ 任建敏：《评介》，载明湛若水《樵风》，广西师范大学出版社2016年版，第6页。
④ 黎业明：《湛若水年谱》，第50页。
⑤ （明）潘希曾：《竹涧奏议》卷一《求封疏》。
⑥ （清）陆绍曾：《古今名扇录》卷一〇，清抄本。

两晚；去程的时间是十一个月零十一天，回程的时间是一年零二个月零十二天。"从容已了皇华事，兼与江山询胜名"，这次使命的轻松闲适是显而易见的。①

弘治十八年（1505），翰林院修撰伦文叙出使安南，湛若水作诗送行，诗序中想象安南对待使节的殊礼与沿途景致的怡人，说道："吾闻安南国王，凡天使至，则躬率臣僚驰百里外，立迎道侧。天使以守国辞，则退至数十里，又如之。比至郭门，凡三迎焉。分阶而升，位正东，西拜天子诏，宛若咫尺乎天威，甚得畏天保国之道。所谓夷狄而中国者，非耶？②"又说："昔太史公历游名山大川，而其文益奇，故《史记》继《春秋》而作。今先生实太史也，历齐鲁、汶泗之邦，吞若江淮，盖禹穴而南之景皆入吟眺，九疑、沅湘悉映乎襟带之间，未足为先生观也。又越大庾，蹠珠崖，临溟海，登歌乎铜柱之标，以逍遥乎无垠，所谓游方之外，滋益奇矣。"③不出数年（次年即正德元年，1506），湛若水全都亲身体验到了。

十　专对

中国对安南禁止书籍出口，但是不禁止赋诗，因为诗对政治不构成危害，而其他经史知识不是这样。但假使明朝使臣有意提升诗歌的水平，也已经难以办到。因为《诗经》在列国分封的时代有"使于四方"的功效，而秦汉郡县制大一统以后，其作用便降低到士大夫言情适意的层面。明朝外交主要依靠的是国家实力而不再是代表政教文明的诗歌，安南远邦则反

---

① 刘兴邦、江敏丹认为："明正德七年湛若水被朝廷任命为出使安南国的正使，代表正德皇帝册封安南国王，这是湛若水为官生涯中第一次独立地行使自己的政治权力，从事政治、外交活动。""湛若水也深感这次册封活动的重要和自己的责任重大，他以极其慎重的态度和高度负责的精神对待这项工作。""在这次册封安南国王的活动中，湛若水不辱朝廷使命，充分发挥自己的外交才能，勤勤恳恳地工作，顺利地完成了这次册封工作，较好地处理了明王朝与安南国的关系，使明王朝和安南国双方都很满意。"（参见刘兴邦、江敏丹《岭南心学传人湛若水》，广东人民出版社2006年版，第92—93页。）描述太虚泛，有如干部述职报告。

② （唐）韩愈《原道》："孔子之作《春秋》也，诸侯用夷礼则夷之，进于中国则中国之。"

③ （明）湛若水：《送殿撰伦伯畴先生使安南诗序》，载《泉翁大全集》卷一四。伦文叙，字伯畴，弘治十二年（1499）会试会元、殿试状元。

而保存了《诗经》的原始精神。

嘉靖、万历间，严从简曾就所见安南的汉文书籍，统计出约四十余种，认为比他国为优。

"如儒书则有少微史（江贽《少微通鉴》）、《资治通鉴》史、《东莱史》（吕祖谦《十七史详节》）、"五经""四书"、胡氏左传(《春秋胡氏传》)、《性理》（胡广《性理大全》）、《氏族》《韵府》《玉篇》《翰墨》《类聚》、韩柳集、《诗学大成》《唐书》《汉书》、古文四场四道、《源流》（《诗法源流》）、《鼓吹》(《唐诗鼓吹》)、《增韵》《广韵》《洪武正韵》《三国志》《武经》《黄石公》《素书》、武侯《将苑》《百传》(《百名将传》)、《文选》《文萃》《文献》、二史纲目（《宋史纲目》《元史纲目》）《正观正要》(《贞观政要》)、毕用清钱中舟《万选》《太公家教》《明心宝鉴》《剪灯新余话》等书。若其天文、地理、历法、相书、算命、克择、卜筮、算法、篆隶、家医药诸书，并《禅林》《道录》《金刚》《玉枢》诸佛经杂传并有之。如其字样书写，则前唯有《韵府》《玉篇》《洪武正韵》等书字体，后始有《增韵》《广韵》之书字体。然本国遭乱，未得申明订正，新体多用，亦有混同旧体也。且有刑律、法度、礼乐、朝仪，比诸夷国，甲乙可分。"[①] 但严从简又说，安南比起中国还是远远不足，"虽少窥上国之图书，岂能似中华之教化！"隐约以安南文教不及明朝而暗喜。

儒家的核心经典，厥为"五经"，"五经"作用各有不同。较之其他四经《易经》《尚书》《礼经》《春秋经》，《诗经》更加平易和缓，言情言志，可高可低，可雅可俗，可谓老幼皆宜。《诗经》又不像《史记》，"有战国纵横权谲之谋，汉兴之初谋臣奇策，天官灾异，地形厄塞"（《汉书·东平王传》），不必忧虑其会强大自己的敌人。因此诗赋不仅宜于写作，而且宜于传布。

古人所述诗赋的作用，一则曰"可以兴"，"诗言志，歌永言"，感发志意；二则曰"可以观"，移风易俗，考见政治得失；三则曰"可以群"，朋友切磋，和而不流；四则曰"可以怨"，温柔敦厚，怨而不怒。诗教又

---

① （明）严从简：《殊域周咨录》卷六，明万历刻本。括号内为笔者注。

称风教，"风以动之，教以化之"，意谓诗歌的影响力如同风行草偃，它是柔性的，不似行政、刑罚、战争是刚性的、强制性的并且成本巨大。

但诗赋也有一项非常功利的作用，就是使于四方，而能专对①。

使臣出境，一言一行皆代表君王与国家，而握有全权，称为"专对"。如同兵法之"将在军，君命有所不受"②，使臣以"受命不受辞"③为原则，必须是"见问即对，无所疑也"，"应对无方，能专其事"④。

使臣在外，没有一兵一卒，他最重要的武器便是诗赋。因为"诗无达诂"，因为诗赋以"兴"为笔法。"兴者，先言他物以引起所咏之词也"⑤，在先言之物与所引起之咏之间，没有任何可资判断的文字。雎鸠、河洲与君子、淑女之间，并无关联；风乍起、吹皱一池春水，干卿何事？二者到底是怎样的关系，作者并不说破，读者便有充分的想象空间。职此之故，诗赋常可使外交中的双方，强者无凌犯之容，弱者无取辱之态，礼成而止，彼此两造得以保持尊严，免伤和睦。

这是诗赋的功用所在，也是诗赋的厉害之处。所以古人外交，必赖登高能赋。如元儒许谦所说："至于出使，则一人一时应对，而国家之荣辱系焉，故曰'专对'，必学诗而能之也。"⑥

当钱溥向安南规定赋诗之仪时，论证道："此古者使于四方，必采列国之诗，以见其俗之美恶。至晋韩宣子归自郑，其六卿饯于郊，宣子曰：'二三子请皆赋，起亦以知郑志。'及赋不出郑志，皆昵燕好。倘有所作，岂惟得观所志，抑将采而献之于上。"⑦ 钱溥引据的古制，见于《左传·昭公十六年》。韩起为晋国大夫，出使郑国，归国之际与郑国大夫们赋诗，从诗句的情绪判别郑国的政治倾向。

---

① 《论语·子路》："子曰：'诵《诗》三百，授之以政，不达；使于四方，不能专对。虽多，亦奚以为？'"
② 此语见《史记·孙子吴起列传》，参见《孙子·九变篇》。
③ 《公羊传·庄公十九年》："聘礼，大夫受命不受辞，出境有可以安社稷、利国家者，则专之可也。"
④ 《汉书》唐颜师古注。
⑤ （宋）朱熹：《诗集传》卷一。
⑥ （元）许谦：《读论语丛说》卷下。
⑦ （明）李文凤：《越峤书》卷一一。

安南使者北使燕京，吟咏酬唱，几乎无一例外地提到了"专对"。如吴时位《登程留东朝诸公诸僚友》序云："兹者将命在躬，戎装有日。……愧无三百《诗》才，敢称能对？"①黎贵惇《北使通录》题辞云："读《论语》至'行己有耻，使于四方'……家大人曰：'"诵《诗》三百"，今见之实用矣。'"②武辉瑨《华原随步集》自序云："昔子贡问士，夫子以'使于四方，不辱使命'为答，使其易言乎？吾之使者例用科甲名臣，盖取其能以文章答，必能以专对著也。"③黎光定《华原诗草》序云："吾夫子所谓'诵《诗》三百，使于四方，可以不辱君命'，公其有得于《诗》之教与？"④

诗赋与专对的关系，甚至还可以反过来解释：在当时安南使者看来，只有出使四方，既览江山之胜，又应对于外国，才有资格回来谈论诗赋。何仟甫为潘辉注《华轺吟录》作序云："一旦星轺专对，为四方之游，周旋于玉帛，应接于江山，宜有此雅瞻悠扬之致。'使乎！使乎！'斯可以言诗也。"

而中国自秦汉以后，变分封制为郡县制，强干弱枝，雄视四邻，朝士之宴享、专对、观风，非复昔日之旧。后世学者赋诗，只在应制、唱和、言志言情之间，古今语境不同，诗赋的原始精神在很大程度上已经落空。此乃时势所致，非人有意为之。《汉书·艺文志》说道："古者诸侯卿大夫交接邻国，以微言相感，当揖让之时，必称《诗》以谕其志，盖以别贤不肖而观盛衰焉，故孔子曰'不学《诗》无以言'也。春秋之后，周道浸坏，聘问歌咏不行于列国，学《诗》之士逸在布衣，而贤人失志之赋作矣。"

何仟年、李娜统计出收录越南作者所作汉诗的文献有《安南志略》《越峤书》《元诗选》《越南辑略》《清诗汇》五部。而以中国衣冠之盛，

---

① ［越］吴时位：《枚驿谀馀》，载《越南汉文燕行文献集成（越南所藏编）》第9册，复旦大学出版社2010年版，第245页。

② ［越］黎贵惇：《北使通录》，载《越南汉文燕行文献集成（越南所藏编）》第4册，复旦大学出版社2010年版，第10—11、12页。

③ ［越］武辉瑨：《华原随步集》，载《越南汉文燕行文献集成（越南所藏编）》第6册，复旦大学出版社2010年版，第296页。

④ ［越］黎光定：《华原诗草》，载《越南汉文燕行文献集成（越南所藏编）》第7册，复旦大学出版社2010年版，第96页。

元明清三朝完整的使交诗集仅有六部。①

近年出版的《越南汉文燕行文献集成（越南所藏编）》，收录14世纪至19世纪越南使者五十三人共计七十九部著作，仅统计其中湖南诗的总量，已达七百余首之多。②

学者论述东亚汉文学交流，喜谈中国文学对东亚各国的影响、传播，东亚各国对中国文学的接受、受容。如李未醉、于在照、林明华引用湛若水与安南国王的酬唱，认为："越南古代文学借鉴中国古代文学的题材、内容、手法等，并有所创造。"③ "两国诗人面对面的文学交流促进了中国古典文学在越南的传播，促进了越南汉文学、喃字文学对中国古典文学的受容。"④ "中国使者写下的诗篇，被载入越史流传于世，自然也应视为中国文学在越南传播的组成部分之一。"⑤ 这是一种简单化的判断，以为中国与周边只要有文字交往就会有传播，就会有接受，也会有发展和变异。而实际情况可能是比较复杂的，并非像决源之水，会自动地上下分流。

虽然去古已远，但安南君臣躬饯于郊，赋诗送行，犹是春秋邦国聘礼；安南士大夫躬任使臣之职，以诗观风，雅符《诗经》本意。安南作为同文不同语的国家，所读汉文书籍有限，又处于藩属国的特殊地位，反而保持了《诗经》的真精神，亦即汉文学的真精神。

王阳明有《梦中绝句》，为其十五岁时梦中所作。其诗云："卷甲归来马伏波，早年兵法鬓毛皤。去埋铜柱雷轰折，六字题文尚不磨。"嘉靖七年（1528）十月，王阳明用兵两广，拜于伏波祠下，情景宛如少年梦中，题注自谓"兹行殆有不偶然者，因识其事于此"。又作《谒伏波庙二首》云："四十年前梦里诗，此行天定岂人为。徂征敢倚风云阵，所过须同时雨师。尚喜远人知向望，却惭无术救疮痍。从来胜算归廊庙，耻说兵戈定四夷。""楼船金鼓宿乌蛮，鱼丽群舟夜上滩。月绕旌旗千嶂静，风

---

① 何仟年：《中国所存越南汉诗文献考论》，《中国典籍与文化》2010年第3期；李娜：《10—18世纪中国使安南使臣出使诗歌综述》，《百色学院学报》2014年第3期。

② 此据标题计算，如按内容计算则《潇湘百咏》一题即有百首。

③ 李未醉：《中外文化交流与华侨华人研究》，电子科技大学出版社2014年版，第112—113页。

④ 于在照：《越南文学与中国文学之比较研究》，世界图书出版广东有限公司2014年版，第258页。

⑤ 林明华：《越南语言文化漫谈》，世界图书出版广东有限公司2014年版，第130页。

传铃柝九溪寒。荒夷未必先声服,神武由来不杀难。想见虞廷新气象,两阶干羽五云端。"后月余,王阳明即辞世。

"徂征""时雨",皆谓"王师",所谓"行一不义,杀一不辜,不为也"。"耻说""不杀",显然反对用兵。"疮痍"乃指明朝自身的忧患。"虞廷"一语,寄意虞舜一朝清明政治。

《尚书·舜典》载舜帝命官,禹作司空,弃作后稷,契作司徒,皋陶作士,垂作共工,益作虞,伯夷作秩宗,夔作典乐,龙作纳言,又有四岳十二牧,不算三个旧职,共计二十二人。尧、舜与夏商周之祖共处一廷,君臣之盛,艳称"虞廷"。而"两阶干羽"则为致治的瑞兆与印证。

就此诗而言,如果说王明阳的最后寄托与安南国王胡一元、莫登庸的"僭越"乃是殊途同归,并不为过;如果说中国士大夫"想见虞廷新气象"的政治理想与安南以唐虞之治为蓝本的政治追求乃是汉字文化圈的共同归宿,谁曰不宜。

鲁迅与盐谷温

——《中国小说史略》与《支那文学概论讲话》抄袭案

就《红楼梦》的《贾氏系图》而言，《中国小说史略》的多种版本均未注明出处，此举可以视为鲁迅反复多次的侵权抄袭，绝不存在"根据大意""次序和意见不同"的回旋余地，可谓铁案如山。透过著作结构、引用文献的"参考"与"抄袭"的模糊界定，在鲁迅《中国小说史略》抄袭案背后，还有日本学界的外交心理与20世纪三四十年代中日文化交往的时代背景，可以按验。

一 抄袭案诸家观点的回顾

鲁迅的两种学术专著《中国小说史略》和《汉文学史纲要》，后者是《中国文学史略》的未完稿[①]，前者涉及蓝本事件。

鲁迅《中国小说史略》抄袭盐谷温《支那文学概论讲话》的议论，几乎与该书的出版同步出现，在1924年女师大风潮和1926年厦门大学国学院风潮中都有体现。1936年在鲁迅逝世之际又被讨论，近年随着厦大国学院的重建又有回顾。关于此事，陈源的表述是"窃贼""抄袭""整大本的（摽）〔剽〕窃"，顾颉刚的表述是"蓝本""剿袭""抄了"，鲁迅自己的表述是"流言""阴险""参考书"，胡适的表述是"万分冤枉""洗刷明白"。

[①] 陈漱渝：《作为学者的鲁迅》，《人民政协报》2001年9月14日。

近年来学界对此的反响始终未息，略举数例：

1. 周国伟维持鲁迅本人"写作的参考书"说①。
2. 符杰祥"捕风捉影，无稽之谈"并维持"流言"说②。
3. 钟扬"不可轻信指责"与"抹不掉的遗憾"说③。
4. 黄霖、顾越"直接借鉴"说④。
5. 苗怀明"合理借鉴"说。⑤
6. 陈平原"根本谈不上可供抄袭"说⑥。
7. 章培恒认为顾颉刚"诬蔑"、"诬陷"说⑦。
8. 桑兵"顾颉刚不会是始作俑者"说⑧。
9. 鲍国华"顾颉刚'抄袭'之论，看似凿凿，实出于误断"说⑨。
10. 伊人"顾氏确也有做得不够地道的地方""也算不上如何大不了的事"说⑩。

---

① 周国伟：《学术交流的典范——鲁迅与盐谷温》，载《鲁迅与日本友人》，上海书店出版社 2006 年版。
② 符杰祥：《重识鲁迅"剽窃"流言中的人证与书证问题》，《山东师范大学学报》（人文社会科学版）2008 年第 3 期；符杰祥：《"剽窃"风波频起，学术道德何为——鲁迅所经历的"流言"事件与当下启示》，《学术界》2009 年第 2 期；符杰祥：《揭开鲁迅与顾颉刚交恶之谜的新线索》，《粤海风》2009 年第 5 期。
③ 钟扬：《盐谷温论〈红楼梦〉——兼议鲁迅"抄袭"盐谷温之公案》，《南京师大学报》（社会科学版）2005 年第 2 期；钟扬：《红学：从盐谷温到鲁迅》，《红楼梦学刊》2005 年第 4 期。
④ 黄霖、顾越：《盐谷温对于中国小说史的研究》，《复旦学报》（社会科学版）1999 年第 6 期。
⑤ 苗怀明：《对鲁迅抄袭盐谷温公案的一点辨析》，《风起红楼》，中华书局 2006 年版，第 104—108 页。
⑥ 陈平原：《鲁迅的小说类型研究》，《小说史：理论与实践》，北京大学出版社 1993 年版，第 205 页；陈平原：《陈平原小说史论集》（下册），河北人民出版社 1997 年版，第 1380 页。
⑦ 章培恒：《今天仍在受凌辱的伟大逝者》，《收获》2000 年第 5 期；章培恒：《述学兼忆师友》，《书城》2008 年第 12 期；高旭东：《世纪末的鲁迅论争》，东方出版社 2001 年版；郜元宝：《敢遣春温上笔端——复旦师生论鲁迅》，安徽教育出版社 2008 年版。
⑧ 桑兵：《厦门大学国学院风波——鲁迅与现代评论派冲突的余波》，《近代史研究》2000 年第 5 期。
⑨ 鲍国华：《鲁迅〈中国小说史略〉与盐谷温〈中国文学概论讲话〉——对于"抄袭"说的学术史考辨》，《鲁迅研究月刊》2008 年第 5 期；鲍国华：《鲁迅〈中国小说史略〉与中国小说史学的发生》，《现代中国》第九辑，北京大学出版社 2007 年版。
⑩ 伊人：《对顾颉刚我终怀敬意》，东方网，2011 年 5 月 24 日。

11. 李有智"顾颉刚的行为殊难理解"说①。

12. 魏邦良"顾颉刚的'阴险'讳莫如深"说②。

13. 孙玉详"陈源误信了顾颉刚之说"③。

14. 王晓清"'抄袭'说法的始作俑者只能是张凤举"说④。

15. 曹震"公案风波的始作俑者不是别人,乃是鲁迅翁自己"说⑤。

16. 纪维周"鲁迅获得了胜利"说⑥。

17. 邱焕星"有据可查认为鲁迅'抄袭'盐谷温的至少有四人"说⑦。

18. 谢崇宁"同为先驱""各有侧重和选择"说⑧。

19. 宋立民、陈雍"彼时的学术规范与时下有所不同,未一一注明出处有时代的原因"说⑨。

20. 张真"鲁迅的'一张贾氏系图'确实是根据盐谷温"说⑩。

21. 施晓燕"指责抄袭是武断"说⑪。

以往学者基本站在鲁迅一面批驳陈源,以上则探讨大致将"蓝本事件"的原告由陈源转移到顾颉刚身上。回护鲁迅的学者,一方面援引鲁迅自己的申辩,批评顾颉刚之无实;另一方面则开始掰开揉碎地讨论抄

---

① 李有智:《鲁迅和顾颉刚的是与非》,《中华读书报》2011年7月13日。
② 魏邦良:《自相矛盾的顾颉刚》,孟姜女的博客,2011年10月30日。
③ 孙玉详:《鲁迅为什么刻薄顾颉刚》,《百年潮》2004年第4期。
④ 王晓清:《张凤举与鲁迅"抄袭"公案》,载《学者的师承与家派》,湖北人民出版社2000年版;王晓清:《张凤举与鲁迅"抄袭"公案》,逸诂易斋的博客,2008年5月13日。
⑤ 曹震:《闲话鲁迅"抄袭"公案之一:传言人》,网海云天博客,2007年12月12日。
⑥ 纪维周:《顾颉刚炮制、陈西滢传播、胡适洗刷鲁迅"抄袭"公案》,星岛环球网,2006年10月19日;纪维周:《鲁迅"抄袭"公案真相》,《世纪》2004年第6期。
⑦ 邱焕星:《鲁迅与顾颉刚关系重探》,《文学评论》2012年第3期。
⑧ 谢崇宁:《中国小说史的构建——鲁迅与盐谷温论著之比较》,《中山大学学报》(社会科学版)2011年第4期。
⑨ 宋立民、陈雍:《〈中国小说史略〉风波与旧闻评论》,《商丘师范学院学报》2012年第5期。
⑩ 张真:《论盐谷温的〈红楼梦〉研究脱胎于森槐南——从另一个角度看鲁、盐"抄袭案"》,《鲁迅研究月刊》2015年第4期。
⑪ 施晓燕:《鲁迅〈中国小说史略〉与盐谷温〈支那文学概论讲话〉的文本比对》,载上海鲁迅纪念馆编《中国现代作家手稿及文献国际学术研讨会论文集》,上海文化出版社2016年版。

袭与借鉴的界限,其中最为突出的则是直接援引日本方面的信息作为证词。

如江小蕙提出,"没有听到盐谷温说鲁迅窃取","反倒是日本学者因宫原民平《"支那"戏曲小说史概说》援引鲁迅,序言中却毫未提及而向鲁迅致歉"。①

李庆采访到日本伊藤漱平之说,"在中国小说史的研究方面,鲁迅执其先鞭",因之提出"鲁迅对中国小说的研究,应该说不会比盐谷温晚"。②

巫马期引用日本伊藤漱平之说,"应该承认袭用了大系图""完全剽窃……毫无踪影""压根儿没提什么'剽窃'之嫌"。③

吴俊认为,鲁迅《中国小说史略》的日译本在日本出版并作为大学教材,这一事实"证明和维护了鲁迅《中国小说史略》一书的独创性"④。

朱正反问道:鲁迅与盐谷温"如果当真像陈西滢所恶意污蔑的那样,他们两人,在学术上,一个是剽窃者,一个是被剽窃者,他们之间难道能够建立起这样友好往来的关系吗?"⑤

以上数家之说表面堂堂皇皇,其实经不起推敲。无论盐谷温本人是否说过抄袭,或鲁迅之书是否有日译本,或鲁迅与盐谷温是否建立友谊,都与抄袭或不抄袭的事实没有必然关系。如果1976年版《鲁迅书信集》卷首所载鲁迅《致中共中央》电报稿是真实的,他与盐谷温也不可能成为真正的朋友。⑥ 而如果鲁迅生前所讥讽的"郑孝胥先生讲王道"是出于本心,盐谷温也不会真正认同他⑦。

---

① 江小蕙:《鲁迅与辛岛骁》,载《鲁迅研究资料》第12期,天津人民出版社1983年版,第348页。
② 李庆:《日本汉学史·第二部:成熟和迷途》,上海外语教育出版社2004年版,第444—445页。
③ 巫马期:《鲁迅"剽窃"公案,盐谷温怎么说》,《南方都市报》2004年12月6日。
④ 吴俊:《鲁迅评传》,百花洲文艺出版社1997年版,第72页。
⑤ 朱正:《鲁迅和盐谷》,载《鲁迅回忆录正误》,人民文学出版社2006年版,第56页。
⑥ 钱文军:《鲁迅忌辰七十杂感》,华夏知青网、钱文军的博客,2007年6月28日。
⑦ 越山(鲁迅):《天生蛮性》,《太白》1935年第3期。鲁迅曾言及"为'江浙人'所不懂的辜鸿铭先生赞小脚,郑孝胥先生讲王道,林语堂先生谈性灵"。批评郑孝胥之语不啻也在批评盐谷温。

二　日本学者的外交辞令

鲁迅与盐谷温的交往不等于默认鲁迅的撰著合乎规范。换言之，有译本、有友谊，也无妨于抄袭。知识产权的拥有者状告侵权者，胜诉所得的赔偿，就一本小说史的著作而言，微不足道，根本不值得追究。而在产权诉讼背后，可能暗藏着更大的利益。假使盐谷温以为有人替他弘道传法，他这部《支那文学概论讲话》就会欢迎翻印，而不是千里必究。其中的关键问题是如何使得利益最大化。

1991年，植田渥雄对于《支那文学概论讲话》与《中国小说史略》的对比分析可能是日本学者中最细腻的一例，其研究有三点值得注意。

第一，植田明确指出："周氏著作的一部分，却又是取之于盐谷温的《讲话》的。例如第二篇'神话与传说'大都取于《讲话》第六章第一节的'神话传说'。引文上的共同之处尤其多。"他列举了9处引文，认为"几乎是字字句句都完全一样"。以下又引鲁迅《不是信》，认为"由此看来，周氏虽然主张自著的独创性，他自己也承认至少在《史略》的第二篇，即'神话与传说'，确实是根据于盐谷氏的著作的"。①

如果只看字眼，我们尽可以说，植田的研究并没有得出"抄袭"的结论，然而"取之于"、"根据于"不是抄袭又是什么呢？

韩石山解读"根据"就是"抄袭"，思路与植田渥雄一致。韩石山指出："说'整本'的抄袭，当然是陈西滢错了，连鲁迅也承认自己书中有两篇是'根据他的'，就可证明陈西滢并没有全错。"②

而周骏章的思路就更有意思了。周先生是外国文学研究和翻译界的老前辈，他在1936年鲁迅逝世之时，就已指出："鲁迅致力于中国古代小说的研究，允推独步。《唐宋传奇集》《小说旧闻抄》《古小说钩沉》《中国小说史略》都是精心之作。他不学乖取巧，而直接从古书和日文书籍拆

---

① ［日］植田渥雄：《试论盐谷温著〈支那文学概论讲话〉与周树人著〈中国小说史料〉之关系》，《外国问题研究》1995年第2期。
② 韩石山：《关于"剽窃"的辩驳》，载《少不读鲁迅，老不读胡适》，中国友谊出版公司2005年版，第198页。

寻材料；那些不读原书就编文学史或小说史的人当然望尘莫及。有人攻击他拾撷盐谷温的牙慧，但日人抄袭华人著作而卖弄其才的曷可胜数！关于这一点，我们可以原谅鲁迅。"①周先生似乎是在称道鲁迅由抄袭而获得的著作更有质量，又似乎有意提醒读者日本以往总是以翻刻的形式抄袭中国文献，而中国的"拿来"还远远不对等②，"曷可胜数"一语似乎就默认了鲁迅的抄袭事实。有一点他考虑到了，国人应当原谅鲁迅但却没有原谅，那么日人对于鲁迅抄袭的沉默与回避是否出于一种原谅呢？（曾为叶德辉弟子的盐谷温，对于中国文化的影响从不讳言，如说日本文化"在过去千数百年之间，受到支那的指导援助"，"支那实为我国的大恩人，吾人于大恩永久不忘"，③而他真正着意与骄傲的，又别有所在。）

第二，植田引用了盐谷温 1949 年所作《中国小说之研究·前言》："鲁迅氏名著《中国小说史略》问世，得知取于本书之处不少，予暗喜得知己。"④"暗喜"一语实为解开鲁迅与盐谷温二人友谊的密钥。

盐谷温在 1920 年以《元曲研究》论文获文学博士学位，但有学者认为他的成名作是《支那文学概论讲话》。盐谷温在日本亦颇有压力，"硬派"学者即不喜其不治古典而治世俗文学，东京大学汉学科主任教授星野恒曾经责备他："你煞费苦心到大唐国土学习了多年，不读唐宋八大家的文章，净念这些（指《西厢记》）干什么？"⑤青木正儿是专门研究中国戏曲的"软派"，就连他也批评《支那文学概论讲话》是："以戏曲、小说的记述为主体，但是也未能尽其全部。若是想拿这本书尽中国文学之概观，就要失望的吧。"⑥

在本国呈现出批评与压力的情况下，鲁迅对盐谷温的响应尤其重要。他怎么会不高兴鲁迅的"参考"，又怎么会和鲁迅打官司呢！

---

① 周骏章：《论鲁迅之著作》，《是非公论》1936 年第 22 期。
② 鲁迅主张"拿来主义"，"首先是不管三七二十一，'拿来'！"鲁迅《拿来主义》写于 1934 年 6 月，首刊上海《中华日报》副刊《动向》，笔名"霍冲"，后编入《且介亭杂文》。
③ [日]盐谷温：《非常时と汉学》，《斯文》1933 年第 15 编第 9 号。
④ [日]植田渥雄：《试论盐谷温著〈支那文学概论讲话〉与周树人著〈中国小说史料〉之关系》，《外国问题研究》1995 年第 2 期，第 51 页。盐谷温《中国小说の研究》1949 年版最后一句原文作："余はひそかにわが知己を得たるを喜んだ。"
⑤ [日]传田章：《日本的中国戏曲研究史》，《文学遗产》2000 年第 3 期。
⑥ [日]青木正儿：《中国文学概说》，隋树森译，上海开明书店 1947 年版，第 46 页。

第三，植田得出的结论，完全否认抄袭，认为鲁迅与盐谷温二书"绝非是什么抄袭的关系，而是一个友好的合作关系"。

这个决然的判断与其研究细节反差分明。"抄袭"的另一端可以是"合作"？"合作"则不存在诉讼，但"合作"仍然可以是抄袭。这位日本开拓团的后代、访华代表团的团长，其最后结论似乎一种外交辞令。

盐谷温本人对鲁迅的抄袭并不介意，可能是真的。但是鲁迅对于盐谷的辞令全然不察，中国学者越八十年亦全然不察，窃窃满足于"根据"之说，其治学不规范之厚颜适足使日人再生暗喜而已。

三　顾颉刚证明鲁迅撒谎

1997年顾潮《我的父亲顾颉刚》出版，指出"当时有人认为此种做法有抄袭之嫌，父亲亦持此观点，并与陈源谈及"[①]，学者乃将注意力转移在顾氏及"当时有人"上。至2007年《顾颉刚日记》全部出版公开，学者方知提出"抄袭"说的只是顾氏一人而并无其他。2011年《顾颉刚全集》出版，有关蓝本事件的讨论益加深入。但随着《顾颉刚全集》出版的，除了《顾颉刚日记》之外，还有《顾颉刚书信集》，迄今尚未见到学者加以引用。

陈源说鲁迅"整大本的剽窃"是一个误导，它使得学者的论证集中在是否"整本"上。《中国小说史略》大量征引古典文献，并且后出转精，当然不可能整本剽窃，因而陈源的指责很容易被推翻。但是始作俑者顾颉刚从来就没有说过"整本"问题，他只是具体而集中地说到一张图，即《红楼梦》的《贾氏系图》，这是在鲁迅书中唯一出现的图表。

《中国小说史略》共有4种讲义本，还有北大新潮社版的初版和再版、北新书局的初版和修订版，鲁迅生前至少有8种不同版本，以及1923年、1925年、1930年的3次题记，作者有多次机会很容易去注明

[①] 顾潮：《历劫终教志不灰：我的父亲顾颉刚》，华东师范大学出版社1997年版，第103页。此前，1993年顾潮《顾颉刚年谱》出版，"厦大风潮"一节引顾氏语只说"渠本不乐我"。顾潮：《顾颉刚年谱》，中国社会科学出版社1993年版，第129页；中华书局2011年增订本第144页内容相同。

《贾氏系图》的出处，但鲁迅没有。此举可以视为鲁迅的反复多次的侵权抄袭，可谓铁案如山。

蓝本事件见于1927年的《顾颉刚日记》共2处：

其一，1927年2月11日："按，鲁迅对我的怨恨，由于我告陈通伯，《中国小说史略》剿袭盐谷温《支那文学讲话》。他自己抄了人家，反以别人指出其剿袭为不应该，其卑怯骄妄可想。此等人竟会成群众偶像，诚青年之不幸。"①

其二，同年3月1日："鲁迅对于我排挤如此，推其原因，约有数端：（1）揭出《小说史略》之剿袭盐谷温氏书。（2）我为适之先生之学生。（3）与他同为厦大研究教授，以后辈与前辈抗行。（4）我不说空话，他无可攻击。且相形之下，他以空话提倡科学者自然见绌。……他号'时代之先驱者'而有此，洵青年之盲目也。"②

文中虽已明言"剿袭"，但未确指何处剿袭，迫使研究者不得不扩大范围做出种种推测。

《顾颉刚书信集》有关蓝本事件的记载也有2处：

其一，1927年3月19日致容庚信："弟以广州中大傅孟真兄极意相招，已定赴粤。……但能否使我生活安定，专心研究，则未可必。因鲁迅在那边作教务主任，他因我指出《中国小说史略》的蓝本，恨我刺骨，时时欲中伤我也。"③ 仍只泛泛说到"蓝本"。

其二，1973年3、4月间致陈则光信："鲁迅在《中国小说略》中列了一个关于《红楼梦》人物的关系表，而这个表是从日本人盐谷温《支那文学讲话》中钞来的，我用考据学的眼光看，认为鲁迅应当写出出处，并把这种想法讲给陈源，也告诉了孙伏园，鲁迅知道了此事。这是我与鲁迅发生裂痕的又一个由来。"④

以上4则文献均出于追记，前3则在1927年到厦大之后，均只泛泛说到"剿袭""蓝本""钞来的"。只有1973年的追记说到"人物的关系表"，与鲁迅《不是信》中"一张《贾氏系图》"之说相互对应。

---

① 顾颉刚：《顾颉刚日记》第二卷，台湾联经出版事业公司2007年版，第15页。
② 同上书，第22页。
③ 顾颉刚：《顾颉刚全集·顾颉刚书信集》卷二，中华书局2011年版，第172页。
④ 顾颉刚：《顾颉刚全集·顾颉刚书信集》卷三，中华书局2011年版，第528页。

可知顾氏蓝本之说除了一般性的泛指之外，更有一项具体指认，即一幅图表。

顾颉刚所说"人物的关系表"，盐谷温《支那文学概论讲话》称之为"贾家の系谱"，鲁迅《中国小说史略》称之为"贾氏谱"，鲁迅《不是信》称为"《贾氏系图》"。

图表制作不比文字叙述，带有更多的个性特征，同样的内容由不同的学者绘制出来，要想雷同都难。比对盐谷温与鲁迅之图，除了《鲁迅全集》2005 年版竖排变横排之外，二图的全部人物关系对应以及实线虚线设计、符号?和×设计，完全相同。其相似性极容易判断，确有"蓝本"的感觉。

"蓝"指初印，表明的是前后问题，"本"指版本，"蓝本"意即版本相同而刊印先后有所不同。顾颉刚所说"蓝本"一语，较他交替使用的"抄了"更雅，较之"剽袭"更偏于中性。（鲁迅自己的用语"根据"、盐谷温自己的用语"取于"，也近乎中性。）

1997 年，伊藤漱平引用松枝茂夫之说，认为鲁迅的剽窃"毫无踪影"。"20 年代中期论敌陈源（西滢）教授批判鲁迅，曾经攻击说《小说史略》完全剽窃了盐谷先生《讲话》的小说部分，这是毫无踪影的事。虽然应该承认鲁迅《史略》第二十四篇《清之人情小说》中袭用了盐谷制作刊出的大系图，并参考了《讲话》，但是没有剽窃小说之部的内容的事实，相反盐谷对《史略》的成就给予相当高的评价，并把它当作教材使用。"[①] 这说明，伊藤完全了解鲁迅"袭用"《贾氏系图》的情况，但却因为要否认鲁迅的"完全剽窃"而将其忽略掉了。如果伊藤能够看到顾颉刚 1927 年致容庚的书信或 1973 年致陈则光的书信，他应当会调整研究的角度。

1935 年，鲁迅自己也援引日本为证："现在盐谷教授的书早有中译，我的也有了日译，两国的读者，有目共见，有谁指出我的'剽窃'来呢？"[②]

[①] 巫马期：《鲁迅"剽窃"公案，盐谷温怎么说》，《南方都市报》2004 年 12 月 6 日。
[②] 鲁迅：《且介亭杂文二集·后记》，载《鲁迅全集》第 6 卷，同心出版社 2014 年版，第 256 页。

鲁迅当面撒谎。盐谷温《支那文学概论讲话》的小说部分，除鲁迅以外，至少还有郭绍虞、庐隐、雷㷍、陈彬龢、易君左、孙俍工、谭正璧、郭箴一共计 8 种译本，当然可以按文核校。对比 1919 年大日本雄辩会出版的《支那文学概论讲话》原版，不论有没有"谁"出来指证剽窃，事实都是无法改变的。

四 《中国小说史略》四种讲义本

苗怀明《风起红楼》一书对《贾氏系图》有详细分析，认为讲义本《小说史大略》对盐谷温《中国文学概论讲话》"借鉴更多，不过也作了一些小的修改"，正式出版本《中国小说史略》"又进行了一些修改"。

苗怀明说：

> 相比之下，《小说史大略》对《中国文学概论讲话》借鉴更多，不过也作了一些小的修改。首先是简化。在盐谷温的表格中，"图中的黑字是男子，白字是妇女"，"外围长方形框子的，是《红楼梦》的中心人物，即贾宝玉与金陵十二钗"，"人名下底数目字是贾家四艳底长幼顺序"，鲁迅则给予省略。其次是补充。在李纨和贾珠下增加贾兰，在贾政和王夫人下增加贾环，并有说明："其母赵氏，与宝玉为异母兄弟。"
>
> 《中国小说史略》在《小说史大略》的基础上对《贾氏系图》又进行了一些修改，增加了符号的说明，将金陵十二钗用"＊"标示出来，原来增加的贾兰、贾环则删去，最大的改变是将原来标示的贾宝玉和薛宝钗的夫妻关系删去。①

其分析包括三个方面，兹加条列如下：
第一简化：在盐谷温的表格中，(1)"图中的黑字是男子，白字是妇

---

① 苗怀明：《对鲁迅抄袭谷温公案的一点辨析》，载《风起红楼》，中华书局 2006 年版，第 105 页。

女";(2)"外围长方形框子的,是《红楼梦》的中心人物,即贾宝玉与金陵十二钗";(3)"人名下底数目字是贾家四艳底长幼顺序";鲁迅均给予省略。(4)"最大的改变是将原来标示的贾宝玉和薛宝钗的夫妻关系删去。"

第二补充:(5)"增加了符号的说明,将金陵十二钗用'＊'标示出来。"

第三增删:(6)《小说史大略》在李纨和贾珠下增加贾兰,在贾政和王夫人下增加贾环,并有说明"其母赵氏,与宝玉为异母兄弟"。《中国小说史略》又将增加的贾兰、贾环删去。

结论认为:"合理借鉴他人的研究成果,这是学术研究中的正常现象,它和抄袭是两个性质完全不同的概念。点出对盐谷温的借鉴,并无损于鲁迅的名声及学术地位。"[①]

以上三个方面差异共计条列为 6 项。实际上,苗怀明举出的这 6 项均与作者的著作创意无关,而与当时的图书出版条件相关。

《中国小说史略》最初为鲁迅在北京大学与北京高等师范等高校的授课讲义,至 1923 年 12 月及 1924 年 6 月,分为上下两册,由北京大学第一院新潮社正式出版发行,稍后并有再版。[②] 1925 年 9 月,改由北新书局出版,合为一册,1930 年修订重版。嗣后各版《鲁迅全集》以及各种单行本、外文译本均以北新版为据。

《中国小说史略》正式出版前,在 1920 年 8 月至 1923 年之间曾印有讲义本,题名《中国小说史大略》。目前发现讲义本有油印本(十七篇)两种和铅印本(二十六篇)一种,油印本分别由单演义、荣太之整理发表,铅印本由《鲁迅研究资料》编辑部整理发表。据研究者称,铅印本"现知今人仅存三册"[③],"现知北京图书馆、许寿裳及常惠各存一册"[④]。

此外,笔者在本项研究中新近发现北京大学图书馆所藏《小说史大

[①] 苗怀明:《对鲁迅抄袭盐谷温公案的一点辨析》,载《风起红楼》,中华书局 2006 年版,第 105 页。

[②] 鲍国华:《新发现:〈中国小说史略〉新潮社再版本》,《新文学史料》2007 年第 1 期。

[③] 《鲁迅研究资料》编辑部:《中国小说史大略》"编者按",载《鲁迅研究资料》第 17 辑,天津人民出版社 1986 年版,第 3 页。

[④] 周国伟:《鲁迅著译版本研究编目》,上海文艺出版社 1996 年版,第 175 页。

略》铅印本一种，保存完好，由于原书及馆藏数据均缺少作者姓名，故未引起专家学者的注意。①

苗怀明所对比的，是许寿裳藏本的整理本与单演义整理本的《小说史大略》，和孙俍工翻译本《中国文学概论讲话》。而鲁迅讲义本《小说史大略》至少有4个不同版本，盐谷温《支那文学概论讲话》的小说部分则至少有8个译本。

单演义收藏及整理的油印本先由《中国现代文艺资料丛刊》第4辑复刊号发表，题为《鲁迅：小说史大略（鲁迅未刊讲义）》，后附单演义《关于最早油印本〈小说史大略〉讲义的说明》，整理日期为1977年7月。后于1981年由陕西人民出版社出版单行本，书名《鲁迅小说史大略》，共128页，仍附《说明》一文。②（其《贾氏系图》见图一）

单演义的底本为《小说史大略》最早的油印本，但整理本有错。《中国现代文艺资料丛刊》发表的《贾氏系图》将王熙凤的连线误划到了巧姐上面③，陕西人民出版社单行本改正了，但在王熙凤的连线上既画了空白方框又加了问号，增加了重叠之误。（见图二）（《鲁迅全集补遗》中的《小说史大略》延误。④）这两处错讹当然不能理解为鲁迅的"意见"，而只能表明图表排版之不易。

而荣太之整理本则似乎与单演义所收藏的底本并不相同。⑤ 1977年9月荣太之据北京鲁迅博物馆藏本（常惠捐赠）整理，题为《鲁迅：小说史大略》，附荣太之《〈小说史大略〉整理说明》，刊于《社会科学战线》编辑部编《鲁迅研究论丛》。⑥

---

① 李云：《北大藏本鲁迅〈中国小说史大略〉铅印本讲义》，《中国现代文学研究丛刊》2014年第1期。笔者的本项研究得到北京大学图书馆李云先生的帮助。
② 《中国现代文艺资料丛刊》第4辑复刊号，由上海文艺出版社于1979年11月出版。《鲁迅小说史大略》，为《鲁迅研究丛书》之一，由陕西人民出版社于1981年4月出版。
③ 济南市社会科学研究所孙崇恩、周来祥编《鲁迅文艺思想资料编年》第1辑也收有《小说史大略》，内刊，未说明来源，其图表及划错的巧姐连线与《中国现代文艺资料丛刊》第4辑复刊号相同。
④ 刘运锋编：《鲁迅全集补遗》，天津人民出版社2006年版，第291页。
⑤ 鲍国华认为"两件题名不一，但文字相同"，见鲍国华《论〈中国小说史略〉的版本演进及其修改的学术史意义》，《鲁迅研究月刊》2007年第1期。
⑥ 《社会科学战线》编辑部：《鲁迅研究论丛》，吉林人民出版社1980年版。

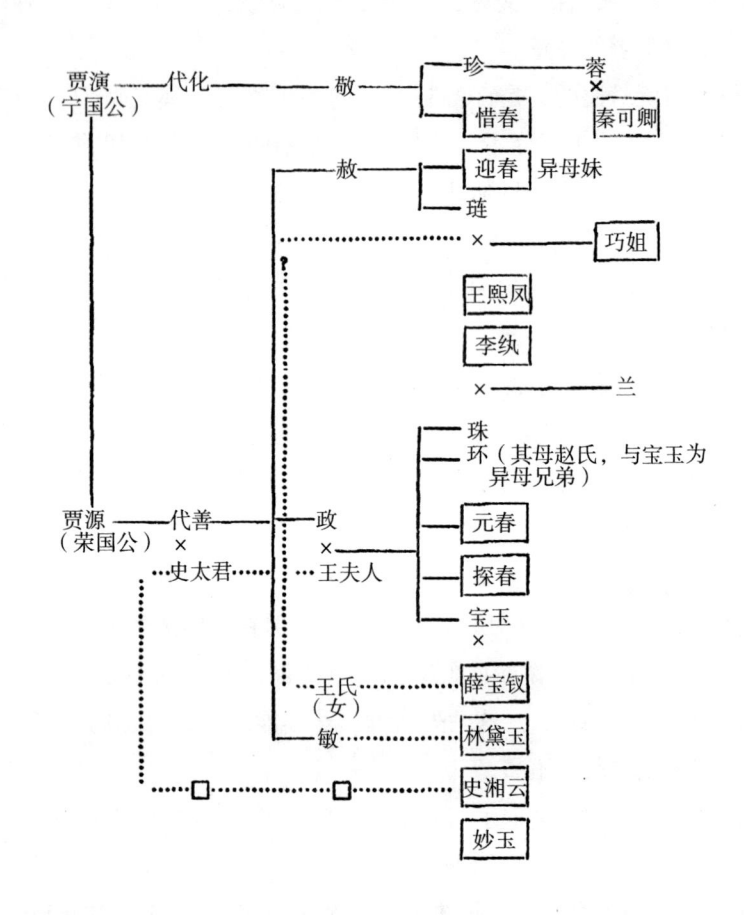

```
贾演 ──── 代化 ──── 敬 ┬── 珍 ──── 蓉
(宁国公)              │         ×
                      └── 惜春   秦可卿

            ┌── 赦 ┬── 迎春  异母妹
            │      └── 琏
            │        ×  ── 巧姐
            │        王熙凤
            │        李纨
            │          ×  ── 兰
            │
            │        ┌── 珠
            │        ├── 环(其母赵氏,与宝玉为
            │        │       异母兄弟)
贾源 ──── 代善 ┼── 政  ├── 元春
(荣国公)  ×    │  ×   ├── 探春
          史太君 │ 王夫人 └── 宝玉
                │          ×
                ├── 王氏 ── 薛宝钗
                │  (女)
                └── 敏  ── 林黛玉
          ┈┈□┈┈┈┈□┈── 史湘云
                        妙玉
```

图一 单演义整理本《贾氏系图》,《中国现代文艺资料丛刊》第 4 辑复刊号,第 96 页

荣太之整理本的底本也是油印本,其突出之处是在图表一角保留了 3 项图例:以直线为亲戚记号,方框为十二钗记号,×为夫妇记号。鲁迅图例中的"亲戚",即盐谷温所说"外家";"十二钗记号",即盐谷温所"桦入"(框入)的部分,但除去了贾宝玉;"夫妇"与盐谷温完全相同。盐谷温的 5 项图例并没有直接标明"图例"二字,而是标的"注意"。鲁迅保留了盐谷温的 3 项图例,而改称为"记号"。这 3 项图例在正式出版时,改为插入正文:"右即贾氏谱大要,用虚线者其姻连,著×者夫妇,

鲁迅与盐谷温　349

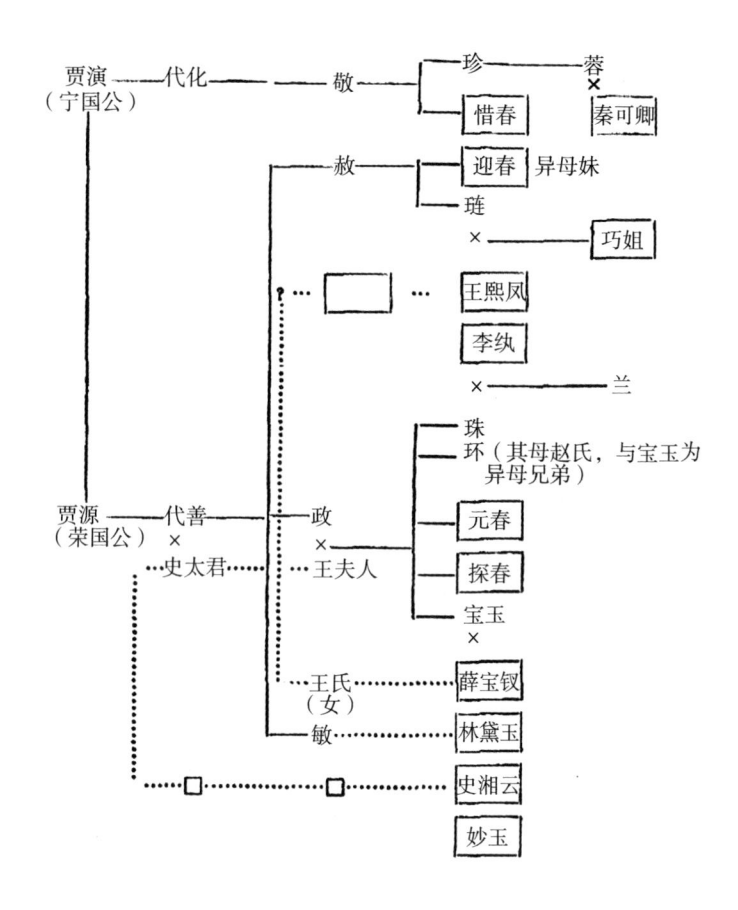

```
贾演────代化────敬──┬─珍────蓉
（宁国公）              │              ×
                         └─惜春    秦可卿
            ┌─赦──┬─迎春  异母妹
            │       └─琏
            │           ×──────巧姐
            │
            ┆─□┄┄┄─王熙凤
            │           李纨
            │               ×──────兰
            │       ┌─珠
            │       ├─环（其母赵氏，与宝玉为异母兄弟）
贾源────代善──┼─政   ├─元春
（荣国公）     ×     × ├─探春
    ×       史太君   王夫人└─宝玉
                               ×
            ├─王氏  ┌─薛宝钗
            │（女）
            └─敏────林黛玉
    ┆┄┄┄┄─□┄┄┄─□────史湘云
                              妙玉
```

图二　单演义整理本《贾氏系图》，陕西人民出版社 1981 年版，第 93 页

著 * 者在'金陵十二钗'之数者也。"①（见图三）

许寿裳所藏《中国小说史大略》讲义铅印本，1985 年 10 月由北京鲁迅博物馆鲁迅研究室整理，前有"编者按"，发表于《鲁迅研究资料》第 17 辑②。这部讲义的突出之处是取消了十二钗名字上的方框。（见图四）

单演义本有贾兰和贾环，荣太之本只有贾兰，没有贾环，许寿裳本则二人都取消了，说明苗怀明所举的第 6 项增加而又删除二人，很可能是一

---

① 鲁迅：《中国小说史略》，北新书局 1927 年 8 月第 4 版，第 258—259 页。
② 《鲁迅研究资料》第 17 辑，天津人民出版社 1986 年 9 月出版。

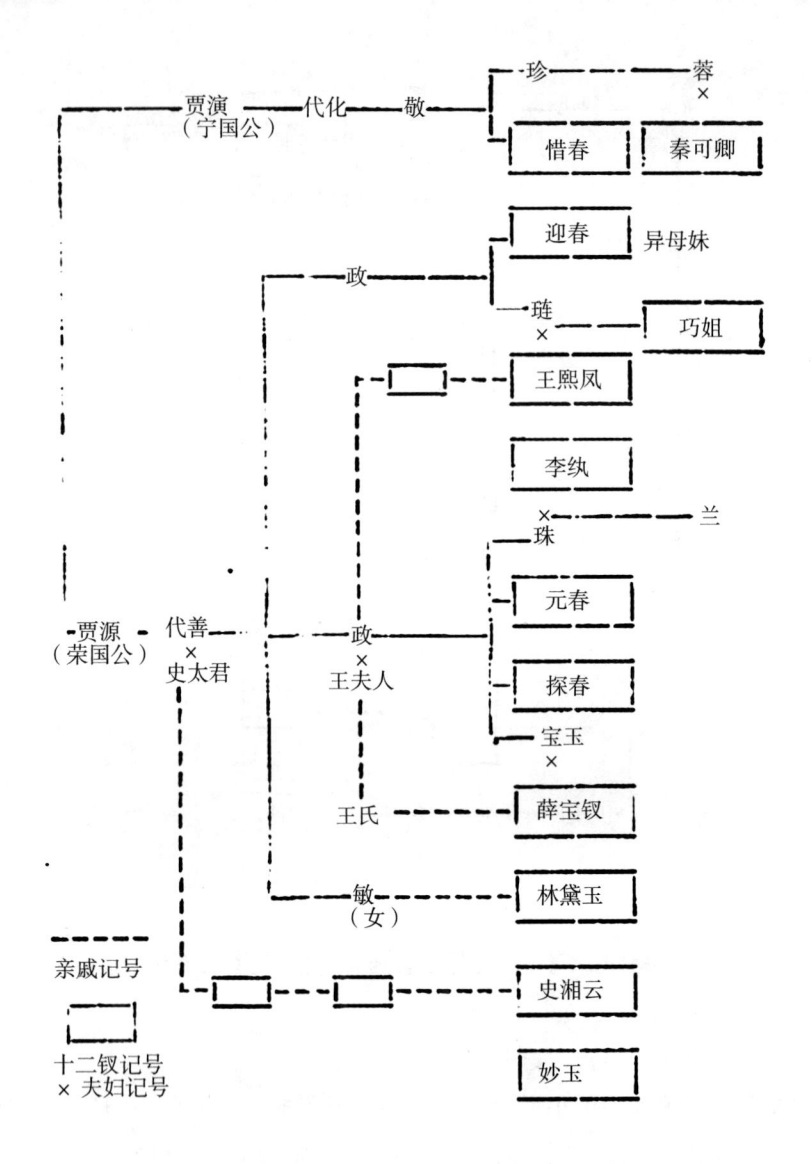

图三　荣太之整理本《贾氏系图》，《鲁迅研究论丛》，第66页

个不经意的过程。而最明显的变化则是两种油印本均有方框，铅印本没有方框，其改动原因不难推知。因为在图书出版的铅排时期，要想画出一个方框需要排出4道铅条，而十二钗与其他虚框共计有15处，这就需要排出60道铅条，繁难可知。但在油印本（毛笔书写，蜡纸制版）中，只需

手绘即可瞬间完成。在许寿裳铅印本的整理本中，还可见到取代方框的星号是※，也都不是出于鲁迅的创意，而是由于铅字排版之故。（北新书局本排为＊，到抗战间重庆土纸版的《中国小说史略》又排为★，而※直到20世纪90年代的铅排油印资料中仍在广泛使用。）

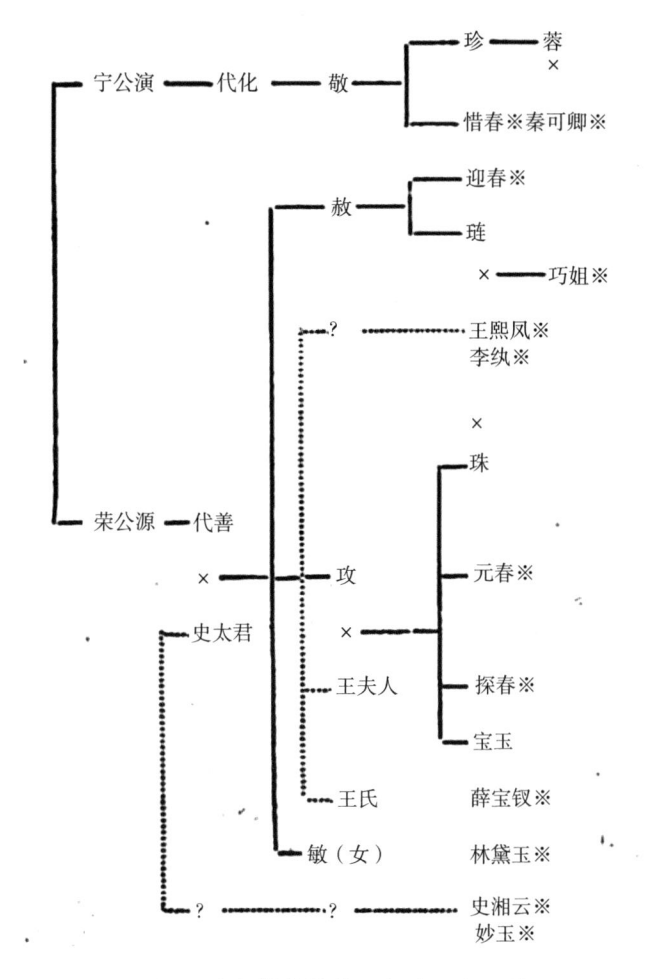

```
                    ┌─珍──蓉
            ┌─敬───┤     ×
            │       └─惜春※秦可卿※
            │
            │       ┌─迎春※
      ┌─代化─┤─赦───┤─琏
宁公演─┤              │    ×─巧姐※
      │              │
      │              └─?······王熙凤※
      │                      李纨※
      │                        ×
      │                      ┌─珠
      │                      │
      │              ┌─政───┤─元春※
      └─荣公源─代善─┤   ×    │
                ×    │        ├─探春※
            │─史太君 │        └─宝玉
            │        │─王夫人  薛宝钗※
            │        │
            │        └─王氏
            │           敏（女）林黛玉※
            │
            └─?······?······史湘云※
                              妙玉※
```

图四　鲁迅博物馆整理本《贾氏系图》，
《鲁迅研究资料》第17辑，第142页

苗怀明所说"最大改变"的第4项，即删除宝玉、宝钗夫妻关系的一个×号，在单演义、荣太之两种讲义本中其实都在，只有在许寿裳本中才不见了。许寿裳本整理发表时，不仅繁体改为简体，竖排改为横排，而且其《贾氏系图》也排在了同一页面上。此本的原貌虽然不易见到，但是笔者在北京大学图书馆1941年所清理的学生存物收藏中，发现1册《小说史大略》铅印本，与许寿裳本形态相同。其《贾氏系图》分两页接排，书口两侧分别是贾宝玉、薛宝钗二人，二人中间的记号×便无着落，其夫妻关系未能体现，仍由排版之故。这不但不能说明鲁迅的创意，相反地，正表明了作者编校的疏漏。（见图五）

此处再赘一语。鲁迅《中国小说史略》问世至今版本无数，如果仔细对比各个版本《贾氏系图》的排版，包括繁体字、简体字、直排、横排等，也是一项有趣味的事情。特别是《中国小说史略》有一种1943年重庆作家书屋的"渝一版"，其铅字符号之粗糙最为严重。其书虽在鲁迅卒后，却仍可显现出某种"修改"。（见图六）

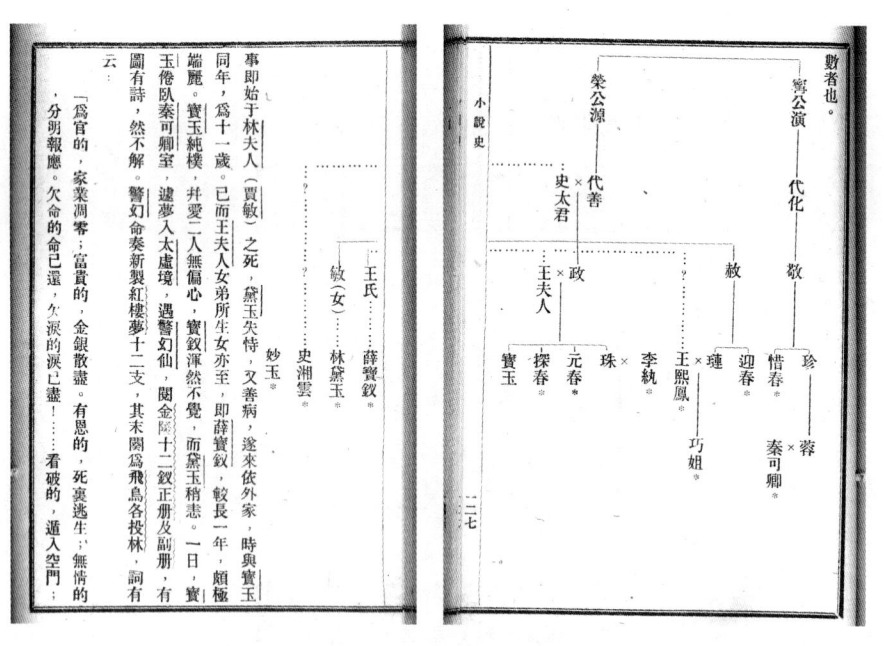

图五　北京大学图书馆藏《中国小说史大略》铅印本原件照片

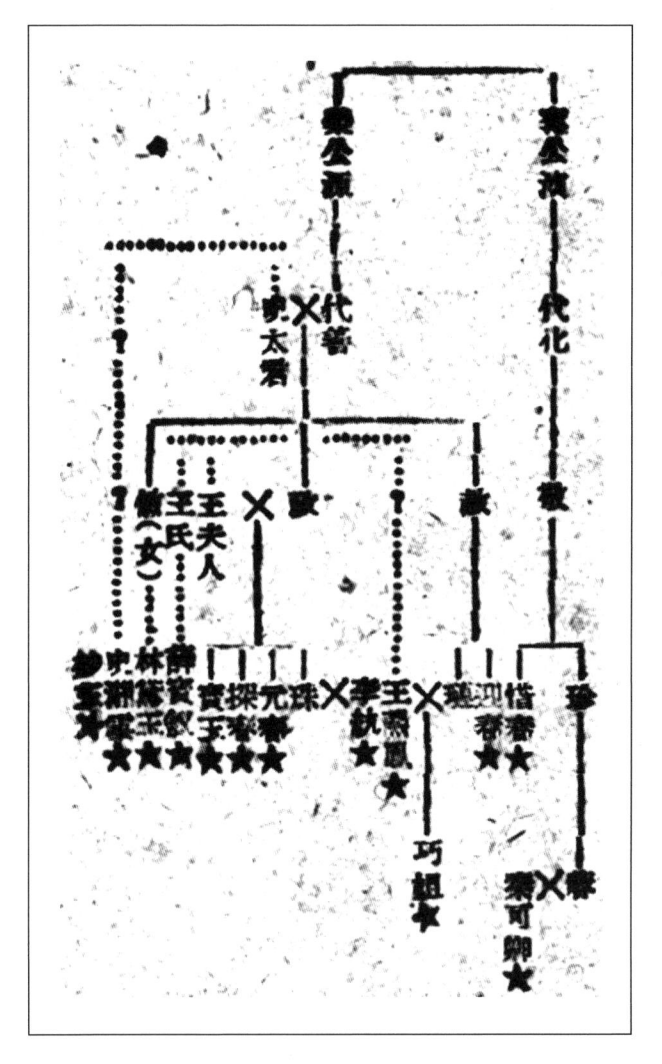

图六 《中国小说史略》1943年作家书屋"渝一版",第161页

五 《支那文学概论讲话》八种中译本

盐谷温《支那文学概论讲话》的小说部分有多种译本。在鲁迅《中国小说史略》正式出版之前,1921年郭绍虞出版了同名作品《中国小说史略》。其后庐隐连载了摘译本《中国小说史略》,雷瑑连载了译述本《中国文学研究》,陈彬龢出版了选译本《中国文学概论》,易君左发表了

小说部分的全译本《中国小说概论》，孙俍工出版了全译本《中国文学概论讲话》。此外1935年谭正璧出版《中国小说发达史》，"参之周氏原作"不少，1939年郭箴一出版《中国小说史》，名为著作，实为照抄鲁迅与孙俍工而来，姑称之为盐谷温书的"译抄本"。以上8种译本中，庐隐、雷昺、陈彬龢、谭正璧省略了《贾氏系图》（省略不可称为"删去"，否则可能即有"最大的改变"的创新之嫌），郭绍虞、易君左、孙俍工、郭箴一则予以保留，可供比对。

盐谷温《支那文学概论讲话》，1919年5月东京大日本雄辩会初版。至1926年发行到第十版。（见图七、图八、图九）此书曾改题《支那文学概论》，上下篇两册，1946—1947年由东京弘道馆出版，内容有所修改，保留了"贾家の系谱"图，但改为黑白印刷。1947年出版的合订本"限定版"亦同。1949年，其书的下篇小说一章由东京弘道馆单独出版，题为《中国小说の研究》。书口仍题《支那文学概论》，"贾家の系谱"仍旧。1952年《支那文学概论》订正再版，则完全删去了下篇小说一章。

图七　盐谷温《支那文学概论讲话》原版书影（初版、再版和三版）

郭绍虞《中国小说史略》1921年5月由上海中国书局出版，1933年由新文化书社再版，版权页署名"编辑者古吴郭希汾"。此书实际上是盐谷温《支那文学概论讲话》第六章《小说》部分的中译本。

图八　盐谷温签赠本
《支那文学概论讲话》扉页

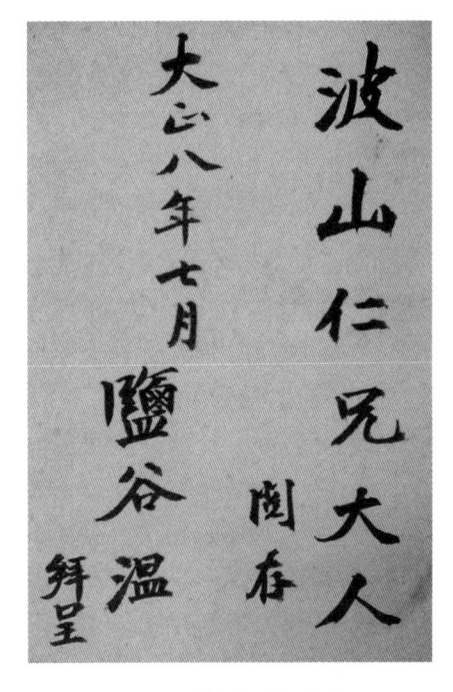

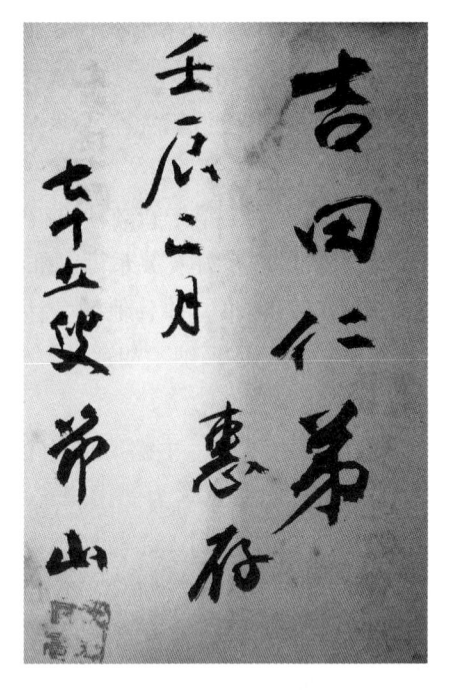

图九　盐谷温签赠本
《支那文学概论》扉页

郭绍虞名希汾，字绍虞，江苏苏州人，为顾颉刚的同乡好友。《顾颉刚书信集》收录有1923年致郭绍虞信，告知已结二十人成立朴社，预备自己印书，期望郭加入。编者注："郭绍虞，顾氏好友。1919年，顾氏介绍其加入新潮社，又邀其到京任《晨报》特约撰稿员，并介绍其在北大旁听。"[1] 有学者称，郭绍虞"在就读小学、中学阶段，他分别认识了同城的叶圣陶和顾颉刚，迄成至交"，并且曾经"和顾颉刚同住一个公寓，共同研究民歌谚语"。1921年8月，由顾颉刚推荐，郭绍虞任福州协和大学教授兼中文系主任。[2] 顾氏逝世后，郭绍虞有《悼念颉刚》一文。[3]

---

[1] 顾颉刚：《顾颉刚全集·顾颉刚书信集》卷二，《致郭绍虞·一》，中华书局2011年版，第149—150页。
[2] 陈允吉：《郭绍虞先生》，《东方早报》2011年10月9日。
[3] 郭绍虞：《悼念颉刚》，刊《读书》1982年第10期，又收入《顾颉刚先生学行录》《顾颉刚学记》二书。

另据顾氏1921年6月致俞平伯信,"我前天买到绍虞译的日本盐谷温的《中国小说史略》,内《红楼梦》一条,差不多把适之先生《考证》里所搜得的材料也搜辑完全,实在不容易……"以下又列举盐谷温"雪芹为举人""宝玉即雪芹""高鹗娶诗人张船山之妹"三说。① 时当郭绍虞书出版之次月,早于新潮社出版鲁迅《中国小说史略》之前两年半。

由郭氏的同乡好友关系可以推测,顾颉刚正是由于郭绍虞而较早地接触到了盐谷温之书,并且他的关注点集中在《红楼梦》上。盐谷温关于《红楼梦》的论述采纳了胡适的《红楼梦考证》,而后者中的不少材料出自顾颉刚之手。

郭译《中国小说史略》一书的问题,首先不在于翻译的体例与文笔②,而在于版权署名为"编辑",绝无原作者盐谷温字样。甚至于全书之末"近来西洋底翻译品与新小说盛行"一节,盐谷温原书有"近来我国也盛行此种的学风""谨祝两国间国民文学界之隆昌"二句③,"我国""两国"字样也有意删去。仅在序文中说:"是书译自日人盐谷温所著《支那文学概论讲话》中之一节。盐氏以研究中国文学著称,此即为其在东京文科大学夏季公开演讲会之稿而修正,增补以成者。"而顾颉刚明明了解此书原委,却又完全没有翻译版权的指控。

黄淑仪又名黄英,笔名庐隐。1919年为北京高等女子师范学校国文系学生,1921年加入文学研究会,1923年任北平师范大学附属中学国文教员。黄氏的译本为节译和摘译,题为《中国小说史略》,署名"庐隐",连载于《晨报副刊·文学旬刊》1923年6月21日、7月1日、7月11日、7月21日、8月1日、8月11日、8月21日、9月1日、9月11日。《文学旬刊》为文学研究会的刊物,时任主编王统照。文学研究会的发起人之一郑振铎(署名子汶)曾有《中国文学研究的重要书籍介绍》一文,刊于《小说月报》1924年第15卷第1号,介绍有关中国古典文学研究的书目共247种,第213种为"《中国文学概论》,日本盐谷温编,日本出

---

① 顾颉刚:《顾颉刚全集·顾颉刚书信集》卷二,《致俞伯平·七》,中华书局2011年版,第48页。

② 参见[日]下村作次郎《关于鲁迅的〈中国小说史略〉——兼论庐隐及郭希汾的同名书》,哑哑之会编《哑哑》特集(《中国小说史略》),1987年3月10月出版。

③ [日]盐谷温:《中国文学概论讲话》,孙俍工译,上海开明书局1929年版,第486页。

版"。最后一种为鲁迅"《中国文学史略》，鲁迅编，北京大学新潮社出版"。庐隐忽然有这篇译文，不知是否与郑振铎有关。对比孙俍工全译本，庐隐译本将盐谷温书中"四大奇书"部分拆分为"明代小说"和"清代小说"两部分，叙述和文献则都相同。①

雷晋的译本题为《中国文学研究》，刊于北平民国大学编辑的《民大月刊》"译述"栏目，自1925年10月第8期始，连载未完。文前有小序，说明译自盐谷温之书。雷晋另编有《文学概论》一册，为民国大学讲义。

陈彬龢也是顾颉刚的同乡好友。陈彬龢，江苏吴县人。武昌文萃图书馆专科学校毕业，早年曾任仓圣明智大学附属女子学校教师，平民中学教务长，天津南开学校总务长、中俄大学总务长，及上海私立政法大学教务长。曾为陈衍旁听生，其妻汤彬华曾为胡适旁听生，故皆自称弟子。吴戈认为："陈彬龢能够在这样的一个学校中当上总务长，可见他早已被苏俄或中共吸收为秘密工作人员，这个时间是在日本，还是在南开中学，尚不可知，南开中学也是中共很早进入活动的一个学校。"② 内山完造说："通过内山书店，我认识了很多中国的文化界人士"，其中包括陈彬龢。③ 有学者认为，1928年前后，陈彬龢已经成为日本职业特务。④ 1930年陈彬龢创办《日本研究》并任主编。1931年任《申报》社评主撰，"能指陈时事，言之有物"。⑤ 1942年任《申报》社长。左笔说道："如今报道圈中，陈彬龢先生登场，是惹起大家注意的。陈氏在新闻圈、文化圈、政治圈，一枝笔杆，风云际会，载沉载浮，二十多年了。"⑥ 张丹子说道："陈

---

① 齐裕焜认为庐隐《中国小说史略》"有着很明显的鲁迅痕迹"，"无法和鲁迅的小说史相提并论"，完全是颠倒源流的错评。见齐裕焜、王子宽《中国古代小说研究》，福建人民出版社2005年版，第96页。

② 文艺春秋（吴戈）的博客：《申报研究》第一节《陈彬龢的青年时代》。

③ ［日］小泽正元：《内山完造传》，百花文艺出版社1983年版，第90页。

④ 张耀杰：《民国背影——政学两界人和事》，浙江人民出版社2008年版，第218页；胡山源：《我所知道的陈彬龢》，《人物》1985年第5期；胡山源：《文坛管窥：和我有过往来的文人》，上海古籍出版社2000年版，《陈彬龢》一节。

⑤ 何济翔：《陈彬龢与〈申报〉社论》，载顾国华编《文坛杂忆续编》，上海书店出版社1999年版，第75页。

⑥ 左笔：《陈彬龢》，《太平洋周报》1943年第50期。

彬龢先生，江苏吴县人，现年四十七岁。生平专心致力于文化事业，富有创造能力。自幼失学，极少受学校教育，青年时代，勤于自修，今日成为文化界有数人才，尤为难能可贵。"① 除了《中国文学概论》之外，陈彬龢又译小柳司气太《道教概说》、宇野哲人《孔子》、大村西崖《中国美术史》，著作有《中国佛教小史》《中国书史》《中国文字与书法》等多种。

　　天戈说到陈彬龢曾经想在上海组织一个新的苏州人同乡会。② 顾颉刚与陈彬龢初次见面，在 1925 年。顾颉刚《盘庚篇的今译》刊《语丝》1925 年第 11 期，"（江）绍原偕陈彬龢君来。陈彬和君为平民中学主任，谓欲以《盘庚篇今译》作国文教科"③。顾颉刚在吴门东南之甪直镇保圣寺里发现了唐代雕塑家杨惠之的罗汉塑像。1924 年，陈彬龢在南开学校将刊有顾颉刚文章的《小说月报》寄给写过《中国美术史》的日本美术史教授大村西崖。④ 1925 年 2 月 20 日致胡适："先生借给援庵先生日本小柳司气太之《道教概说》，我已译好，现送请颉刚校正，拟在《东方（杂志）》发表。"⑤ 陈彬龢译日本桑原骘藏《读陈垣氏之元西域人华化考》1925 年在《北京大学研究所国学门周刊》发表，《保存唐塑运动之经过》稍后于 1929 年在《国立第一中山大学语言历史学研究所周刊》发表。自 1925 年到 1935 年 8 月，顾颉刚与陈彬龢经常来往，见面及通信均不少。至 1943 年，顾颉刚"见报，陈彬龢在香港时即已与敌人暗通消息，今任上海申报社长兼敌军秘书。此人最好奔走讨好，宜其有此。然予十五年前过沪即住其家，备受招待"⑥。邱焕星认为：1926 年，"到 11 月 21 日陈西滢在《现代评论》第一次暗示鲁迅抄袭之前，顾的日记先后记载他和陈彬龢面谈八次、通信两次。相对于郭绍虞，顾颉刚通过审稿或者从陈彬龢

---

① 张丹子主编：《中国名人年鉴·上海之部》"陈彬龢"条目，中国名人年鉴社 1943 年版，第 101 页。
② 天戈：《群丑现形记》，上海正行出版社 1945 年版，第 36 页。
③ 顾颉刚：《顾颉刚日记》第一卷，台湾联经出版事业公司 2007 年版，第 586 页。
④ 文艺春秋（吴戈）的博客：《申报研究》第一节《陈彬龢的青年时代》。
⑤ 中国社会科学院近代史研究所中华民国史组编：《胡适来往书信选》上册，中华书局 1979 年版，第 313 页。
⑥ 顾颉刚：《顾颉刚日记》第五卷，台湾联经出版事业公司 2007 年版，第 70 页。顾氏有写信留底的习惯，但是在《书信集》中他致陈彬龢的诸多书信均渺无踪影。

那里得出'抄袭'结论的可能更大些"。① 这一分析是正确的。

陈彬龢译本《中国文学概论》是顾颉刚经手的。《古史辨》第一册书末广告，待出版书籍有："《中国文学概论》，日本盐谷温著，陈彬龢先生选译。"② 顾颉刚日记：1925年7月23日，"审核彬龢《中国文学概论》"③。陈彬龢译本书首有其妻汤彬华于1926年3月10日所作《序》，说道："余素嗜好中国文学，尝觉无适当入门书可读为憾事。去年暑假，承友人常书林君以日人盐谷温博士所著《支那文学概论讲话》寄赠，撷其内容，于诗、文、戏曲、小说等项，分类叙述，条理明晰，取材丰盛，于是强愚夫陈彬龢迻译之。……今蒙友人顾颉刚先生之好意，愿在其所办之朴社出版。"可知顾氏在1925年夏，有可能在陈彬龢处看到盐谷温书的原版。

陈彬龢译本题名《中国文学概论》，1926年3月朴社初版。封面署名"日本盐谷温著，陈彬龢译"，版权页署明"原著者"、"翻译者"，出版广告标明"选译"，汤序则称"撷其内容"。由著作版权上看，陈氏译本不失规范。鲁迅《不是信》讥讽说："盐谷教授的《支那文学概论讲话》的译本……将五百余页的原书，译成了薄薄的一本……广告上却说'选译'，措辞实在聪明得很。"④ 牟利锋也认为，该书的翻译"偷工减料"⑤。其说甚误。摘译、选译是当时译书特别是日文译本的常见做法。

易君左，北京大学法学院毕业，曾留学日本。一面研究政法问题，一面从事游记散文等创作，到1958年由香港自由出版社出版了自己的《中国文学史》。

易君左的译本节译小说部分，题名《中国小说概论》，署名"日本盐谷温著，君左译"，大开本75页，刊于《小说月报》第17卷号外《中国文学研究》，1927年6月上海商务印书馆出版。刘麟生《中国文学ABC》

---

① 邱焕星：《鲁迅与顾颉刚关系重探》，《文学评论》2012年第3期。
② 顾颉刚：《古史辨》第一册，朴社1926年版；顾颉刚：《顾颉刚全集·宝树园文存》卷一，中华书局2011年版，第237页。
③ 顾颉刚：《顾颉刚日记》第一卷，台湾联经出版事业公司2007年版，第644页。
④ 鲁迅：《不是信》，原刊《语丝》1926年第65期，此节为鲁迅的补记，见《华盖集续编》，北新书局1927年版，第53页。
⑤ 牟利锋：《盐谷温〈支那文学概论讲话〉在中国的传播》，《中国现代文学研究丛刊》2011年第11期。

（世界书局1929年版）曾经推荐此译本，植田渥雄也评价说："君左翻译了该书的小说部分……这虽是节译本，但就小说部分说来，却是相当完整的。"① 至1969年，该书由香港龙门书店出版了单行本。

孙俍工译本是盐谷温书的全译本，题名《中国文学概论讲话》，署名"日本盐谷温著，孙俍工译"，1929年6月上海开明书店初版。孙俍工译本影响最大，台湾多次翻印皆为孙译本。（台湾影印本有的保留全名，但台湾开明书局影印本删了"讲话"二字，题为《中国文学概论》。）2015年山西人民出版社也影印再版了孙俍工译本，列入《近代海外汉学名著丛刊》。

谭正璧是民国间著作等身的学者，其《中国小说发达史》一方面坦承"参之周氏原作"；一方面贬郭扬鲁，认为"郭希汾之《中国小说史略》系译日本盐谷温《中国文学概论讲话》之《小说概论》一部分，不足称为著述"，"周著虽亦蓝本盐谷温所作，然取材精专，颇多创见，以著者为国内文坛之权威，故其书最为当代学者所重"。② 明知鲁迅《中国小说史略》为"蓝本"之作，仍然参照编纂。不过该书并没有采用鲁迅的贾氏系图，回避得也算乖巧。

郭箴一《中国小说史》上下两册，上海商务印书馆1939年出版，《中国文化史丛书》之一。据称在刊印版次和数量上仅次于鲁迅《中国小说史略》，位居第二名。③ 该书在20世纪70年代在港台有翻印，近年有出版社列为"民国学术经典丛书"。

郭氏《中国小说史》是一本特殊的书，相对于盐谷温之书，可以称为"译抄本"。作者《序言》说到其书"在取材方面""一部分根据鲁迅先生的《小说史略》"（《序言》作于1936年12月4日，距鲁迅逝世仅一个半月），另外在"本书参考书目"中列了鲁迅《中国小说史略》、盐谷温《中国文学概论讲话》（应即孙俍工译本）和谭正璧《中国小说发达史》。

对郭箴一此书，学者评价不一。称道者指出，虽然该书"依据鲁迅

---

① ［日］植田渥雄：《试论盐谷温著〈支那文学概论讲话〉与周树人著〈中国小说史料〉之关系》，《外国问题研究》1995年第2期。
② 谭正璧：《中国小说发达史》，上海光明书局1935年版，第2页。
③ 李鸿渊：《郭箴一〈中国小说史〉评述》，《古典文学知识》2011年第5期。

之作，加以阐述"，但能"参考各家著述，列采众长，故能详富周密，缕析得体"，"绪论及各章中，于历代之社会经济，每有阐明，以见小说产生之背景及环境，此点用意甚佳"。①

顾梁则不留情面地激烈批评其抄袭，特别是抄袭鲁迅，列举了郭、鲁二书雷同之处整整一百页（页码范围第454—486页尚不在其内，刚好跳过第三节《清代的人情小说》）。引郭箴一自序，指出："乍听极是，其实全非！所谓'根据'，原来是抄袭；所谓'参看'，也就是抄袭；除'大'部分抄袭鲁迅外，也牵涉胡适、向达、孙楷第、郑振铎、赵景深、谭正璧、日本盐谷温等各家。"又说："'取材'得有个限制，'根据'得有个方式的，'参看'也得有个态度。郭君三者都欠缺。"② 值得注意的是，顾梁所批驳的"根据""参看""取材"等字眼，其实也是鲁迅的惯用语。

时至20世纪70年代，马幼垣仍撰文批评郭书"狠抄乱抄""闭着眼睛乱抄一顿"。③ 陈平原引马幼垣说："直接引用鲁著某些结论或大段大段抄袭的（后者如郭箴一《中国小说史》），也实在不在少数，难怪有人慨叹'抄录《中国小说史略》是各家小说史的通病'。"④ 近年李鸿渊摘录了《清代的人情小说》一节中的17处文字，批评"其行文思路重复、杂乱，胡乱拼凑的痕迹一望而知"。⑤

六 四家译本的《贾氏系图》

苗怀明用孙俍工译本作为比对，然而就《贾氏系图》而言，最忠实于原著的则是易君左。孙俍工译本与苗怀明所称的"盐谷温表格"相同。但是，1919年大日本雄辩会出版的盐谷温《支那文学概论讲话》原书的图例，并非"白字"而是"朱字"，并非"点线"而是"朱线"。盐谷温

---

① 《图书介绍·郭箴一：中国小说史》，署名"进"，《图书季刊》1940年第3期，第456页。
② 顾梁：《郭箴一编：〈中国小说史〉》，《华声》1944年第5—6期。
③ 马幼垣：《郭箴一〈中国小说史〉的来源》，载《中国时报·人间》1978年7月1日，后收入马幼垣《中国小说史集稿》，台北时报文化出版公司1980年版。
④ 陈平原：《小说史：理论与实践》，北京大学出版社1993年版，第85页。
⑤ 李鸿渊：《郭箴一〈中国小说史〉评述》，《古典文学知识》2011年第5期。

原图采用红色套印，这一点只有易君左的译本做到了。

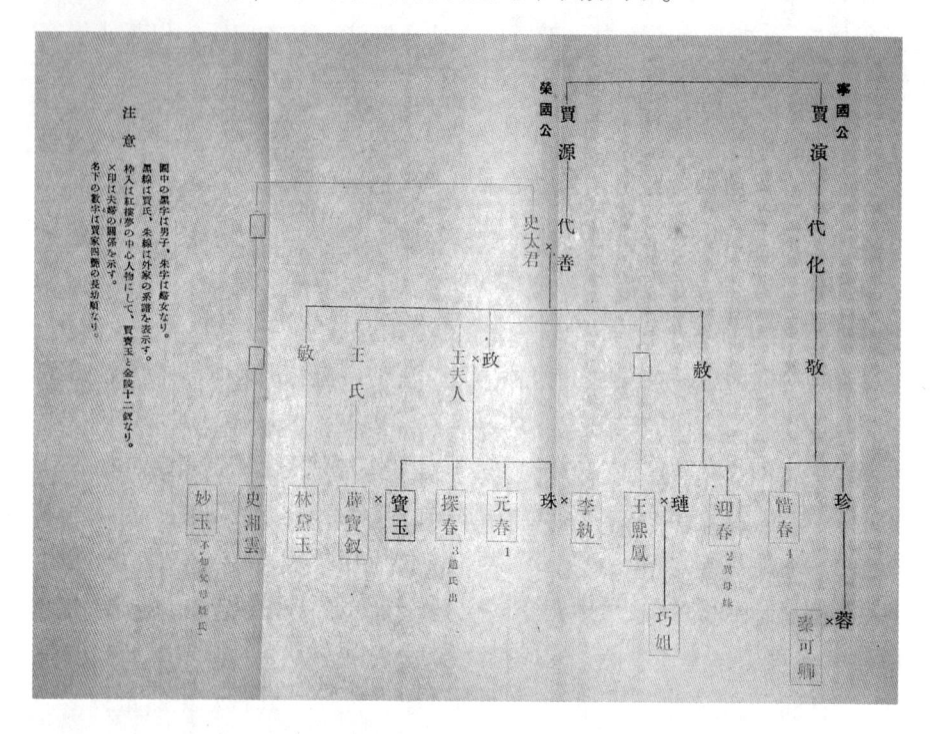

图十 盐谷温《支那文学概论讲话》附表《贾家の系谱》，大正八年（1919）5月东京大日本雄辩会出版，折叠套色插图在第520—521页之间

盐谷温《支那文学概论讲话》原版有图例说明"注意"5行（见图十）：

> 图中の黑字は男子，朱字は妇女なり。
> 黑线は贾氏、朱线は外家の系谱た表示す。
> 枠入は红楼梦の中心人物にして、贾宝玉と金陵十二钗なり。
> ×印は夫妇の关系を示す。
> 名下の数字は贾家四艳の长幼顺なり。

易君左译本的"注意"5行（见图十一）：

> 图中的黑字是男子，红字是妇女。

鲁迅与盐谷温　　363

　　黑线是表示贾氏的系谱，点线是表示外家的系谱。
　　外围长方形框子的，是红楼梦的中心人物，即贾宝玉与金陵十二钗。
　　×示夫妇的关系。××示夫早亡妻守寡的记号。
　　人名下的数目字，是贾家四艳的长幼顺序。

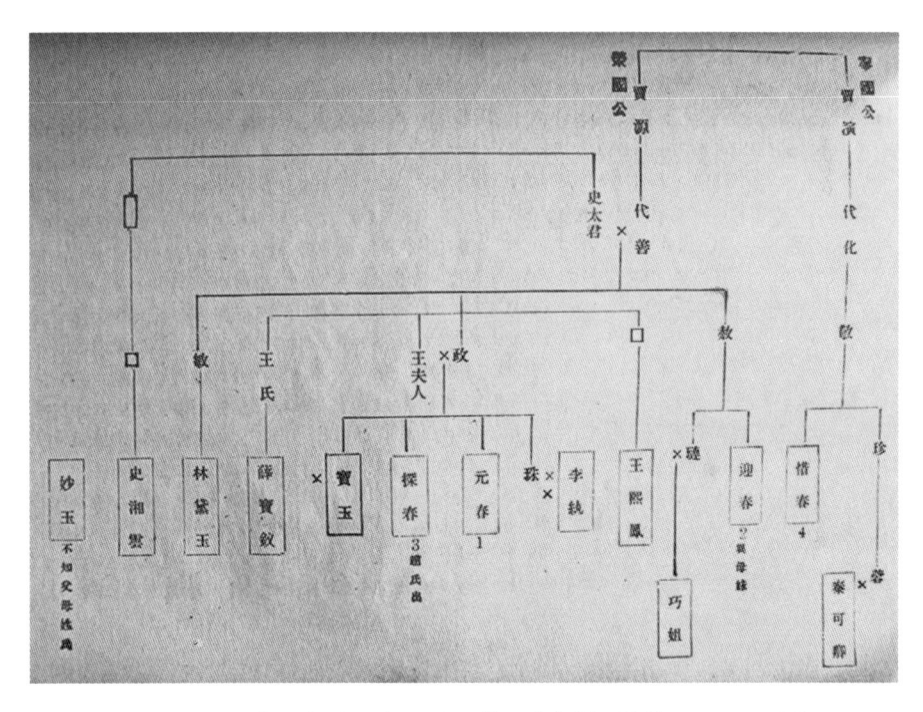

图十一　易君左译本《贾氏系图》，整页套色插图在第68—69页之间

　　易君左译本用套色排版，并且单独占一页，最接近盐谷温原图。
　　易君左的改动有1处：图例中添加了"××示夫早亡妻守寡的记号"一句，图表中排在李纨左侧，在黑色的×上添加了一个红色的×。
　　今按：×符号表示交叉，夫亡守寡用2个×不宜（倒像是再嫁的含义）。
　　盐谷温原文"枠入"一语，为日本汉字，"枠"同"框"，但易君左译为"外围长方形框子"，可谓添字发挥。
　　另外，易君左在书名上添加了波线～～，在人名、地名上添加了直线——，为民国时标点符号用法，但"金陵十二钗"为整体的称谓，"金陵"二字不应视为地名而加直线。

此外易君左译本全同盐谷温原书。

孙俍工译本《贾氏系图》的图例5项为（见图十二）：

  图中的黑字是男子；白字是妇女。

  黑线是表示贾氏的系谱，点线是表示外家的系谱。

  外围长方形框子的，是红楼梦的中心人物，即贾宝玉与金陵十二钗。

  ×示夫妇的关系。

  人名下底数目字，是贾家四艳底长幼顺序。

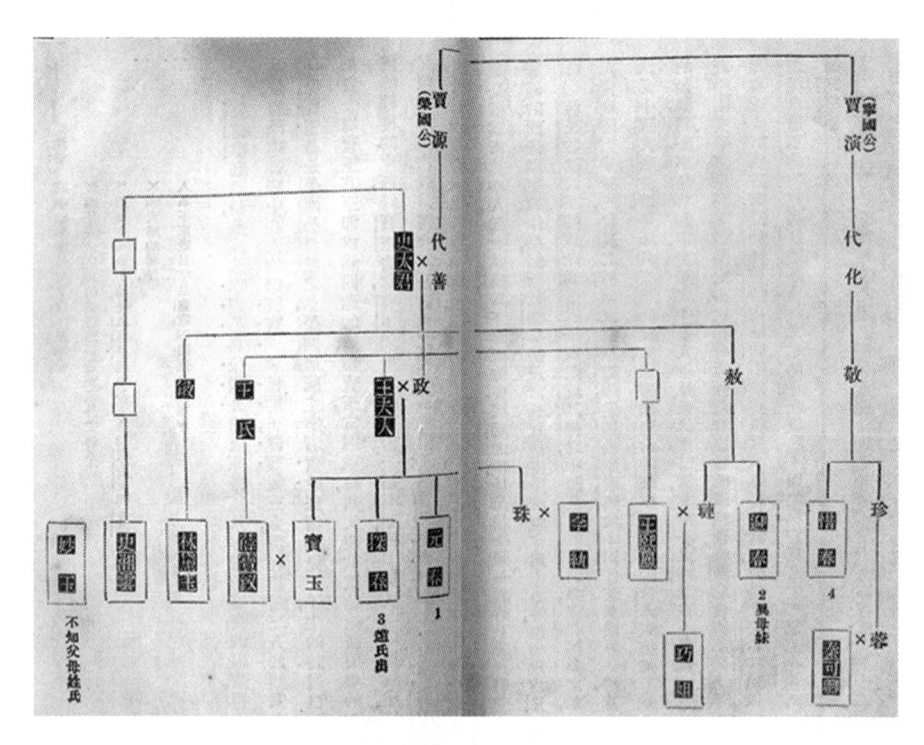

图十二　孙俍工译本《贾氏系图》，在第470页

孙俍工译本的改动有2处：原图"朱字（红字）"改为白字，实际排版用了反白的类似阴文的铅字。原图"朱线（红线）"改为点线，实际排版用了虚线。

孙译本的标点符号用法，孙俍工与易君左全同。另外，"枠入"一语，孙俍工也译为"外围长方形框子"，与易君左完全相同，亦不免为沿袭的痕迹。

孙译本改彩色套印为单色墨印，改朱字为白字，即黑底反白的铅字，当然既不能称为创意，也不能认为其翻译不忠实，而只是出于印刷条件的限制（译者手写的译稿原貌必非白字）。但改用点线（即虚线）也不是孙俍工的原创，在他之前八年，郭绍虞译本已经用"点线表示外家之系谱"，同时改用圆括号（ ）标识女性。郭译还最早引入了盐谷温原图所没有的星号，只不过不是用来标识十二钗，而是用来标识夫妇关系。

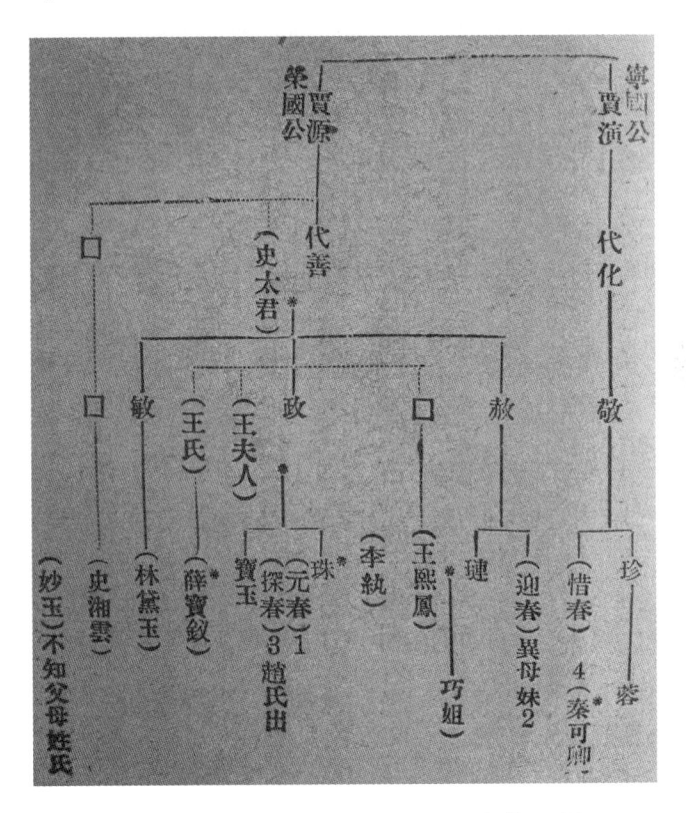

图十三　郭绍虞译本《贾氏系图》，在第87页

郭绍虞译本的图例5项为（见图十三）：

图中无（ ）为男子，有（ ）为妇女。

黑线表示贾氏，点线表示外家之系谱。

加边，为红楼梦之中心人物……贾宝玉与金陵十二钗。

＊，表示夫妇之关系。

名下数字为贾家四艳长幼之顺序。

对比盐谷温原图，郭译本的改变计有5处（见图十四）：

1. 盐谷温原图用红字表示女性，郭绍虞改为用括号（）。（其中巧姐少排了半个括号。）

2. 盐谷温原图红线表示外家，郭绍虞改为点线（虚线）。

3. 盐谷温原图方框表示中心人物，郭绍虞改为加边。（实际作图没有体现。）

4. 盐谷温原图用×号表示夫妇关系，郭绍虞改为使用＊号。

5. 增加了标点符号，书名上添加了波线﹏﹏，在人名、地名上添加了直线——，为民国时标点符号用法。

以上前4项应当是出于排版的方便，特别是受到彩色排版的条件限制，而加以改变。

郭箴一译本《贾氏系图》之前的一段话："闲话休提。先以学究底态度试把贾家底系谱抄录出来，以示主人翁贾宝玉与十二钗底关系，如列表。"与孙俍工译本完全相同，就像剪贴的一般。而鲁迅则只说"右即贾氏谱大要"。但"列表"二字，孙俍工译本作"别表"。"别表"难解，大概郭箴一以为误排而加以纠正。然而盐谷温日文原版即作"别表"（易君左亦作"别表"）。

系图中，曹演、曹源二人，盐谷温有旁注"宁国公""荣国公"，孙俍工译本旁注"宁国公""荣国公"并加圆括号，郭箴一也作旁注加圆括号。而鲁迅则合并简化为"宁公演""荣公源"。

图例中，孙俍工译本有5项，郭箴一后4项全同，取消了图例的第一项"图中的黑字是男子，白字是妇女"。此图因此无法体现人物的男女性别。

甚至盐谷温称森槐南为"槐翁"，郭箴一亦照抄。

可知就《贾氏系图》而言，郭箴一抄自孙俍工，而非鲁迅。

易君左、孙俍工"点线"（虚线）的改变，与二人之前的郭绍虞相

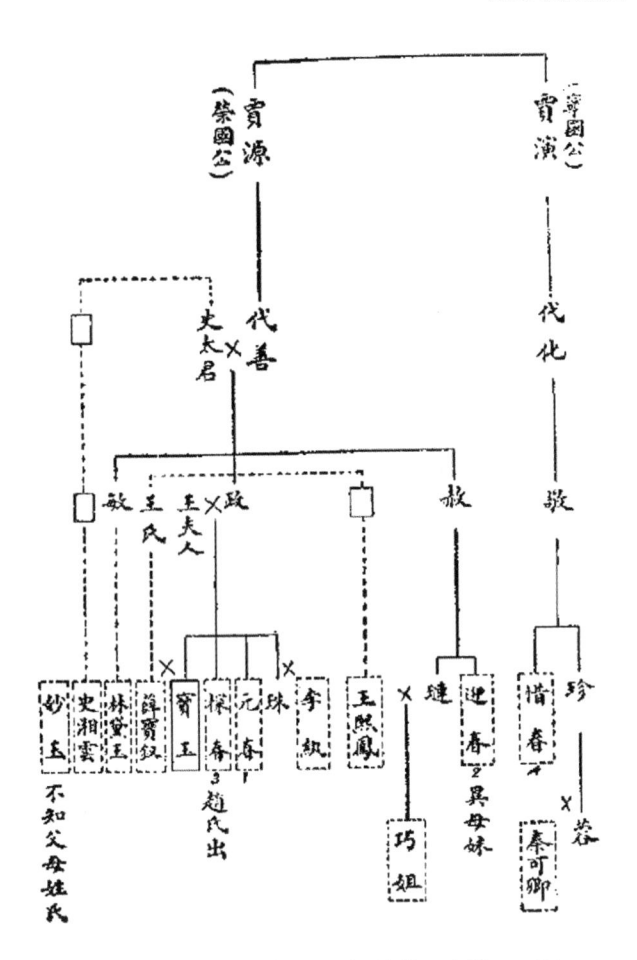

图十四　郭箴一译本《贾氏系图》，在第460页

同，可能自郭氏沿袭而来。

郭绍虞译本的图例更改最多，为后来译本所采纳亦最多。鉴于郭绍虞译本较其他4种译本的时间均早，距离盐谷温原本的出版时间最近，可以认为其他译本相关图例的更改，都源于郭氏。

为鲁迅所讥讽为"将五百余页的原书，译成了薄薄的一本"的郭绍虞译本，实际上却是鲁迅"简化""省略""修改"的直接或间接参照。

要之，除了文字之相同以外，鲁迅《贾氏系谱》图例符号，×沿用盐谷温，虚线源于郭绍虞和孙俍工，星号的使用源于郭绍虞。即便将"增加了符号"称为创意，也并无一处可以归功于鲁迅。

和盐谷温原图对比，鲁迅之图所缺少的一个重要元素是看不出图中人

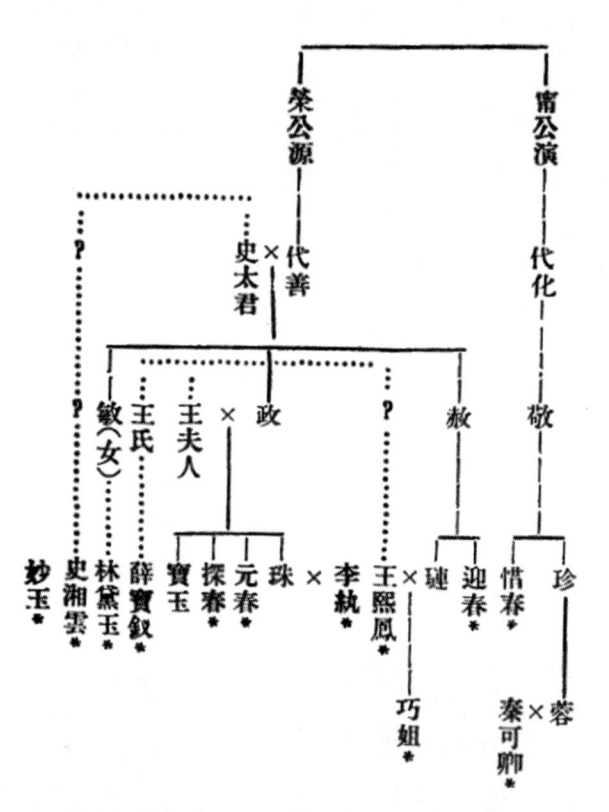

```
                    ┌─────────────┬─────────────┐
                  荣公源          宁公演
                    │             │
              ┌─────┴─代善      代化
              ?   史            │
                  太           ┌┴─┐
                  君           敬  (敬分支)
           ┌──┬───┼────┬──┐  ┌─┴─┐
           ?  王  王   政  ?  赦  敬
              氏  夫       │
              敏  人       │
              (女)         │
        ┌──┬──┼──┬──┐  ┌──┼──┐  ┌──┬──┐
        妙 史 林 薛 宝 探 元 珠×李 王× 琏 迎 惜 珍
        玉 湘 黛 宝 玉 春 春   纨 熙     春 春
        *  云 玉 钗 *  *  *     凤           ×
           *  *  *                │         秦
                                 巧          可
                                 姐          卿
                                 *           *
```

图十五 鲁迅《中国小说史略》中的"贾氏谱"，北新书局1927年8月第四版，在第259页

物的男女性别，以致不得已在"敏"字处加括号注明为"女"。再者，妙玉由于没有系谱可以连接，单独悬在十二钗之后，故原图注明"不知父母姓氏"，此句郭绍虞、易君左、孙俍工均予保留，而鲁迅则删去。此外，探春的系谱在贾政与王夫人之下，盐谷温原注"赵氏出"，此句不得简略，否则探春似为王夫人所生，而亦为鲁迅删去。在苗怀明所举简化和补充6项中，只有使用1、2、3、4标识"贾家四艳"的长幼顺序，确为鲁迅主动省略，各译本中所仅有，见图十五。

可知鲁迅改动盐谷温原图之处是确实存在的，但均遗弃了原图的合理元素，删所不当删。就《贾氏系谱》所包含的全部元素而论，鲁迅之图保留的元素最少，流失元素最多，整体质量在各本中乃是最差的。

颇具讽刺的是，1946—1947年东京弘道馆出版的盐谷温《支那文学概论》，限于战后的出版条件（详见盐谷温自序后的说明及内田泉之助的校正后记），其"贾家の系谱"图也改用黑白印刷了。其图以黑体字代表男子，以宋体字代表女子；又以直线代表贾氏，虚线代表外家。（原本套色插图中的黑字、朱字改为太字、细字，黑线、朱线改为细线、点线。）居然与郭绍虞译本《贾氏系图》逼似，见图十六。

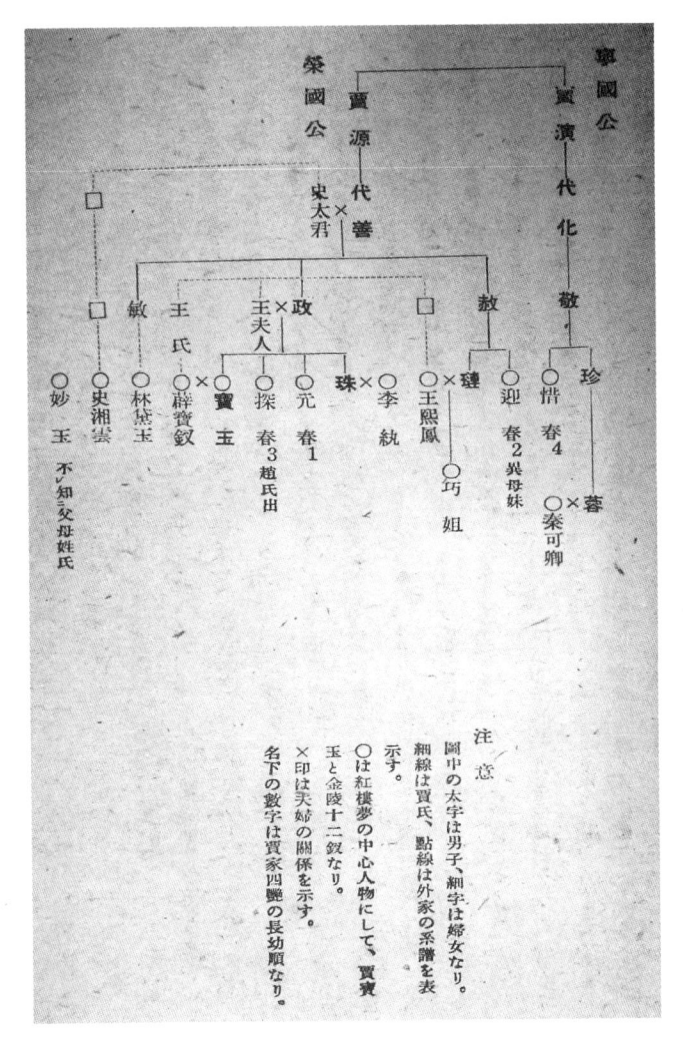

图十六　盐谷温 1947 年《支那文学概论》下篇、1947 年《支那文学概论》合订本"限定版"、1949 年《中国小说の研究》三书中的"贾家の系谱"图，均在第 448 页，页面完全相同，纸张粗糙泛黄

综上，即便不说鲁迅、盐谷温二书的整体差异，单就《贾氏系谱》的比对已可判断鲁迅难逃剿袭之责。鲁迅自己的一番解释"自然，大致是不能不同的，例如他说汉后有唐，唐后有宋，我也这样说，因为都以中国史实为'蓝本'。我无法'捏造得新奇'"云云，在此完全不适用了。

盐谷温《贾氏系谱》在其原书第520—521页之间，为三层的折叠插图，体现着原作者的特殊用意。① 鲁迅《中国小说史略》在其生前至少有8种不同版本，每一版内容的变动，其《贾氏系谱》便涉嫌一次侵权，最终造成反复多次的抄袭。

关于蓝本事件，鲁迅本人所执的是"根据大意"说。《不是信》文中说道："盐谷氏的书，确是我的参考书之一，我的《小说史略》二十八篇的第二篇，是根据它的，还有论《红楼梦》的几点和一张《贾氏系图》，也是根据它的，但不过是大意，次序和意见就很不同。"② 所谓"大意"、"意见"，如果只就整本著作而言，就比较难于分辨，因为一般的剿袭总是会只取大意，并且多少变更次序，最后略出己意亦非难事。但是鲁迅的话又是连着说的（《语丝》所刊《不是信》原文即均标逗号），他说"还有""也是"云云，语意中"不过是大意""意见就很不同"包括了"一张《贾氏系图》"在内。换言之，鲁迅认为即便是《贾氏系图》也不存在剿袭行为。如此即只能表明，鲁迅当面撒谎。在《贾氏系图》问题上，绝没有"不过是大意"的含糊存在，也没有"次序"的不同，更没有"意见"的"很不同"。

"他自己抄了人家"，作为最直接的当事人与原告，顾颉刚如是说。③ 其说虽未必视为最后定谳，但顾氏长于史料的微观考辨，持论积50年不

---

① 笔者就此向湖南师范大学外国语学院冉毅教授请教，冉毅教授立即用手机发来竹治贞夫所著《楚辞研究》风间书房1978年版和《中国的诗人：屈原》集英社1983年版二书中的"屈氏世系表""楚王世系表"，以及松枝茂夫、和田武司译注《陶渊明全集》岩波书店1990年版一书中的"陶渊明关系地图"，并且指出："发送去日本学者《楚辞》研究中的屈原系谱关系，但愿可以与您此前所见系谱有互鉴历史人物系谱的参考。陶渊明的没有找到，我当时在日本读到的陶渊明研究书看到过，现手机里的书是陶渊明诗注释，没有系谱图，但有一个陶渊明的关系地图。这是日本学者研究或注释喜欢用的方法。"

② 鲁迅：《不是信》，《语丝》1926年第65期。

③ 张京华：《顾颉刚如是说：鲁迅〈中国小说史略〉蓝本事件》，《中华读书报》2013年3月13日。

变，世间恐罕能再有异议出乎其上。

七　顾颉刚：我一生中碰到的大钉子

顾颉刚一身兼有新潮社、语丝社、文学研究会、现代评论社、朴社等多种身份。（同时他也是北大研究所《国学门周刊》编辑，《国学季刊》编辑，北大歌谣研究会的发起人。）

1920年9月，罗家伦出国，顾氏接任新潮社编辑。1924年10月，顾氏与新潮社同人宴请了刚刚留学归国的杨振声。[1] 1923年5月，顾氏担任文学研究会机关刊上海《时事新报·文学旬刊》的编辑人。[2] 1923年10月，他在上海参加了《小说月报》主编郑振铎的婚礼并担任司仪，12月回京。1924年6月，参加现代评论社集会，成员"以北大中人为多"，除顾氏及潘家洵外"皆留学生"。[3] 8月，顾氏接任朴社事务，11月，与孙伏园、周氏兄弟等发起成立语丝社。"伏园以晨报馆侵夺副刊文字之权，辞出，拟办一周刊……定于11月16日发行首期。"[4]

据《鲁迅日记》，1923年10月8日，"以《中国小说史略》稿上卷寄孙伏园，托其付印"。12月11日，"孙伏园寄来《小说史略》印本二百册"。1924年6月20日，"孙伏园来，并持到《中国小说史略》下卷一百本"。顾颉刚在鲁迅此书上卷付印时，不在北京，在新潮社付印之事应当不是他经手的，但自1923年12月至1924年6月下卷出版，正在北京，这两册讲义的出版情况他必定了解。

庐隐译本于1923年6月至9月在《晨报副刊·文学旬刊》连载时，顾颉刚恰于5月担任上海《时事新报·文学旬刊》的"负责编辑人及固定撰稿人"[5]，撰写了《元曲选叙录》四篇，《〈火灾〉序》一篇，在此刊5月至10月连载。他同时阅读北京《晨报》，日记中有"看《晨报》"的

---

[1] 顾颉刚：《顾颉刚日记》第一卷，台湾联经出版事业公司2007年版，第545页；顾潮：《顾颉刚年谱》，中国社会科学出版社1993年版，第98页。

[2] 顾潮：《顾颉刚年谱》，中国社会科学出版社1993年版，第83页。

[3] 顾颉刚：《顾颉刚日记》第一卷，台湾联经出版事业公司2007年版，第500页。

[4] 同上书，第548页。

[5] 顾潮：《顾颉刚年谱》，中国社会科学出版社1993年版，第83页。

记载①，后来也有注重阅读《晨报》的习惯。顾氏还曾设想推荐职位到《晨报》。到1924年7月3日，顾颉刚有《中国学术年表及说明》一文在《晨报副刊》发表。《晨报副刊》由孙伏园、王统照主编，上海《文学旬刊》后更名《文学周报》，郑振铎主编。

志摩《关于下面一束通信告读者们》、西滢《闲话的闲话之闲话引出来的几封信》二文刊于1926年1月30日《晨报副刊》第52期。1926年，顾颉刚则有《关于"林宗孟先生的情书"》《西行日记序》《九十年前的北京戏剧》三篇在此年4月至7月《晨报副刊》第55、58期发表。

鲁迅《不是信》刊于1926年2月8日《语丝》第65期。顾颉刚与刘大白有《邶风静女篇的讨论》在此年《语丝》第74期发表。1925年，"是年，参加语丝社聚餐"②。

西滢以"现在著述界盛行'摽窃'或'抄袭'之风"一句开篇的一期《闲话》，刊于1925年11月21日《现代评论》第2卷第50期。顾颉刚有《杨惠之塑像续记》《孟姜女故事之历史的系统》《瞎子断层的一例——静女》等多篇文章在1926年的《现代评论》刊出。1926年，"上半年，参加现代评论社邀宴及晨报副刊编辑部邀宴"③。

顾颉刚说"我告陈通伯"、"讲给陈源，也告诉了孙伏园"，陈源字通伯，笔名西滢，是《现代评论》主编，孙伏园是《语丝》主编和《晨报副刊》的前主编。1973年7月顾颉刚追记：陈源"无锡人……以予为近同乡，乃常至予家谈话，遂为稔友"；"孙伏园者，予北大同学，毕业后任研究所风俗研究会干事，并任《晨报副刊》主编，时时挑逗学界风波，以推广其报刊销路"④。

1926年2月13日春节，顾颉刚"与孙伏园、孙福熙、陈学昭、履安同游东岳庙。夜与伏园到游艺园听大鼓书；午夜两点，同出广安门，看财神庙烧香，一夜不眠，次日天明游览一周方归"⑤。

---

① 顾颉刚：《顾颉刚日记》第一卷，台湾联经出版事业公司2007年版，第362页。
② 顾潮：《顾颉刚年谱》，中国社会科学出版社1993年版，第120页。
③ 同上书，第125页。
④ 顾颉刚：《顾颉刚日记》第一卷，台湾联经出版事业公司2007年版，第446页。
⑤ 顾潮：《顾颉刚年谱》，中国社会科学出版社1993年版，第123页；顾颉刚：《顾颉刚日记》第一卷，台湾联经出版事业公司2007年版，第718页。

总之，从盐谷温书的翻译出版，到陈源与鲁迅的争斗，多方线索都集中在顾颉刚一人身上。可以推知，"蓝本"事件的最早发现者，完全有可能如顾氏自己所说的那样，是由他而起。

顾潮称"当时有人认为此种做法有抄袭之嫌"，"有人"可能指郭绍虞、陈彬龢等译者或者周围的朋友辈，或许相互之间有小范围的议论，但做出确凿判断的应该就是顾颉刚。

陈源称"拿人家的著述做你自己的蓝本"，"蓝本"一词的使用与顾氏相同，未知顾氏、陈氏谁使用在先，但"剿袭"一语为顾颉刚辨伪惯用语，在此事件上应该是他的独创。

况且顾颉刚极力考证《红楼梦》，对于盐谷温的有关论述，势必加以关注。

1924年，北大新派正在崛起，顾颉刚记下了陈源一句评语，说道："自新文化运动以来，创作的成就只有鲁迅，整理国故的成就只有颉刚。"[1]

但这绝不意味着顾、鲁两位同样有"成就"的人可以成为同道。刚好相反，如顾颉刚自己所说："我一生中第一次碰到的大钉子是鲁迅对我的过不去。"[2]

周、顾交恶，始于1926年。1926年1月17日顾颉刚日记写道："予近日对于鲁迅、启明二人甚生恶感，以其对人之挑剔诟谇，不啻村妇之骂也。今夜《语丝》宴会，予亦不去。"[3] 1926年3月14日又写道"昨语丝社宴会，予仍未去。此后永不去矣。鲁迅等在报上作村妇之骂……可厌。"[4]

在1973年的追记中，顾颉刚还道出了鲁迅抄袭盐谷温之外的第二个问题，即鲁迅还抄袭了自己。

顾颉刚说："然而鲁迅在《中国小说史略》中用到了我考证的资料，因此我也不满意他。"[5]

1973年7月11日顾颉刚追记：1921年春"胡适始作《红楼梦考

---

[1] 顾颉刚：《顾颉刚全集·顾颉刚书信集》卷四，中华书局2011年版，第427页。
[2] 顾颉刚：《顾颉刚全集·宝树园文存》卷六，中华书局2011年版，第374页。自传作于1950年5—6月。
[3] 顾颉刚：《顾颉刚日记》第一卷，台湾联经出版事业公司2007年版，第710页。
[4] 同上书，第726页。
[5] 顾颉刚：《顾颉刚全集·顾颉刚书信集》卷三，中华书局2011年版，第528页。

证》，而我为之搜罗曹雪芹家庭事实及高鹗之登第岁月，此等事亦彼在《中国小说史略》中所不废，足证此类考证亦适合于彼之需要"①。（"用到了""所不废"二语是"蓝本""剿袭"在1949年后的说法。）

欧阳健认为在《红楼梦》问题上，鲁迅几乎全袭胡适《红楼梦考证》。特别是关于曹雪芹的生平家世，"完全相信胡适的话而引用之"。②

顾氏所指"用到了我考证的资料"，兹举一例：

鲁迅《中国小说史略》第二十四篇《清之人情小说》述"雪芹名沾"一节，文末注明"详见《胡适文存》三及《努力周报》一"③。又"作者生平与书中人物故事年代关系年表"，标明出处为俞平伯《红楼梦辨》卷中④。唯独中间述高鹗一节："鹗即字兰墅，镶黄旗汉军，乾隆戊申举人，乙卯进士，旋入翰林，官侍读，又尝为嘉庆辛酉顺天乡试同考官。"⑤ 则没有标明出处。

按胡适《红楼梦考证》中多次提到顾颉刚，其一云："我又在《郎潜纪闻二笔》卷一里发见一条关于高鹗的事实……据此，我们可知高鹗后来曾中进士，为侍读，且曾做嘉庆六年顺天乡试的同考官。我想高鹗既中进士，就有法子考查他的籍贯和中进士的年份了。果然我的朋友顾颉刚先生替我在《进士题名碑》上查出高鹗是镶黄旗汉军人，乾隆六十年乙卯科的进士，殿试第三甲第一名。"

据顾颉刚与胡适的通信，胡适与他讨论《红楼梦》的第一封信就是"我想一考高鹗""有清代'进士题名全录'一类的书可查吗？"⑥《顾颉刚书信集》编者说明中写道："是时胡氏将其所著《红楼梦考证》稿送交顾氏校读，并请其为之补充史料，顾氏乃去图书馆检觅之。由此二人及俞平伯之间不断写信讨论《红楼梦》，达半年之久，从而创建了新红学派。"

1921年4月4日顾颉刚致胡适信："高鹗的名字，在国子监见到了。

---

① 顾颉刚：《顾颉刚日记》第一卷，台湾联经出版事业公司2007年版，第836页。
② 欧阳健：《〈中国小说史略〉批判》，山西人民出版社2008年版。
③ 鲁迅：《中国小说史略》，北新书局1927年版，第272页。《胡适文存》第一集卷三内有《红楼梦考证》改定稿。
④ 鲁迅：《中国小说史略》，北新书局1927年版，第273页。
⑤ 同上书，第272页。
⑥ 顾颉刚：《顾颉刚全集·顾颉刚书信集》卷一，中华书局2011年版，第313页。

他是镶黄旗汉军人，乾隆六十年乙卯科的进士，殿试第三甲第一名。"①此后胡适本人买得明清《进士题名碑录》及清代《御史题名录》，记载"高鹗镶黄旗汉军，乾隆乙卯进士"等，与国子监吻合。见1921年5月19日胡适日记，及5月20日与顾颉刚书。②

顾氏备极辛苦，以及新获之时的"狂喜"③、"快快"④，现在鲁迅在其《中国小说史略》中轻而易举地就完成了。

八 盐谷温："向中国输出新文化"

盐谷温不会和鲁迅打官司。

盐谷温是大正天皇的同学，日本学界的名流，斯文会的编辑部长，东京帝国大学教授。

早在1940年代，国内学者已对盐谷温有所戒备。卢前《评盐谷温〈元曲概说〉》说道："全书本系概说，除间有谬误，尚能提纲挈领，举其要点。以异国之人，治我国之文学，至此造诣，立可钦羡。至原书末章，作者忽牵涉王道与所谓'东亚新秩序'，令人可哂！此非学者应有之态度也！"⑤读此书评，宽论之中，实无赞誉。

1939年4月29日，日本斯文会为年届六十的盐谷温举行"还历纪念祝贺会"。东京帝国大学总长平贺让称道盐谷温在日中两国交往和日中文化发展中具有"赫奕功绩"，说他亲见盐谷博士在北京"能使中国学者为之倾倒"。盐谷温在第一高等学校时期的同学好友、众议院议员小川乡太郎在贺词中说："目前我国的大问题是东亚新秩序的建设，日、满、中中间政治、经济、军事、文化的紧密提携，东洋的永远和平"，称道盐谷温的汉学"王道说"再次唤起了中国人与日本人的思想意识。⑥

---

① 顾颉刚：《顾颉刚全集·顾颉刚书信集》卷一，中华书局2011年版，第314页。又见宋广波：《胡适红学研究资料全编》，北京图书馆出版社2005年版，第46页。
② 宋广波：《胡适红学研究资料全编》，北京图书馆出版社2005年版，第99、103页。
③ 顾颉刚：《顾颉刚全集·顾颉刚书信集》卷一，中华书局2011年版，第359页。
④ 顾颉刚：《顾颉刚日记》卷一，台湾联经出版事业公司2007年版，第113页。
⑤ 卢前：《评盐谷温〈元曲概说〉》，《说文月刊》1940年第2卷，第639—641页。
⑥ ［日］斯文会：《盐谷先生纪念祝贺会》，刊《斯文》1939年第21编第7号，第10、17—18页。

1932 年 5 月，盐谷温发表《大满洲国肇建至喜》七绝诗，斯文会同人唱和者六十余家，并编辑"满洲建国王道论"专号（满洲国建国特辑）。①

有学者认为，盐谷温甚至与郑孝胥等人撰定了《满洲国建国宣言》。②《满洲国建国宣言》署名"满洲国政府"，参与起草者可能有多人。日本满洲国史刊行会所编《满洲国史》说："推选奉天省政府参议金毓绂、吉林省教育厅长荣孟枚、东省特别区政务处长宋文林三人为起草委员。"③其说与溥仪《我的前半生》相同。而吴涤愆当年记录的是赵鹏第、荣孟枚、宋文林三人。④

1940 年 9 月，盐谷温出访北京，与江朝宗、董康、王揖唐、汤尔和诸人皆有赓和之作。⑤

即此可知盐谷温对于他与鲁迅二人间的交往，更看重著述上的被引领，而忽略版权上的"令候审"⑥，究其动机，乃是另有其"两国提携"的目标背景。⑦

盐谷温常说："文化如同流水，从高向低。我国昔日从邻邦支那输入旧文化，今日逆转，我国向支那输出新文化。"⑧

1937 年 11 月 25 日，中日开战不久，盐谷温即发表《第六回东方文化讲演手记》，译文刊于次年日本占领下的北平。此文将中日两国文化交流划分为四期，认为"德川时代以前的国文学，直接间接受中国文学的影响而发达起来，是可以明了地看取出来。到了明治以后，则形势完全逆转，中国文学反蒙日本文学的影响。"又说："近来的中国文学，则很受

---

① ［日］盐谷温：《大满洲国肇建至喜》，刊《斯文》1932 年第 14 编第 5 号，第 1 页。
② 刘恒兴：《大道之行也——"满洲国"大同时期王道思想及文化论述（1932—1934）》，《汉学研究》2012 年第 3 期。
③ ［日］满洲国史刊行会：《满洲国史·总论》，东北师范大学校办印刷厂 1990 年印刷，第 214 页。
④ 涤愆（吴涤愆）：《满洲国非民族自决论（续）》，北平《外交月报》1932 年 11 月第 5 期，第 9 页。
⑤ ［日］盐谷温：《燕齐游记（上）》，《斯文》1940 年第 22 编第 11 号，第 17 页。
⑥ 鲁迅写有《辞顾颉刚教授令"候审"》，载鲁迅《三闲集》。
⑦ 张京华：《鲁迅与盐谷温》，《中华读书报》2014 年 4 月 2 日。
⑧ ［日］盐谷温：《支那の文化と日本の文化》，《斯文》1936 年第 18 编第 7 号，第 1 页。

日本文学的影响。日本所以成为东洋的盟主，不仅是借武力的光，实是日本文化优秀的缘故。皇威照耀之处，皇军的连战连捷，决不仅是由于武力的强，完全不外乎为我精神文化所压倒。"文章举例说："民国七年教育部所公布的注音字母是学我国假名的，胡适等所提倡的文学革命、白话诗文一类，所负于我国言文一致体也不少。把这踪迹加以研究，是极（绕）[饶]兴味的问题，两国文学的交流，我相信这才是提携亲信的原动力。"①

译者洪炎秋，生于台湾，1925年入北京大学，修过鲁迅的"中国小说史"课程，为鲁迅、周作人弟子。译文刊出时，在伪国立北平大学任行政工作。

译文中"所负于"一句费解，笔者初读，以为应当理解为"承受"。读到盐谷温《出使南京》，见到"に負ふ所が多"一句②，觉得盐谷温是重复使用了同样的话。此句或许应当理解为"很多承受"。但笔者不确定是否还有其他含义，因此询问湖南科技学院日语系张剑教授："旧译中的'所负于'是否就是'有很多相似'，有这种可能吗？"张剑教授回复说："很有可能。'所负于'是根据日文的字面译法。"笔者再摘出《支那文学と国文学との交渉》原刊原文"に負う所が少なくない"一句③，请教湖南师范大学日语系冉毅教授。冉毅教授回复说："这句意思：不少是效仿我国文学革命、白话文与文言一致文体的。'背负处不少。'中文直译这样说，语感有微妙差异。我们常说'背负先辈的希望'，可是日语说'背负'，意思是从对方吸收很多信息。例如堀川贵司教授说：'朝倉先生は、最初に八景と禅の全ての詩を研究発表がある。八景研究，朝倉先生に負う所が多いです。'"

1943年4月，盐谷温作为日本文化使节团团长出访南京，参加了中日文化协会的第二次代表大会，与汪精卫有唱和。4月5日，日本文

---

① ［日］盐谷温：《中国文学与日本文学之交涉》，洪炎秋译，《北平近代科学图书馆馆刊》1938年7月第4期，第50、38—39、51页。

② ［日］盐谷温：《南京に使して》（《出使南京》二），《斯文》1943年第25编第7号，第16页。

③ ［日］盐谷温：《支那文学と国文学との交渉》，《国语と国文学》1938年"日本文学と支那文学"特辑号，第339页。

学报国会在中日文化协会的建国堂召开午餐宴会。盐谷温叙述说:"我说我认识鲁迅,所以非常受他们欢迎,其中不乏有才华之人,其中同人的《中国小说史》与余之《'支那'文学概论》有很多相似之处。"(此处为湖南科技学院日语系张剑教授翻译。)于是盐谷温率然而赋一诗:"置酒交欢画阁中,蔼然宾主醉春风。将毫替剑君休笑,横扫千军万马空。"①

补记一

戈宝权《鲁迅和增田涉》一文,引用了增田涉《译者的话》的第一段,认为译者对鲁迅的著作给以很高的评价:"试看近年来中国小说研究的文献,必定是以'鲁迅氏的《小说史略》云云'而引用此书的记述的,这就是这本书是斯界的权威,而且成为一部富有生命力的经典著作的证据。"②

戈宝权说,"接着增田涉又讲了翻译这本书的经过",随后引用了1941年岩波文库版本。而实际上该书1935年初版本"接着"的是如下一段:"然而,基于后来的研究和发现,很明显,这本书又出现了若干需要补正的地方,这主要是因为日本盐谷教授等的考查寻索,首先发现了日本保存的元明刊本,内容正如订正版题言所述。这个订正版于1931年问世。"(冉毅教授翻译。)

鲁迅著、增田涉译《支那小说史》其中载有《贾氏の系谱》,以及增田涉的一行注文:"注、˝の系譜は鹽谷温支那文學概論講話に據つたものである。(著者の《華蓋集續篇·不是信》に云ふ)"③(见图十七)

湖南科技学院国学院刘家荣同学译为:"这个关系谱是盐谷温《支那文学概论讲话》这部作品里的关系图。"或译为:"这个系谱是根据盐谷温《支那文学概论讲话》列出来的。"

刘家荣同学告知:"'據つたものである',根据什么什么而来的。'である'为'です'的非常正式的文章体。'である'是'是'、'为'

---

① [日]盐谷温:《南京に使して》《出使南京》(二),《斯文》1943年第25编第7号。
② 戈宝权:《鲁迅和增田涉》,《中国现代文学研究丛刊》1979年第1期,第72—73页。
③ 鲁迅:《支那小说史》,[日]增田涉译,东京サイレン社1935年版,第386—387页。

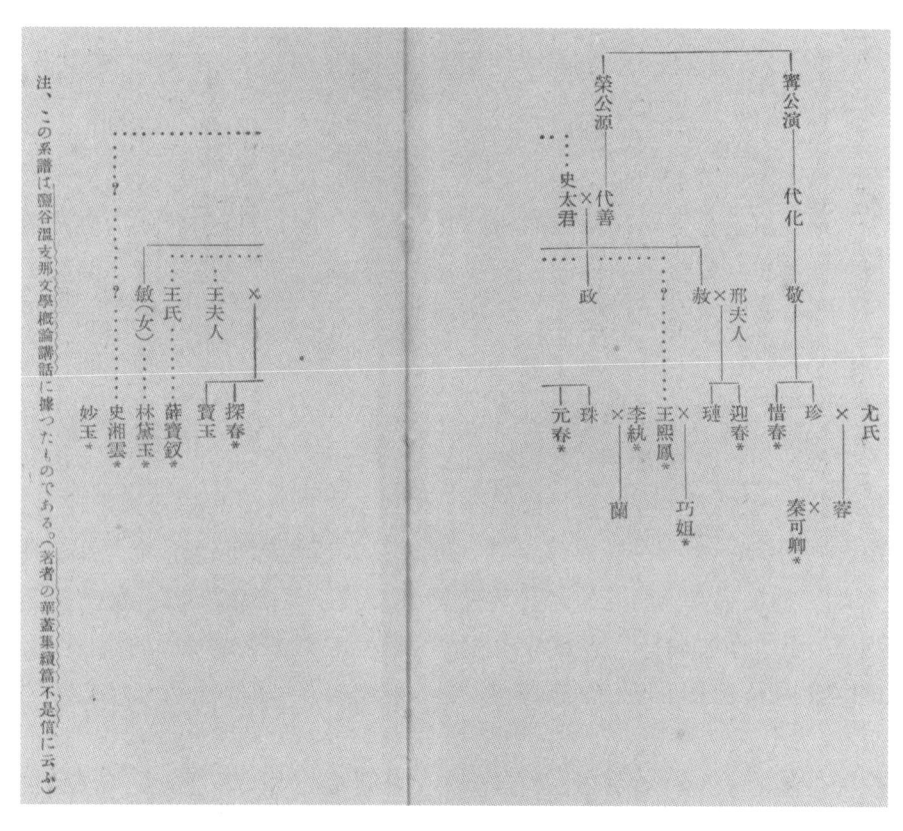

图十七　鲁迅著、增田涉译《支那小说史》的《贾氏の系谱》及译者注

的意思。"

冉毅教授译为："这个系谱完全是依据盐谷温《支那文学概论讲话》列出的关系图。"或译为："这个系谱就是（或正是）依据盐谷温《支那文学概论讲话》列成的系谱图。"

冉毅教授告知："后面半句'つたものである'没有具体词，是全句最后表示判断的判断助动词'是'，是书面体表述，很郑重。"

笔者询问："汉译中出现'完全'这个词可以吗?"冉毅教授答复："因为有'もの'，加上'完全'一词，表示准确地按照盐谷温原意，列出的关系图。原文没有'完全'字样，但是句尾的'据ったものである'是这个语气。"

冉毅教授又告知："图可以称为贾府系谱图。关系图是日本人文论批评的方法。别的文论中陶渊明、屈原的关系图与这个很近似。"

补记二

笔者新近看到张真《论盐谷温的〈红楼梦〉》研究脱胎于森槐南——从另一个角度看鲁、盐"抄袭案"》一文。张真比较的是盐谷温《支那文学概论讲话》原版（附以图片而改为黑白印刷），但仍然认为鲁图的改动即鲁迅未曾抄袭的证据，观点与苗怀明略同："大略来看，两图大体只有符号和线条不同，其余完全相同，仔细比较起来，两图的相异之处颇不少：1. 盐图中男性人物用黑字，女性人物用红字，而鲁图一律用黑字；2. 盐图以贾宝玉和金陵十二钗为中心人物，故给这些人物打了方框，而鲁图只给金陵十二钗打了'＊'号，未给贾宝玉加特殊标记；3. 盐图在元、迎、探、惜四春下按照年龄标注了阿拉伯数字序号，鲁图则无；4. 盐图在迎春、探春、妙玉三人后注有身世来历，鲁图则无；5. 盐图中贾氏两府始祖记为宁国公贾演、荣国公贾源，鲁图简记为宁公演、荣公源；6. 盐图中（贾）敏未标注性别，鲁图则加注性别。由此看来，鲁图的改动是不少的，将其定性为'抄袭'，或有失公允。"①

张真又指出："在鲁迅、盐谷温的'抄袭案'中，鲁迅的'一张贾氏系图'确实是根据盐谷温的，但盐谷温的包括'贾氏系图'在内的《红楼梦》研究却完全脱胎于森槐南，而森槐南的'贾氏系图'又是根据清人寿芝的《红楼梦谱》改编的。这张原本出自中国人之手的'贾氏系图'，漂洋过海经过日本再回到中国时，却神奇地引发了一场学术公案。"②

但详细比对，森槐南《红楼梦评论》与寿芝《红楼梦谱》中的图表，差异很大。虽然如此，我们仍然看到了森槐南作出的说明："《红楼梦》谱系图非吾之创意，彼国亦有《红楼梦》谱系图一卷。该谱系图巨细无遗，不分亲疏全部列出，反大有眉目混乱之虞。故吾稍加修正，又于男性旁圈点相关女性，使书中所写之主要人物脉

---

① 张真：《论盐谷温的〈红楼梦〉》研究脱胎于森槐南——从另一个角度看鲁、盐"抄袭案"》，《鲁迅研究月刊》2015 年第 4 期。

② 同上。

络清晰。"①

补记三

上海鲁迅纪念馆施晓燕女士的论文《鲁迅〈中国小说史略〉与盐谷温〈支那文学概论讲话〉的文本比对》，赞同苗怀明的观点，并且进一步对比分析《红楼梦》贾家系谱图表的样式，认为："鲁表的男子姓名无方框，女子姓名外面有方框，但贾敏未加方框，而在旁边写了（女）。"② "陆表的夫妻关系以×表示。"结论是："鲁迅本的夫妻关系、男女性别的标记可以看做是进行了一定程度的演化，其他方面，鲁迅对盐谷温的表进行了删减，也加入了自己的内容。"③ "由于人物谱系是固定的，不可能随意发挥，写出来就沿袭了一定的形式，其中有一些内容，鲁迅进行了改动。"④ "《红楼梦》贾氏系图，有所参照，但一来人物是固定的，看上去会比较相似，二来鲁迅有所删减和增加，即已经进行了自己的研究成果，所以指责抄袭是武断的。"⑤ 问题是，人物谱系确实是固定不变的，用文字表达即不能发挥，但谱系不是"写出来"，而是画出来的，用图表格式来表达，一定纵横各殊，可以抽样测试。

施晓燕的研究方法是："现在想用一个比较笨的办法，根据顾颉刚书信、日记，盐谷温著作的几个中译本，鲁迅《中国小说史》的几个版本，来进行文本对比，以为这段公案提供一个新的视野。"⑥ "鉴于时间及翻译程度，在以下的文本对比中，最有用的是郭绍虞版本及孙俍工版本。"⑦ "以下文本对比，盐谷温的《支那文学概论讲话》主要用郭绍虞版本及孙

---

① 盛文忠、马燕颈译：《杂录：红楼梦评论》，刊《红楼梦学刊》2015年第1期。森槐南《杂录·红楼梦论评》原刊《早稻田文学》1892年第27号。
② 施晓燕：《鲁迅〈中国小说史略〉与盐谷温〈支那文学概论讲话〉的文本比对》，载上海鲁迅纪念馆编《中国现代作家手稿及文献国际学术研讨会论文集》，上海文化出版社2016年版，第302页。
③ 同上书，第302页。
④ 同上书，第302—303页。
⑤ 同上书，第303页。"已经进行了自己的研究成果"一句费解。
⑥ 同上书，第282页。
⑦ 同上书，第284页。

伖工版本，鲁迅的《中国文学史略》主要用单演义所藏的油印本。"① 全文的结语是："至于孙俍工的版本，则要到1929年才出版，鲁迅1922年之前就出的油印讲义，在1926年之前没看过中译本，要如何去抄袭郭绍虞和孙俍工？"②

论文最后的质问，觉得是针对笔者的③，但问题似可不必回答。

施晓燕和苗怀明的研究路径相同，关键处均在于二人没有见过日本原版，仅以中文译本对比鲁迅之书。所以暂且不必问鲁迅是否看过中译本，只问二人自己是否看过日文原版就好了。苗怀明对比的"日本汉学家盐谷温的《中国文学概论讲话》"，以及"在盐谷温的表格中"云云④，实指孙俍工译本，虽不详细注明，但至少没有直称"支那文学概论讲话"。施晓燕则直接以"与盐谷温《支那文学概论讲话》的文本比对"为题，其实该文所见只限于中译本《中国文学概论讲话》，并没见过《支那文学概论讲话》。笔者在此也发一问：没有见过《支那文学概论讲话》文献原本，为什么要以"支那文学概论讲话"为题，并且编入"作家手稿及文献"的会议论文集呢？

附：铭谢

不佞因在内地寻找盐谷温《支那文学概论讲话》原版不获，不得已

---

① 施晓燕：《鲁迅〈中国小说史略〉与盐谷温〈支那文学概论讲话〉的文本比对》，载上海鲁迅纪念馆编《中国现代作家手稿及文献国际学术研讨会论文集》，上海文化出版社2016年版，第292页。但施晓燕说："1927年6月，署名君左的《中国小说概论》，发表在《小说月报》的'中国文学研究专号'，该文只节译了《支那文学概论讲话》的小说部分，后来收入郑振铎的《中国文学研究》下册，共75页。"见《中国现代作家手稿及文献国际学术研讨会论文集》第283页。作者不知，《小说月报》的"中国文学研究专号"就是郑振铎的《中国文学研究》，二者为同一文献，并无"后来收入"之事。"君左"宜补充作"易君左"。并且"专号"也不确切，确切说应当是"号外"；如果说"中国文学研究专号"，那便不是商务印书馆的《小说月报》，而成了傅东华与郑振铎编辑、生活书店出版的《文学》杂志1934年6月第2卷第6期的《中国文学研究专号》了。

② 同上书，第304页。

③ 施晓燕的论文中提到笔者的《顾颉刚如是说：鲁迅〈中国小说史〉蓝本事件》《鲁迅与盐谷温》二文，但笔者文中误将《风起红楼》作者"苗怀明"写作"苗怀民"，施晓燕延误，亦作"苗怀民"。见《中国现代作家手稿及文献国际学术研讨会论文集》，第282页。

④ 苗怀明：《对鲁迅抄袭盐谷温公案的一点辨析》，载《风起红楼》，中华书局2006年版，第104页。

求助于香港城市大学陈学然教授,现在录出当日的往返邮件:

2013年1月24日去函:

  另外有一事拜托,我最近重新清理鲁迅《中国小说史略》抄袭盐谷温《支那文学概论讲话》一案,急需见到盐谷氏《支那文学概论讲话》原书(大日本雄辩会大正八年1919年出版,再版也可以),主要是需要核对其中说到《红楼梦》部分时的一页贾氏世谱的图表,其书在手一翻即可见到。如果仁兄能够帮忙在香港找到,扫描或拍照,就太好了。

2013年1月26日回函:

  终于在中文大学的珍稀库藏找到了您需要的书了,该馆基于保护这本几至脆化纸质的旧书,不太愿意让人拍照或扫描,故最后也只能允许拍照两三张而已,而本港其他大学并没有这本书,故不知道这里所寄呈的材料是否合乎您的需要?希望能够帮上忙。

随函附件是贾家系谱前后3页及版权页1页照片。

嗣后六年不佞一直在寻找盐谷温的日本原版著作,虽然现在已经有了《支那文学概论讲话》原版的多种版本共计15册,对于陈学然教授所给予的最初的重要帮助,仍然铭感不置。

后　　记

　　中国古典文学是予最早和最持久的一个喜爱，但左冲右突，也最为散漫。本书中的20篇文章，跨越38年，恰是这一过程的真实写照。

　　《中国文学史的八个问题》，曾经拟为"九个问题""十个问题"，2011年5月在国学读书会做过讲座，2012年12月在中文系做过讲座，2011年又为中文系2009级开设"中国文学史论"选修课，2017年参加过湖南省古代文学学会的年会。2017年1月投稿《南国学术》，承田卫平主编回告："读了一遍大作，感觉从技术层面看，存在一个大问题：缺少注释。"予以此文重点在于议论不在于注解，故未修改，文章迄未正式发表。

　　《说"诗"》，2015年1月参加深圳大学"经典、经学与儒家思想的现代诠释"学术研讨会，9月曾在蘋洲书院讲座。投稿中国孔子研究院杨朝明先生主编的《孔子学刊》，刊于第6辑。收入深圳大学国学研究所景海峰先生主编的《经典、经学与儒家思想的现代诠释》，人民出版社2015年出版。予作说"仁"、说"和"、说"孝"、说"时"、"道德"说、"忠孝"说，拟著《文字说》，续貂许叔重，文章是其中一篇。

　　《〈诗经〉十五国风中与比、兴、赋相应的三种艺术思维形式》，写于2003年，迄未发表。

　　《论〈九歌·山鬼〉祀主为九疑山神》，曾参加湖南省屈原学会年会，后刊《船山学刊》2010年第3期，又收入《湘妃考》，湖南人民出版社2011年出版，及《湘楚文明史研究》，华东师范大学出版社2012年出版。

　　《〈垓下歌〉与〈大风歌〉史解》，原刊《学术界》2000年第1期，本为予在北京大学历史学系"中国通史"课上张传玺先生的一个作业，写于 1982 年 10 月 23 日，成绩批为良减。当时正读乾嘉史学及陈寅恪先生之书，依稀存其痕迹。

《读司马迁〈报任安书〉随笔——兼评许嘉璐〈古代汉语〉》，原刊《湖南科技学院学报》2006 年第 2 期，予在洛阳大学、零陵学院均曾讲授此文，故作札记。

《〈列女传·有虞二妃传〉文献源流考》，原刊《船山学刊》2011 年第 3 期，主编改题为《湘妃事迹可能出自上古〈佚书〉——〈列女传·有虞二妃传〉的文献源流》，今仍改回原题。文章收入《湘妃考》及《湘楚文明史研究》。

《唐安南都护张舟诗考》，原刊《唐研究》第十六卷，北京大学出版社 2010 年出版。此文曾投稿《文学遗产》《北京大学学报》及《汉学研究》，均无果。后承荣新江主编收用，可纪念也。

《〈全唐诗〉牛丛〈题朝阳岩〉正误》，原刊《中国国家博物馆馆刊》2012 年第 2 期，文章由网名"汉唐老石头"之洛阳霍宏伟先生编辑审正，幸运也。

《高适与岑参》，原刊《湖南城市学院学报》2007 年第 2 期。初稿写于 1986 年，即《高适与岑参》电影文学脚本之前言。旧文旧稿，读之感慨。

《〈全宋诗〉邢恕十首考误》，原刊《中国文学研究》2008 年第 2 期。予又有《邢恕永州摩崖题刻考》，刊《南华大学学报》2010 年第 6 期。又作《邢恕与理学》《邢恕与北宋政局》《邢恕与北宋文士》《邢恕所学为何学》，拟著邢恕、邢居实父子评传，而未得也。

《朱子文学三书私议》，2011 年参加湖南省屈原学会年会，后刊《展望未来的朱子学研究》论文集，厦门大学出版社 2012 年出版。

《"三顾茅庐"故事与〈李师师外传〉》，原刊《吉首大学学报》2007 年第 2 期，2013 年 12 月曾以"中国古典文学里的忠贞与爱情"为题在台湾宜兰大学讲座，承陈復教授邀请也。

《说"清和平远"——从古体诗到古琴歌》，原刊《青少年读书指南》1990 年第 2 期，署笔名张禽。其时郭砚溪先生为编辑，约稿，故有《中国古代知识分子的道路》、《浅谈边塞诗人高适的诗》及此文。

《〈繁星〉〈春水〉与泛神》，原刊《湖南科技学院学报》2006 年第

10 期，本为札记，故题《繁星·春水·泛神》。

《湖南浯溪所见越南朝贡使节诗刻》，原刊《中南大学学报》2011 年第 5 期，后收入《湘楚文明史研究》。怀化张祖爱先生邀游浯溪，复旦大学出版社湖南分社余燕社长推荐《越南汉文燕行文献集成》，《中南大学学报》汪晓先生审正拙文，雪泥鸿爪，皆可感念。

《丁愚潭四诗之儒贤意蕴》，先刊韩国哲学史学会主办《韩国哲学史》总第 27 期，2009 年 9 月出版；又刊韩国原州市政府主编《丁时翰性理学研究》论文集，2010 年 1 月出版；又刊复旦大学韩国研究中心主编《韩国研究论丛》第二十二辑，世界知识出版社 2010 年 12 月出版。新任栗谷学会会长孙兴彻教授与予相识十七年，承蒙惠赠《愚潭先生文集》并邀请参会，故作此文。予来湖南，孙兴彻教授随即来访。孙教授应当是最近数十年间第一位拜谒濂溪故里的外国学者。

《三"夷"相会——以越南汉文燕行文献为中心》，原刊《外国文学评论》2012 年第 1 期，文长 39 页，首篇位置。常务主编程巍教授推重予文于素不相识之中，告予曰："本刊曾有'比较文学'栏目，后由弟更名为'中外文学—文化关系史研究'。本刊曾刊之东亚文化关系史研究论文，皆关一事一人，可见东亚夷夏转换格局。兄作无不贴切此栏宗旨。首篇为大作《三"夷"相会》，占 40 页篇幅，无论其作者、主题还是篇幅，可能均令外文界莫名其妙。但相信有识者阅过后当理会本刊良苦用心。"又特准予文延长到 2.5 万至 3 万字，告曰："其实弟已有每期仅刊发 7 篇左右的文章的愿望，务求篇篇能解决一个重大学术问题。弟则一改本刊'字数万字左右'的惯例，一次以 40 页的篇幅容纳此作。"

《作诗的使臣——湛若水与安南君臣的酬唱》，原刊《外国文学评论》2018 年第 3 期，文长 45 页，首篇位置。文章 2016 年约稿，2017 年撰写，2018 年刊出，前后三年。至今年初，程巍主编在《外国文学评论》2019 年第 1 期末尾撰《编后记》云："本刊自 2012 年第 1 期发表张京华四万字长文《三夷相会——以越南汉文燕行文献为中心》以来，又接连刊发了十数篇以明末到民国三百多年间'东亚地区'文化地位等次格局变化为'问题'、以'诗文争胜'为基础文献的长篇论文，由最初张京华提出的'三夷'争夺'中华正宗'，到王升远等人提出的'中心塌陷、周边隆起'，再到韩东等人提出的'小中华'在这种格局变化中的短暂地位，将

'东亚地区'文学—文化交往史的研究一步步推向特定历史语境的重重关系之中。"犹忆2010年前后,予进京将返,程巍主编自外地回京,约在西客站附近相见,谈约半小时,程巍请予喝一杯咖啡奶茶,十余年中仅此一面。虽予谓程巍为"贵人",然而实无私情可言,彼此纯然以学术理想相许也。

《鲁迅与盐谷温——〈中国小说史略〉与〈支那文学概论讲话〉抄袭案》,全文3.2万字符,其中8千字符分别以《顾颉刚如是说:鲁迅〈中国小说史略〉蓝本事件》和《鲁迅与盐谷温》标题,刊于《中华读书报》,然而因此不能再向《外国文学评论》投稿,殊觉遗憾。文章附有彩色插图。助予在北京大学图书馆寻得《中国小说史大略》讲义铅印本者,李云教授也;助予寻得盐谷温日文版原著插图者,香港城市大学陈学然教授也。

张京华
于湖南科技学院集贤楼国学院
2019年2月